U0957209

雅众

elegance

智性阅读

诗意创造

YO EL SUPREMO

至上者

AUGUSTO ROA BASTOS

[巴拉圭] 奥古斯托·罗亚·巴斯托斯 —— 著

梁倩 —— 译

外语教学与研究出版社
北京

雅众文化 出品

目 录

推荐序

奥古斯托 · 罗亚 · 巴斯托斯与想象的力量

1967 年秋，我在伦敦偶遇马里奥 · 巴尔加斯 · 略萨。当时，我们刚好拜读了由埃德蒙 · 威尔逊创作的美国南北战争人物选介——《爱国者之血》一书。当时，我们坐在汉普斯特德[1]的一个酒吧里，我们突然想到，创作一本能够与之相提并论的拉丁美洲内战人物选介——一个虚构的内战画像陈列室——也许会是一个不错的主意。就在那时，一群幽灵突然闯入这家伦敦酒吧，他们声称他们有权担任故事的主人公，因为他们都是拉丁美洲的独裁者。

这些幽灵中有墨西哥人安东尼奥 · 洛佩斯 · 德 · 圣安纳[2]，这位瘸腿的斗鸡爱好者曾经赌上墨西哥的半壁江山，在由詹姆斯 · 诺克斯 · 波尔克[3]——这位奉行“昭昭天命”[4]扩张主义信条的美国总统挑起

1 汉普斯特德（Hampstead），英国伦敦的一个区域，以知识分子、艺术家和文学家的居住区而著称。（如无特殊说明，本书脚注均为译者注）

2 安东尼奥·洛佩斯·德·圣安纳（Antonio López de Santa Anna，1794—1876），墨西哥将军、独裁者。

3 詹姆斯 · 诺克斯 · 波尔克（James Knox Polk，1795—1849），1845 年至 1849 年任美国总统。在位期间，他坚持推行扩张政策，极大地推动了美国领土的扩张。

4 昭昭天命，19 世纪美国民主党秉持的一种信念，即美国被赋予了向西扩张，直至横跨北美洲大陆的使命。

的美墨战争[1]中铩羽而归。圣安纳曾十一次出任墨西哥总统，他在所谓的对法“糕点战争”[2]中失去了一条小腿。后来，他将这条小腿厚葬于教堂。这位独裁者垮台后，老百姓便将他的小腿挖出来游街示众。然而，每当圣安纳重握大权，他总会再次让这条小腿风光下葬，他就这样一次又一次地看着自己的小腿被挖出来游街示众……执掌委内瑞拉近三十年的独裁者胡安·比森特·戈麦斯[3]曾经捏造自己死亡的消息，只为了惩戒那些胆敢进行庆祝的民众。为了保护圣萨尔瓦多[4]不受猩红热之害，独裁者马克西米利亚诺·埃尔南德斯·马丁内斯[5]曾下令将全城的灯都蒙上红纸，而玻利维亚独裁者恩里克·佩尼亚兰达[6]的母亲在谈到他时，曾做出一番有名的论断：“早知道我的儿子能成为总统，我就教他读书写字了。”所有独裁者，对拉丁美洲小说家来说，都是一个挑战：如何与历史竞争？怎样才能创作出比拉丁美洲历史上已经出现的独裁者更位高权重、更癫狂乖张、更富有想象力的人物形象？

于是，我和巴尔加斯·略萨邀请了十二位拉丁美洲作家来回答这个问题。每位作家必须就其最感兴趣的某位本国独裁者创作一本不超过五十页的短篇小说，这些小说拟定收录在一本名为《国父列传》的

1　美墨战争，1846年至1848年在美国与墨西哥之间爆发的战争。其爆发原因是墨西哥与得克萨斯州之间未解决的边境问题，以及美国的领土扩张主义。战争以美墨两国签署《瓜达卢佩–伊达尔戈条约》结束，美国得到了大片土地，墨西哥则损失了大半江山。

2　糕点战争，1838年至1839年间发生在墨西哥的战争。战争起因于一家位于墨西哥的法国面包房，其店主声称受到了损失却索赔不得，从而导致法国以此为借口向墨西哥宣战。

3　胡安·比森特·戈麦斯（Juan Vicente Gómez，1857—1935），曾三度出任委内瑞拉总统，被称为“安第斯山暴君”。

4　圣萨尔瓦多（San Salvador），萨尔瓦多共和国首都。

5　马克西米利亚诺·埃尔南德斯·马丁内斯（Maximiliano Hernández Martínez，1882—1966），萨尔瓦多军人、政治家、独裁者，他曾统治萨尔瓦多长达十余年。据称，他十分迷信神秘主义和魔术。

6　恩里克·佩尼亚兰达（Enrique Peñaranda，1892—1969），玻利维亚军人、政治家、独裁者，他曾于1940年至1943年担任玻利维亚总统。

故事合集之中。我们的法国编辑——克洛德·加利马尔后来成了这项计划的赞助人。不幸的是，最后我们未能协调作家们各不相同的时间与心愿。如果我的记忆力和奥古斯托·罗亚·巴斯托斯笔下的至高无上者一样好的话，除我和巴尔加斯·略萨，参与此次计划的作家还包括罗亚·巴斯托斯本人，以及阿根廷作家胡里奥·科塔萨尔、委内瑞拉作家米格尔·奥特罗·席尔瓦、哥伦比亚作家加夫列尔·加西亚·马尔克斯、古巴作家阿莱霍·卡彭铁尔、多米尼加作家胡安·博什、智利作家何塞·多诺索（多诺索本人答应负责一位玻利维亚独裁者，因为他的妻子——玛丽亚·皮拉尔就出生在这个“拉美阁楼”[1]里）与豪尔赫·艾德华兹。在这个计划落空之后，只有下面三位作家决心继续推进原本的计划并完成了他们各自的小说：卡彭铁尔（《方法的根源》）、加西亚·马尔克斯（《族长的秋天》）以及罗亚·巴斯托斯（《至上者》）。

卡彭铁尔塑造了一个兼有委内瑞拉独裁者古斯曼·布兰科[2]和危地马拉总统曼努埃尔·埃斯特拉达·卡夫雷拉[3]特点的人物，再现了一个附庸风雅的暴君形象。与其指点江山，此人宁可花费大部分时间在巴黎欣赏歌剧。后来，为了不错过《弄臣》[4]的任何节拍，他甚至以闪电般的速度返回国内镇压军事起义。卡彭铁尔塑造的这位“第一领导人”最终在塞纳河右岸的一间套房中结束了自己的一生，他的套房里塞满了兰花、吊床、棕榈树和猴子。加西亚·马尔克斯笔下的族长既有委内瑞拉独裁者戈麦斯、玻利维亚独裁者佩尼亚兰达与多米尼加独

---

1 玻利维亚的行政首都拉巴斯是世界上海拔最高的首都，作者以高高在上的阁楼在此作比。

2 指安东尼奥·古斯曼·布兰科（Antonio Guzmán Blanco，1829—1899），委内瑞拉独裁者。

3 曼努埃尔·埃斯特拉达·卡夫雷拉（Manuel Estrada Cabrera，1857—1924），危地马拉律师、独裁者，曾于1898年至1920年担任危地马拉总统。

4 《弄臣》（*Rigoletto*），意大利歌剧作家朱塞佩·威尔第创作的歌剧，又译《利哥莱托》。

裁者拉斐尔·莱昂尼达斯·特鲁希略[1]的影子，又特别彰显出伊比利亚当代独裁者弗朗西斯科·佛朗哥与安东尼奥·奥利维拉·萨拉查[2]的特征。佛朗哥和萨拉查都很长寿，在他们身上，死亡仿佛比他们的一生还来得悠远漫长：难道他们都是不朽之身？奥古斯托·罗亚·巴斯托斯则穷尽笔墨，一心一意地刻画了巴拉圭暴君何塞·加斯帕尔·罗德里格斯·德·弗朗西亚[3]的一生。作为“永久独裁者”，弗朗西亚的统治自1816年一直持续到1840年。直至此年，他才以七十四岁高龄作别世界。

巴斯托斯最终为我们呈现了一部构造极其精美的杰出作品。这不仅是一幅令人印象深刻的刻画至高无上者的画卷，它同时还描绘了整个殖民社会学习游泳的过程，尽管这个过程发生在巴拉那河——我们知道，巴拉圭没有海岸。要学会游泳，要么逆流而上，要么直入水底：巴拉圭从殖民依附过渡到国家独立的经历已经成为我们这个时代无数亚洲国家和非洲国家的经历。拉丁美洲在18世纪末期便开启了反殖民化进程，这是一次开端性的反叛斗争，它不仅属于后来被称为“第三世界”的众多国家，更是一次西方混血儿利用西方思想反抗西方本身的战斗。阿兰·鲁基耶[4]曾经写道：拉丁美洲即“远西”。

就这样，弗朗西亚政府先是与独立运动这一史诗般的壮举不期而遇，而后又亲身经历建立一个后殖民时期共和国的悲剧（或诸多悲情戏剧）。当时，巴拉圭的处境十分艰难，它孤独地置身于南美大陆的

1 拉斐尔·莱昂尼达斯·特鲁希略（Rafael Leónidas Trujillo，1891—1961），在1930年至1961年期间，一直以独裁者身份统治多米尼加共和国。

2 即安东尼奥·德·奥利维拉·萨拉查（António de Oliveira Salazar，1889—1970），曾于1932年至1968年担任葡萄牙总理。

3 何塞·加斯帕尔·罗德里格斯·德·弗朗西亚（José Gaspar Rodríguez de Francia，1766—1840），巴拉圭最高元首。

4 阿兰·鲁基耶（Alain Rouquié），法国历史学家、政治学家、作家及拉丁美洲研究专家。

中心——那里曾经是耶稣会的殖民保留地，还不得不穷兵黩武，与身旁野心勃勃且对其虎视眈眈的邻国——阿根廷与巴西——征战周旋，加上与玻利维亚之间关于大查科地区[1]无休止的领土争端，自其国家命运书写伊始，它便面临一个两难境地：巴拉圭从西班牙殖民者手中独立出来，难道只是为了成为阿根廷或巴西的附属省份？

当卡洛斯三世的国务大臣——阿兰达伯爵[2]的提议被所有人置若罔闻时，建立一个西班牙语国家同盟的可能性也随之烟消云散。阿兰达伯爵曾提议，西班牙语世界应当在独立运动中保持统一，此举不仅试图走在西班牙语美洲独立力量之前，而且还试图建立一个同盟，以便与日益强盛的美洲英语国家抗衡。1808年，拿破仑占领西班牙，拉开了西班牙语美洲独立战争的序幕，与独立战争一同被激发的还有殖民地各省首领们的雄心壮志。西班牙帝国在美洲的大部分地区都沦为了纯粹的“游击共和国”[3]，而在这些“游击共和国”中，一些地方首领又纷纷宣布自立政权，反对国家共和政府。正如多明戈·萨米恩托[4]在其经典著作《法昆多：文明与野蛮》中所写，这样的“游击共和国”从伊尔德方索·德·拉斯·穆聂卡[5]神父位于的的喀喀湖[6]沿岸的庭院蔓

1　大查科（Gran Chaco），也被称为“格兰查科”或“大厦谷”，是位于南美洲中部、拉普拉塔平原上的广阔地区，地跨阿根廷、巴拉圭、玻利维亚三国。

2　阿兰达伯爵（El Conde de Aranda），西班牙将军、首相，卡洛斯三世时代著名的政治改革家之一。

3　历史名词，指1811—1825年间在查尔卡斯检审庭管辖的领土上组织起来的支持独立的游击队（临时的独立武装团队）。

4　指多明戈·福斯蒂诺·萨米恩托（Domingo Faustino Sarmiento, 1811—1888），阿根廷总统、政治家、作家、教育家及社会学家。其最负盛名的作品是《法昆多：文明与野蛮》（*Facundo: Civilización y barbarie*），全书以胡安·法昆多·基罗加为主角，介绍了这位高乔军事家和政治家的一生。

5　伊尔德方索·德·拉斯·穆聂卡（Ildefonso de las Muñecas，1776—1816），天主教神父，同时也是上秘鲁总督区独立战争中的游击队领袖。

6　的的喀喀湖（Lake Titicaca），南美洲淡水湖泊，位于秘鲁和玻利维亚交界处的安第斯山脉。

延到了胡安·法昆多·基罗加[1]在拉里奥哈的暴力封地。

文明还是野蛮？法制还是暴力？国家政府还是地方政府？西班牙语美洲无力在民主基础之上重建一个伊比利亚社会，两害相权取其轻，在建立无望的近邻同盟与潜在的巴尔干化[2]之间，西班牙语美洲选择了民族主义。不管怎样，这样的决定在当时拥有启蒙运动思潮的哲学支持，正如年轻的弗朗西亚在罗亚·巴斯托斯的小说中对一位愤怒的神父所言："相反，我们计划通过如卢梭、孟德斯鸠、狄德罗、伏尔泰和其他像他们一样杰出的泥瓦匠来建立一个全新的世界。"

弗朗西亚决心在巴拉圭将这种需求转变为美德，他将自己从神父变成了国家统治者。为了带领巴拉圭摆脱被阿根廷和巴西吞并的危险，他将巴拉圭孤立无援的处境转化为契机。弗朗西亚自封为"至高无上者"，他禁止了巴拉圭与外界的商贸往来、旅游往来甚至邮政服务。如同伊夫林·沃笔下的某个迷路的人物，任何胆敢闯入巴拉圭的外国人都将永远滞留在那里：至高无上者在其领土入口处竖起一个巨大的告示牌，上面写着"此处没有出口"。他还用民众主义粉饰他的铁腕沙文主义。出于需要，他内向的共和国必须闭关锁国。弗朗西亚博士[3]创造了一种仅可维生的经济模式，他支持平民政治，打击并削弱了教会势力，但是，他最终保护并巩固了传统寡头政治成员的利益。他漫长的统治生涯为我们揭示了一个被普遍忽略的历史事实：与指导精神更偏向国际主义的左派思想相比，拉丁美洲的民族主义与右派思想的渊源更为流长。同时，它还让我们看清了一个尽人皆知的真相：霸权式

1　胡安·法昆多·基罗加（Juan Facundo Quiroga，1788—1835），阿根廷政治家、军事家和领导人。阿根廷宣布独立之后，他在内战中支持建立联邦政府。到 1835 年，他实际控制了阿根廷的诸多省份，包括拉里奥哈。

2　巴尔干化，指把一个国家或地区分裂成若干独立甚至相互敌视的小国或地区。

3　何塞·加斯帕尔·罗德里格斯·德·弗朗西亚曾在阿根廷的科尔多瓦大学攻读神学，并获得博士学位，随后，从事律师工作并步入政坛。

的民众主义掩饰了独裁者强加于社会的停滞不前。看上去起义是有了，然而，改变并未发生。

罗亚·巴斯托斯出生于1917年，1947年，巴斯托斯离开巴拉圭，开始流亡生活。在其流亡期间，阿尔弗雷多·斯特罗斯纳[1]的独裁统治在巴拉圭一直持续，斯特罗斯纳的政权比至高无上者的政权更为持久。当然，罗亚·巴斯托斯比这两位独裁者加起来还要长寿。巴斯托斯是巴拉圭最杰出的作家，他的小说数量不多，内容深刻（这也是巴拉圭小说的特点），非凡出众。他的伟大作品《至上者》于1974年出版，然而，直至1989年，该小说精湛的英文译本才由海伦·莱恩翻译出版。这部作品是巴斯托斯此前所有作品的集大成之作，它是罗亚·巴斯托斯透过历史、透过一个可怕的历史人物而进行的自我对话。为了有一天能够想象并理解自身的命运与国家的命运，巴斯托斯必须去想象并理解这样一个可怕的历史人物。小说汲取了历史素材来虚构自身情节，它创造了一个积极孕育自身文化成就的他国。这个虚构的文化之国并非历史文献与官方论述中的脆弱之国，它是一个民族真正的力量。

罗亚·巴斯托斯采用的文学技法首先便凸显出我者与他者，以及真正历史意义上个人命运与集体命运之间的一种关系。这种技法就是写作本身：对历史的书写与对小说的书写汇集到对一种命运的书写之中——而这种命运，只有在我们承担起理解他人命运之责时，才会成为我们的命运。《至上者》是向你——亲爱的读者发声，同时也是向历史人物弗朗西亚博士、所谓的虚构人物——“至高无上者”及巴拉圭作家奥古斯托·罗亚·巴斯托斯本人发声。小说带着《圣经》般神秘的口吻一字一句地以墙上的一则告示开启叙述。一位传单作者将

1 指阿尔弗雷多·斯特罗斯纳·马蒂奥达（Alfredo Stroessner Matiauda，1912—2006），巴拉圭总统、独裁者，在巴拉圭执政近三十五年。

一张带有伪造至高无上者签名的告示钉在了教堂门上（路德[1]式反叛通告！）。这位永久独裁者在这份假冒文件里下令：在我死后，我的尸体必须身首异处；将我的头颅插在长矛上，暴晒三日。[2]在教堂钟声的召集下，所有人必须前去观看至高无上者的头颅，必须立即对其手下全体军政官员施以绞刑。

这则由永久独裁者公之于众的有关自身死亡的通告开启了小说变幻无常的书写。这位独裁者要求其力不胜任的秘书找到这份匿名告示的作者（此人一直未被找到）。这位秘书记录至高无上者的话语，至高无上者修改这些话语，他和他的小狗苏丹[3]聊天，同时，他还把自己的秘密写入一本私人笔记。事实上（用狄更斯式可爱的幽默表情来说），这本私人笔记其实是一本体积庞大的账簿：《这是至高无上者自上位初期就坚持亲自记录的分毫不差的国库账目》。如今，“至高无上者在这些纸上断断续续、语无伦次地记录着一些事实、想法、思考，以及他对各类话题与事件细致入微、几近怪癖式的观察。他把在他看来积极正面的事物记在贷方栏，消极负面的事物则放入借方栏”——小说中不断记录其观察的编者这样说道，后者的叙述由此构成一个带有神秘色彩的第二文本，在小说中与至高无上者本人的胡言乱语保持平行，时而应声附和，时而又反戈相向。除此之外，小说中还有许多官方文件、一份航海日志、许多认识至高无上者之人的回忆录片段、他人为其撰写的传记选段（包括托马斯·卡莱尔为他撰写的一部传记）、由译者海伦·莱恩提供的页脚注释及说明（这理应收入小说的西班牙语版本之中），以及一些慈善学校学生就政府提问所做出的回答——它们天真质朴，令人震惊。“如何看待我们最高政府的神圣形象？”“最高独

1 指欧洲宗教改革运动的发起者马丁·路德。

2 原文仅引用部分内容，因此，此处与中译本原文有所出入。

3 至高无上者的小狗，其名“Sultán”在西班牙语中有“苏丹”之意。

裁者像上帝一样，他有一千岁了，他穿的鞋子有带刺绣装饰的皮质绲边金扣。”一位十二岁的女学生莉贝塔·帕特里夏·努涅斯回答道。“最高独裁者为我们带来了革命。现在，他统治我们，因为他想统治我们，而且，他将永远统治我们。”另一位年仅九岁、名叫阿曼西奥·雷卡尔德的慈善学校学生这样写道[1]。罗亚·巴斯托斯天赋异禀，他能让我们瞬间窥见拉丁美洲的文化深渊。我们的精英阶层崇尚现代性，追求进步与法律，而普罗大众崇拜的则是雨林的神祇。罗马法律传统是我们拉丁美洲文化最强大的组成部分之一，从科尔特斯[2]到萨帕塔[3]，我们只相信写入法律的内容。然而，在其之侧，我们还信仰土著酋长打三次喷嚏便能隐身的超神之力。

摇摆于伏尔泰与蒙特祖马二世[4]之间，这位永久独裁者依靠武装镇压和恣意妄为填补了理性与巫术、法律与实践之间令人绝望的空白。“在不到一周的时间里，政治气候问题就被行刑队一劳永逸地解决了。”不过，这也借助了改革（独裁者剥夺了教士们在殖民时期积累的权力和财富）；然而，能做到这一点要特别归功于他深信他应当去做自己所做之事，而且，他应当完全按照自己的想法来做，因为如果他不这样做，便没人会这样做。至高无上者表示，他正意外地占领一个脆弱的或者并不存在的文明社会。然而，他非但没有滋养这个社会，反而带着悲叹的论调对其进行了总结：我，不可或缺，然后，我便成了历史。“我并不书写历史，我创造历史。通过修改历史、强调历史、

1　此处与 554 页有出入，为序言作者笔误。

2　指埃尔南·科尔特斯（Hernán Cortés，1485—1547），西班牙殖民者，以摧毁阿兹特克帝国并在墨西哥建立殖民地而闻名。他是开启西班牙美洲殖民时代的关键人物之一。

3　指埃米利亚诺·萨帕塔（Emiliano Zapata，1879—1919），墨西哥革命领袖，墨西哥南方解放军领导人。以“土地与自由”为革命目标，提出革命要解决农民问题，要求实行土地改革，对后世影响很大。

4　蒙特祖马二世（Moctezuma II，1466—1520），墨西哥阿兹特克帝国的君主，他曾一度称霸中美洲，最后被西班牙征服者埃尔南·科尔特斯征服。

丰富历史的含义与事实，我可以随心所欲地重写历史。”

书写历史与重写历史——这是至高无上者的伟大与重负之所在。他为他的人民奉献了一个病态的乌托邦，在那里，秩序就是目的本身。毫无疑问，在弗朗西亚博士的统治下，巴拉圭曾经是一个安静的国度——甚至连它的墓地也是如此。这个人物的伟大之处便在于他最终只能通过书写历史来靠近历史；只有这样，他才能重写历史、修改历史、强调历史或者丰富历史。他说，他可以给所有时代签发一份“永久通令”，一种形而上学的“敕令”，然而，他却痛苦地意识到，等待他的竟然是这样的事实：他几乎成了某种悲剧意识的主人。他知道自己只是一个幻觉：“幻觉占据了我的肉体。”他无法控制一切。他也明白，事实上，没人能够理解我们的所作所为如何在我们死后幸存于世。他无法像约瑟夫·康拉德的柯兹[1]一样说出：“恐怖啊，恐怖。”这位《黑暗的心》的主角将权力架设在虚无缥缈之上——这就是他的恐惧，以及他对自己恐惧的意识。而罗亚·巴斯托斯笔下人物的人性价值就在于他为我们提供了一个与自我做斗争的人物形象，这个人物形象不同于拉美独裁者的典型形象：他是一个被赋予了某种巴洛克式自由的怪物。他可以觉得自己无可替代，但同时他又能想象自己的尸体被装在破旧的面条盒子里——的确，他的尸体最终便被装在那里。

至高无上者并不喜欢作家，相反，他也许更喜欢把作家们缩小、捏皱并放入一个瓶子里。然而，当他向这些比他的英雄事迹更能延续他一生的文字宣战时，至高无上者便越来越依赖另一个巴拉圭人——我们的小说家罗亚·巴斯托斯。正是他通过语言、历史、文件——特别是通过象征和比喻——将这位暴君邪恶的人性保存下来。在书中某处，还是孩子的独裁者乘着独木舟，一个据说是他父亲的男人撑着

1　柯兹（Kurtz），又译库尔兹，约瑟夫·康拉德的小说《黑暗的心》中的角色。

船，他们顺流而下，去往位于科尔多瓦[1]的大学。这样温和的独裁者形象与他在同一条河上行使权力的样子实在相去甚远。一个政治犯被判终生划船，他可以在一些预先指定的地点停下来领取食物，但是之后他必须立刻回去摇桨，或逆流而上，或顺流而下，一刻不停。“他已经变成了一大束头发，这束头发有三米多长的尾巴，当他划船时，这条尾巴便在河水中拖行。”此外，还有三位辅祭，他们拿着燃烧的大蜡烛，不论刮风还是下雨，都无法熄灭他们的蜡烛。为了躲避月亮带来的白麻风，一位年长的酋长在走路时将点燃的蜡烛插在草帽上。巴拉圭骑兵们发起攻击，纵身下马，他们装上马鞍，卸除马鞍，他们再次发起攻击，从地上拔起长矛。一颗头颅被装在铁笼里示众，至高无上者的衣服在突然出现的阳光下变成红色，奇迹般地阻止了风雨的侵袭。“我穿过兵器广场，人越聚越多，他们欢呼着我的名字，跟在我身后。”

这一次，至高无上者永久地进驻了亚松森。小说中的文件告诉我们事实便是如此。虽然鼠群猖獗，而且在至高无上者去世前不久还发生了一场火灾，不过，这些文件依然得以幸存。

从弗朗西亚博士到斯特罗斯纳将军，奥古斯托·罗亚·巴斯托斯经历了巴拉圭所有的独裁统治[2]并得以幸存，他最终达到了塞万提斯的高度，像所有时代一样永垂不朽。

这位伟大的西班牙语作家的创作主题一直是我者与他者，以及个人命运与被视为集体命运的历史命运。罗亚·巴斯托斯明白，只有写下它们，才能谈论它们。书写小说就是书写真正的历史，而书写小说

1　在殖民时期的大部分时间里，科尔多瓦一直是拉普拉塔河地区的政治、经济与宗教中心。除了政府建筑、教堂和修道院，殖民地大学（例如科尔多瓦大学）和耶稣会学院的总部也设在科尔多瓦。省长与主教居住于此，科尔多瓦也是该地区的贸易中心。

2　此处为夸张手法，事实上巴斯托斯并没有经历过所有这些独裁统治。

与历史，就是书写我们的命运——这是只有在我们承担起理解他人命运之责时才能真正被书写的内容。这种努力将罗亚·巴斯托斯变成了一个与想象的力量不断斗争，并且去想象权力的伟大作家。

讲到这里，我们不得不承认，再也没有比这位怪诞的独裁者更陌生新奇、更遥不可及，也更与众不同的人物了。他被禁锢于他自己下令修建的一个如国家般大小的监牢，在那里，他画地为牢，甘受缧绁之苦。人民是权力真正的来源，而罗亚·巴斯托斯决心完成的任务便是去理解这个以人民的名义行使权力的怪异人物。巴斯托斯用语言创造了一个社会，他为文明社会恢复了话语权，他一步一步地夺走了“至高无上者”和所有至高无上者抽象权力的话语权，并最终将它交还给我们——广大的我者与他者。

卡洛斯·富恩特斯

我，共和国最高独裁者，命令：

在我死后，我的尸体必须身首异处，将我的头颅插在长矛上，立于共和国广场，届时要用钟声召集百姓前去观看。

我手下的全体军政官员一律要受绞刑。他们的尸体要埋葬在郊外牧场，不得安置任何纪念性质的十字架和标志。

三日之后，我的遗体必须火化，骨灰撒入巴拉圭河……

这是在哪里找到的？[1]它被钉在大教堂的门上，大人。今天一早，一支榴弹兵巡逻队发现了它，他们把它撕下来，送到了司令部。幸好还没人看到。我没问你这个，这也不是什么大事。阁下说得对，这些匿名告示的墨水酸臭得比牛奶还快。大人，这既不是《布宜诺斯艾利斯公报》的纸，也不是从书里撕下来的纸。除了我的书，这里还会有什么书！“黄金二十户”[2]的贵族们早就把家里的书做成纸牌了。搜查那些叛国贼的家！牢房，在牢房那儿，去牢房里给我盯着。这个有罪之

1 本书原文未使用引号标出和区别对话，中文版亦保留了这一特色。

2 巴拉圭最重要的二十个家族，代指有钱人。

人也许就藏在那群披头散发、爪甲尖长的鼠雀之辈中。把那些弄虚作假的人给我看紧了，特别是培尼亚[1]和莫拉斯[2]。把莫拉斯在第一执政官政府[3]时期及第一独裁政府时期[4]写给我的那些恭维信拿来。我想再看一遍他在1814年大会上呼吁选举我担任独裁者时发表的演讲。在这份演讲底稿、这些写给代表们的指示文件，以及这封多年以后告发他一个弟兄强占其阿尔托斯[5]牧场牲口的检举信里，他的笔迹真是大不一样。大人，我可以复述这些文件的内容。我并没有让你为我背诵档案室里的成千上万份公文、审讯记录和判决书。我只是命你把马里亚诺·安东尼奥·莫拉斯的案卷给我拿来。把曼努埃尔·佩德罗·培尼亚的那些传单也一并拿来。这些喜欢争吵的诬告者！他们吹嘘他们曾经是独立的传道者。简直是鼠雀之辈！这些人从来就不明白独立是什么，如今他们还在牢里大放厥词。他们只知道尖声怪叫，到现在都未曾消停。这些人还总能找到新的方法，到处喷洒他们那该死的毒液。他们制作传单、匿名告示、诽谤文章和讽刺画，而这些诽谤总少不了针对我。为了搞垮我，他们可以用祝圣过的破布条做纸，然后用一台祝圣过的印刷机，在上面印上他们祝圣过的文章。要是你们真想搞垮我，那就

1 指曼努埃尔·佩德罗·德·培尼亚（Manuel Pedro de Peña，1811—1867），巴拉圭政治家。1827年，他因所谓的“制造反对至高无上者的阴谋活动”罪名遭到监禁，在至高无上者弗朗西亚去世后的第二年，他才重获自由。

2 指马里亚诺·安东尼奥·莫拉斯（Mariano Antonio Molas，1780—1844），巴拉圭律师、作家。1816年，他坚决反对永久独裁，后来被捕入狱。1840年，在被关押二十四年之后，他终于在弗朗西亚去世之后重获自由，并于同年写下《古老的巴拉圭大省之历史介绍》（*Descripción histórica de la antigua provincia del Paraguay*）。

3 第一执政官政府（El Primer Consulado，1813年10月12日—1814年10月3日），第二届国民代表大会规定巴拉圭政府采取执政官管理形式，弗朗西亚与富尔亨西奥·耶格罗斯当选执政官。

4 第一独裁政府时期（1814年10月3日—1816年5月30日），弗朗西亚在第三届国民代表大会上顺利当选为独裁者。1816年5月30日，弗朗西亚当选永久独裁者，其统治一直持续到1840年9月20日。

5 阿尔托斯（Altos），位于巴拉圭中部的科迪勒拉省。

去西奈山[1]印刷你们的匿名告示吧，你们这些耍臭笔杆子的人！

哼，啊！悼词，判我火刑的宣传单。呸！现在竟敢装模作样地伪造我的最高政令。这些人模仿我的语言、我的笔迹，他们总想通过这样的方式混进来，从他们的老巢潜到我身边，接着用雷鸣般的声音堵住我的嘴，再在我身上挂上咒语和圣像。这是那些部落巫师的老把戏。增派兵力去监视那些妄图在我死后取代我的人。那些匿名文章的卷宗在哪儿？在那儿，大人，就在您的手底下。

也不是完全不可能，莫拉斯和培尼亚这两个谎话连篇的狡猾抄写员有可能口述了这份嘲讽我的告示。这把戏一看就有这两个卑鄙的亲布分子[2]的作风。要是真是他们，我就把莫拉斯变成祭品，将培尼亚从高处抛下[3]。也有可能，他们的某个卑鄙跟随者记下了这些内容，然后第二个人写下了这些内容，最后，另一个人用四颗图钉把这份侮辱我的告示钉在了教堂门上。这些卫兵是最不可信之人。阁下说得太有道理了。在尊驾的话面前，连事实看起来都像是谎言。我不是让你拍我马屁，帕蒂尼奥。我命你找到这份匿名告示的作者。法律是一个无底洞，你得具备在这个洞里找到一根头发的能力。把培尼亚和莫拉斯给我由内到外地搜查一遍！大人，不可能是他们。多年来，他们一直被关在一个完全不见天日的地方。此话怎讲？大人，在莫拉斯最后书写的那篇《哀号》[4]被人截获后，我就命人牢牢实实地把天窗、门缝、墙

1 西奈山（El Monte Sinaí），基督教圣山，又名摩西山、何烈山，位于西奈半岛中部。据《圣经》记载，上帝曾在西奈山的荆棘火焰中向摩西显现。

2 指支持将巴拉圭大省与布宜诺斯艾利斯大省合并的人。

3 至高无上者的文字游戏，原句为“...inmolo a Molas, despeño a Peña”，至高无上者分别选用了与“Molas”（莫拉斯）和“Peña”（培尼亚）看似有所关联的两个动词“inmolar”（将……变为祭品）与“despeñar”（从高处推下或抛下）来阐述他将会对他们做出的惩罚。

4 指马里亚诺·安东尼奥·莫拉斯书写的传单《一个巴拉圭人的哀号》（“Clamor de un paraguayo”）。

壁及屋顶裂缝全都堵死了。你知道，一直有囚犯通过驯养老鼠偷偷与外界通信，他们甚至通过这种方式来获取食物。你别忘了，有几个月，那些圣菲人一直用这种方式偷我养的乌鸦的口粮。我还让他们堵上了所有的蚂蚁洞和蚂蚁暗道，包括蟋蟀洞和墙上的小孔。没有比这更黑暗的地方了，大人。他们可没有用来书写的工具。你忘了还有记忆力这回事吗？你这个过目不忘的笨蛋。他们可能没有铅笔头，没有煤屑，他们可能看不见光亮，也没有新鲜空气。但是，他们有记忆力，和你一样好的记忆力。他们有书虫的记忆力，他们的记忆力比智人还要久远三亿年。他们的记忆力是鱼的记忆力，是青蛙的记忆力，是鹦鹉总是清理同侧喙部的记忆力。这并不是说他们就很聪明，恰恰相反，被开水烫过的猫就算看到冷水也会跑走，你能说这样的猫记性好吗？不，你只能说这是一只胆小的猫。它记住了那次烫伤。记性无法记住恐惧，它已经变成了恐惧本身。

你知道记忆是什么吗？有人胡编乱诌，说记忆是灵魂之胃[1]。在起名字这件事上，从来就没有谁是第一人的说法，有的只是无数效仿之人。这些人只会发明新的错误。一个人的记性起不了多大作用。

灵魂之胃，多么矫揉造作！这些心术不正的诽谤者会有怎样的灵魂？四条腿的牲口有四个胃——反刍胃，这些无可救药的无赖不断涌现，他们就在这样的胃里酝酿他们背信弃义的计划，炮制他们卑鄙无耻的行为。为了诋毁我，为了诽谤政府，他们编造了所有谎言，他们需要怎样的记忆力才能记住这些谎言呢？反复咀嚼的记忆力，重复吞咽消化的记忆力，这样重复、扭曲、专门玷污人的记忆力。这些人曾扬言要将这个国家变成新雅典——一个在这块大陆上管理科学、文学

1　这是圣奥古斯丁在其《忏悔录》（*Las confesiones*）中提到的说法。圣奥古斯丁，早期西方基督教的神学家和哲学家，死后被天主教会封为圣人。他的代表作《忏悔录》被称为西方历史上的第一部自传。

和艺术的亚略巴古[1]。事实上，在这样的幻想里，他们只想着把巴拉圭交给最厉害的骗子。这些最高法官差点就得手了。我把他们慢慢地揪了出来，然后，再一个一个打倒，我让他们待在他们应该待的地方。针对我的最高法院?！滚到监狱里去吧，懦夫们！

罪犯曼努埃尔·佩德罗·德·培尼亚，这个贵族中最巧舌如簧之人被我剥夺了贵族头衔，失去了特权。我把他关在一间牢房里。在那里，他学会了只字不差地背诵皇家学院词典里从A到Z的十万个单词。他用这样的方式在“语言的坟墓”里训练他的记忆。他那滔滔不绝的巧舌可不能生锈。马里亚诺·安东尼奥·莫拉斯博士，莫拉斯律师，瞧吧，他还是莫拉斯抄写员，此人连做梦都在一刻不停地背诵与他那所谓的“古老的巴拉圭大省”有关的描写片段[2]。对这些最后幸存下来的最高法官来说，祖国仍然是古老的大省。哪怕是为了顾及这个大省中被殖民的各种语言的尊严，他们也并未提及“印第安首要大省”[3]——说到底，这可是在巴拉圭河岸富饶起来的拉普拉塔总督辖区的姥姥、妈妈、姨妈和穷酸亲戚。

---

1 亚略巴古是雅典的高等上诉法院，此处用来代指最高法院。

2 指马里亚诺·安东尼奥·莫拉斯的作品《古老的巴拉圭大省之历史介绍》。

3 自1492年哥伦布发现新大陆后，西班牙王室曾陆续派遣探险家前往新大陆；1536年，探险家佩德罗·德·门多萨建立布宜诺斯艾利斯军事要塞，它成为西班牙在南美的首处城镇；由于布宜诺斯艾利斯不适宜居住，门多萨派遣探险队沿拉普拉塔河逆流而上，继续深入探险；1537年，门多萨手下的探险队员胡安·德·萨拉萨尔到达巴拉圭河东岸并在那里建立亚松森城，此后，布宜诺斯艾利斯被抛弃，亚松森成为西班牙人在拉普拉塔河地区的第一个永久定居点。由于亚松森在当时具有十分重要的地位，因此，亚松森有“印第安首要大省”之称。此后，西班牙以亚松森为根据地，向四周开拓疆土，逐渐建立了许多城市，并重建了布宜诺斯艾利斯，为此，亚松森获得了“城市之母”和“殖民运动的庇护所及赞助所”的称号。自1580年布宜诺斯艾利斯重建后，亚松森的地位逐渐被前者取代，布宜诺斯艾利斯成为西班牙在拉普拉塔河地区的主要港口，巴拉圭逐渐被边缘化。1617年，西班牙国王菲利普三世颁布命令，“印第安首要大省”被划分为以布宜诺斯艾利斯为首府的拉普拉塔省与以亚松森为首府的巴拉圭大省。1776年，西班牙王室又将地域辽阔的拉普拉塔河地区从原秘鲁总督区分离出来，增设拉普拉塔总督辖区，巴拉圭、乌拉圭和玻利维亚都成为拉普拉塔总督辖区的一部分，这种情况一直延续至19世纪的独立战争时期。

在这里，不只是这些本国贵族和最高法官使用并滥用他们的反刍式记忆，那些背着背包的外国人也会这样做。这些人洗劫这个国家，并将他们的偷盗经历放入他们的“灵魂之胃”里带走。这其中就有法国人佩德罗·马特尔。在经历了长达二十年的牢狱生涯和精神错乱后，他依旧固守着他那箱金盎司[1]。他用手在吊床下面刨了一个坑，每天晚上，他都会偷偷将他的保险箱从这个坑里挖出来。他会一枚一枚地反复清点那些闪闪发光的金币，并用他光秃秃的牙床检验金币的真假，然后，他会把它们重新放回保险箱，再次将箱子埋到坑里。他躺在吊床上，枕着自己假想的宝贝幸福地入眠。还有谁会觉得自己比他更有安全感呢？多年来，另一个法国人——夏尔·安德勒-莱加德也以同样的方式居住在地下室，如今，这个曾经被囚禁于巴士底狱的罪犯在我们共和国的“巴士底狱”中反刍他的回忆。难道我们能说这些背包客知道什么是记忆吗？你和他们都不明白记忆是什么。知道记忆为何物的人并没有记忆。那些记性好的人，除了是凶恶歹毒的骗子外，几乎总是不可教化的白痴或者更糟糕的什么东西。他们用记忆来伤害他人，却不知道用它来做有益之事。他们不能和被开水烫过的猫相提并论。猫拥有的是鹦鹉的记忆力、奶牛的记忆力和驴的记忆力，而非这种“观点记忆力”和“判断记忆力”：这种记忆力是一种强大想象力的主人，而这种想象力仅凭一己之力便能捏造事实。已经发生的事情在不停变化。记性好的人什么都不记得，因为他什么也不会忘记。

我所谓的姐姐——彼得罗娜·雷加拉达[2]的奶牛染上了虱子，那

---

1 西班牙古金币。

2 彼得罗娜·雷加拉达（Petrona Regalada）是弗朗西亚的父亲何塞·恩格拉西亚·加西亚·罗德里格斯·弗兰萨（José Engracia García Rodríguez França）与亚松森的贵族女士玛丽亚·何塞法·法维亚娜·贝拉斯科·伊·德·耶格罗斯·伊·莱德斯马（María Josepha Fabiana Velasco y de Yegros y Ledesma，？—1787）所生之女。据称，（接下页）

是我允许她养在她家院子里的那头奶牛。我命令她杀掉那头牛，这是国有牧场消除这种灾害和其他灾害的做法。我只有一头奶牛，大人，而且，它不属于我，它属于我那间小小的教义问答学校。它产的牛奶只够来学习教义的二十个孩子喝。夫人，您必须杀掉奶牛，您的学生不能喝您一边做蜡烛一边为他们挤的圣灵牛奶。您必须杀掉奶牛，不能有新教徒，也不能有教义问答。虱子会叮咬奶牛，还会叮咬你们所有人，它们会入侵城市。那些坏人和流浪狗身上的虱子已经够多了。您难道没有听到它们疯狂的号叫正四处扬起，越来越响吗？把奶牛宰了，夫人。

我从她眼里看出她并不打算这样做。我命一个士兵用刺刀刺死了这头病殃殃的畜生，然后把它埋了。我所谓的姐姐，这位拉里奥斯·加尔万的前妻兼遗孀，跑来找我抱怨。这个老女人疯疯癫癫地向我保证，那头奶牛虽然已经死了，但仍然在地下低声哞叫。我吩咐那些瑞士法医解剖了这头畜生的尸体，他们在它的肚子里找到了一块柚子大小的毛粪石。现在，这个老女人竟然坚持认为这块毛茸茸的结石能解万物之毒。它能治病，大人，尤其是奶牛的产乳热。它还能解梦、预测死亡，她欣喜若狂。她甚至断言，她曾经听到这块石头在咕哝一些模糊的声音。啊，疯了，这简直就是反向的记忆，这种记忆一边行走，一边遗忘它的来路。脑子稍有理智的人都不会相信这样的疯话。

请尊驾原谅，我必须冒昧地说我听到过那些声音。那些声音和那个士兵杀死那头奶牛时听到的声音一模一样。够了，帕蒂尼奥，你不

（接上页注 2）弗朗西亚的父亲出生于葡萄牙波尔图，大约在 1750 年，他被皇家烟草工厂（La Real Factoría de Tabacos）雇用并随同其他巴西技术人员及葡萄牙技术人员一道来到巴拉圭，前来改善烟草种植并建立一家卷烟厂。后来，他加入军队并与何塞法·德·耶格罗斯·伊·莱德斯马女士成婚。由于莱德斯马是名门之后，他在仕途上一直比较顺利。1786 年，他被任命为亚瓜龙的管理者。夫妻两人一共生育了五个孩子，彼得罗娜·雷加拉达排行老二，弗朗西亚排行老三。

要也在这儿胡言乱语！抱歉，大人，请您允许我说出来，我必须告诉您，我确实听到了那些混合着人声的牛叫声，它们听上去和人说话的声音很像。那些声音听上去非常遥远，就像有些感冒的人的声音，它们断断续续地说着话。尊驾，那是某种不想完全消失的陌生语言。你真是太傻了，秘书。人的疯病往往非常狡猾，它就像一只神志清醒的变色龙。当你认为它已被治愈，其实它早已恶化。它只是把自己变成了另一种更为微妙的疯病。所以，和那个老女人彼得罗娜·雷加拉达一样，你听到一堆腐肉发出了那些并不存在的声音。你以为，一个在奶牛胃里石化而成的粪球能记得什么语言？请您原谅，大人，它的确说了什么。也许，它说的是拉丁语或某种未知的语言。阁下您不觉得有可能存在一种听觉，对它来说，人和动物说着同一种语言吗？上回彼得罗娜·雷加拉达夫人让我听她的石头说话时，我听到它在咕哝什么东西，它好像在说……世界之王……当然了，你这个浑蛋，我早该想到了！那块刺激这个寡妇的石头只能是保王派干的好事！就是这样了！这些查佩同人[1]，除了在教堂张贴匿名告示，他们竟然还把一块传染病石头放入奶牛的胃里。

这些不好的习惯和虚假的记忆一样——或者前者比后者更为糟糕——它们会扭曲正常的现象。正如习惯成自然一样，它们构成了人的第二种本能。忘掉那块毛粪石吧，帕蒂尼奥。忘掉你那个通过一种听觉同时听懂所有语言的笑话吧。这都是疯病！

我已经禁止那个被他们视作我半个姐姐的女人从事这些巫术活动了，她用这些巫术来欺骗那些像她一样轻信无知的傻瓜。她给那些去她的学校上课的孩子灌输教义，这已经对他们造成很大的伤害了。我

1　查佩同人（Los chapetones），对初到美洲的西班牙人的蔑称，同时也指在美洲独立战争中拥护西班牙统治的人。

允许她这么做。这个癖好也没有什么害处。在这些孩子成年之后，国家改良教义和公民兵役将会为他们摘除传统教义的毒瘤。

那块该死的毛粪石没能阻止虱子侵袭您的奶牛，您来找我抱怨的时候我就告诉您了。它没有治好您的谵妄，夫人。它没能为帕内斯主教祛除疯病的毒素。甚至，您连续三天把它带来，帮我揉擦肿胀的大腿，也没能缓解我的痛风。如果这块石头只会用一种只有疯子和精神病人自认为能听懂的反常语言来不断重复一些聊以消遣的幽冥之音，我真不知道它有什么该死的用处！

您也有石头，她指着我的陨石反驳我。可我并没有像您一样把它拿来占卜，彼得罗娜·雷加拉达夫人。它会让您失去理智，它会让您变得和您的兄弟姐妹一样。您知道，疯病一直像幽灵一样困扰着您的家人，这是具有血缘关系的人身上带有的某种家族共性。把您的毛粪石埋掉吧，把它埋在您的院子里，把它安置在某个十字架下，把它扔到河里。别再惦记这件荒唐事了。不要再惹我生气了，就像当我得知您在分居十年后还在秘密地和您的前夫拉里奥斯·加尔万见面时那样。您对这个骗子还有什么指望呢？他曾试图欺骗您。他先是欺骗了第一洪达[1]政府，然后又欺骗了最高政府。如今，您年事已高，您还想伙同这个堕落的浪荡子做些什么呢？生一些孤儿小崽子还是奇形怪状的毛粪石？嗯？把您的石头埋了，就像我把您的前夫埋葬在监牢里一样。安心做您的蜡烛吧，别再闹出些荒唐愚蠢的事情了。

她的视线转移了。这是疯病佯装理智时特有的狡黠。她开始自顾自地往下看，她想用弗兰萨家族[2]那阴险的沉默来回避我。啊，真该死！

您看，彼得罗娜·雷加拉达夫人，这段时间您一直把我的雪茄卷

---

1 洪达，在独立战争时期，通常指各地组织的执政委员会，兼有行政和司法的职能。

2 弗兰萨家族（Los França），弗兰萨是至高无上者父亲的姓氏。在来到巴拉圭后，其原有的葡语姓氏弗兰萨（França）被改为弗朗西亚（Francia）。

得比往常更粗。我不得不将它们展开，让里面的烟芯露出一部分，否则根本没法抽。您要把烟卷得跟这根手指一样粗，您得用由夜露浸软且晾晒得极为干燥的整片烟叶来制作雪茄，这才是最不刺激肺部的雪茄。回答我，不要默不作声。我在对一根木桩讲话吗？除了理智，您现在连说话的能力也丧失了吗？看着我。看着我。说话啊。她转过头，看着我，她的脸上带着某些只有一种表情的小鸟才会显露的那种神情。她的面孔与我的面孔惊人地相似。看上去，她仿佛正在学习打量一个她初次见到的陌生人，一个她不知道应该尊敬、怠慢还是漠视的陌生人。我在她身上看到了自己。她是一面人镜，这位年老的弗兰萨·贝罗[1]照出了我的女装扮相。它超越了所有血缘。我与这些血缘关系有何关联呢？不过是偶然的勾结而已。

这世上的人很多，各色的面孔更多，因为每个人都有无数张面孔。有些人长年累月挂着同一副面孔，这些人朴实、节俭、吝啬。他们用他们的其他面孔做什么呢？他们把这些面孔储存起来，他们的孩子会戴上这些面孔。当然，有时他们的狗也会戴上这些面孔。为什么不呢？面孔只是面孔。苏丹最后那段时间的面孔就非常像我的面孔，尤其是在它咽气之前。苏丹的面孔和我的面孔如此相似，就好似这个女人的面孔。她站在我面前，望着我，戏谑般地模仿着我的形象。她不会再有孩子了，而我也不会再有狗了。在这一刻，我们的面孔不约而同地重合了。至少我的面孔已经是最后的面孔了。头戴三角帽，身着长礼服，年老的弗兰萨·贝罗或许会成为我精准无误的复制品。要是可能，真得看看她如何利用这偶然的相似……（该句剩余内容已被烧毁，难以辨认）那可真是最好笑的故事！

在这里，记忆起不了任何作用。看到的一定会被遗忘。这个女人

1　弗兰萨·贝罗（França Velho），指彼得罗娜·雷加拉达。“Velho”在葡萄牙语中意为“年老的”。

纹丝不动地站在那儿，她映出了我的模样。那张毫无表情的面孔，朝前耷拉着。她在渴望什么吗？她什么都不渴望。她不渴求这世间的任何东西，只求“一无所求”。不过，如果这些一无所求的人固执己见，这样的“一无所求”也会得到满足。

您明白以后应该如何给我制作雪茄了吗？这个女人猛地回过神来。她的脸被她捧在手里，她不知道应当拿它怎么办。像这根手指这么粗。嗯?！用一整张烟叶来卷。烟叶必须由夜露浸软再晒干。那些会抽的人能抽到烟头的火星快要接近嘴唇，他们温热的呼吸可以随着烟气消散。您明白我说的话吗，彼得罗娜·雷加拉达女士？她动了动噘起的双唇。我知道她在想什么，她正被回忆生吞活剥。

她正在遗忘。

她从未离开她的毛粪石。她把它藏在“忍耐耶稣圣像”的神龛下面。它比“流血耶稣圣像”还要强大。它是护身符，是阶梯，是平台，它是最后的台阶，它是世上最坚固之物。它在确凿之地支撑着她。那是一个已经不需要任何帮助的地方。痴迷在那里确立，信仰完全能够自我支撑。信仰不就是迷信完全不真实的东西吗？就好比在黑暗中透过镜子看世界。

这块反刍之石有自己的烛火，将来它还会有自己的壁龛。也许，随着时间的流逝，它甚至会有自己的圣殿。

在这个被视作我姐姐的人的毛粪石面前，流星也生出了不可能的意味。（它何时会不再如此呢？）如果这个世界本身就是一块毛粪石呢？一块在宇宙的直肠里形成的、毛茸茸的肮脏结石。

我的意见是……（此页边缘已被烧毁）……对可以让人发表意见的事物而言，所有的意见都更为糟糕。

然而，这并非我当时想说的话。乌云在我的头顶聚集，到处都是泥土。长嘴的鸟儿，我无法从油壶里取出小球[1]。阴影，我无法从洞中取出阴影。我继续漫无目的地四处游荡，就像身处那个将我置于一败涂地之境的暴雨之夜。对于沙漠，我曾以为自己对它有所了解；对于狗，我了解得更多；对于人，我简直无所不知；而对于其他的一切——饥渴、寒冷、背叛、疾病——我都一样不落地熟稔于心。不过，应该行动的时候我总是知道要做什么。我记得，这是最糟糕的时机。如果一个在虚空中来回摇摆的幻觉能够吞噬人的别有用心——根据拉伯雷神父[2]的说法——那么我早就被吃干抹净了。幻觉占据了我的肉体。我就要成为虚幻的人物了。一个有名的笑话将会以我的名字命名。帕蒂尼奥，在词典里找找 quimera[3] 这个词。大人，词典里写着幻觉、胡思乱想、幻想。在现实中，在纸上，我正在逐渐变成这样。大人，这里还写着：传说中有着狮头、羊身、龙尾的怪物。他们说，我过去便是如此。大人，词典里还有补充：一种鱼或蝴蝶的名字；争执，口角。所有这一切都曾是我，又都不曾是我。词典是埋葬空话的坟地。你如果不信，那就去问问德·拉·培尼亚[4]吧。

为了象征所有无法表达的事物，形式消失了，文字遗留下来。任何故事/历史都无法被讲述。任何值得讲述的故事/历史都无法被讲述。然而，真正的语言还未诞生。动物不用语言就能互相交流，而它们竟然比我们还会交流，我们人类用虚幻空洞的原料发明了语言，我们为此自豪，可这些原料却毫无根据，与生活毫不相干。帕蒂尼奥，你知道生活是什么，死亡又是什么吗？不，你不知道，没有人知道。生活

1　从某个神话中摘录的谚语，意思是看起来容易的事情其实做起来非常困难。

2　指弗朗索瓦·拉伯雷（Francois Rabelais，约 1494—1553），法国文艺复兴时期作家、人文主义者、修道士。

3　下文列举的释义均为该词的不同义项。

4　指曼努埃尔·佩德罗·德·培尼亚。

到底是经历还是失去，这一点无人知晓，日后也绝不会有人知晓，而且，一旦我们承认不可能的事毫无价值，知道这个答案也就毫无用处了。我们的语言里真应当有能够自己发声的词汇。这样的词汇有独立的空间，有自己的记忆。这是能够依靠自己存活下来的词汇，它自带地点。它有一个地点——它自己的地点，这是它的组成材料。在这个空间里，词汇像事件一样发生。就像某些动物、某些鸟禽、某些古老昆虫的语言。不过，不存在的事物会存在吗？

那个暴风雨夜过去后，在萧瑟黯淡的晨光映照下，一头鹿一般的动物向我迎面走来。它的额头中间有一只犄角。它毛色发绿，声音里夹杂着叹息声与小号的吹气声。它对我说：上帝回归人间的时刻已经到了。我拿起拐杖，一棍子打在它的嘴边，然后继续前行。我在奥雷戈密探开办的“一应俱全”杂货店门前停住了脚步，它的大门在油灯下大大敞开。连他也没有认出这个在鸡鸣时分走进店里的、满身泥垢的乞丐就是我。我点了一杯甘蔗白兰地。啊呀，老兄，您这么早就醒了，还渴得喝了这么多水，这可跟昨晚下的雨一样多了！我朝柜台扔去一枚生锈的硬币，硬币弹到了地上。就在这位杂货店店主弯腰去捡硬币时，我离开了。我消失在浓雾之中。

大人，一位信使快马加鞭地送来了弗兰卡镇[1]指挥官的公函：

请允许我简要地向您报告我们为我们至高无上的大人举办葬礼的经过。葬礼举行前夜，弗兰卡镇广场及各家各户均灯火通明。

18日当天，教区神父为新近组建的愚蠢的唯一临时政府[2]的成员们举行了一场庄严的唱经弥撒，以便为他们祈求健康、成功和幸福。

1 弗兰卡镇（Villa Franca），位于巴拉圭西南部涅恩布库省，该省首府为皮拉尔。

2 为该指挥官笔误，实际应为“实际唯一临时政府”。

弥撒结束后，我们宣布了法令，在一阵热烈的欢呼庆祝声中，法令得到了大家的接受与认可。作为弗兰卡镇的首领，我宣誓效忠。接着，钟声响起，三支步枪简短地鸣枪致意，人们唱起了庄严的谢主颂[1]。

这天晚上，各处依旧灯火通明。

19日当天，我们举行了追悼会。我们竖起一个三人高的、布满镜子的“积云”[2]。“积云”前面放着一张桌子,桌上铺着祭坛上的雪白帷幔，为了这个重要的场合，教区神父将这些雪白的帷幔借给了我们。在一个黑缎枕头上，交叉放置着一根权杖与一把佩剑，它们是最高权力的标志。“积云”由八十四[3]支蜡烛照亮，一支蜡烛代表最高独裁者生命中的一年。很多人——就算不是所有人——都看到他的形象在镜子的反光中闪现，这些绵延不断的映像如同他慈父般的庇佑一般浩荡无边。

20日当天，我们举行了一场庄严的葬礼祈祷仪式。教区神父在弥撒上宣读了一份悼词，内容如下：我们最尊敬的最高独裁者已经故去，他不仅履行了一个忠诚公民应尽的义务，更践行了一个忠诚的共和国领袖及共和国之父的职责。然而，神父和民众们都禁不住哭了起来，悼词并没有念完。一开始，他们只是默默流泪，到后来，他们竟然抑制不住，泣不成声。神父走下布道台时已经哭成了泪人。

到处都是呻吟声、抽泣声和撕心裂肺的痛哭声。许多人痛苦抱头，大放悲声。巴拉圭人民的悲痛之情炙热强烈，无以复加。一队数量估计超过两万的印第安人也从巴拉圭河两岸赶来，他们混在人群里，参加了在教堂前举行的葬礼。群情悲恸，不堪言状。

我们权轻力薄，已无力献上更庄严隆重的仪式来纪念故去的独裁者。一方面，悲痛突袭，我们情凄意切；另一方面，我们也满心宽慰：

1　这是传统的宗教感恩仪式，也被称为“赞主词”“赞主诗”或“赞美颂”。

2　为该指挥官笔误，实际应为“灵台”。

3　同为笔误，实际应为“七十四”。

当至高无上者的形象在我们的集会上出现或是代表其自身时，我们总是感到十分庆幸。

现在是20日下午六点左右，我颤抖的双手暂且写到这里。然而，今天一早就有人四处散播谣言，他们说至高无上者还活着，也就是说，他没有死，所以，也并不存在什么愚蠢的临时政府。

这场可怕的骚乱是否深刻地改变了“确定”与“不确定”的含义？

恳请阁下帮助我们解除这个悬而未决的疑惑。

给弗兰卡镇的指挥官回信，告诉他，我还没有死，如果死亡意味着被简单地埋在一块石碑下面，而这样的石碑上会出现某个愚蠢的浑蛋篆刻的“最高独裁者长眠于此 / 向祖国的守卫者致以永恒纪念”等诸如此类的墓志铭。

我的消失必将成为矗立在这个可怜民族身上的墓碑，这个民族因未能诞生，故而不能死去，它必将继续在墓碑下苟延残喘。如果有一天这一切发生了——因为我并非不死之身——我会亲自命你将这个消息昭告天下，我尊敬的安东尼奥·埃斯科瓦尔。

这份公函的日期是什么时候？1840年10月21日[1]，大人。学着点，帕蒂尼奥：这就是一个走在事情发生之前的巴拉圭人。他把他的公函从还未到来的那一个月的锁眼里塞了进来。他跨越了时间混乱的泥沼。正确的做法是为每件事情找一个时间。这是一种永远不会停止的东西。哪条河的水流会变老呢？像安东尼奥·埃斯科瓦尔这样的人有可能准确地了解一件还没发生的事情吗？是的，这有可能。应当发生的事情全都已经发生。虽然他们心存疑惑，但是他们对自己充满信心。他们天真地猜想着，法律不过是象征性的条文。就像那些说着某种混乱语

1 至高无上者于1840年9月20日去世。

言的人一样，他们并没有准确地理解一切。

我并未断言：这一切都必要发生，然后这世代才会过去。[1]我只是肯定：这世代之后，还会有另一个世代。如果我不在，那他便会在，而且他也不会变老。

啊，至于埃斯科瓦尔的公函，向他转达我的谢意，感谢他举行盛大的葬礼。告诉他，下次可别把我的葬礼搞得这么悲伤；还有，那些抱头痛哭的人可别太多了。尊敬的埃斯科瓦尔，你无须搭起亮堂堂的“积云”，因为我的年龄不能用蜡烛来丈量。你大可节省这笔开支，以对我表示敬意。你也无须用镜子覆盖“积云”，制造假象。那些镜子一定是几年前，在科连特斯城被围困之时，他们从科连特斯人手里夺走的。把镜子还给它们的主人吧，因为从那时起，这些人便不知道自己羞愧的面庞到底去了何处。

还有一事，埃斯科瓦尔，趁我尸骨未寒，请立即向我汇报是谁签发了那份通知，它向你通报了我的死亡，以及你所说的“愚蠢的唯一临时政府”的成立——其对应的表达应当是“de facto”,它的意思是“实际上，事实上”，尽管我们这个国家有的实际上就是一帮愚蠢的傻瓜。因此，你在公函里既说对了，又说错了。

告诉我，帕蒂尼奥……是的，大人。关于此事，你是否知道些什么？我什么都不知道，大人。去调查一下。了解发生的事情对我们没有什么坏处。这样又活着又死了真让人尴尬。大人，您别担心。正是因为我没有担心，所以才发生了这些事情。你有特别怀疑的人吗？没有，大人。从来没有人胆敢做到这种程度。我不知道会是谁，大人，我不知道谁会是这个有罪之人。这是真的，尊敬的大人，据我所知，我对此事一无所知。它就这么偶然地发生了，这一次，我无法怀疑任

1　此处影射耶稣在《新约·马太福音》中的预言:“这世代还没有过去,这些事都要成就。”(24 : 34)

何人，我无法怀疑任何个人、团体或帮派。国家和平二十年来，人民尊敬并服从最高政府，如果在这之后，依然有人在策划一场新的阴谋，那么，我向您保证，这些罪人就是逃到地下也会被绳之以法。别挖鼻孔了！请您原谅，大人。够了！不要总是随时立正。我必须每天都跟你重复吗？你的脚在脸盆里进进出出，它们早晚会把地面变成水塘。到时，还不等我们的敌人满心欢喜地在广场上烧死我们，我们就在这泥潭里淹死了。愿上帝保佑我们，大人！上帝可不会替你摆脱这些烦恼。此外，我已经无数次命令你，在我们工作的时候，不要一直叫我“尊驾”“阁下”“陛下”“大人”。这些愚蠢的称呼在现代社会早就不时兴了，更别提在这种长期与世隔绝的状态下，这种状态让我们在没有明显等级制度的环境中保持若即若离的关系。而且，我们很快就是兵器广场焚烧炉里的同伴了。现在，你就叫我大人吧，如果你觉得完全有必要用什么方式来称呼我的话。就算你翘辫子了，我们之间的距离也不会减少。我一边口述，你一边书写。我将口述给你的内容朗读出来，以便之后阅读你写的内容。你我最终都会消失在我们的所读所写之中。只有在其他人在场时，你才用合适的称呼来称呼我。嗯，就是这样，如果别人瞧见我们，我们还是应当体面地保留一些形式，说一些老百姓嘴里的平常话。

我们回到今天一早在教堂门上找到的那则告示上来吧。它在哪儿？它在这儿，大人。你一直用笔戳你的鼻甲骨，所以你的鼻涕不停地流到这张匿名告示上。你就快抹掉它美丽的字迹了。把它给我。鼓捣出这份劣作的加丘宾人[1]或亲布分子没能嘲讽我，他们倒是把他们自己给嘲讽了。让这些鼠雀之辈互相残食吧。这只会让我愈发嘲笑他们在这

---

1 加丘宾人（Gachupines），在美洲定居的西班牙移民。

些匿名告示中显露出的愚蠢自信。这张告示一文不值。藏在树叶下躲雨的人，全身会打湿两次。就算这些人藏在一整片匿名告示雨林里，他们也会被自己的尿液溅湿。他们是那些高利贷者、商人、囤积居奇者和店主的可怜子孙，这些人在他们的柜台旁大声嚷嚷：去他妈的祖国和爱国者！去他妈的巴拉圭人的游击共和国！他们害怕的是恐惧本身。这些人被他们的粪便掩埋。这些下流之徒就出生在那些排泄物里。他们是吸血的按蚊。像所有蚊子一样，他们用屁股——而不是鼻子——来嗡嗡发声。大人，如果是这样的话，我甚至可以在用过的厕所废纸里仔细寻找……闭嘴，你这个可笑的浑蛋！我不允许你玩弄肮脏的文字游戏。不要试图模仿这些蚊蚁之徒下流滑稽的言行。如果我粗鲁的言语无意间冒犯了大人，恳请大人原谅属下！我从未允许自己，也绝不会允许自己，对我们至高无上的大人有哪怕一丝一毫的不敬。

不要唉声叹气了，专心找这个背信弃义的抄写员吧。听着，帕蒂尼奥，你不觉得那些神父，那个教区法官，有可能就是匿名告示的作者吗？大人，没有人了解那些神父。他们编织了一张极为细密的网络。这张匿名告示的笔迹甚至签名都与您本人的笔迹和签名毫无二致。不过，对他们来说，卷入这些虚无缥缈的事情并非好事，因为他们现在过得可是比以往任何时候都要好。一个人员不停更替的新政府并不符合他们的利益，他们的 bigua salutis[1] 将会走到尽头。说得好，帕蒂尼奥！我要将你加冕为智慧之王。我会把我的夜壶赐给你。鉴于我们现在又陷入了困难时期，白天，你就把它挂在额头上，它是你权力的象征。晚上，你就把这顶用雪花石膏制作的王冠放回它日常待的地方，如此一来，它便能在两个截然不同且相去甚远的地方为你效劳。大人，事实上，现实已经改变了位置。在阅读这份匿名告示时，我感觉我的

1 拉丁语，意为“财富，令人羡慕的社会地位”。

一只脚踩在地上，另一只脚踩在空中。这正是将会发生在你身上的事。大人，我只知道为了找到这些有罪之人，我会把天上地下都搜查个遍。我向您保证，我会在某个无底洞里找到那根头发。你可别只跟在那些女人屁股后面跑，要知道，你一贯如此。你可别像那种人一样，他们在晚上把壁橱当窗户打开，然后，还跑来对我说，四周一片漆黑，而且闻起来有奶酪的味道，这都是因为他们闻了不该闻的地方，在错误的地方寻找。你应当在三天之内将这个有罪之人给我带到橘子树下，让他吃上一枪膛子弹，不管这人是谁，哪怕他就是至高无上者本人。

你甚至要让德维戈[1]的哑巴们都开口说话。那些匿名告示说，这些哑巴已经开始用四肢行走，而且他们生下的哑巴儿子没有舌头，没有耳朵，还长着如狗似猴的脑袋。简直是一派胡言、迷信思想、谎话连篇！这就跟罗伯逊兄弟[2]和伦格[3]这些忘恩负义、心怀忌恨的无赖写出

1 德维戈（Tevegó）是1813年为了保卫巴拉圭的北部国界线，至高无上者弗朗西亚下令修建的一个穆拉托人（Mulatos，指印欧混血人）聚居地。该聚居地位于巴拉圭河左岸，巴拉圭康塞普西翁城以北和阿帕河以南。由于此地自然条件十分恶劣，加之经常遭到圭库鲁人的袭击，后来便成为流放地和监狱所在地，主要关押流浪者和各类穆拉托罪犯。最后，由于周边土著人的袭击越发频繁，德维戈又被弗朗西亚下令清空，只存在了不到十年。而原本聚居于此的犯人也被转移到了邻近的康塞普西翁城。

2 指约翰·帕里什·罗伯逊（John Parish Robertson，1792—1843，在小说中，其姓名曾被卡斯蒂利亚语化，多次写作 Juan Parish Robertson，译为胡安·帕里什·罗伯逊）和威廉·帕里什·罗伯逊（William Parish Robertson，1794—1850，在小说中，其姓名曾被卡斯蒂利亚语化，多次写作 Guillermo Parish Robertson，译为吉列尔莫·帕里什·罗伯逊）兄弟，英国商人、作家。他们是19世纪最早在拉普拉塔河流域开展商业活动的欧洲商人之一。两人在1810年阿根廷五月革命之后的十年间广泛活跃在拉普拉塔河流域的各个国家，在经济、政治、外交等领域均有广泛的参与和影响。1811年，胡安·帕里什·罗伯逊来到巴拉圭，在英国政府的帮助下，他开始在亚松森从事贸易。1815年，罗伯逊兄弟遭至高无上者驱逐，离开巴拉圭。两人晚年所作的《巴拉圭书信集》（*Cartas sobre el Paraguay*）和《南美书信集》（*Cartas de Sudamérica*）成为研究这一时期拉普拉塔河流域甚至南美洲各国历史、政治、社会等方面的珍贵资料。

3 指约翰·鲁道夫·伦格（Johann Rudolph Rengger，1795—1832，在小说中，其姓名曾被卡斯蒂利亚语化，多次写作 Juan Rengo，译为胡安·伦戈），瑞士自然科学家、医生，他于1818年和同事马塞尔·隆尚（Marcel Longchamp，即后文的马塞利诺·隆尚）一起到达南美洲，在当地行医并开展科学研究。1818年，他们来到布宜诺斯艾利斯并在那里结识了法国植物学家埃梅·雅克·亚历山大·邦普兰（Aimé Jacques Alexandre Bonpland，1773—1858，即后文的阿马德奥·邦普兰）。1819年，两人到达亚松森，遭弗朗（接下页）

来的东西一样。大人，德维戈发生的事情可是确有其事啊。虽然匿名告示假话连篇，但这件事可是确凿无疑。没有看到的事情，不能相信，就算是我本人亲眼所见，那也不能相信！起初，我也不愿相信，直到大人您下令，我才和库鲁瓜提[1]的警长唐[2]弗朗西斯科·阿拉尔孔带着当地的一支部队去调查此事。

通过不停地开辟道路，我们走了三天三夜才在日出时到达德维戈监狱。那儿太安静了，根本没有任何生命的迹象。在那儿！领路的人说。我们睁大眼睛望了很久，才看清散布在荒野里的居民。那儿仍然处于黑暗之中，因为阳光无法到达——用大人您的话来说——这个已经转移到另一个地方的地方。没有其他方法可以解释在那里形成的那个奇怪东西，因为没人知道到底发生了什么。唉！可惜当时我没带上您那台"看向远处"的望远镜！就是您那台观察星星的仪器，虽然仔细一想，也许用那台机器也看不到那东西。我从口袋里掏出我平时随身携带的小镜子，向随行的人发送信号。镜子先是闪了一会儿，后来，镜子的反光一碰上山谷里飘浮不动的空气，便马上消失了。大人，没办法进入德维戈罪犯流放地。为何不行？那些罪犯、小偷、流浪汉、乞丐、妓女，还有那些逃过 1821 年枪决的叛徒都毫不费力地进去了，还有我下令逮捕的第一批入侵阿皮佩[3]、亚西雷塔[4]、圣安娜[5]和坎德拉里

（接上页注 3）西亚扣留，此后，两人留在巴拉圭为弗朗西亚担任药剂师和医生，并同时开展自然科学、历史、人类文化学和政治学研究。1826 年，两人被批准离开巴拉圭，前往布宜诺斯艾利斯。1835 年，伦格出版著作《巴拉圭见闻录：1818 年—1826 年》（*Reise nach Paraguay in den Jahren 1818 bis 1826*）。

1 库鲁瓜提（Kuruguaty，也作 Curuguaty），位于巴拉圭卡宁德尤省。

2 唐（Don）是西班牙语中对男性的尊称，用于名字之前。其对应的阴性形式为唐娜（Doña），用于对女性的尊称。

3 阿皮佩（Apipé），阿根廷的一个内河群岛，位于科连特斯省的伊图萨因戈，它位于巴拉那河上，是处于巴拉圭水域中的阿根廷飞地。

4 亚西雷塔（Yacyretá），巴拉圭小岛，位于巴拉那河上。

5 圣安娜（Santa Ana），位于阿根廷科连特斯省，曾是阿根廷与巴拉圭之间的争议地区。

亚[1]的科连特斯人也进去了，甚至连黑人和穆拉托人也进去了。您说得完全正确，大人，只不过我的意思是“现在”还进不去，并不是因为不可以进去，而是因为这要花费很多时间。你工作时总是往后倒退，[2]这是自然。走到那里还不算进入，大人。那里没有铁丝网，没有栅栏，没有鹿砦，也没有壕沟，那里只有灰土和石头。那些石头扁平光滑，有的甚至只有一拃宽，它们在那里形成了一条分界线，绿色的细茎针茅丛和灯芯草丛在那里走向尽头。在这条分界线的另一边，一切都是灰色的，甚至连阳光也是如此。烧焦的阳光一点一点地把它的骨灰抛撒在空气里，这些骨灰就那样一动不动地飘浮在空气中，它们看上去既沉重又轻飘，它们既不升空，也不落地。就算远处有人，我们也不知道他们到底是人还是石头。只是，就算他们真的是人，他们也一动不动。黑人、帕尔多人[3]、穆拉托人、男的、女的、老的、少的，所有人都像塔宁布[4]一样灰突突的，怎么跟您解释呢，大人，这种颜色和您的陨石的颜色不一样，您的陨石是黑色的，而且不反光，这种颜色看上去更像是气候十分干旱时悬崖上沙石的颜色，或是那些从山腰滑落的大石头的颜色。他们不可能是那些被流放到这里的罪犯，唐弗朗西斯科·阿拉尔孔说道。如果真是这样的话，那么看守在哪里呢？您看，唐蒂库[5]，领路的人说，如果那是石头，那就不需要看守了。士兵们不安地笑了。接着，我们便目睹了那一幕。也许只是我们自己认为我们

1　坎德拉里亚（Candelaria），位于阿根廷东北部的米西奥内斯省。

2　帕蒂尼奥在至高无上者身边当值时，只能面对至高无上者，不可背对他，否则会被视为不敬。因此，在至高无上者看来，帕蒂尼奥在他身边移动时，总是保持正面朝他，仿佛在往后倒退。

3　帕尔多人（Pardos），指黑人与欧洲人、美洲原住民的多种族后裔。他们既不是梅斯蒂索人（Mestizos，白人与美洲原住民的混血种人），也不是穆拉托人。

4　瓜拉尼语，意为“灰烬，骨灰”。

5　指弗朗西斯科·阿拉尔孔。

目睹了那一幕，因为我告诉您，大人，这就是即便您亲眼看见也无法相信的事情。

（在私人笔记本上）*

*这是一本体积庞大的账簿，这是至高无上者自上位初期就坚持亲自记录的分毫不差的国库账目。档案室里存放着一百多本这样的大账簿，每一本都厚达上千页。最后一本账簿里几乎没有记录真实的账目，账簿里出现了一系列隐秘的、不真实的账目。很久以后，人们才发现，在生命的最后时光里，至高无上者在这些纸上断断续续、语无伦次地记录着一些事实、想法、思考，以及他对各类话题与事件细致入微、几近怪癖式的观察。他把在他看来积极正面的事物记在贷方栏，消极负面的事物则放入借方栏。为了达到一种想象中的收支平衡，各种词语、句子、段落和片段在这两栏中被均分、延伸、重复或颠倒。从某种程度上来说，这种方式让人联想到一份复调乐谱的记谱法。众所周知，至高无上者是一位不错的音乐家；至少，他是一位优秀的比维拉琴演奏者，而且，他有时也会一时兴起，谱写乐曲。

在他去世前几天，他的卧室发生了火灾。这场大火毁坏了大部分账簿，以及他习惯放在保险柜里并用七把锁锁住的其他卷宗与文件。（编者附注）

我的抄写员，这个有些神秘莫测的人，已经开始加热水银[1]了。他

1 水银（汞）是一种具有多种用途的物质。过去，它曾被用来制作镜子或提炼金属（后文将会提到）。此外，水银一直在炼金术中扮演举足轻重的地位（这部小说多次提及或影射炼金术），炼金术士将其视为制作点金石的关键物质。此外，水银在新大陆的（接下页）

想尽各种办法浪费我的时间，将我的注意力从紧要的事情上转移开来。现在，他竟然饶有意味地讲起了一个与那些服刑之人有关的奇怪故事，这些人移居到某个陌生的地方，但又以另一种形式一直待在同一个地方。这些人在那里变了样，他们消失了。他们变成了动物、滑落的石头和石像，他们变成了所谓的神话中的怪物。帕蒂尼奥能模仿一切，他曾看到我转化水银。这种世界上最沉重的材料变得比烟雾还要轻盈，之后，一旦接触到冰冷的区域，它便立刻凝结，变成液体滑落。这种液体能够穿透一切、腐蚀一切且永不腐坏。老普林尼[1]曾将其称为"永恒水珠"，因为几乎没有东西能够将其损坏。这是和如此危险且致命的创造物展开的危险对话。水银沸腾，散化成上千颗液滴，而且不论这些液滴有多小，它们一滴也不会洒落，所有液滴会重新聚集到一起。水银可以将金从铜中分离出来，它还能为金属镀金，它是使金属和黄金合二为一的媒介。难道它不像想象力吗？想象力可以连接错误与谎言。越是虚假的东西往往看起来越不虚假，因为，如果谎言必然如此，那么这也必定是真相的定律。

也许，这个不可信任的人只撒了一半的谎。他没能熔化镜子上的水银。他缺乏编造一个神话故事所需的遗忘能力，过多的记忆力让他无视事实的含义。这样的记忆力是刽子手的记忆力，是叛徒的记忆力，是发假誓者的记忆力。因为偶然或天命，这些人脱离了人民，然后他们发现自己理应生活在一个他们自认为置身其中的、满是舶来品的世界里。他们认为自己身处一群虚幻的老百姓之中，而他们是这些人当中的天之骄子。在偶然的帮助下，有时他们竟在这群愚昧无知的老百姓中自立为王，将后者变得更加虚幻。这些藏在暗处的移民确实存在，

（接上页注1）矿石（尤其是金银）开采和加工中也发挥了重要作用。

1　指盖乌斯·普林尼·塞孔都斯（Gaius Plinius Secundus，约23—79），古罗马百科全书式的作家，其代表作《自然史》是至高无上者最喜欢的一本书。

而且，他们的所在之处出人意料。一边说话，一边记录，一边倾听笔下文字远去的声音，一边描画听到的符号，这对帕蒂尼奥来说就像爬坡一样费劲。要让文字与思想的声音步调一致，思想的声音哪怕再隐秘，也绝非孤独的浅声低语；尤其是以口述形式下发的命令，它所涉及的思想和文字则更是如此。如果普通人从不自言自语，最高独裁者就会不断与他人交谈。他朝着前方发出声音，他要让大家倾听，他要让大家听到并且服从。即使他一声不吭，沉默不语，缄口不言，他的沉默也在发号施令。这便意味着至高无上者身上至少有两个人。我可以被一分为二，然后形成一个具有主观能动性的第三者，对于我们必须做出决定的行为，他能够正确地评判我们应当承担的责任。年轻的时候，我曾十分擅长口技。如今，我甚至无法模仿自己的声音。而我不可信任的秘书，他在这方面就更差劲了。他连自己的手艺都没有学会。我还得教他书写。

你刚刚在说什么，帕蒂尼奥？我刚刚在讲德维戈的人，大人。要费很大劲才能看清那些塑像不是石头，而是真人。如果一个人可以不相信自己亲眼所见的话，可以说，从前被大人流放到那里的流浪汉、乞丐、阴谋家、妓女、移民和各色各样的逃兵已经不是人了，他们现在不过是人的塑像。这些人纹丝不动，大人，起码他们不像人一样活动，而且，如果不是我偶然看走眼的话，他们的行动应该比乌龟还要缓慢。这么说吧，大人，举个例子，从我现在坐的地方到大人圣恩浩荡耐心听我说话的书桌旁边，一个乌龟人塑像得走上一辈子才能走到，而且这还是他快马加鞭并且能够到达的情况。因为说到底，那些塑像根本不像我们这些天主教徒。他们应当有另一种活法。他们四肢着地地爬行，可他们从未离开原地。看上去，他们根本无法举手、挺胸、抬头。他们已经在地上扎根了。

大人，正如我刚才所言，那些人分散在山谷各处。那里没有任何声音，甚至连风也没有。那里没有声音，也没有风。男人或女人的喊叫、小孩的哭声、狗的吠叫，根本没有这些声音的迹象。在我看来，那些人根本不知道他们身上发生了什么，而且，事实上，他们身上什么也没有发生。他们只是待在那里，不生也不死，他们什么也不指望，他们只是一点一点地陷入光秃秃的土里。当时，我们面前有一块巴豆地，先前那儿应该是一个曾被用作公共厕所的灌木丛。那地方全是玉米核，大人，您应该知道我们这儿的农民去上厕所时都拿它们来做什么。只是那些玉米核上的污斑竟然闪耀着废旧金银器上的那种金光。

这些人没死，这些人还吃饭呢，蒂库·阿拉尔孔警长说。那是以前，领路的人回答。在那附近，我们没看到任何玉米地，倒是看到堆积成山的剩饭残渣。那里有许多干巴巴的破布条和十字架——它们被埋在同样干巴巴的杂草丛里。那里一只鸟也没有，也没有吃玉米的鹦鹉和小斑鸠。一只雀鹰从高处向飘浮在村子上空的僵硬空气俯冲下来。它仿佛撞上了熨斗，像醉汉似的转着圈越飞越远，直到最终掉落在离我们队伍不远的地方。它的头裂开了，一大堆泡沫沸腾般地从伤口里涌了出来。

蒂库·阿拉尔孔说，我们再靠近看看。士兵们纷纷下马捡拾那些金黄色的带屎的玉米核。他们把那些玉米核放在自己的背包里，万一这些东西就是黄金做的玉米核呢。一切都有可能，有人这么说着。我们绕着山谷走了一圈。从每个地方看去，我们看到的景象都一模一样。那些塑像远远地望着我们，被浓烟熏得半醉的我们也远远地望着他们。可以这么说，他们从很早之前就已经是这副模样了，而我们现在才开始这样看着他们，但是，我们并不知道他们是不是在看我们。大人，一个人总是知道自己的目光何时与他人的目光交会，不是吗？但是，这些人呢，没有这种迹象，根本看不出他们是否知道。

快到正午的时候，我们的眼睛已经因为看得太久而变得十分干涩。阳光反射到我们身后的阴影上，把我们烤得半熟。我们渴得半死，因为很久以前方圆几里[1]内的所有河流和小溪都干涸了。我们还察觉到了其他异常。村子里开始变得越来越暗，仿佛夜幕正在降临，其实这只是因为阴影正变得越来越厚重。

要有耐心，领路的人说道。经过耐心等待，有人甚至在三王节[2]这天目睹了黑人为纪念当地保护者而举行的庆祝活动。我的爷爷雷蒙多·阿尔卡拉斯也目睹了这一盛况，但是，他在这里观察了长达三个月的时间。据他描述，他甚至见证了一场姆巴亚印第安人[3]发动的袭击，当时，这些姆巴亚人正好伙同葡萄牙人在这一带突袭当地居民。想看就得有耐心。必须这样盯着，等上几个月、几年——如果不需要更多时间的话。要看就得等。

我去里面打探一下，警长一边下马，一边说道。在我看来，这些魔鬼之子并不存在，这些人在装神弄鬼。他吐了一口唾沫就进去了。在他跨过那条绿草与干旱的分界线后，我们就看不到他了。他进去了，又出来了。在我看来，他的确是进去了，然后又出来了，其他人也都看见了。这么说吧，他就这样进去了，又马上出来了。他回来的时候，他吐在地上的唾沫都还没干，可是，他回来的时候已经变成一个老头了，他的整个身子都朝着地面弯曲了，他也快要趴在地上用四肢爬行了。领路的人说，他在寻找自己丢失的语言能力。

蒂库·阿拉尔孔，也就是警长弗朗西斯科·阿拉尔孔，这么年轻的一个人进去了，出来就变成了至少有八十岁的老头。他的头发掉

---

1 西班牙里程单位，每里合 5572.7 米，后文中出现的里均与此相同。

2 三王节是西班牙语国家的“儿童节”，传说是“东方三王”向圣婴耶稣献礼的日子，时间为每年的 1 月 6 日。这一天也是至高无上者的生日。

3 指阿根廷、巴拉圭和巴西厦谷平原的南美印第安人，操圭库鲁语。

光了，衣服也没穿，整个人一言不发，他变得比侏儒还要矮小，他的身子弯成了两半，全身的皮肤耷拉着，上面满是皱纹，而且布满了鳞片，他还长出了蜥蜴一样的指甲。您怎么了，唐蒂库？他没有回答，他无法做出丝毫表示。我们用一块彭丘[1]把他裹起来，横放在马上。就在士兵们将他捆在马鞍上时，我看了一眼那些村民。我仿佛看到那些塑像四肢着地，跳起了劳雷蒂[2]或坎帕门托-洛马[3]的黑人舞蹈。这的确可能是幻觉，因为当时我的双眼满含泪水。我们回来的时候，就如同刚参加完一场葬礼。死去的那个人也活着跟我们回来了。

当我们到达库鲁瓜提时，警长匍匐着进了家门。全镇的人都跑来观看发生的一切。有人叫来了教区神父圣埃斯塔尼斯劳和赫胡伊河[4]上的赫胡伊[5]驱魔人。弥撒、游行、祈祷、许愿，都没发挥任何作用，没有什么能够治疗这种疾病。我尝试了圭库鲁人[6]的治疗方法：我用力扯下一把唐蒂库的头发。那些掉落在我手上的头发比一块石头还要沉重，它们散发出一股强烈的被埋葬之物的味道。

有人叫来了阿蒂加斯[7]，据说他懂得如何用草药治病。这位“东岸

---

1 用羊驼毛织成的披风，形状像长方形的毛毯，两侧的下摆有灰黑相间的传统花边，是秘鲁安第斯山区印第安人的传统服装。

2 劳雷蒂（Laurelty）是跟随阿蒂加斯来到巴拉圭的黑人的聚居地，距亚松森约 30 千米。

3 坎帕门托-洛马（Campamento-Loma），地名，位于劳雷蒂附近。

4 赫胡伊河（El Xexuí，也写作 Jejuí），巴拉圭河支流。

5 赫胡伊人（Xexueños），巴拉圭圣佩德罗省赫胡伊地区的当地人。

6 圭库鲁人（Guaykurús），巴拉圭众多印第安部族之一。

7 指何塞·赫瓦西奥·阿蒂加斯（José Gervasio Artigas，1764—1850），乌拉圭政治家、军事家、独立运动领袖、民族英雄，1811 年领导独立战争，曾积极参与建立拉普拉塔联合省（阿根廷独立初期的政权组织形式），其中包括东岸地区（Banda Oriental）。后来东岸地区脱离拉普拉塔联合省，组成以阿蒂加斯为首的联邦同盟，阿蒂加斯出任同盟的“保护者”，他也因此获得“东岸人保护者”“东岸人的将军”等称号。1815 年，阿蒂加斯的军队一度攻占阿根廷占领下的蒙得维的亚并成立议会和政府。1816 年，葡萄牙军队从巴西入侵东岸省，并于次年 1 月占领蒙得维的亚。1820 年，阿蒂加斯战败，至高无上者在巴拉圭为阿蒂加斯提供了政治庇护。此后，他在巴拉圭隐居三十年，于 1850 年 9 月去世。

人[1]的将军”带着一大车各种各样的草药从他的小庄园赶来。他带来了许多装有草药的小盒和一瓶散发着浓烈香味的“天使之水”——这种液体由诸如橙花、茉莉、香桃木等多种不同花卉蒸馏而成。阿蒂加斯看了看病人并对他进行了诊治。这位东岸难民施展了浑身解数也没能从他嘴里撬出一个字，怎么说呢，大人，就是嘴里一丁点声音都没有。唐蒂库的嘴唇已经石化了，阿蒂加斯一滴药也灌不进去。他们把蒂库警长抬到了他的小床上。我们还没反应过来，他又一次像德维戈的人一样，四肢着地趴在地上。他们用六根黑色的长蜡烛给他擦拭身体。何塞·赫瓦西奥·阿蒂加斯为他测量了两只手的指尖之间的距离，那恰好是从头到脚的距离。但是，他发现测量的数值属于两个不同的男人。曾经的“东岸人保护者”摇了摇头，他说，这不是我的朋友唐弗朗西斯科·阿拉尔孔。那他是谁呢？神父问道。我不知道，将军回答，然后他便打道回府了。

这是恶灵在作祟！那位赫胡伊驱魔人气急败坏地说。他们举行了新的祈祷仪式和游行。教友会将圣伊西德罗·拉夫拉多尔圣像抬到了街上。蒂库·阿拉尔孔依旧四肢着地，不停衰老，他的身体变得越来越坚硬。有人想给他放血，但是，放血的刀片一碰到老警长的皮肤就折断了，他的皮肤逐渐变得比烤炉里的石头还要滚烫。

必须放火烧了德维戈！叫喊声传遍了整个镇子。那里住着魔鬼！那里就是地狱！嗯，那么，教友会长老劳雷亚诺·贝尼特斯缓缓说道，如果这位圣洁的人已经逃离地狱，并且得以回到这里，我认为我们必须为他制作壁龛。现在，这位长官甚至都没有圣布拉斯先生[2]高了。

---

1 指东岸地区居民。东岸地区指位于南美洲大西洋沿岸，乌拉圭河以东、拉普拉塔河以北的大片地区，大致包括现今的乌拉圭东岸共和国及巴西南里奥格兰德州。西班牙殖民时期及其后，乌拉圭及其周边地区被称为“内普拉塔”（Cisplatina）及“东岸地区”，后亦称“东岸省”，独立后最终称为“乌拉圭东岸共和国”。

2 圣布拉斯先生（Señor San Blas），天主教圣徒、殉道者，巴拉圭共和国的守护（接下页）

第二天，蒂库·阿拉尔孔去世了。他死时依然保持着同样的姿势，他的模样比蜥蜴还要苍老。人们只好用一口小孩的棺材将他埋葬了。啊，够了！你这废话连篇的话痨！你说的话和那些匿名告示毫无两样。请您原谅，大人，我是这个故事的目击者。我曾带回库鲁瓜提镇政府法官撰写的初步调查报告及康塞普西翁[1]雷阿尔镇指挥官费尔南多·阿科斯塔的公文报告。尊驾从奥斯皮塔尔军营回来后，就把这些文书撕毁了，您根本没看。您派去采石场劳改的政治犯在亚丽瓜阿山[2]的洞穴里找到了一块神秘的圆石，大人，另一份与此相关的公文也被您撕毁了。这两件事是同时发生的吗？并非如此，大人。四年前，也就是1836年大丰收后，人们发现了亚丽瓜阿山石，也就是"风之椅"。德维戈的事刚发生不到一个月，就在大人您不幸出事之前。我曾命你们将石头上雕刻的所有字符原样复刻后给我寄来。我们这样做了，大人，可是后来您撕毁了那份抄件。那是因为它做得不好，浑蛋！难道你以为我不清楚那些岩石上的字符什么样吗？我给了你们一份指示，告诉你们应当如何按照岩画的比例来复刻这些字符，测量它们的尺寸并确定它们的天文方位。我让你们把那块石头的材料样本给我送来。你知道在那里发现上千年的文明遗迹意味着什么吗？立即给亚丽瓜阿地区长官发送一份公函，命他将那块石头给我送来。这可比先前把那块陨石从八十里外的大查科内部运来要轻松多了。大人，我觉得他们已经用那块叫"风之椅"的石头来修建当地的新军营了。那就把它从里面给我取出来！如果他们已经把它敲碎，用来砌地基了呢，大人？那就把那些碎石块给我拼好！我要亲自用显微镜来研究这些石块。我

（接上页注2）神。每年的2月3日是巴拉圭的圣布拉斯日，用以纪念这位守护神。他还被视为喉部疾病和耳鼻喉疾病的保护神。此处指圣布拉斯的圣像。

1　康塞普西翁（La Concepción），指巴拉圭康塞普西翁省，位于巴拉圭河东岸。

2　亚丽瓜阿山（Yarigua-á），位于巴拉圭巴拉瓜里省的一座小山。

要确定石块所属的年代，因为那些石头确实有些年头了。我还要破译上面的象形文字。这个国家充满了自以为是的笨蛋，而我是唯一能破译这些字符的人。

再给雷阿尔镇指挥官发送一份公函。命他派遣手下的部队着手拆除德维戈罪犯流放地。如果那儿还有幸存者，那就给他们戴上脚镣，严加看管，押送到这里来。你在嘟囔什么？没什么，大人，我只是在想，我觉得就算是把那块有上千年历史、重达上千阿罗瓦[1]的石头搬来也比把德维戈的罪犯押送到这里来容易。

我们还是回到目前的紧要事上来吧。我们重新来捋一捋。那份匿名告示在哪儿？在您手里，大人。不对，你这个保守秘密的秘书兼公务员。它在教堂的门上，它被四颗图钉钉在上面。一队榴弹兵用军刀将它揭了下来。他们把它送到了司令部，然后他们向你通报。当你读到这份告示时，你看到广场上燃起的篝火正等着将我们所有人烧成灰烬，你像被捆住的牛一样瞪大了双眼。你带着一双被宰公羊的双眼，给我送来了告示。告示就在这里。上面什么都没说。上面说了什么不重要，重要的是这份告示背后隐藏的猫腻，重要的是这毫无意义之物包含的意义。

你要去所有文件里搜寻匿名告示上的字迹：与协约、“分歧”和“分裂协约”有关的卷宗，国际邮件，各种条约，互换照会[2]，转案函件，所有葡萄牙-巴西商人和东岸商人的发票，食品税、什一税、商品税以及收益税、专卖税、代售税和战争税的大宗文件，进出口登记簿，寄发-到达货物运行许可证，从下至上所有公职人员的全部通信记录，

1 重量单位。

2 有关双方相互交换载有内容基本相同的两份照会，是一种简式条约。以这种方式缔结的条约一般不需要批准。互换照会与其他条约具有同等效力。

间谍、线人、各类情报机构官员的密报，军火走私贩的发货单……所有文件都得清查，哪怕是最不起眼的碎纸片。

你明白我要你做什么吗？是的，大人：我得去寻找教堂匿名告示上的笔迹，我得在档案室的所有文件里搜寻它的蛛丝马迹。你终于开始学会清晰明了的说话方式了。你也别忘了麻利细致地核查国家和政府的敌人名单，对我们的敌人来说，这些人就是他们最忠实的朋友。按照我那位爱国狂叔叔贝尔-阿斯科修士[1]在其《巴拉圭人告同胞书》里呼吁的那样，在那些在巴拉圭大街上叫嚣却摸不清事实真相的人当中，把那个放纵的浪荡子给我抓住。把这只蚊虫给我捉住，把它放到它的末日之烛上烤煳，再把它埋进它的粪便里。照我说的做，明白吗？马上行动起来。别心不在焉了。大人，只是……现在又怎么了？只是我需要一段时间来完成这份工作。档案室里有两万多份卷宗。法院、警察局、各个办事处、司令部、边境官职的秘书处及其他秘书处也有这么多卷宗。除去手头正在处理的各类文件，总共有大约五十万份文件，大人。这还不包括你这位混乱大王、懒惰大王和疏忽大王不经意间丢掉的那些文件。你还没把手弄丢，因为你还得用手吃饭。如果可以的话，大人，我要满怀敬意地告诉您，我为您效劳的意愿有增无减，如果您下发命令，哪怕是在无底洞里找头发我也在所不辞，更别提要我抓住那些造谣的恶棍了。你总是这样说，但是你一直没有消灭他们。文件丢失了，写匿名告示的人越来越多。关于那些文件，请允许我提醒您，大人，现在只差1820年的那份案件审理记录了，这份文件很有可能被您的贴身侍从——罪犯何塞·马里亚·皮拉尔偷走了。

1　贝尔-阿斯科（Bel-asco）是至高无上者为马里亚诺·伊格纳西奥·贝拉斯科（Mariano Ignacio Velasco，1742—1821）起的绰号，“Bel-asco”是对其姓氏“Velasco”的改写，在西班牙语中，“asco”一词有“恶心”之意。贝拉斯科是至高无上者的诽谤者之一，曾于1814年发表《巴拉圭人告同胞书》（*Proclama de un Paraguayo a sus paisanos*）。

经过大人铁面无私的审判，他已经得到了应得的处罚。就算不算上这条证据不足的罪名，他的其他罪名也不轻，这些罪名已经足以将他送到橘子树下枪决了。其他卷宗全部都在。请您原谅，大人，我得告诉您，卷宗甚至还多出来好多呢。只有你那双泡在水里的蹄子才能鼓捣出这种蠢事！那些文件——哪怕是被你那缺乏判断力的脑子判定为毫不起眼的文件——都有它们的重要性。它们是神圣的，因为它们详细地记录了祖国的诞生与共和国的形成。它们记录了它经历的诸多波折、它的胜利、它的失败、它功不可没的子孙、它背信弃义的叛徒，还有它不可战胜的生存意志。只有我知道，为了满足共和国的需要，当站立在共和国国徽上的雄狮狮皮不够时，有多少次我不得不为它补上一块狐狸皮。[1]一份一份地审查这些文件。拿着放大镜，用狼的眼睛，用蚂蚁的三只眼睛来搜查这些文件。即便蚂蚁完全失明，它们也知道自己在剪什么叶子。为了不减少你的当值时间，你要招募一群法院书记员、抄写员和书法家，这些人成天无所事事，只知道在广场上和市场上吃白食。把他们召集起来，关进档案室。让他们去搜寻那个字迹。到时，广场上的女人就不能写信了，而这些抄写员也吃不到他们的洛克罗[2]了，我们也可以从这些愚蠢至极的文件中脱身休息一段时间了。要是这些寄生在笔杆子上的蛀虫能成为国有庄园和国有牧场里的优秀耕地工、锄地工、小工，而不是这些比蝗虫还可恶的文字害虫，我们的国家该会得到多大的益处啊！

大人，抄写员有八千多个，可匿名告示只有一份。那我只能让他们轮流工作了，这样的话，从现在开始算起，他们需要二十五年才能

1 巴拉圭的国徽分为正反两面，正面正中是“五月之星”，“五月之星”周围环绕着棕榈枝与橄榄枝，绿枝外围为西班牙文“巴拉圭共和国”；国徽反面正中是一只金色雄狮，雄狮背后立有“自由之竿”，竿顶挂着一顶“自由之帽”（或“弗里吉亚帽”）。

2 洛克罗（Plato de locro），用肉、土豆、嫩玉米或南瓜加辣椒烹制的菜肴。

核查完这五十多万份文件……不，你这无赖，并非如此！把这份告示切成很小的碎片，直到每个碎片失去意义，直到没人能看出上面的内容。把这个难题分发给那些数以千计的粗心抄写员。找到一种方法，让他们能够相互监视。那个厚颜无耻的恶魔会自投罗网，它会栽在某句话、某个逗号上面。在令人精神错乱的相似之中，良心的黑暗会让它迷失方向。这个罪犯可能是他们当中的任何人，他有可能是这些抄写员中最微不足道的某个人。遵命，大人。虽然我还是要鼓起勇气告诉您，大人，这样做几乎没有必要。为何没有必要，你这懒惰之人？大人，我已经将每份文件的字迹都印在眼睛里了，包括最短的文件我都记住了。要是大人给我施加压力，可以说，我连文件上每个段落末尾的句号形状都能想起来。大人您可比我懂，要知道，如同看起来最相似的笔迹之间也存在细微差别一样，句号从来就不是完美的正圆。这一笔粗一点，那一画细一点。字母 t 的小胡子，随着写字之人力道不同，有的会更长，有的则会更短。字母 o 的小猪尾巴，可能朝上，也可能朝下，更别提字母的脚背和它们交叉的双腿了。字母的柱身、螺旋花纹、波形曲线和花体缠绕，大写字母的钟形字顶，还有用翎笔一气呵成的花体螺旋线，就像大人您在您至高无上的名字下面描画的螺旋线一样，有时它们会爬上书写的墙壁……不要再讲你那愚蠢的花体书写艺术了！我只想让大人知道我记得档案室里的所有卷宗，也记得里面的每一份文件。至少从大人您屈尊将我任命为您的机密书记员和最高政府的法院书记员开始，我便记得所有文件了，要知道曾经担任这个职位的人有唐哈辛托·鲁伊斯、唐贝纳迪诺·比利亚马约尔、唐塞瓦斯蒂安·马丁内斯·桑斯、唐胡安·阿夫东·贝哈拉诺，以及唐马特奥·弗莱塔斯。最终，我有幸取代了最后这位唐马特奥·弗莱塔斯。如今，唐弗莱塔斯在卡萨帕[1]享受他应得的退休生活。唐马特

1 卡萨帕（Ka'asapá，也作 Caazapá），巴拉圭卡萨帕省首府，距亚松森约 200 千米。

奥·弗莱塔斯生活在绝对的黑暗之中，他把自己关在家里，就像把自己关在一间牢房里一样。没有人在白天见过他。他就是一只猫头鹰，大人。他比树林深处的乌鲁库雷阿[1]还要隐蔽。只有在没有月亮的夜晚——月亮冰冷的火焰会在他的皮肤上催生出白麻风一般的疥疮，他的眼睛里会流出眼屎一般的液体——唐马特奥才会出门散步。月亮不出来的时候，唐马特奥才会出门。他把自己包裹在那件带有猩红色内衬的斗篷里，那是大人您送给他的斗篷。他的棕榈帽上插着一圈燃烧的蜡烛。周围的邻居如今看到这些火光都不害怕了，因为他们知道这顶亮堂堂的帽子下面是唐马特奥。那天夜里，就在我去卡萨帕调查那起牲畜失窃事件时，我问起他的事来，人们告诉我，也许你会在“博拉尼奥斯之井”下面找到他。

在那个黑漆漆的夜晚，我看到他顺着那口神奇的泉眼爬了上来。我看到那顶帽子孤零零地悬浮在空中，它像灯笼一样被火光笼罩。一开始，我还以为那是一群萤火虫，它们用身上的绿光照亮了那些龙舌兰。唐马特奥！我大声叫他。那顶插满蜡烛的帽子靠近我。唉，唐波利，这么晚了您在这地方做什么？我来调查国有牧场的牲畜失窃事件。啊，那些窃马贼！唐马特奥·弗莱塔斯说道，在我身边，他慢慢有了一点人的样子。您呢，一切如何？我没话找话。您看到啦，老同事，老样子，没什么变化。我觉得我应当和他说上几句玩笑话。怎么，唐马特奥，您这是在到处玩火烛公牛[2]呢？还是在干吗？我有些老啦，不能玩这个游戏了，他用有些嘶哑的尖厉嗓音回答道。您的帽子上有了这些蜡烛，您可就不会迷路了，老兄。不，我不可能迷路，不管怎样，不可能比现在还糟了。我非常熟悉这一片杂草地，如果我想，我甚至可

1　瓜拉尼语，意为“猫头鹰”。

2　火烛公牛（Toro-candil），巴拉圭斗牛模仿游戏，游戏者以牛角处燃有火烛的公牛头身支架佯装公牛，展开斗牛。

以闭着眼睛走遍卡萨帕。这难道是一种对神许愿的方式吗？我总是会在睡前来到“博拉尼奥斯之井”，喝上一口这圣泉里的圣水。没有比这泉水更好的药了。它能止泻，也能利尿。我们去我家吧，这样我们还能聊上一会儿。他把手搭在我的肩上。我感觉他的指甲钩住了我的斗篷毛边。我甚至没有意识到我们已经走进他的茅屋。他摘下帽子，把它放到一个罐子上面。他用他那卡瓜雷[1]一般的指甲熄灭了所有蜡烛，只留下燃烧后所剩不多的一小截蜡烛。大人，尤其是他的拇指和食指，它们钩状的指甲像剃刀一般锋利。他用一只大肚长颈瓶里的液体给房间洒了三次水。顷刻间，一股无与伦比的香味袭来，这股香味驱散了我一进门就闻到的那股闷热的恶臭，这种恶臭闻起来就像老人的小便和腐肉。现在，房间闻起来就像一座花园。我特意看了看房间的角落里是否摆放着一些芳香植物。后来，我只看到一些几乎紧贴房顶的黑影在那里飞来飞去，另一些黑影则成群结队地挂在屋顶的茅草上。

他从一个衣箱里拿出一条毯子，那条毯子看上去似乎是用近乎深棕色的羊毛或特别柔软的毛发编织而成。我更倾向于认为那是一种没有颜色的颜色，因为蜡烛微弱的光亮根本无法穿透这种纱线，光线越强，这种纱线越不容易看到。我想，假如虚空也有颜色，那么那条毯子的颜色应该就是虚空的颜色。您摸摸看，波利卡波。我伸出的手又缩了回去。别害怕，您摸摸看，老兄。我再次伸出手。那条毯子摸上去比丝绸、天鹅绒、塔夫绸和以前那种上好的荷兰亚麻布还要柔软。这种布料是用什么做的，唐马特奥？这种料子就像新生雏鸽身上的细毛，一种我不认识的鸟的羽绒，虽然在这个世界上根本不存在我不认识的鸟儿。他朝屋顶指了指：这种羽毛就来自这些在您头上飞来飞去的东西。这十年来，我一直在编织这条毯子，我打算在大人生日那天

1　瓜拉尼语，意为“食蚁兽”。

送给他。如果我这关节炎能允许我走五十里路去亚松森的话，今年的1月6号我会亲自把这份礼物给他送去，因为我听他们说我们的卡纳义[1]几乎没穿什么衣服，而且病得很重。这条毯子能为他保暖，它还会治好他的病。可是您这条毯子是用那种毛织的啊，唐马特奥！您觉得大人他会用这样的东西吗？我结结巴巴地说道，一度想要作呕。您很清楚，我们的卡纳义古阿苏[2]从不接受任何礼物。哎，唐波利！这不是礼物，这是治病的良方啊。这将是世界上最独一无二的毛毯。它很柔软，您自己刚刚也摸了。这可是世界上最轻薄的毛毯。要是现在我把它扔到空中，它得等到您和我变老才会掉下来呢。它还是最保暖的毛毯，没有任何寒冷能穿透这种织物。此外，它还可以对抗外界的炎热和内心的狂热。这是一条适合所有事物，并且能够抵御所有事物的毛毯。我望着屋顶，慢慢闭上了眼睛。可是，您怎么能够收集这么多长耳蝙蝠呢？它们已经认识我了，所以它们就来了。在这里，它们感觉很自在。也许，天快黑的时候它们会飞出去透透气，不过之后他们又会飞回来。它们在这里待得很舒服。它们不咬您，不吸您的血吗？它们可不傻，波利老兄。它们知道我的血管里只有污血。我会从树林里给它们带些小动物回来，那些在晚上出没的动物最有活力，它们的血液也最温热。我的姆博皮[3]们吃饱喝足，心情舒爽，所以它们长出的毛发才柔软细腻，只有摸惯了笔杆子的手，像您和我这样的手，才能将这些毛发纺织成纱，对其进行处理，再编结织造。他一边说，一边用他那极其细长的指甲拨弄烛芯。等到它们睡着的时候，我会带着如丝般温柔的眼神，用如丝般轻柔的动作将它们如丝般柔软的绒毛拔下来。我们的关系十分亲密。不过暂且撇开这条毯子不谈，我想我饲养

1　瓜拉尼语，意为“君主，首领，领导”。

2　瓜拉尼语，意为“伟大的首领”，至高无上者便被称为卡纳义古阿苏。

3　瓜拉尼语，意为“蝙蝠”。

的这些小动物也许能减轻大人的病痛。大概几年前吧，这地方有一个多明我会[1]的修士，此人因高烧不退而生命垂危，放血师用刺血针都没从他身上放出一滴血来。其他修士都以为他命不久矣，在与他告别后，这些修士便各自回屋就寝了。他们让一些印第安人为他挖好了墓穴，打算尽快将他安葬。那几天我刚好把一只不听话的蝙蝠关了禁闭，我好几天都没给它吃东西。我把这只蝙蝠拿到这个修士的窗边放了。这只蝙蝠飞过去，一口咬在他的一只脚上。蝙蝠在他身上喝饱血后就飞走了，留下了被咬开的血管。天亮之后，其他修士们回来看他，他们心想这人肯定已经死了。结果他们看到这位生病的修士容光焕发、精神愉悦，几乎已经痊愈了，他们看到他正坐在床上读每日祈祷书。多亏了那只行医济世的姆博皮，那位修士很快便恢复了健康。如今他是教会里最健壮、最有活力的人，据说他和那些印第安教民生的孩子最多，不过我并不关心这些流言蜚语，因为我日日夜夜都忙着为我们至高无上的大人编织这条毛毯。

您留在这里休息吧，波利卡波。我邀请您做忏悔。您的小床就在那儿。关于从前的那些美好时光，我们有好多话可以聊。他把那条毯子重新放进衣箱。唐马特奥的长耳“老鼠”们对着屋顶的阴影鼓动翅膀，发出尖厉的叫声，它们骷髅般瘦削细小的面孔上满是哀悼的神情。唐马特奥慢慢地脱下披风，任由自己赤裸枯瘦的骨架暴露在空气中。要是我不用这些小东西的毛发为我们的圣父做衣服，那我又该做些什么呢？您快休息吧，波利卡波。他刚要吹灭蜡烛，我就站了起来。不用了，唐马特奥，我马上就走了。我们度过了一段快乐的时光。警长还在等我呢。我想他们现在应该已经抓住那些偷盗牲畜的人了，如果是这样，天一亮就得枪决这些人，我必须在场签署枪决命令。用子

1　多明我会，天主教托钵修会主要派别之一。

弹打死那些强盗！年老的唐马特奥一边吹灭蜡烛，一边这样说道。*

*唐马特奥·弗莱塔斯，至高无上者的首位书记员，在后者去世半个多世纪后依然在世。他于一〇六岁高龄死于卡萨帕，死时子孙环绕，并受到全体村民的敬重和爱戴。他是一位真正的族长，被人们称为“多莫伊义比”（大爷爷）。我采访过他那个年代的老人，他们都坚决否认了波利卡波·帕蒂尼奥在其叙述中提及的“插满蜡烛的棕榈帽”的故事，以及唐马特奥怪异的幽禁生活，有些老人对此着实感到愤慨。“这是那恶意诽谤之人的污蔑之词，这个坏透顶的叛徒最后被执行了绞刑。”这是卡萨帕现任村长，同样百岁高龄的唐潘塔莱翁·恩格拉西亚·加西亚用富有韵律感却依旧坚定的嗓音在录音带里发表的见解。

关于我的卡萨帕之旅，我想我有必要提及一件事情。在回程途中，当我骑马跨越因涨潮而泛滥的皮拉波河时，我的磁带录音机和照相机掉进了河里。村长唐潘塔带着一小队护送人员随我同行，他立即命令手下的人将河水改道。任何恳求和理由都没能阻止他放弃这个打算。“您绝对不能丢了工具，就这样离开卡萨帕，”他气愤地吼道，“我不会允许皮拉波河洗劫从高原地区前来拜访我们的贵客。”全村人民在得知这一消息后，都赶来帮忙排水。男女老少群情激越地将这份“分外工作”变成了节日盛宴。傍晚时分，丢失的物品在河道淤泥中出现了，它们并未遭受较大损坏。随后，人们伴着录音带里的音乐跳起了舞，直至天明。太阳一出来，我又接着上路了。在一片欢呼声中，那些勇敢热情的人排起长队为我送行。这些男女老少的声音和形象，还有那里的绿水青山和如画美景，都久久地烙印在我的脑海里。当村长看到路途畅通，我能独自前行时，便与我道了别。我拥抱他，和他行了吻面礼。“非常感谢，唐潘塔莱翁。”我对他说道，我感到喉咙里打了一个结。“诸位真是无名英雄！”他向我使了个眼色，我手上的骨头被他握得嘎吱作响。“我不知道我们是不是无名英

雄，”他说，“但是自至高无上者执政以来，这些小事就是我们的义务，在国家利益面前，这是我们乐于承担的义务。”（编者附注）

你是世界上最无法无天的骗子。你是一只整天叽咕乱叫的大鸟。对你来说，死亡已经到来，你将立即死去，尽管这个过程迟缓漫长。我没能让你成为一位规矩正派的国家公仆。你永远找不到足够的理由来让自己闭嘴。为了不工作，你编造根本没有发生的事情。你不觉得你甚至可以用我来编造一个虚构的故事吗？绝对可以，大人！那将会是最神奇、最真实、最配得上您无上威严的故事。不，帕蒂尼奥，不。不能用绝对权力来编造故事。如果可以这样，那么至高无上者在文学和现实中就会变得多余。谁会写那样的书呢？像你一样无知的人、职业抄写员、骗人的伪君子、那些编辑愚蠢文章的愚蠢编辑。统治话语、权力话语、话语之上的话语，都将变成狡黠的谎言。它们会变成话语之下的话语。如果一个人一定要不惜一切代价来谈论某人，那么他只需要站到这个人的位置：他必须成为那个人。只有同类才能书写同类，只有死人才能书写死人，但是死去的人太虚弱了，你觉得你能在死前讲述我的一生吗，你这个邋遢的抄写员？你至少需要两位命运之神[1]的力量和技巧。嗯，不是吗，你这个编辑谎言与假话的人？在内心深处，你这只跟屁虫憎恶你的主人。回答我的话！嗯？不是吗？啊，算了吧。为了对自己有利，你甚至认为你欺骗我就是为了保护我，你这是在一点一点地剥夺我自己出生、自己死亡的权力，你这是在阻止我成为自身的注解。专注于一种想法也许是使其变为现实的唯一方法：那条由马特奥·弗莱塔斯编织的看不见的毛毯，那条无法盖住我身体的毛毯。我看到过那条毛毯，大人！这还不够，你看到了并不代表你已经

1　指希腊神话中的命运三女神克罗索（Clotho）、拉克西斯（Lachésis）和阿特罗波斯（Atropos），她们负责掌控众神及凡人的命运。

知道了。“视觉上的看到”模糊了你收集式的记忆，所以你根本不可能找到那些写匿名告示的人。我们假设你和他们中的某个人在一起，假设我就是一个匿名告示的作者，我们谈论非常有趣的事情。你给我讲故事，我给你讲故事。你闭上眼睛，陷入不可抗拒的诱惑之中：你以为自己可以隐身。你睁开眼睛，你觉得一切一如往常。你开始打喷嚏，两个喷嚏之间所有的一切都发生了变化。这就是你的记忆无法看到的现实。

大人，如果您允许的话，我要说，这么说吧，我觉得我这双将要被泥土吞噬的双手纵使没能好好记录下您说的话，也至少一词不漏，甚至一字不漏地记录了您给我口述的内容。你没有明白我的意思。把你的好眼睛睁开，坏眼睛闭上。你的耳朵要注意聆听我对你说的话语的含义：哪怕你的记忆天生就比那些动物强，哪怕你的语言能力天生就比它们好，如果不深入事物内部，你将永远一无所知。你不需要用舌头来做这件事，相反，舌头会妨碍你。所以，除开为了让你保持头脑清醒而用来凉脚的脸盆外，我还要命人给你的嘴里塞上东西。如果我们的敌人没有像他们善意承诺的那样，先行将你绞死，那么当你的大限之时到来时，我会亲自让你目不转睛地看着太阳。在它的光线灼伤你瞳孔的那一刻，你将会收到命令：用手指拉长你的舌头，将它置于两排牙齿之间。然后，你会一拳打在你的颌骨上。你的舌头会跳到地上，它会像一只被腰斩的鬣蜥的尾巴，在地上蜿蜒爬行。它将向大地带去你的问候。你会觉得你摆脱了一个无用的负担。你会想：我是个哑巴。事实上，这是在以一种沉默的方式诉说：我不是哑巴。只有到那时，你才能获得一点智慧。

我要给我手下忠诚的“地方总督”们口述一份通令，我希望他们也能够享有我为他们所立功绩而做出的允诺。

各位代表、卫戍指挥官及军区指挥官，

各位代理法官、地方长官、

财务总管、财务官、税务员

以及其他当局机构：

随函所附的这份臭名昭著的匿名告示抄本再次证明颠覆分子正在犯下日益严重的罪行。这并非诸多传单、诽谤文章和各类不久前几乎每天都纷至沓来的匿名人身攻击中的又一起简单事件，这些人错误地认为我已被年龄、糟糕的健康状况，以及为祖国服务而患上的宿疾所击垮。这并非颠覆分子们耸人听闻的抨击和攻讦中的又一起简单事件。

首先，请大家注意一个事实：他们不仅敢用不光彩的死亡威胁我们这些共同肩负国家重担之人，而且他们现在已经胆敢做出更加背信弃义的行为——伪造我的签名，模仿最高政令的行文。他们这样做有何目的？他们要扩大这种极不公正的嘲讽对无知民众的影响。

其次，今日，这份匿名告示被人发现钉于教堂门上，在此之前，这是一个一直受到颠覆分子尊重的地方。

再者，这份威胁性的讽刺政令明确地提出了一种按照政府等级制度划分的刑罚等级。诸位是我的左膀右臂、股肱腹心，这些颠覆分子为各位准备了绞刑架和郊外牧场的万人坑，而这些万人坑上并未安置任何纪念性质的十字架或标志。而我，作为最高政府首脑，自然会得到他们的款待：他们让我下令将自己斩首，他们让我将自己的头颅悬挂在广场的耻辱柱上，暴晒三天三夜，并将这一地点指定为民众庆祝活动的中心；最后，他们还让我把自己的骨灰撒入巴拉圭河，作为守护神庆典的高潮。

这些匿名的蹩脚作家到底在控诉我什么？是给了这个民族一个自由独立的主权国家？或者更重要的是，给了他们民族认同感？还是自这个国家诞生之初，便保卫它不受内乱外敌的攻击？难道这就是他们控诉我的原因？

一想到我已在公共意志体制上彻底建立了我们的政治复兴事业，这些人便怒火中烧。一想到我已在城市和乡镇恢复了人民的力量，他们便怒火万丈。我延续了那次起义，那是这片大陆上爆发的第一次真正意义上的革命，它比华盛顿、富兰克林和杰斐逊在其广阔无垠的国土上发起的革命还要早，它甚至发生在法国大革命之前。

诸位必定不了解这些重大事件，为了全面了解革命事业的重要性、正确性和持续性，我们必须对这些重大事件进行反思。

诸位几乎都是经验老到的官员。然而，由于受公务所缚，你们中的大多数人都未曾深入了解这些存在于我们历史中的问题。我更希望你们成为忠诚的公职人员，而非饱学之士。我希望你们能够执行我的命令。我并不关心一个人拥有什么能力。我唯一的要求就是他能够胜任工作。我最得力的手下都是普通人。

在永久独裁统治之前，巴拉圭充满了抄写员、神学家和饱学之士，而非理应存在的耕种者、农民和劳动者，如今我们拥有了后者。那些学识渊博的傻瓜幻想建立一个管理文学、艺术和科学的亚略巴古，我粉碎了他们的幻想，于是他们变成了匿名告示和讽刺传单的作者。那些能够保全性命的人逃走了，他们化装成黑人溜走了。这些人是诽谤种植园中的黑奴。在国外，他们变得更加无法无天。他们背叛自己的祖国，他们用一种不属于巴拉圭的视角来审视巴拉圭。而那些没能移民的人，则在他们黑暗的洞穴中不停迁徙，居无定所。这些自负、堕落、无能的颠覆分子在我们的农耕社会中找不到安身之所。他们的知识成就在这里有什么意义呢？在这里，种植木薯或玉米比涂写煽动叛乱的传单更有用处；为被虱子折磨的动物除虫比乱写传单，践踏祖国尊严、共和国主权和政府颜面更为适宜。他们越是追求博学多才，就越不想成为巴拉圭人。接下来还有那些书写篇幅更为庞大的"匿名告示"之人。他们会把这样的"匿名告示"称为历史书籍、小说，以及符合时下口味或是他们兴趣的虚构故事。这些预言过去的人将会在这些"匿名告示"里讲述他们编造的谎言，他们会讲述那些未曾发生的历史。要是他们的想象力还算凑合，那还不算完全糟糕。历史学家和小说家会将他们的谎言装订成册，并高价出售。对他们来说，讲述事实并不重要，重要的是让大家知道他们正在讲述"事实"。

眼下，我们并不关心我们的身后之名，并非所有人都能享有这份礼物。总有一天，它会回过头来寻找我们。我只把我牢牢掌握的东西变成现实，我只指挥属于我权力范围内的东西。但是，作为最高统治者，我同时也是你们的国父、朋友与同伴。作为一个无所不知的人，我会慢慢告诉你们继续前行必须要做什么。不错，我会给你们下发指令，不过，我也会将与我国起源及其命运相关的知识告诉你们，因为你们缺乏这些知识。

我们总有时间去赢得更多的时间。

当我们的国家还是所谓的西印度帝国[1]或西印度殖民地的一部分时，一位在查尔卡斯检审庭[2]担任听诉官的王室公务员——何塞·德·安特克拉·伊·卡斯特罗[3]在抵达亚松森后目睹了两个多世纪

---

1 亦称卡斯蒂利亚西印度帝国（Reinos Castellanos de Indias），指在西班牙王室发现并征服美洲之后，处于其统治之下的各个政体。

2 全称查尔卡斯拉普拉塔皇家检审庭及办事处（Audiencia y Cancillería Real de La Plata de los Charcas），西班牙帝国在殖民地设立的兼有行政和立法职能的司法机关，直接隶属于西班牙国王，是国王在殖民地的主要代表，也是仅次于总督府的重要殖民机构。由于亚松森、布宜诺斯艾利斯及其他拉普拉塔河沿岸地区在当时并不受重视，因此，直到17世纪，这些地区仍由位于玻利维亚的查尔卡斯检审庭管辖。查尔卡斯检审庭的法官名为听诉官（Fiscal Oidor），这一名称来自西班牙语动词"oir"（听），意指听诉官有义务倾听司法程序的各个部分，尤其是上诉阶段。

3 何塞·德·安特克拉·伊·卡斯特罗（José de Antequera y Castro，1689—1731），（接下页）

以来重压在巴拉圭身上的不幸之石。他直言不讳：人民的主权优先于一切法律，人民的权力高于国王本人的权力。他在亚松森市政会做出了这样的裁决，众人惊愕。这位从天而降的年轻法官到底是谁？难道检审庭如今竟成了疯人院？我们没有听清您说什么，听诉官先生。

何塞·德·安特克拉开始在文字和现实里火速留下他作为调查法官做出的判决：人民没有放弃他们的主权。人民将主权授予政府的行为绝不代表在政府破坏了作为一切法律之源的自然理性规则时，人民会放弃行使他们的主权。只有喜欢遭受压迫的人民才会遭受压迫。我们的人民并非他们当中的一员。他们的耐心不是顺从。压迫者们，你们更加不能指望他们的耐心会像你们向他们承诺的死后幸福一般绵延无期。

这位调查法官带着信念来到这里，而他的信念并不是在胸前画十字的煤炭工的信念。他来到这里，并目睹了一切。他深入细致地进行了调查，对自己的所见所闻气愤不已。专制主义的腐败已然泛滥成灾，统治者们买卖官职。为了继续收取多乌隆金币[1]，王室对那些拥护其宗主国地位的官员总是网开一面。我能把永久独裁者的职位卖给诸位吗？我看到你们虚伪地点了点低垂的头颅。好吧，迭戈·德·洛斯·雷耶斯·巴尔马塞达用一把帕塔孔银币[2]买下了巴拉圭的统治权。安特克拉一脚将荒淫无度的雷耶斯踢了出去，后来，此人跑到布宜诺斯艾利斯

（接上页注3）查尔卡斯检审庭的听诉官，曾在巴拉圭担任调查法官。他曾试图解决巴拉圭与西班牙驻亚松森省长迭戈·德·洛斯·雷耶斯·巴尔马塞达（Diego de los Reyes Balmaceda）之间的冲突。当时，西班牙官商逐步控制了巴拉圭亚松森城的商业活动，当地白人商人对此十分不满，矛盾不断激化。后来安特克拉加入巴拉圭阵营，雷耶斯被罢免，安特克拉被推举为新的省长。这次事件导致了巴拉圭公社起义。

1　西班牙古金币。

2　一种古银币。

总督那儿去诉苦。这些西印度帝国就是如此腐败。

衣冠楚楚的城市寡头政治家在赐封地[1]打包印第安人的尸体，处于教袍统治下的广阔领地属于耶稣会教士——这个“国中之国”[2]拥有的臣民比国王本人还要多。

在伊拉那[3]建立的王国中，前来寻找“黄金国”[4]的四百位幸存者并没有找到这座“光辉之城”，相反，他们找到了一座世外桃源。这座世外桃源就在这里。接着，他们在新石器时代的玉米地里建立了一个新的乐园。划掉新石器时代这个词，还没人使用这个词。无数古铜色皮肤的女人，任其消遣享用。

安特克拉的呐喊声唤醒了公社社员[5]，他们揭竿而起，开展反对王权和专制制度的起义运动。咒骂声、哀叹声、祈祷声汇成一片。他们收买议员，策划阴谋，印制诽谤文章、讽刺诗文、传单、讽刺画和匿名告示——他们效仿着今天正在发生的一切。耶稣会教士们指控安特克拉企图以“何塞一世”这一封号自立为巴拉圭国王。在那之前，他们曾打算将他们的共产主义国家变成君主国，他们想让印第安人尼古拉斯·亚布古阿伊加冕为巴拉圭国王，封号尼古拉斯一世，他们打算让

1 指拉丁美洲殖民时期划归殖民者管辖的土著居民村落。

2 耶稣会曾在巴拉圭建立大量的传教区，除实现自给自足外，这些传教区还生产经济作物、输出农产品，他们甚至建立了自己的军队，以抵御各路人马的进攻。耶稣会传教区在巴拉圭取得了空前的成功，由此建立的耶稣会王国逐步成为一个“国中之国”，威胁着殖民者及西班牙王室的利益。1767年，西班牙国王下令驱逐耶稣会，耶稣会势力自此没落。

3 指多明戈·马丁内斯·德·伊拉那（Domingo Martínez de Irala，1509—1556），西班牙殖民者、征服者和探险家。曾三次出任巴拉圭和拉普拉塔临时省长。其在位期间，巴拉圭成为一个疆域相对独立的殖民地，此外，他还为巴拉圭确立了政治制度模式，这种模式一直持续到巴拉圭取得独立。由于他促进了巴拉圭的繁荣并维持了相对的和平，因此被称为“巴拉圭国父”。

4 黄金国（El Dorado），流传在印第安人传说中的一个王国或城市，据说那里遍地都是黄金。自西班牙人发现美洲大陆开始，这一传说便不断诱惑着西班牙殖民者，无数冒险家、士兵和印第安人曾为此丧命。

5 公社社员（Los comuneros），指巴拉圭克里奥约人（土生白人）为反对西班牙统治而进行公社起义（1721—1735）的成员。

此人成为马梅卢科人[1]的君主。请您原谅，大人，我没有听清有关巴拉圭国王们的那段话。不是你没有听到，而是你老早就听不懂你听到的话了。让黑人皮拉尔给你讲述这段历史吧。帕蒂尼奥，巴拉圭国王们的故事只是一个寓言，就像《伊索寓言》一样。黑人皮拉尔会给你讲述这些故事。大人，如您所知，黑人何塞·马里亚·皮拉尔已经不在了。要说在的话，那他也在地底下了。没关系，你告诉他，让他把这些故事讲给你听。这些故事就应当放在地底下讲，听的人就应当骑在墓碑上听。他曾经讲过这个故事，大人，虽然是以另一种方式——他曾在经受鞭打后在真相室中讲过这个故事。当时，在我看来，这纯粹就是您的前任贴身男仆兼内廷侍从的虚张声势。这是严刑拷打逼他讲出的不着调的假话。预审法官本人唐阿夫东·贝哈拉诺告诉我，不要将这段不合时宜的话写入审判记录。这个卑鄙无耻的黑人说了什么？大人，他赌咒发誓地供认说，自己备受折磨且即将遭到处决的原因仅仅是他想以“何塞一世”的封号成为巴拉圭国王。他说这话的时候还一把鼻涕一把泪，他的脸上挂着微笑，内心藏着魔鬼。他还说了一些厚颜无耻的话，因为唐阿夫东的命令，我同样没有将它们写入审判记录。那是这位不足为信的犯人发表的不幸预言。那是神经错乱。你还没学到吗，法院书记员？神经错乱可比自愿招供更能让人吐露真相。难道这个骗子没有试图贿赂你？难道他没说他要在他的黑人王国里为你找一份机要文书的工作吗？看在上帝的分上，大人，没有！难道他没有向你承诺，让你做他的巴拉塔里亚岛领事[2]吗？大人，要是这样的话，贝哈拉诺和我就都得成为“小岛的灵石”[3]了。两个“灵石”，就像庞培和

1 马梅卢科人（Mamelucos），葡萄牙白人与土著人的混血人种。

2 巴拉塔里亚岛（La ínsula barataria）是《堂吉诃德》中的公爵和公爵夫人为了捉弄桑丘而编造出来的一个地名，他们曾将桑丘任命为巴拉塔里亚岛的总督（cónsul），该词在西班牙语中也意为“领事”“执政官”。

3 这是帕蒂尼奥的错误说法。和桑丘一样，帕蒂尼奥常将发音相似的词语弄混，（接下页）

恺撒，就像大人您和富尔亨西奥·耶格罗斯[1]——这个卑鄙无耻的叛徒已经和他的同谋在橘子树下得到了应有的惩罚。

你不是也幻想着有一天能够成为巴拉圭国王吗？绝对没有，大人。您自己就常说除非人民和统治者是同一个人，否则做国王根本没有意义；但是，要做到这一点并不是非得做国王，做一位像大人一样杰出的最高统治者就行了。不过，你也看到了，就像美洲大陆上的其他国家一样，在这里，自独立以来，君主制病毒便一直飘荡在巴拉圭上空。比起让牛患病的白喉病毒和牛痈病毒，它的势头有过之而无不及。侍从、机要文书、学者、军人、神父，所有人都染上了热病，所有人都想成为国王。

到哪儿了？我们在厕所里，大人。你总是舍本逐末，抓不住问题的核心。我问你最后一段讲到哪儿了，你这个浑蛋。我来读吧，大人：他们指控安特克拉企图自立为巴拉圭国王，封号“何塞一世”。不！不！不！这绝不是我说过的话。像以前一样，你又把我口述的内容弄错了。慢点写，不要着急。你就设想自己只有八天的时间可以活了，那么这八天的时间就可以变成八年。那你便不会拖延时间，迟迟不解决问题了。如果你只剩下一个小时，那就更好了，这一个小时的时间会同时具有这样的优点：它稍纵即逝却又悠远漫长。一个人只要拥有这样一

（接上页注 3）在这里，他想说的其实是“小岛的领事”（cónsul de ínsula），结果他错误地将其说成“conful de ínfula”，由于“conful”在西班牙语中并不存在，而“ínfula”一词指“自负或傲慢”，故在此我们也按照发音相似的原理，直接将其译为“小岛的灵石”。

1　富尔亨西奥·耶格罗斯（Fulgencio Yegros，1780—1821），巴拉圭政治家、军事家。他曾参与拉普拉塔总督辖区反抗英军侵略之战，曾带领军队抵抗企图兼并巴拉圭的布宜诺斯艾利斯军队。1811 年 5 月 14 日，巴拉圭宣布独立，富尔亨西奥、弗朗西亚与佩德罗·胡安·卡瓦列罗成立洪达政府，富尔亨西奥担任主席。1813 年，富尔亨西奥与弗朗西亚建立执政官政府。1820 年，由于卷入一场推翻弗朗西亚的阴谋活动，富尔亨西奥遭到逮捕，1821 年，在经受折磨和拷打之后，他在亚松森被执行枪决。

个小时，那么他的所有时间就不算虚度。一个人在这样一个小时里做的事情甚至比他在一个世纪里做的事情还要多。被判处死刑的人是幸福的，至少他准确地知道死亡的具体时间。要是你身处这样的境地，你就会明白。你对仓促的热情源于你认为自己总是身处当下。那些宣称自己活在当下的人是被误导了。你开始明白了吗，帕蒂尼奥？我跟您实话实说吧，大人，我听懂的不多。在我记录您口述的内容时，我根本无法把握这些话语的含义。我只顾着小心翼翼地把单词写得尽可能整齐清晰，所以我无法理解它们到底在表达什么。每当我试图理解听到的内容，那一行字就被我写得东倒西歪，单词写错地方，句子写错地方，字母都写倒了。大人您总是一直讲，而我一不留神便不知所措，卡在某个地方。我大汗淋漓，汗水在本子上积聚成河，然后，您可就完全有理由发怒了。我们又得从头开始。但是，当我给墨汁撒上吸墨粉，再去阅读大人您签好字的文本时，在我看来，这些句子的含义却又变得再清楚不过了。

把蒂内教徒[1]——神父洛萨诺的书递给我。要揭示事情的真相，就要将它与想象的谎言进行对比，没有比这更好的方法了。这个讨厌的削发僧[2]可是炮制了一个极其奸诈的谎言。他是何塞·德·安特克拉最忠实的诽谤者。他撰写的《巴拉圭大省革命历史》与公社起义及其领导人针锋相对。安特克拉无法在如此卑劣的行径面前自保，因为他已经遭遇了两次暗杀。神父佩德罗·洛萨诺将所有针对这位公社起义领导人的谣言、谎言和诽谤收集起来，他试图第三次将其暗杀。这与那些针对我的讽刺传单作者现在及以后要做的事简直如出一辙。那些跑

1　指圣卡耶塔诺教会（La orden de San Cayetano）的教士，广义上的耶稣会教士。

2　早期基督教僧侣在领受圣职前会进行削发仪式。

到国外的蹩脚作家则会因为路途遥远而逍遥法外，他们甚至会鼓起勇气，厚颜无耻地为这样的卑劣行径署上他们的名字。

把那本书给我拿来。大人，书不在这里。您把它放在奥斯皮塔尔军营了。那就给它面包和水，让它活着。每天给它一份泻药，直到它死去，或者，直到它往下水道里吐出所有谎言。大人，巴依[1]洛萨诺不在这里，据我所知，他从来就没在这里待过。我让你把《巴拉圭大省革命历史》给我。它们被放在奥斯皮塔尔军营了，大人。我说的是那本历史书，你这个浑蛋。那本历史书在奥斯皮塔尔军营，大人，您把它锁在柜子里了。您住在那儿的时候把它丢在那儿了。

我们才讲到殖民地的第一段危机岁月。一个世纪前，何塞·德·安特克拉来到了这里，他艰苦斗争，从不屈服。布宜诺斯艾利斯大省省长——“著名的”陆军少将布鲁诺·毛里西奥·德·萨瓦拉[2]带领数十万米西奥内斯[3]的印第安人入侵巴拉圭。他有凹陷的下巴、卷曲的头发，他的身影出现在侵略大军最前方。那是绵延五年的激战，死伤无数。自圣者费尔南多三世[4]和智者阿方索十世[5]以来，从未有过如此浴血之战。推迟了几个世纪的中世纪到来了，它开始砍伐雨林、摧残人类、

1　瓜拉尼语，意为“神父”。

2　布鲁诺·毛里西奥·德·萨瓦拉（Bruno Mauricio de Zabala，1682—1736），西班牙军事家、政治家。他建立了蒙得维的亚城（即今天的乌拉圭首都）。1725 年，萨瓦拉带领一支由塔佩人（Los tapes，瓜拉尼人的一支）组成的军队镇压了第二次巴拉圭公社起义。

3　米西奥内斯（Misiones），现今阿根廷省份之一，位于阿根廷东北部。

4　费尔南多三世（Fernando III，约 1199—1252），卡斯蒂利亚王国国王。其在位时曾远征安达卢斯（即今天西班牙南部的安达卢西亚，711 年至 1492 年间，这片土地一直处于阿拉伯人和摩尔人的统治之下），收复科尔多瓦、塞维利亚等南方重镇，在西班牙收复失地运动（La Reconquista）中取得了辉煌成就。1671 年，费尔南多三世被罗马教皇克雷芒十世封为圣徒，称为“圣者费尔南多三世”。

5　阿方索十世（Alfonso X，1221—1284），费尔南多三世之子，卡斯蒂利亚王国国王。阿方索十世是当时欧洲最有学问的国王之一，因此被称为“智者”。其在位时政绩卓越，且对西班牙的文学、科学、历史和法律做出了极大贡献，为西班牙带来了文化的繁荣。

侵蚀巴拉圭大省的权力。

在这次激烈的战斗中，每个人都盯着一个太阳轮，它由纯金铸成，大小有如一个马车车轮[1]。布宜诺斯艾利斯的撒拉逊人[2]、耶稣会帝国的教士和那些克里奥约–哥特佬[3]土著领主砍掉了抗军们的头颅，挖出了他们的内脏。安特克拉被押送到利马，还有胡安·德·麦纳[4]——安特克拉手下驻亚松森的最高副官。在他们骑着骡子去往断头台的路上，有人用火枪处决了他们，暴动的民众根本来不及解救他们。为了确保万无一失，他们的尸体被扔到了断头台上，刽子手砍下了他们的头颅。这是为美洲独立而抛落的第一对头颅。历史学家们声音洪亮，但这并不意味着这件事没有发生。从那以后，我便不再相信任何人的所见所闻。一百年转瞬即逝。在这个世纪结束的前一天，我为那次起义画上了句号，这一次，换作我在这片殖民地上振臂高呼：西班牙人的权力走向了尽头。不只是波旁王朝的权力走向了尽头，被各个总督区首领篡夺的权力也走向了尽头。在革命面具的粉饰下，君主霸权主义被白人霸权主义所取代。这样的结果比先前还要糟糕两倍。

在巴拉圭，情况也是如此。在这方面，亚松森并不比布宜诺斯艾利斯好。亚松森是都城，它是城市的缔造者。然而，正如某些王室敕旨所言，它同时也为征服者提供支持和庇护。这就是它肩负的不光彩的荣耀。

寡头政客们妄图依靠财富和牲畜的增长继续存活到时间的尽头，他们整日无所事事。他们是公社起义叛徒的后代，是贵族–加略人[5]，是

---

1 意指所有人都冲着黄金而来。

2 中世纪欧洲人对阿拉伯人的称呼。

3 克里奥约–哥特佬（godo-criollos），哥特佬是拉丁美洲独立战争时期对西班牙人的蔑称，克里奥约人指在美洲出生的土生白人。

4 胡安·德·麦纳（Juan de Mena，？—1731），曾与安特克拉一起参加公社起义，后被处决。

5 指犹大，犹大也被称为加略人犹大，《新约》中耶稣最初的十二门徒之一，受（接下页）

拿了三十块银钱的贿赂就出卖安特克拉的人。他们是走私集团，是窃取人民权利的帮派。他们是赐封地领主的私生子，是坐拥田地和俱乐部的少爷，是自封为贵族的“埃乌帕特里达”[1]。在下面做一个脚注：这里的“埃乌帕特里达”表示庄园主。他们是封建主，是掌管田地、生命和庄园的主人。不，还是划掉“埃乌帕特里达”这个词吧。他们会看不懂，他们会把这个词胡乱地放到公文里。这些人对自己不明白的一切非常着迷，可他们对雅典和梭伦[2]又有什么了解呢？你对雅典和梭伦有什么了解吗？除了尊驾跟我讲的内容之外，我一无所知。你接着写上：另一方面，这个词在巴拉圭没有任何意义。就算巴拉圭曾经有过贵族，现在他们也不存在了。他们要么死了，要么被关了禁闭，尽管这些固执又满是缺陷的民族基因依旧生生不息：克里奥约-哥特佬的基因依旧在加略人的基因链上无休无止地分化繁殖。这些人曾经是，并且以后也将继续成为妄图背叛政府的加略人犹大。一个世纪之前，他们就背叛了祖国的事业。叛徒永远都是叛徒。他们以前这么做，以后势必也会继续向布宜诺斯艾利斯人、巴西人、出价最高的欧洲人和美国人出卖我们的祖国。

他们无法原谅我闯入他们的领地。他们蔑视我给予“粗人”和“乡巴佬”的公正待遇——这便是这些精致的灵魂给予平民们的称呼。他们忘记了，正是这些土里土气的平民一直在任劳任怨地维护他们的庄园。对这些地主少爷和俱乐部恶霸来说，平民不过是用来耕作的工具而已。他们是既能犁地又能生育的机器，他们是被赋予了生命的器具。他们跟随太阳的指令，拖着磨破的膝盖，在地主老爷们的封地里辛苦

（接上页注 5）三十块银钱贿赂而背叛耶稣。他的名字常用来指代背叛。

1 原指希腊阿提卡地区的贵族或世袭贵族。

2 梭伦（Solon，约公元前 640—约前 558），古代雅典的政治家、立法者、诗人，古希腊七贤之一。

劳作，直到夜幕降临。他们没有休息日，没有家园，没有衣物，除了满身的疲惫，他们一无所有。

在我接管政府之前，“唐”这个尊称把这里的人民分成了“享受尊称的主人”和“没有尊称的农奴”。这是有头有脸之人与劳苦大众的对立。一边是懒惰的克里奥约-哥特佬庄园主，另一边则是被钉在十字架上的奴隶。这些人是永远活着的死人，他们是小工、佃农、撑筏人、船工、挑山工、划桨手、马黛茶茶农、伐木工、牧人、手艺人、行商和山地居民。他们中的一些人成了武装奴隶，这些武装奴隶必须保卫“卡罗易卡佳陀依”[1]克里奥约人的领地。烦请尊驾好心重复一遍我刚刚听漏的那个词。你就简单地写上“主人”吧。难道这些尊贵的主子还希望忍饥挨饿的农奴在任劳任怨后还要爱戴他们的主人吗？这些劳苦大众，换句话说，这些既能劳动又能生育的贫民创造了所有财富，染上了各种疾病，那些有钱人却享受着各种福利。这是两种看上去不可分割的状态。对集体利益来说，两者都很致命：前者造就霸权，而后者造就暴君。如何在富人与穷人之间建立平等？您就别为这些虚妄的幻想劳心费神了！革命前夜，布宜诺斯艾利斯人佩德罗·阿尔坎塔拉·德·索梅耶拉[2]这样对我说道。您这个仁慈的心愿和梦想无法在现实中实现。您看，唐佩德罗，正是因为形势正在不断地破坏平等，所以革命的力量才应当一直倾向于维持这种平等：不能让任何人富裕到能够用钱购买其他人，也不能让任何人穷到被迫卖身为奴。啊，啊，布宜诺斯艾利斯人惊叫道，难道您想分配少数人的财富，以便让所有人平等地陷入贫困吗？不，唐佩德罗，我想将这两个极端集中到一起。何塞先生，您想做的是消除阶级。没有自由就无法获得平等，唐佩德

1 源于希腊语，意为“高贵的，贵族的”。

2 佩德罗·阿尔坎塔拉·德·索梅耶拉（Pedro Alcántara de Somellera，1774—1854），阿根廷政治家、法学家。他是1824—1827年布宜诺斯艾利斯大省制宪议会的议员，也是1826年阿根廷宪法的签署人之一。

罗·阿尔坎塔拉，这就是我们应当集中的两个极端。

就这样，我开始治理这个国家，在这里，穷人无足轻重，恶棍遍地横行。当我在1814年执掌最高权力后，我对那些三番两次在我面前暗示可以在上层阶级支持我的人说道：先生们，从现在开始请收起你们的好意。鉴于国家目前所处之形势，鉴于我本人目前所处之形势，从今天开始，对我来说，唯一的贵族就是平民百姓。那时，我并不知道伟大的拿破仑已经发表过同样的或类似的演讲。后来，拿破仑被人轻视，被人击败，因为，他背叛了国家的革命事业。

（在私人笔记本上，陌生字迹）

你又做了什么呢？……（段落剩余部分已被烧毁，无法辨认）

与这位伟大人物之间发生的巧合令我备受鼓舞。任何时候，在任何情况下，他都知道自己下一步应当做什么，并且他一直都这么做。这是你们这些国家公仆至今仍未学会的东西，而且，从你们让我感到无法喘息来看——你们在公文里对极其琐碎之事提问、求教、发表愚蠢的意见——你们也不会去学。要是你们终于做成了什么事情，我还必须想办法弥补它带来的危害。

至于那些寡头政客，他们之中没有一人读过梭伦、卢梭、雷纳尔[1]、孟德斯鸠、洛兰[2]、伏尔泰、孔多塞、狄德罗的作品。删掉这些名字吧，想必你也不知道如何正确拼写这些名字。他们之中没有一人读

1 指纪尧姆·托马斯·弗朗索瓦·雷纳尔（Guillaume Thomas François Raynal，1713—1796），法国启蒙时代作家、知识分子。

2 指亚历山大·奥古斯特·勒德吕-洛兰（Alexandre Auguste Ledru-Rollin，1807—1874），法国政治家。

过这些人的只言片语，他们读的是《信奉天主教的巴拉圭》[1]、《基督教纪年》[2]和《圣徒选集》——这些想必早已做成纸牌的古书。他们翻阅《巴拉圭大省杰出人物年鉴》，在攀附上自己的家族后，他们显得无比迷醉。他们不愿去理解，在某些不幸的情况下，保有自由需要他人付出代价。在这样的情形下，除非奴隶成为完全的奴隶，否则公民便无法获得完全的自由。他们拒绝接受这样的事实：所有真正的革命都是财产的交换、规则的交换。革命是对整个社会进行深刻的变革，而不单单是在外墙脱落的坟墓上涂一层白灰。我朝着前方继续行进，我跟随着这些老爷、商人和镀金恶棍的脚步。我让他们从万般享受中摔倒在地，跌落谷底。没有人为他们送去一丝慰藉。

我为贫富阶级撰写了平等公正的法律，我毫不犹豫地让这些法律得到了严格的执行。为了建立公正的法律，我废除了不公正的法律。为了建立公民权，我废除了不公正的权利——三个世纪以来，这些不公正的权利一直在殖民地上一成不变地运行。我终结了不合时宜的个人所有制，将个人所有制变成了集体所有制——这是唯一合乎时宜的方法。我终止了克里奥约人对本国公民非法的统治和剥削，在他们看来，这是世界上最自然不过的事情，因为面对这片土地上骄傲的混血少年，他们自认拥有所谓的长子权。我与印第安部族商定了条约。我为他们提供武器，以便他们能够保卫自己的土地免受敌对部落的抢掠。不过，我也将他们限制在他们的自然领地之内，严禁他们犯下白人教会他们的暴行。*

1　何塞·弗朗西斯科·桑切斯·拉夫拉多尔神父（José Francisco Sánchez Labrador y Hernández）的著作，他也是语言学家、动植物学家、博物学家和探险家，另著有《自然巴拉圭》《文化巴拉圭》。

2　法国耶稣会教士让·科诺伊赛特（Jean Croisset）编写的宗教专著，此书展示了罗马天主教圣人历，包含带有圣徒事迹的圣徒祭日表。

*鉴于村民们对印第安人频繁入侵、偷盗劫掠农村财物的行为怨声不断，永久独裁者在1816年3月颁布的一份长篇政令中严厉指责驻守边境的部队指挥官们失职无能，并即刻安排骑兵增援阿雷库塔库阿[1]、曼杜维拉[2]、伊皮塔[3]及瓜雷波蒂[4]的分遣部队。政令要求所有边境部队全副武装，于邻近村落间不断巡逻，目的是对这些野蛮人的所有入侵行为做出还击。这份政令同时要求各部队指挥官对行动中可能出现的任何退缩行为负责。根据这份政令，必须对所有因偷盗被捕的印第安人施以矛刑，将其头颅插于长矛之上，以每隔五十巴拉[5]的距离安放于入侵之处。

在不断入侵北部地区的印第安人中，最令人闻风丧胆的是帕亚瓜人[6]。他们行踪不定，居于游牧的部落和村落[7]之中。帕亚瓜人的袭击手段极其奸诈狡猾，他们以偷盗牲畜和渔猎为生。不过，有少量印第安人在康塞普西翁以北不远处安营扎寨，他们以独木舟相助，搭载邻近部队追击这些狡猾的帕亚瓜人，并于1816年年末成功镇压了五千名帕亚瓜人的突袭行动。这些人均被施以矛刑，他们的头颅被插于长矛之上，以每隔五十巴拉的距离沿其入侵地区之边界放置。这些头颅形成了一条警戒线，自此，一段被历史学家称为“静头年代”的和平时代拉开了帷幕。（威斯纳·德·摩根斯特恩[8]，见前引）

---

1 阿雷库塔库阿（Arekutakuá，也作Arecutacua），巴拉圭科迪勒拉省的城市，位于亚松森东北部。

2 曼杜维拉（Manduvirá），巴拉圭河在拉普拉塔平原的支流。

3 伊皮塔（Ypytá），伊帕内河支流。

4 瓜雷波蒂（Kuarepotí），巴拉圭河流，位于圣佩德罗省的罗萨里奥镇。

5 巴拉（vara），西班牙语国家使用的长度单位，其长度并不统一，约合0.768—0.912米。

6 帕亚瓜人（Los payaguaces），巴拉圭土著居民之一，原本居住在巴拉圭河岸边，后来被赶到亚松森以北的居留地。

7 指美洲土著居民的茅草屋或帐篷村落。

8 指匈牙利陆军上校、历史学家、地图绘制员、建筑师及军事工程师弗朗茨·威斯纳·冯·摩根斯特恩（Franz Wisner von Morgenstern，1804—1878，其姓名在西班牙语中常写作弗朗西斯科·威斯纳·德·摩根斯特恩）。他早期曾为（接下页）

如今，印第安人成了国家最优秀的仆人，我已经从这些人当中选拔出最忠厚正直的法官、最忠诚能干的官员和最英勇无畏的士兵。

我们需要的是法律规定的平等。只有卑鄙无耻之徒才会认为恩惠的好处就是恩惠本身。请大家彻底明白：法律的好处就是法律本身。除非它对所有人一视同仁，否则它便既不是恩惠，也不是法律。

至于我本人，为了所有人的利益，我既没有亲眷，也没有继子继女，甚至也没有朋友。那些诽谤我的人指责我，他们说我对我的亲人和老朋友更为严厉苛刻。完全正确。被赋予绝对权力的最高独裁者没有老朋友，他只有新的敌人。他的血脉并非沼泽之水，他也不会承认世袭传人[1]。后者并不存在，人民的主权意志才是真正的世袭传人。人民的主权意志是绝对权力的源泉，是无所不能的开端。没有人生而为奴：是那些生性腐败的人创造了奴隶。不朽的独裁统治解放了这片土地，它为这片土地上的奴隶抹去了他们灵魂中古老的顺服印记。如今，这里唯一的奴隶依旧是最高独裁者，他要为他统治的人民服务。然而，还是有人将我与卡利古拉[2]作比，有些人甚至极端到搬出英西塔土斯[3]

（接上页注8）欧洲不同政府效力，后遇到至高无上者的继任者——巴拉圭第二位独裁者卡洛斯·安东尼奥·洛佩斯（Carlos Antonio López），受其之邀来到巴拉圭参与巴拉圭政府的一些重要计划。他后来参与了洛佩斯政府的多项计划，包括三国同盟战争，并为至高无上者撰写了一部传记，题名为《巴拉圭独裁者——何塞·加斯帕尔·弗朗西亚》（*El Dictador del Paraguay, José Gaspar Francia*）。1878 年，他在亚松森逝世。

1　意指他的血脉不会如沼泽之水般永不枯竭，他不会为绝对权力留下世袭传人。绝对权力属于人民，人民会根据自己的主权意志来选择领导人。

2　卡利古拉（Calígula），罗马帝国第三任皇帝，被认为是罗马帝国早期的典型暴君。

3　英西塔土斯（Incitatus），卡利古拉的爱马。据说卡利古拉对它的偏爱达到了近乎荒谬的程度。他曾下令为其修建一座只供其专用的大理石马厩，其饲槽由象牙制成。而后还赐给它一整座山谷，并为其配备了十八位仆人，料理它的生活和饮食。据说，它身披各种奇珍异宝，连睡觉用的毯子也用最昂贵的古罗马帝国皇室专用的紫色染料制成。据古罗马历史学家、传记作者苏埃托尼乌斯的记载，卡利古拉曾试图将这匹爱马任命为领事。这段故事常被用来指代统治者的昏庸无能、癫狂乖张。

的故事——这是一匹马的名字，在某个荒谬的意念驱使下，这位愚蠢的罗马皇帝曾经将它任命为执政官。难道那些针对我的荒谬的诽谤者不应该调查事实的含义，而非这些历史糟粕的意义吗？是的，第一洪达曾经有这么一位“马儿-执政官”：他就是洪达主席本人，但是我没有选择他。巴拉圭的最高独裁者既不应当与罗马的奇蹄目[1]执政官扯上关系，也不应当与他在橘子树下处决的两只脚的亚松森执政官扯上关系。

他们指责我在二十年里规划建设的公共工程比那些懒惰的西班牙人在两个世纪里摧毁的还要多。我在大查科和东岸地区人迹罕至的地方修建了房屋、小堡垒、碉堡和要塞。它们是南美洲最庞大、最强悍的防御工事：它们位列第一，而这个第一过去属于波旁王朝。我抹去了这个名字，我抹去了这个污点。那些过去仅用棕榈叶和树干堆砌起来的木栅栏从地基开始全部重新修建。因此当葡萄牙人在科英布拉构筑防御工事，意图从遥远的北部地区突袭我们时，我修建了用来抵御葡萄牙人的奥林波要塞[2]。我命令他们用石头来修筑奥林波要塞的城墙。这是一个坚不可摧的碉堡。这个闪烁着刺眼白光的碉堡被用来抵御葡萄牙帝国的黑人海盗和黑奴贩子。后来，我修建了设在南部的圣何塞碉堡。*

*毫无疑问，因其前所未有的罕见规模，圣何塞碉堡成为 19 世纪上半叶整个南美洲军事工程学上最非同凡响的建筑。它的建造计划构思于巴西和布宜诺斯艾利斯在东岸地区的交战结束之后，这一计划为巴拉圭的

---

1 奇蹄目，哺乳动物下的一个目，这里指的是马科。

2 奥林波要塞（La Fortaleza de Olimpo，也叫 Fuerte Olimpo），位于巴拉圭查科地区，最初被称为波旁要塞（Fuerte Borbón），用来抵御葡萄牙人的侵袭。在至高无上者统治期间，这一要塞得到了加固（至高无上者下令用石头修建了长达三千米的城墙并在其内部增加了新的结构）并被改名为奥林波要塞。

入侵提供了便利，甚至一度使局势呈现出紧迫之势。在细致地研究并谨慎地集合各类物资之后，该项工程于1833年年末在伊塔普阿[1]对面——跨过巴拉那河——的圣何塞卫戍部队或圣何塞军营动工。二百五十名壮汉同时开工，这些人夜里就在部队营房附近的兽皮帐篷和窝棚里过夜。副代表何塞·莱昂·拉米雷斯、他的接替者卡西米罗·罗哈斯，以及驻军司令何塞·马里亚诺·莫里尼戈都参与了工程指挥工作。随着这一计划的目标不断提高，工程实施期间可以雇用的劳动力开始不足。（最初的二百五十名工人增加到了两万五千人。）1837年，工程进度加快，所有工事大体在1838年的最后几个月竣工。对巴拉圭人来说，该碉堡因沿用其所在地的朴素名字而被称为圣何塞碉堡，科连特斯人和其他大省的居民则将其称为圣何塞战壕或巴拉圭人的战壕。碉堡外墙完全由石头堆砌而成，墙身高约四巴拉，厚约两巴拉；其外围筑堞，墙体布满带有枪炮的炮垒，能让士兵从任何角度打击敌人。城墙里外两侧均平行布设了深壕，除了在圣博尔雅运输队的必经之路上开辟栅门外，墙体自圣何塞湖的低洼地起始，绵延铺陈至巴拉那河河岸，而后逐渐勾勒出一个长达数公里的辽阔半圆，仿若一只半蜷身体的怪物栖息于巴拉那河之上。

这个用石灰和石块堆砌起来的庞然大物在某种程度上与中国长城类似，碉堡内部设有部队营房、军官和士官的宿舍，以及摆放兵器和其他附属零件的器械场：其内部结构形如小镇，带有一条长十五兰塞[2]且两旁布满屋舍的街道；每个房间宽五点五巴拉；街道宽度超过一奎尔达[3]；最后，两个宽敞的街角或内部马场在碉堡尽头被堡体包裹，一条逐渐于巴拉那河中消失的小道将它们与茂密的雨林隔开。

当远处的科连特斯巡逻队在米西奥内斯沙漠的荒山僻野中游荡时，

---

1 伊塔普阿（Itapúa），指巴拉圭伊塔普阿省，其首府为恩卡纳西翁。

2 旧时长度单位，相当于人扔出一根长矛的距离。

3 奎尔达（cuerda），长度单位，相当于8.5巴拉。

宏伟壮观的圣何塞碉堡就这样出其不意地出现在他们眼前。越过城墙，一根挺拔如松的桅杆几乎直入天际，在这根由乌仑代[1]制成的高耸桅杆上，永久独裁者神圣威严且不可侵犯的共和国的三色标志耀眼夺目。（何塞·安东尼奥·巴斯克斯，《所见所闻》）

市政大楼、奥斯皮塔尔军营，以及首都和无数城市、乡镇的重建——所有这一切在巴拉圭发生并不是因为奇迹，是我建立的第一座石灰工厂让它们成为可能。所以，正如好友何塞·安东尼奥·巴斯克斯所言，在巴拉圭用土坯稀泥书写的过去之上，我为它引入了石灰文明。就这样，国有石灰耀眼瞩目的助力作用还推动了国有牧场和国有庄园的发展。

从政府大楼到遥远边境上最小的茅屋，洁白的国有石灰处处闪耀。我的吹捧者们会说：市政厅已经变成了一个集巴拉圭所有活力于一身的庇护所，这是洁白在洁白中轮回再生。而那些形如奇沃西斯[2]的匿名告示作者却会在背后议论，他们会说市政厅变成了共振箱，那里日夜回荡着地牢迷宫中的囚徒们发出的呻吟。一些人赞美它是命令的号角，是承载民族进步之声的容器，是满载各种水果的丰饶之角[3]。而那些"两栖"游客和那些背叛祖国的寡头政客却呱呱乱叫，他们说它是真正的恐怖圣殿，他们说它将整个国家变成了一座巨大的监牢。这些背弃国家者所言于我何干！让他们嘲笑我吧，就像他们曾经嘲笑上帝一样。赞颂或是诽谤，都毫无意义。他们逃避事实。他们无法玷污纯洁之物。白色是被救赎者的长袍的颜色。二十四位长老身着白袍，

1 乌仑代（urundey），阿根廷和乌拉圭特有的一种树木。

2 奇沃西斯（Chivosis），大查科地区原住民尼阿克雷人的神话中居于地下的邪恶精灵。

3 丰饶之角（Cornucopia），又称丰饶杯、聚宝角或丰盛角，源于希腊和罗马的古典神话，是食物和丰饶的象征。

位列白色大王座前方，坐在那宝座上的唯一一人，如羊毛般圣洁：他是黑暗末世中最纯净洁白之人。[1]

在这里，在这个光辉灿烂的巴拉圭，白色也象征着救赎。在这片耀眼的洁白背景之上，他人在我身上铺设的黑暗激起了敌人们最大的恐惧。在他们看来，黑暗象征着至高无上的权力。那是一种巨大的黑暗，这些人在他们的小房间里战战兢兢地谈论我。洁白刺瞎了他们的双眼，他们更害怕这种黑暗，因为他们在这种黑暗里嗅到了毁灭天使的气味。

我记得很清楚，大人，这件事依然历历在目，当时，您给巴西帝国[2]的使者出了一个难题。那位身形肥胖、自恃博学的科雷亚·达·卡马拉[3]不知道如何解答那个难题。你说的是哪个难题？那天晚上，尊驾对那个巴西人说：为何狮子单凭吼叫和咆哮便能震慑所有动物？为何所谓的丛林之王唯独敬畏白色的公鸡？我来给您解释吧，想必您并不知道答案——尊驾对他说——原因就是太阳是所有恒星及地球的光线来源与化身，它能产生最强大的影响力。与丛林偷窃之王——狮子相比，清晨的白色公鸡因其天性和特征更能代表太阳。狮子在夜间搜捕并猎杀猎物，它们是毛发披散、胃口巨大的旗士[4]。公鸡天一亮就醒来，它一张嘴便将狮子吞进了胃里。科雷亚用力咽了口唾沫，翻了个白眼。接着，尊驾对他说道：突然一群身披羽毛、形如狮身的魔鬼出现了，

---

1 此处影射《新约·启示录》中的相关内容。

2 巴西帝国指 1822 年至 1889 年间，领土包含现代南美洲巴西的一个君主立宪制国家，由葡萄牙亲王佩德罗一世及其子佩德罗二世统治。

3 指安东尼奥·马诺埃尔·科雷亚·达·卡马拉（Antonio Manoel Correa da Camara，1783—1848），巴西外交官，1822 年被任命为驻布宜诺斯艾利斯领事。

4 旗士（bandeirante），葡萄牙在巴西扩张时期，除政府组织开拓队勘测巴西国土以推动殖民，又有拓荒者以圣保罗为基地，组织称为“旗队”（猎奴队）的武装探险队深入内地，旨在捕捉印第安奴隶并寻找矿藏，旗队成员被称为“旗士”。圣保罗旗队是其中最著名的一支。如今，“bandeirante”一词在西班牙语中还可用来指代巴西的冒险家、探险者或淘金人。

它们消失在一只公鸡面前……好了，帕蒂尼奥，别讲这些老掉牙的动物寓言了！我们无法预知将要发生的事。有可能，角色突然转换，丛林偷窃之王行为野蛮，一口便将公鸡吞入腹中。只要永久独裁统治一直持续，这样的事便不会发生。只要它一直持续，大人，独裁统治就会一直存在，直到永远，阿门。请您允许我暂时放下手里的笔，我要画十字为它祈福。好了，大人。现在我任您差遣。属下随时候命，瓦卢瓦[1]！我听到你的肚子在打仗了，你的饥饿和胃痉挛发作了。去吃菜豆吧，去饭锅旁边画十字吧。

现在先这样吧，剩下的之后再继续。陆续将写好的东西寄出去。带我去房间吧。去议会吗，大人？[2]去我的床上，去我的铺上，去我自己的窝里。是的，乡巴佬，去我自己的真相室。

啊，床，令人憎恶的床。你搜寻我的重量，你想掌控我的死亡。你已经从我这里夺走了无数个小时、无数个日子、无数个月份、无数个年头，难道这还不够吗？我在你被汗水浸透的宽大草褥上停留过多少时间啊！扶一扶我的后背，帕蒂尼奥。先把那个大枕头递给我，再把那几本书递给我。把《七章法典》[3]放到一边屁股下面，把《西印度等地法律汇编》[4]放到另一边屁股下面，再在尾骨处给我垫一本《西哥特法典》[5]。哎哟，啊，呜咦。不，这样不行。往下，把《西哥特法典》再

1　瓦卢瓦是14—15世纪统治法国的封建王朝，后也用来指代法国或法国人。此处为文字游戏，同时影射法国（Francia）与至高无上者的姓氏弗朗西亚（Francia）。

2　原文中的“房间”和“议会”均为“cámara”一词，在西班牙语中，“cámara”既可指议会，也可指房间，所以在这里帕蒂尼奥误解了至高无上者的话。

3　《七章法典》（*Las Siete Partidas*），阿方索十世在位期间编撰的法律汇编。他将从罗马法律中受到启迪的东西进行整理收集并加以系统化，旨在统一王国内的各种司法条令。

4　《西印度等地法律汇编》（*Las Leyes de Indias*），1681年西班牙政府出版的有关美洲殖民地的所有法令合集。

5　《西哥特法典》（*Fuero Juzgo*），西哥特国王雷塞斯温德（Recesvinto）及其前（接下页）

往下放放。好，好，这样就好多了。也许，我需要阿基米德的杠杆。啊，要是某种未知的科学力量能够支撑我飘浮在空中就好了，就像那些让锅悬挂在火上的铁环。即便给我充上热气，我也无法像我的马群一样飘浮在空中。大人，我可以让他们为您编织一张上好的吊床，就像地牢里的囚犯用的吊床。这些囚犯坐在他们轻飘飘的吊床上，他们甚至忘记了脚镣的重量。也许你说得对，吊床就是我唯一缺少的东西。谢谢你的建议。去吃午饭吧，你的肚子已经在咕咕大叫了。欸，欸，等等！把那张匿名告示拿给我，我要再检查一遍。把放大镜给我。需要我将便门[1]开大一些吗，大人？什么？你想像小鸟一样从窗边溜走吗？不，大人，这样只是为了让您有更多的光亮。没有必要，我的床下比正午晴朗的天空还要明亮。

这张破纸让我感到奇怪。我想你应当已经意识到这张匿名告示的纸多年未曾使用了吧。大人，我从未见过这样的纸。你在纸上看到了什么？大人，这是一张布满霉灰、保存已久的纸张。背光看，还能看到水印图案的拉丝纹理：大人，这是一种花状纹饰，这种纹饰由令人费解的奇怪的首字母构成。问问皮拉尔[2]的代表，那个被称为“安达卢西亚女人”的走私贩是否带来过更多带有这种标志的信纸。托马斯·希尔非常喜欢在这种看人赌咒发誓的直纹纸上涂写公文。当然了，要是这种纸能够撒谎，[3]那他就更喜欢了。大人，我必须提醒您，戈耶内切

（接上页注 5）任钦达斯温德（Chindasvinto）为西哥特王国统治下的西哥特人和西班牙人编写的统一法律汇编。

1 指在大门上开的小门。

2 皮拉尔（Villa del Pilar，即现今的 Pilar），位于巴拉圭河及涅恩布库河沿岸，距亚松森约 358 千米，与阿根廷接壤。在弗朗西亚政府统治期间，这里是极少数能与外界进行商贸活动的地方之一。

3 在西班牙语中，由于直纹信纸——“papel verjurado”中的“verjurado”与“perjurado”（发假誓的、撒谎的）同音，因此至高无上者在此利用文字游戏以示嘲讽。

的遗孀还没有回到巴拉圭。戈耶内切的遗孀是谁？大人，她就是走私货船的女船长，大家都叫她“安达卢西亚女人”。啊，我以为你说的是胡安·曼努埃尔·戈耶内切[1]的遗孀呢，胡安·曼努埃尔·戈耶内切是波拿巴[2]和卡洛塔·若阿金娜[3]的密使，这位西班牙间谍从未涉足巴拉圭。在您接见她之后，那个“安达卢西亚女人”便再也没有走私了。一派胡言！我从未接见她。你不要扭曲事实、颠倒黑白。去找警官、边防官员及警卫队首领，要查明这些多出来的直纹信纸于何时以何种方式流入国内。现在你先退下吧。您要用午膳吗，大人？告诉桑塔，让她给我拿一罐柠檬水来。下午五点，亚历杭德罗师傅还是照常过来吗？为什么不呢？你以为你是谁，竟然随意改变我的习惯。告诉这位理发师，让他把你的胡子也好好泡一泡，快去吧，祝你用餐愉快。

（在私人笔记本上）

我想我认得这个字迹，还有这张纸。过去——那是很久以前了——它们为我描绘了存在的现实。要是用火石拍击这种纸，还能在依旧湿润的墨迹中看到成群的纤毛虫。这些纤丝般的寄生虫、环形或半月形的疟原虫细胞最终形成了疟疾细丝般的花状纹饰。这身患热病

---

1 指何塞·曼努埃尔·戈耶内切（José Manuel de Goyeneche，1776—1846），西班牙军事家、政治家、保王派。

2 波拿巴（Bonaparte），拿破仑家族姓氏，此处用来指代拿破仑。

3 卡洛塔·若阿金娜（Carlota Joaquina de Borbón，1775—1830），西班牙国王卡洛斯四世（Carlos IV，1748—1819）的长女，其夫为葡萄牙王子若昂六世（João VI），后者于1799年被立为葡萄牙王室的摄政王；在法国相继入侵西班牙及葡萄牙后，若昂六世率领葡萄牙王室迁至巴西，1815年建立葡萄牙–巴西–阿尔加维联合王国。其子佩德罗一世则是巴西帝国的第一任皇帝。若阿金娜玩弄朝政、野心勃勃，她曾策划多起阴谋，企图推翻其丈夫的统治，也曾觊觎西班牙王室的王位，干涉西班牙王室在南美洲殖民地的统治。

的破纸浑身打战。疟疾万岁！这热病在我耳朵里嗡声嘀咕。这是疟蚊们的杰作。

继续在……迷宫里追踪这些字迹。（纸张损坏）

……“看人赌咒发誓的直纹纸”上的水印细线，带有纤毛虫的字迹，如今，它们代表着并不存在的幻想。在我们所处的“差异”森林中，我也必须防止自己被“相似”的幻觉所迷惑。人们总是自我宽慰，我们总是认为我们是单一的个体。没有人永远如一。同样的东西不会总是一成不变。**我**不会总是**我**。唯一没有变化的是**他**。**他**坚守自我，毫无变化。**他**在那儿，身处世外生灵的国度。即使闭上眼睛，**我**也依然能看到**他**在凹透镜的光圈中不停闪现。（关于这起灵魂天文学[1]事件，我得找找我曾经写下的笔记。）这不单单只是眼皮的问题。有时候，**他**看着**我**，然后，**我**的床便会升空，随着旋风摆荡，而**我**躺在床上，自高处或低处注视一切，直至一切消逝于原点，消逝于虚无。只有**他**，岿然不动，形状大小丝毫未变，**他**只是在自身的基础上不断地增长、扩大。

生活是孤独的流浪——谁能向我保证我并非身处这样的时刻？在这样的时刻，正如我的记录员所言，一个人即使烟消云散，一切仍旧会照常运转，仿佛什么都没有发生，什么也没有改变。起初，我并没有记录，我只是口述。后来，我常常忘记自己口述的内容。现在，我必须一边口述，一边记录，我必须把口述的内容记录在某个地方。这是我能够证明自己依然存活的唯一方式。尽管为文字所掩埋，不过，这难道不是最完美的死亡方式吗？不是吗？是这样吗？所以呢？不，绝对不是。这是暮年已然消沉的意志。衰老的生命不断吐露一位老人的想法。一个人无法行动时，他才会写作。书写那些不足为信的虚假

1　这是至高无上者创造出来的新词。

“事实”，舍弃遗忘的好处，挖掘自我的深井，并将长年累月埋积在那里的一切和盘托出。是的，可是，我能否确定我和盘托出的到底是真相还是谎言？我不知道，我不知道。以伟大的方式行渺小之事也是一种行为方式。即便反过来讲，这话也有道理。我唯一可以确定的便是这些笔记不为任何人而写。它们绝不是用来娱乐读者的虚构故事，那些热爱虚构故事的读者一遇到这样的书籍便如蝗虫一般蜂拥而上。它们既不是忏悔录（就像胡安·雅各布老兄的《忏悔录》[1]），也不是思想录（就像布莱士老兄的《思想录》[2]）和私密回忆录（就像那些名妓或是自恃博学的变态性行为者书写的回忆录）。它们只是一本账目，一块处于深渊边缘的木板。这条患有痛风的腿慢慢拖行，它带我走向终点，走向那个平衡点，在那里，木板、行人、所有账目和故事、所有债务和债务人都为深渊所吞噬。你好！欢迎你顺坡而下！

帕蒂尼奥这个笨蛋总是只猜中事情的一半。我没有接见那个“安达卢西亚女人”。我同意接见她，但是，我并没有接见她。大人，请您接见她吧，她的合伙人萨拉特亚带话给我。这位杰出的商人极具魅力，她对您极为忠诚。她为阁下带来了一份定能让阁下长久满意的商业计划，不过因其风险巨大，此事两位必须单独商议。这便是这个布宜诺斯艾利斯人的假话，他像所有布宜诺斯艾利斯人一样虚伪。他试图用军火大走私这样的谎话来迷惑我。他还不如让我相信这些走私船上装的是海盗封锁河道期间他们从巴拉圭抢劫的所有军火，以及巴拉圭军队出兵保卫布宜诺斯艾利斯免受英国侵略时留下的武器。往少了说，甚至还有港口的大炮。

1　此处影射法国作家让-雅克·卢梭所著的《忏悔录》。

2　此处影射法国哲学家、数学家布莱士·帕斯卡尔所著的《思想录》。

在烟雾散发之前，阴谋焦灼的气味隔着老远便能闻到。有时，我喜欢装糊涂。如果昨天为时已晚，那么，明天就如此重要吗？难道这位杰出的商人不能今天来见我？我给这个布宜诺斯艾利斯人发了快报。于是，那只有着二十米长白色翅膀的绿草鹭立即从皮拉尔出发，飞翔了七十里——这艘船已经在皮拉尔停泊了两个月，它在等候我的批准。草鹭在兰巴雷[1]与塔库姆布[2]的山丘间滑翔，最后，它缓缓地降落在市政厅对面港口的小海湾里。

掌舵女船长的纤细身影首先透过望远镜镜片走进书房。她背对镜头。灯芯草一般的身形，马枪一般的体形——她是一位瘦高的女人。蜷曲的手指紧扣着意志的扳机。就在那时，我，nihil in intelectu[3]，写下了这个修辞练习，现在，我将其摘录于此，以便再次惩罚自己因想象这位真实女人来访而生出的可耻的低俗品位。得伊阿尼拉[4]为我拿来浸染了涅索斯鲜血的长袍，涅索斯是冥河中的半人半马怪。Neso[5]是seno[6]的拆拼重组。这是神话中具有双关语义的两栖动物。你们知道这个故事吗？大家可以在任何便携式神话辞典中找到这个故事。要是到那时这本书还没有被火吞噬，勤快的编者兼骨灰收集者，请你翻到70页—

1　兰巴雷（Lambaré），巴拉圭城市，距亚松森约12千米，毗邻与阿根廷接壤的边境。

2　塔库姆布（Takumbú），巴拉圭首都亚松森的一个辖区，因辖区内的塔库姆布山而得名。

3　拉丁语，意为“不假思索地”。

4　得伊阿尼拉（Deyanira），希腊神话中卡吕冬国王俄纽斯之女，赫拉克勒斯之妻，其事迹见于剧作家索福克勒斯之记述。从这里开始，在有关“安达卢西亚女人”的整个段落中，至高无上者改编了这个神话故事。在原有的神话故事中，涅索斯因贪恋得伊阿尼拉的美貌欲将其掠走，被赫拉克勒斯用浸染了九头蛇毒液的箭射中。涅索斯在死前想到了报复，他欺骗得伊阿尼拉，让其将他的血液涂在丈夫的衣服上，丈夫便不会再爱上另外的女人。后来，得伊阿尼拉误会丈夫变心，让仆人将沾有涅索斯毒血的长袍送给赫拉克勒斯，导致赫拉克勒斯投身火海，痛苦去世。从涅索斯欺骗中醒悟过来的得伊阿尼拉也自杀身亡。

5　指涅索斯（Nessus），Neso为涅索斯的西班牙语译名。

6　西班牙语，意为“胸部”。

77页，你将在那里找到一个十字标记：赫拉克勒斯爱上了被许配给阿刻罗俄斯的得伊阿尼拉。在两人的战斗中，阿刻罗俄斯先是化身成蛇，而后又化身为公牛。赫拉克勒斯拔掉了阿刻罗俄斯的一只角，这只角将被当作丰饶之角加以庆祝。失去一个女人往往意味着获得更多财富，然而，赫拉克勒斯的胜利却带来了毁灭。他将得伊阿尼拉带到了塔库姆布山上——事实上，他把她带到了梯林斯[1]。这不重要，因为在这样的神话故事里，某些名字并不比其他名字更加真实。熟知河流地形的半人半马怪——涅索斯登场，它主动提出要驮着得伊阿尼拉渡河。然而，由于所有雌雄同体的神都背信弃义，所以这位半人半马的涅索斯带着得伊阿尼拉逃走了。赫拉克勒斯朝劫持者射出了一只毒箭。自感将死之际，涅索斯将浸染了其毒血的长袍送给得伊阿尼拉，而后者则会将这身长袍作为礼物送给赫拉克勒斯。这完全就是整个故事的高潮，它充满了妒忌、怀疑，以及令人伤心的各种细节。神话故事难道不就是要从该死的命运中汲取营养吗？赫拉克勒斯身着涅索斯的长袍奄奄一息，他仍然有足够的力气推倒莱翁山[2]山脚下的大树，他搭起木堆，并燃起形同其怒火的篝火。他命令菲罗克忒忒斯[3]——他的波利卡波·帕蒂尼奥——点燃由其狮皮[4]覆盖的那些树干，他则以狮皮做床，头枕橄榄木棒睡于其上。便携式神话辞典声称得伊阿尼拉因绝望而自杀身亡。不，神话故事中的女人和现实生活中的女人都不会自杀。她们会因绝望而杀戮。在两次相同的月相之间，她们会流血，但是，她们不会死亡。

1 希腊神话中的地名。

2 莱翁山（Cerro León），巴拉圭西北部上巴拉圭省的山区，位于查科保卫者国家公园（Parque Nacional Defensores del Chaco）的中部地区。

3 菲罗克忒忒斯（Filoctetes），希腊神话故事中的英雄人物。

4 杀死涅墨亚狮子是赫拉克勒斯十二项伟绩的头一件。狮皮和橄榄木棒是赫拉克勒斯的形象标志。

啊，奸诈、狡猾、美丽的安达卢西亚得伊阿尼拉！西班牙佬戈耶内切的遗孀，布宜诺斯艾利斯蠢货们的使者，你可是来到了一个好港口！你以为我会脱下我的狮皮，让那块带有怪异经血巫术的该死布料腐蚀我的躯体吗？把这份早已被看穿的礼物留给你自己吧。他们用极少的金钱收买了你的美丽和勇敢，亚马孙女战士，他们想让我死在你的手里。啊，如果我能让我的国家充满像你一样好战、一样英勇退敌却从不叛变的女战士，巴拉圭的疆域便能延伸至小亚细亚——那是只有赫拉克勒斯才能征服的亚马孙女战士居住的地方。然而，赫拉克勒斯，这位三心二意的好色之徒被女人打败了。我绝不会与你同眠。

从我很小的时候开始，我便爱上了一位女神，我把她称为北方之星[1]。许多的欲望，曾经幻化成虚假的形象，想要占据她的位置，但它们没能将我欺骗。年少时的某一天，我问了某位神灵一个问题：谁是北方之星？然而，神灵并不会开口说话。（写于页面边缘）只有帕蒂尼奥才会认为，神灵并非如此。只是因为我犯了一个错误，教了他一些神秘学与司法占星术的基本知识，他便自以为能与神灵对话。这些知识足以让他逐渐将自己当成一位巫师了。成虫。鞘翅目的蝴蝶。麻蝇，它们阴森的翅膀饰有头骨和温热的磷……（页面边缘破损）我用拉丁语将这个问题抄写在一张纸上。这是我的第一份匿名告示，它既不中伤他人，也未违背道德，它只是深爱了，热恋了，出现了幻觉。我把这封信放在塔库姆布山山顶的一块石头下面。希望不曾有骗子回答过这个问题！

不管怎样，我需要那样的幻想，不论它是否涉及武器走私。她一动不动地站在桌前，用眼睛打量桌上的文件和武器架，武器架上摆放的是她利用各种机会售卖给我的五十把步枪，她的销售清单上还有卡

1 即北极星。

尔洛红酒[1]、面粉、饼干和马蹄铁，她是跨越河道封锁的“走私蚂蚁”。她的手从陨石上抚过，她一直在透过眼角观察。轻柔的爱抚降落在这只宇宙苍鹰身上，被囚于屋子一隅的偶然之石散发出无形的光芒，警告人们注意某些细微的偶然事件：那个有着深褐色躯体的女人几乎没有颤抖。在内心最黑暗的角落，她毫不掩饰自己明确的意图。她是第一位也是最后一位在黑暗中摸索的图谋不轨的先遣官[2]。欢迎你的到来，“拉普拉塔之鸽”号女船长！安达卢西亚得伊阿尼拉，你是贩卖武器、香料和情人的女商人。恶毒的流言宣称，你挑选了所有船员，而他们每天都会在信徒以头触地、虔诚祷告之时轮流与你媾和。在你抚摸陨石时，它已将你的衣衫褪去——它习惯指挥他人，而这也是交媾的习惯。你没有给我的军队带来武器，你只带来了你的红色手绢。这是你准备的诱饵，你打算一看到我出现在门边，便近距离向我射击。你将手缩回腰间。你衬衣上的秘鲁式纽扣点亮了那道缝隙，我后退一步，与这道闪光擦身而过。你对着镜头转过脸，一边寻找我，一边寻找自己。你理了理从你那海盗式头巾里滑落的蓝色发卷儿。你正绕过维尔赫纳斯角[3]。你弯下腰看了看六分仪，你在寻找直角坐标和球坐标。在哪里定位那些已经飞走的坐标点，如何对它们进行定位——这让你在这个不可能的空间里毫无容身之地。更糟糕的是，你只能在这个并不存在的地方任由自己随波逐流，与所有可能存在的生物共存。这是抹

1　卡尔洛红酒（Vino Carlón），一种产自西班牙贝尼卡尔洛的红酒。贝尼卡尔洛是西班牙瓦伦西亚自治区卡斯特利翁省的一个市镇，位于地中海沿岸。由于西班牙王室曾立法禁止在西属美洲殖民地种植葡萄，因此，殖民地需要消耗的红酒均需从宗主国进口。卡尔洛红酒价格便宜（当时的殖民地高官和上层人士主要享用来自拉里奥哈的红酒）且能长时间保存，因此，在殖民时期（15—20 世纪），它一度成为最受欢迎的红酒。

2　先遣官（Adelantado），原指派到某地执行某项任务或统治某地的政府使者或代表。此处意指她是被某项阴谋计划派来刺探情况的先遣者。

3　维尔赫纳斯角（El Cabo de las Once Mil Vírgenes，即 Cabo Vírgenes），位于阿根廷南端，是麦哲伦海峡的东端。

杀常识的陈词滥调，它掩盖了事实本身：你在那儿，身体朝着六分仪倾斜，你在等待我的接见，你在侦查正确的航向，窥探合适的时机，以便让我替你陷入某句话的陈词滥调之中。这是世界上最容易的事，为了让某种事物消失，这是最可靠的方法，无论它是人、动物、有生命的物体，还是没有生命的物体。请允许我以方括号标示，插入一段话：【在某部古代戏剧里[1]——眼下我并不记得到底是哪一部戏剧——有这样一个片段，一位密谋篡位之人要派一群人去刺杀国王，这个人正在和他们谈话。这些雇佣兵声称他们是人，这个人却对他们说他们只能算作人的一类。】你也不是女人，你只能算作女人的一类，一个逆着所有可能背道而驰的迷茫使者。你已不在巴拉圭河航行，你也并非头顶麦哲伦云[2]在麦哲伦海峡航行。你在事物的背后航行，你无法逃离一个无限的空间。你的黑眼圈与麦哲伦云的光彩形成强烈对比，它们变得更大了：在双眼喷射的火焰下面，两个装满煤炭的袋子在你非人的身体上喷撒烟灰。有时，它们会让你隐形。呜呼，不，我知道我并非在写我想写的东西。我们来试试另一种语调吧。你钻进了一个黑暗的洞穴，直到来到地心。你默不作声地在我的沉默殿堂中走动。你触摸一切，嗅探一切，查验一切。你一边检查管道，一边爱抚喘息。欸，小心！不要痴心妄想了，安达卢西亚得伊阿尼拉：赫拉克勒斯已经裹上长袍投身火海。不要用我的经纬仪测量我的衬裤了。这台仪器帮我重建了这座城市，三个世纪以来，你的祖先在这里留下了比奥格阿斯[3]

1 事实上，这是莎士比亚作品《麦克白》第三幕第一场中的一个场景，在这个场景里，麦克白正在与刺客进行交谈。

2 麦哲伦云，也被称为“好望角云”，南天银河附近两个肉眼可见的云雾状天体的合称。1521 年，葡萄牙航海家麦哲伦在环球航行时，首次对它们做了精确描述，其后这两个天体便以其名字命名。

3 奥格阿斯（Augías），希腊神话中的埃利斯国王，太阳神赫利俄斯之子，拥有大批牲畜。传说其牛圈污秽不堪，三十年未曾打扫。欧律斯透斯要求赫拉克勒斯完成的十二项伟绩之一就是清理奥格阿斯的牛圈。

的牛圈还脏的满地污秽。我一刀砍下了勒拿蛇[1]的七个脑袋，就此划定疆域，为国除害。在这里，它无法在头被砍断后再生出双倍的头。只有至高无上者才有二重身，然而，你根本不理解二重身这样的表达方式。你靠近望远镜，褪下这对“阴囊”的“羚羊皮”外套[2]。你透过镜片进行观察：你看到了颠倒的南十字座；同时，你看到了颠倒的流星。罗经的指针指向这块石头的磁北。你将镜筒抬升到最高角度。如果那些煤袋[3]不曾使天空黯淡，也许，你就能远远看到天蝎座和蛇夫座之间完全空白的天空了：这是真正的天眼，透过它，我们的目光能穿透宇宙最偏远的角落。桌上的七只钟表跳动着相同的脉搏，每天，我都会给它们上七十七次发条，以保证它们时间一致。潮湿的雌凤凰，你和其他可怜的物种一起被禁锢在这个无限的空间里，无论你多么用力地用肩膀和影子去推动这个无限的空间，你都无法跨越这条脉搏线。Memento homo. Nepento mulier.[4] 你已经晚了。你移动那日晷的铁杖已经没有用了，在亚哈斯的日晷上，影子总是朝后行走。[5] 你的双手握

1 勒拿蛇（Lernos，即 Hidra de Lerna），希腊神话中长有多个蛇头的大蛇，其头被砍断后还会重新生出。据说大蛇剧毒无比，沼泽的水也因此常年恶臭，四周土地变为褐色。大蛇为害一方，赫拉克勒斯完成的十二项伟绩中的第二件便是杀死勒拿蛇。

2 这里指望远镜的套子。

3 指煤袋星云，位于南半球的南十字座，它是最显著的暗星云。

4 “Memento homo”典出《旧约・创世记》，该句意思是：“记住，凡人，你本是尘土，仍要归于尘土”。这是在圣灰星期三当天教会举行涂灰礼时，神父用圣灰在信众的额头上画上十字时所念诵的话语。“Nepento mulier”是作者基于“nepente”自创的说法。“Nepente”是希腊神话中提到的一种药水，它能让人失去记忆，还有治愈伤口及缓解痛苦的功效。在荷马的《奥德赛》中，特洛伊的海伦就曾给特拉马库斯这种药水，以使他忘记痛苦和不幸。因此，全句意为：“记住吧，凡人。忘记吧，女人。”

5 典出《旧约・列王纪下》。希西家王病重，先知以赛亚将无花果泥敷在其伤口上并暗示他，他的寿命将得以比命定的年岁再延续十五年之久。希西家王问以赛亚耶和华治愈他的兆头，以赛亚答道：“耶和华必成就他所说的，这是他给你的兆头：你要日影向前进十度呢？是要往后退十度呢？”（20：9）希西家回答说：“日影向前进十度容易；我要日影往后退十度。”（20:10）先知以赛亚求告耶和华，耶和华就使亚哈斯的日晷向前进的日影，往后退了十度。

紧舵柄，手肘靠近船首斜桅，你迎着灌满门缝的大风朝着桌子抢风航行。我在门后观察你。你的呼吸吹动了小旗，你的胸脯也跟着有节奏地晃动起来，你的呼吸甚至让那些文件也掀起了浪花。你拿起萨拉特亚的信，将它丢进了废纸篓。你摇摇头，让自己从心不在焉的状态中抽身而出。你带来了刺杀我的命令，现在，你在拿我寻开心：书写并描述不可能发生的事情，固执的挑夫，正义的船夫。赶紧吧！好，嗯，好。你最终选择了一个不会开始的结局。你漫不经心地涂写一些话语。啊，啊。你先写下来，然后再采取行动。你先把炭灰堆起来，然后再点火。嗯，好，每个人都有他的方式方法。你起身，面对门口。你将手伸入上衣的褶皱。你如此用力，一颗小球猛然掉落。那是一颗纽扣。纽扣在地上滚动，它绕过门轴，停在我的脚边。我把它捡起来。它还留有你的余温。我把它放进口袋……（书页已被撕毁）你从胸口取出某个东西，你把它扔了出来。在天体平面图上，在天坛座和孔雀座之间，有东西发生了爆炸。房间里的空气凝固了，一股雌性小斑獛身上的酸臭味散发出来。这是雌性动物独有的古老的腐臭之味。这是淫欲弥散的体味。这是淫荡的、色欲的、猥亵的、下流的、好色的、风骚的、轻浮的、放浪的、淫乱的、肉欲的气味。这种气味扩散开来，弥漫了整个房间。它渗入了最隐秘的缝隙。这种臭味一波接一波地袭来，房间里最沉重的物品——家具、武器，甚至那块陨石都在这股可怕的恶臭中飘浮摇摆。想必它正在入侵整座城市。恶心的感觉使我的胃部濒临痉挛，我就要吐了，我使出所有力气来控制自己。我并非只是闻到了这种雌性动物的味道，也并非只是突然记起了这种味道——我用眼睛看到了这种味道。它比大白天来回袭击我们的鬼魂还要凶残，它侵袭我，直到让我想起曾经在下城区妓院度过的那些已被遗忘和焚毁的初始岁月。那种味道就在那儿。雌性的参孙[1]搂住我温热的神庙廊柱。她用无数手臂缠绕我坚不可摧的“勃起的隐士神庙”之柱。她想让这座神庙坍塌。她痴迷地凝视我，悄悄地嗅探我。她想让我“坍塌”。苏丹进来了。它靠近安达卢西亚女人，从她的脚跟开始嗅闻：她的膝窝，她淫荡的胯下和后臀。这条“长裤汉”[2]老狗也动摇了。这条狗能将人四分五裂，欲望，熟悉的欲望从它昏花的老眼中一闪而过。它在投降的边缘哼叫了几声。不过，它立刻将口鼻从那些致病区域移开。带有泡沫的口水不停地从它嘴边滴落。它用下流话咒骂起这个女人：奸诈的女人！愿你因渴求男人而死！愿你遭风吹日晒，无家可归。愿你除了甲板，无处安眠。愿你活得惊恐不安，哪怕你不再为我们运来武器。愿你死去丈夫的头颅压紧你的大腿，成为为你抑制淫狂的贞操带。滚吧！再见吧，婊子！欸，欸，欸，这是什么话，苏丹？为何说出这种烧炭党[3]人式的下流犬语？你不应该这样对待女士！还能指望你什么呢？你这条厌恶女人的暴躁老狗！苏丹低下头，嘴里嘟囔着说不出口的脏话，悻悻地走开了。在这里放太多的脏话并不合适。我也一直告诉自己，这样的脏话太多了。也许有些刻意，我夸张了这些细枝末节。语言本身就是污秽的。卑鄙肮脏的言行、下流卑劣的想法存在于这些怪物和文学家的脑子里，它们并不存在于语言之中。我在这些笔记中

1 《圣经》中的人物，力大无比，这里指拥有极大诱惑力的安达卢西亚女人。在《圣经》中，参孙拥有神所赐予的力气，但因其个性倔强，不听劝阻，放纵肉体情欲，最终被挖掉双眼并囚于监狱中受尽折磨。后来他向神悔改，再获神力后抱住神庙支柱导致神庙坍塌，自己和敌人都不幸身亡。后文的相关描述也影射了“参孙抱住神庙支柱，神庙坍塌”的经历。

2 长裤汉（Sans-culotte），又称无套裤汉，指 18 世纪晚期法兰西底层老百姓。其字面意思是“不穿紧身短套裤的人”，紧身短套裤是 18 世纪法兰西贵族和资产阶级的服饰，平民则穿着长裤，所以“长裤汉”被用来指代平民，这些人在法国大革命早期组成了大部分的法国革命军，是人民驱动革命的支撑力量。

3 烧炭党（Carbonario），拿破仑占领意大利期间活跃在意大利各国，特别是意大利半岛南部的秘密爱国主义政党，他们以反抗法国侵略和实现意大利统一为宗旨，四处暗杀法国官吏，散发革命通告并组织武装起义。

采用了重复的修辞手法。我已经告诉自己：唯一使文章失色的就是那些翻来覆去重复的内容。再说，这他妈的是什么东西！我用自己喜欢的方式，做自己喜欢的事情，写自己想写的东西，我只为自己而写。那么，这里面为何有这么多与镜子相关的描写，以及那些僵硬呆板的象形文字呢？还有针对文学家的赞美与诋毁研究，隐喻与明喻的相互结合。他妈的！苏丹把那个安达卢西亚婊子赶走了，它做得真棒！

事实上，我可以删掉这段小故事。无论如何，我都会倒过去检查并修改这个故事。事实上，可以确定的是这位安达卢西亚得伊阿尼拉已经随风而去。在黑人皮拉尔的注视下，她如风中黑点般迅速消失，她又慢慢变成了那个有着灯芯草般身形的安达卢西亚女人。黑人皮拉尔，我的贴身侍从，这个冒冒失失的小流氓，一直通过另一个门缝暗中监视我们。他的脸色比死人还要苍白，如果一个黑人脸上那死尸般的苍白能够被人看出来的话。他比任何人都要惶恐不安——这位贴身侍从一溜烟地朝厨房跑去，很快，他便带着马黛茶回来了。那是烧了两个小时的沸水——在喝第一口马黛茶时，我就发现了。你看到一个女人从书房离开了？没有，我的主人。我没看到任何人出来，也没看到任何人进去。我一直在厨房准备马黛茶，等候您的吩咐。去问问值班的警卫。他很快就回来了。这个“淋巴结核”可以同时跑遍很多地方。大人，您一直工作到不久之前，在这期间，没有任何警卫和哨兵看到女人在市政厅进出。

这个故事的初稿继续如下，在这个故事里，我想要想象那件事：我在我的兜里四处寻找那枚纽扣，但只找到一枚价值半个雷阿尔[1]的银币。我走到书房。那个女人书写的便条在桌上等我。这张便条用大写

1 货币单位。

字母吟唱道：来自北方之星的问候！我拿着望远镜冲到窗前。我查看了港口，甚至是那些最隐秘的角落。海湾的“汞板”[1]上没有那艘绿色货船的任何踪迹。在建了二十多年却只建了一半的巴拉圭方舟，以及在阳光下逐渐腐坏的平底船与其他船只之间，只有河水的反光在晃动。桌上的便条也消失了。也许，我愤怒地捏皱便条，将它扔进了废纸篓。也许吧，也许吧，我哪里知道呢？我在放便条的地方，在各类卷宗和星座之间，找到了一朵尾穗苋[2]的化石；于是，我便可以继续往下随便乱写了，比如：这朵象征不朽的花朵。愚蠢的词句一旦写出便无法收回，就像随意扔出的石子一样。它们来自“无话可说”的深渊，直到我们陷入其中，直到它们成为一种苍白现实的主人，它们才能平静下来。我熟悉这类如鹅卵石一般的词句[3]，例如：没有什么比虚无更加真实；或者，记忆，灵魂之胃；又或者，我本尘土，而我藐视这与尔言语的尘土。看上去，它们并没有什么害处。然而，一旦它们从写作这条斜坡上滚落，它们便能感染整个语言。它们会让语言患病，使其完全沉默。它们会让说话的人失去舌头，让他们重新用四肢行走，让他们在最极端的堕落中石化，从此再也无法恢复原样。这些有着模糊人形的巨石散布在乱石滩上。它们就是象形文字。德维戈的石头，就是那些石头！

于是，我拿起那朵花。在石化的花枝内部，放大镜让我看到了肉眼难以察觉的脉络。紫红色的花冠深处是极其细小的山峰，那是石化的花香精华吗？一股微弱的臭味——这种味道超越了味道本身，它是一种声响。那是从前就囿于花中的物质微粒发出的噼啪声，只有在一个人将这枝木乃伊花朵长时间贴着手背摩擦时，这些微粒才能被人感

1　指水面。

2　在南美洲，尾穗苋是一种常见的花卉，由于其生命力强大，盛开的花朵不易凋谢，因此它象征着永恒。英国诗人弥尔顿曾经在《失乐园》中将其比作“伊甸园里的花朵”。

3　指随意堆叠而出的愚蠢词句。

知。它们如云似雾，就像宇宙中的星座。这是一个由外向内朝着无限微观自我收缩的宇宙，它离反物质只有一步之遥。见鬼去吧！修辞学继续制造灾难。事实上，我已经完全丧失将我每日所想，或是我自认为记住的东西付诸语言的能力。要是我能够做到，也许，我还能被治愈。一个妓女过来了，她是一只“水里的狐狸”。她弄乱了我写的所有内容。一位正在航行的大妓女出现了。她命令你要记得遗忘。

还有一件事。

关于《巴拉圭大省革命历史》，今天早上，我提到了耶稣会教士洛萨诺。在我上次散步摔倒后，我在奥斯皮塔尔军营读到了这份手稿。如果我应当相信我的感官提供的证据，那么，我应当写道：那天下午，就在暴雨倾盆而下之时，我在那位在恩卡纳西翁街尾拦住我去路的神父身上看到了佩德罗·洛萨诺。大雨刚落下来，天就突然黑了。巡逻士官、近卫骑兵、号兵和鼓手已经走到前面去了。在某个拐弯处，一位身披圣带、身着白色法衣的神父出现了。神父身旁有两三个侍童，侍童们手持燃烧的蜡烛，狂风和暴雨并未让他们手中的蜡烛熄灭。一位侍僧摇晃着圣铃，他惊恐地看着我，如同身前出现了鬼魂一般。护卫队的喧嚷声逐渐在圣铃声中消失。摩尔[1]继续大步前行，它的耳朵朝着铃声的方向不停地晃动。一个念头在我的脑海中闪现：在这场为某位死者举行的临终仪式演习背后，一场新的阴谋正在展开。这个巧妙的计谋着实令我佩服。他们早已安排好一切：先给我吃枪子，再为我举行临终仪式。不，也许不是，另一个声音在我身体里说道。难道那不是耶稣会教士佩德罗·洛萨诺吗？他不是来把他诽谤何塞·德·安特克拉的文章亲手交给你吗？我，站在街道中央；埋伏好的圣职人员，站在我对面。他们拦住了我的

1　摩尔是至高无上者所骑的白花黑马。

去路，并没有退让的迹象。滚开，佩德罗·洛萨诺！我朝他吼道。此时，在耀眼的闪电中，我清楚地认出了他，我甚至清楚地看到了他皮肤上的毛孔。他脸色苍白，双眼紧闭，嘴里不停地念诵对唱赞美诗。他跪在泥里。就在那时，我突然想起我曾经读到：一个世纪前，这位耶稣会编年史作者在乌马瓦卡谷[1]去世了，当时，他正沿着安特克拉被送去斩首时所行的路线，准备去往上秘鲁[2]。我又听到了铃声，它正被愈发猛烈的狂风和暴雨掩盖。摩尔害怕地跳了起来，侍童们尖叫着跑开了。Xake Karaí！Xake Karaí！[3]我几乎就在这位神父头上。远处有个东西，它看上去像是一本书的金色封面，事实上，那是一只装着圣饼的黄金圣餐杯。就在摩尔将要狂奔时，我一把提起缰绳拉住它。就在那时，在疾风中挥舞的马鞭钩住了圣餐杯的杯身，将它从神父手中夺了过来。我看到他匍匐在烂泥地上找寻圣餐杯。奇怪的是，他的白色法衣依旧洁白无瑕。他那十分老旧的祭服、圣带，以及胸饰上已经磨出毛边的两个十字架，都变成了明亮的白色。摩尔从神父身上跳了过去，它在暴雨的旋风中往前冲去。它在一个水坑里滑倒了。它倒了下去，把我扔到了远处。这下，轮到我在烂泥中寻找连我自己也不知道在哪儿弄丢的某个东西了。我在跌落造成的脑震荡中一分为二。我发现自己身处一种不能再说“我”的境地之中，因为我不是一个人，但是，夹在那两半中间，我从未觉得如此孤独，因为我不知道自己到底属于它们当中的哪一半。那种感觉，就像被人欺骗，被人驱逐，被人当作垃圾丢弃，困在水坑里，才会落得如此境地。就在那时，在那场倾盆大雨里，我只能盲目地用手敲打淤泥。笨蛋，笨蛋，笨蛋！骨折、脊柱断裂、颅底受到撞击都有可能让你产生

1 乌马瓦卡谷（Quebrada de Humahuaca），位于阿根廷西北部胡胡伊省的一个山谷。

2 上秘鲁（Alto Perú），西班牙统治美洲最后几十年间使用的一个地理名称，现今的玻利维亚。

3 瓜拉尼语，意为：“小心啊，大人！小心啊，大人！”

这样的幻觉。也许，那时我并不知道，在令人沮丧的情况下，真相和错误一样需要支撑。在那一刻，支撑我的只有淤泥。淤泥把我往里吸，而摩尔还在风雨中等我。

把手给我。您要起来吗，大人？把手伸给我。大人，对在下来说，您能把手伸给我真是我莫大的荣幸。我没有向你伸手，我命令你把你的手伸给我。这不是我向你提出的和解，这只是你我身份暂时一致的一次模拟。

这是我给你上的一堂课，最后一堂课。它原本应当是我给你上的第一堂课，不过，既然我不能为你和我的使徒——那些叛变的犹大准备最后的晚餐，那我就为你奉上这第一堂同时也是最后一堂课吧。大人，这是什么类型的课？一堂提高你的工作能力，同时纪念你愚蠢无知的课。二十多年来，你一直担任政府的最高秘书、机密书记员和最高抄写员，然而，时至今日，你仍未参透这份工作的奥秘。作为秘书，你的才能依旧极为浅薄，你的才能不足，或者说很差，有时它甚至还会碍事。你自以为你的眼睛能够识别最细微的差异，甚至是标点符号的形状，可是你却无法认出一封卑鄙的匿名告示的字迹。大人所言极是。请大人允许我向您禀告，我已将七千两百三十四位抄写员集结在档案室，他们会在两万份卷宗、您的五十万页文件，以及您命我为此事收集的所有文件中比对匿名告示的字迹。我甚至找来了巴依蒙巴图。虽然他的脑子有些糊涂，但他依然是我召集的所有抄写员中最聪敏活跃的一员。我是一个满腹学问的疯子，我身着耐心之靴！这位前任神父总是这样大喊大叫。把文件拿来吧！在我看来，这就是小菜一碟！为了激发他们的热情，激励他们尽快完成工作，我用压缩饼干和水养着他们。大人，您还记得亚瓜龙[1]的那些印第安老人吗？这些人声称自己老眼昏花，所以拒绝在烟草庄园继续工作。有人遵照上头的命令专门为他们烹煮了一顿美味的洛克罗，里面放了很多烟草蠕虫[2]。于是，这些印第安人坐下来吃饭。他们把菜吃得干干净净，玉米粒一颗不剩，却把那些圆滚滚的绿色烟草蠕虫通通留在盘子边上。我就打算这样对待这些懒鬼。现在，我就等大人把那份匿名告示给我了，这样我就可以开始调查它上面的字迹了。

二十多年来，你一直是我不可信任的秘书。你不知道如何记录我口述的内容，你一再扭曲我说的话。为了让所有军政官员了解我国的重大史实，我要给你口述一份通令。大人，我已经将第一部分寄给他们了。当他们读到这些内容时，这些目不识丁的粗人可能还以为我在跟他们谈论某个虚构的国家。你越来越像那些浮夸的抄写员，比如莫拉斯和培尼亚等人，这些人自诩为米利都的泰勒斯[3]，实际上，他们资质平庸，不过尔尔。即使被抓入狱，他们依旧剽窃他人作品。不要试图模仿他们，不要使用与我的风格不符且未包含我个人思想的不当词汇。我讨厌这种乞讨而来的相对权力。此外，你的文字风格也令人讨厌，如同布满叠韵、拆拼法[4]、习语、外来词、诸如 párolì / párulis 之类

---

1 亚瓜龙（Jaguarón，即 Yaguarón），巴拉圭城镇，位于巴拉圭巴拉瓜里省的西北部，距亚松森约 50 千米。

2 即烟草天蛾的幼虫，这种蠕虫喜欢食用多种蔬菜作物的茎叶，因此常被视为农业害虫。

3 米利都的泰勒斯（Tales de Mileto），古希腊时期的哲学家和科学家，希腊七贤之一，是米利都学派的创始人，被后人称为“科学和哲学之祖”。

4 修辞的一种，通过改换字母或词语的顺序，组成新词或新的格言等，例如，“amor”（爱）变成“roma”（罗马）。

的形音相近词[1]的迷宫式巷道；还有那些让愚蠢的同性恋者头晕目眩的愚蠢倒装句法——受到句子倒装的强烈影响，这些人竟然也感受到了勃起——类似的例子就有“在树下的地面上，倒下了我”，或者，还有更厉害的“革命钉在我的头上，长矛从广场上递给我一个会意的眼色”。这些过时的修辞技巧如今又被重新使用，仿佛它们才被创造出来。我责备你，主要是因为你不能用鹦鹉式的创意来表达自己的想法。你不过是一种会说话的人形生物，一种由不同物种孕育出来的杂交怪物，一只拉着国家秘书处这座石磨转动的驴骡。对我来说，你做一只鹦鹉比做一位机密书记员更有用。然而，你既非前者，也非后者。你非但没有将我口述的内容原原本本地记录下来，还在纸上写满了难以理解的废话。这些剽窃而来的废话早就被其他人写过了。你从书籍的腐肉中汲取营养。你还未破坏口述传统，这只是因为它是唯一不会遭到洗劫、盗窃、效仿、剽窃和抄袭的语言形式。说出口的话通过语调、手势、面部表情、眼神、口音和说话者的气息得以留存。在所有语言里，最有力的喊叫都无须咬字。动物们不会说话，因为它们不会吐音咬字，但是，它们能比我们更好、更迅速地理解彼此。所罗门能够同哺乳动物、鸟类、鱼类和爬行动物交谈[2]。我也能通过这些动物说话。他不懂那些他最熟悉的牲畜的语言。在他丢失他的指环后，面对动物世界，他的心开始变得冷酷无情。据说，一只夜莺曾告诉他，他第九百九十九位妻子深爱着一位比他年轻的男子，于是，他在盛怒之下扔掉了这枚指环。

---

1 形音相近词（Paronomasia），如“acera”（人行道）与“acero”（钢），“adaptar”（使适应）与“adoptar”（采取，采纳）等。原文中以“pároli”（连盘，赌博术语）与“párulis”（牙周炎）举例说明。

2 《旧约·列王纪上》中提到智慧之王所罗门“讲论飞禽走兽、昆虫水族”（4：33），后来人们便传说所罗门能利用其指环与动物对话。

在我对你口述时，这些话语是一个意思，当你将它们写在纸上时，它们又是另一个意思，因此，我们说着两种不同的语言。与站在一个说着陌生语言的人身边相比，一个人在自己熟悉的爱犬的陪伴之下会感到更为舒适。虚伪的语言比沉默更加阻碍社会交往。甚至连我的小狗苏丹也将它嘴里的秘密带入了坟墓。我亲爱的巴桑丘[1]，我对你的要求是：在我给你口述时，不要试图使事物的本质变得虚假，而是要让语言中的虚假成分变得自然。你是将我所言付之于书的秘书，你要写下我口述的内容，就像你代替我秘密地在纸上进行叙述。我希望我能在你写下的内容里找到一些属于我的东西。我并非在口述一些微不足道的故事，一些为了娱乐大众而编造的故事。我也并非在口述某种流行小说，在这样的小说里，作者总是炫耀文学神圣的特性。这些虚伪的"文字牧师"将作品变成了卖弄文字的仪式。在这样的仪式里，人们用现实展开幻想，或者用语言展开幻想。表面上，在举行这些仪式时，他们显示出至高无上的权力，然而，在面对那些从他们手中诞生的人物时——他们自认亲手创造了这些人物——他们却显得惶惑不安。于是，这种仪式变成了恶习。任何试图讲述自己一生的人顷刻间便会迷失自我。我们只能谈论他人。我者只能通过他者来表达。我不能谈论自己。我通过他者之声来倾听自己的故事。我被关在一棵大树里，这棵树用自己的方式呐喊。谁会知道那是我在它的身体里呐喊呢？所以，我要求你保持绝对的沉默并严守这个秘密。这就好比你不可能将任何事告诉大树之外的任何人。树外的人会听到大树的呐喊，但是，他听不到另一种呐喊——我的呐喊。你明白吗？不明白？好吧，这样更好。

糟糕的是，帕蒂尼奥，情况会因你舌系带过长所引起的咬舌发音而恶化。你在所有页面上给我写满了字母 z，你逐渐减退的发音功能

1　至高无上者创造的新词，意为"大腹便便的桑丘"。

让这些字母逐渐失去了声音。啊，帕蒂尼奥，如果你的记忆——这对没有发生之事一无所知的记忆——能够发现耳朵的运转与眼睛一样，眼睛的运转与舌头一样，它们都能远程发射图像与想象，以及声音与听得见的沉默，那我们便根本不需要说话——这种缓慢的表达方式了，我们也更不需要这些让我们倒退几百万年的讨厌文字了。

虽然有同样的器官，但是人类可以说话，动物却不能说话。你认为这样合理吗？所以，人和动物的区别不在于会不会说话，而在于能否根据自身需要为自己创造一种语言。你能发明一种符号与事物完全一致的语言吗？包括那些最抽象的事物和最不确定的事物，比如无限、一种香味、一个梦和上帝。你能让所有这些事物以光速传播吗？不，你不能，我们无法做到。所以，在这个骗子遍地横生而正直之人严重缺乏的世界，你显得多余而又稀少。你明白我说的话吗？说实话，大人，我没听懂太多，我并没有完全明白。确切地说，我什么都没听懂，大人，为此我得恳求您屈尊原谅在下。这并不重要。我们暂且不说这些无趣之事了。让我们从头开始吧。把你的脑袋放到脸盆里，让水浸湿你那马脸上高耸的颧骨。把理发师亚历杭德罗的脸盆、曼布里诺头盔，或者密涅瓦头盔戴在头上[1]——这东西，看你喜欢怎么叫了。听着，注意了，我们一起来调查这个字迹。我会将密符书写学[2]这门复杂的技艺传授于你——这并非像你认为的那样，是一种描画花体的艺术，它是一门解析各类符号的学问。

首先，你自己先来试试。握紧手中的笔，抬起双眼，在等待下笔

1 在骑士小说《奥兰托的恋爱》中，摩尔王曼布里诺（Mambrino）拥有一个具有魔力的头盔，瑞纳尔多斯（Reinaldos de Montalbán）杀死曼布里诺后得到了这个头盔。密涅瓦（Minerva）为罗马神话中的战神、智慧之神和记忆女神，头盔是其标志之一，相传她诞于朱庇特的颅骨之内，一出生便头戴头盔。在《堂吉诃德》中，曼布里诺头盔是堂吉诃德一直追寻的骑士荣誉，堂吉诃德曾将理发师的铜盆当作曼布里诺头盔戴在头上。至高无上者有意在此影射这一故事。

2 至高无上者创造的新词，即有关秘密字符书写的学问。

的时候，眼睛注视罗伯斯庇尔[1]的石膏半身像。写吧。那尊半身像什么也没有告诉我啊，大人。那你问问拿破仑的版画。还是什么也没有，大人。拿破仑先生会对我说什么呢？那你看着那块陨石，也许，它会对你说点什么。要知道，石头也会说话。可是，大人，事实上，在下午这个时辰，我经常有点迷糊，我甚至无法听清自己的记忆。要是我感到我的手都在昏昏欲睡，那我还能对它说什么呢？把手给我，我来给它上上发条，我要把它的发条重新拧紧。午夜，十二点整，万籁俱寂。在白色蜡烛的锥形顶端下，唯一能看到的只有我们这两只手，其中一只骑在另一只上面。在我运用鬼魂附身的魔力教导你时，为了让你衰退的记忆得以休息，我会来驾驭你的手，就好像我在书写一样。闭上眼睛，用手拿着笔，脑子里不要再想其他事情。感受到重量了吗？是的，大人！异常沉重！不只是笔，大人，还有您的手……就像一块铁。你别想着手，你只需要想着笔。笔是尖细冰冷的金属，纸是被动炙热的平面。握紧，再握紧一点。我握紧你的手。我推笔，用力，握紧，再握紧。我给它施加压力。压力融化了我们的手，在这一刻，它们合二为一。我们用力握紧。手来回摆动，一刻不停。动作越来越急促，越来越深入。在这个动作之外，一切都不存在。除了它，什么都不存在。笔尖在纸上撕扯，右 / 左，上 / 下。你五千年前就开始写字，但是现在才真正进入状态。第一批符号出现了。是一幅图案。细小生动的笔画跃然纸上。萦绕在烟雾和细雨中的高大树木覆盖着岛屿。一只公牛的犄角在某个洞穴里撞击。握紧。继续。将灵魂的所有重量释放于笔尖，将你的所有力量释放于一笔一画之中。跨开腿骑，半踩着马镫骑，像雇佣骑兵一样骑。不！不！不要下马。抱歉，大人，虽然

1 指马克西米连·德·罗伯斯庇尔（Maximilien de Robespierre，1758—1794），法国大革命的代表人物之一，他是雅各宾专政时期的实际最高领导人。弗朗西亚博士对其极为崇拜，他有一尊罗伯斯庇尔的石膏半身像。

我看不到，但是我感觉写出来的字非常奇怪。不要觉得奇怪，最奇怪的事往往以最自然的方式发生。你写吧。写字就是让文字与自身脱离，让文字充满力量，从而与自身逐渐脱离，把自己的一切变成另一个人的一切，使其完全属于他人。你刚刚昏昏沉沉地写下了“我，至高无上者”。大人……您控制着我的手啊！我已经命令你什么都不要想了。

什么都不要想。

忘掉你的记忆。书写的意义不是将现实变成语言，而是让语言变得真实。虚幻只存在于对语言的错误使用之中，它只存在于对文字的错误使用之中。我不明白，大人……不用担心，压力是巨大的，但是，你几乎感觉不到。你几乎感觉不到，欸，你感觉到了什么？

我感觉我没有感觉。

文字摆脱了自身的重量。笔的晃动越来越迅速，它刺入底部。我感觉到了，大人……我感觉我的身体在一张吊床上晃来晃去……大人……纸滑走了！它已经转了半圈了。那就这样倒着写吧。把笔握紧。抓紧它，就好像里面深藏着你不曾拥有的人生。继续书写。

我继续写写写……

纸张淫荡地任由笔尖插入最隐秘的深处。它吸收着，吮吸着每一道刺入其中的笔画渗出的墨汁。过程充满激情。结果是墨汁与纸张完全融合：墨汁的炭黑与纸张的雪白相互结合，它们用润滑剂互相润滑。雄性与雌性，组成了长有两个脊背的野兽。这便是结合的开始。欸，啊，你不要呻吟，不要喘气。不，大人……这不是做爱。这就是做爱，这就是戏剧，这就是文学。这是如同戏剧一般的书写表演。第一幕。

第二幕：

一块陨石从书写的天空坠落。圆点的胚珠在它落下的地方做下标记，它就埋在那里。这个突然出现的胚胎，开始在硬皮下萌芽。细小的圆点冲破自身的阻碍。就在它破皮而出时，它画下了它的原点。零的圆圈变成了一种物质。非零之物——真诚在零的圆圈中诞生。

第三幕：

圆点。小小的圆点就在那里。它坐在纸上，任凭体内的力量摆布。它孕育着一些东西。在内心的悸动中，它正寻求自我繁殖。它打破外壳，啾啾嚷嚷地出来了。它坐在纸张白色的岸边。

尾声：

句号出现了，它是新的胚珠的种子。它无穷小的圆周是一个永恒的角。线条规则地上升，自最低处到最高处。其最低处的形状是角状的，或者说水平的，接着是永恒之角的形状，然后便是那条螺旋线——圆形图案的起源与量具。[1]因此，它被称为永恒之圆：大自然在一条永恒的螺旋线中盘绕。永不停止转动的车轮，永不破裂的轴点。书写也是如此。书写是对自然的对称否定。

---

1 指斐波那契螺旋线，又称黄金螺旋线，是根据斐波那契数列画出来的螺旋曲线，这种曲线在大自然中普遍存在。

书写的起源：圆点。这是一个微小的单位，正如书面语言和口头语言的单位是更小的语言一样。卢克莱修老兄[1]领先于他所有的养子，他早就说过：所有事物的起源都是如此——它们的内脏由更小的内脏组成，它们的骨头由更小的骨头组成，它们的血液，则由一滴一滴的血滴构成。黄金由黄金微粒构成，泥土由微小的沙粒构成，水由水滴构成，火由交替的火星构成。大自然在细微之处大做文章，书写也是如此。

同样的，至高无上的权力由细小的权力构成。我能通过其他人完成其他人无法独自完成的事。我能对其他人说出我不能对自己说出的话。以他人为镜，我们可以读懂我们的思想。最高元首天生便是最高元首。除了国家、民族和祖国人民的形象，他不会让我们联想到其他人。

来吧，从昏昏欲睡中醒来吧。从现在开始，自己写吧。你不是多次吹嘘你能记住档案室里那两三万份卷宗上的字迹，甚至是句号的形状吗？我不知道你那用来记忆的眼睛是否欺骗了你，我也不知道你那鹦鹉般的巧舌是否又说了假话。的确，即便是最相似的字迹和最圆满的句号，我们也总能在其中找到差异，这些差异允许我们将它们进行对比，以便验证在这些毫无意义的相似中出现的新意。教你认识句号的不同形状可能要耗费我三万个晚上再加上三万个晚上。即便如此，我们可能也只是刚刚开始。逗号、连字符号、分读符号、方括号、斜形符号[2]、引号、括号，在它们相似的外表之下，它们如此相似却也如此不同。同一个人在半夜和正午写下的字迹都有诸多差别。即便是书写同一个字，它们传递的意味也截然不同。

你知道白天的字迹与夜间的字迹有什么区别吗？夜间的字迹带有宽容的固执。睡意临近，笔势平滑，螺旋线更为松弛。运笔的阻力由

1　这里指拉丁诗人卢克莱修（Lucretius），哲学长诗《物性论》的作者。

2　如西班牙语中的重音符号“´”。

左至右，逐渐减弱。谵妄是夜间字迹的密友。此时，曲线的摆动程度更小，墨汁干得更慢，笔势发散，笔画更为倾斜，近似平铺。

与此相反，白天的字迹坚定有力，如行云流水，且免去了无益的污染。此时，笔势内收，笔画呈攀升之势，伴有自由弯曲的曲线，尤其是在花体的螺旋处。“永恒之圆”的两极斗争激烈。这种积极的压力使它持续接近极限。笔画从河道中倾泻而出，漫过河岸。笔道更加硬挺。运笔的阻力从右至左，逐渐增强。曲线、弧线、折线、对称都更为硬挺，流畅度一飞冲天。然而，在白天和夜晚的字迹里，语言本身只能用来发挥它不能发挥的作用。那些匿名告示有什么用呢？这是文字应用最可耻的堕落！那些匿名告示的作者为何要像蜘蛛一样工作？他们涂涂写写，四处抄袭。他们与卑鄙下流的语言为伍，他们朝着卑鄙无耻蜂拥而上。突然，一切画上句号。他们的长篇大论遭受致命痛击。来势汹汹的胡言乱语突然安静，一同静止的还有他们的身体。这不是用墨汁书写的句号，这是用装满子弹的枪打在这些国家公敌的胸膛上产生的句号，这就是他们的下场。枪声响起，不容辩驳。一切到此为止。

现在，你明白我的字迹为何会随着时钟指针的角度改变了。精神状态不同，风向不同，事态走向不同，我的字迹都会发生变化，尤其是当我必须发现、追踪并惩戒叛变之时。是的，大人！现在，我完全理解您这番非凡卓绝的言论了。非凡卓绝的秘书，我更希望你明白，找出匿名告示的作者就是你的义务。匿名告示在哪儿？大人，它就在您的手底下。拿着。用我刚刚教你的文字宇宙结构学好好地研究它。你一定能够准确地发现它是在白天或夜晚的几点钟疾书而就的。拿上放大镜，搜寻线索。遵命，大人。

（在私人笔记本上）

帕蒂尼奥打了一个喷嚏，他满脑子想的并不是书写的学问，而是他胃里的翻腾。

现在，我确信我认得那张匿名告示上的字迹。一个扭曲的心灵用扭曲的力量写下了这份告示。这份贴在教堂门上的告示，文字过于简练！随着朗读者的情绪变化，同样的文字能够传达出不同的意义。没有人会说“我的军政官员”，除非是为了让人注意他们是官员，尽管这些人并没有什么该死的用处。没有人会下令斩首自己的尸体，只有希望这件事发生在别人身上的人才会这么写。没有人会讽刺性地写下类似于“我，至高无上者”这样的假冒签名，只有毫无地位的人才会这么做。某个逍遥法外的人？我不知道，我不清楚……不过，不能排除任何可能。嗯，啊，哎！仔细观察。可以肯定，这是夜间的字迹。笔画的晃动朝着下方逐渐减弱，曲线以锐角相交，它们试图朝地面释放能量。右边的阻力更大。颤抖的笔画带着往中心聚集的势头朝着沉默停下脚步。

从前，我会用两只白色美洲鹫来做一种文字占卜实验，这些实验通常效果良好。以人的脚长为半径在地上画圆，此半径长度与西方地平线上的落日半径相等。将圆分为二十四等份，在每一等份里写上字母表中的一个字母，再在每个字母上面放置一粒玉米。然后，我便命令他们将提比略[1]和卡利古拉带来。提比略下嘴迅速，它吃掉的玉米粒所对应的字母便构成预言，而独眼的卡利古拉吃掉的玉米粒所对应的字母则预示相反的情况。它们总能猜对，有时是前者，有时是后者。有时候，两只鸟都能准确预测。我的美洲鹫的直觉可比那些肠卜僧[2]准

1 提比略，罗马帝国的第二任皇帝。他与卡利古拉在古典文学作家笔下均形象暴虐。此处的提比略和卡利古拉是用来占卜的两只白色美洲鹫的名字。。

2 肠卜僧（arúspices），古罗马僧人，他们通过查看献祭动物的内脏来占卜神意。（接下页）

确多了。这些以巴拉圭玉米为食的笔迹学秃鹫大师在地上的某个圆圈里写出它们的预言，不过，它们没有恺撒的乌鸦准确，恺撒的乌鸦在罗马帝国的上空占卜。

（以红色墨水，写于边缘空白处）

注意！重读《论自愿为奴》[1]。第一部分：有关自愿为奴的序言。这份草稿可能夹在《论法的精神》[2]或《君主论》[3]之间。主题：智力的作用仅限于理解事物中能够被感知的内容。当需要推理时，人们只会在黑暗中摸索。尤其是这些巫师的学徒，他们用喷嚏中的可恶唾液散播他们的邪恶。我手下这位在灵魂行业工作的职员，便是其中最危险的人物。[4]他甚至能在我的橘子水和柠檬水里悄悄投放砒霜或是任何其他的有毒物质。我要赋予他新的特权，这将证明我对他寄予了极大的信任：从今天起，我将让他担任我的官方汤药试吃官。

哎，帕蒂尼奥，你睡着了吗？没有！大人！我正在调查这字迹是何人所写。你找到答案了吗？老实说，大人，我有一些怀疑对象，不过，除此之外，毫无头绪。我看你疑惑越多，汗也出得越多。仔细观

（接上页注 2）事实上，这段描写谈论了古罗马的另一种占卜方法——预兆（augurio）。这种方式通过观察禽鸟的飞行、叫声或吃食方式来进行占卜。至高无上者在这里提到了恺撒，据说恺撒十分迷信，而且他一直担任大祭司一职。

1 《论自愿为奴》，艾蒂安·德·拉·波埃西（Etienne de La Boétie）代表作，又译《自愿奴役论》，这是一篇反对独裁的文章。

2 《论法的精神》，法国启蒙运动思想家孟德斯鸠的作品。

3 《君主论》，意大利政治家、思想家马基雅维利最负盛名的政治专著。

4 此处影射帕蒂尼奥。

察观察这份匿名告示。慎重细致，注意力集中。哎，啊。你想起什么名字了吗？你那无所不知、犹如亲眼所见的眼睛看到了什么？那是怎样的书写笔画？他颤动的眼皮眯缝着，在那凸起处，有一道缥缈的裂缝。告诉我，帕蒂尼奥……这个不可信任的秘书拖着沉重的皮囊整个人往前倾斜，他还不知道我接下来会说什么，如同囚犯怀抱着毫无希望的减刑愿望，好比醉汉看到酒瓶见底时产生的惊惧。告诉我，这份匿名告示上的字迹不就是我的字迹吗？放大镜掉在纸上，发出一声闷响，脸盆里掀起暴雨。不可能，大人！就算神志错乱，我也不会对我们的卡纳义古阿苏做出如此猜想！我们必须考虑所有可能，保守秘密的秘书。一切皆有可能。你看那儿，水印下面，那些首字母组成的花形纹饰，难道那不是我的姓名缩写吗？是的，大人，您说得对。这种纸张，还有那些直纹首字母，都属于您。你看到了吧？那么，肯定是有人把手伸进了我保管拍纸簿的保险箱。这是专门用来与外国要人私下通信的信纸，从二十多年前开始，我便不再使用这种纸张了。确实如此，可是这字迹……你怎么说？大人，它看上去像是您的字迹，不过事实上并非如此。何出此言？墨汁不一样，大人。这字迹不过是模仿得惟妙惟肖罢了。风格也完全不一样。除此之外，大人，除非是与您不共戴天的敌人，不然，没有人会用死亡来威胁最高政府和他的全体官员。你只让我相信了一半，帕蒂尼奥。糟糕的是，非常糟糕的是，非常严重的是：有人入侵了保险箱，有人盗窃了这些带拉丝纹理的水印信纸。更让人无法原谅的是，此人竟然如此胆大妄为，他竟敢对我的私人笔记本动手动脚。他在这些页面上写字，他修改我的笔迹，还在页面边缘记录一些毫无逻辑的看法。难道这些写匿名告示的人已经侵入我最隐秘的领地了吗？继续给我找这些写匿名告示的人。现在，我们继续写永久通令。在这期间，你要准备好，你要好好支配这支笔。在我开始口述最高法令时，我希望听到它让纸张呻吟的声音，我会用这份最高法令来修正这出由匿名告示引起的法令闹剧。

啊，帕蒂尼奥，我命你开展的另一项调查进展如何？您是说有关德维戈监狱的调查吗，大人？这是已经写好的公文，它将被寄给康塞普西翁雷阿尔镇的指挥官，目的是命其着手拆毁德维戈监狱。大人，就差您签字了。不，你这个笨蛋！我说的不是那个用石头做成的幽灵之城。我命你去调查，那个下着暴雨的下午，在我从马上摔下来的时候，那位朝我迎面走来、主持临终仪式的神父到底是谁。是的，大人。可是，那天下午没有任何神父在那里主持临终仪式，当时也没有任何濒死之人，我全都调查好了。大人，关于这件事，或者就像您说的，关于这种荒唐之事，只存在一些没有根据的流言蜚语。是说法，你这个不会说话的人。您说得对，大人。这都是那些憎恶最高政府的卡里西莫[1]炮制的不怀好意的传闻、闲话和流言蜚语，他们的目的就是证明您上次摔倒是上帝的惩罚。连一份不费吹灰之力便可以写成的匿名告示也能四处横行，在这些毒舌之人中散布这个谣言。大人，这份卷宗简明扼要地记录了所有信息，您从奥斯皮塔尔军营回来时已经看过了，您还想再看一遍吗？不用了，我们不要在这些无关紧要的事情上浪费时间了，那些喜欢背后议论的抄写员还是会在各个时代不停地重复这些无关紧要的废话。

这就是那些想要通过诗歌、小说、神话故事、诽谤文章、讽刺诗文和抨击谩骂来捍卫真相的人吗？他们有什么优点呢？重复别人说过的话，重复别人写过的话。普利阿普斯[2]，这位远古时代的众木之神，通过偷听主人在其树荫下朗读而成功地记住了一些希腊语。两千多年

1 卡里西莫（Carísimo），贵族姓氏，此处用来代指富有贵族（“carísimo”在西班牙语中有极其昂贵之意）。

2 普利阿普斯（Príapo），希腊神话中的生殖之神，也是园艺、果树的保护神。

前，琉善[1]的公鸡，因为经常和人类打交道，最后也学会了说话。它还和人类一样擅长想象。要是这些作家懂得模仿动物就好了！艾罗埃[2]——最后一任西班牙省长的爱犬，虽说是一条笨拙的保王派小狗，却比那些最能干的法官还能说会道。而我粗俗无知的苏丹，在死后也获得了和所罗门王一样的，甚至更多的智慧。就连我送给罗伯逊兄弟的鹦鹉，也能模仿帕内斯神父的声音念诵《天主经》[3]。这只长得如同公鸡一样的鹦鹉，比神父本人还说得好，而且好很多。它的发音更加清晰，它也不会乱喷唾沫。这便是这种难看的大鸟保持舌部干燥的好处。它说的话比那些聒噪神父讲出的虚伪行话更加真诚。它是纯粹的动物，这只鹦鹉说着人类发明的语言却不自知，最重要的是它并没有将其作功利之用。尽管已被驯养囚禁，但是从笼内到笼外，它依旧在宣扬一种有生命的语言，而那些被囚禁在由其书籍构建的“棺材笼子”里的作家却说着一种没有生命的语言，他们的语言无法模仿鹦鹉的语言。

在人类历史上曾经有过这样的时期，那时，作家是神圣的，他们共同写下了神圣的书籍。他们写下的是法典、史诗、神谕，是墓室墙壁上镌刻的格言，是教堂门廊上雕刻的警句，而不是恶心的匿名告示。然而，那时的作家并非单一的个体，他们是一个民族，他们世世代代传递着他们的奥秘。古书便是这样写就的，它们历久弥新，永远具有现实意义和未来意义。

所有书籍都有自己的命运，然而，命运却无法在任何书中寻得。

1　琉善（Luciano de Samósata），罗马帝国时代以希腊语创作的讽刺作家，以游历月球的奇幻短篇《信史》（又译《真实的故事》）及一系列对话集而闻名。文中提到的公鸡出自他的作品《公鸡》，它讲述了一只公鸡先后化作哲学家、男人、女人、国王、平民、鱼、马、青蛙，甚至海绵的故事，这只公鸡最终认定世界上最不幸的动物便是人类，因为动物懂得恪守其自身的局限，而人类却试图跨越自然为其设置的极限。

2　其姓名“Héroe”在西班牙语中有“英雄”之意。

3　也称《主祷文》。

如果没有那个被预示和神话消灭的民族，先知们也不会写出《圣经》。被称为荷马的希腊人民谱写了《伊利亚特》。埃及人和中国人将他们的历史口述给将自己想象成整个民族的史官，而不是像你一样在纸上打喷嚏的抄写员。被称为荷马的希腊人民创作了一部小说，“他”以一个民族的姿态完成了这部作品，这部作品也被整个民族以同样的方式予以接受。没有人认为特洛伊与阿伽门农会比金羊毛的故事、秘鲁的坎迪勒[1]，以及我们印第安神话中的无恶之城和光明之城[2]更加缺乏真实性。

独臂的塞万提斯用那条缺失的手臂写下了那部伟大的小说。谁能断言那位身着绿衣的瘦高骑士[3]不比作者本人更加真实呢？谁又能否认那位矮胖的侍从秘书不如你真实呢？骑着骡子跟在主人瘦马身后的桑丘可比骑着脸盆又驾驭不好翎笔的你显得真实多了。

两百多年后，那些历史的目击者已经不复存在，而少活了两百多年的读者也不知道那到底是神话故事、真实的历史，还是虚构的事实。同样的故事将会发生在我们身上，我们也会成为亦真亦假的人物。到了那时，我们也就不会有什么变化了！这也是一件好事，大人！

所有自恃文明的国家都应当有相应的法律来对付各类耍笔杆子的人，就像我在巴拉圭设立的法律一样。这些人是腐败的腐蚀者，是游手好闲之人、懒惰闲散之人，他们是靠文字行骗的卑鄙无耻之徒。人民遭受的最严重的毒害就应当这样根除。

脾气暴躁的独裁者有一大堆笔记本，这些笔记本上写满了从各种优秀书籍里摘录而来的句子和格言。当他急需草拟文件时，他会浏览这些

1 坎迪勒（Candiré），传说中的“黄金国”的别称。

2 “无恶之城”（Tierra-sin-Mal）和“光明之城”（Ciudad Resplandeciente）是瓜拉尼人传说中的应许之地。

3 指《堂吉诃德》中出现的绿衣骑士。

笔记本。他会挑选在他看来最令人印象深刻的格言和句子，将它们用在各处，不论它们是否恰当。其所有努力的目的都可以归结为要保持文章的优美风格。他从优美的颂词中记下让他印象最深刻的句子。他手持词典就是为了使词汇更加丰富。没有词典，他便什么也不做。《罗马人的历史》与《路易十四书信集》是他每日念诵的祈祷书。如今，他利用罗伯逊的好书及罗伯逊通过其合伙人在伦敦和布宜诺斯艾利斯为他复印的各类书籍，开始向他的贸易伙伴——罗伯逊学习英语。

尊敬的神父，还有一事，毫无疑问，这只地狱三头犬[1]对作家们佯装出来的憎恶是其内心保有的忌妒和气愤带来的后果——他渴望成为恺撒和“天才中的凤凰”[2]，可他染上的阴郁之症早已使他的大脑瘫痪。

您看，贝尔-阿斯科修士，这可真是最好笑的故事了！也许，您已经知道了，我们的大人物会定期消失，闭关幽居。他会在奥斯皮塔尔军营的房间里闭关几个月，而他闭关的消息会通过“官方传闻”的方式告知大家，或者说，这已经是公开的国家机密了。在闭关期间，他致力于研究他的各类项目和计划——为了让巴拉圭跻身美洲众国之首，他头昏脑热地臆想出这些项目和计划。不过，还是有人走漏了风声。据说，他过这种 hortus conclusus[3] 的隐居生活是为了撰写一部模仿《堂吉诃德》的小说。他本人一直对这部小说赞赏有加。不幸的是，我们的独裁小说家还没有成为像塞万提斯那样的独臂人。塞万提斯在光荣的勒班托战役中失去了手臂，而我们的独裁者却缺少头脑和智慧。

另一些与其不时消失有关的可信说法则让人怀疑：这种闭关幽居实

---

1 地狱三头犬（El Gran Cancerbero），也称刻耳柏洛斯，希腊神话中看守冥界入口的恶犬。它允许每一个死者的灵魂进入冥界，但不让任何死魂出去，也不允许活人进去。在这里，它隐晦地指代最高元首本人。

2 指西班牙黄金时代著名剧作家、诗人洛佩·德·维加（Lope de Vega）。他设定了西班牙巴洛克古典戏剧的准则，其作品数量众多，几乎尝试了除流浪汉小说之外的所有文学创作类型。“天才中的凤凰”是他的别称，塞万提斯也将其称为“大自然的怪杰”。

3 拉丁语，意为“闭关独处”。

际上更应该归因于这位著名的厌女狂时常偷偷跑去乡下造访其众多情妇的住所。他已经和这些女人生下了五百多个子女，在这一点上，他完胜唐多明戈·马丁内斯·德·伊拉那，以及其他同样子嗣众多的殖民者。

我的线人特别提到了他的某位情妇，一位叛教的前修女，此人也许是独裁者的最爱。据说，这位亵渎神明且道德极其败坏的姘妇居住在位于皮拉尤[1]和莱翁山之间的乡间别墅。然而，时至今日也无人得以窥探独裁者的私密寝宫，这是因为它不仅有数量众多的哨兵预备队严防死守，其四周还被高高的围墙和虞美人构筑的树篱环绕。这位大人物放出消息，他声称他已将他的炮兵器械场安置于此。

尊敬的神父，向我们的同胞发表您的《告同胞书》[2]吧。您的宣言会成为真正的福音书，它会将我们的同胞从这位阴郁的暴君手中解放出来。不幸的是，此人竟是您的近亲。我在这张纸上书写的是赤裸裸的真相，他无法否认。独裁者性气暴躁，盛怒之下，他会随手拾起手边的任何东西砸向别人。您无须惧怕，只要远离他的攻击范围，我们就能更好地与之战斗。（本图拉·迪亚斯·德·本图拉博士[3]写给马里亚诺·伊格纳西奥·贝尔-阿斯科修士的书信）

书写癖好似乎已经成为一个泛滥的时代症候。在巴拉圭以外的其他地方，何时曾有人写下如此多的作品，仿佛世界陷入了永恒的混乱？罗马人在其没落时期也不曾如此。再也没有比这些动乱分子的书籍更为有害的商品了，再也没有比这些该死的抄写员更为糟糕的瘟疫了。这些该死的谎言修补者、假话修补者是手握翎笔的高利贷者，而他们的翎笔由卑贱的火鸡羽毛制成。当我想到这些邪恶的生物，我的

---

1 皮拉尤（Pirayú），巴拉圭城镇，位于巴拉瓜里省，距亚松森约50千米。

2 指《巴拉圭人告同胞书》。

3 此人姓名在本书中亦写作布艾拉本图拉·迪亚斯·德·本图拉。

脑子里出现的是一个世界，在那里，人生来苍老。人们会缩小，他们的身体会逐渐收缩，直到最后被关进一个小瓶里。在这个瓶子里，他们仍会逐渐变小，如此一来，一个人便可以在一片面包或一小块木薯上抹上十个亚历山大大帝或者二十个恺撒大帝，将他们一口吃掉。我的优势在于我已无须进食，而我也并不介意被这些蠕虫吃掉。

（在私人笔记本上）

在夏季最酷热的日子里，我总会命人在午睡时将法籍加泰罗尼亚人安德勒-莱加德[1]从牢房带到我的卧室。他总能用他的赞歌和奇闻轶事让我艰难的消食过程变得轻松有趣。虽然我睡得断断续续，但他总能助我入眠。在这五年里，他总能想出办法，毫不费力又颇有成效地完成他的工作，就好像他要用这种方式来支付他在狱中的伙食开销。他是移民和囚犯的奇怪结合。他曾因煽动政变被囚于巴士底狱。有一次，刽子手的斧子从离他后颈很近的地方砍了下去。一次午睡时，他向我展示了那次致命的砍伤在他后颈处留下的疤痕。7 月 14 日，在巴士底狱被攻陷后，他逃了出来，后来，他加入了直接听命于马克西米连·罗伯斯庇尔的革命公社。这是他的说法，也有可能他说了假话。在雅各宾派专政期间，他是一个长枪队的成员，在“不可腐蚀者”[2]被处决后，他再次身陷囹圄。

1　指夏尔·安德勒-莱加德。

2　指罗伯斯庇尔，他因坚定地遵守和捍卫自己的主张，在当时赢得了“不可腐蚀者”的称号。

他在监狱里认识了一位放荡不羁的侯爵[1]并与其结为密友。这位贵族浪荡子因为散布针对大人物拿破仑及其情妇约瑟芬·德·博阿尔内[2]的秘密传单而被拿破仑下令逮捕。当时，拿破仑是第一执政官。在法国，书写传单和匿名告示的人肆无忌惮，于是便出现了据称是从希伯来语翻译过来的《魔鬼致巴黎第一淫妇的一封信》。这位法籍加泰罗尼亚人声称，尽管他放荡不羁的朋友并非上述传单的作者，但是，此人完全能够犯下这样的罪行，因为其本人的确十分刻薄。你告诉我这件事就是当着矬子说短话，lancer des piques por el ex sargento de Picas fichu comme l'as de pique. Tais-toi canaille, eh! Mais non, Sire,[3] 莱加德辩解道。我不明白你这位无法无天、下流残暴、心术不正的鸡奸犯朋友——就像你说的——如何能成为人民与革命之友。他就是这样的人，大人。Un revolucionario avant la lettre.[4] 啊啦啦，多么强劲的一位革命者！他拥有最正直的革命信念。在大革命爆发的七年前，他写下了一位牧师与一位将死之人的对话，也就是我刚刚为您朗诵的那段对话。在攻陷巴士底狱的前一年，也就是其牢狱生活的第十一年，这位侯爵在他的其他一些作品中高呼：这个国家正在孕育一场伟大的革命。那些统治者们犯下的罪行——他们的残忍暴行、目无法纪和狂妄无知——让这个国家疲惫不堪。法国人民厌倦了专制统治。希望就在眼前，到了那一天，我们一定会愤怒地冲破枷锁。到了那一天，法国，一道亮光会将你唤醒。你会看到那些毁灭你的罪犯匍匐在你的

1 此处影射萨德侯爵（Marquis de Sade，1740—1814）。他是法国贵族，一生放荡成性，因为不断地犯罪和被捕，他一生中大部分时间都在监狱中度过。

2 约瑟芬·德·博阿尔内（Josefina de Beauharnais，1763—1814），她曾以寡妇身份嫁给拿破仑，成为拿破仑的第一任妻子、法兰西第一帝国的第一任皇后。1809 年，她与拿破仑离婚，居于马尔梅松城堡直至去世。

3 夹杂着法语的西班牙语，意为："你这是为这位邋遢的前任长枪队士官说带刺的话。闭嘴，浑蛋，欸！但是，不，大人。"

4 夹杂着法语的西班牙语，意为："他是一位'尚未获得封号'的革命者。"

脚下。你会明白一个民族只有精神自由才能真正获得自由，一个民族不会被任何人统治，它只会被自己统治。不管怎样，我认为你说的话有点奇怪，莱加德。在这里，这样的事情一次也未曾发生，它从未发生在那些必须被我送进监狱的该死的寡头政客身上；我还应当将那些卑鄙无耻的削发僧和庸兵送进监狱；更别提那些自认受密涅瓦启发的狗屁作家，事实上，他们不过是第欧根尼[1]的公狗与黑若斯达特斯[2]的母狗生出的杂种。至于这位伟大的浪荡子，大人，他的浪荡行为更应当被看作一项深入各个领域的道德解放实践。在长枪队里，他的无神论冲撞了罗伯斯庇尔；在巴黎公社的会议上、在国民公会[3]、在医院委员会，甚至是在最终囚禁他的疯人院亦是如此。是的，就是这样！这个浪荡不羁的浑蛋必须被关进疯人院！但是，尊敬的大人，您要知道他最具革命意义的政治作品便来自那个时期。他的呼喊“法国的子民们，如果你们想建立共和制，那就再加把劲吧！”可能等同于或者已经超越同样放荡不羁的卢梭所写的《社会契约论》及圣人托马斯·莫尔[4]所写的《乌托邦》。这个加泰罗尼亚-法国佬搅扰了我的午休。他在阴谋的坟墓中挖掘，他用劳改犯人的微妙把戏强行对我进行报复。当这位侯爵于1814年去世，也就是尊驾掌握最高权力的那一年，有人在他放在疯人院的文件里发现了他亲笔书写的遗嘱：请在填埋我的墓穴后，于其上抛撒橡子，以求来日我的墓地能与森林合为一体。正如我希望我的名字能在人们心中消逝一样，我的坟墓也将就此从地面

---

1 第欧根尼（Diógenes，公元前412—前323），古希腊哲学家，犬儒学派的代表人物。

2 黑若斯达特斯（Eróstrato），古希腊青年，为了出名纵火烧毁了世界七大奇迹之一的亚底米神庙。因此，他的名字和亚底米神庙一起留在了历史上。在欧洲，这个名字通常用来指通过不耻手段或者不好的事情而得来的名声。

3 指1792—1795年间的法国国民公会。

4 托马斯·莫尔（Santo Tomás Moro，1478—1535），英国政治家、人文主义学者，欧洲早期空想社会主义学说的创始人，《乌托邦》为其最负盛名的代表作。

消失。唯愿那些挚爱我直至最后一刻的少部分人将我铭记，而我也将伴随你们甜蜜的回忆永世安眠。他的遗愿并未实现，他的呼喊也无人听见——我只讲给那些懂我的人听！他的一生几乎都在监狱中度过。他被掩埋在一个深深的地牢里，他被严令禁止以任何借口使用铅笔、墨汁、翎笔、炭块和纸张。他被活埋了，他们以死刑威胁他，禁止他写作。在他的尸首被掩埋后，他们拒绝在他的坟墓上抛撒橡子。他们没有放过他。后来，他们打开了他的墓穴。这是一种更加背信弃义的亵渎，因为这种行为竟然打着科学的名号。他们带走了他的头骨，后来他们并未发现他的头骨有任何异常——正如尊驾告诉我同样的事情将会发生在您身上一样。这位“臭名昭著的浪荡子”的头骨比例协调、体积小巧，就像一个女人的头骨。那些负责展示母亲般的温柔及舐犊之爱的脑部区域就如温柔与爱的典范——哀绿绮思[1]的一样明显。这个最终的谜团与前面的谜团一同向与他同时代的人发起了最后的挑战，它们引发了人们持续的好奇与谴责，甚至引导他们最终对其加以颂赞。

这支安魂曲并未让我入眠。在这个疯狂的色情文学作家的所有作品中，这个加泰罗尼亚-法国佬一字不落地熟记了不少于二十部作品，因为多年来他一直为其充当“记忆储存所”。这有点像我用托瓦蒂[2]的高岭土和“语言之树”[3]的树脂制作的“留声陶片”[4]。一个人撕下那层处女膜般的薄膜，用红缟玛瑙和金绿宝石制成的针头苏醒，再次运行，

1　哀绿绮思（Héloïse，约 1098—1164），法国修女、作家、学者，她以与皮埃尔·阿伯拉尔（Peter Abélard）的爱情故事和情书而闻名。两人相爱相知，最终却一个成了修女，一个成了僧人。哀绿绮思在法国文学史上占有重要的地位，少数留存下来的作品被视为 13 世纪末期法国文学的里程碑，她和阿伯拉尔的爱情故事也被视为一段佳话。

2　托瓦蒂（Tobatï，也作 Tobatí），巴拉圭科迪勒拉省的一个城市。

3　瓜拉尼人神话传说中的神树，据说他们的第一位祖先便是从“语言之树”中取出了他创造的第一个词语“灵魂”（alma）。

4　这里的“留声陶片”和后文出现的“听说陶罐”“会说话的陶器”均为至高无上者的发明。

囚禁在“听说陶罐”的神经薄膜及小房孔里的话语、声音，甚至是最微弱的叹息都开始朝着相反的方向飞翔。声音会沉默，但不会消失，它就在那儿。若一个人寻找它，它就在那儿。它粘在带有蜂蜡和野生树脂的橡胶带上，它在自己身下嗡嗡作响。我在箱子里保存了一百多个这样装满秘密的陶罐。被遗忘的对话，最温柔的呜咽声，军乐声，优美的呻吟声，受罚之人濒临死亡的声音夹杂着鞭打声，忏悔声，祷告声，辱骂声，爆炸声，枪决的射击声。

这位加泰罗尼亚-高卢人和这些“会说话的陶器”同属于一个物种。在夏天和冬天——巴拉圭仅有的两个季节，他总会在每日的午睡时分来到我的房间。他来了。把他的脚镣取下来。锁链嘎吱作响，他变得专注而又紧张。他并没有立即开口，他好像费了很大力气才松开舌头上的手铐。来吧，说吧，唱吧，讲故事吧！让我们看看我能否睡着，让我们看看你能不能让我睡着。他先是一阵咕哝，他半闭着黑绿色的双眼，发出了某种极为柔和的鼻音。他通常会用这位侯爵某句淫荡的胡言乱语来拉开表演的序幕。雄性-山羊[1]的神裁法[2]。半人半羊的农牧之神[3]撞击着宇宙的生殖器。然而，它的撞击声、它的高潮声却没有一只苍蝇的嗡鸣声大。无比强烈的欲望用苍蝇般的声音对着不育的神灵们呻吟、呼喊、辱骂、哀求。令人筋疲力尽的激情似乎充满了天空，它被握在一只手里。这座巨大的火山不会允许自己喷出一滴燃烧的熔岩。睡梦之帆无力低垂，没有微风能够使它荡漾。够了！

这个囚犯改变了主意，他改换了话题，还变换了嗓音。他的节目

1　雄性-山羊（macho-cabrío），在西方文化中，山羊形象代表恶魔。

2　神裁法，也被称为神断法，是中世纪的一种血腥、残忍的审判方法，罪人必须经历残酷的考验（通常是将罪人置于对其肉体有伤害的物体之中），由神来裁断他的罪过。如果其安然无恙，则证明神站在罪人这方，罪人须被定为无罪。

3　希腊神话中的农牧之神（Sátiro），又为森林之神，具有半人半羊的外形，是音乐、诗歌与性爱的象征，同时也是噩梦的标志。

单内容丰富，那是一本关于强奸和夸张下流行为的百科全书。他能记住那些轻浮淫秽、没完没了的虚构故事——这些充满恶俗和怪癖的故事由侯爵本人创作。尽管这些故事的内容软弱无力，但是它们的符号带有比《圣经》更为强大的力量，因此，它们通过令人满足的假象让人产生更多的欲望。这个浮夸的鸡奸者、淫荡的同性恋者在寻找什么？一个能满足他不育绝望的母神吗？在巴拉圭，曾经有一位名叫埃罗蒂达·布兰科[1]的穆拉托女人，她属于布兰科·恩卡拉达·伊·巴尔马赛达·德·鲁伊·迪亚斯·德·古斯曼家族。这个女人能满足一整支军队。也许，埃罗蒂达·布兰科甚至能满足拿破仑的军队和巴士底狱里那位卑劣的侯爵。但是，不，不！埃罗蒂达·布兰科需要一片原始森林、一条山脉，以便同时与一千个，甚至十万个全身是毛的农牧之神媾和。别再说这些淫秽之词了！

幸运的是，他的记忆之屋里还储存着其他声音和故事。那个带有腭鼻音的声音[2]开始低声吟唱日内瓦人[3]的挽歌：人，伟大的人，至高无上的人，将你的生命封存在你的身体里！请你待在大自然在生物链中为你指定的位置，任何东西都无法强迫你从那里离开。不要无益地反抗必然的鞭策。你的权力和自由只能到达与你的自然力量毗邻的地方，不能再远了。无论你做什么，你真正的权威永远无法超越你真正的能力。加泰罗尼亚-法国人的声音越来越像日内瓦人的声音——《社会契约论》的哲学长论与《爱弥儿》的教育大论中的冗长颤音，以及厚颜无耻的《忏悔录》中的鼻音和秘密的喘息声。透过安德勒-莱加德的声音，我在卢梭同志身上看到一个苍老的孩子、一个雌雄同体的男

1　埃罗蒂达·布兰科（Erótida Blanco），一位虚构的人物。“Blanco”在西班牙语中意为“白人”，对一位出身名门的穆拉托人来说，这是一个带有讽刺意味的姓氏。

2　指安德勒-莱加德的声音，意在讽刺其声音带有浓厚的法语特色。

3　这里指卢梭，卢梭生于瑞士日内瓦，一生颠沛流离，辗转过很多国家。

人。他本人不就谈论过一个有着两种声音的侏儒吗？一种是假装低沉的老人的声音，另一种是尖厉的童声；因为这个原因，这个侏儒总是在床上接待来访者，这样别人便不会发现他的双簧把戏，而这正是我现在在地下做的事情。

大人，在热月九日前后，我受了很多罪，那相当于你们的7月27日；peut-être[1]，那相当于你们悲痛欲绝的9月20日，在这一天，大人身边的一切戛然而止。[2]不过，这绝不是弗朗西亚[3]的末日。历史并未在1840年9月20日终结。可以说，历史才刚刚开始。

1795年10月27日，督政府在法国成立。[4]1797年，拿破仑在里沃利取得胜利[5]，第二督政府开始执政。[6]随后，拿破仑远征埃及。我离开了监狱，或者说，他们把我从监狱里放出来了。我应征入伍，成为这个伟大的科西嘉人[7]军队中的列兵。埃及的天空映衬出棕榈树的轮廓。这里也是如此，巴拉圭炙热的蓝天也映衬出棕榈树的轮廓。尼罗河如巨蛇般蜿蜒匍匐在金字塔脚下。大人，在这里，树冠之河[8]同样匍匐在您的房间之下。你没能让我入睡，莱加德。你想要我说什么呢。十年来，我一直在听你重复同样的内容。你老头般有气无力的声音可不会让你

1 法语，意为“也许”。

2 至高无上者于1840年9月20日去世。

3 同时影射至高无上者弗朗西亚与安德勒-莱加德的祖国法国（Francia）。

4 1795年，热月党人解散国民公会，根据《共和三年宪法》建立了新的政府机构——督政府。

5 1797年，拿破仑指挥法军在意大利里沃利击败奥地利军队，法国赢得了对第一次反法同盟的胜利。

6 1797年9月4日（也就是果月18日），督政府发动果月政变镇压了王党，建立了第二督政府。

7 指拿破仑。

8 树冠之河（El Río de las Coronas），指巴拉圭河。

变得年轻。好了，拿着丰饶之角好好干活吧。夏尔·莱加德清了清嗓子，调整了声音。伴随着丹颂舞曲的曲调——这是一种在巴厘岛、坦噶尼喀、香料群岛[1]流行的舞曲，他开始哼唱法国共和历[2]。只有这时，伴随着一阵细雨声，我才开始有些昏昏欲睡：这场雨落在蔬菜上、落在花朵上、落在绿色的豆荚上、落在各种各样的果树上，金黄的黄橙，甜蜜的蜜瓜，西瓜的旋律，种子与丰收的奇迹。一年中的各个时期——每月、每周、每日、每时，大自然无时不带着它的繁殖之力和元素之力。人类的工作，"长裤汉"人群的工作。动物，种畜，矿物质，公驴与母马，公马与母牛，风与云，公骡与母骡，水与火，禽鸟，它们肥沃的粪肥，萌芽，花月、果月、获月和牧月的收成，它们落在我身上，就像新鲜的露水，从法布尔·德·埃格朗蒂纳[3]制作的丰饶之角中倾泻而下。9 月 17 日——道德日开始使我入睡，这次轻微的昏睡被 18 日的才能日粗暴地打断。我感觉我在 19 日的工作日有些打呼噜。舆论日，刚好对应我的死期，或者，也许我的死期是 9 月 20 日。21 日——奖赏日，我从昏睡中苏醒。[4]

我不能给你奖赏，夏尔·莱加德。你唱得太糟糕了。你没有好好摇晃丰饶之角。或许，你独唱的回响划伤了它，震碎了它，损坏了它，

1　指今天的马鲁古群岛（又译摩鹿加群岛），因古时盛产丁香、豆蔻、胡椒，被早期印度、中国和阿拉伯商人称为香料群岛。

2　法国共和历也称法国大革命历法，是法兰西第一共和国时期的革命历法，虽然已经废弃不用，但是与这一时期相关的法国历史事件均采用这种历法记载，如热月政变等。该历法以法兰西第一共和国建立之日（1792 年 9 月 22 日）为历元，每年分为十二个月，依次为葡月、雾月、霜月、雪月、雨月、风月、芽月、花月、牧月、获月、热月、果月，每月三十天。

3　法布尔·德·埃格朗蒂纳（Fabre d'Églantine），法国戏剧家、诗人，法国共和历的创制人。

4　"道德日"（La Fiesta de la Virtud，9 月 17 日或 18 日）、"才能日"（La Fiesta del Genio，9 月 18 日或 19 日）、"工作日"（La Fiesta del Trabajo，9 月 19 日或 20 日）、"舆论日"（La Fiesta de la Opinión，9 月 20 日或 21 日）和"奖赏日"（La Fiesta de las Recompensas，9 月 21 日或 22 日）均是法国共和历中的节日。

背叛了它。当我要进入梦乡时，丰饶之角的尖角拨弄着梦的薄膜。我睁开眼睛，看着你。你的影子伴随着一些属于猎人的野蛮旋律在手舞足蹈，那不是农夫们的旋律。我起身推开你。你想离开这个国家吗？你有二十四小时的时间来做这件事。如果你延误了一分钟，那么，离开这个国家的就会是你身体的某个部分：你的头颅会被插在战神广场的长矛上，用来惩戒那些嘲弄最高政府且玩忽职守的人。夏尔·安德勒-莱加德，你已经丢失了你的记忆力，你那完美的记忆力，你那可怕的记忆力。再见吧，祝你安好！

他与伦格、隆尚及其他一些被我关在牢房里的法国冒险家一起离开了。我释放了他们，因为我厌倦了他们，我让他们带着他们的音乐去往别处。在处于时代之外的我的时代，法国共和历没有任何作用。我毫不遗憾地放走了这位加泰罗尼亚-法国人。我再也没有收到与这位东奔西走的冒险家有关的任何确切消息。一些含糊的情报宣称他在拉巴哈达[1]去世；另一些情报则宣称，他在一所法国大学教授瓜拉尼语。

这位被关押在巴士底狱的行为放荡的侯爵，后来又被转移到沙朗通精神病院，他的故事，也就是莱加德讲述的与他有关的故事，让我想起了另一个臭名昭著的败类——可笑的瓜拉尼侯爵。为了进行欺骗，并掩饰他们的欺骗行为及其损害巴拉圭人民尊严与巴拉圭共和国威严之意图，欧洲人和西班牙人使用了荒唐的谎言、卑鄙的手段和狡诈的阴谋，而这便是这一事实的又一明证。就这样，他们策划了这出不同寻常，或者更确切地说，荒唐滑稽的骗局——伪造瓜拉尼侯爵。在欧洲和美洲，这是众所周知的事实：这位来自欧洲的西班牙“冒险家”

1　拉巴哈达（La Bajada），指现今的巴拉那市，阿根廷恩特雷里奥斯省的首府。

跑到西班牙，他在这个国家的国王面前谎称自己是巴拉圭政府的全权公使。想象缺乏模仿的天性，而模仿之人却完全不具备想象的本能，于是，这个骗子的伪装和弥天大谎很快就被人发现了。波旁王朝独有的市政法院只好判处这位蛮横无理的骗子死刑，最后，他们豁免了他的死刑，条件是他不能逃出关押他的流放之地。

不过，这位狡猾的冒险家对巴拉圭的名声和巴拉圭政府的声望造成了极大伤害。这个曾经在美洲居住却几乎对巴拉圭一无所知的加泰罗尼亚恶棍声称自己名叫何塞·阿古斯丁·福特·耶格罗斯·卡沃特·德·苏尼加·萨阿韦德拉。靠着这些家族血统的假象加持（这简直就是一份完整的巴拉圭著名建国者名单！），他戏剧般地出现在波旁王朝。他声称自己家财万贯并曾向巴拉圭政府捐赠二十万比索[1]金币。他到达时正好是1825年年初，当时，西蒙·玻利瓦尔[2]正在筹划突袭巴拉圭，玻利瓦尔认为这位冒险者的计划一定会成功。他们俩从一开始就注定要失败，他们只是不知道罢了。

他从巴达霍斯写信给王室，声称自己肩负一项所谓的巴拉圭政府使命，该使命十分重要，因此只需向其提供便利，他便能帮助宗主国收复从前的殖民地。他要求直接与国王谈判。这位骗子声称，他被赋予的所谓的权力允许他以我的名义提出下列条件：第一，在巴拉圭建立一个代表西班牙的政府；第二，批准这个被耶稣会教士压榨长达一个多世纪的国家建立一个改良的耶稣会制度（该死的卑鄙无耻之徒！）；第三，作为永久独裁者的最高代理人，他将以瓜拉尼家族长子及巴拉圭志愿军团陆军上校的身份被擢升为西班牙君主政府的首席代表，出

1　前西班牙殖民地国家使用的一种货币单位。

2　西蒙·玻利瓦尔（Simón Bolívar，1783—1830），南美洲革命家、军事家、政治家、思想家。他是19世纪拉丁美洲独立运动中的英雄人物，曾领导玻利维亚、哥伦比亚、厄瓜多尔、巴拿马、秘鲁和委内瑞拉取得独立，被称为“南美洲的解放者”“委内瑞拉国父”，其独立思想至今仍影响着美洲政治思想。

任总督一职；第四，如果西班牙国王接受这些条件，他将从巴拉圭国库中拿出一千两百万杜罗[1]交与后者。

在这个无耻之徒提交的伪造文件中出现了《巴拉圭独立宣言》以及将他任命为最高代理人兼大使的文书。在这些文件里，他伪造了我的签名，然而，出现在签名上方的并不是巴拉圭共和国的国徽——巴拉圭共和国的国徽带有棕榈枝、橄榄枝和五月之星，而是带有一朵百合花的徽章——这是波旁王朝的标志。在随行队伍中，他狡猾地提出让人冒充耶格罗斯和所谓的博特略修士，后者是巴拉圭皇家御医学院的荣誉成员，这个骗子还举荐其担任商贸代办一职。无数谎言和欺骗汇集到一起。而他竟然还得寸进尺地宣称，我已被他手下的军团赶下台，流放到涅恩布库皮拉尔的沼泽地，撑着独木舟永世漂流。

在他的谎言被戳穿后，马德里市政法院主席做出判决，他被处以两百鞭刑并需骑驴游街示众，而受尽愚弄却仍旧期望这出骗局意外反转的西班牙国王则将其改判为十年有期徒刑。后来，另一位美洲伪君子——帕索斯·坎基[2]负责将这位西班牙人的失败英雄事迹传播开来。白痴越多，历史就越发可信。瓜拉尼侯爵的故事传遍了整个欧洲，甚至传到了美洲。如今，仍然有人相信这个故事并对其加以描写。愚蠢永无止境，尤其是在它艰难地行走于人类思想的狭窄走廊中时。

1　西班牙或西班牙语美洲国家的银元。

2　全名比森特·帕索斯·坎基（Vicente Pazos Kanki，1779—1852），政治家、作家，阿根廷五月革命的支持者，积极参与阿根廷及玻利维亚的政治生活。

（永久通令）

我不知疲倦地守卫共和国的尊严，与那些期盼它覆亡的人做斗争，这一切竟为那些写匿名告示之人所不齿。异邦诸国，这些掠夺成性的政府，贪得无厌地强夺他人之物。他们的背信弃义与奸诈恶意我早已了然于心。无论它们如何称呼自己，葡萄牙帝国也好，巴西帝国也罢，那些由马梅卢科人和圣保罗旗士组成的强盗游牧部队已经被我遏制，我阻止了他们在祖国大地上继续强取豪夺。你们当中的某些人便是见证者，诸位应当记得并听说过这些来势汹汹的侵略者如何烧毁我们的村庄、屠杀我们的国民、强占我们的牲畜，大批国人被当作俘虏抓走。关于巴拉圭共和国与这个帝国之间的关系，关于后者在我国独立前后的奸诈阴谋、骗局与卑鄙邪恶之行径，我会在这份通令的后续部分为诸位进行详细介绍。

这个贪滥无厌的丰盛之国妄图像吞下一只温顺羔羊那样吞并巴拉圭。如果我们不加以防备，总有一天，它会侵吞整块大陆。他们已经夺走了我们上千平方里领土，这些人强占了我国河流的源头、我国河域上的瀑布，以及与边境山峰相连的众多山脉的最高峰。就这样，西班牙的国王和总督们被这些邪恶的省长欺骗，而这些省长则被他们的女人牵着裤子走，他们被他们的生意和事务拽住了口袋。这个以贩卖奴隶为生的强盗帝国发明了一种以巨蟒之态四处移动的界标系统。

东岸地区是敌人的另一位替罪羊。正是东岸地区的逃犯团伙进一步加深了航运封锁。他们的主要头目之一由我在此好生照看。这位被称为“自由人保护者”的何塞·赫瓦西奥·阿蒂加斯曾经整日叫嚣着要侵略巴拉圭，他曾扬言要用血与火将巴拉圭夷为平地，并将我的头颅插于长矛之上。然而，阿蒂加斯的副手拉米雷斯[1]带着他的金钱和军队发动了叛变。在遭到拉米雷斯背叛后，阿蒂加斯输得一塌糊涂，他来到巴拉圭寻求庇护。他是我的另一位勒索者，他是我不共戴天的敌人，他是针对我国政府的阴谋的推动者，而他竟然厚颜无耻地向我寻求保护。我给予了他人道主义待遇。即便是最宽宏大量的统治者，如果身处我的境地，也不会理睬这位野蛮人，因为他不值得同情，他应当受到惩罚，而我却过于慷慨大方。我不仅接纳了他和他剩余的手下，还慷慨地花费了上百比索来解救他，为他提供吃穿，这是因为他来巴拉圭时浑身赤裸，除了空荡荡的鞍囊和一件猩红色的外套，他的身上再没有其他衣物。那些曾对阿蒂加斯担任统帅及其带来的诸多好处寄予厚望的暴乱分子茫然不知所措，在这些卑鄙之徒中，没有任何人愿意给予他施舍。他在圣米格尔入口处——这已是我国境内——写信给我，而我把他在信中要求的一切都给了他。

阿蒂加斯的信真挚诚恳。*当他谈到他与西班牙人、葡萄牙-巴西人[2]，以及布宜诺斯艾利斯人之间的战争时，他并没有说谎。我一直将

1　指潘乔·拉米雷斯（Pancho Ramírez, 1786—1821），即弗朗西斯科·拉米雷斯（Francisco Ramírez），阿根廷军事家。他曾担任恩特雷里奥斯省的省长，后加入何塞·赫瓦西奥·阿蒂加斯的阵营，助其攻打布宜诺斯艾利斯。不过他最后背叛了阿蒂加斯，不久命丧其盟友埃斯塔尼斯劳·洛佩斯（Estanislao López）之手。

2　指葡萄牙统治下的巴西人。

此谨记在心。对很多人来说，即使对一份正义事业的冷漠使他们遭受了惩罚，这份事业的原则和宗旨依然有助于解救——尽管只是一部分——那些已经犯错却没有被错误团团围住的人。对那些幻想家、叛乱分子和邪恶的野心家来说，身处这般痛苦与不幸之中的阿蒂加斯就是让人引以为戒的例证，这些人妄图征服巴拉圭人并强制推行各类法令，他们梦想着榨取巴拉圭人的财富并最终将其奴役，让巴拉圭人为他们的事业及个人服务，在此之后，他们便可以高傲地取笑巴拉圭和巴拉圭人民。

* “我所遭受的背弃和不义已令我幡然悔悟，在此，我仅恳请您许我一处容身之地。如此，明智地选择南方第一共和国巴拉圭——这个南美大陆最优美宜居的地方，作为我的安全避难所，必定也将成为我的功绩之一。尊敬的大人，我拥有和您一样的雄心壮志，这份缔造祖国独立事业的抱负便是引领我起身反抗西班牙政权并与之浴血奋战的根由；我要反抗的还有随后妄图以更加残忍的方式来奴役我们的葡萄牙人和布宜诺斯艾利斯人。这场战争连绵不休，带来了长达数年的穷困和苦难。尽管如此，如果无政府主义病毒未曾渗入那些曾经听命于我的部下，现在我应当还在继续捍卫我的爱国主义事业。这些人背叛了我，只因我不愿为一时之需出卖同胞们珍贵的财富。”（《阿蒂加斯将军致至高无上者的书信集·寻求庇护》，约 1820 年）

我命一位军官带领一支由二十个轻骑兵组成的支队前去接应阿蒂加斯。我像基督般仁慈地对待他——从基督一词的本义上来讲，确是如此。我为一位投降的不幸首领提供了避难所，对巴拉圭共和国来说，我的行为不仅仁慈，而且光荣。我命人在施恩会修道院为他准备了住处，并命其每日灵修忏悔。我尊重他人的信仰，虽然修士们的确起不了多大作用，但是，他们至少可以安抚这些罪孽深重的外国人灵魂深处的悲伤。于是，我把他在信中向我求取的那座山赐给了这位东岸地区的首领，以便其继续生活。那可不是一座长满月桂树的山，那是巴拉圭库鲁瓜提山谷地段最好的一块土地，我允许他远离众敌，在那里修建他的房屋和庄园。阿蒂加斯那背信弃义的叛徒副官一再要求我交出阿蒂加斯，以便公开审理各联邦省份理应对他提出的各项指控。这个厚颜无耻的恶棍写信给我，他声称阿蒂加斯就是南美洲所有不幸的起因和开端。由于我并未回复他的任何信件，为了勒令我交出他的前任长官，他竟以入侵巴拉圭来威胁我。放马过来吧，我说，让这位最野蛮的恩特雷里奥斯人放马过来。他并未得偿所愿，他的头颅已被丢弃在他们为他准备的铁笼里。

在亚松森以北八十里，东岸地区前任最高领导人将曾经经历的危险抛诸脑后，他在耕种那片土地，那是他曾经叫嚣要夷为荒地和废墟的土地。看吧，他正用额上的汗珠，而不是巴拉圭人的鲜血，耕作这片土地。如今，他向我宣誓，他会永远感激并忠诚于我。他赞扬我是最公正纯良之人，是那群最狠毒的布宜诺斯艾利斯头领——诸如里瓦达维亚家族、阿尔韦亚尔家族及普伊赫雷东家族——的对照。

拉普拉塔九头蛇正是唯一仍旧执意要将巴拉圭据为己有的人。它摧毁巴拉圭，肢解巴拉圭，削弱巴拉圭，因为它还未成功将其并入那些在其触角下苟延残喘的可怜大省之中。

今天就到此为止吧。这些蠢材总督，如果他们过于愚钝的话，光是阅读这份通令的部分内容就得花上他们好几个月的时间。如今，想必他们将有借口完全放弃履行职责，全然陷入懒散怠惰之中了。

在布宜诺斯艾利斯的要塞，新来的总督——巴尔塔萨·伊达尔戈·德·西斯内罗斯[1]迅速准备好大炮和登船斧，他深信自己仍旧是无敌舰队的海军中将，他正朝着特拉法加的最终失败进发。在要塞被攻破后……（页码缺失）

在亚松森，保王派信徒、伪装成波旁走狗的布宜诺斯艾利斯人、加丘宾人、亲布分子都围在耳聋的省长贝拉斯科[2]身边转悠。他们偷偷潜入他的“短号”[3]，再从他的另一只耳朵里遁出，预卜灾难来临的征兆。英国对布宜诺斯艾利斯的第一次入侵及总督索夫雷蒙特[4]的叛逃使

1　巴尔塔萨·伊达尔戈·德·西斯内罗斯（Baltasar Hidalgo de Cisneros，1756—1829），拉普拉塔总督辖区拥有实权的最后一任总督。在其卸任后，布宜诺斯艾利斯成立了第一洪达政府，由科尔内略·萨阿韦德拉（Cornelio Saavedra，1759—1829）主持。

2　指贝尔纳多·德·贝拉斯科·伊·维多夫罗（Bernardo de Velasco y Huidobro，1742—1823），他是巴拉圭大省最后一任西班牙省长。1803 年，贝拉斯科以中校身份来到南美洲，次年晋升上校并接替圣地亚哥·德·利涅尔斯（Santiago de Liniers，1753—1810）担任米西奥内斯省省长。1806 年，他被任命为巴拉圭大省省长。1811 年 5 月，巴拉圭人民发动独立起义，罢黜贝拉斯科，推翻殖民政权，宣布独立。

3　指（旧时的）短号状助听器。

4　指拉斐尔·索夫雷蒙特（Rafael Sobremonte，1745—1827），西班牙贵族、军事家及殖民地管理者，曾任拉普拉塔总督辖区第九任总督（1804—1807）。1806 年，英国第一次入侵布宜诺斯艾利斯，为了保全总督辖区的金银财宝，他弃城逃往科尔多瓦。由于路途艰难，加之布宜诺斯艾利斯民兵溃逃，他只好将所有金银财宝留在卢汉（Luján），后来英军在此地将其抓获。由于他弃城窜逃的懦弱行为，他被迫将总督之位让于利涅尔斯。

他经受了一次脑出血，他的半只左眼被血液堵塞。英国第二次入侵布宜诺斯艾利斯时[1]，法国佬利涅尔斯[2]担任代理总督，这次入侵又导致他嘴角僵硬。民兵上尉——这个据说是我父亲的男人——用炮车将成桶的胡蜂[3]蜂蜜和蜂王浆运到这位半聋半哑的省长的府邸，供他润滑咽喉。这些东西含有赫胡伊印第安人从雪松中提取的物质及“语言之树”的树脂。不过它们并未起到任何作用。这位失声的省长成日咀嚼并吞咽这些物质，仆人们就这样看着它们如各种颜色的“发绺镶边”般从他的嘴里流出。

总督从布宜诺斯艾利斯发来急件。那里发生了什么？所有人都变成哑巴了吗？还是公社社员们又卷土重来了？抄写员们在省长的办公室里等待着，他们高握翎笔，衬裤鼓胀。你的父亲——那些不可信任的抄写员中的一员——过去常来告诉我当年在这里发生的诸多神秘事件。

那天早上，省长贝尔纳多·德·贝拉斯科·伊·维多夫罗于盛怒之下赶走了他的侄子为其带入府邸的一批巫医、修士和驱魔人。他冲到院子里，一整个上午都趴在他下令搭建耶稣降生模型的地方——就在牲口棚的驴子和母牛之间——啃食地上的草料。他的小狗艾罗埃也跟在主人身旁扯弄杂草、修剪草坪，用牙齿拔出花坛里的花朵。对他们来说，这样的疯狂行为其实是一场对抗恶灵的战斗。省长的家人、

1　1807年，英军第二次入侵布宜诺斯艾利斯。

2　指圣地亚哥·德·利涅尔斯，一位来自法国的贵族和军官，原名雅克·德·利涅尔斯（Jaques de Liniers）。人们普遍认为他是英国第一次入侵拉普拉塔之后收复布宜诺斯艾利斯的英雄，后来，他取代了拉斐尔·索夫雷蒙特，被任命为拉普拉塔总督辖区总督，成了拉普拉塔总督辖区的倒数第二任总督。上任之后，他击退了英国的第二次入侵并成功镇压了一场试图取代他的叛变。1809年，他被巴尔塔萨·伊达尔戈·德·西斯内罗斯接替，退出各项公共事务。

3　此处指一种遍布中美洲和南美洲的黄蜂，属美洲钻腹蜂属（Brachygastra），是少数产蜜的黄蜂之一。

仆人和官员悄悄返回府邸，这群人眼含泪水地看着他啃食地上的草料。在填饱草料之后，他终于站了起来。他走到水井旁边，朝着井口俯下身去。艾罗埃放弃了与花草之间的战斗，它冲到省长身上，咬住他的大衣下摆，直到完全将大衣从他身上扒下来。接着，它又故技重施，拽起省长的裤衩来。唐贝尔纳多的屁股露了出来，他的身子朝井口倾斜得更厉害了。大人，我的父亲当时心想，省长也许是在向早年间死于井里的蒂内教徒的灵魂祈求帮助呢，当时，这里是耶稣会的灵修圣殿。你父亲的消息并不正确，这座房子并非由蒂内教徒修建。它是省长墨菲[1]，那个"无耳人"下令修建的，据说一个理发师一剃刀下去就割掉了他的一只耳朵。抱歉，大人，这个理发师一定这样对这位省长说道，尊敬的大人，刚才您的耳朵上有一只苍蝇，现在没有了。

这座大楼也弄丢了一只耳朵。这是苍蝇的力量，它们用理发师的双手折断了省长头上的假把手，将一座尚未完工的房子变成了崭新的废墟。欸，帕蒂尼奥，把那只掉在墨水瓶里的苍蝇弄出来。别用手指，你这个笨蛋！用笔尖，就像你清理鼻孔一样。慢点，好家伙！不要弄脏稿纸。好了，大人，不过我还是要冒昧地告诉您，墨水瓶里根本没有苍蝇。不要为没有看到的事实争辩。总有苍蝇在我耳边嗡嗡作响，然后，墨水瓶里就出现了淹死的苍蝇。

在葡萄牙人佩德罗·梅洛[2]担任省长期间，这座大楼的钢筋屋顶、窗户、门框和高达三巴拉的墙壁才得以继续修建。佩德罗·梅洛启动了这项工程，他隆重地将这座大楼命名为梅洛蒂亚宫殿[3]，就像其在位期间于巴拉圭左岸修建的其他名字动听的村落一样。他还命人修建了

1　指卡洛斯·墨菲（Carlos Morphi），巴拉圭大省省长（1766—1772），在其统治期间，巴拉圭驱逐了耶稣会教士。

2　佩德罗·梅洛（Pedro Melo, 1733—1797），西班牙军人，来自布拉甘萨家族（Braganza）。1778—1787 年，他曾担任巴拉圭大省省长，1795—1797 年任拉普拉塔总督辖区总督。

3　梅洛蒂亚宫殿（Palacio Melodía），"Melodía"在西班牙语中有"悦耳动听"之意。

防止查科地区印第安人突袭的堡垒。

小时候，我常常偷偷溜去这些地方看他们挖掘壕沟，他们会在那里修建土堤，用来抵挡暴雨洪流和印第安人的突然入侵。那时候，我并不知道我会走进这座宫殿，在这里永久居住。命令和撤销令在我幼稚的头脑里不停打转。我向工人们发号施令，甚至对工头也是如此。把这条壕沟延长到悬崖边上；把那面墙砌起来，这面墙还得往那边移一移；地基的沟道要再挖深一点。要是我让他们用盐矿而不是沙子填满这些壕沟，又会如何呢？他们好像听取了我的意见，因为他们服从了我默默发出的命令。丁字镐、铁铲和锄头的尖嘴挖出了器皿、用具、弓、盔甲残片和尸骨碎片。我们首席鼓手的父亲——石工大师坎塔里西奥·克里斯塔尔多在某天清晨挖出了一颗头骨、一把笛号[1]和许多生锈的火枪。我向他讨要这颗头骨。滚回家去，你这魔鬼养的狗崽子！我没有放弃，坚持讨要头骨，却一声不吭。我就那样沉默地待在那儿，双臂交叉，面不改色地面对正逐渐将我掩埋的瓦砾和挖掘者们挥舞的铁铲。最后，这颗头骨飞了起来，越过了那些小土堆。我抓住了它，把它放在我的侍童兜帽下面。红色的斑点朝着黑暗飞奔而去。这颗头骨，我手里的这颗头骨，它包含着整个大地。大地根本不可能吞没它。它是这个世界上的又一个世界！我用手臂夹着它，上气不接下气地狂奔。我的每一次心跳都变成了两次心跳。你停一停，别把我夹这么紧！这颗头骨抱怨道。你怎么会被埋在那里呢？这可非我所愿，孩子，你可得知道这一点。我是说，你怎么会被埋在市政厅的壕沟里呢。人死了总会被埋在某个地方。我向你保证，死去的人甚至根本没有意识到这一点。把你扛在肩上的那个人是怎么死的？因为他的母亲生下了他，孩子。我是问你，他是怎么死的。自然死亡，不然呢？你

1　笛号（Chirimía），一种类似双簧管的木制乐器，在16和17世纪由西班牙神职人员引入中美洲和南美洲。

还知道什么其他的死亡方式吗？他们砍下了我的头，因为我曾试图用我的大口径短枪射杀省长。这都是因为我没有听从母亲的劝告。不要跨过大海，儿子。不要去参加征服战争。黄金有十分危险的害处。启程那天，她泪眼蒙眬地对我说，当你躺在床上，听到狗在四野吠叫，你要藏到床单下面。不要以为它们在闹着玩。在给母亲告别之吻时我说，那里没有狗，那里也没有床单。会有的，我的儿子，会有的。欲望无处不在，它四处吠叫，掩盖一切。所以，现在你用手臂夹着我，带我走向起义之后的复活之路。不，我要带你去一个洞里，我说。我们正穿过大教堂的印第安人墓地。怎么，侍童，这么多个世纪过去了，现在你倒要将我埋在神圣之地了？没有必要，你可不要对我们的圣母教堂耍花招。嘘。我用兜帽盖住了他的声音。两个掘墓人正挖开一个墓穴。这个大坑是给我准备的吗？他又嘟囔起来。你把我从一个墓穴里挖出来，就是为了再把我埋入另一个墓穴吗？不用担心，这不是为你准备的，这是为今早绞死的某个大人物准备的。你看到了吗，孩子？可悲的是，在这个世界上，有权有势的人有能力随心所欲地下令绞死一个人或者绞死自己。让我看看这些乡巴佬的活儿干得如何。我停下脚步，稍稍敞开外衣，只为让他高兴。他们在挖土，他说。可以肯定的是，没有比园丁、锄地者和掘墓人——或者说，这些像亚当一样劳作的人[1]——血统更古老的绅士了。亚当是绅士吗？我戏谑地问。他是第一个使用武器的人，这颗头骨用滑稽的口吻说道。你在说什么呢？亚当从未武装自己，他没有继承武器，也没有购买武器！怎么没有？难道你这侍童还是个异教徒？你没有读过《圣经》吗？在《圣经》的某一处就写着：亚当在挖土。要是他没有用手臂武装自己，他又怎么能

1 《圣经》中说，在亚当与夏娃偷吃禁果、被逐出伊甸园后，亚当因受上帝惩罚，每天必须含辛茹苦地从长着荆棘和蒺藜的土地里掘取食物（上帝认为亚当偷吃禁果，土地将因此而受累），直至他归于尘土（亚当原本便由上帝以泥土制成）。

挖土呢？我再给你打一个谜语：谁建造的东西比泥瓦匠更加牢固？修建绞刑架的人。对一个像你这样的小孩来说，这个答案还不赖。但是，如果有人再问你这样的问题，你要说：是掘墓人。掘墓人修建的房子能够撑到审判日那天。

你没有记录我口述的内容吗？大人，我正陶醉地听您讲这个有趣的话痨头骨的故事。我从未听过这么有趣的故事！稍后，我会记下有关掘墓人的那一段，大人，这一段和胡安·罗伯逊在英文课上翻译的一个故事相差无几。不要记录别人讲述的内容，你要记下我通过别人讲给自己听的内容。事实不可讲述，事实不可重复讲述，事实更加无法由不同的人讲述。我已经一字不差地教给你了，但是，你那该死的记性只记住了话语而忘记了话语背后的真相。

几个月来，我一直在河边的一个洞穴里清洗那块带有斑驳氧化物的头骨。河水变得更红了。1770 年涨潮的时候，河水漫出了河床，差点就冲走了唐梅洛下令修建的那座名字动听的宫殿。在取得永久独裁政权进入这座大楼后，我便对它进行了改造和完善。我为它清扫了害兽。我重建并美化了这座大楼，我让它变得高贵，让它成为一座圣殿，以便容纳一位由人民选举出来的终身领导。我下令扩建了各级下属部门，市政厅有了新的布局，以便囊括政府的主要部门。我命人将老旧的乌仑代木柱换成了方石柱，我加宽了走廊的屋檐并在走廊里摆设了木雕长椅。从那时起，每天早上这里便坐满了众多公务员、军官、信使、士兵、音乐家、水手、泥瓦匠、车夫、小工、自由农民、手工业者、铁匠、裁缝、银匠、鞋匠、造船工、国有牧场和国有庄园的总管、手持权杖的印第安地方长官、已获自由的黑人奴隶、十二支部落的酋长、浣衣妇和女裁缝。所有人都来这里与我见面。至高无上者不会给予任何人特权，在至高无上者面前，每个人都有他的合法地位。

我最后一次改装市政厅是将陨石安置到书房的时候。它拒绝由门口进入书房。可不能要求这块“偶然之石”一出场就彬彬有礼，陨石可不知道屈膝。我们只好推倒两根石柱和一面墙。最后，陨石爬上去占领了角落的位置。它并不情愿。它被击败了，它被俘虏了，它被拴在我的椅子上。那是1819年，当时，它正在密谋那一场大叛乱。

我封住了水井。如果那个蒂内教徒，也就是省长的那位牧师或者管他是谁，真的跳井而亡，那么这件事应当发生在1767年铲除耶稣会的那段时间。想必他是为了逃避那份突然颁布的敕令，这份敕令突然降临在耶稣会神父头上，他们连一句“天啊”或“阿门”都来不及讲。

将灵修院视为省长府的起源是一个错误，而这个错误源于这样一个事实：修建省长府所用的材料出自“王室征用”名下被驱逐者的财产目录或财产清单。看到了吧，帕蒂尼奥，那个时候国王们就是绑匪，他们是打着神权幌子的恐怖分子。

被称为爱尔兰人或是因为那只苍蝇而被称为“无耳人”的省长卡洛斯·墨菲，以及后来的阿古斯丁·德·皮内多[1]和葡萄牙人佩德罗·梅洛，他们通通带着这样的信仰居住在省长府，尽管他们并不是为了拯救他们的灵魂而专程在这里进行灵修。

就是这口水井造成了误解。一群白痴！没有人会为了从地球的另一端出来而跳入水井。我命人将井口移到了主教府。井口铸有形如主教法冠的铁制装饰，用来支撑滑轮，这一点让主教本人很是喜欢。然而，那天早上，省长贝拉斯科还是出现在那里。他朝着井口弯下腰。他的头发代替滑轮，落入了那个穆德哈尔式圆拱之中。目睹这一场景的人们哀叹着，祈祷着，内心却期望他纵身一跃，直接跌入井底。你

1　指阿古斯丁·费尔南多·德·皮内多（Agustín Fernando de Pinedo，1720—1780），西班牙军官。1772—1778年，曾任巴拉圭大省省长。

的父亲跟我说过，他曾听到顾问佩德罗·德·索梅耶拉·伊·阿尔坎塔拉[1]低声说道：快啊，老不死的聋子！趁现在还来得及，跳到那个罐子里去吧！

省长紧紧地捂着肚子，他用头在空气里画了十字。艾罗埃的四只爪子从后面搂着他，唐贝尔纳多张大嘴，渴望发出一声怎么也喊不出来的喊叫。他把吃进去的东西全部吐了出来。沙哑的“万福玛利亚”、《圣母颂》和窃窃私语声安静下来，看热闹的人默默散去。终于冷静下来的省长回到办公室，开始口述写给总督的公文：

一些恶意的流言正四处流传，这些流言搅得庸民们茫然失措，倾向于轻信谗言且意图谋反。这些无法对明智之士产生任何效果的荒谬无理之言却不幸地煽动了这些粗野愚民，因此，目前我们还无法使其从中醒悟。贵族们与忠心的大臣们都站在我这边，他们完全支持我们的事业。虽然我已经小心仔细、全力以赴地调查任何有助于查出动乱煽动者（们）的线索——我将继续如此，要么借助某份信件，要么借助其他任何手段（在这方面，我的助手们都是专家，尤其是我的参谋——布宜诺斯艾利斯人佩德罗·德·索梅耶拉），然而，直至目前，我仅寻得一些在民众中散布的传言。至于他们以何种方式于何处得知这些传言，他们无法做出说明。

你的父亲誊清了这份近乎驴叫或牛嚎的公文，因为唐贝尔纳多的嗓子只能发出这样的声音。那天下午，他传唤了我。我们单独待在书房时，他把他的“短号”放进了我的耳朵。他低沉的声音向我讲述了在民众中散布的荒诞无稽的传言。老百姓是一只强大的巨兽，我们必须不惜一切代价将其驯服，贝拉斯科这样说道，哪怕得用上刺棍。您的叔叔马里亚诺修士非常正确地向我提出建议：告诉民众法律并不平

1　其姓名也写作佩德罗·阿尔坎塔拉·德·索梅耶拉。

等，非常危险，他们之所以会遵守法律，就是因为他们认为法律面前人人平等。我们必须告诉他们，他们应当像服从上级一样服从法律。这是因为上级公正，还因为上级就是上级。这就是制止各类叛乱的方法。如果我们能让他们明白这一点，那么这些粗野愚民就会平静下来，他们会在桎梏下低下头颅。这不公正，没有关系，这就是公正的确切定义。

您的叔叔英明地向我保证，统治者的权力建立在人民的无知、驯服与顺从之上。软弱是权力的基础，这个基础之所以牢固，是因为人民本就软弱，这就是权力最大的保障。我尊敬的首席地方法官，马里亚诺·伊格纳西奥修士的话实在是太有道理了。我给您举个例子，省长兼最高指挥官继续吹着“短号”：我们经常看到统治者身边环绕着警卫、鼓手、军官、武器，以及其他使人肃然起敬且心生畏惧的东西，哪怕他的脸庞在毫无随从的情况下被臣民们看到，也能在他们心中激起畏惧和敬意，因为我们的大脑不会将他的形象与经常伴随其侧的随从人员分开。我们的长官们深谙其道。对他们来说，环绕在他们身边的一切排场，以及他们穿戴的服装一概不可或缺。如果失去了这些东西，他们的威望也许就会减弱甚至消失。要是医生们不提上装有药膏和药水的药箱，教士们不穿上教士服、戴上方形的四角帽、披上宽大的教士长袍，他们就无法欺骗所有人。同样的，军人们也得穿上带有金色穗带的闪耀制服，备上佩剑、马刺和金制卡扣。战士们只有在真正扛着武器投身战斗时才会不做打扮，因为这些手段在战场上派不上用场。正因如此，国王们才没有追求威严的装束，而是让自己被奢华的排场和警卫包围。那些全副武装的幽灵，那些行于阵前的鼓手和伴随其侧的军团，能够让最坚定的、头戴兜帽的阴谋制造者胆战心惊。只有极其敏锐的智者才会认为那位在其华丽闺房中被四万个近卫士兵保护的土耳其苏丹只是一位凡人。毫无疑问，只要看到一位像大人一样头戴礼帽、身披礼袍的法官，我们立刻就会对他肃然起敬。但是，在我担任米西奥内斯省省长一职时，我总是单独行动，我不带护卫，也不带警卫。当然，这是因为洛约拉的后代已经在那里横行霸道一百年了，他们几乎完美地驯服了当地人。在这些人当中，再也不会出现何塞·加夫列尔·孔多尔·坎基[1]这样的人物了。如果一位新的图帕克·阿马鲁[2]再次在这片土地上揭竿起义，那么他将再次被制服，再次被处决——正如这位反叛的印加人和何塞·德·安特克拉，以及全世界有史以来最反叛的造反者在其应受惩罚之时的遭遇一样。

在亚松森，我将遵循传统、尽量宽容视为正义的准则。正因如此，人们爱戴我、尊重我。宽容是我与生俱来的美德。虽然我并非总能发现正义，但是，我至少能在折中的正义之泉中缓解饥渴。大人您不这样认为吗？“短号”在我眼前呈现出问号的形状。我保持沉默。“短号”再次在唐贝尔纳多的嘴里嗡嗡作响：

大人，您是首席地方法官，根据阁下家谱上的简要介绍，您是南美洲最古老的贵族与征服者的后代，从学识和勤奋上来说，您都算得上民众当中的佼佼者，想必您应当知道一些与这些荒谬流言的传播者及煽动者有关的消息。那么，请您坦白地告诉我，关于这些流言您都知道什么。我坚定地看着他并回答道：要是我一无所知，我肯定会说出来，老不死的波旁走狗，但是，正因为我知道，所以我不会告诉你。如此，我俩相安无事，一切照旧。在一无所有的这天，在万千变化的前夕，不存在告发，也不存在延误，因为就算说话的人疯了，听

1　何塞·加夫列尔·孔多尔·坎基（José Gabriel Cóndor Kanki，1738—1781），西班牙殖民统治秘鲁时期的一位起义军首领，自称图帕克·阿马鲁二世。孔多尔·坎基的起义极大地动摇了殖民政府的势力，为秘鲁最终取得独立做出了贡献。

2　图帕克·阿马鲁（Túpac Amaru，1545—1572），新印加王国最后一位萨帕·印加（印加国王自称为印加，意为太阳之子）。他曾率领将士与西班牙殖民者激烈对抗，最终兵败并遭到处决。在18世纪末期，他的反抗精神一直鼓舞着印加人反抗殖民统治。

话的人也理应保持理智。“短号”接着说道：作为国王陛下敬重的大臣，您应当协助维持秩序与和谐，维护巴拉圭大省的公共安全。西斯内罗斯总督一直提醒我，必须对那些反叛国王陛下统治的匿名文件加以警惕，大量匿名文件正从布宜诺斯艾利斯发往亚松森。这是真正的洪水猛兽。我已委托索梅耶拉顾问着力调查这些叛乱活动。还请大人以总检察长的身份助我们一臂之力。

一直要求我成为告密者的暗示话语撩拨着我的耳咽管，我勃然大怒。我抓起“短号”，一把将它塞进省长多毛的耳内。我扯开嗓门大吼道：上天根本听不见你这“蠢驴”的声音！省长心满意足地笑了。他把放在我肚子上的手移开了，那是他用来激励我吐露秘密顺带润肠通便的手。他亲切地拍了拍我。我早就知道您明白事理。您是我最学识渊博的朋友，您的帮助对我来说非常重要，对于这一点，我从未有所怀疑。为了我们敬爱的国王陛下，请您继续为我提供帮助。有志者事竟成，我没话找话地回答。他则展开他的宽边天鹅绒斗篷，以一副下定决心的姿态说道——他这样说并非完全是为了回答我说的话：没人能从这件斗篷里逃脱。“短号”从他身上滑落，消失在房间的拐角处。我们俩爬到桌下，在好长一段时间里，我们采用四脚着地的斗牛术，用角、头和屁股与对方进行顶斗。最后，好心的“朋友”艾罗埃得意地从便盆里叼起那只湿漉漉的“短号”，它用挑逗躲闪式的斗牛招式将它交给了它的主人。

我与省长贝拉斯科的最后一次会面就这样结束了，而他也距离撤职投井不远了。

那是什么军乐队的声音，帕蒂尼奥？大人，您正在散完步回去的路上。把望远镜递给我，把便门打开，再把望远镜完全展开。有人在远处挥手，他在呼叫，他在寻求帮助。那应该是只粘在镜片上的蚊子，大人。用这块抹布把它擦掉。

一块“汞板”突然冒了出来，海湾、港口和船只倒映在天空中。还在整修的巴拉圭方舟已经基本就位，准备下水。谁告诉你船体的木质结构已经完全腐烂了？大人，船体缝隙填塞工和造船工就是这样向我保证的。二十年前，它就被闲置了，它一直在经受阳光、雨水和干旱的侵蚀。你在说谎！北风不时送来热沥青的味道，我还听到锤子的敲击声。工具的声音在船舱内回荡，我在那里指挥工作，我在向我们最优秀的船舶装配工安东尼奥·伊图尔韦、弗朗西斯科·特鲁希略、意大利人安东尼奥·德·洛伦索和印第安工匠马特奥·蒙博罗毕发号施令。我看到船体通身呈现红蓝两色，艏饰像在云中滑翔。现在真的实现了，终于成真了！这是巴拉圭方舟的第三次重建。它经历了三次修复，三次起死回生。你也看到了吗，帕蒂尼奥？尽收眼中，大人。你看到它在哪里？就在大人您手指的方向。也许，你只是想再拍拍我的马屁，让我高兴罢了。大人，要是这么说的话，那您放在眼前的望远镜就是另一个卑鄙的马屁精了，它为您显示的是并不存在的图像。

待我恢复自由航行之时，巴拉圭方舟定能将高悬于桅顶的共和国旗帜带到大海之上。它的底舱满载货品。看吧！它正从船厂的滚轮上滑下。航行起来吧！让它航行起来吧，大人！用尽全力再说一遍！

航——行——起——来——吧！大——人！

我看到甲板上有大炮，那是什么时候安装的？那些大炮在悬崖上，大人，它们其实是守卫港口入口的炮台。但是，帕蒂尼奥，如果那些大炮不在巴拉圭方舟的甲板上，那么巴拉圭方舟也就不在它所在的地方。不，大人，巴拉圭方舟就在您看到它的地方。为什么工作的声音突然停止了？先前是随行的军乐队在奏乐，大人。这就是问题所在，我亲爱的秘书。我听到一阵巨大的沉寂。向军营的指挥官们下令，自明日起，所有乐队必须从早到晚一刻不停地奏乐。遵命，大人。

悬崖上不远处便是那棵用来处决犯人的橘子树。橘子树早已干枯，它的枝条盘旋交错，树干上只剩下一张皱巴巴的硬皮。岸上那个哨兵是谁？他把他的马枪挂在树枝上。大人，那把步枪老早就嵌入树里了。那个白痴只是去那儿晾晒外套、衬衣和领结。这是什么不守纪律的行为？把他给我抓起来。告诉典狱长，把他扔进牢里关上一个月，只给他面包和水。他理应更好地爱护他的制服。大人，我并未看到那个衣衫不整的哨兵。我看不到他的衣服。这不能证明他的衣服没有变成一块破布。大人，也许那个哨兵只是穿着亚当的衣服。不管怎样，把我的命令传达下去。

（*在私人笔记本上*）

在卡拉卡拉河的另一边，浣衣妇们正在岸边拍打衣服，小孩们光着身子在河里洗澡。其中一个孩子朝这儿望过来，他举起手臂，用手指向市政厅。其中一位浣衣妇，一边在胸前画十字，一边一把将他按进水里。那小黑头一个俯冲潜入河里。女人们都定住了。这些人可不会欺骗自己。她们看到我骑着我的深灰色大马。她们不会欺骗自己。她们知道这个我并不是她们又爱又怕的至高无上者。她们对我的爱戴和畏惧让她们意识到了这一点，但同时又迫使她们忽略这个事实。她们的畏惧便是她们拥有的全部智慧。她们什么都不是，她们一无所知。这些卑微的向日葵，忧伤将她们的影子投映在水面上。对于交叉的股骨、纵横字谜和“十字军东征”，她们知道什么呢。无尽的无知和学问散发出烟雾，缭绕在她们嘴边。她们一边叼着巨大的卷烟，一边挥动木棒，漂白成堆的衣物。几个月来，她们一直在嘲笑巴拉圭方舟的艏饰像，马特奥·蒙博罗毕建造了这个类似蝰蛇-狗头[1]形状的艏饰像。如果风从前面吹进它的嘴巴，这个涂有颜料的怪物便会嗥叫，这种叫声夹杂着严重感冒时的咳嗽声。多年来，她们一直在嘲笑这个她们无法理解的形象，而那让她们更加无法理解的叫声，则被嘲笑得更甚，她们就这样嘲笑着，直到艏饰像只剩下一块颌骨。

她们已经很久没笑了。她们比先前懂得更少了。她们的恐惧增加了。浣衣妇们把一位传奇人物的名字从河的这岸抛到了对岸，接着，她们唱起了歌。她们的歌声传到这里。她们用歌声来侦察，就像我派到军队去的那些信鸽。我说，我要去看一看。我说，我要去听一听。一天下午，我来到河边。我问其中一位浣衣妇她在笑什么。她的笑声变成了巨大的怀疑。她看着我那双面对未知不停扑闪的眼睛，仿佛我又回到了童年时代。我问她：鱼，从何而生？这个女人说，鱼是水中一根细小的鱼刺所生。我问她：猴子，从何而生？她说，猴子是天上飞舞的一个椰子所生。那么，椰子树呢？椰子树是鱼、猴子和椰子所生。那么我们呢？我们从何而生？我们是那场洪水里幸存的那个男人和女人所生，他们爬到一棵很高的椰子树上才活了下来。大人，这是教堂里的巴依说的。但是，我的母亲是一个陀螺，她非常淘气，所以我的父亲，便是那根抽打陀螺的鞭子。当他们停下来的时候，我便出生了。这是别人说的。不过，这一切无从知晓，因为出生的人并不知道他已经出生，死去的人也并不知道他已经死去。说得好，我说道，接着，我便离开了，我把她的笑声留在了身后。

要是那天下午我真的去了河边，那么，我肯定会问那些浣衣妇，一个月前，暴雨后的第三天，下午五点，她们可曾见到一群盲鸟从天而降。我肯定会问她们可曾听到这些来自北方的鸟儿鸣叫。可是这

1　瓜拉尼人神话中的一种动物，形似蝰蛇与狗的结合。

又有什么用？她们什么都不知道，她们什么都没有看到，什么也没有听到。

现在，我已经听不到军乐队的声音了。再过十七分钟，他就要从那扇门进来了。到时，我就不能再偷偷写下去了。

那张骷髅脸牢牢地注视着我，他在模仿我呼吸困难的动作。我将指甲插入喉结，紧紧地握住在空气中嗡嗡作响的气管，那个面如干尸的幽灵做出了同样的动作。他咳了一声，分裂的笑声由内而外地敲击我的头骨顶部。就算我设法不去看他，他也会继续观察我。我不去看他。我耸耸肩，他也耸耸肩。我闭上眼睛，他也闭上眼睛。我猜他应该不在那儿了，不，他还没走，他还在观察我。那就用墨水瓶砸死他。我抓起墨水瓶，他也抓起墨水瓶。要是我抢先一步，情况会更糟。那个骨瘦如柴的老人会被钉在原地，他会在镜子的碎片——浸润着汗水的圆形玻璃碎片里不断地闪现、狂舞。他朝着窗户栏杆旋转着，消失在我眼前。我用眼角余光看去，他还在看我。这些怪物，这些幽灵般的生灵，这些不属于这个世界的生命，他们秘密地栖居在一个人的身体里。有时候，他们会钻出来，和我们隔开一段距离，以便更好地窥探我们，迷惑我们。

你在那面镜子里看到了什么？没什么特别的，大人。你好好看看。好吧，大人，要是必须得告诉您我看到了什么，那还是老样子。左边是拿破仑先生的画像。还有呢？右边是您的老伙计富兰克林的画像。还有呢？堆满文件的书桌。还有呢？放有烛台的陨石尖角。你没看到我的脸吗？没有，大人，我只看到了那个骷髅头。什么骷髅头？我是说，那个您总是放在桌上的红色抹布上面的骷髅头。你转过来，看着我。抬起头，抬起你那双卑鄙的眼睛。难道你从来不会直视前方吗？

你看，我怎么样？我眼中的大人总是身着军礼服——蓝色的双排扣礼服和白色的开司米马裤。因为您刚刚散步回来，因此，现在您穿着肉桂色的马裤，胯下略微被马汗浸湿。您戴着三角帽，穿着带有金扣的漆皮皮鞋……我从不使用金扣或是其他任何用黄金制作的物品。请您原谅，大人，在所有人眼中和口中，您都是这样的装扮，这样的形象。比如，唐胡安·罗伯逊，他就把您画成这样。所以，我命你烧毁了这个英国佬画的滑稽画。在他的画里，我的形象十分奇怪，我成了猴子与坏脾气小女孩的含糊结合体，我用一根巨大的吸管吮吸着一杯马黛茶，这种马黛茶与巴拉圭马黛茶毫不相干；更糟糕的是，画面背景还是与我国空旷原野毫无相似之处的印度或中国西藏的风景。大人，我已经亲手烧掉了那幅画，而且我遵照您的指令，在挂画的地方重新放上了拿破仑先生的画像，他庄严的样子像极了大人您。虽然我烧毁了英国人画的画像，不过，我们从他那里没收的文件还留着。那些文件上也画着您的画像。什么画像？我们第一法官的画像，那个外国佬第一次在伊比拉伊[1]庄园遇到大人时所看到的您的形象。这个英国迷一字不差地写道，我转过身，看到一位身着黑衣的绅士，他的肩上围着猩红色的斗篷。他一只手握着一个银制马黛茶杯，茶杯里放着一根巨大的黄金吸管，另一只手拿着一根雪茄。他的手臂下夹着一本用牛皮装订的书，书上同样带有镀金花边。一个双臂交叉的黑人少年在这位绅士身旁听候命令。这个陌生人脸色……您看，大人，这个厚颜无耻的外国佬竟然把大人您叫作陌生人！继续吧，你这个浑蛋，不要擅自评论。这个陌生人脸色阴沉，他用一双极具穿透力的黑色眼睛牢牢地盯着别人。乌黑的头发向后梳起，露出高耸的额头，他的头发打着自然的小卷，垂落到肩上，这使他呈现出一副令人心生敬畏且印象深刻

1　伊比拉伊（Ybyray）是现今巴拉圭亚松森的一个城区。

的模样，一副混合着狠毒和善良的模样；他有一种引人注目且令人尊敬的气场。我看到他的鞋上有巨大的金扣。我再说一遍，我从未在我的鞋上使用金扣，也从未在服装的任何一处使用过任何金制物品。大人，1819 年 7 月 30 日，就在那些英国迷被流放四年后，另一个外国人——唐胡安·伦格和他的朋友兼同事唐马塞利诺·隆尚[1]来到这座城市，当时他们也看到您穿着这样的服装。最高独裁者的仪表威严肃穆！瑞士医生在他们书中的第六章第五十六页这样写道：那天他身着规定的服装——带有军阶标志的蓝色制服，他的肩上披着金褐色的斗篷，这是西班牙准将制服……我从未穿过西班牙准将制服！我宁愿身穿乞丐的破布烂衫。我亲自设计了适合最高独裁者的服装。您说得完全正确，大人。这些英国佬和瑞士佬实在无知，他们根本没有意识到我们至高无上者的制服是全世界独一无二且至高无上的制服。他们只看到金褐色的斗篷、背心、衬裤、白色的丝绸长袜，还有带有巨大金扣的漆皮皮鞋……可怜的恶魔！他们将我鞋上的金扣当作象征权力的徽章。他们就无法再往高处看看。他们在这些鞋扣上看到了不可思议的东西：墨丘利的黄金商神杖[2]，阿拉丁神灯。同样的，他们笔下的我甚至长有“不栖之鸟”的羽毛，身披马加比的披风[3]，还用总理大臣[4]的黄金马刺划弄地面。您说得太对了，尊敬的大人。这就是那些外国佬看到的东西。我问你，你眼中的我是什么样？大人，我看到您肩上披着带有猩红色衬里的黑色披风……不，乡巴佬，我的肩上披着一条用来沉睡万年的浴袍，它早已破旧不堪。如今，这条褴褛的长袍已经无

1　指马塞尔·隆尚。

2　墨丘利的商神杖也称双蛇杖，是一根刻有一双翅膀的金手杖，其上缠绕着两条蛇，为罗马神话中的众神使者墨丘利（也就是希腊神话中的赫耳墨斯）所持。

3　“不栖之鸟”和“身披马加比的披风”都是至高无上者创造的说法，用来象征并不存在的事物。

4　这里指伊斯兰教君主国家的首相，与前文提到的阿拉丁神灯相呼应。

法帮我遮盖裸露的骨架了。

（在私人笔记本上）

那个小黑头吐出几口水，重新浮上水面，对着空气晃动雪白的牙齿。孩子们一阵吵闹，女人们一边东拉西扯，一边又开始拍打脏衣服。这个小黑头长得和黑奴何塞·马里亚·皮拉尔一模一样。在我买下皮拉尔的时候，他也是这般年纪。当时，我还买下了桑塔和安娜这两个老奴。因为她们年事已高且身患溃疡，所以我为她们支付的价钱要少很多。这两个老女人后来痊愈了，她们一直活到现在。无论是生是死，她们都对我忠心耿耿。然而，黑人皮拉尔背叛了我。最后，我只好将他送到橘子树下去治疗他的偷窃之症。对无可救药的病人来说，弹药往往是一剂良药。

在这里，我变成了一个幽灵。在黑与白之间，在灰色与虚无之间，我看到自己在镜子的诡计中变成了两个人。那些为了诽谤或颂扬我而忙着谈论本人外在形象的人，没能在对我服装的描述上达成一致，而他们对我外貌特征的描述更是大相径庭。如果我自己都没能在那个盯着我看的穆拉托幽灵身上认出自己，那这又有何稀奇！所有人都着迷般地盯着那些并不存在的金扣，而它们不过由纯银制成。在痛风使我的双脚肿胀之前，我将我最后使用的那对鞋扣送给了我的教子——已获自由的奴隶马卡里奥，他是叛徒侍从何塞·马里亚·皮拉尔的儿子。皮拉尔希望他的孩子在他死后继承何塞·马里亚之名。为了不让这个孩子背负叛徒侍从遗留的骂名，我命他们在洗礼池边赐予他马卡里奥之名。我把他交给两个老奴照管。他总是在灰烬中爬行。我把那些鞋扣都给了他，让他拿着玩。小毛头马卡里奥消失了，他不见了，他消失得仿佛比被大地吞噬还要彻底。作为一个活着的生物、一个真实的存在，他消失了。很久以后，在那些已经移民的抄写员在国外出版的一本下流小说里，他重新出现了。他们于现实中劫持了马卡里奥，他们剥夺了他纯良的天性，在书写的虚构世界里，他们将他变成了一个新的叛徒。

最后一次爆炸点燃了海湾，接着，太阳落山了。橘子树的枝条变黑了，我继续透过手上的屏幕看着它。橘子树的枝条与我的指骨之间变得难以区分。悲伤的想法以比作用于我骨头还快的速度迅速使其干枯。真是一幅聪明的讽刺画。大自然继母，你竟比最聪明的匿名告示作者还要聪明。你的想象力并不需要模仿的本能，甚至，你只要模仿，便能创造新的东西。而我被关在这个洞里，我只能模仿你。橘子树在洞外模仿我骨瘦如柴的手。它比我厉害，我无法将它移植到这些书页里，然后占据它在悬崖上的位置。那个黑人小孩正对着树干撒尿，或许，他能将它复活，而我只能书写，也就是说，我只能否定活着的一切，让死去的东西变得更加死寂。我是蹲坐的橘子树。我被拔光了羽毛，坐在草垫之上。我被自己的汗水和尿液浸泡着。我被拔光了羽毛，我的羽毛（笔）掉了下来。

他站在门边，全身长满了眼睛，他在暗中观察我。他坚定的目光向四处投射。他拍了拍手，其中一个老奴赶紧跑上前。拿点喝的来，我听到他这样命令。安娜茫然地看着我。**我**没有说话。我听到**他**说：给博士一杯冰凉的柠檬水。这声音气势十足，充满了嘲弄的味道。它充斥着整个房间。它掉落在我的高烧之上。它在我心里下起了雨。豆大的熔铅雨滴落下来。我在被闪电劈开的昏暗中转过身。我看到他在暴雨中迈开步伐，挺身远去。屋外，黑夜逐渐温柔地熄灭了黄昏。

安娜端着一杯柠檬水走了进来。

（永久通令）

1810年7月，省长贝拉斯科做好射击准备，他打算耗尽自己最后的时间之弹。他不会再去吃草了，政府没了草坪，也没了马拉维迪[1]。正是金币紧缺之时。市政会的反刍动物们建议他召开会议，决定巴拉圭大省的命运。在布宜诺斯艾利斯，总督西斯内罗斯已经被白人贵族组成的洪达推翻。在这场可悲的动乱中，唐贝尔纳多眼看自己就要面临同样的命运。他逃到一艘战舰上躲了起来，却发现战舰的炮眼里并没有填装炮弹。由于退潮的缘故，河干涸了。于是，他返回府邸，召集神职人员、军队领导、法官、工会成员、文学界人士，以及对巴拉圭毫无眷恋的、地地道道的巴拉圭城市居民。当然了，被视如猛兽的贱民们并未获准参加此次会议。他们并未在市政府召开此次秘密会议，而是将会议地点改到了主教府邸——如此显眼的会议地点，他们的目的显而易见。主教佩德罗·加西亚·帕内斯·伊·略伦特刚从何塞·拿破仑[2]的宫廷调任到此。由于听多了被省长作为见面礼奉上的

1　西班牙古币。

2　指拿破仑的哥哥约瑟夫·波拿巴，1808年，拿破仑曾任命他的哥哥约瑟夫接掌西班牙。

荒唐无稽的传言，他显得有些“消化不良”。这位主教也带来了大洋彼岸的消息。另一方面，布宜诺斯艾利斯第一洪达的老狐狸们已派遣巴拉圭民兵上校埃斯皮诺拉·伊·培尼亚[1]——这位最遭人憎恨的老东西——来担任新政府的使者，他肩负使命，要来接替省长的职位。这可真是为自己壮大队伍的良方！如果革命的意义仅限于将贝拉斯科改换为埃斯皮诺拉，那么对巴拉圭人民来说，这场革命是一桩多么糟糕的买卖啊！这与之后将要发生的一切简直如出一辙。

带着这样的预兆，两百多位名人要士集聚在主教的老巢。不管怎样，这些傀儡竟无意中召开了我国的成立大会。坏事有时也能带来一些好处。叛乱的面团已经发酵，就等着放入烤箱了，当然，肯定不是在这儿。那么，如果你们愿意的话，亲爱的同胞们，一个加丘宾人宣布——他是这位失声省长的发言人，而这位省长很快便会失去他的投票权——西班牙王室最高摄政委员会在此成立，请大家热烈鼓掌。与此同时，我们将继续同布宜诺斯艾利斯及总督区其他大省保持友好关系。不过，由于相邻的葡萄牙-巴西帝国正伺机侵吞尊贵美丽的巴拉圭大省，这位撒拉逊市议员补充道，而且他们已经在乌拉圭河沿岸部署军队，因此我们理应组建一支军队来保卫自己。我们要让他们知道我们是谁，我们要让他们知道我们应当成为怎样的人，除了我们的合法君王之外，我们要避免被任何人奴役。这便是那些拥护宗主国统治的人对那次紧急事件做出的决定性推论[2]，胡里奥·塞萨尔[3]在他的评论

1　埃斯皮诺拉·伊·培尼亚（José de Espínola y Peña，1750—1810），巴拉圭军事家。他曾参加布宜诺斯艾利斯对抗英军侵略的战斗，在五月革命中加入布宜诺斯艾利斯人民推翻西班牙殖民政权后成立的执政委员会“爱国洪达”。由于他支持布宜诺斯艾利斯洪达，故被派往巴拉圭，督促巴拉圭服从布宜诺斯艾利斯洪达并向其派遣代表。

2　决定性推论（Argumento Aquiles），指用来合理地证明某个论题的决定性推论。

3　胡里奥·塞萨尔（Julio César Chaves，1907—1989），巴拉圭著名历史学家，其代表作《最高独裁者》（*El Supremo Dictador*）至今仍被认为是何塞·加斯帕尔·罗德里格斯·德·弗朗西亚最全面、公正、严肃的传记。这部作品也是小说的素材来源之一。

里如此写道。

Nequáquam![1]我说，西班牙政府在美洲大陆上已经走到了尽头。省长兼最高指挥官的“短号”尖声怪叫，一同尖叫的还有那些受到惊吓的鼠雀之辈。主教内心的惊愕化成了拉丁语，他靠在法杖上，颤抖地将胸前的十字架指向我：我们至高无上的君主仍旧是西班牙及各印第安大省的君主，其领土还包括处于其统治之下的所有岛屿和铁拉菲尔梅[2]！接着是犹如船只登陆般的一阵大吵。我给了他一巴掌，让他闭嘴：在这里，君主已经被我们扔进棺材里去了！在巴拉圭，“坚实之地”[3]是人民秉持的坚定信念，从今天开始，他们要让自己的土地成为永远的自由之地！我们巴拉圭人唯一需要决定的是：我们应当如何保卫我们的主权和独立不受西班牙、利马、布宜诺斯艾利斯、巴西，以及所有企图奴役我们的外国列强所侵犯。总检察长何以说出如此忤逆之言？一个保王党小人大喊道。我拿出我的两把手枪。这就是我的理由：一把用来反抗费尔南多七世，另一把用来反抗布宜诺斯艾利斯。我用手指扣住扳机，要求省长就我的提案进行投票。他以为我疯了。他将他的“短号”放到嘴里，用噼啪作响的嗓音结结巴巴地说：您曾答应要在镇压叛乱的斗争中助我一臂之力！这就是我正在做的事情。如今，叛乱的根源是这些保王派和亲布分子。他眨着眼睛，瞪大的眼珠从“短号”转移到我的手枪上面。我要求诸位就我的提案严格地进行公开投票，在又给了他一巴掌之后，我继续要求道。很多人以为我已经开了一枪。那些惊吓过度的人扑到地上。主教将法冠拉到下巴上。省长挣扎着，做出将要窒息的姿态。他的追随者开始行动。大厅里一片混乱，这些人高呼着“摄政委员会万岁!”，他们把形似水池的玻璃

1 拉丁语，意为：“没门儿！”

2 铁拉菲尔梅（La Tierra Firme），此处指西班牙殖民期间的铁拉菲尔梅省。

3 坚实之地（La Tierra Firme），文字游戏，与前文出现的铁拉菲尔梅互相呼应。

匣子拿来投票。那些撒拉逊人纷纷将选票投入其中，他们声嘶力竭地大喊着“巴拉圭大省复辟万岁”。省长恢复了声音。就在那时，根据何塞·托马斯·伊萨西后来与我所言，一个戴着男扮女装式小丑面具的黑人跟在另一个黑人身后，他们从附近的一个民间节日聚会上跑来，接连闯入大厅。这出奇怪的闹剧扰乱了会议，场面变得更加混乱。那个在后面追赶的黑人抓起我的一把手枪——那是我用来反抗国王的手枪，朝着那个在大人物中间躲闪逃跑的小丑扣动了扳机，直到他倒在省长的座椅之下。

我并未目睹这一切。如果伊萨西这个叛徒所言非虚，那么这出闹剧只能是市政会那些保王派为破坏此次会议而策划的阴谋。且不论这出闹剧滑稽与否，我只能说它恰恰贴切地反映了那次会议讨论的内容。

在此之前，我已经在那群于大厅之中喧闹吵嚷的加丘宾人中迈开步子，离开了主教那个鸡窝。我走到街上，这群孵蛋母鸡、阉鸡、教士、法官以及那些男扮女装、性向倒置的文学界人士被我吓坏了，他们围绕着那两把充当理由的手枪大惊小怪地发表言论。

他们的胜利不会持续很长时间。我把革命的卵带走了，我要在适当的时机将其孵化。

（写于页面边缘的陌生字迹：你想在这里模仿笛卡尔，笛卡尔讨厌新鲜的鸡蛋。他总是将鸡蛋放在草木灰下孵化，然后，再一口喝掉里面孕育的养分。你不是笛卡尔，却幻想做同样的事情。你可不会每天早上喝着马黛茶，还拿革命鸡蛋当早餐。你将这个国家变成了一个用来赎罪并行使净化功能的鸡蛋，而我们谁也不知道它会在什么时候，以何种方式孕育出什么东西。它孕育的是一个原本能成为世界上最发达国家的胚胎，一个人类传说中最优秀的公鸡的胚胎。）

我骑上马，纵马飞奔而去。我用力呼吸着泥土的气息和经受阳光炙烤的小树林的气息。黑夜轻柔地由地平线上升起，玛诺拉[1]山上的钟雀叫声犹如战鼓声，它为我的内心带来了几分安宁。我松开缰绳，马儿加快了步伐，它跟随我的思维节奏，朝着家的方向跑去。人总能感觉到想法到来，就像人总能感觉到不幸逼近一样。在返回伊比拉伊隐居处的路上，我的脑子一直在思考刚刚发生的事情。我在思考一个事实——即使在最微不足道的事情上，偶然也在发挥它的作用。于是我明白了，只有将串联在各个事件之间的偶然之线连根拔除，才能将不可能之事变为可能。我突然意识到，能够行动就能使其变为可能。就在这时，一颗流星在天空中划出一道亮光。在不到一秒的时间里，它消逝了，有谁知道在此之前它已经在宇宙里流浪了几百万年呢。我曾在某个地方读到：流浪行星、流星和陨石代表着宇宙中的偶然。我想，那么权力的力量便在于猎取偶然，将偶然抓住并攥在手里，发现它的规律，也就是发现遗忘的规律。偶然只是因为遗忘而存在。要让偶然服从反遗忘规律，要追踪反偶然，要从这片不可能的混沌之中找出正直的星座。一个国家以它的主权为轴心旋转，人民至高无上的权力是组建共和国的核心力量。在政治宇宙中，各国相互结盟或自行爆炸，就像宇宙中的各个星系一样。

首要目标：于混乱中建立秩序。巴拉圭是南美洲的中心，它是美洲这一地区各个独立国家未来联合的地理中心、历史中心和社会中心。巴拉圭的命运就是美洲的政治命运。摩尔发出几声嘶叫，它绷紧了耳朵，对于这种可能，连这个忠诚的动物都提前表示接受。有可能他们会统治我们，我对它说，但是，我们应当试图阻止这样的事情发

1　玛诺拉（Manorá），亚松森城区，在瓜拉尼语中意为“死亡之地”。在弗朗西亚独裁期间，这个地方曾一度被用作刑场。

生。它深吸了一口气。不要害怕自己的影子，我的托马斯·摩尔[1]。总有一天，你可以无所畏惧地在这片预言之地上面向太阳狂奔，那时，你将没有影子。它一边点头，一边愈加平静地再次迈起大步，只是口衔的金属部分在它的后牙间嘎吱作响，让它有些烦躁。

我再次抬头望向天空。伴着天空自带的光芒，我试着阅读这本星座之书。在这本让帕斯卡尔感到害怕的球形书籍中，最令人恐惧的是：尽管其间星光无数，黑色的偶然依旧存在。不管怎样，在“会思考的芦苇”[2]之中，他是最博学的人，但是，他没能猜中这种偶然，即便怀着对上帝最单纯的信仰，他也没能猜中。上帝，这是一个如此简短，却如此让人迷惑的词语，它横亘在宇宙与他的思想之间，它横亘在他的已知与未知之间。告诉我，布莱士老兄[3]，你可是在教会中推行去耶稣会化而并未引起省内恐慌的第一人[4]，告诉我吧，请回答下面这个问题：在这个巨大的球面上——它的中心无处不在，四周却遁无影踪——真正让你感到害怕的难道不是它拥有的无穷记忆吗？[5]宇宙自一无所有而生，其后才颁布了这种记忆的法则。

这是毫无裂缝的记忆、毫无疏忽的记忆，它极为精准。在浸润着薄荷与广藿香的微风中，布莱士老兄的声音说道：也许吧，也许吧。如此，人类回归自我，思考自身与身外诸物的联系。你是两种灵魂的结合，在这个大自然的偏远地区，你感到自己迷失了方向，你沉醉在某种想法散发出的野蛮气息之中。现在，你骑在马上朝着你三位一体的“庄园修道院”走去。你认为你是自由的。你驾驭着一种想法：你

---

1 文字游戏，影射英国作家托马斯·莫尔。

2 此处影射帕斯卡尔的名言：“人是一根会思考的芦苇。”

3 指布莱士·帕斯卡尔。

4 此处影射帕斯卡尔的作品《致外省人书》（*Lettres Provinciales*），这是一部宗教论战之作，帕斯卡尔一生都在坚定地反对耶稣会。

5 此处影射帕斯卡尔的另一句名言：“这些无限空间的永恒沉默使我恐惧。”

要解放你的祖国。但是，你也看到自己被囚禁在一间狭小的牢房里，在烛光下写作，你的身旁是你捕获的陨石，它和你一起被禁锢于此。巴拉圭老兄，你可别让我说我不想说并且不曾说过的话。你要学会敬重土地，那是你的土地；你要学会敬重人民，他们是你的子民；你也要学会敬重自己。你要给予他们合理的价值。人于无限之中是为何物？天地之间的虚空。那么，人于自然之中又为何物？比之无限，则为虚空；比之虚空，则为万物——人是虚空与万物之间的平均数。对人类来说，万物的起源和终点蕴藏在一个无法参透的奥秘之中。别这样，布莱士老兄，你可别做一个失败主义者！摩尔将我带到了庄园，而你却想将我带入上帝一词铺设的陷阱。正如你自己所说，上帝已经逾越了这个球面，因此，它无法被思想容纳。你可别还不如一匹马聪明啊。当你谈论具体的事物，例如耶稣会、动物、昆虫、灰尘和石头时，你可不是这样。你还嘲笑了身为哲学家的笛卡尔，你曾说他无用且无常。有什么比断言没有生命的躯体拥有情绪、忧虑和惊惧更为荒诞呢？激情是灵魂存在的前提，难道没有知觉、没有生命且无法拥有生命的躯体会拥有激情吗？难道他恐惧的对象是虚空吗？那么，这虚空之中又有什么能使他害怕呢？还有什么比这更加荒谬吗？你，老兄，你犯下了那个荒谬的错误，但是，你无法原谅笛卡尔——上帝给了这个世界最初的一击，而他竟然想在他的哲学里摒弃上帝。除此之外，你还无法原谅他将上帝永远除名。人类在面对虚空时感到恐惧，然后，上帝便诞生了。你难道奢望这个发明能对付一切吗？你可别忽视了这一点，欸。

眼下，上帝并未占据我的思想。我关心的是支配偶然，是掌控可能——掌控这个迷宫的可能，我关心的是将这个国家从迷宫中解放出来。

（写于页面边缘的陌生字迹：你挖出了另一个迷宫。这个迷宫就是你为那些可怜的“贵族猫咪”设立的地下监狱。然而，在这个迷宫之上，你又修建了另一个更加复杂、更加深邃的迷宫：你的孤独迷宫。你这个玩弄“辞藻色子”的赌徒：你的孤独，便是你一个人的时代，你那漫长的时代。愤世嫉俗的老东西，你用绝对的虚空填满了你的虚空恐惧迷宫。Spongia solis……[1] 这就是你为了发动革命而给予这色子的一记重击吗？你认为革命是一个人在孤独中创作的作品吗？一个人总会犯错，而真理只会在两人或更多人中间萌芽……）

啊，你这骗子校对员！raza 和 azar[2] 并不一样，这并非字母的简单颠倒。我的种族是一个星座，为了领导它，我必须找到它，测量它，了解它最微小的秘密。我是它的一部分。不过，我还必须置身其外，对它进行远距离的观察，由内而外地感受它的脉搏。我把这该死的色子牢牢地攥在手里。

在永久独裁开始之初，当我看到这颗陨石掉落在亚松森的百里之内时，我曾命人将其俘获。那个时候没人明白，以后也绝不会有人明白，捕获这颗迁徙的流星意味着什么。它是宇宙中一闪而过的逃兵。我命人将它作为俘虏给我带来。一支小部队花了好几个月的时间在查科地区平坦的地面上搜寻这颗陨石，他们掘地一百多巴拉，才最终将它找到。它的磁场分布在其四周，那是北查科大路——这条唯一能让人从这个国家偷偷溜走的道路上所出现的一道不可逾越的障碍。长年与其他外国骗子一道被关押在监狱里的法国商人埃斯科菲耶就曾试图

1　这是一段被截断的拉丁引文，意为：“太阳的海绵……”（esponja solar…）

2　“raza”意为“种族”，“azar”意为“偶然或投掷色子时的坏点”。

从那儿潜逃。在一些已获自由的黑奴陪伴下，他跨过巴拉圭河，进入了大查科地区。为了不与自己的情人分离，一位怀有身孕的黑人女奴也决定追随他们。一路上，他们被蝰蛇咬伤，遭到印第安人射杀，还染上了热病，这些黑人一个接一个死去，最后只剩下逃亡的埃斯科菲耶和那位黑人女奴。陨石的引力将他们吸引到陨石旁边的壕沟处，那里有无数的工兵正在挖掘壕沟。法国人别无他法，只好和其他人一起开始工作，直到用尽力气。后来，他被枪决，尸体被扔进了壕沟。黑人女奴生下了他的儿子，并继续为这些工兵做饭。我原本可以把这颗陨石留在那里，在那个人迹罕至的地方，它原本能成为一个优秀的瞭望哨员，不过，我更想将它安全地保存起来。这并不是一件容易的事。为了将它运到这里，为了与那些凶残的部落、风雨雷电、各种害兽、疾病，以及拒绝被征服的偶然的可怕奥秘做斗争，我足足耗费了一百多名壮汉。真是骇人听闻的狡黠和凶残。只有当那个黑人女奴和她的儿子走在队伍前面，这块陨石才似乎做出让步，只有这样，它才甘愿被他们运过沙漠和小河。黑人女奴被一条蝰蛇咬伤，去世了。这块石头又开始耍赖不走了，直到黑人女奴的儿子——他已经变成了大家的宠物——开始在地上爬行，陨石才同意继续前行。他已经成了陨石的半个兄弟，他们给他取名为蒂多。黑人女奴的儿子原本能成为我最好的追踪者，然而，一天夜里，他也从营地里消失了，也许他被那些巴亚谷阿人[1]抢去了。陨石渡过巴拉圭河耗费的时间比尤利西斯在荷马的大海里航行的时间还要久；比佩鲁里玛钻出沼泽的时间还要久——他跳进沼泽里寻找佩德罗·乌尔德玛勒斯所说的漂浮在淤泥上的卡洛斯硬币。[2]这段旅途持续的时间比所有这些寓言故事持续的时间都要漫长。

1　美洲土著人，属于圭库鲁人，过去居住在巴拉圭查科地区。

2　佩德罗·乌尔德玛勒斯（Pedro Urdemales，其姓名在拉丁美洲各国有不同的变体，包括 Pedro de Urdemalas、Pedro Ardimales 或 Simón El Bobito 等），拉丁美洲民间（接下页）

没有船只或木筏能够承载这种重达一万阿罗瓦的太空金属。整支船队都沉没了。在这段漫长的横渡之旅中，又有一百名壮汉淹死。为了不继续前行，这块陨石采取了更为恶劣的恶作剧和计谋。无数黑人女奴带着年幼的孩子被派到它的身边，可是，这只宇宙神犬的嗅觉十分灵敏。它的种类无从辨认，它的规矩几乎和我的规矩一样不可动摇，而我并不准备让这块大石头由着它的性子为所欲为。最后，巴拉圭河百年一遇的大退潮才让运输人员得以将它放在特制的炮架上，由一千对水牛和一千多名从军队中挑选出来的水性最好的士兵牵引着往前移动。现在，它就在那儿。这颗偶然坠落的流星戴上了脚镣，它被绑在我的椅子上面。

（陌生的字迹：你以为用这样的方式就消灭偶然了吗？你可以在地牢里关押五百名寡头叛徒，甚至是最后的叛国分子和反革命分子。也许，你几乎可以断言革命不会遇到阴谋。但是，面对那些在宇宙中四处闪现的不计其数的陨石，你也能这样说吗？于是，偶然颁布法令，剥夺你绝对权力的极点与特性。为了更有安全感，你在纸上写下大写的“绝对权力”，但它们只反映出你的不安。它们揭露了你对洞穴的恐惧。你非常容易满足。你对虚空的恐惧和你的旷野恐惧症让你身着黑衣，与黑夜融为一体。恐惧已经使你的理智枯萎，它侵蚀了你的心灵，让你的意志开始生锈。你的独裁权力不过是一堆废铁。一块陨石并不会造就一位君主。它在那儿，的确如此，但是，你和它都被监禁了。你是囚徒，你是一只被自己的毒液毒害的、身患痛风的老鼠。你喘不过

（接上页注2）传说中的一个人物，代表流氓或骗子。这个人物起源于中世纪的西班牙传说，塞万提斯也曾创作过同名喜剧并收录在其《八部喜剧与八部幕间短剧集》（*Ocho comedias y ocho entremeses nuevos*）中。佩鲁里玛（Perurimá）是佩德罗·乌尔德玛勒斯在巴拉圭的叫法。

气。衰老、患病的年纪和神灵都无法治愈的疾病砍下了你的后颈。）

不论你是谁，傲慢的文字校对员，你开始让我觉得厌烦了。你不明白我在书写什么，你不明白法律是象征性的。扭曲的心灵无法理解，他们只会逐字逐句地翻译这些符号。所以你错了，你用你的嘲讽和自负填满我的页面边缘。请你至少认真读一读我写的内容。这里有明显的象征，也有晦涩的象征。我，至高无上者，我冷漠地玩弄我的激情……

不管怎样，当你说话时，不再停留于表面，而是投入你卑鄙的角色之中[1]，至少你应当省略“我，至高无上者”这一套，把它留给你自己，尤其是当你正穿着平底拖鞋玩色子的时候。

……不要打断我，我再重复一次。我，至高无上者，我在所有领域冷漠地玩弄我的激情。人-民，民-众，在他们唯一/多重的内心里，他们十分了解这五年来捕获陨石的英雄业绩。煽动叛乱的、贪婪的、自负的、狂妄的、忘恩负义的、诽谤他人的、易怒的、残忍的、冲动的、自鸣得意的无知者，您在哪里才能找到聪明的同谋呢？他们疯狂地攻击我，因我下令带回那块从天而降的疯癫之石而指责我，他们说我疯了。有的人走向极端，他们竟断言我肩上扛的并不是自己的脑袋，而是那块石头。简直是一派胡言！然而，他们也在盘算着趁机猎取我的脑袋……

过去，你常常大声疾呼，支持暴动，现在，你倒反对它了。

……他们把至高无上者当成一个单独的人来攻击，他们不再费力地区分肉体的人与抽象的人物形象之间的区别。前者会生老病死，走向终点；后者却长生不老，永无终点。人民主权的气味与磁力，百世

1　意指“当你不对别人说话，而只是自己对自己说话时”。

领主……

你的情绪焦躁不安，你说的一切太过浮夸！

我为陨石行了割礼，这些金属碎屑足够国家武器库制造十把步枪了。他们用这些步枪处决了那些策划1820年阴谋的头目，没有一支步枪走火。从那时起，这些步枪就为破坏言论画上了句号。只消一枪，就能结果那些背叛国家和政府的无耻之徒。这些枪百发百中，它们一直都是我拥有的最好的步枪。它们既不会磨损，也不会过热。它们可以连发一百发子弹，这种来自太空的材料不会发生任何变化。在经受了太空最高温度的炙烤之后，它熄灭了火光，依旧保持着最初的冰凉。要是我能像收割玉米或小麦那样，一年收割两季陨石，那么，我们的武器装备问题或许早就解决了，而我也就不用四处央求那些商人和走私贩了，这些人给我提供的每一粒火药，价格都堪比黄金。现在，他们不再满足于我用巴拉圭的珍贵木材和他们交换武器了，他们想要金币。这些白痴！

这些陨石步枪是我的秘密武器。它们有些沉重，斯文羸弱的枪手使不了这些枪。每一把这样的步枪都含有不少于十阿罗瓦的太空金属，它们需要的是力大无比的枪手。只是，在那之后，我再也没能捕获其他陨石。有两种可能：要么太空正变得比那些巴西武器走私贩还要贪婪，要么囚禁一颗陨石同时从现实意义和象征意义上消除了偶然的不真实性。如果是后者，那我就不应再害怕偶然设下的圈套了。那么你——这个背着我修改我手稿的人，你把手偷偷地伸入它的边缘与字里行间，而这些手稿记录的都是我内心深处最隐秘的想法，它们将来势必会被大火焚化——你错了，你完全错了，而我完全正确：对偶然的掌控定能让我的同胞们变得真正地无坚不摧，直至永远。

这一切发生了，却又并未发生。那一刻，我骑着飞奔的摩尔，望着漆黑的夜幕，下定了决心。就在那时，我又一次看到了那只美洲豹。它潜伏在峡谷的草丛中，准备一跃而起，就像它第一次扑向巴拉圭河河湾中搁浅的双桅船一样。在午睡时分的闷热中，船员们躺在船帆的阴影下酣睡。摩尔挣脱了缰绳，追随家的味道狂奔而去。那座庄园，那座房屋，朝我们迎面扑来。

只要我不手握权力的缰绳，我就不会离开这里。这里是我的瞭望塔，是荒凉的礼拜堂。而我，一个身系国家命运的隐士，便驻扎在这间陋室，等待事情发生。他们会来这里找我。我曾向农夫、平民、人民群众和宣称参与半公开集会的市民敞开大门。伊比拉伊庄园变成了这些真正的市议员的市政会。这些的确发生了，而且，它们还在发生。

（永久通令*）

*请大家仔细阅读这份永久通令的前面部分，以便理解它每次出现时所呈现的连续意义。请不要关注车轮的边缘，那是车辆剧烈颠簸时才会波及的区域，请诸位关注我的思想中轴，它总是固定地围绕自己旋转。（至高无上者所作批注）

那个时候，曼努埃尔·贝尔格拉诺[1]来了，他出现在一支军队前方。贝尔格拉诺是律师，也是知识分子，尽管他对独立事业深信不疑，但是，他还是前来执行布宜诺斯艾利斯洪达的命令：用武力将巴拉圭

1 曼努埃尔·贝尔格拉诺（Manuel Belgrano，1770—1820），阿根廷律师、政治家、军事家。他曾参加阿根廷反击英国侵略的斗争，是五月革命的主要推动者之一，也是阿根廷独立战争的主要领导人之一。在这场战争中，他曾担任军事远征队首领并被派遣至巴拉圭，这场远征最终以签订《布宜诺斯艾利斯与亚松森洪达之联邦公约》而结束。

赶入贫穷省份的牛圈之中。他带着这样的企图前来，在最初的骚动中，他一定相信这样的企图是正义的。贝尔格拉诺来了，那瓶暗藏着不可能之事的葡萄酒（正如此番前来暗藏着不可能实现的企图）让他的头脑一阵发热[1]。像其他时候一样，此次前来，他依然带着那支由歹毒移民组成的军队。这些人是兼并巴拉圭的忠实支持者，在那个时候甚至后来，他们都充当了入侵自己祖国的领路人的角色。葡萄酒变成了米醋（他的到来已经变味了）[2]。

他一进入巴拉圭的领地，便在幽灵山[3]——这座被某些人称为波特诺山丘的山顶——给洪达那些幽灵般的布宜诺斯艾利斯人写信：我仅带着五百多人来到此地，我要面临的劲敌有五千多人——根据其他人的说法，他们的数量甚至达到了九千。据（巴拉圭叛变少校何塞·埃斯皮诺拉·伊·培尼亚提供给我们的）情报，自跨过特维夸里河[4]以来，我并未亲眼见过一个巴拉圭志愿兵，在他们的房屋里，我也一个都没有看到；情况便是如此，此外，直至目前，并未出现任何针对我方的行动，换作以前，情况则恰好相反，势必有无数巴拉圭人前来抵抗，因此，这一切都迫使我手下的军队宣称他们此行并非前来帮助巴拉圭，而是要将其征服。

这是他亲笔写下的书信，拉普拉塔塔西佗[5]记录道。傍晚时分，这

---

1 暗指贝尔格拉诺并未意识到其此次前来的真实目的，其中蕴藏着布宜诺斯艾利斯洪达妄图兼并巴拉圭大省的企图，在至高无上者看来，这样的企图是“不可能之事”，即难以实现。

2 文字游戏，影射上一个脚注中提及的内容。

3 幽灵山（Cerro de Fantasma），即波特诺山丘（Cerro Porteño），一座位于巴拉圭巴拉瓜里省的小山。为了让巴拉圭加入拉普拉塔联合省，贝尔格拉诺将军曾在此山附近发起过战斗。布宜诺斯艾利斯军队遭到由卡瓦尼亚斯（Cabañas）和加马拉（Gamarra）领导的巴拉圭军队还击，并未取得胜利。

4 特维夸里河（El Tebicuary，也作 El Tebikuary），巴拉圭河的支流，位于巴拉圭西南部，靠近巴拉圭与阿根廷的交界处。

5 塔西佗是古罗马最伟大的历史学家。此为至高无上者对阿根廷将军、政治家和历史学家巴托洛梅·米特雷（Bartolomé Mitre，1821—1906）的蔑称。1862 年，米特雷（接下页）

位救助者 / 征服者退回帐篷，他和他的秘书——西班牙人罗加单独密会，并向对方透露了自己的打算：敌人如同苍蝇，然而，就我方目前所处的形势而言，我认为，如果我们就此撤退，势必会犯下大错。今天下午我们见到的那些士兵多半是一群笨汉，他们当中的大多数人从未听过子弹的呼啸声，因此，我非常依赖有利于我方的道德力量。我已经做好决定，只待留守后方的部队到达，便可着手进攻。

第二天，他们在这座骗人的何烈山山顶竖起了一座轻便的祭坛，军队的牧师为他们做了军事弥撒。据拉普拉塔塔西佗记载，当时，入侵者和被入侵者的身体与精神相距如此之近，以至于草帽上挂着蜡烛和十字架的巴拉圭民兵们在平地上也听到了他们下跪的声音。拉普拉塔塔西佗引用《敬神博爱的觉醒者》[1]补充道，他们本以为将要与异教徒作战，却大吃一惊地发现，与他们开战的竟然是他们的教友。同样，他还应当补充：当骑兵冲锋的叫嚷声响起时，那些笨汉竟瞬间从他们的坐骑上消失了。背上空空如也的坐骑像流星一样往前冲，直到笨汉们突然拿着竹矛，在一声野蛮的大叫中，攻破对手的防线和鼓膜，出现在他们面前，将一切席卷一空。

天主教徒们在地狱军团中杀进杀出。正如俗话所说，侵略军队打出的子弹最终都会落在自己身上。于是，他们的首领写信给他们的“混乱政府”：阁下实在无法想象业已发生之事，对身处溃败之中的本人来说，这也着实难以理解。正如阁下所见，他们曾向我们保证我方军队不会遭遇任何抵抗，相反，巴拉圭大省的大部分居民会逐渐屈

（接上页注 5）曾当选阿根廷总统。1865—1868 年，他曾参加三国同盟战争，指挥同盟军攻打巴拉圭。后来在再次竞选总统失败之后，他开始弃政从文。他创办了阿根廷《民族报》（*La Nación*），作为历史学家，他还撰写了许多重要专著。这其中便包括《贝尔格拉诺与阿根廷独立历史》（*Historia de Belgrano y de la Independencia Argentina*）。此外，他还将众多文学作品翻译成西班牙语，例如《神曲》《埃涅阿斯纪》等。

1 《敬神博爱的觉醒者》（*El Despertador Teofilantrópico*），阿根廷神父弗朗西斯科·德·葆拉·卡斯塔涅达（Francisco de Paula de Castañeda）创办的报纸。

服。然而，我却看到一个民族带着近乎癫狂的热情奋力保卫他们的祖国、宗教及其最具神圣意义之物。因此，为了用一种出人意料的方式来攻击我，他们努力克服了诸多不可能之事，只消看到他们，所有人都会相信此言非虚。可怕的沼泽，泛滥的河水，神秘莫测的巨大树林，还有我们炮兵的大炮——这一切对他们来说什么也不是，因为他们的狂热、他们的热情和他们对国家的热爱能够帮助他们克服一切、战胜一切。这算什么！连他们的妇女、儿童、老人和所有自称为巴拉圭之子的民众都已做好准备，他们要为了祖国承受所有不幸，奉献所有财物，甚至牺牲自己的生命。

在经历了两次浴血奋战之后，他遭遇彻底的溃败，说出了上面的话。在贝尔格拉诺身边为其充当向导的反巴拉圭军团成员们——马查因家族、卡尔塞拉家族、埃切瓦里亚家族、老埃斯皮诺拉·伊·培尼亚的寄生虫后代、巴埃斯家族以及其他轻率鲁莽的兼并主义者——都不知道应当如何向遭受欺骗、心灰意冷的贝尔格拉诺解释。

在巴拉圭骑兵用套索拖走侵略者遗弃在战场上的最后几门大炮时，贝尔格拉诺宣称：我并非前来破坏巴拉圭大省的权利。我的同胞们，我并非前来侵略你们，我是来帮助你们的。在塔夸里河[1]岸边的投降白旗下，他极力声明。他承诺会立即离开巴拉圭的领地，他以《福音书》起誓再也不对其施加武力——后来，他严格履行了他的诺言。他必须拿他的名誉起誓。

巴拉圭的庸兵们被说服了。在波特诺山丘之战和塔夸里之战结束后，语言发挥了大炮无法发挥的作用。这位溃败的首领其实获得了胜

1　塔夸里河（El Takuary，也写作 El Tacuarí），巴拉圭河支流。塔夸里之战是拉普拉塔联合省对抗巴拉圭大省的最后一场战役。在战败之后，贝尔格拉诺将军被迫离开巴拉圭，结束了此次军事远征。

利，他再次朝着他的国土走去。获胜的军队将他护送至巴拉那河过道，在这之前，他们与他进行了长时间的秘密会谈。愚蠢的白人首领们大方地同意了战败方的所有请求，他们并未就所谓的“解放远征”对巴拉圭造成的巨大伤害索要任何赔偿。卡瓦尼亚斯——这位塔夸里的首领及后来声名狼藉的阴谋家——对于正在发生以及将要发生的事情根本没有任何概念。怎么能说他没有概念呢？他明白什么和他自身的利益相关。这位巴拉圭首要烟草供应商再也不指望保王派为他提供特权了，如今，他指望的是主张统一的亲布派。

那些身穿制服的庄园主拥有充分的理由去勾结布宜诺斯艾利斯人。王权已非实权。在第一次救国战争期间，西班牙人就因为缺席而显得十分出众。战斗刚开始不久，查佩同人的步兵就解散了，省长贝拉斯科也从巴拉瓜里[1]司令部逃走了。为了防止被人认出，他拿他的准将制服和一位农夫做了交换，他穿上了农夫的破衣烂衫，还把他的眼镜和纯金烟嘴送给了对方。后来，他藏身于洛斯纳兰霍斯山脉[2]顶峰，任由巴拉圭人自己收拾烂摊子。

有一段时间，有人看到那件耀眼的制服勇敢无畏地出现在战场上最危险的地段，它一会儿消失，一会儿又出现，仿佛在为军队鼓舞士气。对巴拉圭将领和他们的敌人来说，这成了一个谜团。最后，他们终于让他躲到了战线后方。他们惊讶于省长的聪明才智，以及他无所畏惧的态度和非同寻常的勇气。他不带坐骑，还如此完美地乔装成一个双脚赤裸、脸部黝黑、手上布满老茧的大胡子男人。他的眼镜和纯

1　巴拉瓜里（Paraguarí），巴拉圭巴拉瓜里省首府。由于在巴拉瓜里之战（也被称为波特诺山丘之战）中，巴拉圭军队在省长贝拉斯科及巴拉圭将领耶格罗斯、卡瓦尼亚斯的带领下打败了由贝尔格拉诺指挥的拉普拉塔联合省的军队，避免了被布宜诺斯艾利斯兼并，因此，它被认为是巴拉圭国家独立的摇篮。

2　洛斯纳兰霍斯山脉（La Cordillera de los Naranjos），现今的阿尔托斯山脉在殖民时期的叫法。它位于巴拉圭科迪勒拉省、中央省与巴拉瓜里省之间，是巴西高原的一部分。

金烟嘴在宽边草帽下闪闪发光。卡瓦尼亚斯、格拉西亚和加马拉第一时间向他求教；他们打着手势，要他下达命令，而他却一言不发，只是晃动脑袋回应他们，向他们展示获取胜利的各种方法。在获得胜利后，当省长身穿农夫的衣服再次出现，指挥战事时，将领们才开始怀疑这出骗局的真正动机。您是谁？卡瓦尼亚斯问道。我是省长兼最高指挥官，我是这支军队的统帅，唐贝尔纳多摘掉遮住脸庞的宽边草帽，傲慢地回答。是长官本人！格拉西亚大吃一惊，笑眯眯地说道。这把戏可太有趣了！您去哪儿了，省长先生？卡瓦尼亚斯又问道。我在洛斯纳兰霍斯山顶观察战事进展。那您这是打哪儿来呢？他们向那位全身赤裸、被吓得半死的农夫问道。我……这个可怜的男人用手遮住羞耻部位结结巴巴地说，我来……我就是来看看热闹！

问题是对这位布宜诺斯艾利斯首领来说，迷惑这帮腐败无能的军人、地主兼商人并非难事。在重渡巴拉那河之前，当“纤细的灵魂，温柔飘忽的灵魂”[1]在巴拉圭领土上秘密集会之时，他向这些人提出要进行一次谈判，他要证明他此次前来并非为了攻占巴拉圭大省，他也并非像从前与耶稣会联手的布鲁诺·毛里西奥·德·萨瓦拉一样，意在将其降服。他声明，他来到这里只有一个目的，那便是为巴拉圭谋福。他在渔钩上挂上一条煎好的鲇鱼，然后把渔线扔进塔夸里河。他就这么等着，他一只手拿着渔竿，通向自由贸易的金钥匙在他的另一只手上闪闪发光。钥匙的作用是充当开胃菜，渔钩的作用则是引鱼上钩。巴拉圭的首领们张开大嘴，他们上钩了。烟草头头在倒影里看到了可乘之机。这很好，这真是太好了！他和他的随从们议论道。如果南美洲就是我们的方向，那还打什么仗呢？所有人都产生了错觉。他

1　来自罗马帝国博学多才的皇帝哈德良（Adriano）死前所作的绝笔五行诗。

和失败的胜利者不停地闲扯，后者本该与其最后的笨汉一起被俘虏。这里没有胜者，也没有败者！卡瓦尼亚斯大声呼吁。贝尔格拉诺紧紧地扼住胜利者的咽喉，他看上去宽宏大量：他为巴拉圭人提供了联盟、自由、平等和友爱，拉普拉塔各省与巴拉圭大省的所有产品都将畅通无阻地参与自由贸易，再也没有任何正规或不正规的港口了。布宜诺斯艾利斯的垄断结束了，烟草垄断也被废除了。加马拉将银币藏在腋下，所有人都吃着那条已经变得金光闪闪的鲇鱼，他们一起吸着和平的烟斗。巴拉圭士兵的手指划过食品税以及为他们这些卖马黛茶和烟草的商人兼士兵征收的军服税，他们高兴地舔着嘴唇。面对塔夸里燃起的战火，贝尔格拉诺的预测是联盟和自由，布宜诺斯艾利斯洪达很快便打破了他的预测。我们的胡里奥·塞萨尔写道，在被鲜血染红的塔夸里战场，巴拉圭人和布宜诺斯艾利斯人情同手足。保王派的不安开始在亚松森扩散：最初是有关波旁王朝军队溃散的信函，然后是省长出逃，现在又快马加鞭送来停火的消息。那里发生了什么？没等收到答复，西班牙人便纷纷化装成黑人，带着钱财连夜逃出了家门。为了逃到蒙得维的亚，他们塞满了十七艘快船，在那里，保王派依旧坚定地拥护总督埃利奥的命令。

在逃跑后，贝尔纳多·德·贝拉斯科又穿着内衣回来了，他无法阻止停火，更无法阻拦巴拉圭将领们与贝尔格拉诺达成协议——这些人在塔夸里河岸上一见倾心。

贝尔格拉诺在他的回忆录中写道，省长来到巴拉圭军营并不是为了结束分歧，而是为了阻止革命的种子四处扩散，他要阻止卡瓦尼亚斯打如意算盘。当然，还有与卡瓦尼亚斯一伙的那些人，他们是耶格罗斯一家和巴拉圭最优秀的那一批人。贝尔格拉诺应当更清楚地指出：这些人是身着制服的烟草商、马黛茶商和庄园主。

（在私人笔记本上）

拉普拉塔塔西佗日后必然会这么讲，签订停火协议与这场兼并主义侵略的目标及布宜诺斯艾利斯的利益背道而驰，这是直戳痛处。签订停火协议戳中了我们的痛处，塔西佗准将[1]。将来，你也会侵略我们的国家[2]，然后，你还会入侵阿利吉耶里的地狱之环[3]，心安理得地去翻译《神曲》[4]。

你固执地坚持你的主张，你用最高统帅的权杖顶端敲打历史松散的地砖。你曾固执地认为贝尔格拉诺就是巴拉圭革命的真正创始人，革命如火炬一般被扔进巴拉圭的营地。这便是你的原话。要是这么说的话，我们可能都把自己烧死了，塔西佗准将！你说，自 1810 年 5 月 25 日开始，印刷术得到了飞速发展，通过查阅期刊报纸及当时出版的大量零散文章——并用我手头能够找到的相关手稿来对这些证据加以说明——对我来说，跟进事态发展变得更加容易了。然而，事态很快变得复杂起来，报纸已不足以反映革命的每日进展，出于需要，保密开始成为政府的一项规定。然而，事情总是如出一辙，随着神秘变得越来越不可或缺，为了商讨交流，就有必要记录一切。如此一来，某一天，后世之人会发现他们甚至手握先辈们最隐秘的想法，并且，与亲眼见到先辈相比，通过这种方式，他们能够更好地对这些想法加以研究。这便是我为了寻找比报纸更加牢靠的向导而去钻研 1810 年之

1 米特雷是将军、历史学家、政治家，这是至高无上者对他的又一种讽刺。

2 在三国同盟战争中，米特雷曾率领三国同盟军队攻打巴拉圭。

3 影射意大利诗人但丁·阿利吉耶里（Dante Alighieri，1265—1321）在《神曲》“地狱篇”中提及的地狱之环。

4 米特雷在弃政从文之后，翻译了多部文学作品，其中便包括但丁的《神曲》。

后的政府文件及与战争相关的文件时所发生的事。当时，我需要说明的第一件事就是贝尔格拉诺对巴拉圭的入侵。关于这件事，几乎没有出版过值得参考的资料，几乎所有围绕这一事件展开的记录都犯了最严重的错误……啊，塔西佗准将！在你看来，保密是政府不可或缺的规定（你于深更半夜之际设法炮制了三国同盟[1]签订的针对巴拉圭的秘密条约）。你将所有信任寄托在那些零散的文件之上，寄托在书写与不忠不信之上。后世的正直人士会说，你是这样的人：无论这种人碰到一个多么拙劣的比喻或对比，他们都会认为自己发现了一个理念、一个真理。正如Idrebal[2]对你做出的准确描述一样，你在对比的基础上讨论那些不具备自我判断能力、不知道如何定义不确切之事，而只能将其与确切事实加以对比之人的幼稚说法。你的武器是词句，而不是刀剑。你关于巴拉圭革命的历史论述并非论述，而是西洋景。这一点为你赢得了名望、金钱、头衔和权力，它让你成为一个博学之人。我可以再对你温和一些，因为在我写下这些内容时，你还只是一个小孩。当贝尔格拉诺将解放革命的火炬扔进巴拉圭的营地时，你几乎不可能在场。不管怎样，你都应该说那是“扼杀自由的反革命火炬”，因为它落入了卡瓦尼亚斯、加西亚、卡马拉和耶格罗斯等人之手。如此，你首席档案专家式的浮夸废话也许才能更加接近那些你试图讲述的事情的真相与本质。你戴着英式宽边帽，帽檐压低至眼角，你模仿索梅耶拉这个卑鄙之徒，用英式冷漠做出了如下论断：巴拉圭革命唯一真实与直接的缘由便是巴拉圭人在塔夸里接受的预防接种。塔西佗准将，

1　指巴西、阿根廷和乌拉圭三国在巴拉圭战争期间建立的同盟。三国同盟战争（也称巴拉圭战争）是1864年至1870年由巴拉圭军事强人弗朗西斯科·洛佩斯发动的针对三国同盟的战争。巴拉圭在此次战争中战败，阿根廷和巴西吞并了巴拉圭14.2万平方千米的土地。战争的毁灭性打击导致巴拉圭人口锐减，此外，巴拉圭还向获胜方支付了巨额赔款。

2　指阿根廷历史学家、法学家、政治家、作家、外交官胡安·巴蒂斯塔·阿尔贝蒂（Juan Bautista Alberdi），他曾撰写过与米特雷有关的历史，这里采用了拆拼法，将他的姓名有意拼写为Idrebal。

你看上去可真像军马养殖场的兽医和骑马俱乐部的马夫。如果你承认波特诺山丘和塔夸里河是巴拉圭接种革命疫苗的地方，那么，作为一个诚恳的骗子，你还应当承认这是一次人工授精，真正接受授精的是那些侵略者。从公社社员们开始，巴拉圭的种马们大方地捐赠了自己的精子。他们的精子可不是用来做蜡烛的，要知道，在这里，妇女们才负责制作蜡烛。而他们对这些精子的所作所为又是另一段故事了。

（永久通令）

在重渡巴拉那河之前，贝尔格拉诺将他的手表送给了卡瓦尼亚斯。他捐赠了六十个金盎司——实际上只有五十八个金盎司，他把它们分发给那些寡妇，以及那些无力禁受布宜诺斯艾利斯方面如铅块般沉重说教的孤儿。当然，对于死去的动物、毁坏的武器以及丢失的辎重，他都未曾进行赔偿。

不过，在回到布宜诺斯艾利斯后，可怜的贝尔格拉诺也没有得到补偿。他们不仅没有承认他付出的努力，到头来，他们甚至拒绝承认他获取的胜利：你们觉得洪达那群脑子里没有灰质的人会觉得远征将军用战败换取外交胜利是一件小事吗？贝尔格拉诺获得的嘉奖是一场军事审判。就在同一时期，在布宜诺斯艾利斯再次被英国侵略者征服后，法国佬利涅尔斯被执行枪决。不过这又是另一回事了，它并不是我们应当谈论的问题。

与此同时，胡里奥·塞萨尔再次写道，塔夸里的回声传到了亚松森，双方军队莫名停火的消息传开了，一支侵略大军竟然带着至高无上的荣誉撤退了。

我从一开始便是塔夸里协议最积极的批判者，在这份协议里，满心欢喜的阿塔纳西奥·卡瓦尼亚斯几乎就要和战败的侵略者产生共鸣了。在这一时期，应我的要求，我的朋友安东尼奥·雷卡尔德在市政会激烈地抨击卡瓦尼亚斯的荒唐行为。市议员们一致勒令他对投降的真正意图做出解释。这位做着烟草生意的指挥官没有也无法在不经受自我谴责的前提下给出解释。于是，这份通令被搁置了。你记得这篇文章吗，帕蒂尼奥？是的，大人，那是1811年3月28号的通令。把它完整地抄下来。对我现在的“地方总督”们来说，了解这份通令很有必要。当然，对我昨天和明天的“地方总督”们来说，同样如此。

正如我前面提到的那样，这一时期的市政会成为抵挡保王主义的堡垒，因此，我更长远的目标并不在此。革命的幼卵在军营温暖的炭火余灰中慢慢孵化。今天的永久通令到此结束。

把那只自动报时的手表递给我。这七只手表中的哪一只，大人？贝尔格拉诺在塔夸里送给卡瓦尼亚斯的那只手表，那只现在正敲十二响的手表。

（在私人笔记本上）

昨天夜里，那位草药医生又来看我了，确切地说，他又来重提旧事了。这次他并未带上草药汤剂。他把头埋得比以往更低了。看到我正在书写，他显得十分吃惊。他一定以为我正在那本厚厚的账簿上做着计算。您在做什么，大人？您已经看到了，埃斯蒂加里维亚。一个人什么都做不了的时候，就会写写画画。他试图为我把脉骗诊，他的手悬在半空中。您应当休息，大人。完全静养，大人。您得睡觉，一直睡觉。他不停活动早已掉光牙齿的牙床，好似咀嚼灰尘一般。沉默许久之后，他鼓起勇气小声说道：大人，您病得很重。我认为我有义务恳请您准备或安排各项必要事宜，因为您的健康状况正在持续恶化。也许，是时候挑选一位继任者或任命一位接班人了。

他突然说出这番话来，如此羸弱胆怯之人竟然说出如此无礼之言。一种气若游丝的声音传达出他的大胆想法。您和别人谈论过我的病况吗？我没和任何人说过，大人。那就闭嘴，把它当作绝对的秘密。他把他的影子倚靠在陨石上。大人，有些人已经开始怀疑最坏的情况了。不过，他们看到您每天下午还是像往常一样骑马出行，所以，那些非常怀疑的人就没那么怀疑了，而那些有些怀疑的人也就不再怀疑了。人们透过缝隙，在高音笛的笛声和连续不断的鼓声中窥探被随从包围的马儿的步伐。他们看到了他们的大人！您像往常一样挺直身子，坐在红色的天鹅绒马鞍上。您怎么知道骑在摩尔身上的人真的是我呢？今天下午，您的朋友安东尼奥·雷卡尔德告诉我，大人的气色似乎好些了。呸！这只整天只知道清理臭嘴的老鹦鹉！不过，您可是我的医生，您都说我的情况一天不如一天了。您是来把我这半死的身躯送入黄土的。我怎么知道您有没有和那些四处打转的敌人勾结，准备在我这儿浑水摸鱼呢？大人，您知道我的忠心，我对大人您的忠心。我可从没听过这种蠢话！您看，埃斯蒂加里维亚，您要么就是无知，要么就是无赖，或者两者兼有。您不懂得尊重我一直给予你的信任。您也在嘲笑我吗？您也希望我死吗？不，看在上帝的分上，大人！作为我的医生，您不仅希望我死，您还胁迫我，让我满足您的意愿，难道这不是一种更加卑劣的行径吗？那么，您要知道，我不会让您得逞。恰恰相反，大人，我一直希望并且我敢肯定，在上帝的天恩护佑下——上帝创造奇迹且无所不能——您的健康状况一定会有所好转。我一点也不在乎像您这样到处嘲笑十字架与圣水的人所抱有的希望和信念。大人，我只是觉得，应当有人来替您承担您手头那些沉重的政府工作。别再拿这些鸡毛蒜皮的小事来烦我了。在我之后，自然有能够胜任的人来接替我。不过，目前我还可以处理。我不仅没有觉得我的身体变差了，反倒感觉好多了。把衣服给我。我要向您证明您在说谎。

看到了吗？我站得比您稳，我站得比那些希望看着我被抬出去的所有人都要稳。人一旦死了，便一了百了，唉。这就是您想要的吗？让我辞职，让我退休。不，大人！您知道绝非如此。为了国家的利益，我们所有巴拉圭人都希望您长命百岁，除此之外，我们别无他求！您看，埃斯蒂加里维亚，我不是说将来我就不会死。但是，我什么时候死，以及我如何死都是我要带进棺材的秘密。死亡不会要求我们为它预留时间，所以，我就坐在这里工作，等它到来。我就让它躲在我的椅子后面一直等待，不管需要多久的时间。我就要让它一直站着，直到我说完我的遗言。他们不需要拿着棍子来翻动我的尸体，看我是否咽气。我的头发在坟墓里也不会变白。

我拒绝了草药医生的帮助，自己穿好了衣服，而他却手忙脚乱地挥动手臂，拥抱空气，想要扶住一个幽灵。他才是那个差点就摔在地上的人。我们走进办公室。我写好了给邦普兰[1]的信件。请将这封信送到圣博尔雅[2]，如果他还在那里的话。派一位动作迅速的信使快马加鞭将信送去。要是可能的话，得快到仿佛他还未离开便已返回。早些年间，这个法国人的药方至少还能缓解我的病痛；您的草药却背道而驰，它们反倒加剧了我的宿疾。对于我的“军事痛风”和“民事痔疮”，它们到底起了什么作用？欸，御医先生，有什么作用吗？有吗？有吗？让我在某个神圣的日子把我的腿和屁股裸露在空气里，然后找到一个像那些圣灵一样轻飘飘的姿势。多亏了您，我肯定会侧着身子卡在永恒的喉咙里。[3]

您的汤药再也无法加剧我的病痛了，它们必定无法治愈我那如同巴比伦花园一般悬挂在空中晾晒的直肠。而我的双肺，由于它们不得不吸入并呼出如此沉重的空气，所以，它们那老旧的风箱已经开始嘶

---

1 指埃梅·雅克·亚历山大·邦普兰，法国探险家和植物学家。他曾与亚历山大·冯·洪堡（Alexander Von Humboldt）一同前往墨西哥、哥伦比亚、奥里诺科河和亚马孙河边境开展为期五年的旅行。他收集并分类了约六万种当时欧洲未曾见过的当地植物，后出版了一系列相关书籍。1821 年，邦普兰在圣安娜建立了一个用来种植并制作马黛茶的营地。由于马黛茶贸易受巴拉圭垄断且此举并未征得至高无上者批准，因此后者下令摧毁了这一营地并逮捕了邦普兰，将其关押在圣玛丽亚的一间房舍中。在被关押期间，邦普兰无偿替穷人看病，也被迫替看守人员看病。1831 年，邦普兰重获自由，1858 年，因一直无法前往巴黎博物馆递交他的植物收集和研究成果而抑郁而终。

2 圣博尔雅（San Borja，即 São Borja），位于现今巴西的南里奥格兰德州。

3 意指他会以这样的姿势死去。

啪作响。这些空气要花上数十万天的时间自肋骨各处扩散一万多公里，它们在我的身体里引发了洪水、暴雨和沙漠热风。在这些天然的物质里，一个政治躯体——国家——也在呼吸。整个国家都通过**我和他**的肺部进行呼吸。抱歉，大人，我不太明白**我和他**的肺部是什么意思。唐比森特，您和其他人一样，什么都不懂。您不可避免地让我们的双肺变成了两个覆盖着薄膜的气囊。这真是无知者的悲哀！要是考虑到您将会成为我国最伟大的某位将军[1]的祖先，那这就更糟了。要知道您这位后代几乎赤手空拳地从玻利瓦尔后代手中捍卫并收复了查科地区[2]，要是您能采用他的警戒圈策略来捍卫我的健康，也许您早就将我治愈了。如此，您也许早就为您的职业增添几分荣誉了。治人之术也是战斗之术，只是一个家族里总有人具备这些才能，而另一些人并不具备罢了。

您是御医团的名人，可是，您却没能为我堵住身上任何一处漏雨的缝隙[3]。裂缝布满我的全身，我四处流散。您走进来，向我宣布：大人，您病得很重！您认为我不知道吗？我的御医不仅没有治愈我，反倒杀了我，他每天都让我死去。他为我带来一种已被治愈的原初疾病的征兆和解释。在死亡发生后，他预测那些会在死亡来临前带来死亡的狂风暴雨。您对其他濒临死亡的病人做着同样的事情。今天上午，那个守在我门边的哨兵埋葬了他的母亲、妻子和两个孩子，他们所有人都由您诊治。您用药方杀死的病人比瘟疫还多。您与您的前任们——

1 指巴拉圭将军何塞·菲利克斯·埃斯蒂加里维亚（José Félix Estigarribia），他曾在玻利维亚和巴拉圭两国为争夺大查科北部地区而发动的查科战争（1932—1935）中担任巴拉圭军队的指挥官，于 1939 年任巴拉圭共和国总统。

2 玻利瓦尔的后代指玻利维亚人，玻利维亚的国名便是为了纪念玻利瓦尔。在查科战争中，巴拉圭获得了大查科北部地区约 18 万平方千米的土地。

3 原文为“gotera”，它既可意为“漏雨的缝隙”，又可表示“老年病痛”，因此，至高无上者在此处以“漏雨的缝隙”作比，讽刺御医并未治愈其病痛。

伦格与隆尚如出一辙。

至于我，博学的埃斯库拉庇乌斯[1]，难道您未曾在您的汤药中使用蜥蜴的尿液、一只乌龟的左爪、一只犰狳的肝脏，以及从一只白色雏鸽的右翼中抽取的血液吗？实在是荒唐！简直是庸医之术！为了让我吃下一只蜗牛，您神秘兮兮地开出这样的方子：命人擒获大地之子，其无骨无血，身负屋舍于地面爬行。将其煮沸，空腹饮其汤。晨食后，但食其肉。如果我的健康依赖于那些可怜的亚蒂塔[2]，那我早就被治愈了。腹痛依旧爱恋我的内脏。在这些紧要关头，您又开出了什么药方呢？全是一些放在巴西红木[3]上烘烤的老鼠及野生豚鼠的粪便粉末。您以为我会让自己被这样肮脏的药剂毒害吗？御医先生，我怀疑您一出现就会让我生病：一看到您卷曲的额发、斑白的鬓角、您的眼镜在黑暗中的反光，以及您那蟑螂般的细腿儿架着巨大的头骨东奔西走的样子，我就得立马从床上跳起来跑去厕所。我还遗漏了萦绕在您那巨大的侏儒脑袋周围的十足孤僻的神情：仿佛卡戎[4]撑着他的冥府之舟，在我床前桌边的地面上不停摇桨。

在伦格和隆尚为我诊治时，也发生了同样的事情。*他们怠惰得无可救药。他们像观察一面围墙上的裂缝一样观察我的瘘管。有一次，

*胡安·伦格和马塞利诺·隆尚医生来自瑞士，他们于1818年来到布宜诺斯艾利斯，并在当地结识了著名自然学家阿马德奥·邦普兰。考虑到拉普拉塔联合省动荡的政治局势[5]，同时，由于并未预见自己将来在巴

1 埃斯库拉庇乌斯（Esculapio），古罗马神话中的医神。

2 瓜拉尼语，意为“蜗牛”。

3 巴西红木（palo-brasil），一种极为坚硬的珍稀木材。

4 卡戎（Caronte），希腊神话中冥王哈迪斯的船夫，他负责在冥河中撑船，以渡死者过河。

5 拉普拉塔联合省1816年于首府布宜诺斯艾利斯宣布成立，但集权派和联邦派内部斗争激烈。

拉圭的遭遇，这位博学的法国人建议两位年轻的瑞士朋友去巴拉圭碰碰运气。两位旅行者发现，被一些人描述成“恐怖之国”的巴拉圭其实是一片安宁祥和的世外桃源，虽然身处彻底且野蛮的与世隔绝之中。两位瑞士医生受到至高无上者的热情接待，后者还为他们的科学研究及职业实践提供了所有便利，即便多年之后，正如我们将会看到的那样，他们与另外两位欧洲人——罗伯逊兄弟一起遭受了粗鲁的对待。永久独裁者将他们任命为监狱和军营的军医，此外，两人还担任法医一职。被至高无上者称为胡安·伦戈[1]的胡安·伦格——其姓氏与rengo发音相近，而且，事实上他也确实跛脚——最终成为至高无上者的私人医生。由于独裁者怀疑这些瑞士人与他的敌人——“黄金二十户”保持着秘密关系，因此，他与他们之间的友谊逐渐演变成日渐增长又不露声色的仇视。1825年，伦格与隆尚被迫离开巴拉圭。两年后，他们出版了第一本描写永久独裁的书籍——《巴拉圭革命见闻录》。在被翻译成各种语言后，该书在国外取得了巨大成功，然而，在巴拉圭，它被至高无上者以严厉的刑罚明令禁止。在至高无上者看来，此书谎话连篇，是针对其政府的阴险抨击。该书的前半部分以法语写就，第二部分则以德语完成，可以说，伦格与隆尚的这本书是描写这一历史时期巴拉圭国家风貌的杰出著作：它是深入研究美洲世界这一独特时期的神秘现实不可或缺的“钥匙与明灯”，与此同时，它还能引领我们了解一位更加神秘的人物：在践行几乎不可思议的绝对权力期间，这位人物依靠钢铁般的意志，锻造了巴拉圭之国。（编者附注）

我这么训斥他：我不知道我为何要将您任命为我的私人医生，唐胡

1 胡安·伦戈（Juan Rengo）是胡安·伦格（Juan Rengger）姓氏谐音之后的拼写形式，在西班牙语中，“Rengo”与“renco”（跛脚，瘸子）发音相似，因此，至高无上者用这样的文字游戏来嘲笑伦格跛脚的这一事实。

安·伦戈。遗憾的是，我不像拿破仑，拿破仑身边有科维萨尔[1]！每天清晨，他神奇的药水都能让这位大人物的直肠保持清爽。我并不期望您能让我的胆总管畅通无阻，我也不期望您能让我的内脏润滑舒畅——这是伏尔泰对他的医生提出的要求。我无法像古代帝王那样，一口气喝下大量金液，以便推迟死亡，就像我在有些地方读到的那样。我无法吞下点金石。我并不期望您的草药炼金术蕴藏宫廷秘方，但是，您至少应当尝试某种更加温和的独裁药剂吧。难道我曾要求您让我重获青春吗？或者，我曾要求您让我的阴茎重新挺立，让它回到过去，重现往日的男子气概吗？衰老的、秃头的、肮脏的、驼背的、无牙的、阳痿的、恬不知耻的老家伙们不会再向宇宙众神祈求其他东西了。我并不期望从您身上得到这些东西，我尊敬的医生。您知道，我的男子气概有所不同。它不会在痛风中枯竭，它不会减弱，也不会衰老。我通过消耗它来保存我的能量。被追捕的鹿知道一种药草，吃下它，就能拔除插在身上的箭。而追捕鹿的猎狗也知道一种药草，这种药草能够帮它从老虎的撕咬和爪击中痊愈。唐胡安·伦戈，您知道的东西还不如鹿和猎狗多。真正的医生是那些经历过各种疾病后幸存下来的人。如果要治愈可怕的梅毒、顽固的疥疮、症状各异的麻风病和悬吊的痔疮，首先他自己必须经受过这些疾病。

您和您的同伴隆尚将我变成了一个筛板。正是你们用致命的药水杀死了我军一半的士兵。难道，在被我赶出巴拉圭两年后，你们不曾在编造和发表的诽谤文章中承认此事吗？难道你们想用诋毁我来报答我不求回报地给予你们的款待和关怀吗？你们在那篇诽谤文章中写道：气温对我的情绪影响极大——我就照着读吧——如果天上刮起北风，他的情绪便发作得愈加频繁。这种带着窒息般热气的湿润大风会

1　让·尼古拉斯·科维萨尔（Jean-Nicolas Corvisart，1755—1821），法国医生，1804年被任命为拿破仑的个人医生，开始为其个人服务，直至1814年拿破仑退位。

影响那些极端敏感之人，或那些身患肝梗阻或下腹部肠道梗阻之人。当这种风一直持续，甚至连续多天不消不止时，一种比午夜还要深沉的宁静便会笼罩正在午睡的田野和城镇。动物寻找树荫和清凉的泉水。鸟儿躲在树丛里，它们张开翅膀，竖起羽毛，甚至连昆虫也在树叶间寻找庇护所。人会变得笨拙，没有胃口。就算站着不动，人也会一直冒汗，皮肤会变得干燥且粗硬，除此之外，人还会头痛。而且对那些神经紧张的人来说，各种疑病症还会相继发生。在这种情绪的支配下，至高无上者整日将自己关在屋内，他既不进食，也不与外界交流；要么，他就冲着所有撞到他枪口上的人发泄怒火，不论他们是公务员、军官还是士兵。这时，他会对那些真实或臆想的敌人吐出满嘴脏话和威胁之词。他会下发逮捕令，对他们处以残忍的刑罚。在如此狂热的时刻，对他来说，宣判死刑都成了一桩小事。啊，你们这些狡猾的瑞士医生！多么居心不良的谎话！首先，你们认为我过分敏感，接着，你们又极其邪恶地将北风变成了我的煽动者兼同谋。最后，你们还违背职业道德，大肆宣传我的宿疾。正如你们所言，你们看到我在这样的情况下宣判死刑，对他人处以残忍的刑罚了吗？你们谎话连篇、弄虚作假、恬不知耻，就凭这一点，你们就应当遭到处决。你们是罪有应得。然而，即便在最恶劣闷热的北风天，你们依然受到了殷勤亲切的对待。同样，在干燥宜人的南风天，你们的待遇依旧如此。根据你们的说法，在这样的天气里，我会唱歌、跳舞、独自发笑，还会用一种不属于这个世界的语言不停地和那些古怪的幽灵聊天。

啊，你们这些让威廉·退尔[1]蒙羞的瑞士同胞！难道你们不曾建

1　威廉·退尔（William Tell），14 世纪瑞士传说中的民族英雄，被视为瑞士国父。据传，哈布斯堡王朝在乌里州实施暴政，总督在中央广场竖立柱子，柱顶悬挂哈布斯堡家族帽子，规定居民经过时必须向帽子敬礼，违者将被判处死刑。威廉·退尔由于没有向帽子敬礼而遭到逮捕。总督要求退尔以弓箭射中其子瓦尔特头上的苹果，如此便可释放他们，否则两人都会被罚。退尔成功射中苹果，但被查出藏匿的另一支箭，他直言若第一（接下页）

议我将我的三角帽置于共和国广场的长矛上，以便每日接受人民敬礼吗？在这个人民自尊自爱、骄傲正直的国家，如此滑稽之事简直让人无法理解。要是我同意了这个提议，你们肯定是第一批兴高采烈地跑去参加这个投降仪式的人，单是这个想法就遭到了我凶狠的训斥。而你们绝不会像威廉·退尔一样，拒绝遭受这样的羞辱。在这种情况下，你们绝对无法射中放在我头上的那个苹果。不过这样一来，你们的脑袋自然也会倒在刽子手的斧头之下。

啊，你们这些伪君子！的确，布谷鸟确实有能力将蛋下到其他鸟的巢里，但是，它们无法从我腹部下方的表盘里钻出来报时。我把我应当在偶数时辰吃下的奇数药丸放到了一边，同样被搁置的还有每年在特定日期用驯养的蚂蟥和蝙蝠进行的放血及穿刺，以及根据月相举行的灌肠和催吐——仿佛月亮能够控制我直肠里的潮汐变化一样！

我们就别夸张了，你们这些有文化的布谷鸟。我还不如说一座五角大楼[1]控制着我的身体，以及以我的身体——我的头、我的心、我的肚子、我的意志和我的记忆——作为物质化身的巴拉圭政府呢。这就是我机体内的全部行政官员。交替的季节会使收成落空或增长，然而，事实上，五角大楼并不总是根据腹泻 / 便秘及暴雨 / 干旱的交替情况来发挥作用。尊敬的气象学家们，这既不是疑病症，也不是愤世嫉俗。不管怎样，你们应该说，这是 accidia[2]，bilis negra[3]——这样的

（接上页注 1）箭未能射中苹果，便会用第二支箭射死总督。总督大怒，下令将退尔囚禁起来。押解途中，退尔趁乱逃出，藏匿数日后用弓箭杀死了总督。退尔的传奇故事在历史上有着较大的争议，但其形象成为瑞士民众反抗压迫、争取自由的象征。

1　此处不合时代地影射了美国国防部的五角大楼。

2　意为“怠惰，懒散，虚弱”。

3　意为“黑胆汁”。古希腊的希波克拉底曾将体液学说发展为医学理论。该学说认为人体由四种液体组成，分别是血液（对应血液质）、黏液（对应黏液质）、黄胆汁（对应胆汁质）和黑胆汁（对应抑郁质）。当四种液体不均衡时，就会形成各种疾病，而根据每个人先天不同的体液比例，则会形成不同的性格。这种说法在中世纪十分普遍。

中世纪词语能更好地定义我的中世纪病症。我不会再在这些毫无结果的争论上浪费时间了，我们来谈论事实吧。你们知道为什么鸟类和所有动物都不会生病，而且通常都能活一辈子吗？这些瑞士医生同时开始用法语和德语高谈阔论。不，我尊敬的神医们，你们并不知道。那就好好听着吧。首先，这是因为动物居住在自然界，大自然并不懂得同情和怜悯——同情与怜悯是万恶之源；其次，动物不会像人类一样说话和写字，尤其是它们不会像你们一样诽谤他人；最后，鸟类和所有动物或者所有具有生命的物体，只会在需要的时候满足自身需求。这时，一只在低空盘旋的椋鸟给秃顶的胡安·伦格戴上了一顶湿润的圆形便帽。这就是我跟您说的话，我对这个瑞士医生说道，您看到了，这只椋鸟没有推迟时间，也没有选择最为合适的地点来释放它的排泄物，但是，它做了它必须做的事，而人却必须等到无数愚蠢的工作不再耽误肠道的规律运转为止，就像现在的我一样。这两个人再次唱起了双簧，他们结结巴巴地试图用各自的语言为自己辩白。他们打着手势说，如果我想去厕所，就不要再耽误时间了。不，先生们，你们不用担心。最高政府也在管理它的直肠。在我的身体内部，**我和他**——我们有各自的好时辰和坏时辰。我们并不依靠风向、季节和月相的变化。你们这些杰出的蠢蛋差点就把北风变成了这个国家真正的最高独裁者。你们在享受恩惠的同时，随心所欲地炮制了无数谎言——就像这个谎言和其他诸多谎言一样，以此来针对巴拉圭政权——它曾经被你们评价为“文明世界中最慷慨大方、最宽宏大量的国家”。当我最终将你们驱逐出去时，对你们来说，同样的政权又变成了与那个热情庇护你们的国家相去甚远的、连正派之国都算不上的、阴暗的“恐怖之国”——这是罗伯逊兄弟通过仿照你们用抨击建立的榜样而炮制出的“恐怖之国”。后来，那些如椋鸟一般的抄写员书写的各种历史和流言蜚语都从这些废物中汲取营养。粗制滥造的卑鄙行为玷污了这些文章。

胡安·伦戈，您是最卑鄙的骗子，您刻画了难以形容的监牢和刑罚。叙拉古[1]暴君狄奥尼修斯一世[2]曾下令在裸露的岩石上挖掘废旧采石场[3]，而我则效仿他，让带有地牢迷宫的废旧采石场一直延伸到我的房间脚下。您同情那些终身被囚禁于此的人，您说，他们的叹息声能够从迷宫三角楣传到我的床头，而我则以倾听他们的叹息声为乐。还有四周被沙漠围绕的遥远的德维戈监狱，它比地牢的城墙还难以攻破，您也同情那些被判处永远孤独的德维戈囚犯。

富有阶层是其专制政权的主要警惕目标，不过，他也密切关注下层阶级，多疑的性情甚至让他在贫穷百姓中寻找受害者。为了更好地让大众远离那些使其怀疑的对象，他在亚松森以北一百二十里的巴拉圭河左岸建立了一个流放地，那里居住的大多是穆拉托人和妓女。这个被他命名为德维戈的罪犯流放地位于巴拉圭最北部。

亚松森有两类监狱：公共监狱和国家监狱。第一种监狱基本用来关押其他类型的罪犯——尽管里面也关押着一些政治犯，它同时也是候审罪犯的拘留所。这座监狱大楼长一百英尺[4]，屋顶较低，墙体厚度约为两巴拉。与巴拉圭的房屋一样，这座监狱只有一层楼，其间分布着八个房间和一个大约一万两千平方英尺的院子。每个房间里都有三四十个囚犯，挤得满满当当。由于地面上睡不下这么多人，囚犯们便将吊床一排接一排地悬挂在屋内。现在，请大家想象一下，三十多个人一同被关在一个

1 古希腊城邦，今意大利锡拉库萨。

2 狄奥尼修斯一世（Dionisio de Siracusa），古希腊西西里岛叙拉古的暴君。

3 指古时被用作囚牢的废旧采石场，最有名的当属叙拉古的暴君狄奥尼修斯一世修建的用来关押雅典战俘的采石场。

4 长度单位，各国不一，西班牙为 0.28 米。

既没有窗户，也没有天窗的房间里。在全年四分之三的时间里，这个国家的温度均不低于四十度。白天，在太阳照射下，房顶的温度甚至会超过五十度。因此，囚犯们的汗水从一个吊床流到另一个吊床，一直流到地板上。要是再加上监狱里伙食差劲、卫生条件缺乏，以及这些不幸之人难以活动身体的现实情况，我们很容易想到，除非巴拉圭的气候条件十分有益健康，否则，致命的疾病便会席卷这些牢房。监狱的院子里布满了小茅屋，它们为等待庭审的个人、因普通罪行而服刑之人及政治犯充当住所。他们允许这些人修建茅屋，因为牢房无法容纳他们。尽管这里的卫生状况和牢房一样糟糕，但是，他们至少能在夜间呼吸新鲜空气。被判处终身监禁的犯人每天都会为国家公共工程项目劳动。为此，他们要么被两两一组用锁链锁住，要么便只戴着镣铐，而其他大部分囚犯则拖着一种被称为脚镣的锁链。这种锁链有时重达二十五磅[1]，这样的分量使得囚犯们很难顺利行走。政府会给为公共工程项目劳作的囚犯提供少量食物和一些衣物，至于其他囚犯，他们或自生自灭，或仅靠别人施舍度日。这些施舍要么是其中两三位囚犯每日在一个士兵的看守下去城里乞讨而来，要么就是人们出于好心或为了还愿给他们寄来的食物。

为了收集法医学病例，也为了拯救病人，我们曾多次造访这些可怕的监狱。那里混合了印第安人和穆拉托人、白人和黑人，还有主人和奴隶。各个阶级与各个年纪的各色人等混杂在一起：有罪犯和无辜之人，有被判刑之人和被告，有惯偷和欠债者，还有凶手和爱国者——他们往往被拴在同一根铁链上。然而，让这幅画面可怕到极点的却是大部分犯人的日益消沉，以及当新的受害者到来时，他们表露出来的残忍的欢喜。

遭到逮捕的女人们——好在她们的数量还不是很多——住在一个房间和一个篱笆围栏里。她们被关在宽敞的院子里，在那里，她们多少还

1 磅（libra），此处指西班牙古时使用的一种质量或重量单位，具体换算数值因地而异，一般相当于400—600克。

能和囚犯们说说话。某些阶层的女人，由于遭到独裁者憎恨，被关押在妓女和罪犯中间，遭受男人们的各种凌辱。她们像这些男人一样戴着脚镣，即便怀有身孕，她们的待遇也不会有任何改善。

由于关押在公共监狱的囚犯还能和家人保持联系，获取一些救急物品，所以与关押在国家监狱的犯人相比，他们自认要幸运得多。国家监狱分散在不同营地，它们是一个个位于潮湿地道里的不带窗户的小房间，人在里面无法站立，只能弓着身子。在这里，犯人会被单独监禁，尤其是那些被独裁者指定为报复对象的人；其他犯人则两至四人一组，被关押在各个牢房。他们所有人都戴着脚镣，与外界断绝联系，整日处于看守的监视之下。他们不允许这些囚犯使用任何照明工具，也不允许他们做任何事情。我曾让一个认识的囚犯成功驯养了那些经常造访他的老鼠，不过，他的守卫后来抓住这些老鼠，将它们全部杀死了。犯人们的胡须、头发和指甲一直在生长，但是，他们不能进行修剪，他们从未得到这样的许可。他们的家人每天只能为他们送两次食物，而这些食物只能是那些在该国被视为最低劣的食物、肉类和木薯根茎。在监狱入口接待罪犯家属的士兵会拿着刺刀对他们进行盘查，以防止他们携带文件或其他工具，很多时候，这些被搜查出来的东西要么被士兵们私自留下，要么就被随意丢到地上。如果某个罪犯生病了，他们只会在某些情况下，在其濒死之际为其提供救急药品，其他人只能白天去探访这些生病的囚犯。晚上，监狱的大门会关闭，这些濒死之人只能独自忍受痛苦。就算在弥留之际，他们脚上的脚镣也不会解开。我曾经去那里看望萨瓦拉医生，在他病重的最后几天，独裁者才额外开恩，允许我去看望他。他临终时，脚上还戴着镣铐，他们甚至不允许他接受临终圣礼。监狱的指挥官们用更加残忍的方式对待这些囚犯，他们希望用这种方式来取悦他们的首领。（伦格和隆尚，《巴拉圭革命见闻录》）

因为同样卑鄙险恶的原因，你们并未对最能准确定义巴拉圭刑罚制度精髓的处罚——终生划船——做出任何描写。犯下怯懦、盗窃、背叛和死罪的人都会被判处此刑。犯罪之人不会被处死，只会简单地与生活脱离。这项刑罚之所以能达到目的，正是因为它使犯罪之人脱离受其罪行危害的社会。这项刑罚完全没有违背自然，它所做的是让犯罪之人回归自然。罪犯的画像会送往所有城镇和村庄，甚至是那些几乎没有人烟的最偏远地区。严令禁止任何人接待这样的罪犯。他会被人戴上脚镣，送到一艘独木舟上，船上会备好一个月的口粮。只要他还能继续划船，就会有人告诉他补充给养的地点。他奉命离开，且不得再次踏上坚实的地面。从这一刻起，他便只受命运主宰。我只是让社会摆脱他的存在，如果他死了，我也无须自责。任何公民都不值得为那条船的吃水线下的一切事物抛洒鲜血，所以，我尽量避免让他们这么做。犯罪之人将划船穿行于不同河道，或溯流而上，或沿着祖国宽阔的河流顺流而下，这完全取决于他们的自由意志。我更希望改正他们的错误，而不是将一种没有惩戒作用的刑罚强加给他们。第一种方法能够保护这个人，而且，如果他本人能坚持的话，他还会变得更好；第二种方法则将他淘汰了，刑罚本身无法对他和其他人起到惩戒作用。自尊心是人类身上最活跃、最强烈的感情——无论一个人是否有罪。

与我们同时代的某位作家[1]就这一刑罚编造了一个传说，他讲述了受罚之人不停划船，最终找到河的第三岸的故事。为了在巴拉圭建立这种刑罚，我从巴士底狱的一位浪荡子讲述的故事中得到了灵感，那是一位法国囚犯时常在巴拉圭闷热的夏季午睡时间重复为我讲述的故事。我会在遇到的事物中发现它们好的一面。有时候，最堕落的浪荡

1 此处影射巴西作家若昂·吉马朗伊斯·罗萨（João Guimarães Rosa，1908—1967）所写的《河的第三条岸》（“La Tercera Orilla del Río”）。

子竟也在无意间发挥促进公共卫生发展的作用。在塔莫拉尔岛虚构的乌托邦世界里，这位被关押在巴士底狱的贵族浪荡子影射了巴拉圭的革命之岛——这个被你们诋毁的模范现实。

> 毫无疑问，至高无上者在影射萨德侯爵创作的《塔莫岛》[1]的故事。早在这个故事在法国当地和世界上其他地方发表的一个世纪前，它便已经通过记忆力惊人的夏尔·安德勒-莱加德的口头传诵，在巴拉圭变得家喻户晓——夏尔·莱加德是萨德侯爵在巴士底狱和长枪队的同伴，根据这份笔记开头的记录，后来，在独裁统治的最初几年，此人还成了永久独裁者的囚犯。
>
> 这座虚构小岛的名字从塔莫变成了塔莫拉尔，或许，这是至高无上者无意间犯下的一个错误，又或者，这是他有意为之。“塔莫拉尔”一词在瓜拉尼语中大致意为“但愿如此”。从它具有的比喻含义来看，“塔莫拉尔岛”则意为“应许之地或应许之岛”。（编者附注）

当时，在遭到驱逐前不久，这些瑞士布谷鸟变得完全沉默和谦卑了。我命人叫来了伦格。您看，唐胡安·伦戈，您用您的药草将我变成了一只食草的狮子。我应当拿您怎么办呢？我应该奖励您，撤掉您的职位。从今天开始，您便不是我的私人医生了。别再毒害我的士兵和犯人了。昨天，因为您的泻药，又有三十位轻骑兵死去。这样下去，您会让我失去整支军队。我曾要求您在解剖尸体的时候在尸体的后颈区域找一找，看看那里是否有某块隐藏的骨头。我想知道我的同胞们为何不能挺胸抬头。这是怎么回事？您告诉我，那里没有骨头。那一定是有什么更糟糕的东西，一定是某种重量让他们的头转向了胸膛。

---

1 《塔莫岛》（“La Isla de Tamoé”），收录于《阿丽娜和瓦尔古》（*Aline y Valcour*）一书。

给我找一找！给我找到它，我的好先生！请您至少像寻找那些种类最为奇特的植物和昆虫一样花费心思。

至于那只让您神魂颠倒的绚丽蝴蝶——安东尼奥·雷卡尔德的女儿，您就别去招惹她了。您非常清楚，这里绝对禁止来自欧洲的外国人——不只是西班牙人——与巴拉圭白人妇女通婚。即便以强奸为由，这样的结婚请求也不会获得批准。法律面前人人平等，无人例外。和您的同伴隆尚一样，您告诉我，您想离开这个国家。您要求我批准这次婚礼，然后，再批准您离开巴拉圭。不可能，唐胡安！您向我辩解说您确实很着急。经验告诉我，心急吃不了热豆腐。即便不存在这项通婚禁令，将“延迟姑娘”许配给“匆忙医生”也并不妥当。您又辩称这项禁令十分荒谬，您说它意味着欧洲人被终身剥夺了公民权。那么，我的胡安·伦戈先生，请您不要自杀，就算您的医术再怎么高明，您也无法复活您的公民权。请您在众多美丽的穆拉托姑娘和印第安姑娘中随意挑选一位吧，她们都是巴拉圭的骄傲。请您和她结婚吧，您会获得双倍好处，作为一个了解这个游戏所有来龙去脉的人，我可以向您这么保证。那么，让我来问您一个冒昧的问题。我问您：您与唐安东尼奥·雷卡尔德的女儿见过几次？您不要回答，我知道，很多次。从三年前开始，您几乎每晚都去见她。这一段漫长的恋爱关系、罗曼史、热恋——或者随您怎么称呼它——显示了您对这份感情的坚定。我想，它也证明了，如果胡安·伦戈绅士真的很着急的话，那么他的时间并没有浪费在纯粹的讨好献媚之中。不过，我还得冒昧问您另外一个问题：对于这位美丽的姑娘，您是否有幸了解过她最显著的特殊之处呢？不，您当然没有。除非您的爱真的如此伟大，以至于您忽略了这个并不起眼的小细节。如果是这样的话，我可能还想要赐予您特赦令。我可以想象你们的幽会。安东尼奥·雷卡尔德迷人的女儿总是隔着桌子接待您，桌上厚厚的台布完全盖住了她的双腿。是吗？您知道——也许已经有人悄悄告诉您了——这位漂亮的雷卡尔德有什么外号吗？不，我看得出来，您并不知道。让我来告诉您吧：他们叫她大脚。她有一双巨大的脚，她的双脚长度几乎达到一巴拉，宽度则达到了零点五巴拉。也许，在神话世界和现实世界里，这算是少女们能拥有的最大的脚了。最妙的是，它们还在继续生长，它们从未停止生长。唐胡安，如果您准备将这种不断生长的植物作为收藏品带走，那我一定会为您签署特赦令。您走吧，好好考虑考虑，稍后，您再将您的决定告诉我吧。他没有回来。几天后，这两个瑞士人乘船朝着布宜诺斯艾利斯逃去。雷卡尔德女儿的婚礼落空了，巴拉圭又少了两个骗子。

御医并不是坏人，他的内心毫无瑕疵，他的嘴也不善作恶。他说不出半句谎话，不过，必要的时候，他也不会说出半点真相。他做不到表里不一，因为他天生软弱，容易屈服，所以任何人，即便不用黄金，也可以用狡猾的手段贿赂他，扭曲他单纯的意志。一个如此不中用的男人，他的所有毛孔里都渗透着不可估量的愚蠢之水。他不但没有缓解我的口渴，反而让这种口渴变得愈发厉害。当我处于这种状态时，我甚至无法忍受这个老小孩。因为自己的痛苦，我发泄愤怒。我任由我的身体遭受无尽的痛苦。尽管忍受痛苦和害怕忍受痛苦一样痛苦，可是，如果任由自己被痛苦掌控，那么痛苦便越会使人痛苦。身体上的痛苦无法让我痛苦，我可以掌控它，将它从身上赶走，这比脱下外套还要简单。令我备受折磨的是在这种痛苦中发生的事。这是另一种痛苦。它一剑将我劈成了两半，我变成了两个我，大小不足先前的一半，而且，我还在迅速变小。很快，我便只剩下这只如同霸王龙爪子一般的手了，而它还将继续书写、书写、书写。手变成了化石，写出来的东西便也成了化石。它的鳞片飞走了，皮也掉了，可它还在继续书写。

我连指甲下面都在出汗。干燥的舌头躺在牙齿中间。进攻，一次错误的来回往复。他在暗中监视我，窥探我。

草药医生正牢牢注视我。因为后颈处藏着那根阻止巴拉圭人挺直头颅的骨头，他的头依旧低垂着。他估摸着毁灭正在加快脚步。完全静养！您得休息！您得休息，大人！您知道我不会休息，埃斯蒂加里维亚。梦境是体内热量的聚集，而我体内的热量已经不再蒸发。我的思想清醒地做着美梦，它渴望得到一种毛茸茸的肉体材料。这是比现实还要真实的幻觉。也许，是时候选择继任者或任命接班人了！这就是您能想到的全部事情吗？这便是您为您年轻的病人[1]奉上的最后敬意吗？我不过才病了二十六年而已啊。

我无法像您说的那样，选择一位接班人。我没有选择自己，是我的大多数同胞，是他们选择了我。我不能选择自己。难道有人能替我去死吗？同样的，也没人能替我活着。就算我有一个儿子，他也无法替代我，继承我的一切。我的王朝从我开始，也在我——在“**我和他**”的身上结束。我们被赋予的权力和地位终将回到人民手中，它们永远属于人民。至于我为数不多的个人财产，将按以下方式进行分配：将伊比拉伊庄园交给我那两个私生女，她们住在“孤女与弃女之家”；至于我从未领取的薪水——总共三万六千五百六十四强势比索[2]和两个雷亚尔[3]，用这些钱为查科地区和东岸地区的军营、堡垒、边防哨所及警卫队的士兵们支付一个月工资。给我那两位年老的女仆四百比索，将带有纯银吸管的马黛茶杯送给桑塔；还有胡安娜，她的身子已经弯得比水壶把手还要厉害了，就把我的夜壶给她吧，事实上，按

1 此处指患病时间不长，并非指实际年龄。

2 19世纪很多拉丁美洲国家的货币，曾在不同时期和不同拉美国家使用。

3 一种在西班牙和拉丁美洲某些国家使用的硬币，通常由银或镍质铸成，币值因时代变迁和地区不同而各异。

道理这个夜壶本就应当属于她，因为在为我服务的这些年里，她一直夜以继日地掌管着这个夜壶。至于彼得罗娜·雷加拉达女士，人们都说她是我的姐姐，给她四百比索吧，再加上这箱子里的所有衣服。同样的，将我没有领取的剩余工资分发给学校老师、音乐大师和他们的学徒，给他们每人发放一个月工资，不要遗漏那些在首都及内地的所有军乐队里任职的印第安音乐家。我希望这些印第安人都能有吃有住，穿戴得体——他们是最优秀、最训练有素的音乐家，因为他们拥有天生的乐感。我希望他们的乐器能像白人和帕尔多人的乐器一样光彩如新。那些自少年时便在我的护卫队里任职的人，应该给他们配备全新的鼓和高音笛。如果这笔钱还有剩余的话，把它分发给那些老无所依之人吧。请把我的吉他送给风琴演奏家、亚瓜龙合唱团指挥家——莫德斯托·塞尔文大师，请向他转达我对他的赞赏之情。

将所有的光学仪器、机械仪器以及其他实验室器具全部赠予国家科技学院，将我的全部藏书赠予国家图书馆。而那些将来会在火灾[1]中幸存下来的私人文件，请将它们全部销毁。

您要知道，唐文森特，尽管谣言四起，尽管您本人也这样预测，这样希望，不过我还没有让您得逞。您至少知道我死后会去哪里吧？不，您不知道。我会去一个一切尚未出生的地方。

教区法官塞斯佩德斯·赫里亚也曾向我提议，他愿意听取我的临终忏悔，并为我主持圣礼。我给他的回复是我要一个人做临终忏悔。守住嘴的人就能守住自己的灵魂。请您也守住自己的嘴和灵魂。不要将我们今天的谈话告诉任何人。不要让他们散布与我病痛相关的谣言。闭口深藏舌，安身处处牢。您学学这个，您就可以长命百岁。您要记住，唐文森特，您一开始也不过是被虫蛀过的玉米，而后来您之所以

1 此处影射至高无上者死前的那场大火。

得救，还是因为我将您任命为国家药剂师。的确，在那之后，我不能对您的正直生活有所不满。但是，请不要用您的生活来评判我的生活：您走街串巷、挨家挨户地向别人讲述您年轻时候的放荡不羁，尤其是死在您怀里的那位可爱女孩的悲惨故事，您用如此邪恶的方式榨干了她的躯壳。不管怎样，她毫无节制的疯狂纵欲总会用它的方式结束她的生命，也许，它甚至会让她提前死在任何一个比您更有天分的小伙子怀里。您说，为了给他人做出表率，您曾公开进行忏悔。没有人会在别人的脑子里学习。一个人的疯狂从来就不是其他人的疯狂。从现在开始，请您再也不要为悔恨的造访敞开大门。

那么现在，关于我生病这件事，嘘，闭嘴，嗯？一句话也不要说，这是我的事。您的生死就取决于此了。走吧，不要再出现在我面前了，除非我下令传唤您。

洪达政府成立次日，前任省长贝拉斯科的小狗便先于主人一步，离开了市政厅。这条拥护王权统治的小狗很快就明白了这些查佩同人没有明白的东西，它比新一派亲布分子还要聪明。它带着宫廷侍臣的尊严自行离开了，它被我的小狗苏丹——一条毛发茂盛、脾气暴躁的雅各宾派“长裤汉”老狗给罢免了。滚吧！苏丹狂吠着，它催促艾罗埃赶紧离开。苏丹用粗厚的声音下达了命令。我们一定会回来的，艾罗埃嘟囔着。去你奶奶的！苏丹还击道。它亮出嘴里尖刀般的牙齿，守在宫殿门口。我一定会把你绞死的，你这只大言不惭的保王狗！没有这个必要，我亲爱的卑贱同类，我已经把自己变成了断头台。这个断头台已经三次砍掉我的脑袋了，我自己都记不大清了。但愿吧，公民苏丹，愿你不会染上恐惧之症。一个人最先失去的就是记忆力。你看到插在我腰上的这截剑了吗？不知道从什么时候开始，它就插在那儿了。也许，那是我和我的主人在收复布宜诺斯艾利斯的战场上被英国人刺入的，又或者是在围困蒙得维的亚期间。我已经不知道到底是在哪里了。滚吧，骗子！滚吧！艾罗埃平静地看着它。你说得有道理，苏丹。也许，一切只是一场梦。它从身体里拔出那把生锈的残剑。它用力推了两下影子，把它固定在地上，然后一瘸一拐地离开了。无尽的未知正在屋外等待它。可怜的苏丹！你不知道一个人在发现同道中人时是多么快乐。我刚刚终于发现了一个和我相像的人，这个人便是我自己。谢谢，谢天谢地啊，老天爷，老祖宗！在我身上原本可能发生更加糟糕的事情。比如，在没有忏悔和圣油的帮助下，不能以一个基督徒应有的方式死去。与没有发生的事情相比，那些在你身上发生的事情根本算不得什么。但是，艾罗埃，要是不要点无赖的话，那么对你来说，成为基督徒根本没有多大的用处。快跑吧！不要预言了，继续走你的路吧！

在某种怪异的幸福感支配下，年老多病的它最终适应了平等的新生活。它既没有萎靡不振，也没有发愤图强。每个人都曾有穷困落魄之时，它自言自语道。它并没有躺到那些保王分子的坟墓上——在那场为惩戒保王党而策划的阴谋中，这些保王分子都被绞死了。它开始在大街上、集市上、广场上流浪。只要有人给它施舍，它就会给他讲述自己编造的故事。剩饭剩菜多得它吃也吃不完。它并不缺乏勇气。对一位走街串巷的流浪艺人来说，它的故事需要这样的养分。它最终成了巴依蒙巴图的引路童——这位有些无耻，不过先前还算理智的前任神父也住在集市上，依靠他人的施舍度日。

罗伯逊兄弟*被这只前保王派老狗的才能迷住了，他们用五个金盎司买下了它。巴依蒙巴图拒绝以更低的价格与这两位贪婪的英国人敲定这笔买卖。也许，在美洲土地上这还是第一次：一个半疯的克里奥约人将他的条件强加于世界最大帝国的两位臣民头上。罗伯逊兄弟请我允许他们将艾罗埃带到英语课上。多一只狗，少一只狗，没有什么区别，它在这里碍不了什么事。把它带来吧。就这样，艾罗埃兑现了它的诺言，重新回到了市政厅。这让苏丹很是不悦，因为它觉得自己在聚会上的地位被这位入侵者取代了。《一千零一夜》的故事、乔叟的故事，还有“英国教长们”的“圣像绘画”[1]都让它听得入迷。每当听到诸如“国王”“皇帝”或“断头台”之类的词语，艾罗埃总会突然哼叫。无知的贱民，苏丹总是轻蔑地背过身去。更多的是习惯——而不是记忆——让它在远处一边吠叫，一边又一间接一间地跑遍所有营房，直到巡视完城里最后一个警卫岗哨。

*1809年，在英国入侵军打开布宜诺斯艾利斯自由贸易的大门后，胡安·帕里什·罗伯逊随同到达布宜诺斯艾利斯的英国商队来到了拉普拉塔河流域。当时，罗伯逊只有十七岁，他住在一户有名的人家。欧格曼夫人[2]是他的主要保护人之一。这位野心勃勃的苏格兰年轻人很快便成了名流交际圈的常客，并顺利成为总督利涅尔斯的朋友。他参加了五月革命[3]，“这是布宜诺斯艾利斯爱国者们渴望自由的美好画面”，他在他的《南美书信集》一书中这样表示。三年后，他的兄弟罗伯特加入了他的行列，两人一起完成了“这场对他们来说堪称伟大的巴拉圭之旅”。到达亚松森的罗伯逊兄弟在各个领域复制了他们的成功，两人获得的财富甚至比在布宜诺斯艾利斯还要多。他们拥有至高无上者的保护，后者对他们赞赏有加。1815年，他们被至高无上者驱逐出境。罗伯逊兄弟曾在书中夸耀他们跨越了巴拉圭闭关锁国的“长城”，成了第一批了解巴拉圭的英国公民。对于巴拉圭长期奉行的闭关锁国政策，他们也做出了一番独

---

1 在18—19世纪，多数英国作家均在教会中担任圣职。此处影射该时期英国作家创作的与宗教相关的文学作品。

2 指18世纪末至19世纪初活跃在拉普拉塔河流域的爱尔兰商人、医生托马斯·欧格曼（Tomás O´Gorman）的夫人安娜·佩里琼（Ana Perichon）。据说，她是总督圣地亚哥·德·利涅尔斯的情人，她同时还是布宜诺斯艾利斯和巴西两地的走私贩的保护人，以及其他一些违法交易的经办人。

3 在阿根廷爆发的反对西班牙殖民统治的独立斗争，这是发生在南美洲西班牙殖民地上的第一次独立运动。1810年5月25日，布宜诺斯艾利斯宣布脱离西班牙统治，成立执政委员会，由此开始了建设独立国家的进程。

特的论断。（编者附注）

并非一切都是记忆的问题。在难以分辨的事物面前，本能总是知道得更多。

在艾罗埃的陪同下，两个长着红头发的“绿人”[1]按照往常的时间准时到达，苏丹出门迎接他们。先生们，请移驾书房。看到这位街头流浪艺人，它显然非常不悦。在这只“长裤汉”三头犬[2]面前，某种恐惧让艾罗埃感到局促不安。先生们，请随意就座，苏丹指了指扶手椅。它昂起头，咬牙切齿地对艾罗埃说：您就滚到角落里待着吧。您碰巧洗澡了吗？啊，是的，我用玫瑰水洗过了，苏丹先生！您带跳蚤来了？啊，没有，尊敬的狗先生。我从不和跳蚤一起出门。可怜的跳蚤，它们支气管不好，我担心它们会着凉。它们可能会染上鼻炎或咽峡炎，我哪里知道呢。亚松森的气候对健康不利，到处都是病菌。我用我的洗澡水给它们洗澡。我把它们关在一个为这种小动物特别制作的清漆小盒里，那是唐罗伯逊从布宜诺斯艾利斯给我带来的，去睡觉吧，我的小跳蚤们，我要去至高无上者府上参加茶话会了！它们非常听话，

1　这里的“绿人”（hombres verdes）指“外国佬”（gringo）。“gringo”一词是拉美人对西方外国人的蔑称，很多人认为这个词来自“green, go home”。关于“green-go-home”为何被用来指代“gringo”存在很多说法，并无定论，其中最有名的说法便是：在美墨战争期间，美国军队曾使用绿色制服，因此，墨西哥人便冲着他们大喊“Green, go home”。后来，“gringo”便被用来指代外国佬。在这里，至高无上者借用这一说法来蔑称罗伯逊兄弟，在后文中，他甚至直接将他们称为“green-go-home”。

2　指神话中看守地狱大门的三头犬。

而且它们已经学会很多不错的礼貌举止了。不是吗，唐胡安？我打算让它们成为亚松森最训练有素的跳蚤魔术师。滚到角落里去吧，没人问您任何问题！艾罗埃蜷缩成一团，靠在凸起的陨石上。这位年轻的（以百年计）老人（以日计）将鼻子微微皱起，开始在这块石头上嗅探宇宙的味道。

十磅烧酒在火上的小锅里沸腾。黑人皮拉尔用熏香为房间洒满香气，他将清漆粉末撒在蒸气上。苏丹为我打开导管的大门，我拿着烧红的铜片走进去，房间里闪烁着天蓝色的亮光，各种颜色的火星四处飞溅，屋内的物品飞升了一拃，一道极为稀薄的光圈环绕在其四周。晚上好，先生们，不用起身。这两个人变成了红色，他们的头发变成了绿色。他们坐在扶手椅上，缓缓落地。他们凸起的嘴尖不停移动。晚上好，大人！时间在狗尾巴上停留了片刻。把啤酒拿来，皮拉尔。很快，他便拿着小口大肚瓶从地下室缓缓走出。他将满是泡沫的液体倒进酒杯。可以肯定的是，在这五年里，在我学习英语动词变位和试图结结巴巴地翻译乔叟、斯威夫特[1]和多恩[2]的过程中，罗伯逊兄弟喝光了我的发酵啤酒。我并不打算每周都打开一个小口大肚瓶，来款待这些不守信义的 green-go-home。时任布宜诺斯艾利斯政府首脑的阿尔韦亚尔[3]的来信便是那滴让这种堕落之水四处扩散的水珠。当时，他们已经把这种液体喝光了。胡安·罗伯逊本人在某次航行中亲自带来了这批啤酒。这可花了我不少帕塔孔，因为我不接受任何人的礼物。那些啤酒怎么也喝不完，它们的体积总是随着发酵的泡沫不断增加。就没有办法吗，大人？至少把这锡杯盖住，等我们下次上课时再

1 指乔纳森·斯威夫特（Jonathan Swift，1667—1745），英国-爱尔兰作家、讽刺文学大师。

2 指约翰·多恩（John Donne，1572—1631），英国玄学派诗人。

3 指卡洛斯·马里亚·德·阿尔韦亚尔（Carlos María de Alvear，1789—1852），阿根廷军事家、政治家、外交官。1815 年 1—4 月曾担任拉普拉塔联合省最高领导人。

喝呀。吉列尔莫[1]，两兄弟中更年轻狡猾的那一个不能自已地笑着，他一边打嗝，一边一只接一只地吐出几只活苍蝇。No, Mister William,[2] 在这里，即便是最糟糕的残渣，对我们来说也十分珍贵。我们很穷，所以，我们更不能放弃我们的骄傲。But, sir, [3] 喝这个东西就是为了 snatch up Hades itself and drink it to someone' health[4]，威廉・罗伯逊大笑着说。Pe Kuarú haguá ara-kañym-bapevé, pee pytaguá，这下轮到我取笑他们了。这是什么意思，大人？您看我们的瓜拉尼语还是不够强大。非常simple[5]，先生们：你们可以将我的啤酒尿到时间尽头，你们这些贪婪的蠢货。哈，哈，吼吼吼……Your Excellency！[6] 您还是这么幽默风趣！在将地狱夷为平地，并为他们心爱之人的健康喝光这些啤酒后，这两位生意人确实可以继续将我的啤酒尿到审判日那天。胡安・罗伯逊手拿锡杯，哼唱着他最喜欢的小曲：

There a divinity that shapes our ends,
Rough-hew them how we will![7]

他一边喝着那些恶臭的泡沫，一边任由歌谣从口中流淌而出。这些酸臭的预言泡沫。一个人的声音能梦见可能发生的、真实的事情吗？它能在唱歌的人清醒时做梦吗？很多事情已经在我身上发生，而它们

1 即威廉・帕里什・罗伯逊。

2 英语，意为："不，威廉先生。"

3 英语，意为："可是，先生。"

4 英语，意为："擒住哈迪斯，然后为某人的健康干杯。"

5 英语，意为"简单"。

6 英语，意为："大人！"

7 出自莎士比亚《哈姆雷特》第五幕第二场，意为："无论我们怎样辛苦图谋，我们的结果却早已有一种冥冥中的力量把它布置好了。"

都是在被哼唱很久之后才最终发生，当时，我并没有意识到歌声向我发出的警告。胡安·罗伯逊并不知道秘密会隐藏它的智慧，他还哼唱着将会在拉巴哈达发生的事。[1] 不过，我总能从可以看到或听到的事物中推测出一些真实的东西：一个坐在右舷上的人将半个屁股悬在空中，就像那时这个英国人不时会采取的姿势，眼下我也如此，我无法改变自己的姿势。胡安·罗伯逊自顾自地号叫着那首愚蠢的序曲，他神不守舍，他心不在焉，显然，他沉浸于计算盈亏之中。[2] 不过，那并不是他正在做的事。确切地说，这才是他正在做的事——他在他的命运之书上计算得失。这样更好，贷方栏里的损失比借方栏里的盈利更加清楚。

您的想象力真是惊人，Excellency！威廉·罗伯逊张大嘴，吐出一个巨大的泡沫球，这个泡沫球摇摆着，它不知道它应该飞升还是落地。威廉·罗伯逊用小拇指的指甲将这个泡沫球戳破了。他一打开话匣子，便继续兴奋地谈论起那条身为流浪艺人的小狗。艾罗埃的记忆力真是令人称奇！昨天晚上，它说：我要创作一部三十页的短篇小说。我只需要描写那些具有严格用途的片段，因为这些片段出自一个背叛自己阶级之人的内心，更确切地说，它们出自一个改宗者……我应当从不同角度去反思加之于我的褒贬之间的差异……

艾罗埃喝完了杯子里剩下的啤酒，它斜着眼睛看着我，这个畜生。我让黑人皮拉尔又给它倒了一杯。艾罗埃又在用它的喉部暗语抨击我的多疑了。如同身处一场说着多种语言的喧闹大会，威廉·罗伯

1　影射罗伯逊后来在拉巴哈达遭到强盗侵犯的遭遇，至高无上者认为罗伯逊哼唱的歌谣向他预示了后来的遭遇。

2　讽刺其忙于计算生意上的得失而忽视了歌声向他发出的警告，罗伯逊兄弟曾在当地开展多项商业活动。

逊这个英国佬断断续续地翻译着艾罗埃的哼叫。他那满是泡沫的红色胡须清楚地打着节拍：他谈到了涅伊特[1]……涅伊特是雌雄同体的众母之母。圣甲虫和秃鹫属于她的雌性分身，这位掌控黑暗冥府的女神，她的另一重分身是一个头部形似白鹈鹕的男人……这位苏格兰商人正在翻译这只西班牙走狗哼唱的内容，它让我想到了达·芬奇的动物寓言[2]：鹈鹕爱它的孩子。如果它发现自己的孩子在鸟巢里被蛇咬了，它会用喙撕开胸膛，用自己的鲜血给它们沐浴，让它们起死回生。在巴拉圭，我不就是至高无上的鹈鹕吗？艾罗埃停下来，透过眼白嘲讽地看着我：大人，您就像鹈鹕妈妈一样，您深爱着自己的孩子，您如此热情地抚摸他们，所以，您把他们全都杀了。我们希望您身上流淌的鹈鹕爸爸的鲜血能在第三天将他们唤醒。要是这样的话，尊敬的大人，您鹈鹕般的形象就会被那些狂热的爱国主义编年史歌颂。那些阉人[3]会把您的形象刻在礼拜仪式的圣餐杯上，先贤们也会将您的形象保存在镜子里。我认为现在并不适合回应这条狗的嘲讽，我感觉其他人都没有听到它说话。胡安·帕里什继续翻译：这位掌控黑暗冥府的女神，她在天空中的分身是一只雌雄同体的羊羔秃鹫[4]……这是在哪里找到的？这不重要！也许，这是从卡斯蒂利亚-莱昂国王——智者阿方索十世的坎蒂加[5]中节选而出，顺带说一句，在《七章法典》中，阿方

1 涅伊特（Neith，也作 Nit、Net 或 Neit），古埃及狩猎女神、战争女神、智慧女神、编织女神，也是死人的保护神。由于涅伊特兼有男性神和女性神的特征，且名字可被解释为水，因此，她逐渐被认为是创造原始水的化身，成为众神和人类的创造者，被称作“众父之父与众母之母”。

2 指达·芬奇的寓言故事《鹈鹕》。彼时，人们认为每种动物都具有某种道德本性，例如，鹈鹕象征父母对子女之爱，它同时也象征基督的献身与复活。

3 对教士或神父等圣职人员的蔑称。

4 秃鹫象征恶魔，羊羔象征无辜和替罪。此处指一个雌雄同体的女人形象，其身体的一半为叼着羊羔的秃鹫形象。

5 即《圣玛利亚赞歌集》（*Cántigas de Santa María*），这是阿方索十世编写的一部歌颂圣母的抒情诗歌集，坎蒂加是一种中世纪单音节诗歌，可配乐演唱。

索十世给出了“独裁者”的完美定义：独裁者就是那个更喜欢为个人利益服务的人，他把正确的统治变成了一个错误。这位博学的国王说，独裁者是以臣民的进步、福祉与繁荣为借口，用个人信仰去取代人民信仰的人。如此一来，他便成了一只虚伪又危险的鹈鹕。他用极为卑劣的狡诈手段把他声称要解放的人变成了奴隶，他把他们变成鱼，然后狼吞虎咽地将他们塞进红色的喉囊里，他那红色的喉囊就悬挂在那张贪得无厌的大嘴下面。他只会慢慢吐出那些长在刺菜蓟、仙人掌和所有有刺物种身上的刺。不过，这些独裁者身上最糟糕的一点便是他们厌倦了人民，他们把他们的恬不知耻隐藏在国家的耻辱之中。面对无辜的臣民，他们觉得自己有罪，他们还试图让所有人被他们的恶习腐蚀……看来你在街头巷尾学到了很多东西，艾罗埃，不过，我现在并没有问你这些诛杀暴君的寓言小故事从何而来。别在这儿扮演图帕克·阿马鲁，你早晚会被大卸八块。我问的是与那个雌雄同体的羊羔秃鹫有关的寓言故事到底来自哪里。这有什么关系。我可以在卡巴拉[1]教典、《古兰经》、《圣经》、桑蒂利亚纳侯爵[2]的民化本[3]里找到这个故事，我还可以在从门缝溜进来的空气里找到这个故事。语言在任何地方都是相似的，寓言故事也是如此，没有一个固定的点可以让我们判断。在我看来，它们并非来自人类的文字，它们来自人类的语言，语言先于文字出现。不过，这并不重要，因为了解事物的起因并没有了

1　指传统犹太教典之内的某种类别的经典。

2　桑蒂利亚纳侯爵（Marqués de Santillana），即伊尼戈·洛佩斯·德·门多萨（Iñigo López de Mendoza，1398—1458），15 世纪西班牙重要诗人。因出身贵族，桑蒂利亚纳侯爵积极参与政治，同时写下了大量诗歌作品，并汇编了卡斯蒂利亚语《谚语集》（*Proverbios*）。

3　民化本（Gentiloquio），即百章本（Centiloquio），指桑蒂利亚纳侯爵的《谚语集》。该书共十六章，收录诗歌百首，每个章节依主题划分，内容全部与道德教化相关，例如，“明智与智慧”“嫉妒”“感恩”“正义”等。由于该书主要用来教化民众，因此，此处有意将“Centiloquio”改换为“Gentiloquio”（即“discursos para la gente en general”），在玩文字游戏。

解事物的结果重要。一切存在于符号之中，我们所做的只是改变自己的想象。我们的两只眼睛只产生一种视觉。一本书，就是所有的书。然而，每种事物总是散发出某种与所有其他事物相似却又不同的气息——这种气息就是它的呼吸。见的最多、懂的最多的永远是那些瞎子，声音最甜美的永远是那些哑巴，而听觉最敏锐的永远是那些聋子。荷马！啊，他不过是模仿其他瞎子及聋哑人罢了！[1] 人最主要的弊病便在于他对自己不可能了解的事物保有永不满足的好奇心。

我对那些绿人说，这条狗就像我的抄写员帕蒂尼奥，很显然，给金属镀金、为镜子涂上水银，以及用呼出的水气将镜子弄脏让它感到兴趣十足。艾罗埃被击垮了。嘿，gentlemen[2]，被一只狗用谎言牵着鼻子走实在是太荒唐了！更糟糕的是，这条狗原先属于最后一任西班牙省长。苏丹哼叫着，露出受伤的上颌骨。大人，要我用军刀或脚将这只胆大包天的狗赶出去吗？不用，让它待在那个不属于它的地方吧，你就安分地待在你应该待的地方吧，现在你可没有待在那儿，你这说话不加考虑又没有教养的苏丹。利用这个空当，罗伯逊兄弟和艾罗埃带着一脸嘲笑将杯里的啤酒一饮而尽。

Gentlemen，这条狗正在讲述一个古老的故事。我们从那些包括《创世记》在内的古老书籍中了解到：原始人最初是雌雄同体的，没有任何血统是完全纯净的。每隔一百年零一天，或者更确切地说，每隔一百年那么长的一天，雌雄结合，它们会化为一个单一的存在，而

1　原文为“¡Homero! ¡Oh, mero repetidor de otros ciegos y sordomundos!”，文字游戏，由于荷马的名字“Homero”与后句开头的两个单词（Oh，mero…）发音完全一致，作者有意在此强调盲人诗人荷马（荷马的姓名在希腊语中为“jo meros”，即盲人之意，此外，古希腊人认为，由于盲人无法看到外部世界，因此盲人更为睿智，因为他们能看清内部世界）不过只是其他盲人和聋哑人的模仿者，影射荷马作品由口头传说组成，而非文字作品，与前文论述形成呼应（“语言先于文字出现”）。

2　英语，意为“先生们”。

这个存在会催生生灵、事件和物体。*它让这些东西从一个可怕的条约和混合原则中诞生。在这里，巴拉圭的部落长者们也知道——即便他们并未读过柏拉图的《会饮篇》——每个人原本便具有二元性。

*豪尔赫·路易斯·博尔赫斯曾在他的《永恒史》中引用莱奥波尔多·卢戈内斯[1]（《耶稣会帝国》，1904年）的说法，他指出：瓜拉尼部落的宇宙起源学认为月亮是雄性的，而太阳是雌性的。在这份笔记中，他还写道："具有语法性别范畴的日耳曼语族会说 la sol y el luna[2]。"

在他的另一部作品中，博尔赫斯告诉我们："对尼采来说，月亮（la luna）是一只公猫（un gato，即 kater），它行走在铺满星星的地毯上，同时，月亮也是一位修士。"一个对称却不太聪明的头脑立马会问：那么太阳呢？尼采应当如何看待太阳？太阳是一只母猫还是一位修女？太阳应当在怎样的地毯上行走呢？从至高无上者的笔记中，我们可以看出他解答了尼采提出的这一难题。在他抨击历史学家、作家和毛毡夜蛾幼虫时，他解答了这个问题，并给出了另一个谜语："一只昆虫吞下了文字。它觉得，它吞下了人类的著名诗歌和牢固根基。这位强盗房客吞下了文字，却什么也没有学到。"（编者附注）

每个人都是由两个人组成的完整统一体，他们合二为一。他们是完整的个体，是固定的物种。他们种类丰富。通过两者的最优结合，他们的遗传得到了无限期保证，直到思想使他们脱离本性，他们被分开了，他们被一分为二。他们以为他们是单一的个体，然而，他们并不

1　莱奥波尔多·卢戈内斯（Leopoldo Lugones，1874—1938），阿根廷诗人、文学家、历史学家、教育家、外交官。

2　日耳曼语系的语言都有语法上的阴性与阳性之分，词语的阴阳性是语言赋予词语的语法属性。在西班牙语中，"sol" 为阳性名词，意为 "太阳"；"luna" 为阴性名词，意为 "月亮"。原文中的阴阳性恰好与实际情况相反。

知道他们在寻找缺失的那一半。在如今被人们称为爱情的情感推动下，他们变成了不可调和的敌人。那对双生子[1]并非由同一位母亲所生，了解宇宙起源学的土著巴耶[2]们断定，那位所谓的众母之母[3]被睡在“我们第一位伟大的父”——尼昂德鲁乌苏吊床下的蓝色美洲豹吞食了。双生子生下了自己，然后，他们又生下了他们的母亲。母性曾被错误地视为女性独有的天赋[4]，而他们颠覆了这种想法。他们废除了西方思想中最珍贵、最不可或缺的性别差异，要知道，西方思想只能成对运作。他们创造或者说恢复了一种可能性：世界上并非只有两种性别，而是有许多种甚至无数种性别。然而，男人是理智的性别，只有男人具备思考的能力，因此，只有男人才注定会被召唤来谴责这种无理之说。我们只有一个父亲和一个母亲，这怎么可能？一个人难道就不能自己生下自己吗？

> 只有男人的母性才是唯一正经的母性，只有男人的母性才是唯一真实可能的母性。我仅仅依靠思维的力量，就已经在没有女人的情况下受

---

1 指瓜拉尼神话传说中的双生子传说。在瓜拉尼人的宇宙起源传说中，最初创世之神尼曼度［（Ñamandú），也被称为尼昂德鲁乌苏（Ñanderuvusú，意为“我们伟大的父”）或尼德鲁帕-帕特隆德（Ñaderu pa-patenonde，意为“我们第一位同时也是最后一位伟大的父”）］于混沌之中创造了自己。这位创世之神的自我创造过程类似植物的生长过程（他经历了生根发芽、开枝散叶、形成树冠，最后长成参天大树）。随后，尼曼度创造了其他主神（值得一提的是，由于他们并非由女人所生，因此这些神都没有肚脐）和世界（天、地、日、夜、大海、动物、植物，最后是人类）。后来，尼曼度遇到了尼德鲁蒙巴俄夸阿（Ñanderu Mba'ekuaá，意为“我们的智慧之父”）并要求他找到一位女人。他们制作了一个泥罐并将泥罐盖上。当他们再次打开泥罐时，便出现了尼昂德丝（Ñandesy，意为“我们的母亲”）。尼昂德丝与两位神媾和之后同时怀上了他们的孩子。在得知尼昂德丝的背叛行为之后，尼曼度便回到了天上。被抛弃的尼昂德丝在寻找丈夫的路上迷路了，在孩子出生之前，她便被美洲豹吃掉了。然而，两个孩子最终幸存并得以出生。这对双生子在经历了一系列冒险之后得以上天，与尼曼度及尼昂德丝（尼曼度复活了尼昂德丝）重聚。随后，尼曼度赐予双生子神力，他们一位掌控白日（太阳），一位掌控黑夜（月亮）。

2 瓜拉尼语，意为“巫师”。

3 指瓜拉尼创世神话中的尼昂德丝。

4 至高无上者最大的执念之一便是否定他的私生子身份，自己生下自己。

孕了。那些人不是说我有两个母亲、一个虚假的父亲、四个虚假的兄弟姐妹和两个出生日期吗？难道这一切无法确切地证明这个传言是虚假的吗？我没有家人，如果我的确已经出生——这一点还有待证实，因为只有已经出生的人才会死亡——那便是我生下了我自己，我让自己变成了自己的分身。（至高无上者的注释）

Yes, certainly, Excellency, but...[1]我还要斗胆说一句，这里面还有快乐原则。这个英明的物种保护原则！至高无上的快乐！啊！噢！呜！Is it not so? Very very nice![2] Acordes, Mister Robertson.[3]但是，一个永远受到保护的物种并非永远不会发生变化。All right, Excellency, but...[4]请允许我说一句，唐胡安，并非只存在一种人。您了解或者您听别人说起过其他可能存在的人种吗？那些曾经存在、现在存在以及以后将会出现的人种。世间万物的根都是有生命的，只有在自己的根与别人的根相遇时，我们才会出生。这并非偶然，只有我们的愚笨脑子才会认为偶然支配一切。大自然从不对它的尝试感到厌倦。然而，没有任何事物会像上帝或众神抽中的一份奖券。如果一个人在自身的基础上不停地增长、膨胀，那么许多人便会消失，留下的只有这个人自己，然后，这个人又成了许多人。大人，您是建议一个人……尽量只依靠自己吗？这些长着红头发的绿人戏谑地看着我。对于我的双重出生或死亡，他们又知道什么呢？我盯着他们，直到目光穿透他们的后颈：我只是说，到处都存在一种需要，人类需要可怕的分娩，人类需要结合。人类是愚蠢的，如果他们不抄袭、模仿、剽窃、仿效，他们便什

1 英语，意为："是的，的确如此，大人，但是……"

2 英语，意为："难道不是吗？太好了！"

3 夹杂着西班牙语的英语，意为："是的，罗伯逊先生。"

4 英语，意为："好吧，大人，可是……"

么都做不了。甚至，人类很有可能是在看到蝉性交后才发明了通过性交来传宗接代。啊，大人，如果是这样的话，我们就要承认蝉是一种理性的动物了。它知道什么是好的，然后，它将其付诸实践。要是我是第一个人类的话，那我肯定不是最后一个模仿它的生物。我甚至会去学它唱歌。尽情享受你的夏天吧[1]，唐胡安。我又在胡安娜·埃斯基韦尔位于伊比拉伊的庄园里看到您了，她的庄园正好毗邻我的庄园。我看到胡安·帕里什，那时，他不是一只胜利的蝉，而是那个淫荡老女人的受害者。这位掌控黑暗冥府的女神，圣甲虫和秃鹫属于她的雌性分身。她将地上那只绿色的苏格兰羊羔变成了她的另一半[2]。

Shsss Shsss I beg your pardon, Excellency![3] 艾罗埃正好也在讲述这一事件的某些情况。当我在说话时，这个毫无教养的保王派走狗并没有停止讲话，因此，我的话里总是夹杂着狗叫声形成的低沉和声。它什么都要和我对着干，甚至在语言和消失的陌生神话领域，它也要与我针锋相对。我戴上耳机，耳机里传来这只狗如同象形文字一般的声音，以及这位英语翻译半醉半醒的声音：艾罗埃正在讲述一个凯尔特神话。两个人组成了一个整体。La old hag,[4] 老巫婆给年轻的英雄出了一个谜语，如果他破解了这个谜语，也就是说，如果他满足了这个恶心老女人的要求，那么，他醒来时就会在床上发现一位年轻漂亮的姑娘，而这个姑娘将会助他夺得王位……Dear Héroe,[5] 我们听不清你说话，声音再大一点。你就不能说慢点吗？这只狗轻蔑地摇摇头，它继续直截了当地——这回它用上了卡斯蒂利亚语——结束了这个玩笑：

1 此处影射《伊索寓言》中蚂蚁与促织的故事。

2 此处影射涅伊特的羊羔秃鹫形象。“绿色的苏格兰羊羔”指胡安·罗伯逊。

3 英语，意为：“嘘，嘘，不好意思，大人！”

4 夹杂着西班牙语的英语，意为“那个老巫婆”。

5 夹杂着西班牙语的英语，意为“亲爱的艾罗埃”。

这个恶心的老女人，或者，这个美丽的姑娘，在艰难的移民过程中被她的家人抛弃了，当时，她正在分娩……please[1]，再来一点啤酒。从那时起，这个女人便在沙漠里流浪了。她是拒绝将动物交给猎人的“动物之母”。只要看到她穿着那件血迹斑斑的衣服，所有人都会感到极度恐惧，他们会感受到一种难以抑制的性欲，他们会对交融产生无尽的渴望……他们想隐入一座巨大的交融森林，没入一片激情汇聚的大海。这个老女人会趁机强奸他们，作为补偿，她会送给他们大量的猎物。在这种情况下……我打断了这位寓言作家，开心地笑了起来。啊，我们终于又看到您心情变好了，Excellency！事实上，夜晚已经在南风的轻抚下变得凉爽宜人。奇怪的是，半夜竟刮起了南风。也许，幽灵出没的时辰已经不刮北风了。哎，变化莫测的风啊！还有这些幽灵，我补充道，我想掩饰我无法抑制的笑声。您这么激动，是在笑什么呢，大人？啊，一件蠢事而已，唐胡安！我突然想起那天下午我们在伊比拉伊的第一次碰面。

胡安·帕里什·罗伯逊在他的《南美书信集》中这样描述两人相遇：

> 在巴拉圭某个令人愉快的下午，空气刚刚在东南风的作用下变得清爽明净，我走出门，准备去一个离唐娜胡安娜家不远的宁静山谷打猎。突然，我发现了一间干净朴实的茅屋。一只山鹑腾空而起。我开了枪，那只鸟掉到了地上。好枪法！一个声音在我背后喊道。我转过身，看到一位五十多岁的黑衣绅士。
>
> 由于在离他家这么近的地方开了枪，我向他表达了歉意。不过，他遵照巴拉圭原始淳朴的好客之道，十分友善且礼貌地邀请我去他家走廊上坐下来抽支雪茄。他让家里的小黑奴为我倒了一杯马黛茶。
>
> 房子的主人向我保证，完全无须为此感到抱歉，他还说只要我想在

1　英语，意为“请［用于礼貌地请求某人做某事］”。

那一带玩玩猎枪，他的土地便任我支配。

透过窄小的门廊，我看到一个蓝色的地球仪、一个巨大的望远镜、一个经纬仪，以及其他各种光学仪器和机械仪器，我立刻推断出面前的这个人不是别人，他正是政府里的那位“显赫人物”。

这些仪器证实了我曾听到的传闻——此人对天文学和神秘科学颇有研究。关于这一点，他并未让我犹疑许久。您看，他伸手指向那间阴暗的“书房实验室”，带着讽刺的笑容对我说，这就是我的密涅瓦神庙，关于它的传说可是层出不穷。

他接着说，我猜，您便是住在我的邻居——唐娜胡安娜·埃斯基韦尔家里的那位英国绅士吧。我回答说正是本人。他补充说，他曾打算拜访我，但是，巴拉圭当时的政治局势——特别是他本人的情况——又成了那样，因此，他不得不隐居起来。他接着说道，没有其他方法能让他避开人们对他最微不足道的行为做出最恶毒的阐释。

他让我走进他的藏书室。那是一个封闭的房间，里面有一扇极小的窗户。由于房间被走廊低悬的屋顶遮蔽，因此，傍晚时分逐渐暗淡的光线根本无法渗入其中。

他的藏书室里分布着三排书架，它们沿着房间依次排开，上面可能收藏着三百多册图书。这里面有很多厚重的法学书籍，还有许多数学、实验科学及应用科学方面的书——某些书用法语和拉丁语写就。欧几里得的《几何原本》和几本关于物理、化学的书摊开放在桌上，书页上做了许多标记，显得十分显眼。他的天文学藏书和大众文学藏书则占了整整一排。装帧精美的《堂吉诃德》躺在阅读架上，紫红色的书签和金色缎带将它从正中摊开。更远处的伏尔泰、卢梭、孟德斯鸠、伏尔尼、雷纳尔、洛兰、狄德罗、尤利乌斯·恺撒及马基雅维利等人则在逐渐浓密的黑暗中组成了唱诗班。

在一张大桌上——它看上去更像是装满货物的盖伦船，而不是一张书桌——可以看到堆积如山的公文、书信和法庭审理文件，几本用羊皮纸装订的书卷散乱地躺在桌上。

独裁者脱下披风，点燃一支蜡烛，这为照亮房间提供了微弱的帮助，尽管这种光亮看上去更像是为了点燃雪茄。一只马黛茶罐和一只银制墨水瓶装饰着书桌的另一端。用细砖铺就的地面上既没有地毯，也没有草席。座椅的风格古拙质朴，看上去就像是从某个地洞里挖出的史前家具。座椅上覆盖着古老的兽皮或一种用陌生材料制成的硬皮——这种硬皮仿佛闪着荧光，上面刻印着岩洞碑文般奇怪的象形文字。我本想拿起其中一把椅子，但是，虽然我使出了全部力气，却丝毫无法将其移动。于是，独裁者赶来帮我，他和蔼可亲地笑着，只靠一个轻微的手部动作，便搬起了那把沉重的座椅。然后，他将椅子不偏不倚地放在我已经想好却并未说出的那个位置。

房间的地板上四处散落着打开的信封和折叠的书信。不过，不可说它们杂乱无章，相反，它们遵循着某种事先设定的秩序，这种秩序与屋内环境相互契合，一种有些让人难以理解的阴险感觉油然而生。

一只装水的大缸和一只水罐被放在角落里一个粗糙的木制三脚架上，另一个角落里放着独裁者的马鞍和马具，它们在黑暗中闪闪发光。

在我们交谈期间，那位小黑奴带着一种并不自然的镇静——他仿佛明白他肩负重要的任务——开始慢慢收拾短靴、拖鞋和那些四处散落的鞋子。即便如此，正如我此前所言，在这个事先设定的系统中，其最深刻持久的秩序依然未被打破。如此朴素却极其干净的住宅以一种闲适恬静的方式隐匿在树林里，它的外表让人一看上去便能想到里面住着一位热爱美丽与和平之人。

从屋子外面，可能是从院子里或房屋后面的畜栏里，传来一阵越来越大的声响，听上去像是一些饥饿的啮齿动物的尖叫声。

我的注意力一下就被吸引了，这些尖叫声如此低沉又惊人地齐整，我突然想到它们应该来自某个地下洞穴，在这里我就不说是地牢了。

就在那时，独裁者也停下了脚步——在我们谈话期间，他一直在房间里踱来踱去。

他拍拍手，叫人拿来一把沉重的座椅，在我面前坐下来。传入耳内的尖叫声协奏曲愈发激烈，他注意到我诧异的表情，于是，他用意味深长的微笑让我平静下来：我养的老鼠该吃晚饭了。他一声令下，差遣小黑奴去料理此事。

啊！在这片热情好客的土地上，您表现得真像一位绅士！您尽其所能地报答了伊比拉伊这位八旬少女对您另有所图的热情款待。* 自我因与军人的斗争从洪达退职以来，我便不由自主地见证了另一场声势更为浩大但更为私密的战争。这场战争发生在我的邻居——胡安娜·埃斯基韦尔位于乡间的“特洛伊之城”。我总是听到她近乎延续百年的淫荡叫声。我看到她沿着走廊追逐您，我看到她在绿树丛中和小溪里追逐您。她的输卵管带着足以歼灭一支军队的力量，在太阳下，

*唐娜胡安娜·埃斯基韦尔的庄园十分美丽，庄园四周的景色也毫不逊色。那里有葱郁翠绿的壮丽树林，一望无际的平原与茂密的草丛遍布其间，潺潺作响的泉眼和小溪为大地增添凉意，甜橙园、甘蔗园和玉米地环绕在这座白色庄园的四周。

唐娜胡安娜·埃斯基韦尔是我认识的最令人称奇的女人之一。在巴拉圭，女人们通常四十岁就衰老了，而唐娜胡安娜已经八十四岁了，尽管她不可避免地有了皱纹和白发，但是，她仍然保有活泼生动的眼神、开朗的笑声和活跃的身心，这正好印证了那句俗话：凡事总有例外。

她给予了我王子般的热情款待。按照西班牙人的性格，他们对“热情好客”一词有着极为优秀的理解——尤其是在那个时候，这种性格因南美洲的富饶而表现得更加鲜明，因此，通过礼节和互惠的特殊方式，我让自己在诸多方面表现得与唐娜胡安娜一样和蔼热情。首先，她家里的一切——她的仆人、马匹、食物以及地里出产的所有物品——全都任

我支配。其次，如果我想要她的任何东西——她最喜欢的长毛小马、珍贵的拉丝银饰、精选的蜘蛛绣[1]样品、香甜的果脯或是一双漂亮的教皇靴——她总会用我无法拒绝的方式将它们送给我。一个纯金烟盒，就因为我说了一句它很漂亮，她就让一个奴隶一早将它送到了我的房间；还有一枚钻石戒指，就因为某天我无意中看了它一眼，它就被放到了我的桌上，钻戒旁边还附上了一张便条，命令我一定要将它收下。在她家里，他们只会做我喜欢吃的菜肴。虽然我想尽一切办法，试图报答她的款待，并告诉她这让我感到颇有压力，但是，我还是发现我所有的努力都是白费力气。

因此，我准备离开这个过于热情好客的住所，这时，一次意外事件发生了。虽然此事令人难以置信，但是它真的发生了。它改变了我与这位优秀女士后来的交往，并为我们的关系打下了更好的基础。

我喜欢巴拉圭人在吉他伴奏下吟唱的哀歌，唐娜胡安娜知道了此事。让我非常意外的是，一天下午，我刚从城里回到家，就看到唐娜胡安娜在一位吉他手的指导下，试图用沙哑的嗓音吟唱一首哀怨的爱情挽歌。她还用她瘦削黝黑、布满皱纹的手指弹奏吉他，用来伴奏。这还能是什么？在这种告白场景面前，除了向她投去一个嘲弄的微笑，我还能做什么呢？难道要我去挑战女人天生的敏感多情吗？看在上帝的分上，我说，根据自然规律，再过十四年您就应当躺在坟墓里了，您怎么能变成仇敌们耻笑的目标呢？您怎么能变成朋友们同情的对象呢？

我承认，即便是说给一位八十四岁的女士听，这番感叹也并不应该，因为它涉及年龄。试问，哪个女人能忍受这样的指责呢？

显然，在这方面，唐娜胡安娜有着所有女性的弱点。她把吉他扔到地上，粗鲁地命令歌唱老师滚出她家，并将仆人通通从房间里赶了出去，而且，她立马带着一副我认为她不可能拥有的凶狠面孔，说出了下面这

1 Ñandutí，即巴拉圭传统手工编织。

> 番让我感到茫然不知所措的话："尊敬的胡安先生，我未曾想到我会在我深爱的男人身上受到这般侮辱。"在说最后一个词的时候，她特意进行了强调。[1]"是的，"她接着说道，"我刚刚准备好了，而且，现在我也准备向您伸出我的双手，奉上我的财富。如果不是为了让您开心，我为何要去学习唱歌和弹奏吉他呢？我为什么要去学习？我到底在想什么？这三个月来我到底为谁而活？难道这就是我得到的回报吗？"
>
> 这时，这位上了年纪的女士展现出一种结合了热烈忧伤与矫揉造作的奇妙的情感组合——她泪如雨下，依靠气愤地抽泣来释放内心的情愫。这种从未有过的场面让我大吃一惊，因为这位可怜的老太太，这件事让我感到十分不安。于是，我离开了房间。我将她的仆人派到她身边，我告诉他们，他们的主人病得很重。在听到一切已经过去后，我钻进了被窝，我不知道我是应当同情，还是应当嘲笑一位二十多岁的年轻人在一位八十多岁的女士内心激起的这份温柔的迷恋。我希望人们不会将我讲述的这段奇妙的爱恋归因于虚荣。在我看来，它只是众神之中最热心任性的丘比特颇为有名的愚蠢行为之明证。他的爱神之箭不受任何年龄限制。八十多岁的老太太也好，年轻姑娘也罢，她们全都是他的受害者。当外在条件——年龄、习惯和衰老——彼此结合，他肤浅的见解便显得更加古怪离奇，而他进入别人内心的想法也就显得更加荒唐，更加令人难以置信。（胡安·帕里什·罗伯逊，见前引）

在树荫里，老练地发出轰响。这个老女人满足的淫叫震破了我的耳咽管，她的淫叫撼动了树木。当你们赤身裸体地跳入河里时，她的淫叫甚至能让河水沸腾。唐娜胡安娜的热烈淫欲将午睡期间的闷热延续到了夜晚，夜露为它沸腾。一股酸臭的烟雾在月色下四处弥漫，钻入了我密闭的房间。它让我无法专心思考，专心学习。它扰乱了我孤独的

1 原文中的最后一个词是"深爱"。

隐居生活。我只好放弃我最喜欢的爱好——用望远镜观测星座。我看到那个骨瘦如柴的老女巫像蝉一样在草地上爬行，她呻吟着，全身笼罩在一缕长长的烟雾之中。您，唐胡安，您就是那个凯尔特神话里的年轻英雄，您无力解开那个恶心女巫向您抛出的谜语，于是，她的谜语换了又换。您一次又一次地等待她的下一次强奸，尽管您事先已经知道，她对您的报答永远不可能是让她这个老太婆变成容光焕发的年轻姑娘。不过，不管怎样，您都不能抱怨她没有报答您，就算她没有给您极好的运气去猎捕雏鸽，至少她给了您极好的运气去猎取金币。

我记性太差了，唐胡安。我不记得哪位古代作家曾经谈到一位魔鬼老妇，她有两副牙齿，一副长在嘴里，另一副长在下腹部。在巴拉圭，土著居民也认为魔鬼是雌性的，某些部落会崇拜这位女淫魔。如果这个长着牙齿的阴门只有吞噬的作用，而没有女性的生育作用，那它又有什么意义呢？胡安·罗伯逊全身收缩，微微颤抖。大人，那女人老了之后，那副牙齿也不会掉下来吗？不，尊敬的胡安先生。这些牙齿会变得越来越坚硬，越来越锋利。您在害怕什么吗？在您身上发生过什么不愉快的事吗？我想没有，大人。不管怎样，唐胡安，我想您有必要知道印第安人如何驱逐这些邪魔。他们围在这个女淫魔身边，不分昼夜地跳舞。他们疯狂地舞蹈，女淫魔也跟着舞蹈。女淫魔跳来跳去，欢蹦嬉戏，到第三天太阳出来时，就会发生两件事：女淫魔的尖牙掉了，礼堂的地板随之变白。这时，人们便追在这些牙齿身后——这些颤抖的牙齿悬挂在位于阴部的脐带上四处跳跃——直到它们静止不动，变成椰子、刺菜蓟和仙人掌的干刺。人们会把这些干刺捡起来，把它们放进一个巨大的炉膛内焚烧。这些干刺要烧上三天三夜才会焚烧干净。在焚烧干刺时，炉膛里会充满一种刺鼻、黏滞的浓烟——这恰好符合它们的来源和性质。也有可能，那女人下面的牙齿没有掉落。跳舞的男人们抽搐着，丧失了理智，他们不幸变成了我们口中的鸡奸汉或男妓。因为他们失败了，所以他们要遭受惩罚，去执行最下贱的任务。最好小心谨慎地提防这类可能发生的事件。突然间，最聪明的人也可能发现自己坐在一只公牛的牛角上来回摆动——他没有料到会发生这样的事情。唉！唉！小心这个女魔鬼啊，英国佬！

胡安·罗伯逊将双手放在两腿之间，他的身体在胃部痉挛的收缩中扭成了弧形。一股闻起来像是啤酒的臭味在房间里弥漫，连这两只狗都皱起了鼻子。艾罗埃朝着四周做出了查探的表情，它四处嗅探。大人，从这股淫荡的恶臭来判断，可以说，我们已经被超过十万个女淫魔入侵了！这有可能，这有可能，艾罗埃。我什么都闻不到，因为我感冒了。这只狗走到英国佬身边，英国佬此时正在与他的腹痛做斗争：他的身子弯成了拱形，他把头埋在胸前，胳膊肘枕着腹股沟。为了安慰他，艾罗埃毫无信心地嘟囔了一句：很快就会好的，唐胡安。这只是一种道德绞痛。为了不让我听懂，他又用英语补充道：Fucking awful business this, no yes, sir? Dreamt all night of that bloody old hag Quin again...[1] 我让黑人皮拉尔又添上几粒熏香和香胶，我还让他往烧红的铜片上又洒了一品脱白酒。美丽的颜色掩盖了臭味。你到厨房去吧，皮拉尔，让桑塔用莳萝花、槲寄生花、白锦葵花和亚特伊卡阿[2]熬一副汤药。罗伯逊兄弟两人的蓝色头骨在芳香的烟雾和亮光中隐约可见。艾罗埃和苏丹昏昏欲睡，他们轻蔑地用屁股对着彼此，它们只是在憨第德和他的仆人——图库曼穆拉托人加刚菩[3]来巴拉圭帮耶稣会作战时才大发雷霆。这个帝国简直就是一个奇迹！加刚菩激动地大叫着，他试图迷惑他的主人。我知道路，我会带您去那儿——在那里，神父

1 英语，意为："这他妈都是什么恶心事啊，不是吗，大人？整夜整夜地梦见那个残忍的老巫婆……"

2 瓜拉尼语，一种草药，其茎秆入药可用来治疗胃部不适、腹痛和阑尾炎。

3 指伏尔泰最著名的哲理小说《老实人或乐观主义》中的憨第德与其仆人加刚菩。

拥有一切，老百姓一无所有。这是理性与公平的杰作。无法遏制的喜悦。永恒的乐观主义。苏丹再也无法明白，它以为自己身处一个永远摆脱了耶稣会的巴拉圭，可这里便有两个可疑的外国人，他们骑着马，朝着一个已经消失的王国[1]走去，有些人甚至大胆地将这个王国与我的国家进行比较。马蹄声在昏暗的房间里回响，整个王国也在昏暗的房间里回响。它原封不动地复活了，出现在我们面前。高大的采蜜人，直径长达三百里的蚁穴，还有十五万印第安人。巴拉圭大省的教区大主教进来了，他的马刺让地面火花飞迸。他立马认出了憨第德，他们亲切相拥。苏丹和艾罗埃疯狂又愤怒地朝着保加利亚式的墙壁和门窗攻击，它们的咆哮声比一百条龙和蝰蛇-狗的声音还要大。面对那个闪闪发光的巨大肥皂泡，它们无能为力。在绿色和金色的大理石柱廊间悬挂着鸟笼，鸟笼里装满了鹦鹉、蝇鸟、美洲红冠鸟和蜂鸟，所有宇宙飞禽都被囊括其中，憨第德和省区大主教用金银餐具舒适地吃着午餐。赞美诗中断了感知，鸟儿、西塔拉琴、竖琴和高音笛也在音乐的旋律中暂停。隐忍的加刚菩在残阳下和巴拉圭人一起吃着木碗里的玉米粒，他们倚靠脚跟蹲坐着，四周是布满牛群、小狗和百合的田野。憨第德，什么是乐观主义？这位来自图库曼的穆拉托人远远地大叫道，一颗子弹从绿色的大理石凉亭中射出。在我看来，憨第德回答他，乐观主义就是在一切明显不顺时依然坚持认为一切进展顺利。在葡萄酒的蒸气里，面露得意之色的主教显得一无所知。艾罗埃和苏丹朝着蒂内教徒的削发总管猛扑过去。让我们结束这场混乱吧，我对罗伯逊兄弟说道。因为好玩，他们正在固执地追逐书页上的一只蜂鸟。如果你们为了打发时间已经开始阅读这个故事，请你们想象在这种幻觉的重压下它已经死了，或者，这些狗杀死了我们，而且它们吃掉了我们

---

1 指传说中的“黄金国”，“黄金国”也曾在《老实人或乐观主义》中出现。

的屁股，只留下屁股上轻信的一半与生命中不轻信的那一半。威廉·罗伯逊将蜂鸟的肺放在书页上，他合上书。他们俩站起来，预示性地拍了拍屁股。晚安，尊敬的省区大主教，抱歉，我想说的其实是大人。

关于至高无上者在伊比拉伊庄园设立的用于实验研究的“鼠园”，请看下面的事例——这是迪亚斯·德·本图拉博士与贝尔-阿斯科修士为了侮辱并诽谤至高无上者而不惜歪曲事实的明证。他们一直是永久独裁者的宿敌，以下皆为两人私下通信内容的节选片段，此前，我们也曾引用过两人之间的往来书信。

尊敬的神父，尊敬的朋友：

您将要发表的宣言——《巴拉圭人告同胞书》——已经提前让我感到激动万分，在这份宣言中，您用令人钦佩的说服技巧让同胞们相信他们应当在一切未晚之时，起身反抗并结束这个耻辱而悲哀的时代。

在独裁者所为的一系列怪异事件中，也许，他最近做出的疯狂之事能够为您所用。虽然目前此事仍处于最严格的保密状态，但是，有人已经秘密向我汇报，他们说独裁者效仿那些在牢房里驯养老鼠的囚犯，在其位于特立尼达的庄园中设立了一个巨大的老鼠养殖园。在这个养殖园里，他收集了巴拉圭所有种类的啮齿动物。目前，该养殖园由两三个聋哑奴隶看守。黑奴何塞·马里亚·皮拉尔，也就是独裁者的贴身侍从，负责监视这几位看守人。也许，在独裁者看来，他对黑人皮拉尔给予的信任和此人天真纯朴的本性足以为其抵挡任何不忠不义的行为。然而，事实还是从孩子们的嘴里泄露了——尽管这些孩子也是奴隶，要知道，有时，事实会以比喻或寓言故事的形式流传开来。

根据他们为我提供的可靠情报，黑人皮拉尔负责在瞭望台最高处按时观察并记录这些数量庞大的啮齿动物的全部活动。独裁者时常亲自前往庄园，查验这些数据。目前的传言以黑人皮拉尔本人的说法为基础，这些传言宣称，这位大人物已经将养殖园变成一个奇怪的实验室。他们在那里进行杂交实验，并且他们尤其注重观察这群长有尖牙的哺乳动物的群居行为。他们以钟声为令对其投喂食物；他们训练这些老鼠变换队形，就好像它们是军队的士兵；他们还要求这些老鼠交配，甚至训练它们忍受长时间的饥饿。在训练它们忍受饥饿时，投食的钟声会变成警报声，这种声音会让无数老鼠发狂。尊敬的神父，要我说，一切都让人怀疑这位邪恶的独裁者正在用这种活物试验他的统治方法，他正设法把我们的同胞变成如老鼠一般的畜生。

他最近的实验已经超出一个头脑清醒的正直人士能够想象的极限。您设想一下：这真是恶魔般的行为！独裁者下令将一只母猫刚诞下的幼崽关进完全黑暗的环境。在三年的时间里，也就是在独裁者获得绝对权力后的三年里，这只小猫一直置身于绝对的孤独与隔离之中，它从未与其他活物有过任何接触。后来，这只已经成年的小猫被人装入一只皮袋，带离关押它的密闭之处，并被送到了老鼠养殖园。在正午的阳光下，这只猫被放了出来，它被扔进成千上万只饥饿的老鼠之中。这时，黑人皮拉尔敲响的钟声打破了鼠群午睡的宁静。您想想看，我的朋友，这只猫从出生起便已习惯完全黑暗的环境，它的眼睛立刻被太阳的火焰灼伤了。它在初识阳光的那一刻，便被阳光刺瞎了双眼！而它在黑暗的洞穴里早已习惯养尊处优的生活，所以，它根本不认识这种围在它身边疯狂攻击它的生物——这种自古便与猫为敌的生物。在这场可怕的群魔聚会里，老鼠们顷刻间便将它变成了四处散落的几根碎骨。尊敬的神父，难道这不是真正穷凶极恶的行为吗？

一个统治者最大的力量在于完全了解他的臣民，独裁者在他的就职演说上这样讲道。难道我们巴拉圭人，或是那些没能逃离那个狂犬病狗窝的同胞，注定要像这只出生在地牢里的可怜小猫一样遭受如此命运吗？请您在您的宣言中发出有益的警告吧。

您诚恳的朋友，您卑微的仆人，布艾拉本图拉·迪亚斯·德·本图拉。（编者附注）

我把自己关在这间日益缩小的房间里[1]，我用一块抹布整夜整夜地擦拭这颗头骨。后来，很久之后，它才开始微微发亮。摩擦的热度使它渗出了某种玫瑰色的汗水。我对它说，我负责摩擦，可你却出汗了。在一片黑暗之中，我不停地擦拭。在九个月相之间，一夜又一夜。直到那时，细小的火花才开始迸发。它已经开始思考了！光与热。一切已被知晓。一切皆白。心脏正在嘴里喘气。一切皆白 / 一切皆黑。颤抖的巨大喜悦！一些小孩的东西从一无所有来到一无所有。或者，应该这样说：一个还未出生的小孩的东西在一个骷髅头容器中孕育。任何一个容器都可以，甚至是那个滑到棺材盒里的死人头——它是突发疾病或姗姗来迟的晚年的受害者，那些只是简单埋在土里的就更好了。然而，我只是一个还未出生的人，一个自愿隐藏在某个头骨的六面墙壁之间的人。曾经，我是一个成熟的男人，这种记忆压迫着这个还未成形的小孩，让他充满了过多的忧虑。你别怕！为了鼓励他，我这样对他说道。有文化的人总是将自己埋葬得更深，他们背叛了大自然，所以，他们渴望重回它的怀抱。由于害怕死亡，他们回归到一种

1　这里的房间既指实际的房间，也指月亮的第四相位。

与死亡最为接近的状态，这种状态有些类似被强制监禁在监狱、地牢、警察局、罪犯流放地或集中营里。当时，在阁楼令人窒息的黑暗中，我并未思考这一切。后来，我想象了这一切，之后，我可能还会想象这一切。

现在，我只想出生……（剩余部分已被烧毁，无法辨认）

一个人在地底下埋多久才会腐烂呢？这说不准，如果他在死前没有腐烂的话，那么他兴许能撑上个八九年。如果他是虔诚的基督徒，而且正好死在他该死的那一天，那么，他兴许能撑到审判日那天，也许是这样。他会听见上帝独一无二的声音，从一堆死人里复活。大家都知道这个，小约书亚。我不叫约书亚。你就叫约书亚，孩子。从亚当大大[1]到我们的主耶稣基督，一直都是这样。他们要么叫约书亚，要么叫亚当，要么就叫基督。人可以延长自己的寿命吗，埃尔莫赫娜·恩卡纳西翁嬷嬷[2]？如果他不是自己害死自己，那他就不会缩短自己的寿命。人一出生，便开始衰老了，小约书亚。人的寿命总是在倒退。不过，您在哪儿见过一个活人会自愿缩短寿命啊？没人知道如何躲避不幸。

保姆嬷嬷一边转身，一边在自己卷曲的头发、后颈、腰间和胸部涂抹龟脂。别问这么多问题了，约书亚小主人，快来给我搓一搓腰这里。我已经老了，我的手够不着了，这手也没有力气了。她躺到地上。我一边想着那颗骷髅头，一边开始心不在焉地揉搓这副满是皱纹的皮囊。这时，保姆嬷嬷把嘴贴在地上，哼起了歌谣：

---

1 瓜拉尼语，意为“爸爸”。

2 瓜拉尼语，意为“女管家”。

……我绝不会死去欸
不知道为了什么欸，为了什么欸
为了什么欸
为了什么欸
噢欸，噢欸，噢欸……

您觉得这颗骷髅头在地下埋了多久了？啊，我的上帝啊！您为什么留着这个东西？所有的骷髅头都是疯子。为什么呢，恩卡纳嬷嬷？哎，因为他们没了脑子啊！这颗骷髅头，她一边说，一边拿着骷髅头在她炭灰一般黝黑的手中转来转去，它已经经历了九千一百二十七个月亮。当月亮再次出现时，它会再次离开，再次死去。嗨，要我说，这样更好，虽然我的建议有些邪恶。您最好把它送回墓地—地—地去吧。告诉我，恩卡纳嬷嬷，这是男人的脑袋还是女人的脑袋？男人的，男人的。您看那儿，那个鸡冠。他以前还是个大人物。闻这味道，就知道他地位显赫。这人在世时地位越显赫，他死—死—死了之后气味就越难闻。那时候，他还有舌头，他还可以唱歌：

那时我还年轻
我弹着吉他
弹着吉他
时光匆匆溜走
匆匆溜走
pasaba avá avá
avá avatisoká[1]

1 夹杂着西班牙语的瓜拉尼语，意为“印第安人，印第安人经过/杵棒一般的印第安人”。

这位先生的舌头现在被蠕虫控制了。嘻嘻嘻。哎，这位没了脑子的先生可撑不到审判日那天啰。嘻嘻嘻。孩子，这颗骷髅头对您来说可没什么用了，除非您把它拿来当球踢—踢—踢。就是踢球，可能也派不上用场了。现在，我好生看了看，我看这是印第安人的脑袋。这首歌便是这么说的。再没什么能像唱歌一样了，歌声能告诉你什么东西是什么。您看这儿：这骨头上有手镯的印记，还有束发带留下的印子。把它扔进帕亚瓜人的河里—里—里。把它扔了吧，我的小主人，它会给您带来大把的不幸！噢欸！噢欸！噢欸！保姆嬷嬷的声音在六面墙壁间回荡：这可不是小孩玩的玩具！

我不是小孩。我还不是小孩。我可能再也无法成为小孩了。保姆嬷嬷笑着说：您吃我奶的时候，我根本感觉不到您的嘴巴。您需要以自然的形态存在。

哎，命运，多么悲惨的命运
母驴怀春意
公驴力不及

她大笑着。黑与白相互融合。小约书亚，您的妈妈可把您娇宠坏了。有两个妈妈的人可就更糟糕了。闭嘴，埃尔莫赫娜！我没有妈妈！我说道。可是，保姆嬷嬷已经从窗户里飞走了，只留下预示厄运的清脆笑声在空中回响。

我看到自己在烛光下探索那颗骷髅头。某个世界的第一幅世界地图落入我手中。那里有矮小的地牢，地牢里监禁着某人的思想。管他是印第安人还是什么大人物呢。它比地球仪大，如今，里面一片空白。谁知道呢。呸，好家伙。活着的人想象死去的人在想些什么。任何地方都没有空白。不管怎样，这空白里能有什么让人害怕呢。那些对自己想象出来的画面感到害怕的人都是小孩。我把蜡烛塞进头骨内部。头骨的表面呈海绵状，这让人联想到它那已经消失的迷宫般的构造。污斑，白色的圆形建筑里，如今只有这些痕迹。我用卡钳测量、标记、查看：半径、直径、裂缝、角度、腔室、浑浊的眼眶、颞骨区域、枕骨区域、垂直区域、水平区域和顶骨区域。它们是产生头脑大风暴的地方。无底洞。火山口。月球仪。这是一颗上了年纪的头颅，一颗老人或年轻人的头颅。它没有年龄，额缝将它分成了两半——幼年 / 晚年。既然我在我的晚年中长眠，而我仍未脱离我未曾拥有的幼年，我知道，我应该拥有一个起点，而这个起点并不是我的终点。也许，再为这块忘恩负义的土地献上三条、四条，甚至一百条生命，我才能到达某个地方。我知道我做得过分的地方，我知道我做得不够的地方。我知道我做错了什么。我知道，我知道，我知道！尽管我们都知道，《圣经》曾告诫我们，智慧加增痛苦。

在蒙塞拉特“哥特宝塔”的地下墓地里，我们这些学生坐在几个世纪前便被剥夺了权力的头骨上，偷偷地阅读那些“目无宗教的”作家的书籍。蝙蝠在我们身旁盘旋，我们置身于死亡的瘴气之中，就着坟墓蜡烛的光亮，这些“反基督”之书为我们带来了某种奇怪的新生活的味道。

很久之后，马里亚诺·贝尔-阿斯科修士将下面这份秘密报告交给了他的朋友布艾拉本图拉·迪亚斯·德·本图拉博士，这是一份描述他侄子学生时代的报告：

这个勇敢的男孩很快便成为班里的佼佼者。他学习刻苦，因此比同班同学进步更快。在两年的时间里，他完成了文学学士学位的两门课程。在课程结束时，他又参加了逻辑学考试并修完三门完整的哲学课程。于是，在毕业时，他获得了律师执照与人文学科学士与硕士学位。他的脑子里装满了美学理论，这使他成为一个颇有远见之人。他的强项是拉丁语。他说着一口完美的拉丁语，还用拉丁语创作散文、论文、情书，以及用来炮轰学生宿舍[1]和校长办公室的秘密传单。

当这位新同学进入学生宿舍时，我们并没有预料到这个只有十五岁的年轻人日后会成为南美大陆最可怕的政治悲剧之一的始作俑者。

校长在教区的秘密大厅授予他合格资质。学生们拥抱了这位亚松森人，以示友爱与欢迎。我们所有人都亲吻了这个阴郁沉默的犹大那布满疙瘩的粗糙脸颊。我们亲吻了他的双手，可是后来，他用那双手给了我们所有曾经在世俗领域和宗教领域帮助他，并给予他某种好处的人一记响亮的耳光。

他焦躁易怒，性格内向，不善言谈。对待老师和同学，他傲慢而倔强。他不做任何事去获取他们的好感，然而，他的智慧与毅力总是在这些人之上。不论课内或课外，他强烈的个性都给人留下了深刻的印象。在校务委员会的传说中，他的英雄事迹与恶作剧常被人谈起。至于他的同学们，他特别喜欢支配他们，而且，他做到了这一点，因为他在制订与执行计划时表现得胆大心热、勇敢无畏。他经常和他们发生矛盾，而且，他总是用一把从不离身的匕首威胁他们。不过，正是他的勇气迫使他的同学们尊敬他，诸多轶闻都能证明此事。

在教会教堂内部（他把那儿称作“哥特宝塔”），有一条很深的地道，这条地道穿过了城里的大多数地区，一直延伸至“老见习者大楼”[2]。这条地道里保存着许多圣人与杰出人士的陵墓，里面还有一些用于体罚的地牢。学生们经常在晚上通过这个地下墓穴溜出去游玩狂欢。在游玩途中，这位来自亚松森的奖学金获得者总是充当领头羊，他总是提着灯走在他们前面。一天夜里，他胁迫一位同学与他同行。这位同学后来承认，尽

1 这所学校是教会学校，由神父主持各项教学活动。

2 见习者大楼是为新入教者提供的居住大楼。

管他吓得要死，但是，在自尊心的驱使下，他还是穿过了这段阴森的地下通道。在穿越这片墓穴时，一个骷髅突然出现，拦住了他们的去路。这位陪同者撞上骷髅，摔倒在地，吓得半死。这时，那位勇敢的游玩者拔出身上的无刃窄剑，将其多次插入骷髅眼眶。一种受伤动物的叫喊声震动了整个地道，佩剑被拔出时还在不停滴血。目睹这一恐怖场面的另外一人惊慌失措，他曾说自己仿佛在目睹一场噩梦。这位领头人一脚将骷髅朝墙上踢去，这时，一只老鼠正准备从满地散落的碎骨中逃跑。这次事件为这位巴拉圭学生赢得了一个有些不祥的名声，不过，这也提高了他在人群中的影响力。

有一次，学生们去郊区的卡罗亚斯休闲别墅郊游，他在一块难以接近的山石上刻下了他的名字。很久之后，一道闪电将这块石头劈成两半，毁掉了他的记号。然而，他刻在课桌上的名字永远也无法抹去，因为那是他用刀尖刻上去的，他将一笔一画刻得很深，这些笔画完全穿透了整块木板。

还有一次，他强迫一个偷他水果的同学吞下好几个桃核。当时，在学校里大家就已经叫他独裁者了，这个预言性的绰号超越了为其提供青年教育的皇家学院的界限，不幸地变成了现实。在描写学生行为的私人手册里，教区神父帕拉斯和吉蒂安证实他对逐渐在法国、低地国家或北美洲出现的邪恶的反基督教义十分着迷。他不仅阅读传奇文学和诸如阿玛迪斯[1]之类亵渎神明的虚构故事，以及其他类似书籍，还不知疲倦地阅读新式骑士小说。他深受马基雅维利思想的荼毒，这种思想妄图在憎恶人类、泯灭上帝的基础上建立一个无神社会。

于是，这位难以管教的头目被逐出了皇家学院，他不得不以走读生或自由学生（从他的情况来看，他更应该被称为目无宗教的学生）的身份在大学[2]里继续学习，直到他完成学业，从圣阿尔贝托本人手中接过帽缨

1 影射《高卢的阿玛迪斯》（*Amadís de Gaula*），这是最负盛名的骑士小说之一。

2 指阿根廷的科尔多瓦大学，至高无上者曾在这里取得博士学位。

上写有“in utroque juris”[1]的神圣哲学与神学博士学位帽。

又一桩不公正之事发生了，作为老师和亲人，我负有双倍的责任。我们应当将这位离经叛道的学生彻底逐出校门，而且我们还应当惩罚他，以儆效尤。多少独裁者和邪恶人物曾经掀起腥风血雨，我们本应在这些年幼的蝰蛇刚开始昂起有毒的头颅时便及时将其打倒——这些头部呈三角形的毒蛇一出生便带上了记号。我过于软弱，所以我替我的侄子说了情。我不仅为他辩护，而且让自己成了他日后行为的担保人，甚至替他偿还了他与皇家学院之间的一笔欠款。最后，我最让人耻笑且最应当受到惩罚的罪孽便是我在他的学位授予典礼上充当了教父。

如果还需要用什么事情来塑造他那可怕的形象，我想只消再补充这样一件事，便足以反映他扭曲思想的莫测之处。在被驱逐出校期间，他收到了母亲去世的悲痛消息。对任何情感健全的正常人来说，这都是一件哀痛之事。然而，这件事并未对他产生任何影响。我亲爱的朋友本图拉，你们认为独裁者表现出任何受到影响的迹象了吗？完全没有！动物尚且具有的母子之情已经在他的灵魂里枯竭，他看上去仿佛完全不知道这起令人悲痛的事件。他没有表现出烦恼和悲痛，相反，他完全无动于衷，并愈发粗暴无礼地嘲讽老师和同学。总之，我能为您讲出无数类似的事例，但是，亲爱的朋友，对于这样的怪物，我们不能过多谈论。而且，我担心您已经厌烦了，不愿再继续读下去了，正如我已经厌倦在如此可怕且可耻的事件中再三打探了。

就这样，马里亚诺修士结束了他写给迪亚斯·德·本图拉的长信。（编者附注）

校长派人来传唤我。他命令我俯伏在他的座椅前面，他把一只手臂放在我的肩膀上，一边慈父般地在我耳边说话，in confessione,[2]一边

1 拉丁语，意为：“以民法与教会法规之名。”

2 拉丁语，意为：“就像在忏悔一样。”

用他柔软的指尖抚摸我的另一只耳垂：你们偷偷阅读的这些目无宗教的骗子的书籍和他们的思想正在往你们脑子里灌输无神论和叛乱的毒液，这让我们深感痛心与不安。我的孩子，魔鬼在鼓吹这些宣扬弑神弑君的书籍，它将外来教义分泌的可恶口水吐到了圣书上面。您看，神父，你们带到我们美洲来的上帝也是外来的，你们还让印第安人的米塔神明和亚纳科纳神明[1]为你们的上帝服务。别做异教徒，我的孩子！不，尊敬的神父，我们只是想了解新鲜事物，而不是继续像鹦鹉一样重复教父著作[2]、《神学大全》[3]和彼得·伦巴德[4]的格言。你们还想用三段论法来摧毁牛顿，可是，你们能做的只是用破旧的鞋皮去修补你们那同样破旧的神学堡垒。相反，我们计划通过如卢梭、孟德斯鸠、狄德罗、伏尔泰和其他像他们一样杰出的泥瓦匠来建立一个全新的世界。Omnia mecum porto,[5] 尊敬的神父，如果我随身携带我的思想，那么这些新的思想就会在我们身上形成新的天性。除非你们用盐酸给我们洗脑，否则，你们必定无法将它们收走。你这个倔强的畜生！校长的一口唾沫正好朝我的眼睛袭来，它冲洗了我的眼睛。我发现我看得更加清楚了。这就是清洗不当的悖论。当雨下得很大时，人的身上会糊满稀泥，猪却会越来越干净。

---

1 此处影射西班牙殖民期间对印第安人施行的特殊徭役（或苦役 / 仆役）制度——米塔制和亚纳科纳制。

2 教父著作（Patérnicas），是天主教早期教父（天主教早期宗教作家及宣教士的统称）作品的统称。

3 《神学大全》（*La Summa*，即 *Summa Theologiae*），意大利哲学家托马斯·阿奎那（Thomas Aquinas）的神学哲学著作。

4 彼得·伦巴德（Pedro Lombardo，即 Peter Lombard，约 1100—1160），意大利神学家、哲学家。他最著名的作品是神学专著《四部语录》（*Sententiarum Libri Quattuor*）。这部作品系统地收集了从古至今基督教最为权威的讲经师的观点。在 16 世纪之前，它一直是各个大学的神学课本。

5 拉丁语，意为：“我到哪儿都带着它们。”

我的手里有一颗古老的头骨。我在寻找思维的奥秘。最大的奥秘与最小的奥秘在某点相连。我的指甲在骨头上追踪这个点。Lustravit lampade tenias.[1] 经过许久的摸索，我想，我已经找到了意志的宝座。语言就藏在失语症这朵蘑菇下方。这里是被遗忘的记忆银幕。这些行动的发电站停摆了。感觉消失了，让我们变得可怜的理性也消失了，一同消失的还有让我们变得懦弱的意识——因为意识让我们明白我们既可怜又懦弱。

我把这个石灰质球体放在手中旋转。山谷，黑暗的洼地——摩羯[2] 在其间跳跃。燃烧的双角。群山。一座山。一座山的影子。山峰散发出微弱的磷光。它熄灭了。我取出烟雾缭绕的蜡烛头，走了进去。地平线上出现的只有我脚下的头骨。我匍匐在地上，朝着那个不会偏移的准确的点爬去。巨大的黑暗。巨大的沉默。在这个凹陷的地牢里，连回声也无法回应我的喊叫。我听到脚步声，于是，我迅速抽身而出。

我被保姆嬷嬷告发了。我中了她的圈套。皇家民兵上尉的脚后跟

1 拉丁语，意为："它曾用它的光照亮大地。"

2 指黄道十二宫中的摩羯座，又叫山羊座，其标志为一只长有巨大双角的（鱼尾）山羊形象。

出现了。门嘎吱作响。他们说他是我的父亲，这个来自圣保罗的马梅卢科人就在那儿，他身材魁梧，威严强壮，就像穆拉托人。他的声音从地上听上去很响，特别响，就像雷鸣般的炮声，过了很久，才传到我这里：¡Miserable! ¡Jogar-se jôgo da bola con um cráneo humano! ¡Haverem vergonha malnacido! ¡Vai’mbora ahora mismo a enterrarlo en la contrasacristía de la Encarnación! ¡Después confesarás esta profanación ao senhor cura![1] 先生，保姆说这不是基督徒的头骨，这是印第安人的头骨。那就把它给我扔到河里！民兵上尉勃然大怒，他把门一摔便离开了，摔门声打在我脑门上，差点折断了我的脖子。骷髅头跳到了那个最阴暗的角落。它在那个离我十步远的地方，不停地摇头。它不停地恳求我，恳求我将它归还给大地。这个既未出生也未死亡的白色骷髅头。一小团乳白色的阴影在黑暗中弥漫，通体雪白的骷髅头置身其中。这个恳求记忆之人，这个已经忘记活人习俗的忏悔者，这个已经归于尘土的人恳求再次归于尘土。它朝我爬过来。你把我带走吧，你把我重新埋了吧！它醉酒般左右摇晃。我不过是某个放荡杂种的头骨！它大哭着，泪水从它空洞的眼眶中流出来。得了吧，你这个忘恩负义的骗子！现在可不是流泪的时候！如果你活着的时候软弱无能，那么你死后至少要坚强。不要骗我。你是一颗骷髅头，你可别做骷髅头骗子。你不像那个妄想成为我父亲的人，你不是一个放荡的杂种。啊，你这个小毛头，你什么都不懂，因为你还没有出生。保姆嬷嬷跟我说过，你是一个印第安人的头骨。不，小毛头，不！如果我是印第安人的话，怎么会说老卡斯蒂利亚[2]的古卡斯蒂利亚语呢？而且，

1　夹杂着葡萄牙语的西班牙语，意为：“浑蛋！竟然拿人的头骨当球玩！你不感到羞耻吗？你这个遭人厌恶的东西！立刻去把它给我埋在恩卡纳西翁的圣器室里！然后向神父忏悔赎罪。”

2　老卡斯蒂利亚（Castilla la Vieja），西班牙历史上一个地区的名称，曾与新卡斯蒂利亚构成卡斯蒂利亚王国。古卡斯蒂利亚语即如今西班牙语的前身。

我还有拉曼查[1]口音。当然了，你还不太了解语言的发音技巧。否则，sabríades la cosa verede,[2]我是一个彻头彻尾的坏蛋。为了说出事实而不受惩罚，我落下了骗子的恶名。保姆们撒的谎可比山毛榉多，要知道，山毛榉的果实只能用来喂猪。求求你发发慈悲，把我埋了吧，把我扔到河里去吧！把我扔到一个足够黑暗的地方去吧，只有这样，我才能隐藏我的羞耻。我站在它面前，被敲击的脑袋里满是轰鸣声，我隐约听到它的沉默在不停地恳求我，恳求我，恳求我。我拾起这个灰色的头骨。所有的灰色都回到了同一个原点，它们从那里开始下降。银灰色在黑色与白色之间，白色归于黑暗。耳鸣声充斥着我的脑袋，它们从我的耳朵、嘴巴和在我怀里晃动的那个灰暗的白色眼眶里涌了出来。已被知晓的一切：白色。已经发生的一切：灰色。已经实现的一切：黑色。保姆嬷嬷哼唱的歌谣跑进我的嘴里。我咬紧牙关，任由它在嘴里怪声怪调地歌唱，我的嘴紧贴着那颗散发着恶臭的忏悔头骨。这又是怎么了？我很难受，小毛头！这种罪孽深重的感觉让我崩溃了！有一天，我的母亲泪眼蒙眬地告诉我：当你躺在床上，听到狗在四野吠叫，你要藏到床单下面。不要以为它们在闹着玩。这颗白色的圆球又开始发抖了。行了，骷髅头，你就忘掉这些琐事吧！忘掉你的母亲吧！想想某些严肃的事情，我需要你思考某些严肃的事情。你那忧郁的天性开始让我感到厌烦了。从前的你可比现在有趣多了，那时，你让我猜谜语，你还嘲笑那些掘墓人。我把它装进一个面条盒子，然后把这个盒子藏到了阁楼里，那是民兵上尉堆放破铜烂铁的地方。

这个圣保罗杂种准备让我清净一段时间。没过多久，他出发了，

1　拉曼查（La Mancha），位于西班牙中部卡斯蒂利亚-拉曼查自治区，该地区被视为西班牙语的发源地。

2　古卡斯蒂利亚语，意为：“你就该知道这事是真的了。”

他要去下岸和上岸[1]的各个岗位视察，他甚至还会去遥远的波旁要塞。现在，我有了一段宝贵的时间；现在，时间对我来说不再存在。我在阁楼上搭建了营地。我把那个盒子拿到阁楼最黑暗的地方，我坐在它面前，开始透过圆形的玻璃观察这个发白的物体。时间没有流逝，我也没有看到白昼消失。当体内的黑暗变得愈加厚重时，我感到夜幕降临了。于是，我拿出头骨并把它带到我的床上。当狗开始吠叫时，我把它塞到床单下面。由于害怕，它的上颌骨一直在颤抖，它的顶骨也被冷汗打湿了。在床单的包裹下，全身雪白的它在黑暗中散发出一种不属于这个世界的苍白与潮气。我的问题纠缠着它。告诉我，你不是某个放荡杂种的头骨，对吗？告诉我这不是真的！你是某个大人物的头骨！回答我！它打着呵欠。它的记忆越来越少了，它越发不想说话了。当骷髅头开始倒下时，我知道它又开始死亡 / 睡觉了。骷髅头沉默着，它对周围的一切无动于衷，雪白的头骨在雪白中闪耀。它全身冰冷，大汗淋漓。它正梦着我。它如此强烈地梦着我，它让我感觉自己身处它的梦中。它那充满思维部件的身躯就躺在我身边。我已经厌倦用我的手脚去寻找那个靠在我身边却并未和我接触的躯体。因为厌倦了徒劳地摸索那个深邃的空洞，在床单构成的裹尸布里，我也睡了过去。为了不致入睡而做出的努力反倒让我睡了过去。我被睡意打败了，不过，那只是一瞬间。不到一秒，我又醒了。也许，我从未睡去。在这一刻，甚至在其他时刻，我都未曾睡去。就像现在一样，我假装睡得很沉。我在暗中监视它的睡眠。我一直在窥探它的苏醒，还有它最轻微的梦游活动——这可不只是睁开眼睛、移动身体，或是让舌头在经由夜间瘴气发酵的苦涩唾液中噼啪作响。我就这样被这根颤动的线吊着，然而，我总是晚到一步。我只好从起点重新开始，从终点再

1　下岸 / 上岸（Costa Abajo / Costa Arriba）分别指亚松森的南部地区与北部地区。

次开始。我必须协调这些横亘在我们之间的无穷短暂的时间碎片，因为它们的存在，我们之间的时间竟然相差了几千年。听我说！我的声音变低了，几乎与它的沉默相差无几。你不觉得，如果再给我们的屋顶加上一层坡面，我们就能互相理解了吗？也许，有两个带椽的坡面，我们的思想就能飞得更快更远。难道，即便我们相遇，你的死亡与我的生命也会从两个不同的斜坡上消失吗？现在是我在恳求他：我想在你的身体里出生！你不明白吗？你就努力一下吧！总之，你又有什么损失呢？我幼稚的眼泪掺杂着它的沉默，汗水从它身上轻轻地、冷冰冰地流下来。终于，它哆哆嗦嗦地说道，可是，即便这一切可能发生，你出生时也早已苍老，在出生之前，你会重新步入死亡，你无法真正地摆脱它。你不明白！你不明白，老骷髅头！你的脑子里装的是一个卡斯蒂利亚老头的废渣。可怜的西班牙！它什么时候才能带着那些像你一样的笨蛋从中世纪中走出来！我对你的唯一要求便是请你允许我在你承装噩梦的圆桶里孕育。我不愿在女人的肚子里孕育，我想从人类的思想中诞生，其他的事情都由我来负责。好吧，小毛头，如果只是这样的话，那你为何一直缠着我呢？天哪！随便从一个你喜欢的洞里出生就好了，不要再来考验我的耐心了！它们不会有多大区别——作为一个非常了解洞穴的人，我可以向你这么保证。

从那时起，这颗骷髅头便成了我的家，它是孕育我的子宫。我靠着个人意志在那里孕育了多久？自开始孕育之前便已开始。强烈的热气。灼热的表面。收缩。回旋盘绕的燃烧物落在我身上，却并未将我灼伤。它们淹没了我还未形成的存在。我陷入了没有空气的空气里。原始的火焰。土著人的食物不就是这样烹饪的吗？那些原始生物不就是这样孕育的吗？它们不需要母亲，它们更不需要父亲。

无限的寂静，比宇宙还要沉寂。它进来了，它用力地敲击，它在骨头里回响，而骨头在想象中轰鸣。于是，地板、拱顶和屋顶开始震动，甚至，连影子也开始震动。灰——白，烟——黑，它在两者之间，不停变化。我们不是一个人，我们也不是两个人。他已经走了，而我还不是我。我感到宇宙在压迫我，让我在头骨里变老。嘿，你快点！出借方-骷髅头嘟囔着，难道你要永远在里面孵化吗？好了，好了，你安静一会儿！我将双手放到那块潮湿的头盖骨上，我抚摸着它，而它全身是汗。这便是构成胚胎的材料。也许，我感到它的头发长出来了。不管怎样，这是一种标志，一种征兆。头发长出来了。终于长出来了！它们不停地生长，生长，直到最终布满这个越来越大的房间[1]。它们包裹着我，它们让我感到窒息。热气，黑暗，黏稠的胚胎材料。一根带子在嘴里燃烧。我的嘴被缝上了，眼睛也被缝上了。一个雷鸣般的声音大吼道：¡Lázaro veni fora![2] ¿No te he ordenado que enterraras ese cráneo? Su mal olor tenerem la casa convertida en muladar. ¡Cabeza podrida de indio! ¡Arrójalo al río! ¡De lo contrario yo mesmo te arrojaré con la calavera! [3]

我又出来了。我退缩了。那个小小的建筑消失了。你站起来，快跑吧！再跑快点！包裹在白色之中的白色圆顶上升了。光线减弱了。一切同时变暗。地板。墙壁。拱顶。原本在燃烧和沸腾的材料——它们的温度正在下降。很快，它们便降到了最低温度——零度左右。在这一瞬间，黑色再次出现。那个黑点正在变大。那是我，我正在爬行。这是幻觉。那个圣保罗穆拉托人或里约热内卢马里亚诺人的影子，也

1　此处同时影射月亮的第二相位，与 213 页的内容相互呼应（“我把自己关在这间日益缩小的房间里”）。该相位有利于植物生长。

2　葡萄牙语，意为：“拉撒路出来！”典出《新约·约翰福音》。据载，拉撒路死后被埋葬在一个洞穴里，四天之后耶稣到此，大声呼喊：“拉撒路出来！”（11：43）他便奇迹般地得以复活。

3　夹杂着葡萄牙语的西班牙语，意为：“我不是叫你把这个骷髅头埋了吗？它的臭味都把这房子变成垃圾堆了。印第安人的腐烂头骨！把它给我扔到河里去！否则，我可要亲自把你和它一起扔到河里去了！”

就是民兵上尉的黑暗身影骑在骷髅头上，骷髅头在最后一次收缩的白色颤动中跳动。你这个可恶的小孩，你把我卷进怎样的麻烦里去了啊！民兵上尉骑在一个十二岁的小男孩身上，这个小孩已经在一颗骷髅头里衰老了三十岁或三百岁，然而，他依然未能出生。如果我们认为事物有始亦有终，如果我们认为坟墓的大门挡住了人们渴望永生的脚步，而死亡则是医治这种渴望的唯一良药，那么前面的事就显得太奇怪了。我的坟墓大门已经关闭，也许，现在它应该再次打开，以解释这个梦境。由谁来解释呢？只能由我自己来给自己解释。但是不，也许不是这样。一个人的生命不会结束。不，也许是的。一位绅士或一个流氓的思想是什么？那肯定是某人的后代。有什么东西是从一无所有中诞生的吗？没有。什么是生命？什么又是死亡？这个被切分成无数奥秘的奥秘到底是什么？我一直不停地问自己。那个婊子保姆被挂在一根树枝上，现在，她再也不能教训我 / 告发我了。这个奥秘背后的原因就是这个奥秘本身。我知道，在其他任何地方，都不会存在类似于在我身上发生的事情。没有必要再去做梦，以便在白色和最深邃的黑色里重新找到那个丢失的白点。伟大的白色不可改变，又随机易变。它不会消失，它会在黑色里再次出现。

我把骷髅头放入面条盒子。我把它带到了未来的那个地方——对我来说，那是过去的某个地方——以后，其他人也会将装有我头骨的盒子带到那里。房屋，街道，整座城市都充满了坟墓的臭味。我迈着缓慢的步伐，朝着悬崖走去。我将盒子斜靠在树干上，我就这样蹲在橘子树下休息了一会儿。圆形的玻璃被太阳灼伤，冒起了白烟。盒子里面的一切都看不到了。我继续往下走着，确切地说，我继续走着，我不知道自己是在上升还是下降。

完全静养。休息。休息。休息。御医的声音隔着一段无法估量的距离，从远处传到我这里。这一次，我接受他的建议。我假装睡着。我觉得有人在监视我。我在装死。我将我的坟墓大门半开着。我拉开灵台，伴着花岗岩摩擦的声音，灵台打开了。我睁开眼睛，站起身，我在模拟将自己复活。在我面前，一个不会睡着、不会衰老、不会死亡的人一直在看管我，监视我。

（永久通令）

我驻扎在我的观测站里，它位于伊比拉伊。我看到那些政治上无能的塔夸里首领正在亚松森市政厅与布宜诺斯艾利斯人索梅耶拉拉帮结派，准备投降，他们要将整个巴拉圭五花大绑地送给布宜诺斯艾利斯洪达。于是，我决定制止他们。唐佩德罗·阿尔坎塔拉——布宜诺斯艾利斯人的得力密探——正满心欢喜，忙得不可开交。他们竟然错误且荒唐地认为我会帮助他们，因此，他们齐心协力唤我前去。请求十分紧急。让他们感到不幸的是，5月15日一早我便出现在军营，佩德罗·胡安·卡瓦列罗[1]在门口迎接我：您应当已经知道了，亲爱的博士，我们已经用斗篷试过公牛了，它表现得非常温顺。从现在起，大人您可是唯一能够在此次紧急事件中指引我们的人了。就在我们穿过院子的时候，我问他：你们有什么计划？你们要做什么？这位长官回答道，我们已经决定让船主何塞·德·玛丽亚驾驶独木舟为布宜诺斯艾利斯送去急件，以便通知对方业已发生之事。

索梅耶拉站在警卫的岗哨上，他正在对公文进行最后润色。我一

1 佩德罗·胡安·卡瓦列罗（Pedro Juan Caballero，1786—1821），巴拉圭政治家、军事家，巴拉圭独立运动领导人之一。1811年，他曾参加塔夸里之战。

把将公文从他手里夺过来。这封信不能寄出，我说，如果我们这么做，那些傲慢的布宜诺斯艾利斯人肯定会欣喜若狂。我们绝对不能这样做。我们已经摆脱了一种霸权主义，我们应当小心行事，绝不可陷入另一种霸权主义。我们不能以下级对上级的口吻向布宜诺斯艾利斯方面发送信函，我们不能默认布宜诺斯艾利斯洪达的地位。巴拉圭无须乞求任何人的帮助，它完全能依靠自己击退任何入侵者。然后，我转向索梅耶拉，这只愤怒的变色龙正暗中窥视我。我十分温和地向他暗示道：这里已经不需要您了，可以说，您在这儿已经碍事了。每个人都必须在自己的国家为自己的祖国效力。那艘要去布宜诺斯艾利斯送信的船会立即将您一并送回。大人，我必须带走我的家人，而且，目前河道干涸，船只不能通行。您先出发，等到河流畅通无阻，您的家人再出发。那群主张兼并的人大失所望，他们极为不悦。他们的脸掉到了地上，他们的脸上只剩下他们的假面，而这正是我想得到的结果。

为了看看他会怎么做，投降者卡瓦尼亚斯收到命令，他将从他位于科迪勒拉的牧场赶来。来吧，他们传话给他，加入祖国的事业吧，和军营的士兵们一起加入我们爱国者吧。他傲慢无礼地回答说，只有省长贝拉斯科叫他，他才会来。可是，贝拉斯科已经不是省长了，已经没人理会他了。很快，他便会和主教帕内斯以及那些最引人注目的西班牙人——这些人总是不停地制造阴谋——一起滚到监狱里去了。在塔夸里投降的其他首领也消失得无影无踪：格拉西亚逃到北部去寻求葡萄牙的帮助。¡Qué Gracía![1] 加马拉回答说只有在永远不背叛西班牙国王的前提下，他才会支持这项事业。这个厚颜无耻之人甚至将这句话大写了！¡Soberano idota![2] 他还妄图在不反抗西班牙国王的前提下

1　文字游戏，兼有“真有意思！”与“好你个格拉西亚！”之意。

2　文字游戏，兼有“真是天大的傻瓜！”与“西班牙国王就是白痴！”之意。

搞革命：这就好比做一个没有玉米的玉米饼。

军队里的其他人——他们看上去忠心耿耿——也在暗地里审时度势。自建立第一洪达政府开始，他们便一直试图撼动政府，以便通过威胁恣意获取权力，而不是为国家谋取福祉。他们并不关心公务，相反，他们把时间都花在赌博、阅兵、聚会，以及纯粹的狂欢作乐之上。洪达内部的庞培和巴亚尔[1]被他们的马刺和无能缠住了。这些追赶时髦却粗野俗气的绅士就像没有套索的石球[2]。他们喜欢吹嘘，确实如此。他们是身穿华丽制服的好斗公羊。这些大汗淋漓、满面红光的首要人物，在他们自以为是的历史之镜中，已然看到自己尊贵而闪耀。他们模仿前任省长，摇身一变，开始为自己提升军衔，他们的徽章要么成了准将徽章，要么成了西班牙龙骑兵队陆军上校的徽章。早在殖民时期，他们便以这种军事美德而著称。检察官马尔科·德·巴尔德比诺，这个根深蒂固的亲布分子，曾经在写给拉萨罗·德·里维拉[3]的报告中这样描述他们：事实将爱国者们遭受的无法容忍的打击留给我们，作为永久的纪念碑，爱国者们为民兵服务，他们为后者提供资金，而这些民兵却成了巴拉圭大省最严重的瘟疫。

为了支付他们毫无节制的炫耀所产生的花销，他们倒卖一切，因为他们不仅是军人，更是政府的首脑。因此，为了满足这种荒唐的癖好，他们释放了国家的犯人，他们让别人为他们的玩忽职守支付丰厚的报酬。由于他们几乎不知道什么才是国家独立、公民自由和政治自

1　此处借两位有名士兵之名——庞培与巴亚尔——来讽刺巴拉圭军人。庞培曾与恺撒、克拉苏三人结盟，轮流主持国政。“巴亚尔领主”皮埃尔·泰拉伊（Pierre Terrail，El señor de Bayard）是法国国王弗朗索瓦一世最好的士兵，他被认为是骑士精神的典范象征，还被视为最完美的军人和骑士。

2　讽刺他们信口开河，喜欢吹嘘。

3　指拉萨罗·德·里维拉·伊·埃斯皮诺萨·德·洛斯·蒙特罗斯（Lázaro de Rivera y Espinoza de los Monteros，1756—1824），曾任巴拉圭大省省长（1796—1806）兼巴拉圭皇家财政部总管，后被贝拉斯科取代。

由，因此，他们纵容下属四处犯法，尤其是在农村，那是他们残暴行为最主要的演练场所。

在伊库阿曼迪尤[1]，一位以充满革命热情著称的民兵上尉打算向农民解释什么才是自由。他在他们面前滔滔不绝地发表了一段长达六个小时的演说，他谈论了一切，却什么也没说明白。后来，牧师结束了这段冗长乏味的演说，牧师说：自由是信仰、希望与仁爱。事后，两人走下台来，他们手挽着手跑到地区司令部，喝得酩酊大醉，而那里就是他们以刚刚宣布的超自然能力为名号，发布逮捕令，实施暴力虐待及最残酷的匪徒行径的地方。

治理国家就是把人送进监狱，有时，就是匿名劫持某人——将暴行始作俑者的嫌疑安在他人头上，而定罪还是释放——他们为其指定了可耻的价格——完全根据个人好恶或利益。他们满口爱国主义。在爱国主义的庇护下，一切都变得可行。爱国主义能消解所有痛苦，它能为所有犯罪与暴行赎罪。

在最开始的那段时间，情况就是如此。巴拉圭军队几乎完全由国内最卑劣无知的人组成：杀人犯，监狱释放的有名罪犯——这些人在制服的保护下逍遥法外，无所不能。他们认为他们有权利用上千种方式欺凌羞辱那些最温和的平民。如果某个老百姓从一位士兵面前经过，忘记摘掉帽子致礼，他们就会用军刀将他毒打一顿。然后，他们还将这种脱帽致礼的卑劣风俗归咎到我身上，然而，这种方式本身便不是一种尊重上级的表现，它是一种肢解——一种对致礼之人的象征性斩首。在这个拥有二十四个太阳的地方，这种灯芯草大檐帽已经成了人们身体的一部分。我们的同胞将自己包裹在大草帽里，没有什么办法能根除这种恶习。

1　指巴拉圭圣佩德罗省首府圣佩德罗（San Pedro de Ycuamandiyú）。

军官们的行为更为恶劣。他们对他们的职责与军衔没有丝毫尊重，他们参与老百姓的争端，当他们没有道理或是失去耐心时，他们就会用枪打死这些老百姓。由于几乎所有军官和士官都是洪达或主要军营领导们的亲戚，因此，后者会包容这些人最为可耻的罪行。

我曾试图从洪达内部去遏制这些暴行，然而，一切都是徒劳。我为规范政府人员行为而付出的努力完全付诸东流，灰心气馁之下，我又两次从洪达退职。我撤去自己的职务，远远地监督他们。国家事务完全陷入停顿。马夫代替他们因醉酒而缺席的主人坐到了市政官的席位上。删掉市政官，删掉马夫，写上这句吧：这些首要人物的马夫们坐在洪达的椅子上，他们处理起国家事务来并不比他们的主人差，因为他们的主人已经差得不能再差了。信函没有发送出去，他们还平分了一起通过贪污抢劫而来的赃物。正如现在的你们一样。删掉最后一句话吧。我不想让他们明显感觉到自己已经坐在断头台上了。

我曾屡次远离洪达的这些愚昧昏庸之辈，可是每次他们都会亲自跑来恳求我回去。我的表亲——这位像总统一样熠熠生辉的庞培-富尔亨西奥[1]、洪达成员卡瓦列罗-巴亚尔，还有伪君子抄写员费尔南多-恩-莫拉[2]都曾写信给我。帕蒂尼奥，那是几月几日？1811年8月6日，大人：我们深知您心胸宽广，因此我们冒昧前来向您恳求。我们虽热情有余，却愚昧无知，只能恳请您再次为我们掌舵，救船上的我们于愚昧风暴之中。若非如此，祖国失守，一切尽失。您最亲密的朋友们。

洪达主席暂时从热闹的马战比赛中抽身而出，他用文盲的字迹和手掌的一次轻声拍击，向我提出了建议：亲爱的同胞，亲爱的亲人，让我们来解决我们之间的问题吧，这样您便能在这场时刻威胁我们努

1　指富尔亨西奥·耶格罗斯。

2　指费尔南多·德·拉莫拉（Fernando de la Mora），洪达政府的另一位委员。

力的邪恶风暴中再次主掌国家之舰了。

我的另一个亲戚安东尼奥·托马斯·耶格罗斯[1]——这位军队指挥官称呼我为“尊敬的大人”——就好像我是主教一样：为您递送此信的牧师主动提出要去您府上，他要将洪达及全体军官今天就您重新回来任职一事所做出的决议传告于您。您有能力且有义务重新回到洪达来领导我们，请您冲破这些反对的阻力吧。尊贵的亲人，如果您真的热爱您的祖国，那就请您明天在亚松森醒来吧，我们所有人都会带着满心欢喜隆重地迎接您。在政府的庇护之下，您以后一定会有时间修葺您的屋顶，我们知道这就是您离开的原因。您最亲密的亲人，此致敬礼。

我甚至未给他们回信。

卡瓦列罗-巴亚尔在信中坚称……大人，那是四天之后，8 月 10 日的那封来信：您说您需要修理您的庄园，所以，您辞职回去了，这让我十分感伤，因为我个人对您怀有特别的感情，而且，那些在您的特殊影响及指挥下开始建立的伟大事业也许将无法完成并完善了。

来吧，你们这帮浑蛋！在如此严厉的谴责、胁迫和恐吓之后，就只剩这些了吗?

市政会也发来请求：总参谋部和人民都在呼吁，他们要求您重新加入政府最高洪达。我们全体人员怀着最真挚的情感和对大人卓越领导才能最深切的敬佩与尊重，在此向您恳求，我们坚定地认为，在这场岌岌可危的风暴和苦难中，如果您出现在这里并担任您应当担任的职位，那便是足以平息一切的虹彩。

对这些在自身的利益、恐惧、无能和相互怀疑中争论的流氓来

1　安东尼奥·托马斯·耶格罗斯（Antonio Thomas Yegros，1783—1866），富尔亨西奥·耶格罗斯的兄弟，他曾与富尔亨西奥一同参与拉普拉塔总督辖区抗击英军侵略的战斗。1811 年，他们一同参加了巴拉瓜里之战与塔夸里之战。1820 年，他与富尔亨西奥一同卷入那场推翻弗朗西亚统治的阴谋活动之中。与富尔亨西奥最终被枪决有所不同，安东尼奥·托马斯·耶格罗斯在遭到监禁之后，最终得以重获自由。

说，我返回洪达一事已经变成了一个气象学问题和航海问题。这一点在 11 月 16 日——星期一那天得到了证实，就在那天，我在一场可怕的风暴和大雨中再次返回洪达。市政会全体成员都赶来祝贺，他们称我为“风暴飞行员”，并一齐为我喝彩，人们也带着无法遏制的喜悦齐声高歌。最大的幸福往往正是不幸。

在洪达政府成立一个月零十天后，我首次从洪达辞职。此次事件由军方挑起的一次冲突引起，或者，更确切地说，一些人企图用武器威胁我，他们认为他们完全拥有这样的权力，而他们这样做并不是为了他们理应捍卫的事业，他们这样做完全是随心所欲、恣意妄为。正如我们今天所说，这些阉军坐在他们的刺刀上，而且，不只是这些阉军，他们的得宠走狗也会这样做，这些人十分卑鄙无耻。在政府阴谋事件中，这些荡妇蹄子不知羞耻地炫耀着他们猩红色的长袜。

他们控诉我犯有危害社会罪。他们说我是推动新生事物、分裂和冲突的破坏分子。看看，军人老爷们，贵族老爷们，随意给别人安插罪名还不够。职权和武力不应用来诽谤他人、非难他人，通过市政会的调解——市政会也卷入这场冲突之中——我当面斥责了这些贪图享乐的官僚。

将这个毫无用处的临时洪达替换为真正的政府——一个从代表所有人民的全体大会中选举而出的真正政府，提出这一建议的人为何会被称为分裂和新生事物的始作俑者？而一个建议让真正由人民组成的议会来选举各当局政府成员的人，为何又会被污蔑为破坏分子？

恰恰相反，市议员先生们，正如你们自己宣称的那样，自巴拉圭革命开始，而非从建立洪达政府开始，处理公共事务的重任一直是作为市政会成员、创始人兼秘书与顾问的我一人担负，这是一个众所周知的事实。我一直淡泊地看待这样的名号，因为我唯一的目的只是尽我所能为祖国效力，我让自己独自承担所有的职务和重担。你们肯定清楚，洪达政府的其他成员连一根羽毛的重量都无法承担。

无须回忆他们为了让我辞职而采取的那些残忍邪恶、狡诈虚伪的手段，后来，他们撤销了另一位洪达委员——哈维尔·博加林[1]神父的职位。只剩下三位委员的洪达政府[2]已经不再合法，无力胜任。任何知人善任、了解形势并能对形势做出正确判断的人都无法想象，那次全体大会的想法——而且是在那样的情况之下——是让这三个毫无经验、毫无学识，总之，三个完全无知无能的人掌握权力。如果他们碰巧得到了这样的职位，那也是因为这位市政会成员兼创始人在中间调解[3]。他们逼迫这位市政会成员兼创始人辞职，因为他们的目标和利益与巴拉圭革命及独立的目标和利益相去甚远。

只有犹豫不决、没有把握的政府才会导致分裂，只有这样的政府才无力消除内部可能产生的分歧。只有那些害怕接受审判的人才会惧怕人民代表大会。这样的新生事物不可能无法被那些正直的市民为了国家利益加以引导。如果这些新生事物中有坏的事物，那就肯定有好的事物，甚至是非常好的事物。我们的革命本身不就是一个伟大的，甚至是最伟大的新生事物吗？我们的革命还是所有新生事物中最出色、最合理、最必不可少的事物。

没有与政府、国家及共和国最高利益核心相符的秩序、规则与团结，自由就无法存在，任何其他东西都无法存在，即便是毫无生命的

1　哈维尔·博加林（Javier Bogarín，1763—？），巴拉圭神父。在巴拉圭独立起义之后，他曾作为神父代表在富尔亨西奥·耶格罗斯主持的政府最高洪达中担任委员。

2　1811 年 5 月 14 日，弗朗西亚策划了起义，两天之后起义获得胜利。巴拉圭于同年 5 月 17 日宣布独立。6 月 17—20 日，起义者在亚松森召开“省议会”，罢免了前任省长贝拉斯科，并成立了一个由五人组成的洪达，作为国家的最高管理机构。洪达主席由富尔亨西奥·耶格罗斯担任，弗朗西亚当时是其副手之一。

3　弗朗西亚对洪达在独立政府的人事安排有不同意见，因而愤然辞职。

生物也在告诫我们要保持严谨。否则，我们曾经为之付出，并且仍在付出，甚至还将继续付出最大牺牲的自由便会导致肆无忌惮的放纵，它会让一切在分歧和骚动中变得混淆不清。正如目前仍在发生的那样，这里是灾难、哭泣，以及最可怕的罪行的演练场，情况如此恶劣，上层阶级对底层民众施加的暴行仿佛就是当权者的唯一方向。我们不能强迫我们的同胞睡在一条河上。[1]你们这些领受国家俸禄、由洪达政府任命的军官不是我们的人民。更确切地说，由于你们如此作为，你们应当是反人民分子。由于你们担任军队官职，你们本应率先成为忠实履行职责、尊重洪达政府、尊重人民群众的榜样，你们本应保护那些手无寸铁、卑微无知的人民，可你们却教导他们要像接受上帝赐福一样接受各种践踏。

对于市政会的那些魑魅魍魉，我的答复十分清楚：不能对这些军官咄咄逼人的危险口吻置之不理，他们肆无忌惮地构成了洪达政府的敌对力量。你们能向我保证他们日后不会抬手，不会犯下暴行吗？难道他们手里的武器和肩上的脑袋只是装饰吗？

只要武装力量服从严格的纪律——这是保卫我们的国家、维护其和平团结与良好秩序的要求，我完全愿意为政府、为国家、为国家的主权与独立事业效力。

我是行事果断、毫不拖泥带水之人。我坚决支持权威原则，我主张强制军人遵守大会传达的意愿。政府方面的任何弱点都会危及国家独立，目前后者仍未得到良好的巩固。

我们的革命不能指望从一支反革命军队身上得到任何帮助。这支由身材高大的牧场主及身穿制服的雇佣兵组成的军队总是准备将自己的利益放在第一位，我们无法和这样的军队达成共识或协议。我们

1 意指使他们一直处于危险之中。

不能要求或乞求这样的军队，让他们为我们的革命效力。他们早晚会把它摧毁。所有真正的革命者都创建了自己的军队，因为真正的革命者就是武装起来的人民。如果没有自己的马刺，再好的斗鸡也会成为软蛋。我们都知道，我们可以把一只最有天赋的公鸡变成阉鸡，但无法从一只阉鸡身上得到公鸡，甚至是公鸡的啼叫，除非那是公鸡的假声。

这就是我说的最后一句话，不过，它并不是我做的最后一件事。

洪达政府的标语牌开始摇摇欲坠。在耶格罗斯的豪宅里，军乐队、管弦乐队、各种奢华的晚会、狂欢和庆祝活动应有尽有，夜复一夜。*

* “这场滑稽剧继续上演，人们开始不满，他们开始窃窃私语。”萨瓦拉·伊·德尔加迪略陆军上校[1]在他的《难忘事迹日志》中这样写道。（胡里奥·塞萨尔引用）

正直的老百姓从城市和农村来到我家，向我倾诉他们的怨愤。来，你们想一想，我对他们说，唐富尔亨西奥·耶格罗斯是谁？一个无知的高乔人。那么，唐佩德罗·胡安·卡瓦列罗有什么比他好的地方吗？没有。可是，他们却是被赋予最高权力的领导人，和其他该死的军人一样，他们用虚荣的排场侮辱你们，如果这还不应当受到谴责，那就实在是太可笑了。大人，在这种情况下，我们应该做什么？为了阻止这些灾祸，我会在合适的时机告诉你们应当做什么。他们满怀信心地离开了。

昨天夜里，在洪达召开会议之后，几个外国人前来拜访我们。胡

1　指何塞·安东尼奥·萨瓦拉·伊·德尔加迪略（José Zabala y Delgadillo，1749—1815），巴拉圭军事家。1792 年，他曾带领远征军讨伐入侵查科地区的葡萄牙人并在查科地区建立了波旁要塞。1810 年，他带领贝尔纳多·德·贝拉斯科的远征军攻打科连特斯人。由于后来反对弗朗西亚，他被关入监牢，终生受到至高无上者的严密监视。

安·罗伯逊说他收到了他的兄弟从英国寄来的书信。根据他的消息，俄国沙皇亚历山大已经加入反对拿破仑的阵营，大英帝国则已向它的盟友——俄罗斯帝国派遣多艘带有武器和军需用品的战舰。Amalaya![1] 富尔亨西奥·耶格罗斯大喊着，他和阿基米德在发现确定物体比重的测量方法，一边喊着“尤里卡！”[2] 一边从浴缸里爬出来时一样兴奋。Amalaya! 洪达政府的傻瓜主席咕哝道，但愿一股强劲的南风能将所有战舰沿着巴拉圭河逆流吹到亚松森港口来！这样的畜生能够治理一个国家吗？

卡瓦列罗-巴亚尔下令逮捕市长，因为后者未曾在大教堂里为他的座位铺上红地毯，这样的情况一共发生了两次，一次是在万圣节这天，另一次则是在双圣日这天——这是卡瓦列罗的守护神的节日。

如同《旧约·箴言》中所言，身穿制服的渣滓继续挥霍白银。他们不停地蹂躏人民，制造骚乱。这些人在暴力狂欢和发号施令的快感中兴奋难耐，他们沉醉在权力之中，这种权力让个性软弱之人神魂颠倒。这些人摇摇晃晃，他们用荒唐的言行让国家摇摇欲坠。我决心与这些如此不重视祖国事业的先生划清界限。然而，为了更好地为我们的事业服务，我用尽了所有方法，耗尽了所有耐心，我试着去教导他们，去拯救那些还不算太坏的人。我用各种语气与他们交谈，我也曾试着让他们至少读上那么几段《论法的精神》。您读一读这个，尊敬的唐佩德罗·胡安。我不喜欢阅读，这位总参谋长回答道。那我来给您读吧。您来听听孟德斯鸠关于联邦共和国的看法：如果要给出一个优秀共和国的榜样，我会以利吉亚[3] 作为范例。我不知道这个地方在哪儿，这位傻瓜巴亚尔佯装不知。这个国家在哪里并不重要，唐佩德罗·胡

1 意为：“但愿吧！”

2 古希腊语，意为：“好啊！有办法啦！”

3 此处或影射拿破仑于1797年在意大利热那亚建立的利古里亚共和国（La República Ligurienne）。

安。重要的是它的政府体制建立在由具有平等主权和权利的城市或自治州组成的联盟之上。我们这儿只有一个城市，他固执地回答道。是的，我对他说，可是，这里有想要征服和奴役我们的其他城市。不，先生，这可不行，他回答道。若为奴，毋宁死。好，唐佩德罗·胡安，听到您这样说，我很高兴。但是，正如孟德斯鸠所言，有趣的是，如果能在我们共和国内部建立秩序，大家就能自由地生活。也许，这比在利吉亚更好。您看，博士，您对书本和博学之人都很了解，您为何不亲自来处理这些小事呢？如果您认为合适的话，那就给这位孟德斯鸠先生写封信吧。我们可以给他一个小职位，让他担任洪达政府的秘书，这样，他就可以帮我们整理文件了。我们根本无法互相理解，这就是对牛弹琴。我又一次摔门而去，回到了我的庄园。*

*胡里奥·塞萨尔证实，他曾两次从洪达政府辞职。他的第一次辞职从1811年8月持续到同年10月初，第二次辞职则从同年12月持续至次年11月。（编者附注）

在我再次回到伊比拉伊之后，恳请我回去复职的呼声很快便纷至沓来。贝尔格拉诺将军从布宜诺斯艾利斯给我来信，字里行间带着一种我的洪达同事们缺乏的真挚。他称我为亲爱的朋友，他写道：我必须向您表明，在我们目前所处的困难形势下，我对您考虑私人生活一事感到十分遗憾。回到您的职位上去吧。如果自由失去了，生活也将一无是处。您看，自由已然岌岌可危，为了不致消亡，它需要人们做出各种牺牲。

这才是一位正直人士所言。

我不会说，我听从了贝尔格拉诺的建议，相反，我只会说，我听从了我的内心，因为我只会遵从内心的呼声。所以，在11月16日那天早上，在离开洪达将近一年之后，在那场从前一夜便开始倾盆而下的暴雨中，我再次回到了亚松森。

在那之前的前一天，当我从午睡中醒来，一些事情发生了，它们迫使我做出了决定。我清醒地看到了梦境中的异象：我养的老鼠变成了一大队人马。我走在这支拥挤的队伍前面。我们来到一根黑石圆柱旁边，一个男人被埋在里面，只露出腋窝以上的身体。一把步枪的影子叠加在这个男人的形象之上，这把步枪被埋在行刑的那棵橘子树里，只露出一半枪管。很快，石头里又出现了那个被掩埋至腋窝的男人的身影。他依旧全身发黑，只有老棕榈树树干一般大小。他长着一对巨大的翅膀和四只手臂，其中两只手臂就像人的手臂，剩下的那对手臂却和美洲豹的爪子类似。一撮直立的鬃毛，如同马尾巴一样，在他的头顶恣意飞舞。我看到了以西结看到的四活物[1]，或者说，天使。这些活物右面各有狮子的脸，左面各有牛的脸，还各有四张人脸和鹰脸，它们按照各自的顺序一个接一个地朝前走着，它们变得越来越大。然而，埋在石头里的那个男人和它们完全不像。他被钉在那儿，看上去，他似乎在哀求人们把他从石头里救出来。鼠群在我身后奔忙尖叫。

现在，我正骑在摩尔背上，头顶风雨在河水的激流中涉渡。河泥将我从头到脚染成了紫红色[2]，我就这样走进了市政厅。我出现了，全身都在滴水，我就这样在一小部分惊愕的市议员和抄写员面前大步前行。我对这些目瞪口呆的人说道，在重新恢复我在洪达的职位之前，我来这里向市政会表明，我这样做只是为了维护政府完整。

尽管浑圆的肚子上挂着金链子，这位亚松森最卑鄙下流的阴谋

1　以西结为《圣经》中记载的一位祭司和先知。在被掳到巴比伦期间，他曾接受上帝的默示，看见了异象。异象中出现了奇怪的四个活物，它们有人的形象，各有四张脸、四个翅膀，正面是人的脸，右面是狮子的脸，左面是牛的脸，背面又是鹰的脸。这些活物在火光和闪电中奔走。

2　天主教枢机主教（又称红衣主教）的服饰之色。

家——拉·塞尔达[1]还是迈着轻快的步子走上前来。他利用我离开的这段时间篡夺了我的职位，当上了参谋秘书。他向我伸出手，而我则让它悬在半空。委员长先生，许久之后能再在这儿看到您，我这双眼睛实在是幸运！我注视着这个流氓，他不仅想夺走我的职位，还刻意模仿我的穿着细节。他将三角帽微微倾斜，让猩红色斗篷的皱褶自然垂落。他觉得自己有必要说出他惯用的一句俏皮话：委员长先生，很显然，我们湍急的红海没有给您让路啊！您无须操心，我斩钉截铁地回答道，它很快就会拦住您的去路了。我陪您去您在洪达的御座就座吧，博士，他面不改色地坚持着，他一边打开斗篷，一边展示鞋子和裤子上闪闪发光的黄金卡扣。不用了，塞尔达，我想自己去。去和您的干亲们告别吧，准备好您的行李，因为您要尽早离开。我们不想在巴拉圭看到爱管闲事的外国人和小偷*。他的三角帽滚到了地上，

*（胡里奥·塞萨尔的评论）拉·塞尔达从未担任洪达秘书。他似乎是费尔南多·德·拉莫拉（洪达政府的另一位委员）的亲信。由于费尔南多、耶格罗斯和卡瓦列罗都不太喜欢操持政府公务，因此，塞尔达身兼数职。他是一个有趣的科尔多瓦人，并因担任半数巴拉圭人的教父而出名，这让他在巴拉圭备受尊敬。日后，必须就干亲关系对我国政治发展的影响进行研究。

（至高无上者）对德·拉莫拉极为反感，他认为后者曾在他离职期间为联合巴拉圭与布宜诺斯艾利斯采取一系列措施，尤其是后者还弄丢了《10·12条约》的附加条款，导致布宜诺斯艾利斯三人执政委员会利用这一情况对巴拉圭烟草征收不公正税款。至高无上者认为德·拉莫拉应当对上述事实负责。由于委员长对他提出了数条具体指控，德·拉莫拉

1 指格雷戈里奥·德·拉·塞尔达（Gregorio de la Cerda），巴拉圭陆军上校。巴拉圭大省省长贝拉斯科的支持者，他曾是亚松森市政会的成员。

> 最终被逐出洪达。委员长还特别指出："在我离职期间，德·拉莫拉和塞尔达相互勾结，窃取并遗失了极为重要的上述文件，塞尔达本人既非巴拉圭公民，也非巴拉圭人，他只是德·拉莫拉亲密的老朋友兼心腹密探。正是在此人的安排下，塞尔达才得以将秘书处的大量文件带回家，这其中必定就有上述附加条款。拉莫拉本人嗜酒成性，他甚至在每次参加洪达会议时也烂醉如泥，此人为布宜诺斯艾利斯三人执政委员会充当告密者及间谍，将我国政府的行动和决议秘密传递给奇克拉纳博士[1]，因此，德·拉莫拉本人也犯有重罪。"在这场名副其实的野兽盛宴里，拉莫拉和塞尔达就这样被吞噬一空。

拉·塞尔达弯下腰去捡帽子。我转过身，朝市政厅走去。暴雨和大风奇迹般骤停，太阳突然出现在半空，我的衣服在阳光下冒出红色的蒸气。我穿过兵器广场，人越聚越多，他们欢呼着我的名字，跟在我身后。我变成另一个人回来了。我在伊比拉伊的"庄园瞭望塔"上学到了很多。隐居生活让我靠近了我一直在追寻的东西。从今往后，我不会为了任何事情在任何阻挠国家神圣事业的人面前做出让步。我提出的所有条件都已被接受，它们已被正式记录，以确保得到严格的遵守和执行：对于我的决定，我拥有绝对的自主权和自决权。为了执行我的决定，我建立了以我为首的必要武装力量。我要求将存放在仓库里的半数武器及弹药交由我本人支配。我在人民群众中挑选人才，组成了第一支人民军队。为了保卫共和国与革命，这是比大炮和步枪都更加不可战胜的支撑力量。

1　指费利西亚诺·安东尼奥·奇克拉纳（Feliciano Antonio Chiclana，1761—1826），阿根廷律师、军人、法学家。1811 年，他与胡安·何塞·帕索（Juan José Paso）、曼努埃尔·德·萨拉特亚（Manuel de Sarratea）一同组成第一届三人执政委员会（El Primer Triunvirato）。1812 年，第一届三人执政委员会被推翻。

（在私人笔记本上）

对教区法官批示的葬礼的戏仿，还有草药医生的悲观预言，将匿名告示起义带入了大爆发时期。我早就知道这些多嘴多舌的人不会闭嘴，更多的谩骂、讽刺画和威胁玷污了建筑物外墙。我应当命令他们用沥青进行涂画，而不是用国家石灰，这些为叛乱拉皮条的人怯懦地弄脏了国家石灰。我们回到了伟大的滑稽时代。

前天，一个用胡蜂蜂蜡制作的下流人像一早便出现在市政厅窗前。它模仿着我被斩首的形象。它的头靠在肚子上，一根巨大的雪茄被当作阴茎插在它的嘴里。在它熔化在那些粗心大意的警卫点燃的火堆里之前，我得以目睹这一极具侮辱性的形象。警卫们吓坏了，其中一名警卫竟然掉进了火堆。他拥抱着在火中燃烧的人像，最后他被人像烧焦了，变成了一截冒烟的柴干。火焰使他身上佩戴的步枪射出了子弹，子弹射入窗框，而我就在窗边目睹我被埋葬的讽刺画面。这些人想用他们在其他地方要弄的花招来恐吓我。他们想用暴力来欺骗无知的民众，引发民众恐慌。然而，恐慌并不会从这些愚蠢的秘密勾当中产生。在其他国家，这样的手段也许会奏效，在那些地方，背叛国家的人用无政府统治、寡头统治和共同统治帮助暴君们登上王位。然而，在这里，国家代表所有人民。在这里，我完全有理由断言：我就是国家[1]，因为人民让我成为他们的最高统治者。如果我就是国家，我们还会害怕什么呢？谁还能用这些滑稽可笑、毫无用处的言行让我们头脑不清、失去理智呢？

我饶恕某些错误，但不是那些会变得危险的错误——对那些希望活得有尊严的人民来说，这样的错误会对他们的生活秩序造成危害。我不会容忍那些破坏制度的人，这种制度无懈可击，不容侵犯，它是社会秩序、公共治安与政府安全的根基。我不会对那些暗中搞破坏的人坐视不管，这些人是最危险的恶棍。仇恨压抑了他们的声音，让他们的头发根根直立。仇恨只留给他们胆怯又可怜的勇气，他们只能手拿炭棒，紧握翎笔，躲藏在暗处朝我猛烈攻击。无赖的恶徒，行动就用乖僻的口。[2]他们无法直视太阳，他们只能在太阳的阴影里行走。他们不属于这个南美大陆最繁荣昌盛、最独立自主的国家，他们不配拥有这样的自豪感。这个国家的所有人——甚至是最无知的自由农夫、最后的穆拉托人和最后的自由奴隶——都能感受到这样的自豪感。

尽管如此，有时，我也曾试图拯救他们。我试着把绳子的一头扔给他们，把他们救上船，把他们拖回人类的河岸。但是，他们不愿这样做。他们充满了恐惧。恐惧畏惧一切，甚至是那些能够拯救它的人。

失去理智是疯狂的行为。这些大塞希拉里亚之子[3]的疯狂憎恨和无能野心已经耗尽他们灰质中的最后一颗原子。他们威胁说，他们要将我的脑袋插在共和国的旗杆上，他们要对我焚化的尸体进行

1　这是法国国王路易十四广为流传的一句话——“L’état, c’est moi”。

2　语出《旧约·箴言》(6:12)。

3　塞希拉里亚（Sigillaria），持续一周的古罗马农神节（Saturnalia）最后一天的名称。由于节日期间人们道德放纵，因此，“大塞希拉里亚之子”有来路不明的娼妓之子之意。

Scrutinium Chymicum[1]——这是他们的最低要求。他们要求得越多，得到的就越少。因为他们不能烧死我这个人，所以他们只能烧掉我的肖像，让我吸食自己的阴茎。又是一次大型彩排。呜呼！啊！他们的小丑表演已经让我感到厌烦了。我不打算回应他们。没有什么比沉默更能增强权威。我的耐心宽广无边，它也应该包容你们这些三脚猫的破坏分子。你们的蛋-灵魂被阉割了。你们是和匿名告示游击战梦交的双性恶魔。你们这些没有发育完全的阉人群交军团。你们啃咬政府的马嚼子，让它带龋的乳牙粘到衔铁上面。为了制作毛笔，你们这些娘娘腔怪物剃掉了隐私部位的毛发。你们是公共治安及社会和平的腐蚀者。我不会费心下令，让他们用罗马人的方式，把你们与一只猴子、一只公鸡和一条蝰蛇一起放入口袋，扔进河里。你们是那些封锁航道之人的特务，为了顺流而下寻找更好的视野，你们根本不需要什么通行证。你们是阴险邪恶之人的后代，我要把你们囚禁于枷锁之中，让那些妄图搅扰他人思想的人平静下来，给他们一个好教训。你们越是憎恶我，我的事业便越有价值，我的统治便越是正确。你们是我最好的宣传者。那些弹奏匿名告示小夜曲的人：我会把你们的吉他砸到你们脑袋上。音乐只能演奏给理解音乐的人听。我不会像他们经常提起的加尔加霍一样，对你们有所忌惮[2]：你们这些卑劣之徒，你们以为自己是谁？这个由我创造的国家同时也塑造了我，你们以为它会去迎合你们的幻觉和错觉吗？遵守法律吧，游手好闲之徒，好逸恶劳之辈！世界本应如此。法律是第一极点。法律的对立极点是无政府状态，是毁灭，是没有历史、没有家国存在的荒原。如果可以的话，请你们做出选择吧。这个世界上没有第三个世界，也没有第三个极点。这个世

1 拉丁语，意为“化学分析”。

2 西班牙语中有“escrúpulo del fray / padre Gargajo”（加尔加霍神父的顾忌或顾虑）一说，意指“无端的顾虑或顾忌”。

界上没有应许之地。对你们这些技艺高超的诽谤者、嗡嗡作响的臭虫来说，更不可能存在应许之地。我会让你们彻底了解这一点，你们这些一无所知、百无一用之人，你们这些盛开的狗屎萼片！

他们无休无止，而我，也没有喘息的机会。疾病由内到外地折磨我。疾病在城里扩散，它污染并毒害一切。无眠在空气中释放蝾螈的无眠病毒，这种病毒比牛痈还要恶劣。这是一种普遍的瘟疫。白天的时候，甚至没有飞行的苍蝇。寂静发生了颠倒。那些埋伏在暗处的人从早到晚屏住呼吸。只有到了晚上，才开始出现步行虫的嗡嗡声、金龟子用腿在地上扒拉的声音、蝙蝠扑扇翅膀的声音和鳞片飒飒作响的声音。夜晚充满了幽灵般的响声。透过窗户，我瞄准望远镜。什么也没有。连影子都没有。房屋将黑夜染成白色。这是我在树林里修建的银河，它比我们头顶的银河系星云还要洁白。哨兵们的呼声从另一个世界传来。突然，一声枪响。各种嗥叫，四处蔓延。它们充斥着夜晚。巴拉圭所有的狗一齐朝着这个黑暗的梦魇吠叫。接着，寂静再次降临。披着黑色斗篷的身影出现了。他们多毛的双脚包裹在羊皮里。他们四处游荡。他们在敌人的房前游走，他们在教堂走廊里、在小型广场上、在胡同小巷里、在弯曲的陋巷里、在河沟小渠里寻找。虽然他们有猎获山鹑的嗅觉和本能，但是，我知道他们不会看到任何东西，也不会找到任何东西。透过那些门缝和窗户缝，他们不会听到任何声音。夜晚比白天更加广阔，更加单调。夜晚让他们陷入了另一种生活。他们觉得他们看到了什么。一股含有硫黄的蒸气沿着地面蜿蜒爬行。他们立马掉头。太晚了。更远处，街边的一间房屋里响起了小夜曲。他们朝那里跑去。门关上了。屋檐下只剩下与这个声音有关的回忆。这些毛手毛脚的人什么也没有听到，什么也没有看到。他们吐出下流的脏话，吸了吸腐烂的智齿，唾了一口唾沫。他们站在那里，他们站在自己的唾沫里眨巴着眼睛。他们会做的只有这些。

在这里，在我的房间里，所有钟表发出低沉的嘀嗒声，这其中就有贝尔格拉诺在塔夸里送给卡瓦尼亚斯的那只手表。毛毡夜蛾幼虫在书里发出轻微的声响，藏在木材里的窃蠹像分针一样鬼鬼祟祟地发出嘀嗒声。教堂大钟敲出有气无力的钟声，钟声不时落下，它并不指示时辰，它指示的是漫长的世纪。我有多久没有睡觉了！所有事物——不论大小——都按照它们过去和未来的样子不停地重复。可以肯定的是，日光之下，并无新事，[1] 而这个太阳本身也是曾经存在并将继续存在的无数太阳的重复。古代的人知道太阳远在两千里之外，让他们感到惊奇的是，他们竟然能在两百步远的地方看到太阳。他们知道，如果眼睛本身不是某种太阳，那么这样的眼睛便无法看到太阳，而更有必要知道的是如何不让自己生病，如何不让自己受到所有事物的伤害。根据耶稣会神父蒙托亚[2]的说法，阿瓦珀鲁酋长会咀嚼雅耶乌帕-古阿苏[3]的魔草。他会打三次喷嚏，然后，他就会变成隐形人。那么，即便我死了，我也不是真的死了，我还会成为我的重复。只是我第一个灵魂的外壳破裂或死去了，而在这之前，他已经孕育出了其他灵魂。

跟我讲讲这事，我向尼瓦克莱人[4]的首领命令道，告诉我你所知道的一切。这位土著巫师的脸色变得更加阴郁了，突然，他眼里的煤块[5]在涂有胭脂树红的皱纹中浮现。您讲吧。这只野猫倚靠在他的权杖

1　语出《旧约·传道书》(1:9)。

2　指安东尼奥·鲁伊斯·德·蒙托亚（Antonio Ruiz de Montoya），耶稣会教士、语法学家。他出生于利马，后来到巴拉圭并学习了瓜拉尼语。他曾写下《瓜拉尼语的宝藏》《瓜拉尼语的艺术与词汇》等书，并曾使许多瓜拉尼人皈依天主教。

3　雅耶乌帕–古阿苏（Yayeupá-Guasú），瓜拉尼人传说中的一位酋长。

4　大查科地区的土著居民。

5　指眼珠。

上，一阵窃窃私语声穿过他的身体，开始从他紧闭的嘴里涌出，它们仿佛来自非常遥远的地方。翻译查赛克开始翻译他说的话：所有生灵都有它的分身。衣服、工具、武器，植物、动物和人，它们都是如此。而这个分身，在人类看来，便是影子、倒影或映像——任何躯体都会投射出来的影子，物体在水面的倒影，还有人在镜子里看到的自身映像。我们可以把它叫作影子，尽管它由一种更加纤薄的材料构成。正因如此，太阳的影子才会覆盖各种物体，而不会将它们隐藏。水的反光也不会让鱼儿完全隐藏。影子与他们复刻的生灵一模一样。它们非常纤薄，而且极度透明。它们只能被人看见，却无法被人触摸。不过，用脸上的眼睛并不总是能够看到它们，只有通过身体内部那双会思考的眼睛才能看到它们。因此，影子便是每种生物的映像。所有生灵都有自己的分身，然而，人类却同时具有一重分身和三重分身。有时候，这样的分身还会更多。每一重分身的灵魂都不同于其他分身的灵魂，不过，虽然这些灵魂各不相同，它们却共同构成了一个整体。我让翻译问问这个尼瓦克莱人，这是否与基督教的玄义类似：三个不同的人共同构成一个上帝。这位巫医干笑着，因为文身而皱起的嘴唇依然紧闭。不，不！那并不属于我们这些丛林之子！人的第一重灵魂被称为蛋，然后便是“小灵魂”。“小灵魂”位于中心，而完全围绕在蛋四周的是壳或者说皮，它叫“巴特赫切”。这层坚硬的外壳保护着这个柔软的灵魂或者说人的精髓。正如蛋是躯体的灵魂一样，壳也是蛋的灵魂。这两种灵魂无法被看到，也无法被感知，它们由某种比风还轻盈的东西构成。风能够被感知，这两种灵魂却没有任何能够被人看见或感知的东西。它们能穿透最坚硬的物体，并且永远不会和任何东西发生碰撞。当一个人对着另一个人的脸哈气时，这个人能感觉到这种哈气，然而，蛋和壳却比这种呼出的气息还要轻薄。人的第三重灵魂是巴塔赫皮卡勒，也就是人的影子。它是壳的灵魂，这种灵魂包含着某种东西。很多人都会在刚去世的人的坟墓周围看到这个人的影子。它做着已经不在人世的躯体的动作，以不同以往的方式存在着，它们之间如此相似，看上去仿佛已经逝去的躯体依然存活。但是，这种游荡的灵魂，它的内部完全是空的，里面什么都没有。对我们来说，身体比灵魂更为重要，因为灵魂在身体中产生。没有身体，灵魂就不会存在，尽管灵魂能在身体被毁灭之后继续存活。这是先贤们的想法，无法用语言对此进行解释，先贤们知道一个人拥有许多灵魂：蛋灵魂、灵魂之子或小灵魂，人在水里的倒影，人在镜中的映像，太阳照射出的人的影子，半晌午或半下午的太阳照射出的人的影子，太阳照射在朝前走的人背上时产生的影子，太阳位于天空最高点时照射出的人的影子，太阳透过云层照射出的人的影子，月光照射出的人的影子，还有月亮透过云层照射出的人的影子。然而，在所有这些影子里，最重要的还是那三重灵魂，它们支撑人类的健康和生命。它们的工作就是维持人的健康，让人没有痛苦，没有烦恼，让人充满精神和力量。这就是它们的作用，而这种神圣的作用只有在这三种灵魂聚集在一起时才能实现。如果缺少了其中一种，比如，蛋灵魂，这个不完整的人仍将继续走路，继续履行他的义务，但是，他的头和身体会一直疼痛。这就是已经失去小灵魂的征兆。小灵魂离开了，这个病人还能继续生存。如果没有得到及时治疗，此人缺少的这个部分会让剩下的两个灵魂更加容易被恶灵盗取。这些恶灵便是生活在地下的奇沃西斯或侏儒生物，它们是死去的小孩或刚出生的婴儿的畸形灵魂。这些恶灵在地下折磨那些盗来的影子，它们喝着奇恰酒[1]，以折磨这些影子来消遣娱乐，就像那些在伟大白王[2]的地牢里实施酷刑的变态印第安人。这些盗来的影

1 奇恰酒（Chicha de maíz），一种由玉米发酵制成的饮料。

2 指发现新大陆时传说中拥有大量黄金的秘鲁国王。

子被聚在一起的奇沃西斯残忍地扭曲、弯折，于是，躯体便会遭受不断死亡的震颤。查赛克，问问他，看他能否将我治愈。他说治不好，大人，他说大人的身体已经完全空了，只剩骨头。您的三个灵魂已经离开，只剩下第四个灵魂了，但是，他看不到这第四个灵魂。告诉他，让他看一看，让他好好瞧瞧。影子比蛋更难看到。他说他拿影子没办法，他看不到影子。大人，他还说，即使他不停地吹气，直到他失去呼吸，那些帮助治疗的灵魂还是无法进入您的身体，因为它已经空了，它已经没有灵魂了。那就让他不停地吹气，不停地吐唾沫吧，直到他的嘴巴变干，直到他的嘴巴掉下来。死亡的巨石已经朝里面滚下去了，已经无法将它取出来了。大人，尼瓦克莱人就是这么说的。

因此，根据这个野蛮的不可知论者的诊断，我的灵魂之蛋全都碎了。他在我的骨头里看到的都是空白，不过，空白也是一种东西，一切都取决于人们怎么看，不是吗？是的。那些散发传单的奇沃西斯胎儿像拧湿抹布一样在地下扭曲我的身体，他们喝着奇恰酒，继续扭曲我，他们的口袋里装满了诽谤文章。他们又喝了更多的奇恰酒，他们将我放到火上，我的身体在不断死亡的震颤中冒烟。但是，他们无法杀死我。我是在锅外沸腾的水，某个女学生日后必定会这样形容我[1]。死而复生是我的强项，尽管，对我来说一切都是回归，我一直在告别，我一直在向前走，我从不回头。欸?! 树是朝着地下生长的吗？鸟儿是朝后飞翔的吗？说出口的话会被打湿吗？你们能听到我没说的话吗？你们能在黑暗中看清一切吗？话已出口，覆水难收。如果你们只听一半，那么你们就能加倍理解。我感觉自己就像一颗新生的蛋。

1　此处影射后文中一个女学生对如何看待至高无上者形象所做出的回答。（请参照第554页）

那堆文件里还有什么？昨天被烧死的哨兵何塞·库斯托迪奥·阿罗约的妻子向大人呈递了请愿书。这个寡妇想要什么？难道要我们把她的丈夫复活，来奖励他因玩忽职守而犯下大错吗？

怀着对最高政府完全的尊重和崇敬，我说道，不，这个寡妇说道：我死去的丈夫现在还躺在家中的棺材里，我无法将他埋葬。天气炎热，尸体发出的恶臭已经传遍整个拉梅赛德街区。为此，邻居们正在大吵大闹。快把他埋了吧。至高无上的大人，恩卡纳西翁的教区神父固执地拒绝为我死去的丈夫念诵悼亡经，他也不允许我的亡夫，您曾经的仆人，接受基督教葬礼。我并不是说要把他埋在教堂下面，虽然这样才合乎情理，但是，至少把他埋在圣器室后面吧，那里埋葬的都是基督徒。让神父说出他拒绝主持葬礼的理由吧。尊敬的教区神父声称我死去的何塞·库斯托迪奥是一个不可救药的无神论者和共济会成员。他还声称，正因如此，所以一切绝非偶然：有人看到我死去的丈夫在一群恶魔中间围着那个将我们至高无上者吞噬的火堆极其野蛮地跳舞。我说错了，我收回我刚才说的话，我想说的是：为了焚烧那个亵渎我们至高无上的卡纳义古阿苏的人像，我死去的何塞·库斯托迪奥点燃了一个火堆，他抱着这个人像，我想说的是，他不是抱着至高无上者本人，他只是抱着蜡像，这个蜡像倒在他身上，然后，他就倒在火堆里烧死了。

这就是尊敬的教区神父说的话，但是我十分清楚，我知道，我死去的何塞·库斯托迪奥这么做只是因为他尽心尽力地想救出那个人像，虽然那些想嘲讽我们最高首领的人不怀好意地制作了这个人像，但是，对我们来说，这个人像是神圣的，因为它代表着我们的卡纳义。这些人将永远遭到诅咒，如果这是上帝的旨意，万福玛利亚。

为此，邻居们和神父联合起来，他们指控我是女巫。他们在哀悼和祈祷中不断把圣主像抬到街上游行，尽管这是被禁止的。他们还把亚松森圣母像抬出来，这也是被禁止的，那是由唐娜彼得罗妮娜·萨瓦拉·德·马查因[1]保存的圣像，她本人是圣母像的永久看护人。

他们还四处召集哭丧妇和做祈祷的女人，这些人加起来超过了一千。他们在我家门前和许多街道上燃起祝圣棕榈叶[2]和雄月桂树[3]火堆，据说，这是为了驱赶从我的何塞·库斯托迪奥身体里逃出来的邪恶魂灵。这些人不停地朝我大喊大叫，还不断地用恶毒的语言侮辱我。

昨天晚上，我认识的几个人——他们都是我信任的人——穿着辅佐教团教士的法衣强行闯入我家。他们把我捆起来，将《玫瑰经·十五端奥迹》盖在我脸上。他们把我拖到一片火海边——街道上，沟渠里，到处都弥漫着这样的大火，这些大火就像暴雨里的激流，它们的火苗汇成了火海。他们把装有死者的棺材也拖来了，然后，他们用绳子将

---

1 即彼得罗娜·萨瓦拉·德·马查因（Petrona Zabala de Machaín，1787—1860），原名彼得罗娜·拉斐拉·萨瓦拉（Petrona Rafaela Zabala），巴拉圭贵族女士，其家族公开反对弗朗西亚。

2 一种用棕榈编织的十字架或花束。在天主教国家的传统宗教节日——圣周（La Semana Santa）的第一天，也就是圣枝主日（Domingo de Ramos），为了纪念耶稣成功进入耶路撒冷并受到民众手持棕榈枝欢呼迎接，民众会手持用棕榈编织的十字架或花束参加游行，对圣枝进行祝圣。

3 月桂树是雌雄异株的植物，植株有雌雄之分。

我绑到棺材盖上。我们差点就被他们扔进燃着大火的沟里烧死了，上帝保佑！这也许是我的何塞死后第二次被火烧了，对我来说，这也许是我在死之前第一次被火烧——如果警卫们没有开着枪及时赶来救我们，这样的事情可能已经发生了。

这一切，对我已经死去的丈夫来说，对我这个现在还活着的人来说，都不重要。我也从来没有想过要向我们最高独裁者要求什么。但是，我还有十二个孩子，最大的孩子才刚满十五岁，他在奥斯皮塔尔军营的军乐队里敲鼓。我是浣衣妇，可我给上面的人洗脏衣服赚的钱完全不够我和我的小孩生活。

不过，这对我来说也没有那么重要，至高无上的大人。我唯一在意的，对我来说十分重要的是：由于这些坏人的诽谤和险恶用心，我无法用基督徒的方式来埋葬我可怜的亡夫，没有人知道我可怜的何塞·库斯托迪奥曾经是一个多么心地善良、多么乐于助人的虔诚教徒。他对我们至高无上者忠心耿耿，他在为祖国和政府效命时献出了自己的生命，不论他是阿罗约还是其他什么人，把他埋在我们茅屋的院子里和把他扔进河里是不一样的。

您起来吧，女士。您叫什么名字？您的仆人，加斯帕娜·坎图阿里亚·德·阿罗约，尊敬的大人。您起来吧。我不允许任何巴拉圭人，不论男女，在任何人面前下跪，哪怕是在我面前。您走吧，请节哀顺变。您的请愿将会得到批准。

她走了吗，帕蒂尼奥？谁啊，大人？那个寡妇，笨蛋。大人，她没来过这里，您已经禁止接见任何人了。我只是在朗读这个寡妇的请愿书，大人。你真是个蠢蛋，你不知道人和物体都是不真实的。赶紧彻底地从那种迷醉的状态中清醒过来吧，它让你不断错过正在发生的事情。难道你感受不到贫苦大众的悲伤吗？这些在困难中生活，在沮丧中成熟的人，他们是穷人，他们是唯一对正直怀着可怜爱恋的人。他们是收集灰尘的大树。如果他们连呼吸都无法做到，他们就会窒息而死。我已经调查过了，大人，神父和阿罗约一家长期处于敌对状态，因为他们不愿向神父支付十二个孩子的洗礼税。

把我对恩卡纳西翁教区神父的判决写下来：

让他明确说出死者何塞·库斯托迪奥·阿罗约的灵魂已经去往何处。如果他的灵魂下了地狱，那就让他待在那里。如果神父无法调查此事，那就让他为尸体举行葬礼，之后，立即以基督徒的方式将死者埋葬。不可收取费用。将这份卷宗交给教区法官。另外，传令将恩卡纳西翁神父送进德维戈监狱。

（最高判决：）

向寡妇加斯帕娜·坎图阿里亚·德·阿罗约支付三十盎司白银，作为财产损失及精神损失补偿。为她的每个孩子每月支付抚恤金六比索和两个雷阿尔，直到最大的孩子成年。届时，让他以下士军衔加入奥斯皮塔尔军营的军乐队。

顺便说一句，为了让巴拉圭所有的乐队——按照我的命令——再次用他们雄壮英武的音乐震撼长空，把下面这些要向伊塔普阿的巴西商人购买的物品记录下来：三百支黄铜号角和三百支镀铜号角，两百支短号，一百根双簧管，一百支圆号，一百把小提琴，两百根单簧管，五十个三角铁，一百根高音笛，一百个小手鼓，五十个定音鼓，五十个长号，二十四打乐谱纸，还有一千打琴弦和吉他弦，用来更换在横跨巴拉那河时因运输人员疏忽大意而落入水中的上一批琴弦。

用这些乐器为2号步兵营乐队的印第安音乐家们配备一套完整的

乐器，恢复这支由大师菲利普·圣地亚哥·冈萨雷斯带领的乐队并将乐队人数扩充至一百人。以下独奏音乐家——演奏双簧管的格雷戈里奥·阿瓜依，演奏圆号的哈辛托·图帕维拉，拉小提琴的克里桑托·阿拉韦维，演奏单簧管的卢卡斯·阿拉卡，演奏高音笛的奥莱加里奥·耶萨，演奏小手鼓的何塞·加斯帕尔·古阿拉塔，演奏三角铁的何塞·加斯帕尔·哈阿里——都是在葬礼上做最后致敬的乐队成员，他们都将退休，要按照他们的薪水为他们支付退休金。

关于从拉梅赛德教堂唱诗处的管风琴上偷走的一百六十一把长笛，你有什么消息吗？大人，这里是尊敬的教区法官兼代理主教唐罗格·安东尼奥·塞斯佩德斯·赫里亚提交的汇报：鉴于这起亵渎神明的偷盗事件情节严重，我决心动用国家机器的全部力量来威胁那些可疑的窃贼及其同谋，不过，截至目前仍旧没有任何消息能够汇报给大人。尽管有这样的威胁，而且我还威胁要在这些人死后将其逐出教会，但是，我们现在唯一能调查到的消息是：音乐家六指费利克斯（人们这样称呼他是因为他的每只手和每只脚都长着六个指头，他是被查封的拉梅赛德修道院的管风琴演奏者，他也是已经去世的奥希金斯神父的仆人和奴隶）很可能就是那个一直将长笛当作废铅卖给银匠阿古斯丁·波克比的人。不过，这一点也无法得到证实，大人，因为银匠波克比在盗窃案发生不久后就因突发中风去世了，而上面提到的这个六指奴隶兼管风琴演奏者也在水里淹死了，就在大人您遭遇那次事故的同一个暴雨天。Pede poena claudo![1] 现在，我们的调查已经转向公共学校，因为我收到消息，有人说这些学校的学生成立了秘密的长笛乐队。现在我将这些消息呈报给大人，我相信它们的及时到来能够为大人认为需要采取的行动提供便利，以阻止这种邪恶的传播。而我仍将

1　拉丁语，意为：“正义总是迟到。”来自贺拉斯的《颂诗集》。

继续调查此案。

帕蒂尼奥，传令不再追究这起盗窃案件。在我刚刚给你口述的那份乐器清单里加上五千支短笛并将它们分发给公共学校的每位学生。此外，向每个学校下令，要求它们选出学校里最有天分的学生成立短笛乐队。从今天开始，将乐理知识和视唱法纳入学校课程。

还有什么？音乐家埃菲赫尼奥·克里斯塔尔多下士向大人提交了退休申请书，这三十年来，他一直担任鼓手长。他声称，他的年龄和健康状况已经不允许他以这份工作要求的能力来履行他的职责。此外，他请求您批准他参与庄园劳作，他特别希望能在伊波阿湖[1]种植王莲。你看到了吗，帕蒂尼奥？疾病比死亡更能扰乱人类的活动。为了让这个音乐之国和预言之国产生无数音乐家，我现在正在播种，然而，就在这样一个当口，这位元老鼓手，我最好的鼓手——此人能把乐器变成本人命令的共振箱——竟然想默默辞职。他这样做是为了什么？为了去满是淤泥的湖里种植王莲！如果没有鼓，又怎么会有胜利[2]呢？将他召来，我必须和他一起解决这个问题。

还有什么？何塞法·乌尔塔多·德·门多萨的请愿书，她要求在她丈夫的财产分割中收回属于她的土地。这一下午全是寡妇、音乐家、长笛手、鼓手，所有魔鬼都在这样一个不合时宜的时刻跑来摇尾巴了！你调查过这起案件的背景吗？是的，大人。上诉法院的法官撤回了控诉。你没在这个寡妇身上捞到油水吗，帕蒂尼奥？看在上帝的分上，大人，寡妇乌尔塔多·德·门多萨的请求合乎公道。那就传我命令：如果门多萨并未偷窃，那便批准这个寡妇的请求吧。

还有什么？寡妇诺塞达请求大人批准她的马黛茶叶从伊塔普阿进入巴拉圭。又是寡妇！她的外商商品税、收益税、战争税以及专卖税

---

1 伊波阿湖（El lago de Ypoá），位于巴拉圭中西部，中央省与巴拉瓜里省的交界处。

2 亚马逊王莲被称为“victoria regia”，而“victoria”在西班牙语中有“胜利，凯旋”之义。

支付证明，所有这些法律规定要缴纳的赋税证明在哪里？均未附上，大人，这些证明目前还在办理中。告诉我，你这个大恶棍，抬起眼睛！不要打喷嚏。这个寡妇诺塞达，她的脸比石头和牛皮都硬，她在和你勾结吧，她是你的老相好吧？不，大人，我向您发誓并非如此！那好，我们便就事论事。你记下来，批准商人——寡妇诺塞达的请求：如果她的货仓是空的，那就给她放行；如果她的货仓是满的，那就不能给她放行。这个寡妇走私技术高超，罚她三千比索，必须用现金支付罚金，上缴国库。

你的心头好不能再抱怨了，帕蒂尼奥。很多年前，我罚了穆拉托人何塞·福尔图纳托·罗亚——这个亲布派密使——九千五百三十九个强势比索，因为他和他的小偷相好帕尔加互相勾结，他们也想在一个类似的阴暗交易中给我下套。尊敬的大人，我……现在，你还是处理这些文件吧，我要做一些其他记录。没有一条路是完全糟糕的，只要它还有尽头。

那些独木舟的系船环怎么样了？啊，是的，大人。运送系船环的车夫在试图渡过皮拉波河时淹死了，因为最近的大雨，河水漫过了河堤。我问的是那些铁制系船环。它们已经到达目的地了，大人。尤蒂[1]镇指挥官将所有居民聚集在马车沉没、车夫淹死、货物遗失的地点附近，一起商讨对策，最后他们决定改变那条河的流向，因为它已经变得汹涌湍急，奔流不止，甚至连麻风病院的麻风病人也加入了他们的工作。过了三天三夜，这些系船环才浮出水面。一百名骑手快马加鞭地将它们送去交给了伊塔普阿代表。

给这个没用的东西发送一封公函。

1　尤蒂（Yuty），巴拉圭城镇，位于卡萨帕省。它是巴拉圭最传统、最古老的城市之一。

致伊塔普阿代表卡西米罗·罗哈斯：

在收到此函后，请立即执行以下命令。

1. 加快驳船建设势在必行。必须在一个月内备好船队，我会派特鲁希略前来指导工作。他知道在哪里安置大炮，就在整体布局的某个确切位置；他也知道如何固定驻退索[1]——就像我曾教他的那样，这样炮弹发射产生的反冲力便不会使船只沉没。

2. 我会命人运来一百个海上炮架、一百个陆地炮架。之后，我还会考虑运来其他必需物品。更多与之相关的细节会在发给所有军事指挥官的机密指令文件中再行公布。待时机成熟，我们打算让这支舰队为打破河流封锁与疏通航运做出贡献。我会立即前来组织防御准备工作。我会根据我已起草的一项计划亲自领导并指挥作战。我要控制储备和消耗。至于装备，我不会向那些贪得无厌的巴西商人支付你们在清单中列出的高昂价钱。任何一颗弹药的费用都不得超过其实际价格。

3. 通知驻军指挥官，为了不致损害马匹，今年夏天，要抽出时间对马进行育肥，下地干活时，必须为马匹的驮鞍增添鞍垫。还要通知他，他可以继续砍伐木材，直至上弦月出现，也就是星期五这天。砍伐的木材必须分成两部分：一部分用来建造船只，另一部分则用来与巴西及东岸地区的走私贩交换武器。在你的报告及公函中省去“唐”这一尊称，如今它已不再使用。

4. 布雷莎女士现在如何？她是否已经到达？你是否已遵照我在上一封公函中下达的命令为她提供庇护和应有的招待？请给予她一位杰出女士理应得到的尊重，她为巴拉圭提供了许多只有我本人知道的帮助。你无须在她面前假装傲慢，大放厥词，你竟愚蠢地认为这样能增添你的权威。你没有权力，你只是最高权力的代理人。

1 指发射炮弹时阻止炮身后退的绳索。

5. 我收到了很多巴西商人对你的投诉。无论愤怒本身多么合理，它永远是一个人不能容忍自己拥有的一种情绪，因为一旦一个人对另一个人怀有这种情绪，这便相当于赋予此人一种持续控制我们思维和情绪的权力。我们应当把愤怒的时间降至最低。这是一个人缺乏自控力的表现。实际上，这种行为相当愚蠢。将这个忠告种到你浓密的头发里，让它到那里去，让它在思想和有益的行动中生长。我尊敬的罗哈斯，请根据你的职责来行事。

6. 寄送《布宜诺斯艾利斯公报》。你上次寄给我的已经是六个月前的《公报》了。不论是宣传册，还是任何来自布宜诺斯艾利斯的其他出版物，哪怕是已经过期的刊物，你也可以支付高价购买。我读到罗萨斯[1]开始对我示好，如果这不只是这个"复辟者"为了争取时间和收买我而说的狡猾的奉承话，那么这可能有点意思，因为拉瓦列[2]的军队正在对他步步紧逼。那个卑鄙可笑的费雷[3]再次出任科连特斯人的统治者，他们还真是相配。去查一查费雷是否已经授予骗子里维拉军队指挥权，让他前去攻打罗萨斯，还有他是否已将独臂人帕斯[4]任命为军队首领。

7. 让另一边的英国人斯波尔丁遵守承诺，将罗伯逊兄弟就我的"恐怖之国"所写的书寄来，还有他们的《巴拉圭书信集》。我倒要看

1 指胡安·曼努埃尔·德·罗萨斯（Juan Manuel de Rosas，1793—1877），阿根廷政治家、军事家。1829 年至 1832 年，他曾担任阿根廷邦联（La Confederación Argentina）省长。1835 年，他再度出任省长，并在阿根廷建立专制统治，其专制统治时期（1835—1852）在阿根廷历史上被称为"罗萨斯时代"。

2 指胡安·加洛·德·拉瓦列（Juan Galo de Lavalle，1797—1841），阿根廷政治家、军事家，阿根廷独立战争中的突出人物。独立战争结束后，他成为阿根廷内战的军事领导人。当时的拉瓦列是统一派军队领导人之一，罗萨斯则是联邦派首领。

3 指佩德罗·胡安·费雷（Pedro Juan Ferré，1788—1867），阿根廷政治家、军事家，曾四度出任科连特斯省省长。

4 指何塞·马里亚·帕斯（José María Paz，1791—1854），阿根廷军事家，曾协助费雷抵抗罗萨斯对科连特斯的进攻。

看，二十五年之后，这些无赖还能要出什么虚伪的新手段。你最多可以为这些装订成书的谎言支付一百公斤马黛茶；如果全书有两册，那就再支付一百公斤。你要讨价还价。在我看来，这些卑鄙的谎言根本不如一双草鞋值钱。无论如何，你支付的总价不得超过两百公斤，否则，英国佬斯波尔丁、苏格兰人罗伯逊兄弟，还有大英帝国，连同其卑鄙的所有臣民在内，就通通下地狱去吧。

8. 告诉莱昂密使，让他提前订购一批新的玩具，以便在三王节这天分发给小朋友。请国库用我尚未领取的工资以现金形式支付这批玩具的花销。运送大炮和炮架的车队返程时，可以将这些装着玩具的大包和木箱顺带运回。详细的玩具清单请见文末。

9. 看看你能做些什么，以改进由你负责的国外地区的情报工作。情报必须更加机密、及时、有效。按照情报工作目前的运转情况，我是最后一个收到消息的人，尤其是现在我正在实施一个规模庞大的计划。你将在机密指令文件中获得更多有关此事的细节。

10. 打探一下布雷莎女士在里奥格兰德、东岸地区及恩特雷里奥斯的关系网络。暂时什么都不要告诉她，你和往常一样，打打太极。最好以我的名义邀请她来亚松森和我会谈。不要提前向她透露原因。如果这个提议正合她意，请为她提供交通工具及合适的随行人员。我想，省长们以前乘坐的旧车应该还在伊塔普阿，在前往米西奥内斯途中，罗伯逊兄弟这两个流氓把马车丢在了那里。把马车修整好，以便布雷莎女士使用。如果情况真是这样，一定要及时向我通报她的来访。

11. 将亚松森与伊塔普阿之间的信使服务驿站增加至三个。一个安置在阿卡亥[1]，另一个安置在特比夸里米河[2]上，最后一个安置在特维夸里河与皮拉波河的汇合处。制造木筏，以便在这两条最大的河流之间

1　阿卡亥（Acahay），巴拉圭城市，位于巴拉瓜里省中部。

2　特比夸里米河（El Río Tebikuary-mi，也作 El Río Tebicuary Mí），特维夸里河的支流。

运送重物。将你能招募到的最有能力的船夫派往这几个地方。派遣尤蒂麻风病院的病人去照看各种器具设备。必须每天为船夫及沿岸巡逻队员提供一头牛、生活给养和军队制服。对保存、维修和养护设备的人员也应如此。

12. 我不明白，尊敬的罗哈斯，你为何在一封汇报中突然提到你的军队还需要制服。目前，我这里甚至无法完成这一千多名新兵的制服。仅有的三个裁缝铺里只有三名裁缝和二十名女工，他们每天三班轮岗，也无法应付。因此，这些新兵目前都未接受检阅，尽管他们已经接受了规律的训练并已准备加入各前线部队。让那些人等着轮到他们吧。如果他们真的这么需要衣服，那就由他们去吧，因为除了为部队提供破衣烂衫，我还忙着处理一些非常重要的事情。乱穿制服这事又是怎么回事？二十年了，你非常清楚，或者你应当非常清楚，我们的统一制服是一件带有贴边的蓝色制服——制服贴边的颜色随军种不同而改变，背面接缝处的黄色饰带用来区分步兵和骑兵，白色马裤，带有三色花结的圆皮帽，帽顶印着“不独立，毋宁死”的字样。这段文字还被放大印在军服上衣的胸口处。如果不留心这些细节，第一次参加实战的队伍就无法维持秩序。营、中队、连队会混在一起。每个人都胡乱进攻，胡乱开火，正如罗隆[1]在与科连特斯人作战时发生的事情一样。

运送炮架的那些马车会将目前能够提供的军装一并带来，也许是全部的军装——除了领结，领结之后才会逐步制作。

需要订购的玩具清单：

1 指何塞·马里亚·罗隆（José María Rolón，1826—1862），阿根廷联邦派政治家，曾担任科连特斯省省长。由于联邦派在帕翁战役（La batalla de Pavón）中战败，他被驱逐并流亡至巴拉圭。1862 年，他在巴拉圭去世。

2个身穿制服的将军人偶，人偶高10英寸[1]，骑在马上，每个人偶位于带有4个小轮的货车上。

6个身穿制服的军官人偶，人偶高7英寸，同样骑在马上，每个人偶同样位于带有4个小轮的货车上。

770个身穿制服的榴弹兵人偶，人偶高6英寸，其中10人吹奏军号。

10个身穿制服的鼓手人偶，人偶身高自5.5英寸往上不等，带有鼓和用来演奏的弹簧，每个人偶均安装在一个带有弹簧的盒子上。

1000个站岗哨兵人偶，人偶高3英寸，可通过一根弹簧进出岗哨。

600门安装在炮架上的小型大炮，大炮长3.5英寸。

12000支枪管长12.5英寸的步枪，步枪涂有不同颜色。

100支涂有不同颜色的军号，军号长13英寸。

20个身穿白色衣服的女性人偶，人偶高6.5英寸，每个人偶均站在一个带有弹簧的盒子上演奏吉他。

20个带有舞伴的喜剧演员人偶，人偶高5英寸，每对人偶在一个圆盘上跳华尔兹舞，圆盘下方的盒子带有弹簧。

20个坐在椅子上演奏钢琴的女性人偶，人偶高9英寸，人偶下方自带装有弹簧的盒子。

40个小女孩人偶，每个人偶蹲在3英寸高的箱子上给两只小鸟喂食。

30个高3英寸的小女孩人偶，人偶在弹簧盒子上训练小狗。

30个高3英寸的小女孩人偶，每个人偶在弹簧盒子上给一只

1　英美制长度单位，1英寸约合2.54厘米。

小鸟喂食。

50个高2英寸的小女孩人偶，人偶坐在风箱上，裙上停留着一只小鸟。

400个女性人偶，人偶高4英寸，身穿彩色衣服，抱着孩子，站在装有可以让她们行走的弹簧盒子上面。

50个坐在风箱上的小女孩人偶，人偶高2.5英寸，裙上停留着小鸟。

120个抱着孩子的女性人偶，人偶高6英寸，手上装有弹簧。

200个农妇打扮的女性人偶，人偶高9.5英寸。

7个（赤脚）站在风箱上的修士人偶，人偶高3.5英寸。

4个放在弹簧盒子上的老人人偶，人偶高3.5英寸，人偶前方有一头驮着水果的母驴。

80个坐在吊床上的小孩人偶。

77个骑在马背上的圭库鲁人偶，人偶手持3.5英寸的长矛。

20只摆放在风箱上的红色美洲豹，美洲豹高3.5英寸，长7.5英寸。

20只摆放在风箱上的小猫，小猫高2.5英寸。

20只摆放在风箱上的小兔子。

20只狐狸，每只狐狸身上站着一只公鸡，它们站在装有弹簧的盒子上面，盒子长9英寸。

60个木铃，木铃长3英寸，宽1.5英寸。

（在私人笔记本上）

我再次从纸堆里捡起尾穗苋的干尸。[1]我把它放在胸口摩擦。那种微弱的臭味再次从它的隐秘处散发出来；一种气味，它更像一种声音而不是气味。某种磁辐射将它的电波直接传输到我的大脑，一股从前就已经存在的微弱电流。只有从表面看去，它才是一颗香味化石，而在时间与空间之外，它是星云。它们正以一种惊人的速度同时在各个平行时空里扩散，它们相互吸引，又相互排斥。事物并不具有我们在它们身上发现的那种面貌。我调动整个身体去聆听这些电波的窃窃私语。积蓄的辐射在这朵尾穗苋形成的小鼓上敲击。记忆的屏幕向后倒退，朝着相反方向投射出无数瞬间。各种场景、物体、事件相互叠加却并不融合。一切清晰可辨。Momentum.[2]这些永恒的、持续的、发光的波。于是，一个人只需于一面镜子后方自我防卫，便能观察一切而不被其摧毁，尽管这种无穷细小的射线的能量，比一万个太阳的能量

1 此处影射与安达卢西亚女人有关的场景。

2 拉丁语，意为："行动与瞬间。"

还要可怕——它能将这镜中的世界与这面世界之镜变成碎片。

阳光垂直地洒在双桅船上，我们正朝着科尔多瓦缓慢航行。[1] 河水溯流而上，空气里没有一丝微风。尾斜桁帆耷拉在上缘斜桁上，河水散发出经反复炙烤的河岸淤泥的臭味。河水在反光中闪闪发光。我可以清楚地区分每一种反光，我能看到下一刻或下一个世纪将要发生的事情。双桅船缓慢地穿过一片王莲漂浮的水域。这些黑绸般的椭圆花骨朵儿吸收着阳光，它们散发出一种近似葬礼花环的气味。我摘下一个花骨朵，打开了这个灼热的小球。在这个如象牙般光洁的小球内部，我发现了我在寻找的东西。带有冰冷的蓝灰色小点的圆镜，在比乌鸦翅膀还要乌黑的丝滑边缘闪烁。一到晚上，花骨朵就会潜入水下睡觉，天一亮，它们又会重新漂浮在水面，然而，即便是在正午的阳光下——就像现在——它们的羽毛依然保持着黑夜的颜色。它们完全出淤泥而不染。我可以暂停时间，重新开始。无数的童年时刻在我紧闭的眼前展开，我选择了其中之一。我仍然深陷于自然。从黑板上擦掉最后一个字后，我的手仍然不能书写。我年幼的大脑记录事物的形态。我在烟、火、水、风的征兆中寻找我的神谕。带有泥土的旋风将尘埃精准地抛入我眼内。权杖独自行走，步履迟缓。亚库洛[2] 从空中飞来，比箭还快。我继续划着我的小船。我向那些孵化“什么不是”的天然巢穴求教。征兆。预言。我在满是泥浆的河水中撒尿。浪花的颤动是某种已经实现的征兆的崭新来源。当事情——甚至是最小的事情——并未按照一个人的预见发生时，这并不是因为那些预言的事物出了差错，而是这个人对预言的解读出了差错。我们必须反复阅读并修改最

1　此段影射后文“航海日志”的故事。

2　亚库洛（Yáculo）是古罗马诗人卢坎（Marcus Annaeus Lucanus, 39—65）在其著作《法沙利亚》（*Pharsalia*）中提到的一种能飞行的蛇，它的袭击会导致被袭击者死亡。

后的细小错误。只有这样，一把利刃才会在最后一滴汗水流下时出现，只有这样，第一滴真相才会从利刃上滑落，即使一个人并未对此抱有期待。唯一能说出此话却不撒谎的人可能会是最后一个人类。然而，如果人类本身不会灭亡，谁又会知道他自己就是最后的人类呢？如果是这样的话，难道人类不是还没出现吗？人类曾经存在过吗？还是人类从来就未曾存在？如果可怜的人类还未开始出现，那我们又该是多么没有人性的人类啊！

（在私人笔记本上）

你为何想要放弃打鼓，埃菲赫尼奥·克里斯塔尔多？大人，我已经老了。我已经无力从鼓面上敲出与公告、政令、命令和法令相符的连续鼓声了，尤其是在您的卫队里。你知道我已经不再出门散步了。那么，至高无上的大人，也许正因如此，我的鼓声才不成曲调吧。我比你老，可是，我还得继续敲击这口国家之鼓，不论是否有曲调出来。最容易听到的东西并非最入人耳，埃菲赫尼奥。只要我还剩一口气，我就会继续不停地敲击。尊敬的大人，您这一生无可匹敌，您一定会长命百岁，没有任何人能够取代您。但是，任何一个我曾经亲自指导的年轻鼓手都可以取代我。我要冒昧地向您举荐来自亚瓜龙尼昂度阿山[1]的圆号手西斯托·布里特斯，他是卫队营里最好的圆号手，不过，他的强项是击鼓。他是一位与生俱来的鼓手，大人，事实上，在这方面，没人赢得了他。他知道如何将肚子和胸腔注满空气，然后用拳头敲出任何你能想到的鼓声。如果没有风，他的鼓声在一里之外都

1　尼昂度阿山（El Cerro Ñanduá），位于巴拉圭中央省，亚瓜龙附近。

能听到，尤其是他在聚餐时把肚里填饱了炖豆子并吞下整只牛头之后。不要再给我推荐其他人了，埃菲赫尼奥，尤其不要给我推荐这个有名的大胃王，这个人甚至还有一个癖好：他会在行军途中将手伸进裤裆里鼓捣，然后，再慢慢享用手指上沾染的臭味。一个人一边走路一边偷闻自己包皮的味道，这是什么习惯？一个人一边吹奏圆号一边还摸自己的"哨子"，这又是什么行为？因为这个丑陋的恶习，他已经挨了几顿好打。我命人为他制作了一种不带门襟的特殊裤子，现在，他裤子里的口袋全都拆掉了。还好，将来在对抗三国同盟的战争中，他会成为一名优秀的少尉。[1]我们可以原谅一位未来的英雄暂时拥有某些恶习。

波利卡波·帕蒂尼奥置身于这些文件里，一直工作到最后一刻。最后，他甚至抄写了自己的死亡判决书。你的父亲是一位石工大师，直到生命的最后一天，他仍在加工石材。那是他的工作，大人，就像您的工作就是担任至高无上的统治者一样。大人，每个人生来就注定要从事不同的职业。你说什么？难道你的职业不是敲鼓吗？一个人永远都不会知道答案，大人。所以现在你想放弃这份工作吗？难不成你也认为我已经是死人了？我从未这样想过，大人，以后我也绝不会这样认为！我只是斗胆请求大人解除我的职务，现在我已经无法胜任这份工作了，因为我老了，还因为鼓离我越来越远了。在我们与生命之间的短暂交往中，一切都取决于我们或多或少地保持着节奏，埃菲赫尼奥。您看看这个，至高无上的大人。这是什么？这是为了支撑鼓而在胸前形成的老茧。它太大了，就像瘤牛背上的突起，而且它硬得就像一块石头。我需要很长的鼓棒，大人，而且，我敲出来的曲调没有力道。这块老茧里应该埋藏着所有无法从你手里冲出去的曲调。你已

1　这是至高无上者的预言。

经驼背了，埃菲赫尼奥。唉，你也背负着你的石头。那么，现在你想从事什么职业？大人，我很小的时候就想成为学校的老师。可是，你却等了三十年才来告诉我？大人，要是我不被长在胸前的这个突起困扰，而且我的背上也没有长出同样的东西，我还会继续担任鼓手，那么，也许我还要等上更长的时间才会告诉您。在你提交的那份申请书里，你说你想重新参与庄园工作，去伊波阿湖种植王莲。的确如此，大人，但是，我生来便注定要成为学校老师。可你并没有在你的申请书里这么说。我当时没有勇气，尊敬的大人，我不敢为自己谋求一个像老师一样崇高的工作，尽管对我来说，教书和种植王莲都是我来到这个世界上的唯一原因。我说这话，丝毫没有贬低直接为大人效力的这份荣幸。我曾在这里教导过那些印第安乐师，但是，他们唯一需要学习的是一些基础知识，其余的一切，那些最重要的部分，在他们从出生的荒野来到这里时，他们就已经慢慢知道了。够了！你被免去了三十年来一直被你当作临时替补的鼓手工作。你多待一天，它就愈加可怜，你多待一年，它遭受的伤害就会愈深。去找你的水生花吧，向那些花骨朵带去我亲切的问候，这些自清晨第一缕曙光出现便漂浮在水上的花球会发出一种优美的乐声，这种乐声不属于音阶上的七个音符。如果可以的话，用我的眼睛去看看这些花儿。如果可以的话，用我的手去摸摸它们。你会看到那些天鹅绒般的漂浮圆盘收集无数云朵。摩西本想出生在这样的篮子里。把那顶挂在衣架上的三角帽带走吧，把它戴在头上。快点，带上吧！把放在桌上的那朵石化的花拿走吧，就在骷髅头旁边。把花插在三角帽下面。再上去一点，要紧贴头皮。那儿，那儿。再按一按。它是一根天线，就像那些瞎了眼的昆虫的触角。你会在它身上听到持续不断的声音。心生炭火，万物余烬。唔，啊。已经过去多久了，还是，一刻也不曾过去！你在哪儿，埃菲赫尼奥？你能听到我说话吗？不太清楚，大人！我听到您说话了，您的声音好像就在地底下！不是地底下，是在一个面条铁盒里！你……在……哪……里？我在湖里，就在这些绿色的罗盘和黑绸般的花骨朵中间！你的健康状况也不好，埃菲赫尼奥。你最近过得不好吗？大人，我在奋斗和挣扎中经历我的命运！我不能抱怨了！孩子们老得很快！花儿也是这样！根本没有时间去留意一切！我还怀着信心，我还得继续！

和前任鼓手的通信中断了，黄铜并非优良的导体。你老了，我也老了。我们以前是老人，现在还是老人。乐声不再是乐声，但我们还会是老人。我们不在我们熟悉的时间和空间里，我们在我们不熟悉的时间和空间里，而这样的时间和空间在我们熟悉的时间和空间中流动。它们将双手置于活人的喉咙上，但是，活人看不到它们。他们无法看到它们。他们还无法看到。（陌生字迹）你只能暗中窥探……（已被烧毁）

……他们耐心等待，因为他们会重新在这里称霸。因为他们博学，所以他们是先贤。你不应发问，过去的声音对你说道。你不应发问，因为没有答案。你不要刨根问底。你无法找到你曾经背叛的真相。曾经你想进行革命，在你让它失败之后，你迷失了自己。不要试图清洗你满是谎言的灵魂。这么多长篇大论，根本毫无用处。你未曾想到的许多其他事物也将随风而去。你的权力在它们身上毫无作用。你不是你，而是其他人……（下一页缺失）

（永久通令）

一艘装载多捆[1]马黛茶叶的单桅船获准起航——这是自革命开始便一直在阳光下腐烂的无数茶叶的一部分，条件是被驱逐出境的佩德罗·德·索梅耶拉必须乘坐此船离开。索梅耶拉带着所有家人、他的欧洲家具*和许多大衣箱登上船，船上有装满猴子和各种奇珍异兽的大铁笼。在各种笼子和数担马黛茶叶中间，还有一些人——一些曾不停密谋让布宜诺斯艾利斯重新介入巴拉圭的布市头目，他们也被戴上脚镣塞到了船上。拥有同样遭遇的还有科尔多瓦人格雷戈里奥·德·拉·塞尔达。

*1538年，在麦哲伦海峡与风暴对抗途中，热那亚领航员利昂·潘卡尔多[2]不得不从维尔赫纳斯角启程返航。在他的船只——“圣玛利亚”号的底舱，装着一批令人难以置信的货物，这批货物原本要运给富裕的秘

1 烟叶计量单位，合一百公斤。

2 利昂·潘卡尔多（León Pancaldo，约1482—约1540），意大利航海家，曾参与麦哲伦第一次环球航行。

鲁征服者。厄运对他穷追不舍，当他到达布宜诺斯艾利斯时，又刮起了邪风。饥饿降临在这些以第一殖民先遣官[1]为首的远征队队员身上，他们彼此蚕食。在多明戈·马丁内斯·德·伊拉那统治巴拉圭期间，滞留在荒无人烟的布宜诺斯艾利斯的剩余人员被集中到亚松森，亚松森变成了殖民运动的庇护所和赞助所。潘卡尔多的众多金银财宝也被转移到这座城市，这让殖民者得以用真正的哈里发式高雅品位来布置并装扮他们粗陋的闺房。从1514年到革命爆发（甚至更晚），利昂·潘卡尔多的货物一直在亚松森买卖。如此一来，连弓弦都没有的西班牙人却拥有带有精美手柄的匕首、华丽的粗呢大衣及天鹅绒紧身上衣与长裤。一位编年史作者说，人们会毫不意外地在简陋的茅屋里发现，土著花棉手工织品（一种非常原始的棉布织物）混合着华美的布料、绸缎窗帘、格拉纳达大枕头、带镶嵌细工的衣箱与雕花立橱、镜台、华盖床榻和金丝凸绣门帷。饰有精美挂毯的躺椅、脚凳、长沙发与土著人为主人制作的粗陋靠背椅及脚凳交替出现。对这片土地上的少年——克里奥约人和梅斯蒂索人来说，这种情况持续了很久。

毫无疑问，佩德罗·德·索梅耶拉从亚松森带走的家具和生活用品，也就是这份永久通令提到的货物，来自潘卡尔多被倒卖的那批金银财宝。在巴拉圭，历史本身就是博物馆和档案馆中的内容，巴拉圭有大量的历史作家。于是，其中一位历史作家便负责再现唐佩德罗从巴拉圭带走的物品清单。这是一份令人印象深刻的清单，这些物品原本需要一整支舰队而不是一艘小小的单桅船来运送。由于那些天的大退潮已经让河水几近干涸，所以，在单桅船扬帆起航时，它的吃水线甚至比水面还低。这份清单还显示，在出发前，唐佩德罗还让他的猴子、狗、猪以及其他动物吞下了金币和银币，因为在当时的巴拉圭，金币和银币的流失被严令

1　第一殖民先遣官（El primer adelantado），即西班牙海外远征军首领。

禁止，此外，犯人还要遭受严厉处罚。（编者附注）

单桅船在缆绳的扯动下几乎已经半沉入水中，它就这样带着一个动物园、一个植物园和超载的动物们一起出发了。港口的峭壁上聚集了一群贵族夫人和混血女士，她们带着一群吵闹的教子来向这位“omni compadre”[1]告别。各种颜色的帽子和阳伞在岸边挥动。帆船的缆绳一松开，这些母亲便一阵恸哭。真是一幅令人绝望的场景。她们一边撕扯丝绸长袍，一边提起衬裙来擦拭脸上的鼻涕和泪水，她们在哀叹声和尖叫声中与船上的母猴和金刚鹦鹉一较高下。

后来，在我第二次返回洪达时，我将拉·塞尔达驱逐了。如果我们现在暂时将他和索梅耶拉，以及他们的兼并主义同伙一起送上那艘单桅船，情况也不会有多大变化。

为了恢复权力，那些通过反革命斗争开展的地下工作并未消停。1811年9月29日上午，军营的某个连队在中尉马里亚诺·马纳达的带领下推着两门大炮，敲锣打鼓地冲上街头，引起了一阵骚乱。他们高喊着“国王万岁！”“我们的省长贝拉斯科万岁！”“革命叛徒们去死吧！”。这是洪达的那群傻瓜设下的陷阱，这是一次复辟暴乱演习。无数西班牙人吞下了这枚诱饵，一些人上钩了。就在这时，一群预备役士兵从军营里冲出来，他们逮捕了这些制造骚乱的人。

由于这起暴动阴谋的策划方式和实施方式十分愚蠢，这场骚乱最终一无所获。在得知这起紧急事件后，我离开庄园，来到了亚松森。广场上的表演刚刚开始。当我到达广场时，他们正在执行枪决。他们将贝拉斯科的一个仆人——迪亚斯·德·比瓦尔和另外一位姓马丁尼·莱西亚的加泰罗尼亚杂货店主悬挂在绞刑架上。把那些尸体放下

1 拉丁语，意为“所有人的教父”。

来！不要再发生流血事件了！我大发雷霆。被血液腐臭煽动的士兵们逐渐平息下来。在广场中央，我身姿笔挺地骑在浑身是汗的摩尔身上，我的出现让人群肃然起敬。*这出愚蠢的闹剧立即终止了，后来，某些耍笔杆子的人竟然栽赃我，说我是这出阴谋的幕后黑手。如果是这样，我一定会策划更大的阴谋——后来我的确这么做了，而不是炮制这出荒唐的闹剧：一整支军队冲上去杀一个杂货店主和前任省长的马夫。

*“他的外表威严肃穆。他身披带有猩红色衬底的黑色披风，眼睛喷射着怒火，他的身影在云层的映衬下显得十分突出。他的形象就是一个复仇大天使的形象，他的声音比小号的声音更加强劲有力。”这次事件的一位目击者——保王派陆军上校何塞·安东尼奥·萨瓦拉·伊·德尔加迪略在他的《难忘事迹日志》中这样写道。

面对惊愕的人群，他们放下了已被绞死的人。突然，那群装备着木棒和老旧火枪的西班牙人再次爆发出新的喧嚷声，这一回，他们群情激奋，表现出狂热的喜悦。所有人都极力赞美我，他们将我视作他们的救星。老人和妇女哭着为我祈福。他们中的一些人跪下来，想要亲吻我的长靴。这是“群龙无首”的洪达政府的辉煌胜利！他们炮制了这出荒诞的闹剧，在这出闹剧中，他们让我变成了西班牙人的盟友和救星！这不就是他们一开始追求的目标吗？

这出复辟讽刺剧最终保护了革命事业，它在革命初期将革命隐藏在烟雾之中。目前看来，我，作为革命的领导者与民事负责人，应当以仲裁人的身份出现，以便在为国家制度化而争论的各个势力之间进行调解。我曾宣称，我会这么做，我会以意见的最少重合为基础，如此一来，任何政党或帮派都不会失去自己的身份和个性。（*在页面边缘：这的确是半真半假的事实；至于“意见的最少重合”，从来就不*

曾有过；完整的真相应当是“最少的勾结”。）我打算在棋盘上，按照我决心要遵循的深思熟虑、坚定不移的战略去利用它们。偶然开始和我合作。我已经赶走了“象”——索梅耶拉、“马”——拉·塞尔达及其他布宜诺斯艾利斯小兵，这些人已经顺道清空了巴拉圭的金库。现在，不管有“炮”没“炮”，我都不会停手，直到将他们将死。当然了，你们不了解高贵的象棋游戏，不过，你们却对下流的阴谋计策熟稔于心。所以，请记住我曾经说过的话：直到我手里有剑花A[1]，我才会把庄家的钱全部赢过来。

最终，绝大多数富有的西班牙人都身陷囹圄。我是遵守命令的人，我并非下令制造这起混乱的人。这些囚犯的赎金起码为国库带来了一大笔多乌隆，更别提其他的充公、征用和罚款了——为了让形势恢复原状，这些都是正当的要求。

神父们斥责洪达官员和军队军官——正如这个要笔杆子的佩德罗·培尼亚在写给另一个叛徒抄写员莫拉斯的笔记中承认的那样，但是，他们对我给予盛赞。我是他们在虔诚的科尔多瓦大学启发并培养的宽宏大量的博士。

一开始是在亚松森，后来，便是在整个巴拉圭大省：人们公开议论我阻碍了洪达政府成员的计划，这些人原本打算将那些被俘为人质的囚犯——包括主教和前任省长——集体枪决。这些囚犯的家人都到我这里来寻求正义和保护。*

*那些天，他一直在从中调解。他希望激发人们的信任，成为一个遵守规则的人并赢得保王派的好感。他甚至改变了他的举止作风，他变得和蔼友善、彬彬有礼。除许多其他的贵族女士外，克拉拉·马查因·德·伊

1 西班牙纸牌中的剑花A，是“摸三张”（truco）牌戏中重要的一张纸牌。

图武鲁女士和彼得罗娜·萨瓦拉·德·马查因女士也到他的办公室拜访他，她们的丈夫同样被抓入狱，她们想请求他加快案件的审理。根据佩德罗尼塔[1]的父亲在其《难忘事迹日志》中所述，他亲切地接待了她们并答应了她们的请求。在同她们道别时，他还向她们“致以最大的安慰”。这个孤僻的律师变得十分和善可亲。权力对人的改变可真大！难道他竟未发现这些来访女士中最年轻的那位正是他过去的恋人吗？他已经忘了吗？他已经原谅她了吗？（胡里奥·塞萨尔的评论）

在经历了与陆军上校萨瓦拉·伊·德尔加迪略的女儿——克拉拉·彼得罗娜的不幸恋情后（上校拒绝了他的奢望），他再未有过其他为人所知的恋情或恋爱关系。感情在此人冷漠的灵魂中只占据了一点位置，因为他的灵魂已经被一个最重要的目标吸引。一个人需要梯子和灯笼才能进入这样的灵魂。（胡斯托·帕斯托尔·贝尼特斯[2]的评论）

此人的世界非常奇怪。人们在背后议论，他们说他的心像金托·菲斯雷恩的心一样冷酷无情，他的心完全无法被激情的火焰触动，因为唯一能让他屈从的诱惑便是他的职业。然而，另一些人却肯定地说，他的心一直在燃烧，而且，那双依旧在第十代或第十二代子孙脸上闪耀的安达卢西亚眼睛仍然让他心动。我们突然想到，在这种情况下，他的心一定曾像无烟煤一样燃烧——据说，他的眼睛在他秃鹫般的脸上闪耀。与此相关的飘忽不定的谣言还有很多。

可怜的至高无上者！可惜不曾有一双足够睿智、深邃、动情的眼睛能够长久地俘获他，把他变成一位优秀的父亲。不过，谁能肯定，二十年后在亚松森大街上卖花的那个年轻姑娘——那个黝黑活泼、茫然无措、生活潦倒的年轻姑娘就是至高无上者的女儿呢？除了黑暗、黑暗、黑暗

1　即前文提到的彼得罗娜。

2　胡斯托·帕斯托尔·贝尼特斯（Justo Pastor Benítez，1895—1963），巴拉圭作家、记者、政治家。

以外，一无所有。都是些空话、空话、空话！[1]哈姆雷特——这位忧郁的丹麦王子透过莎士比亚的嘴这样说道。（托马斯·卡莱尔[2]的评论）

索梅耶拉和塞尔达走了，贝尔格拉诺和埃切瓦里亚[3]来了。他们慢慢地来了。他们不再是侵略者，而是身负和平使命的使者。这项任务经过了周密计划，布宜诺斯艾利斯塔西佗如此讲述，他们的目的是和巴拉圭这个天真多疑的民族打交道，要知道，巴拉圭人民既喜欢怀疑，又容易被骗。在这次任务中，贝尔格拉诺表现出诚实、正直和高尚的品格，比森特·阿纳斯塔西奥·埃切瓦里亚则表现出聪明机智、熟谙人事，以及能言善辩且令人信服的口才。在这个好事之徒身上，我只看到他患有静脉曲张的恶毒之舌，我只听到古怪的想法从他那卑鄙的双眼中探身而出的喧闹与嘈杂。贝尔格拉诺的确比塔西佗准将描述的要好得多。他是一个品性纯良的人，一双清澈的瞳孔显露出他纯洁透明的灵魂。他是一个爱好和平的人，但他注定要成为一个和他内心深处完全不同的人。

正如塔西佗准将所言，两位使者既不能互相配合，也无法互相弥补，相反，他们互相妨碍，互相抵消。他们的国家形势迫使他们与我国重新建立所谓的和睦关系，这是已经消亡的总督制催生的不和的金苹果[4]。然而，和平与忠实理解并非历届布宜诺斯艾利斯政府的追求。事实上，可怜的布宜诺斯艾利斯人民过得非常糟糕。在无政府主义的

1 出自《哈姆雷特》第二幕第二场。

2 托马斯·卡莱尔（Thomas Carlyle，1795—1881），苏格兰作家、历史学家。他的作品以研究英雄形象为中心，其代表作为《英雄与英雄崇拜》。

3 指比森特·阿纳斯塔西奥·埃切瓦里亚（Vicente Anastasio Echevarría，1768—1857），阿根廷政治家。他曾担任拉普拉塔总督利涅尔斯的律师及第一届三人执政委员会的军需官与司法委员会成员。

4 金苹果（Manzana de la Discordia），希腊神话中引发特洛伊战争的导火索。

旋风中，政府不停更替。早上刚刚建立的政府完全不知道自己是否能够撑到晚上。布宜诺斯艾利斯人民在疑惑中将行李箱放到了自家门口。在国外，他们的境遇也好不到哪儿去。瓜基灾难[1]之后，西班牙人重新占领上秘鲁，葡萄牙-巴西人军事占领东岸地区，保王派部队控制了河道。布宜诺斯艾利斯赶在亚松森之前，提前享受了孤立和封锁带来的快乐。

这时，我不记得到底是“心不在焉”的里瓦达维亚[2]还是“石头脸”的萨阿韦德拉[3]突发奇想地将贝尔格拉诺将军和满嘴空话的骗子律师埃切瓦里亚派来，并指示他们要坚持让巴拉圭服从布宜诺斯艾利斯的统治。如果这不可能，至少要通过联盟制度将两个政府联合起来。这些人总是用各种借口打出联合的幌子！他们要不惜一切代价兼并巴拉圭！巴拉圭革命并非为缝缝补补而生，而我就是那个为巴拉圭量身裁剪新布的人。

贝尔格拉诺和埃切瓦里亚不得不在科连特斯的炼狱中遭受漫长的罚站。在他们来访前，洪达政府已经在1811年7月20日为布宜诺斯艾利斯轮值政府寄去了一份照会，这份文件坚定地表达了我们的革命宗旨和革命目标。我已经说过，在布宜诺斯艾利斯完全且明确承认巴拉圭的独立与主权之前，任何布宜诺斯艾利斯人不得再踏入巴拉圭。那是八月底。他们故意偷懒，延迟回答。于是，我便故意延长了使者

1　瓜基灾难（Desastre de Huaqui，也称瓜基之战），1811年6月20日发生在上秘鲁与秘鲁总督区（El Virreinato de Perú）交界处的一次战役，战斗双方为保王军和布宜诺斯艾利斯派出的革命军。

2　指贝纳迪诺·里瓦达维亚（Bernardino Rivadavia，1780—1845），阿根廷政治家。他在青年时代积极参加反抗英军入侵的斗争。1811年，他担任三人执政委员会秘书。1826年，他当选为拉普拉塔联合省第一任总统。1827年，他与巴西媾和，承认东岸省划归巴西，此举加剧了国内分裂主义运动的发展并导致他最终辞职。

3　指科尔内略·萨阿韦德拉，阿根廷军事家、政治家，他曾主持拉普拉塔联合省第一洪达。

们在南部大门[1]的罚站时间。我再次向布宜诺斯艾利斯方面重复了照会的乐章：殖民统治已被废除，男高音对他们唱道，最高权力代表全部移交国家。每个民族都将自由，也就是说，所有民族重新接管他们原有的权力，各民族地位平等，它们都有权保卫自己。对那些骄傲的布宜诺斯艾利斯人来说，这是一块难以下咽的硬骨头。这份照会里还有其他挖苦话：任何一个认为巴拉圭会任由他人摆布，会让自己的命运依附于他人意志的人都是在自欺欺人。如果巴拉圭这样做，它将一无所获，除了用一套锁链换取另一套锁链，外加改换主人之外，它的牺牲无法换来任何成果。巴拉圭承认自身具有的权利，正因如此，巴拉圭不会试图对任何其他民族造成丝毫伤害，它也不会反对任何公平公正的行为。巴拉圭已下定决心，它要和布宜诺斯艾利斯及其他同盟城市联合，我们不仅要维护双方的友谊、和睦、自由贸易与沟通往来，还要建立一个以公正、公平及平等原则作为基础的社会，让这个联盟成为一个真正由独立的主权国家组成的联盟。

骨鲠在喉，塔西佗准将不得不承认：这是“联盟”一词首次在美洲历史上发出回响，此后，它会在美洲各国的内战、制宪大会及未来命运中变得极负盛名，而这封有名的照会则可被视为拉普拉塔河地区的第一个联盟法案。

于是，巴拉圭将这个能帮助布宜诺斯艾利斯人一举解决其所有问题的想法送给了他们，这个想法为整个美洲——而非任何其他民族——投射出其未来的命运形态。

洪达政府为滞留在圣胡安德贝拉德拉斯希特科连特斯[2]的贝尔格拉诺将军发送了一封公函：我们郑重地向大使先生声明，我们必须完全

1 指巴拉圭南部的伊塔普阿，该地区与阿根廷接壤。

2 圣胡安德贝拉德拉斯希特科连特斯（San Juan de Vera de las Siete Corrientes），科连特斯旧称。

且圆满地解决过往争端，而这一必要性迫使我方对此次事件进行延迟处理，直至贵方政府理解并拥护我方的真诚提议及神圣目标，您我双方政府的目标实为一致且应当一致。在此，我们也郑重地向兄弟民族表明我们真诚的友谊、尊重与忠心；面对武装敌人，我们勇敢无畏；我们蔑视叛徒并对其严惩不贷。这是巴拉圭人民与巴拉圭政府的立场，这也是我们希望并要求布宜诺斯艾利斯方面秉持的观点。对此，大使先生完全可以放心，只要我方收到贵方政府的有利答复，我方定将十分乐意为贵方使团提供旅途便利，帮助各位抵达亚松森。

（*在页面边缘*）塔夸里的鲇鱼变成了鱼刺。鱼刺生下了鱼。椰子生下了猴子。猴子又生下了人。克里斯多弗·哥伦布的鸡蛋[1]的影子绕着火地岛旋转。影子不像“鸡蛋”那样难以看见。影子在不停旋转。一切都会回到原点。它们已经在来的路上，它们很快就要到达。

布宜诺斯艾利斯方面的回复缓缓到达。他们完全接受了我们的要求，他们做出的允诺甚至比我们要求的还要多。这些全权公使到了。他们挺直身板，站在船头，在那个春日，清晨的太阳点燃了他们身上的华服。他们受到了盛大的欢迎。

巴拉圭的二十豪族站在悬崖最高处，无数好奇的平民百姓敲击着大鼓和小鼓，声音震耳欲聋，如同在黑人和穆拉托人的驻营地举行斗牛节日一般。

洪达政府的全体成员在大炮和步枪的鸣礼声中欢迎他们，贝尔格拉诺将军朝军官们走去。行完军礼后，从前在塔夸里敌对的双方互相拥抱许久并悄悄在对方耳边窃窃私语。在人群持续不断的喊叫声中，我们坐着省长们从前乘坐的马车朝市政厅驶去。一个破碎的轮辋迫使我们在车轮的每次转圈中向对方鞠躬，就像在面带微笑地摆动头部跳

1　为了解释地球的形状，哥伦布曾在他的信中将地球比作鸡蛋。

里戈冬[1]。从兵器广场经过时，这些刚刚到达的客人看到了那些绞刑架。饥饿瘦弱的狗群正在舔食贝拉斯科的仆人和那个杂货店主的血渍。埃切瓦里亚转过身，奸诈地朝我递了一个眼色，问道：这些装置也是欢迎仪式的一部分吗？打一开始，我便不喜欢此人的嘴脸，这张脸是卖弄学问的老师和"法庭黑鸟"的结合。他是一只身着奇装异服的鸡，一只独眼鸡，或是任何一种丑八怪，总之，他不是一个值得信任的人。不，博士，这是为另一场表演准备的道具。问题在于，在巴拉圭，时间流逝得很快，所以时间一慢下来，事实便混淆了，事物发生了错位。有句老话说，在这里，命运每天清晨都会诞生，而到了正午，它便老了。每天都是新的一天。唯一能阻止它的方式便是抓住时间，重新开始。您看那个。不，它已经不存在了。它已经变成幽灵了。我看到了，我看到了，这只被委以全权的鸡半闭着它的独眼说道。在经历了可怕的智力拼搏后，他筋疲力尽，他用一块五颜六色的手帕擦了擦自己的鸡冠，而严肃沉默的贝尔格拉诺将军则在车轮遭受的每次撞击中摆动头部。

"记忆笔杆"[2]里出现了另一种欢迎仪式，那是十五年后我为巴西大使准备的欢迎仪式。我可以允许自己弄乱事实而不将其混淆，这样，我可以节约时间、纸张和笔墨，还可以省去四处查询年鉴、日历以及满是灰尘的书架目录的麻烦。我并不书写历史，我创造历史。通过修改历史、强调历史、丰富历史的含义与事实，我可以随心所欲地重写历史。伪君子和官吏在他们书写的历史里以复利形式投资他们的谎言。对他们来说，日期是神圣的，尤其是那些错误的日期。对这些啮齿动

1 里戈冬（rigodón），一种源自法国的舞蹈，也被称为"轻快舞"。

2 这是至高无上者想象中的一种物品，它能将文字内容转化为带有声音、图像和色彩的画面。

物来说，错误恰恰就是啃咬文件中的确定事实。他们变成了老鼠和毛毡夜蛾幼虫的对手。至于这份永久通令，它的日期顺序并不会改变事情的结果。

1825年8月26日，巴西帝国大使——安东尼奥·马诺埃尔·科雷亚·达·卡马拉坐着我和贝尔格拉诺一起乘坐的这辆马车前往市政厅。当然，我并没有陪他，地区指挥官足以承担这项工作。一个由帕尔多人和梅斯蒂索人组成的兵团负责护送他。对这个披着羽毛的鲁莽之人来说，这已是我能给予他的最大荣耀，因为他竟然胆敢在他的入境申请书上省略我国的合法“共和国”称号。我正透过书房的窗户观察他。成群的脑袋簇拥在主街的空地上喧闹吵嚷。这位来访者身披

*与布宜诺斯艾利斯使团（此处并非指贝尔格拉诺和埃切瓦里亚带领的使团，而是胡安·加西亚·德·科西奥[1]带领的使团）一并出现的是安东尼奥·马诺埃尔·科雷亚·达·卡马拉带领的巴西使团。这是一位非同凡响的人物。他拥有传奇的人生阅历和热爱冒险的性格，没人比他更适合书写“进入孤立的巴拉圭”的戏剧篇章。他的旅途、他在亚松森和伊塔普阿的停留，以及他在首都的谈判构成了一部小说，这部小说激动人心，充满趣味。他是在印度和葡萄牙参加过战争的战士，他是拿破仑的阶下囚、土耳其的游客、里约热内卢的革命者、何塞·博尼法西奥的密友，他也是缪斯的信徒。他在幽闭的巴拉圭大门前敲门，他想解开斯芬克斯之谜。什么样的人便要做什么样的事。（胡里奥·塞萨尔的评论）

1 胡安·加西亚·德·科西奥（Juan García de Cossio，1781—1854），阿根廷政治家、法学家。1823年，为了让组成拉普拉塔总督辖区的所有省份加入布宜诺斯艾利斯政府，他曾担任布宜诺斯艾利斯政府的使者，胁迫圣菲省、恩特雷里奥斯省和科连特斯省加入布宜诺斯艾利斯政府。1824年，他又身兼布宜诺斯艾利斯政府委任的数项外交重任，来到巴拉圭。

金银丝带，勋章叮当作响，当他经过时，老百姓都聚集到街角。这位巴耶济德一世苏丹[1]的朋友在马车上礼貌地挥舞他的羽毛帽子和谈判旗帜。人群互相推搡，他们想近距离目睹这位帝国大使的风采。那里既没有欢呼声，也没有喝彩声。出于本能的厌恶，人们的好奇心加重了。我知道那是什么。红色的阴影。老百姓不禁在这位远道而来的客人身上看到了巴西卡姆巴[2]：他是流窜抢劫的巴西旗士、纵火犯、小偷、黑奴贩子、强奸犯和杀人犯的后代。破裂的轮辋在马车的每一次摇摆中砍下了他的脑袋。欢呼声没入尘埃。当护卫队的号角沉默后，喊打声此起彼伏，还有低沉的起哄声：卡姆巴！卡姆巴！卡姆巴！卡姆巴-德波蒂！[3]与贝尔格拉诺的欢迎仪式相比，这简直是天壤之别！

我已经准备暂时不接见科雷亚。让他再等等。我不会匆忙地伸出手，我要深入地了解巴西帝国到底想要什么，我要知道它不知所措的傀儡手里带了什么。让他们带他去他的住处吧。一只亮闪闪的白手从黑色的马车里伸出来，它挥舞着带有翎饰的帽子，向四周致意。老百姓看着这幅场景，他们置身其中，却装作毫不知情。这位远道而来的客人坐着黑色的敞篷马车，马车在里约热内卢狂欢节的气氛簇拥下朝前行进。毫无用处的剧场。由不可见的东西支撑的金色舞台布景。一群戴着颈环的黑人舞者跳着巴图克舞[4]走在他前面，杂耍艺人和卡波耶拉[5]舞者晃动着他们染红的大头棒。不，还不够红，还没有达到血液的颜色。或许，在非洲的落日照耀下，在巴西边缘化的太阳照耀下，这已经足够用来假装血液了。在这里是另一回事，亚松森的烈日是另一

1 巴耶济德一世苏丹(Bayaceto，约1347—1403)，也称巴耶济德皇。他是奥斯曼帝国苏丹，曾率军围攻君士坦丁堡，后因打败基督教联军而出名。最后，他被蒙古可汗帖木儿推翻。

2 瓜拉尼语，意为“黑人”，在三国同盟战争期间，该词尤其被用来指代巴西士兵。

3 瓜拉尼语，意为：“黑人！黑人！黑人！该死的黑人！”

4 巴图克舞（batuque），一种非洲舞蹈。

5 卡波耶拉（capoeira），也被称为巴西战舞，是一种介于武术和艺术之间的独特舞蹈。

回事，它总是劈开石头垂直照射下来。耀眼的阳光展示、揭露并模糊了这个劣质狂欢节上的各种宝物。舞者们消失了，跳卡波耶拉的人也消失了。映衬在马车黑色清漆下的白手紧握着帽子上的白鹮翎毛。皇家草鹭。天堂之鸟。炼金术药片。五颜六色的箔片。如果你喜欢，那就多戴一些。你想戴多少，就戴多少。对我来说，这只是一出戏。对我来说，这位帝国大使不过是任意一个信使。他慌慌张张地跑来寻找我的手，不过，我不会把我的手交给任何人保管。

有时，我陪同贝尔格拉诺乘坐的马车会和科雷亚乘坐的马车成双结对。它们往后倒退，一起滚动了一小段距离。它们靠近彼此，组成了同一辆马车。我们所有人都在马车的剧烈颠簸中礼貌地向对方问好。破裂的轮辋迫使我们在点头中达成一致。每一秒，每一个瞬间，我们每个人都在用说“是”的动作肯定地说着“不”。

布宜诺斯艾利斯派遣贝尔格拉诺前来统一巴拉圭或与其结为同盟，巴西帝国则派遣科雷亚前来协商结盟，他们不愿与巴拉圭结为一体。*

*科雷亚亲自呼吁并请求出使巴拉圭，因为他急于让巴西与巴拉圭结为同盟，以便在与东岸地区进行的这场不可避免的战争中，击败拉普拉塔。（胡里奥·塞萨尔的评论）

安东尼奥·马诺埃尔·科雷亚·达·卡马拉在我们为他安排的住所门前走下马车。在白色围墙的映衬下，他典型的巴西猕猴形象显得十分突出。我正透过我的窗户观察他。这是一种陌生的动物：从前面看是狮子，从后面看是蚂蚁，它的下体上下倒置。它是豹子，它比狮子还黑。它是并不存在的人类形象。然而，它最让人称奇的特别之处却是：当太阳照在它身上时，它投射出来的并不是动物的形象，而是人类的形象。我正透过望远镜观察这个怪物，它是巴西帝国给我派来的使者。一个珐琅制作的固定微笑贴在他的嘴角，一颗金牙闪闪发光，铂金色的假发一直垂到肩上。他眯缝双眼，带着穆拉托人小心谨慎的虚伪面孔探察四周。*他是首先看到沙粒的那种人。接着，他才看到房子。这个巴西-葡萄牙人，这个骗子，他来这里是想在沙里建造一所房子，尽管他未曾来过这里。或许，他已经来过又回去了。不，他在那儿，因为我看到他了。在"记忆透镜"的载玻片上，过去又复活了。多美的羽毛帽子啊！我听到身边的财政部部长嘟囔道。快去工作，贝尼特斯，别再胡说八道了！

*他个子很高，且有着亮金色的头发和一双具有穿透力的栗色眼睛。他聪明的脑袋抬得很高，略微鹰钩式的鼻子带有十分硬朗的线条，这显示出他的力量和决心。总的来说，他是一个长相俊美的男人。他的性格严肃谨慎，仪态端庄且合乎分寸。他穿着时髦，带有某种巧妙的优雅风度，那是他在古老的欧洲宫廷习得的优雅风度。（奥雷利奥·波尔托[1]，《关于科雷亚·德·卡马拉》，《编年史》第二卷，引言）

（在私人笔记本上）

我就是主宰者。我可以决定事情的发展，编造事实，虚构重大事件。我可以避免战争、侵略、抢掠和毁灭。我可以破解任何人都无法破解的血淋淋的象形文字。向斯芬克斯求教就是将自己暴露在被它吞

1 奥雷利奥·波尔托（Aurelio Porto，1879—1945），巴西历史学家、政治家、诗人、记者。

噬却不能解开其谜团的危险之中。你猜猜看，然后，我再把你吃掉。他们来了。没有人会仅仅因为他想走路而且他有两条腿而跑去走路。我们都在一种时间上缓慢滑行，而这种时间也在一个破碎的轮辋上前行。两辆马车一起朝着相反的方向行驶，一个朝前，一个朝后。它们分开，它们擦身而过。它们的车轴嘎吱作响。它们渐行渐远。时间充满了裂缝。到处都在漏水。整个场面一气呵成。有时，我有一种感觉，仿佛我一直在目睹这一切；又或者，在离开很久之后，我又回来了，我重新审视已经发生的事情。也有可能，除了这个不停在纸上编造幻觉的“图像书写”，什么都未曾真正发生。完全可见的东西从未被人完整目睹，它总是呈现出其他必须被进一步观察的东西。你永远无法到达终点。不管怎样，大头棒属于我……我是说这支顶端镶嵌着“记忆透镜”的笔。

这是一支圆柱形钢笔，它是被判处无期徒刑的囚犯为了支付食品费用而制造的钢笔中的一支。显然，这支钢笔并非出自囚犯们的简单发明，它在精确的指导下制作而成。这支钢笔由白色象牙制成，囚犯们并没有这种材料。它的上端呈铲形，笔上带有一段文字，这段文字早已被多年的啃噬痕迹磨灭。“一颗牙齿咬上另一颗牙齿，它能得到什么呢?”这是至高无上者最喜欢的语句之一。“用其他更加明显却更加隐秘的文字叠加在刻印文字之上，以便让后者变得模糊。”他本人肯定会这样自问自答。钢笔下端是一片蘸有墨水的金属薄片，薄片如同蜂窝，呈甲壳形状。“记忆透镜”就镶嵌在圆柱形笔管的中空处，它看上去还不如一个亮点大。它把这支钢笔变成了一个奇特的工具，这种工具拥有两种截然不同却协调一致的作用：它可以在写字的同时呈现出另一种专门由图像，或者说光学隐喻，构成的语言文字。投影通过沿笔杆排列的小孔产生，笔杆如同一个黑色的显微相机，它能将大量的图像投射出来。某种内部装置——可能是镜子的组合——使得图像正好按正常形态投射到字里行间，而不发生倒置。图像被放大并被赋予了动作，如同我们现在熟知的电影投影一样。我相信，从前这支笔应当还具备第三种功能：再现写作的语音空间，播放视觉图像的声音文本。也许，那曾是这些没有形式的文字与这些没有文字的形式的话语时间，这便让至高无上者能够围绕轴心——一个位于书写的开端与消亡之间的毫无差别的点——那个位于明天与死亡之间的瘦弱影子——在第四个不受时间限制的维度中协调他的三个文本。然而，隐形墨水的痕迹战胜了文字，战胜了时间，也战胜了死亡本身。至高无上者非常喜欢制作这些装置（他本人曾谈到幻想中的斜视），比如珍珠母大头棒、陨石步枪、留声陶片、用椰子种子制作的微积分算盘、飞行信使，甚至是能够用烟缕（世界上最便宜的毛线）纺织纬纱的织机，以及许多曾在别处提到的其他发明。

不幸的是，这根“记忆笔杆”的部分灵敏机制已经遭到破坏。现在，它只能写出非常厚重的笔画。这些笔画会刺破纸张，它会在写出文字的同时将文字磨灭。它还被剥夺了语音空间，只能不停地投射出一模一样的无声图像。这些出现在纸上的图像被从中间折断，就像是浸入某种液体中的小棍。它们的上半部分完全是黑色的，因此，如果是人的形象，那它们看上去就好像戴着帽子，如同没有脸庞和眼睛的半身塑像。图像的另一半在这种液体中稀释，变成一片水灰色。成片的色彩一边溶解，一边看似静止地朝着四面八方逐渐减弱——这些色彩曾经带有所有鲜艳的色调，每一个点都清晰耀眼。这种光学现象只能被定义为处于绝对静止中的定影运动。我相信，在瓷土般的乳白色液体下面，那些图像依然保持着它们原本的色彩。也许，让它们变为灰色甚至完全不可见的，是它们身上很有可能依然存在的、刺眼的明亮光芒。没有酸和水能够使它们燃烧或熄灭。另一种可能是它们已经翻转，不可避免地显示出亮光的黑暗面。我也确信，这些图像会在这种液体中——或者不管这种灰浆叫什么东西——将它们的嗓音、它们的声音、它们的语音空间保存起来。我很确定，但是，我无法证明。

在偶然的作用下，这支“回忆钢笔”（我更喜欢叫它“记忆钢笔”）最终落到了我的手里。“珍珠母大头棒”为我所有！这个神奇的工具属于我——我明白，这么说太过头了。对我来说，这甚至令人难以置信，而且，很多人都不会相信。虽然它看上去就像一个谎言，但是，它的确真实存在。如果谁想消除自己的疑虑，他只需要来到我家，让我把这个工具拿给他看。它就在我的桌上，它就在那儿，用被牙齿啃掉的上端一直看着我，它在用嵌入笔内的那只“记忆之眼”啃噬我。雷蒙多把它给了我，雷蒙多被称为洛科–索洛[1]，他是至高无上者的某位抄写员的来孙。事实上，我几乎是从这位小学同学手里把它夺走的。那时候，他住在军事医院——也就是从前的奥斯皮塔尔军营——附近的哈恩河上的小屋里，而我总是坚持不懈地去看望他。在他最后的日子里，除了去寻找生存所需的微薄口粮，尤其是他正在大量消耗的烈酒和麻醉药草之外，雷蒙多从未离开过他那可怜的居所。有时，我也会拎上几瓶“亚里斯多格拉塔”甘蔗酒和腌肉罐头去看他。我们会默不作声地待上几个小时，在这期间，我们根本不看对方，我们一动不动，直到黑夜将我们的影子聚到一起。雷蒙多知道我有一个贪婪隐秘的夙愿，那便是将他的宝贝据为己有。他假装不知道这事，但是，我知道他知道，所以坦白地讲，我们之间根本不存在任何秘密。自 1932 年我们在弗朗西亚共和学院相识以来，情况便一直如此。那时我们上六年级，而且我们是同桌。坐在第一排的都是男生。我记得非常清楚，因为那一年城里充满了军乐和爱国歌曲。巴拉圭和玻利维亚在查科地区爆发了战争。动员开始了，连侏儒也被送上了前线。对

1　编文中的雷蒙多影射法国文学奇才、诗人、小说家雷蒙·鲁塞尔（Raymond Roussel，1877—1933），其绰号“洛科–索洛”（Loco-solo）意为“孤独的疯子”，影射其小说《幽居之地》（*Locus Solus*，或译为《独地》）。

我们来说，战争就是一场持久的狂欢。但愿它能永远持续下去！我们逃课，然后，我们跑到港口去和那些新兵告别。再见吧，你们这些马上要变成特翁格[1]的人！快滚吧，再也不要回来了，你们这些傻瓜！雷蒙多朝他们大喊。当心，总有一天也会轮到我们！我推了推他的胳膊肘，让他不要再说了。已经轮到我们了，我们已经完蛋了！他说，多少战争已经降临在我们头上了，我们早他妈完蛋了！而且，我们现在还在学校读那些该死的破书！不过，他们无法把我送到查科去，即便是他们跑来跪着求我也不行！我要去非洲[2]！为什么要去非洲呢，洛科-索洛？因为我要去见识大场面，而不是和玻利维亚人打这种破仗！去他妈的！

那一年考试，我在所有笔试测验中帮助他。我替他参加了口试、肛门测试，总之，从头到尾所有的考试。学校已经变成妓院，爱国热情撩拨着所有女教师，她们疯狂地写信给她们战时的养子，而我们则在考试中疯狂地作弊。从未离开座位的雷蒙多得了十分，而为了我俩四处奔忙的我却只得了三分。作为补偿，也作为对我的奖励和安慰，他第一次也是唯一一次向我展示了那支神奇的钢笔。这位波利卡波·帕蒂尼奥的来孙超越了一个抄写员家族拥有的全部权利，在各种复杂细小的偶然事件的作用下，他继承了这个宝贝：那东西在这儿！他说。我还没来得及好好摸摸它，他便立马将它从我手里夺了回去。你把它卖给我吧，雷蒙多！我几乎大喊着说道。我就是疯了，也不会把它给卖了！洛科-索洛回答道。如果你想要的话，我可以把我昨晚梦见的东西卖给你，但是这个，不行。就是我死了，也不会卖！这支“珍珠母大头棒”在我的指尖留下了它带来的瘙痒。

1　瓜拉尼语，意为“尸体”。

2　鲁塞尔曾经撰写过一本《非洲印象》（*Impressions d'Afrique*，因题目存在文字游戏——鲁塞尔擅长在创作中玩文字游戏，故又译为《非洲印》），为此，他曾亲自前往非洲。

1947年3月，在开始大迁徙之前[1]，我又去看了雷蒙多，那是我们倒数第二次见面。他那时已经是皮包骨头了。他们很快就可以用你来做纽扣了，我开着玩笑对他说道。他朝我望了望，布满血丝的眼球包裹在耷拉的眼皮里不停地翻动，就像一个被斩首的人。呵呵，那便是之后等待我的东西，沉默许久之后，他说：你看，卡宾丘[2]，我太了解你了，我知道，你有那贼心却没那贼胆。你就是一个不那么坏的坏人。从很早开始，或者，我还不如这样跟你说，一直以来，甚至比这更久，也就是说，不是从我们在弗朗西亚共和学院做同桌开始，也不是从我们在迪亚斯将军大街上的妓院里乱搞开始，而是比这都更早——就在我们出生之前，你唯一想要的就是至高无上者的那支钢笔。你馋得口水直流，你一想到它，整个人就湿了。它融化了你的脑髓，你的双手颤抖得比我这个醉鬼、癫痫病人、吸食羽裂蔓绿绒粉和可卡因的人还要厉害。护士们给我可卡因，你也会给我带来可卡因。你巴结我，缠着我，你带着一种比爱情还要固执的耐心来助我寻死。不过，爱情只是爱情，你的欲望却是另一回事。这种欲望之所以产生，并非因为我是怎样的人，而是因为我拥有的东西。它把你拴在我身上，它把你变成了一个奴隶，一只跑来舔舐我的手脚和这间茅屋地板的狗。但是，我们之间不存在友谊，不存在爱情，也不存在情义。你我之间只存在这种欲望，它让你无法入眠，无法生活，它让你做梦都梦到它，而不是其他任何东西。天天如此，夜夜如此。我并不嫉妒你，你的情况比我糟糕多了。你想想吧，卡宾丘。我慢慢出生，我也会慢慢地离开这个世界。一切已经无法挽回，我自愿如此。有些人寻死而不得，他们想死，死亡却从他们手中溜走。他们有狮子的利齿，但是，他们却和女人一样。他们就是那些不知道自己是婊子的女人，而你

1　这是很多巴拉圭人因为参与起义而被迫流亡国外的时间。

2　一种水豚，拉普拉塔河流域常见的诨名或绰号，形容一个人头发粗硬。

就是他们当中的一员。也许，你更坏，你比他们坏多了。等待你的是极其糟糕的日子，卡宾丘。你会变成移民、叛徒和逃兵，他们会宣布你是卑鄙的国家叛徒。你只有一个解决办法，那就是一条路走到底。不要半路停下，继续把棍子削尖吧。他气喘吁吁地闭上嘴，也许，与其说是因为说话费力，不如说是因为最后爆发的长时间的沉默太过消耗他的力气。他的双肺遭到痨病的啃噬，它们发出的噪音比一辆装满石头的大车发出的噪音还要大。他朝土墙吐出了一大块血块。他用微弱的声音继续说道：至少还有一个世纪的厄运会降临在这个国家身上，你已经可以嗅到它的气息了。很多人会死去，而比这还要糟糕的是很多人会离开，并且他们永远都无法回来。这倒还没那么重要，因为人就像植物一样，他们还会在这片土地上成长起来。你脚踩着这片土地，只要少一个人去踩，那里马上就会再长出五百株植物。真正重要的是另外的东西……可是这会儿我已经想不起来了，我原本打算告诉你的话已经溜走了。我想打断他，他抬起手：不，卡宾丘。我，你就不用再担心了。士兵们会把我送进收容所，因为他们说除了在医院附近造成了不好的影响外，我还让这个地方染上了臭味。可能是吧，那么妓院里的那些妓女呢？这些妓院密密麻麻地分布在整个街区。可是，在这里，我才是唯一的无底坑使者[1]，我才是毁灭者拉撒路。那些住院军官的家属都闹到天上去了，他们给总统、主教和警察局局长写信。但是，我不会去收容所。我就是死，也不会让他们把我送去收容所。就是死也不行！我是洛科-索洛，那么，我到死也会是洛科-索洛。他们无法把我关在收容所里，我宁可把我自己埋在那条臭水河里，那里漂浮着军事医院的脏棉球、垃圾、粪便，以及妓女们用过的脏布条和她们堕下的胎儿……又一口痰落在砖坯上，冒起白烟。我不知道我能否撑过今晚。我知道我撑不过去。那支笔就在我茅屋屋檐下

1　无底坑使者（Ángel de abismo），指《新约·启示录》（9：11）中出现的亚巴顿，意为“毁灭”和“毁灭者”，他同时也是“地狱中的魔王”。

的一个罐头盒子里。你去拿吧，拿走吧，带着它赶紧他妈的走吧。它不是一份礼物，它是一种惩罚。你等了很久才等来你的毁灭之日。今天晚上，我就自由了，可是，你却再也得不到自由了。现在，你快走吧，卡宾丘。拿着那支笔，赶紧走吧。我不想再看到你了。啊，等一等。如果你可以用这支笔写字，一定不要阅读你写的东西。你会看到白色的、灰色的、黑色的图像散落在四周，它们会散落在字里行间。你会看到可怕的东西成群结队地聚集在黑暗之中，这些东西甚至能让阳光下腐烂的树木尖叫并流下汗水……你会看到那些东西，这时，四野的狗会在黑夜里吠叫。如果你是个男人，那就用你的血擦去黑板上的最后一个字……什么字，雷蒙多？

他不说话了。他朝我背过身去，他的背上结着痂，那是已经变干的溃烂创面，解毒草[1]和毒品引起的带有幻觉的痉挛式翻转和病发时的抽搐让他的背与地面发生了摩擦，这些溃烂创面就是这样产生的。雷蒙多幽灵般的身影逐渐缩小，最后，它变成了这个正在凝望我的弯曲的后背。然而，我才是那个凝望自己后背的人。那片破损的皮肤就像交织着文字与涂改痕迹的硬皮，在这层皮肤下面，那些被关节病摧毁的椎骨用它们鹦鹉般的嘴尖瞄准我。这根在黑暗中越来越白的脊柱会开始尖叫和流汗吗？它是我的脊柱，它被钉在我的眼里。我听到自己的呼吸有些不太顺畅，而另一边，临死之人的鼾息越来越大，与之相伴的是即将到来的暴雨在无风的夏季引起的枯叶噪音。

很久之后，我才得知雷蒙多就死在那天夜里，正如他曾预见的那样。在他的一生中，至少从我认识他开始，他便带着对死亡的恐惧培养了自己对死亡的喜爱。他们发现他的时候，他已经死去好几天了。他的尸体堵住了大门，而他活着的时候这门就从没关过，因为他既不用门闩，也

1　解毒草（contrayerba o contrahierba），是一种致幻药草，主要分布在南美洲，主要用作解毒剂。

不用钥匙。一个人的尸体竟然那么轻，轻得就像一只鸟儿的尸体，它就像一片能被风翻动的叶子。门缝里传来洛科-索洛的气味，因为除了臭味，他身上一无所有。人们说，他已经住进了他的庇护所。他在医院那一带的传言中安了家。他在下落不明中被治愈。他变成了那个双关的绰号，而这个绰号永远代表着一个人最具欺骗性的故事。

有些人说，他们把他埋在军事医院的墓地里，考虑到军方律例森严，这自然不太可能。另一些人则说，他的尸体被扔进了河里。这至少还没有那么奇怪，因为洛科-索洛本人就有这样的想法。不管怎样，也许这两种仪式根本就没有多大差别。（编者附注）

在我写字的时候，这支笔注视着括号里的内容。文字被它提升到另一个维度。宇宙中的所有角度一齐介入，集中于某个焦点的所有视角一齐介入。我在书写，文字的组织已经被一条可见的链条穿过。他妈的！我不是在说词语，也不是在说那个被刺穿的圣灵[1]！不是！不是那东西！在语言内部书写让所有对象——存在的、不存在的或者未来的对象——变得不为可能[2]。这些笔记，这些痉挛式的记录，这个永远不会流动的论述，这个通过装置被固定在钢笔上的、可以被看见的说话人——准确地说，这个镶嵌在我的“记忆笔杆”上的亮水[3]镜片从球面的各个角度呈现出一幅清晰的圆形风景画。镶嵌在写字工具上的机器让人看到了语言之外的东西。只有我，只有我可以看见，因为可以

1　此处影射宗教体验——神魂超拔（transverberación），即与上帝精神共融的人感到心脏被刺穿，从而获得一种非同寻常的惊愕、忘我与狂喜的感受。

2　此处影射语言无法摆脱自身的局限。当一个人谈论未来、现在或物体时，他所做的只是重复某些话语或符号，而这些话语或是符号本身并不具备一种具体的现实。

3　此处是对雷蒙·鲁塞尔及其小说《幽居之地》的致敬，在《幽居之地》中曾出现一种名为“acqua micans”的神奇液体，这种液体含有大量氧气，因此，生物可以在这种液体里呼吸，死人也能在这种液体中复活。

被言说、可以被看见的东西会被写出的东西摧毁。[1]秘密的汁液将在轻烟中消散，尽管这支迁徙的“珍珠母大头棒”逐渐反射出河边木工作坊的金色海滩，那里在修建巴拉圭方舟。它收集了叫喊声、噪声以及装配工与工匠们的声音，还有黑人工人们油光发亮的汗水、他们无法翻译的语言、他们的感叹声和下流的喊叫。在它面前，文字游戏又有什么意义呢？比如说：天堂是一个花团锦簇、人满为患的高耸之地，它会将正义的人变成合唱队员。或者，冬天的公鸡在黎明晚到时捶胸顿足。或者，正如研究印第安人的专家贝尔托尼[2]所说：儿子完全是父亲的后代，他们只是从母亲的身体经过而已——这样的信仰将梅斯蒂索人变成了一个可怕的敌人。或者，要用人民自己的记忆让他们丧失理性。

说出什么东西，写出什么东西，都没有任何意义。行动才有意义。在造船厂、花岗岩采石场、石灰矿和火药制造厂工作的最后一个穆拉托人放出的最下流的屁声也比书面语言、文学语言更有意义。啊，就是这样，一个表情，一个眼部动作，重新握锛子前在手里吐一口唾沫。就是这样，这些东西才代表某些具体真实的东西！相反，根据定义，当书写并不具有普通人所说的日常口语的意义，那它又能有什么意义呢？

1　此处再次影射语言的局限性。

2　指莫伊塞斯·贝尔托尼（Moisés Bertoni，1857—1929），著名自然学家，出生于瑞士，1884 年前往南美洲，致力于研究植物、土地、气候和巴拉圭土著居民，曾出版诸多相关著作。

（永久通令）

在会议室里，洪达主席不知该如何处理布宜诺斯艾利斯使者们的授权证书和委任状，最后，他将它们放进口袋，捻着胡子对贝尔格拉诺说道：将军，您可以开始您的演讲了。

贝尔格拉诺首先说道，布宜诺斯艾利斯无意征服总督辖区内的各个民族，因此，我们给予了巴拉圭最大的满足——我们曾派遣远征军前来相助。如今，诸位的牺牲得到了补偿：巴拉圭爆发了“5·14”革命并成立了新政府。眼下，巴拉圭必须加入并服从中央政府，我们必须形成统一的中心，如果没有统一的中心，我们无法协商并实施各项计划。葡萄牙人带来的威胁已经迫在眉睫，他们的目标不只是布宜诺斯艾利斯，巴拉圭也是他们的目标之一。只有巴拉圭在主张、管理和行动上与布宜诺斯艾利斯政府保持一致，巴西亲王才能被遏制于其国境之内。在共同的敌人面前，各个大省必须齐心协力，如果巴拉圭背离中央政府，这将为所有大省树立一个不幸的范例。目前，我们的所有内部成员，也就是，构成以前总督辖区的所有大省，均已向布宜诺斯艾利斯政府派遣代表，唯独还缺少巴拉圭，我们急需各位加入。（洪达那帮人在鼓掌，而我则保持沉默，一种冷静的沉默。）

唐富尔亨西奥急于作答，他一边用脚拨弄地面，一边倚靠在叮当作响的马刺上，想要接住话头。他说起话来结结巴巴，我立马抓住这个机会说道：尊敬的使者们，首先，正如在塔夸里签订的投降书中所写，所谓的远征军并非前来帮助我们，而是侵略我们。的确如此，这时贝尔格拉诺表示了赞同。后来，他在他的回忆录中再次承认了此事：这个错误只会在头脑发热的人身上发生，他们只看到他们的目的，对他们来说，任何事情都不难，因为他们不仅无知，而且不会思考。好吧，将军，让我们把这段悲伤的故事搁到一边吧。我们来说说另一点，这也是最根本、最重要的一点：如今的巴拉圭已经不是一个大省了，它是一个独立自主的共和国，对此，你们的洪达政府已经给予充分的认可。先生们，总督辖区是一个丑陋的字眼，它是一具巨大的死尸，我们不要浪费时间去复活这块化石。在西印度帝国的压迫统治之下，各个大省沦为了可怜的殖民地，如今，我们正努力让我们的祖国从这些大省中诞生。全新的国家联盟关系理当顺应而生。“没有压迫者，也没有奴隶 / 这里充满团结和平等”[1]，在巴拉圭，甚至上学的小孩也会这么唱。巴拉圭已经向布宜诺斯艾利斯提供了一份联盟方案，这是实现自由国家亲密关系的唯一方法，不过，联盟并不等同于兼并。讼棍埃切瓦里亚插话了，他不怀好意地表示自己赞成就巴拉圭加入及派遣代表一事草拟一份尚待投票的协约，之后再将协约交由代表大会投票批准。大使先生，我可以提前告诉你，代表大会不会草拟这份尚待投票的协约，也不会通过这份协约。我们不能在背弃人民主权意志的条件下做任何事情，更不能强迫他们接受一个再次让我们屈服于外国势力的提议。您有马里亚诺·莫雷诺[2]亲手书写的指示吗？他的话直截了

1　这是巴拉圭国歌中的部分歌词。

2　马里亚诺·莫雷诺（Mariano Moreno，1778—1811），阿根廷律师、记者、政（接下页）

当，不容置疑。他没有兜圈子。对他来说，联盟意味着对巴拉圭进行全面整顿，他要求撤除市政会及当局政府，让完全值得信任的人物接替这些职位，并将可疑的邻国人员驱逐出境。先生们，这位曾经在你们的五月革命中担任激情演说家的人物已经颁布了命令：如果发生武装反抗，那么主教、省长，以及武装反抗的所有主要策划者都得死。不，先生们，不应让死亡和毁灭的想法死灰复燃。我们正试图根据自己的想法和需要，在既不耗费大量物力也不引起流血事件的前提下，以不遵从外人指示及命令的方式独立、全面地整顿巴拉圭。

埃切瓦里亚用分叉的舌头一点一点地舔食这个决定。这是一场聋子、死人和半死之人的对话，里面充斥着大段的演说与针锋相对的论述。现在，贝尔格拉诺沉默了，面对眼下的情况，他闭上了眼睛。对他来说，莫雷诺慷慨激昂的指示一定还历历在目。是的，这个时候我的确乐意和这个男人，而不是那个卖弄学识的骗子埃切瓦里亚，讨论应用于我们两国的《社会契约论》原则。然而，贪婪的布宜诺斯艾利斯"税务官"们渴望的幽灵般的君主制王国重重地压在他身上，他已经被它掩埋在大海的淤泥之中。现在，我别无他法，我只能忍受这位空话连篇的布宜诺斯艾利斯律师的蠢话、皮影游戏和荒唐言行。

最后，我说道，目前，巴拉圭正在集中全部力量建立公共管理机构和武装力量。除自我防卫外，我们不能以任何其他目的使用我们的武装力量。如今，在内，我们面临保王主义的威胁，在外，我们又面临葡萄牙军队的威胁，我们必须利用全部手段和资源来应对这些危险。我们要自给自足，不能依赖他人的援助。这场讨厌的谈判进入了第四次休会，希望微乎其微，在我看来，谈判已经走进装着废旧物品的阁楼了。我对自己说，如果他们不怀好意地来敲你的门，那就拿上钥匙去应答吧。不过，必须再等等，看看这出没有结果的闹剧到底会

（接上页注 2）治家，阿根廷独立运动领袖。现今的阿根廷国家图书馆便以他的名字命名。

有什么结果。最终，他们将 10 月 12 日——哥伦布日[1]确定为进行最后谈判兼签订协约的日期。

客人们成了名门望族细心招待的对象，后者以前者的名义举行了诸多典礼，各种晚会、舞会、馈赠、筵席让人头晕目眩。以洪达主席为首的亲布分子高兴得手舞足蹈，他们准备了一场盛大的阅兵仪式，并打算在签订协约当天举行，那些最显眼的“统一派”成员成了贝尔格拉诺和埃切瓦里亚家里的常客。尽管我已经下令对他们进行严密监视，不过，从这些秘密集会里可生不出什么好事。我在这些集会场合暗中安置了留声陶片，它们记录了令人震惊的谈话内容。于是，我决定任何时候都亲自陪同这些客人——特别是贝尔格拉诺——去所有地方。我变成了他的影子，这并不是说我甚至会跟去厕所（所有地方都变得十分可疑），这也不是说，我就变成了他熟睡时的守护天使，因为我还得准备协约底稿。我得一个字一个字地准备，每一个细节都必须仔细斟酌。这份协约成了一顶用虱子做成的华丽帽子，它让我无法入睡。我日日夜夜地熬夜操心，我变得比葡萄藤还要干瘦：在身上唯一一片叶子的遮掩下，我能溜去任何地方。把合我心意的葡萄都榨成汁吧，那些最绿的葡萄对我来说已经足够成熟了。

在英国或法国这样的新监护人的逼迫下，布宜诺斯艾利斯建立自身利益联盟的打算最后只会变成由布宜诺斯艾利斯人操纵的浪费时间的游戏。我在门口说话，门后面，将军本人正在洗漱。他没有回答。我听到水在脸盆里溅起的声音。我说，各个大省的温顺小牛正舔着英国人撒到他们食槽里的食盐。将军没有听到我说话，水花飞溅的声音

1 纪念意大利航海家哥伦布于 1492 年发现美洲新大陆的节日。

越来越大。他一定以为他正带领手下的远征军坐在兽皮船上横渡巴拉那河，之后，在远征巴拉圭的旅途中，他还将跨越因涨潮而泛滥的塔夸里河。亲爱的将军，您也骑在一头死去的奶牛身上，跑来侵略我们吗？我试探性地说出了这句戏谑的玩笑话。什么死去的奶牛？他笑盈盈地说着话，从房里走了出来。他头上裹着毛巾做的裹头布，活像某个国家的地方总督。委员长先生，您刚刚是在说一头死去的奶牛吗？玩笑话，尊敬的唐曼努埃尔，毫无意义的玩笑话而已，您就置之一笑吧。您刚刚让我想起了您的船。船？您跨河时乘坐的那艘用牛皮制成的船。昨天晚上您在聚会上给我讲的那个故事真是太有趣了！那头死去的奶牛竟然救了我的命，太好了！将军继续和我开着玩笑，这种亲切带着嘲弄的意味。我在沙子里都不会游泳。那艘船真是令人叹为观止。您好好看看，将军！那不过是一张巴拉圭牛皮！贝尔格拉诺温和地大笑起来。要是帕斯卡尔和您一起乘坐了兽皮船，他就不会说他说过的那句话了：河流是前进的道路，它把人带到他们想去的地方。他的裹头布从头上掉了下来。事实上，帕斯卡尔从未来过这里，除非是以船的形式。[1]这又是什么故事，委员长先生？您肯定记得，将军，在18世纪中叶，化身为商人的伏尔泰曾以向耶稣会宣战为由向南美租用了一艘名为“帕斯卡尔”的船。后来，“帕斯卡尔”号被西班牙政府租用，在对抗爱国者的战斗中，它曾被用作部队运输工具。伏尔泰真是一个有点厚颜无耻的天才，他对金钱有着极大的野心。这种贪婪将他变成了一个海盗哲学家。他对“黄金国”的传说十分着迷。他曾把憨第德派到巴拉圭，后来，我将憨第德的男仆，就是那个来自图库曼的穆拉托人加刚菩，从文字中解放出来，变成了我的仆人。我不明白，

1　这里有两个帕斯卡尔，上文提到的帕斯卡尔是法国作家、思想家，此处的帕斯卡尔是一艘船——在伏尔泰所著的《老实人或乐观主义》中，故事主人公正是乘坐“帕斯卡尔”号抵达巴拉圭。

他摇了摇头。也就是说，我把他从书里取出来了。加刚菩在我身边过得很好。我信任他。当然，他背叛了我的信任，因为穆拉托人的血液里有着注定会成为叛徒的基因。将军被我的严肃逗乐了，他继续笑着，他一定以为我在给他讲述另一个寓言故事。

罗圈腿的埃切瓦里亚来了，他也插嘴了：您看，委员长先生，巴拉圭拒绝加入拉普拉塔联合省恰好就意味着你们要继续在这里推行孤立政策。绝非如此，律师先生。巴拉圭并非自愿孤立。这就好比我们把您隔绝在这个浴室里，您还坚持认为，您待在这儿纯粹是因为喜欢这儿，而且，您还认为这儿就是世界上最好的地方。得了吧，埃切瓦里亚博士！您会允许自己这样被孤立吗？如果不说假话，您还会说您这样做是因为自愿吗？是从前总督辖区的历任政府，是他们封锁了港口，将河流据为己有，自革命将我们的国家从压迫政权中解放出来，这种情况便一直持续。如今，布宜诺斯艾利斯前来向我们允诺和平、联盟和自由贸易，那么，这项提议是否符合一个在处理与他国关系时——尤其是在对待一个像巴拉圭一样自由、独立、自主的国家时——妄自赋予自身宪兵权力的国家的态度与行为呢？不，不，绝非如此！律师先生，难道布宜诺斯艾利斯洪达不曾派遣我们面前这位贝尔格拉诺将军带领一支远征军前来征服这个国家吗？我们已经多次讨论并澄清这个误会了，情况并非如此。委员长先生，我们最好不要在这些无关紧要的问题上浪费时间。您是美洲最开明的知识分子之一，为何要在过去的事情上浪费时间呢？您看，博士，在巴拉圭，我们拥有的最“开明”的人是亚松森的街灯管理人。他每年要点燃并熄灭五十万支蜡烛，甚至连他都知道未来就是我们的过去。让我们也修剪修剪我们的蜡烛吧，我们来谈谈未来吧。为什么不呢？我非常乐意，乐意至极。这正是我想谈论的问题。委员长先生，我认为您非常喜欢玩弄文字游戏，但是，现在我们正在商议非常严肃的事情，它要求我们以最严肃认真的态度来对待它。我完全赞同，尊敬的博士。这就是文字的诅咒：这该死的游戏让文字想要表达的东西变得晦涩。委员长先生，尤其是在我们不遵守基本礼貌形式的条件下。您觉得，在这里，在一间浴室门口，我们能够商议这些事情吗？我完全赞同，博士。我们去（不明智的）签约大厅吧。

这个来自布宜诺斯艾利斯的讼棍打算通过他自以为是的肤浅见解得到什么好处呢？他想谈论未来，满嘴狂言大话。当然了，对这个卑鄙的阴谋策划者来说，他想做的就是尽早结束大使代表团的肮脏交易，以便赶紧投身于其他更加肮脏的交易中：他正急于向洪达政府中那些没有脑子的无知者提议，让他们卖掉"弃婴"印刷厂。这简直是流氓之间的违法交易。

各位大使，对我们来说，巴拉圭革命的目标是为我们的祖国谋取幸福，为此，我们万死不辞。这是我们不可改变的决心，没有任何力量能够让我们改变信念和方向。如果他们封锁河道，我们就在水上行走。大使先生，你们可以避免这一切。我们所有人可以一起避免最坏的情况，努力争取好处。我们要让"联盟"一词成为一个有益的现实。你们已经从巴拉圭夺走许多土地和河流，但是，你们无法夺走它的火和空气。埃切瓦里亚的铁青色颌骨在寻找拳头的支撑，贝尔格拉诺的白色身影笼罩在黑暗之中。

先生们，我们打开天窗说亮话吧。如果要建立一个统一的中心，那么，这个中心只能是巴拉圭，不能是其他地方。巴拉圭是各个自由的独立国家组建的未来联盟的中心。为什么布宜诺斯艾利斯不能加入巴拉圭呢？对理应结盟的国家来说，巴拉圭是它们的模范和中心。自殖民统治开始，巴拉圭一直在扮演这样的角色。而且，在推翻殖民统治之后，它更加有理由成为这样的中心。巴拉圭是反殖民统治运动的推动力，这不仅因为它已经成为南美第一共和国，还因为它一直有能力成为南美第一共和国。反对封建专制制度的首次起义就发生在巴拉圭。历史事件造成的等级制度将亚松森置于布宜诺斯艾利斯之上：正如某道愚蠢的王室敕旨所言，亚松森是人民之母，是城市的乳娘——这道敕旨虽然愚蠢，但并不妨碍它用自己的方式表述这样一个事实。当布宜诺斯艾利斯沦为崭新的废墟时，亚松森重建了布宜诺斯艾利斯。如今，布宜诺斯艾利斯竟想合并亚松森。你们看，当事实的真相被错误扭曲时，一个字母的误用可能意味着什么！[1]我的朋友们，布宜诺斯艾利斯本身就是一个巨大的错误，它是悬挂在一个港口上方的巨大的反刍胃。如果布宜诺斯艾利斯领头，那么，我们会面临被活活吞噬的风险。这是无法避免的宿命。卡耶塔诺·罗德里格斯修士[2]是我从前在科尔多瓦大学的老师，他写信给我：孩子，你不知道，在所有脱离拉普拉塔的省份中，布宜诺斯艾利斯的名字遭到所有人记恨！

这并非偶然。自从我们按照新的思想开始在蒙塞拉特"哥特宝塔"的地道里反思这片土地的命运，我们便清楚明白地预见了将要发生的事情。我的一些同学——如今他们是洪达政府的成员——和我一样清楚，当城市控制农村，所谓的革命便变成了一个充满叛乱和纷争的剧场。这就是公社革命在这里遭遇的不幸。首都的贵族们背叛了这场革命，而当老百姓——所有的人民群众——重新获得权力之后，革命便接管了权力。后来，它错误地将权力交给了那些"开明的"知识分子和贵族首领。于是，人民被征服了。他们原本的首领被斩首，解放运动惨遭摧毁。

在巴拉圭，革命的力量存在于自由农民和新兴的农村资产阶级身

1　此处影射前一句话中的"重建"与"合并"，在西班牙语中，这两个动词仅存在一个字母之差。

2　卡耶塔诺·罗德里格斯修士（Fray Cayetano Rodríguez，1761—1823），阿根廷教士、诗人，积极参与独立运动。作为29名代表之一，罗德里格斯参加了独立各省在图库曼召开的代表大会，会议于1816年7月9日宣布拉普拉塔联合省成立。

上。他们是第三阶层[1]人民，然而，他们还无法以革命议会的形式直接参与执政。他们甚至无法将独立斗争进行到底。

在布宜诺斯艾利斯，代表商业资产阶级的吉伦特派[2]正在进行革命。他们最大的努力和最好的付出不过是用一些改革来保全总督代管制，他们的改革倾向于再次建立一个君主国——这一次，它是克里奥约人的君主国。他们最“开明的”知识分子脱离了广大的人民群众，而在巴拉圭，同样脱离人民群众的是那些控制洪达政府的有权有势的军队首领。

将军站了起来。他又开始迈着大步，从一面墙走向另一面墙。他摇摇头。我不赞成您说的话，先生。我不是商人，您也不是商人。您热爱您的人民，我也热爱我的人民。不幸的是，我们只是少数人，将军。大多数人民群众是否会支持我们，这取决于我们自身。难道科尔内略·萨阿韦德拉不曾指责马里亚诺·莫雷诺是主张夸张的自由原则与不切实际的平等理论的邪恶的罗伯斯庇尔吗？后来，他将这个派别从虚伪的雅各宾派“肥皂分子”[3]中分离出来，因为在唐科尔内略看来，这些雅各宾派一直试图建立一个疯狂的民主政体，而这个政体注定要破坏宗教、道德和我们的传统生活方式。莫雷诺最终被人下令浸入大海深处。[4]

1　第三阶层（Tercer Estado），即平民阶级。此处影射法国大革命时期的 Tiers État（第三等级，即除了僧侣和贵族之外的人民群众），他们是法国大革命的动力。

2　吉伦特派（Girondino），也称“布里索派”或“长棍面包派”，法国大革命时期的一个政治派别，主要代表信奉自由主义的法国工商业人士。吉伦特派被雅各宾派视为反革命分子。

3　指布宜诺斯艾利斯的革命分子（或爱国者）。当时，独立运动爱国者的秘密集会中心是阿根廷军人、政治家及商人伊波利托·比埃特斯（Hipólito Vieytes）名下的比埃特斯肥皂厂（La Jabonería de Vieytes）。

4　此处影射莫雷诺的死亡。马里亚诺·莫雷诺在与科尔内略·萨阿韦德拉的对立中失去了权力。后来，莫雷诺被派去里约热内卢执行外交任务，其后死于海上。不过，很多人认为莫雷诺去世的真正原因是萨阿韦德拉安排的暗杀行动。

比森特·阿纳斯塔西奥·埃切瓦里亚严肃地做着笔记，他没有喝下穆拉托人皮拉尔为他斟上的马黛茶，他只是不停地往吸管里吹气。博士，这样可不行。一边吹气，一边还要吸茶，这样很难，不是吗？他眯着眼睛，不知该如何作答。先生们，你们看，我呢，有时候喜欢变得单纯，尽管我看上去并非如此。巴拉圭已经给予布宜诺斯艾利斯诸多便利，而我完全可以肯定，诸位此次前来是要求我将剩余的便利也一并交予布宜诺斯艾利斯。给予的人会一直给予，直到他一无所有。在这种情况下，我只能将门反锁，自己保管钥匙。我只能在萨尔托和奥林波之间筑起一连串堡垒，我只会将对国家有利的炮眼打开。这就是我将要做的事情，而且，我已经这样做了。

但是，委员长先生，这个满嘴空话的律师阴险地坚持说，根据我的理解，阁下只是巴拉圭洪达政府的成员。律师先生，在这里，除了一个停滞不前的洪达政府外，我们还拥有一个正在前进的革命运动，而我便是这场革命的领导者。那些背信弃义的反动政变威胁着我们的每一步，我们需要一个铁腕来制止它们。所以，您不用替那些爱出风头的人担心。如果我说的话还不足以让您明白事实，那么，事实会支持我的说法。尊敬的朋友们，巴拉圭是战场上的获胜者，它不会拒绝一份协约，它只是拒绝被一份协约征服。洪达和市政会的全体成员都在为我的话鼓掌。在为诸位提供一个联盟基础的同时，我也为你们打开了大门，这扇大门通向一个民族主义同时也是美洲主义的解决方法。它公平友好，符合大多数人的利益。这就是用尽可能具体的条件来谈论未来。我们不要用抓阄来决定命运，我们要公平地分摊好运，不过，这可不是在骑马比赛中分摊好运。我们不接受不公平中的不公平。让我们齐心协力，合作共赢吧！让我们一起寻找最公平的道路吧。看到我们只能将协约 / 分歧封存在文字、笔记、文件和抗辩文件里，这真是太悲哀了。我们把自然的事情封锁在违反自然的符号里。文件可以被销毁，还可以被人别有用心，甚至别有三心、别有四心地解读出无数种含义。文件可以被人遗忘、伪造、盗窃、践踏，然而，事实不会，事实就摆在那里。它们比语言更加强大，它们有自己的生命。我们要依赖事实。我们要用我们所有的力量去建立这个联盟，但是，如果不通过一个真正的人民革命进程，我认为它的建立根本无法实现。

我们骑着马在雷阿尔路和下城区漫步，居民们欢呼着拥上街头。贝尔格拉诺将军从笼罩在他身上的光环中朝大家微笑致意，他就像一位身着将官制服的活圣人。我们行走在亚松森的街道上，我们并非置身于一群敌对的犹太人中间，围绕在我们身边的是一群热情的信徒，他们是这座红色的南美耶路撒冷的子民，而这座红色的南美耶路撒冷就是位于亚松森的人间耶路撒冷。埃切瓦里亚焦躁不安，讼棍的灵魂刺痛着他舌头上曲张的静脉：委员长先生，如果没有一个像布宜诺斯艾利斯一样的命令中心作为轴心，而且也没有法律来铺设轨道，那么您提议建立的这个由自由独立的国家组成的星座一出生就会是一个畸形的死胎。您看，尊贵的博士，您和我都不应该反对镌刻在事物本质中的东西。您看看吧，您好好看看这个朴实的民族，他们像所有人一样渴望自由和幸福。您看看他们如何在热情的火炉中晃动吧！那些真实的存在，那些可能的存在正在质问我们、拥戴我们、召唤我们，他们将他们善意的指令强加在我们身上，我们则是已经失去父母的、可能的存在，我们骄傲地凌驾于我们的想法之上，如果我们不能将这些想法付诸实践，那么，我们的想法就是没有生命的想法。可是，这些人是活人，虽然他们拥护我们，但是，他们也审判我们。他们在等待机会。轮到他们的时候，他们便会结束这种轮回。您看，博士，您好好看看这些生满老茧的黑手！这些挥舞的双手在灼热的阳光下完全变成了白色！他们想把我们变成他们的油灯。他们试图用热情来点燃我们。可是，在阳光的照射下，我们只是投射影子，散发热气。委员长先生，我不太明白，您到底想表达什么。不用理解我，埃切瓦里亚博士，您得理解他们。贝尔格拉诺将军已经理解了这些话。

我们在混乱中对着彼此大喊大叫，我们听不见自己说的话，只看到它们在我们嘴里形成一个又一个空白。博士们不理解我，我已经习以为常了，埃切瓦里亚博士。你们的塔西佗会说，在巴拉圭的丛林中，最野蛮的暴君将以阴险的方式利用联盟之主张。他污蔑我，他也会污蔑你们，他会说你们完全是又聋又瞎。你们的塔西佗说，联盟一词被写进一份协约，联盟便拥有了可见的形式，它应当很快就会让拉普拉塔河地区的所有人民发生动乱，因为它为无政府主义提供了一个支点，而且，它还为这些国家的社会解体和政治解体树立了一面旗帜。这样的解体势必会危及革命的胜利，而且，就算之后它能综合人民的有机生命要素，转变成符合宪法的形式，它势必还会摧毁各种社会势力。你们的塔西佗在英国殖民统治的庇护下，用漏洞百出的句法承认了这个事实，同时也否定了这个事实。我们要做一件适合我们所有人的外衣，但是，这并不是我们应当裁剪的那块布料。如果这样的事情发生了，不论恶棍塔西佗说了什么，这件外衣都将变成欺骗老实人的魔术袋。它会从一个人手里传到另一个人手里，直到变成一条沾满鲜血、臭气熏天的破布。委员长先生，您这个外衣比喻还真是形象。不过正如所有比喻一样，它毫无作用且带有欺骗性质。我们操纵的既不是比喻也不是外衣，我们操纵的是政治现实。我们不是裁缝，我们是有思想的人。根据明智的古代立法者的认识，我们必须管理并制定法律。不好意思，博士，不过古时候的布宜诺斯艾利斯国会或图库曼国会好像并没有考虑建立联盟。您应该不希望这个联盟在出生之前就倒退两千年吧。律师先生，如您所言，如今，在我们这些殖民大省的猫袋[1]里，我们这些“开明的”知识分子必须首先建立制度，我们的目的是让制度反过来创立法律并教育人要成为人，而不是窃取他人成果的胡狼。请您不要用您讨好的性格、精明的头脑和您对人与事物的认识来贱卖我们的计划，请您用它们来粉碎巴拉圭独立之敌试图为我们铺设的阴谋吧。认为我们的人民生来便是为了接受无休止的奴役，这并不是在给予他们荣誉。看看这些为我们欢呼的人民，他们仍然信任我们。您认为他们在热烈地恳求我们再次把他们变成小部分特权阶级的奴隶，然后让这些人为一己之私剥削他们，就像他们的外国主人时至今日的所作所为吗？

我朝着贝尔格拉诺将军纵马飞奔，他正在查卡里塔[2]危险的悬崖边上徘徊，那里曾耸立着圣布拉斯教区的营寨。将军，离开那片悬崖！那里很危险，随时会有滑坡！不要担心！他跳离悬崖，冲我答道。我非常了解那些懂得退让的土地和那些不懂得退让的土地。的确，将军说得有道理。在他第一次来巴拉圭时，他不得不在老百姓当中挑选士兵来组建他的军队。老百姓是能力强大的生物。这是深奥的自然智慧。这些人的状况和命运在哪里都一样。将军，就在您来入侵我们之前，我们在这些人当中征集了士兵，我们让他们去布宜诺斯艾利斯帮助你们抵御英国的侵略。的确如此，委员长先生。巴拉圭人在第一次抗击外国侵略的救国运动中失去了他们的士兵、他们的臂膀、他们的勇猛和他们的生命。随后，我的军队也来到巴拉圭执行援助任务。当我的军队意识到巴拉圭人并不明白这次远征并非针对他们，而是针对仍然统治这一地区的西班牙势力时，他们宁愿光荣地失败，也不愿为了虚假的荣誉继续抛洒兄弟们的热血。

---

1 意指由对立成员组成的集体。

2 查卡里塔（La Chacarita），即里卡多布鲁加达（El barrio Ricardo Brugada），它是亚松森最古老的街区之一。

对话变得越来越沉重。骑手在脱离地心引力后应当寡言少语。马鞍不允许骑手在空中高谈阔论，除非他骑的是骏马，好比我那些马，它们吃的是我在实验庄园中种植的飞行苜蓿和三叶草饲料[1]。特别是摩尔和赛布鲁诺[2]，它们是最能吃的马，贝尔格拉诺和我就骑着这两匹骏马。这种饲料吃上一晚，便能在消化过程中，为它们提供足够飞行好几个小时的挥发性气体。亚里士多德从气体中追溯了动物的起源[3]。通过窃取鸟儿推动翅膀、在空中滑翔的奥秘，达·芬奇制造了飞行装置。恺撒大帝给他的马喂食海藻，为它们注入海洋的活力。热量是物体的能量来源，它是一种比烟还要轻柔的悬浮物质——基于这一原理，我做出了某种比斯塔基拉人[4]和佛罗伦萨人[5]的作品更好的东西：我并没有制作机械装置或空气动力学装置，而是成功种植了热能牧草。这是一种具有奇妙用途的饲料。它是自然能量的发电厂，它能为动物的改进及人类遗传学进步提供无限可能。我们通过提供营养来建造超级物种。营养就是生物的阿尔法和欧米伽。这就是我们悲惨现实状况下的“黄金国”。将军，您不认为聚集在海洋里的浮游生物也许能解决我们的问题吗？它们就是永不枯竭的能量养殖场。我不了解大海，但我知道，这有可能。你们位于海边，也许，你们应当开始试验。试验必须秘密进行，否则，就有可能在牧场主和屠夫之间引发战争，此外，这还会引发布宜诺斯艾利斯商贩们愈加无法满足的卑鄙贪欲。

现在，我们正骑着我们的蒙戈尔菲耶马[6]在云端飞驰。从最高处看

---

1 至高无上者的发明之一：以这种饲料为食的马匹能够在天上飞行。

2 赛布鲁诺（El cebruno），至高无上者的一匹深灰色骏马。

3 亚里士多德认为世界的本源是土、水、气、火。

4 指亚里士多德，亚里士多德出生在斯塔基拉城。

5 指达·芬奇。

6 蒙戈尔菲耶马（Caballos mongolfieros），至高无上者本人创造的说法，意为“载人飞行的马”。蒙戈尔菲耶指法国发明家蒙戈尔菲耶兄弟，他们于1783年首次完成热(接下页)

去，亚松森城朱砂般的色泽显得更加浓郁，绿色的森林更为葱郁。棕榈树看上去更像是插着羽毛的王冠，它们显得更加纤细、矮小，准确地说，它们看上去十分矮小。洼地的阴影变得更加黑暗，落日将流动的火光铺洒在海湾里，铺洒在山丘上拥挤的村落里。啊，多么美丽的风景啊！贝尔格拉诺深吸一口气大喊道。他在马鞍上稍稍抬了抬身子。埃切瓦里亚在哪儿？我无法掩饰自己得意的笑容，我看到那位好管闲事的秘书正骑着马，身处洪水与急流开凿的水沟之中。您看，他在那里呢，将军！就在下查科[1]的最底部！唐比森特·阿纳斯塔西奥的运气可真差！他同情地说道。他错过了这样的景色！的确太可惜了，将军。您的秘书骑着富尔亨西奥·耶格罗斯的瘦马，这匹马只适合跑马穿环和夸特赛马[2]。

贝尔格拉诺说，我们让这些飘浮在空中的布塞菲勒斯[3]降落吧。这要怎么降落？在什么地方刺上一下吗？它们身上有什么排气阀吗？并非如此，将军。一切自然发生。您先不要落地。它们是热能动物，当热气耗尽，它们会自动着陆。一切都很自然。每年的这个季节，落日余晖总是无比壮观。您好好欣赏吧，将军。

这一次，我终于摆脱了那个只会说空话的律师兼秘书，于是，我又开始谈论我的话题：连续两次发生在总督代管制身上的事情只能在巴拉圭身上发生一次。至少，在我还活着的时候，必须如此。贝尔格拉诺眨了眨眼睛，他并未理解我说的话。尊敬的将军，为了得到从智利和秘鲁涌入布宜诺斯艾利斯港口的大量税收，英国人以典型的海盗

（接上页注 6）气球载人飞行。

1　下查科（Bajo Chaco）是大查科地区巴拉圭河与皮科马约河交界的一个地区。与干旱贫瘠的上查科（Alto Chaco）地区刚好相反，该地区气候湿润，洪水泛滥且分布有许多沼泽。

2　夸特赛马（Cuadrera），指短途赛马。

3　布塞菲勒斯（Búcefalos），亚历山大大帝的坐骑，此处用来代指马。

行径入侵了拉普拉塔河地区。难道不是吗？的确如此，委员长先生。大约五百万帕塔孔币，对吗？是的，大致如此。总督下令转移并隐藏这份宝藏，最后，英国海盗霸占了这笔钱。他们把属于海军准将、陆军上将和陆军准将的那份钱平分了，剩下的则寄给了英国国王。亲英派为人正直，侵略者的首领和军官留宿在尊贵阶层的府邸。宗教自由开始了，与这个海盗之国的自由贸易也开始了。贵族们十分喜欢来自伦敦的香皂，这是给布宜诺斯艾利斯人的微薄补偿。这些芳香的泡沫自然不会出现在郊区平民身上。在帕尔多人、穆拉托人和高乔人身上，只有他们的不满在逐渐散发恶臭。

这种抢掠行径变成了一项政治工作。眼看着一小撮果敢的人在没有过多顾虑的情况下轻松霸占了如此丰厚的战利品，英国人理所当然地认为，他们可以在殖民地政府取代西班牙人，哪怕是需要打着“受保护独立”的旗号。

与此同时，装满被困之人[1]的帕塔孔银币的箱子正从伦敦街道上经过。胜利仪式盛大而隆重，围观的群众激动得发狂，这些人和那些在下面为您欢呼的群众可大不一样。身披华丽装饰的马儿拉着那些运输劫掠成果的马车，它们身上披着旗帜，还有用金色字母书写的文字：“TREASURE!!”“BUENOS AYRES!!”“VICTORY!!!”[2]您看到了吗？他们就在那儿，他们带着一支吹奏风笛、敲击军鼓的军乐队来了！*

1　指当时的总督拉斐尔·索夫雷蒙特，此人在英军入侵时，带着西班牙的税收逃跑了。后来，这份战利品被截获并被运送到了伦敦。

2　英语，意为：“宝藏！！”“布宜诺斯艾利斯！！”“胜利！！！”

*在贝雷斯福德[1]的带领以及波帕姆[2]和贝尔德[3]的指挥下，英国军队于1806年首次入侵布宜诺斯艾利斯。[4]这些与此相关的描写片段来自至高无上者在其执政初期草草记录的笔记。虽然至高无上者并未引用或提及罗伯逊兄弟——后者也并未在其著作中提及此事，但是，显然，在亚松森停留期间，年轻的胡安·帕里什·罗伯逊正是至高无上者的热心情报员。这位目击证人不仅见证了布宜诺斯艾利斯的财富抵达伦敦，而且还见证了英国在布宜诺斯艾利斯统治的开端。这些笔记里有非常精确的参考资料——其真假尚不可知，这些资料包含了大大小小的事实，它们甚至记录了西班牙总督逃跑后，英国人在卢汉[5]掠夺的海盗战利品分摊到贝尔德、波帕姆和贝雷斯福德头上的金额总数。例如，至高无上者记录道："征服荷兰的开普殖民地[6]貌似让英国人胃口大开"，接着，"贝尔德分到了两万四千英镑（确切地说，是两万三千英镑五先令九便士），贝雷斯福德分得一万一千多英镑，波帕姆分得七千英镑。他们每个人都能用分得的钱为自己购买一座庄园"。不过，他也并未忘记记录，同一时期，在美洲大陆的另一端，米兰达[7]正试图利用英国人的金钱（这些钱让他得以雇佣雇佣兵并购买武器）努力为委内瑞拉争取独立。"这是什么狗屁东西?"

1 指威廉·贝雷斯福德（William Beresford，1768—1854），英国军人、政治家。他曾率军入侵拉普拉塔总督辖区，并短暂地担任布宜诺斯艾利斯的统治者。

2 指霍姆·里格斯·波帕姆（Home Riggs Popham，1762—1820），英国海军指挥官、政治家。

3 指大卫·贝尔德（David Baird，1757—1829），英国军事家。英国首次入侵拉普拉塔总督辖区的远征队首领。

4 1806—1807年，英国曾两次试图吞并拉普拉塔总督辖区，均未成功。

5 卢汉，阿根廷城镇，位于阿根廷东北部，距布宜诺斯艾利斯约68千米。

6 开普殖民地（La Colonia del Cabo），因好望角而得名。开普殖民地曾是荷兰殖民地，由荷兰东印度公司于1652年建立。1795年，荷兰在梅森堡战役中战败，开普殖民地归英国所有。1802年，《亚眠条约》让开普殖民地重回荷兰（当时是巴达维亚共和国）。1806年，布劳乌堡战役后，英国再次占领开普殖民地。1814年，《伦敦条约》正式承认英国对该地的所有权。

7 弗朗西斯科·德·米兰达（Francisco de Miranda，1750—1816），委内瑞拉军事领导人、革命家。他被视为拉丁美洲独立运动的先驱，曾担任委内瑞拉第一共和国领袖。

至高无上者气愤地感叹道。“1806年8月，米兰达在拉韦拉德科罗[1]上岸。他没看到任何人。爱国主义者对这些解放者敬而远之，他们认为后者是海盗。同年9月，英国人在布宜诺斯艾利斯登陆，这些海盗以解放者的姿态将布宜诺斯艾利斯洗劫一空。”（编者附注）

如果我们以商人而非敌人的身份靠近南美人，我们会加强他们的地方主义倾向。如此一来，我们就能将所有人装进我们的袋子——大英帝国的统治者这样想着，这样做着，他们为他们在新英格兰的后裔树立了光辉的榜样。尽管如此，尽管有了五月革命，尽管有过各种权衡，新任洪达政府依然承诺他们不仅要给予英国人保护，还会做得更多。拉普拉塔总督辖区的“间接统治”与“受保护独立”在新主人手里得到了充分保证。难道不是吗，将军？一片颗粒粗大的云团钻进了贝尔格拉诺嘴里，他开始咳嗽。尊敬的将军，我知道，您并未试图掩盖这些事实，您曾公开与它们进行对抗。我甚至知道，为了抨击侵略者，您跑去了东岸地区。您的自尊心拒绝接受这个耻辱。我在乌拉圭河上的梅赛德斯教堂有一个朋友，通过此人，我了解了您那些天的遭遇。我也知道，在英国人实施野蛮行径期间，您并没有闲着——这正好符合您的爱国主义。后来，他们逼迫您来到了这里。

轮到我来见证您的远征军造成的事件及反抗事件了。在我辞职回到伊比拉伊庄园后，我便专心致志地观察你们，就像您在您位于梅赛德斯的住处观察时局一样。不过，我比您运气好。我的运气比您的运气好上三倍：幸运的是，您的侵略以撤退告终；幸运的是，我现在能成为您的朋友；幸运的是，我能和您一起骑马，漫步在巴拉圭的蓝天之上。将军，您是此次和平使团的光荣领袖，您为巴拉圭带来的提议

1　拉韦拉德科罗（La Vela de Coro），委内瑞拉港口城市。

并非愚蠢的"受保护独立"，您带来了一份平等友爱的和约。您和我一样，我们都是孟德斯鸠和卢梭的忠实读者，在实现民族独立的方案上，我们和这些大师想法一致。将军，除司法占星书籍、色情书籍和反宗教书籍之外，您是为数不多的获得教皇许可能够在最宽松的条件下阅读各种禁书的天主教徒之一——哪怕这些书属于异教。我不会说《社会契约论》与其他启蒙运动书籍包含了我们正确前行缺乏的所有智慧。我们为祖国的独立、自由和繁荣而斗争，我们在主要观点上已经足够一致了，而这些观点正是这些斗争的出发点。我正带着这样的精神撰写我们明天将要签署的协约草稿。

（写于页面边缘）

一列长长的队伍在圣洗池旁缓慢移动，人们怀抱婴儿赶来参加洗礼盛典，贝尔格拉诺将军在洗礼盛典上担任教父。他们曾集体请愿，要求贝尔格拉诺将军担任孩子的教父。贝尔格拉诺将军自然好心地接受了这份强加的使命，现在，那些合法的亲生父母正在那里排队。他们将无数婴儿一个接一个地放入他怀里，他用圣水将这些孩子变成了教子，将孩子的父亲或/和母亲变成了他的干亲。连续几个小时，他一直站在门厅的圣洗池旁。倾斜的教堂就像一座新的比萨斜塔，随时都有坍塌的危险。母堂嘎吱作响，它从裂缝中发出威胁的呻吟声。勇敢的贝尔格拉诺将婴儿们一个接一个地高举于圆形的约旦河[1]上。第一个婴儿是玛丽亚·德·洛斯·安赫莱斯，她刚刚出生。何塞·托马斯·伊萨西和他的妻子对着他们的女儿——这个正对着衣服花边踢来

1　指洗礼池，耶稣曾在约旦河接受洗礼。

踢去的小肉球流下了眼泪。

在市政厅底层搭建的剧场里，《淮德拉》[1]正在上演。*彼得罗娜·萨瓦拉饰演的角色——克里特岛国王和帕西法厄的女儿——令人赞叹，可以说，她就是忒修斯的妻子本人，她爱上了自己的继子希波吕托斯·桑切斯。在她不堪良心谴责，用贞操带将自己吊死在维纳斯山上的那一幕中，一切惟妙惟肖，令人入迷。坐在橘子树下的我们从悬崖高处看去，我们在欣赏那具柔软修长的躯体。它幽灵般的苍白身影在松明照耀的水面黑镜上不停摆动。被风吹动的秀发遮住了她的脸庞。

*当晚上演的作品不是《淮德拉》，而是《唐克雷迪》，这是当时在巴拉圭唯一为人所知的舞台作品。（编者附注）

1　淮德拉（Fedra），希腊神话中的人物，她是米诺斯的女儿、忒修斯的妻子。淮德拉和忒修斯结婚后爱上了自己的继子希波吕托斯（希波吕托斯是忒修斯与希波吕忒所生之子）。有诸多文学著作根据淮德拉的故事创作而成。根据编者的附注，此处上演的实际是伏尔泰的悲剧《唐克雷迪》（*Tancredo*）。11世纪，锡拉库扎城的领袖之女——阿美奈德（Amenaida）被许配给另一个势力强大的家族，然而阿美奈德已经与一名流放骑士唐克雷迪私订终身。于是，她写信给唐克雷迪，催他尽快回来。阿美奈德拒绝了父亲的安排，在与秘密返回的唐克雷迪见面之后，她让后者赶快逃跑。后来，阿美奈德的信落入其夫君之手，阿美奈德被控与穆斯林通敌。最后，唐克雷迪虽然为阿美奈德洗清了罪名，但他依然认为阿美奈德通敌之事确有其事。于是，唐克雷迪选择奔赴战场杀敌寻死。

第十三次会议第四次休会在埃切瓦里亚的要求下开始进行，此人满身大汗，情绪低落，大家挨个吮吸马黛茶，他的脸上却挂着一副马黛茶实在难闻的表情。洪达主席命人拿来了一筐玉米饼，所有人都在大吃大喝，只听到嘴巴的声音和吸管在茶水中啜饮的声音。为了说点什么，我再次谈起布宜诺斯艾利斯的重建，这是一座想要合并巴拉圭的城市。它一直都是一个不错的话题，至少，这样一来，我能回避我的亲戚富尔亨西奥的愚蠢笑话，因为这会儿他一直有意要讲出他最差劲的笑话之一。1580年，距离这个港口城市消失已经过去将近四十年。在那里，最后的茅屋已被烧毁，肆意生长的牧草覆盖了灰烬，它们已经将这座城市从地图上抹去。先生们，如果我们不去管这个草堆，那么，我们所有人早就获益无穷了，但是，亚松森——这位富饶的人民之母和城市之母——生来便注定要喂养这些幼儿。第二座布宜诺斯艾利斯的建造者从亚松森出发了。省长胡安·德·加拉伊[1]决定在拉普拉塔河建立一个港口，以便将西班牙与亚松森和秘鲁连接起来。于是，

1 胡安·德·加拉伊（Juan de Garay，1528—1583），西班牙殖民统治者、征服者。1573年，他建立了圣菲（Santa Fe）。1580年，他建立了布宜诺斯艾利斯，并于同年被任命为拉普拉塔及巴拉圭大省省长。

招兵的横幅挂起来了，公告传报员吹着军号、敲着军鼓出来了，他们召唤着所有想要加入这项工作的居民。十位西班牙人和五十六位本地人应征入伍，他们带着家人、牲畜、种子、耕种工具和希望从亚松森出发了。加拉伊和他的随行者乘船顺河而下，一些人则赶着五百头奶牛走了陆路。这个牧群规模十分庞大，不是吗？真是个不错的总数。1580 年 6 月 11 日，这座港口城市第二次出生，一切正平稳和谐地进行，这出历史壮举结束了。一个人杀死野兽，另一个人收拾兽皮，并用兽皮给外套加上衬里。奠基礼拜仪式不能省略。省长遵照古代习俗，用他的剑击打草地。抄写员加里多的声音庄严洪亮。善良的比斯开人加拉伊在他的内心深处微笑，他的笑容映在剑刃上。看看这些编年史作者是如何胡编乱诌的。布宜诺斯艾利斯最终建成。市政会，文卷，十字架。[1]它的平面图画在了羊皮纸上。拉雷塔说了，布宜诺斯艾利斯就是一片平坦的开阔地，没有必要弄得过于花哨。他们为它设计了笔直的街道，从南到北，从东到西，都是如此，简直就是一个素雅简朴的西洋跳棋棋盘。沿河有十六个街区，九个垂直街区。有六个通向堡垒的街区，这其中的一个街区便是被亚当啃咬的那个苹果[2]。有三个修道院、一个主广场、一个医院，以及用来为定居者建造小庄园的土地。总之，这座城市已经开始蔓延，小庄园已经开始出现。这是一个永远也说不完的故事。在那五十多位巴拉圭大地之子中，有一位巴拉圭的女儿——安娜·迪亚斯。这个满嘴空话的律师嘬了嘬吸管，露出了一个微笑。律师先生，您在笑什么？没什么，委员长先生。如您

1　当时，西班牙国王会向征服者发放文件，赐予其在殖民地建立赐封地的权力，以此授予殖民者奴役印第安人的特权，而征服者肩负的首要任务之一便是用“福音之剑”征服印第安人，使其皈依天主教。因此，征服者以十字架、剑与一份含有国王授权的文卷作为权力象征。

2　至高无上者在此以诱使亚当犯罪的禁果作比，隐喻布宜诺斯艾利斯的重建是一切罪恶的开端。

所说，两个多世纪以前，布宜诺斯艾利斯第二次出生，这个故事突然让我想起了不久前居住在布宜诺斯艾利斯的巴拉圭夫人们为这位叫安娜·迪亚斯的女人献上的敬意。这简直是布宜诺斯艾利斯建城故事的美妙结尾！嗯？埃切瓦里亚博士，这是怎么一回事？富尔亨西奥·耶格罗斯说道。于是，此人娓娓道来。他长吸一口茶，直到马黛茶罐发出了干巴巴的抱怨声。好吧，这个满嘴空话的律师说，巴拉圭夫人们向安娜·迪亚斯致敬的故事有一个出乎意料的结局。不，不！洪达的成员们大喊着，您从头开始讲吧！这也不是什么故事，只是那群居住在布宜诺斯艾利斯的巴拉圭夫人，从一大早开始，甚至在太阳出来之前，便开始寻找胡安·德·加拉伊划给城市创建者安娜·迪亚斯的那块地皮。她们想向她表示敬意，就在加拉伊在奠基仪式上用剑击打草地的那个时刻。整个上午和下午，一百多位巴拉圭贵妇人都在庄园、屠宰场、杂货铺和烟雾缭绕的荒地上徘徊，她们在寻找属于那个巴拉圭女人的幻影之地，面对从港口吹来的寒冷暴风雪，她们毫不畏惧。夜幕降临时，她们终于找到了那个地方。根据那些模糊不清的地图，那正好就是她们寻找的那块地皮。她们在那里发现了一座破旧寒酸的大房子，里面夹杂着修道院、屠宰场和杂货铺。为了纪念这个时刻，其中一位夫人——她是我的一个朋友，因此我不能说出她的名字——爬到一堆垃圾上开始即兴演讲。她不时被各种各样的男人打断，这些男人不断走进这座房子，与他们擦身而过的是另一些喝得醉醺醺的、嬉戏打闹的男人。当我的朋友，这位演讲的夫人，郑重其事地高呼了三次安娜·迪亚斯的名字后，一位几乎衣不蔽体的女人突然出现在门边。我在这儿，太太们在找什么？那个女人粗暴地问道。我们在找安娜·迪亚斯的房子，我的朋友回答道，我们来向她表示敬意。我就是安娜·迪亚斯，这是我的房子，今天正好是我的生日，所以如果你们愿意的话，就请进来吧。这些夫人吓坏了。那你们稍稍等一等，我去叫上我的伙伴和老主顾，让他们也开心开心。想必，你们已经猜出那是什么地方了——一座下流的厄洛斯[1]教堂，这个满嘴空话的律师觉得自己仍有必要对如水一般清楚明了的事实再进行一番解释。一百多名吵吵嚷嚷的男女成群结队地出现了，其中还有拿着乐器的音乐家。夫人们重新查阅了地图。毫无疑问，这就是那块地皮，爱捉弄人的命运竟然已经在那儿安排了另外一位安娜·迪亚斯。当然，演讲又带着全新且不同的激情继续下去。我的朋友如此滔滔不绝，情绪激昂，或困惑不解，没过多久，这些贵族夫人便抱着那些妓女痛哭流涕，此时，音乐家们吹奏的军乐为这出突如其来的、罕见的女性情谊盛典充当了背景音乐。这个满嘴空话的布宜诺斯艾利斯律师一如往常地说着假话。简直是弥天大谎，这是他编造的圈套，所有的一切都是为了跟我作对，所有的一切都是为了推迟协约带来的致命一击，而这份协约已经乘着马黛茶的烟雾缓缓而来。我对这起事件的调查未能证实其真实性。在加拉伊划归安娜·迪亚斯的那块土地上，根本不存在什么厄洛斯教堂，那里只有一座普通的皮革制品厂。

那天夜里，洪达主席跑来找我商议是否应该推迟签署协约的日期，因为埃切瓦里亚的双手突然麻痹了。您看，表亲，富尔亨西奥·耶格罗斯悄悄地说，如果两位大使不签署协约，那么之后布宜诺斯艾利斯洪达政府就有可能对我们要花招，他们会说协约无效。您看，表亲，我对他说，我们已经将明天，10月12日，也就是哥伦布日敲定为签署协约的日期。明天就签署协约，和政府的其他成员确认一下。协约已经拟好了吗，表亲？每个字都写好了，已经做好清稿，确定最终版本了，不能更改了。我们可以看看吗？明天您就会听到宣读的协

---

1 厄洛斯（Eros）是希腊神话中代表爱与情欲的神。

约了，这样更省事。把这件事交给我吧，您就安排您的阅兵仪式吧。在起床号吹响后，让大家准备进行阅兵，这样，此次谈判便以签约仪式告终，我们便可以隆重地送走这些客人了。劳驾您立刻下令让兰巴雷的巫医拉奥希墨即刻赶来，他一到这里就让他来找我。

埃切瓦里亚终于不情愿地在草席上摊开了两只手臂，他面朝墙壁，紧握的拳头在细茎针茅的老旧血迹中显得格外醒目。好长一段时间里，拉奥希墨，这个瘦骨嶙峋却力大如牛的男人，一直在努力让一个死人蜷曲的双手松弛下来。摩擦，按摩，能够劈开一块大理石的闪电般的击打，一切都无济于事。拉奥希墨被汗水打湿的光头在烛光下闪闪发亮，一股汗从脑后的辫子滑落到后颈处的神经束上。他朝我转过身：先生，这只是简单的阿帕瓦[1]，或者说麻痹，但是，库鲁奇[2]，也就是打结的地方，并不在手上。它在大脑的某个穴位上。看上去，那是一个无法复原的穴位。这个人还能复原，不过问题是，他不想复原。那么，拉奥希墨，你也认为是穴位的问题？是的，先生，是有这么一个穴位。我来看看它在哪里。我要稍稍在他身上烫一烫，这样，他的手就能再次打开了。他在埃切瓦里亚的拳头上检查并嗅探每个毛孔。突然，他在掌管长篇大论、法律条文及离题大话的那个穴位上停住了。他用蜡烛的火焰软化了一种含有艾蒿、安息香和香胶的混合物，他把它们做成了两颗小球。他将一颗小球贴在埃切瓦里亚右手大拇指和食指的交接处，另一颗贴在左手手掌中央。他点燃一小支熏香，并将熏香靠近贴有药膏的地方。在热气的作用下，药膏最终融化了，它们挥发成轻烟、蒸气和气味。那双手慢慢打开了，如同缓慢的复活。他的手指逐渐恢复了活动。好了，大人，拉奥希墨说道。埃切瓦里亚

1 瓜拉尼语。

2 瓜拉尼语。

凶狠地望着那双手，他怀疑，他们为他换上了一双别人的手。他毫不情愿地活动着那双手。在收拾席子、药剂、银针和细棍时，拉奥希墨用帕亚瓜语小声说道：这位病人已被不情愿地治愈，因为他还想继续生病，感谢圣威尔格福蒂斯[1]和手到病除的拉奥西大爷爷[2]的治愈之力。我从门边朝他扔去一枚硬币。硬币停在半空，拉奥希墨用指甲抓住了那枚小小的卡洛斯四世银币，将它放入了瓜亚卡[3]：您要小心，大人！这个外国人的手上长满了舌头！你不用担心，快走吧。他的身影消失在某个街角的尽头。

洪达政府和市政会再次隆重召开会议，我从容不迫地朗读协约。为了强调那些最重要的部分，我调节着音量。条款一：为了对抗国内外敌人的阴谋，维护巴拉圭安全，巴拉圭迫切需要援助，以维持一支有效且可敬的武装力量，故皇家财政部现存于巴拉圭大省的烟草将由巴拉圭进行出售，所得款项将用于上述目的或其他类似目的。条款二：协约规定，从现在开始，对每捆从巴拉圭进口的茶叶征收的食品税和市政税不再由布宜诺斯艾利斯收取，上述税收将转由亚松森收取，其具体运用参照条约一执行。条款三：特此规定，在商品销售点将征收外商商品税。条约四：特此宣布，位于巴拉那河左岸的坎德拉里亚省划归巴拉圭。条约五：根据本协约规定，鉴于巴拉圭保有的独立现状，布宜诺斯艾利斯洪达不得以任何方式阻碍巴拉圭洪达执行其各项决议，缔约双方期望进一步深化在联盟中使他们团结和理应使他们团

1 圣威尔格福蒂斯（Santa Librada，即 Santa Wilgefortis），天主教圣人，为寻求解脱苦难的人们提供庇护。

2 在西班牙人到来前，巴拉圭各土著部落拥有自己的宗教信仰，大查科地区的巫师会将知识传递给他们的后代，他们将赐予自身神力的神称为“大爷爷”，因此，拉奥希墨在此处提到了拉奥西大爷爷。

3 瓜拉尼语，意为“荷包”。

结的关系与目标。缔约双方承诺，不仅要培养真诚、坚定、持久的友谊，而且任何时候双方都必须遵照共同的神圣宗旨——消灭并摧毁任何企图反对我们正义事业及共同自由的敌人，在各方条件许可的情况下，以各种援助方式，相互提供有效的援助与合作。

朗读在密集的掌声中结束，双方再无争论。所有人聚在一起签署一式两份的莎草纸文稿，这首男高音双重奏不允许任何一方发出假声。每个人都想成为第一个签字的人。在这之前，我不得不将埃切瓦里亚从他的住所里拖出来。他仍在抱怨他的手不是他自己的手。来吧！快点！这是您的手，这就是您那双千真万确的手！您不要……我拉着他，我推着他，我像划船、拉大绳一样拖曳他，而他却像一艘充满恶意的沉重驳船。我让他飞快地穿过满是马匹的广场。他看到贝尔格拉诺十分满意地写下了签名，他别无选择，只好也签上了自己的名字。所有人都心满意足：大使们如此——因为他们建立了一个亲密的同盟，尽管他们仍然未能实现梦寐以求的兼并；洪达的军官们如此——因为他们和布宜诺斯艾利斯人达成了共识；而我也因阻止了布宜诺斯艾利斯的统治而感到心满意足。拉普拉塔塔西佗将会在他的编年史中严厉地指责这些大使，因为他们在巴拉圭的要求面前做出了让步，虽然他们建立了同盟，但是，他们未能谋取任何好处。每个人都在令自己着迷的疯癫中自说自话。让这位拉普拉塔塔西佗见鬼去吧！让他下地狱去吧！我们就在这里自得其乐吧！新的呼声再次传来：“神圣同盟万岁！”大家欢呼鼓掌，连埃切瓦里亚本人也举起了他那双刻薄的手开始鼓掌。雷鸣般的掌声在骑兵的轰响声中变得越来越大。

我们在兵器广场搭建的看台上观看阅兵仪式。两千五百名巴拉圭骑兵和塔夸里骑兵松开骏马的缰绳，排成战斗队形行进。他们低悬武器，向贝尔格拉诺将军致敬。面对这份临死之前的荣誉，贝尔格拉诺心满意足地笑了。富尔亨西奥·耶格罗斯和佩德罗·胡安·卡瓦列罗——也就是说，半个洪达政府——走在受阅部队前面，军乐队号角齐鸣，接着，密集的队列分散成一千种花式队形：冲锋演习、进攻演习和近身遭遇战演习。骑兵和马匹一分为二，随后，骑兵和骏马合二为一，他们变成半人半马飞奔而回。个人杂技表演层出不穷，然而，所有人依然保持集体队形。两个士兵骑在同一匹尚未完全驯服的马身上，突然，一个人从马的一侧将脚伸到地上，另一个人则从另一侧将脚伸到地上，然后，他们手脚对换，两个人交叉在一起，他们在飞驰的马背上组成了一把剪刀。十个骑兵站在一排骏马身上，这些有鞍的骏马和无鞍的骏马交替排列。骑兵下马，他们在坐骑旁边徒步狂奔，然后，他们慢慢为马卸鞍，速度仍旧和先前保持一致。马鞍在空中飞过。一眨眼工夫，他们又为马套上了鞍，只不过现在骑在无鞍马背上的骑兵换成了先前骑在有鞍马背上的骑兵。骑兵们把一只脚伸到地上，另一只脚钩在马镫上，他们要从地上捡起扔到一百巴拉外的长矛。您看，将军，我认为，任何国家的骑兵都无法在骑术上领先巴拉圭骑兵。确实如此，委员长先生，这些表演真是令人叹为观止！的确不错，埃切瓦里亚嘟囔道，不过，委员长先生，我曾在布宜诺斯艾利斯大省看到也许能让您都惊叹不已的骑术。在步兵团里，有的高乔人只用牙齿就能为他们的弗里斯马[1]套上马鞍。还有一些高乔人，他们横跨在两匹马身上，将两只脚分别放在两个马鞍上，撤退命令发出后，他们搂着一个人全速刺着马刺，他们怀里的那个人被假定为在战斗中受伤的同伴，另一个高乔人站在第一个人身上，不断地用他的火枪或弩射击，以掩护他们三人撤退。我认识一位来自布拉加多[2]的骑手，他用各种练习、舞蹈和对舞来训练他的赛马。他在鞍垫

1　弗里斯马，一种在荷兰北部弗里斯兰省培育的马种，该马种外形俊美独特，气质高贵典雅，具有良好的运动性能。

2　布拉加多（Bragado），阿根廷城镇，距布宜诺斯艾利斯约 200 千米。

与膝盖之间，还有马镫与大脚趾之间放置很小的银币。这些银币从未掉落，仿佛它们被钉在这些缝隙里，它们甚至比缝在他银皮带扣上的硬币还要牢固。现在，这个秘书蜷曲的双手慢慢苏醒了，它们开始啃食紫色的博学牧草了。没人能制止他！我想起了拉奥希墨的警告。在喧闹声中，他用越来越大的声音叫喊道：在东印度群岛，最高荣誉是骑大象，而不是俗气的马；其次是乘坐由四头长着巨大犄角的水牛拉动的牛车；再次是骑骆驼；而最后一种荣誉——为了不把它说成最差的荣誉，或者说，它已近乎一种耻辱——便是骑马或乘坐由一匹老马拉动的马车。一个与我们同时代的作家宣称，他曾在那些有着极其古老文化的地区看到有人骑在带有驮鞍、马镫和马笼头的水牛身上，而且，他还说，骑在这些坐骑上的人看上去十分得意。啊，当然了，尊敬的埃切瓦里亚，说到这个，想必您肯定知道在对抗萨莫奈人[1]的战争中，金托·法维奥·马克西莫·鲁蒂略[2]看到他的骑兵在第三次或第四次进攻时差点就击败对手，于是，他命令士兵们放开缰绳，全速冲锋。由于敌方士兵瘫倒在地，因此他们在冲破敌方防线时没有遇到任何阻碍，就这样，他们为步兵扫清了道路，最后，步兵们血腥地击败了敌人。根据蒂托·李维[3]的描述，在对抗凯尔特人时，金托·富尔维奥·弗拉科[4]采取了同样的手段：Ib cum majore vi equorum facietis, si effraenatos in hostes equos immittitis; quod

1　萨莫奈人（Samnites，又译萨姆奈特人、萨莫内人），居住在意大利亚平宁山脉南部萨莫奈的部落。他们是罗马共和国最顽强、最持久的敌人，萨莫奈人和罗马人之间曾经爆发过三次萨莫奈战争。罗马人最终获得了胜利。

2　指古罗马政治家、军事家昆图斯·费边·马克西姆斯·维尔鲁科苏斯（Quintus Fabius Maximus Verrucosus，约公元前280—前203），其姓名作卡斯蒂利亚语化即如此。

3　蒂托·李维（Titus Livius，公元前59—17），古罗马著名历史学家，著有《罗马史》。他也是卓越的拉丁语作家，与西塞罗、塔西佗同为创建拉丁文风的三位大师。

4　指昆图斯·福尔维马斯·弗拉库斯（Quintus Fulvius Flaccus，？—约前172），古罗马政治家和军事家。他曾成功抗击迦太基人和高卢人，并曾在罗马共和国担任过多项职位。

saepe romanos equites cum laude fecisse sua, memoriae proditum est… Detractisque fraenis, bis ultro citroque cum magna strage hostium, infractis omnibus hastis, transcurrerunt, *尊敬的博士，发生在波特诺山丘和塔夸里的战争与之相差无几。诡计多端的埃切瓦里亚马上转移话题：古时候，当鞑靼人向莫斯科大公国[1]的君主派遣大使时，莫斯科大公国的君主会举行以下仪式：他会走出来迎接他们并递给他们一杯马奶。如果他们在喝这杯马奶时，将一滴马奶滴在马的鬃毛上，这位君主就必须用舌头将它舔舐干净。您看，尊敬的埃切瓦里亚，您还没有用舌头舔过这些获胜的马呢。委员长先生，您也没有让我们喝莫斯科大公国君主递给鞑靼人的那杯马奶啊。噢，是的，秘书先生，您已经喝了一半，另一半都被您洒到洪达那些马的鬃毛上了。克罗伊斯[2]穿越萨第斯[3]时发生的事情才是真事。他发现了一片草地，草地上有很多蛇。结果，他的马胃口大好，把这些蛇都吃掉了，对他的事业来说，

*放开战马的缰绳，让战斗变得更加激烈吧。这是一种战术，这种战术的成功曾多次为罗马骑兵带来荣誉……命令刚一下达，士兵们便摘下了马辔头，他们突破了敌军部队，击退了所有长矛，接着，他们再次折返，完成了可怕的屠杀。

蒂托·李维的这段描写同样由至高无上者从《骑兵部队战斗手册》中亲手摘抄而来，此外，他还摘抄了无数战略战术著作。（编者附注）

1 莫斯科大公国，13 世纪末期由弗拉基米尔–苏兹达尔公国分封而成，首都莫斯科。后来经过不断的合并与扩张，1721 年，基本形成以莫斯科公国为中心的俄罗斯统一集权国家，改名俄罗斯帝国。

2 克罗伊斯（Creso），古代吕底亚王国（Lidia）最后一位君主。约公元前 561 年即位，公元前 546 年，克罗伊斯被波斯帝国的居鲁士大帝打败。

3 萨第斯（Sardes 或 Sardis），古代吕底亚王国的首都。

这是一个不祥的预兆。根据哈利卡那索斯[1]的希罗多德[2]记载，他们所有人几乎都失去了一只手和一只脚。我们把身体其他部位与马鬃和马耳一样完美的马称为完整的马，当然，更不用说马的睾丸部分了，这个部位也必须完整无缺。而其他的马不过是半吊子马，至于那些阉马，它们已经不能被称为马了。看吧，您看，您看那儿！贝尔格拉诺大喊道，他制止了埃切瓦里亚即将说出的蠢话。这真是如梦似幻的景象！正午时分垂直落下的阳光铺洒出耀眼的黑暗，突然，这片黑暗被劈开，一声惊雷让大地为之震颤：两千五百匹骏马在飞扬的尘土中全速狂奔。只见骏马不见骑师，这些马儿要么有鞍，要么无鞍，它们组成密集的马群。这群脱缰的骏马呼吸均匀，从看台边呼啸而过，它们嘴里衔着长矛，全身已被汗水打湿。当我们的眼睛终于习惯这种不真实的进攻时，才逐渐分辨出无鞍骏马的鬐甲或那些空荡荡的鞍背上不足一人脚大的渺小骑手：事实上，它们是每个骑手挂在鬐甲上的双脚。您看，埃切瓦里亚！这就是塔夸里之谜！一个人怎么会对这些可怜的马儿开枪呢！它们看上去仿佛并未驮载士兵，而只是因为绝望在全速狂奔。一个人怎么会对这些十字架一样的人影开枪呢？一个人又怎么会想到这些十字架一样的人影就是身体倒转的巴拉圭骑手呢？当我们意识到这一切时，他们已经摆正身体，用长矛和弯刀对我们步步紧逼了！我真是孤陋寡闻了，将军！埃切瓦里亚一边咬着拳头，一边结结巴巴地说道。

三个人影沉默不语。在昏暗的会议室里，他们的沉默仿佛延长了三倍。他们老早便坐在那里了。不能说他们和颜悦色，不过，如果要

---

1 哈利卡那索斯（Halicarnaso），古希腊城市，位于卡利亚南部。

2 希罗多德（Heródoto，约公元前 484—约前 425），古希腊作家、历史学家，他将旅行中的所见所闻及波斯阿契美尼德王朝的历史记录下来，著成《历史》一书，成为西方文学史上第一部完整流传下来的散文作品。他本人也被称为“历史之父”。

和颜悦色，唯一的办法就是回忆所有的烦恼。抱歉，尊贵的大人们。想必你们已经对如此多的荒唐事感到厌烦了吧。请把它们忘了吧。我们需要记住国家的利益。我们应该思考我们达成的盟约。我们必须不遗余力地权衡盟约的公正性并保证盟约得以执行，尤其是：我们必须让已经讨论、撰写、议定及签署的内容得到执行。请两位在你们的国家，通过你们的政府，在人民光荣的立法会议中支持人民的主权。而我也会在巴拉圭做同样的事情。或者，更确切地说，我已经做到了这一点，因为通过人民的授权，我的意志代表并实现了一个自由独立的主权国家不可战胜的意志。

这两个人影没有作答，一只飞行的苍蝇分散了他们的注意力。先生们，你们还在吗？是的，委员长先生，我们在这里，比森特·阿纳斯塔西奥·埃切瓦里亚倚靠在他的座位上说道。我从扶手椅上站起身，把雕刻在铜板上的本杰明·富兰克林从墙上取下来。这个满嘴空话的布宜诺斯艾利斯律师带着凶狠的目光凝视着这位避雷针发明者。曼努埃尔·贝尔格拉诺睁开双眼。我的朋友们，这就是在新世界诞生的第一位民主主义者。这就是我们应当效仿的榜样。四十年后，我们的国家可能会有像他这样的人。当然了，前提是富兰克林这样的人继续在这个伟大的北方国家出现。如果是这样，未来我们就会享受到一种我们今天还没有准备好迎接的自由。不幸的是，也许，北美将不会再有像避雷针发明者那样勇敢的人了，而在我们的国家，无政府主义还会击溃我们最好的公民。也有可能，他们会在那里发明巨棒外交[1]，而我们所有人则在这里，像田野里的牛群一样，被白喉、痈病和虱子折磨至死。我们必须小心，我们不能落入这样的屠夫手里。埃切瓦里亚举起他满是利爪的手掌：委员长先生，您太不乐观了。刚好相反，博士，

1　巨棒外交，也称棍棒外交，是美国前总统老罗斯福的外交政策。老罗斯福主张美国必须自行维持西半球的秩序，如果出现行为不轨的国家，美国有权进行军事干预。

我说，我非常乐观，但是，我并不健忘。为了生存，人必须要有点记忆力。这种能力的消失会导致愚昧，在巴拉圭，我们并不会饮用健忘的柏柏尔人用小豆蔻制作的黑咖啡，我们喝的是马黛茶或芸豆茶，而它们能帮助我们保存记忆，以及记忆中好的回忆与不好的回忆。我们已经多次见识灾难的面貌，现在我们想要见识——永远地见识——幸福的面貌，不论我们要为此付出多大的代价。所以，您看，我显然非常乐观。真正的乐观在牺牲中诞生，它摆脱了自私的考虑，嗯？啊！牺牲的人完全奉献自己，牺牲者献出自己的生命。您要记住这一点，埃切瓦里亚博士，富兰克林就明白这一点。他拥有节俭的精神，他从不浪费他的远见卓识和严格的自制力，一分一毫也不会。[1]信仰、信任、仁爱、希望、自由。物以类聚，人以群分，将军，对吗？他并没有认真听我说话，他沉浸在思维微妙的孤独之中。富兰克林同志甚至乐观地对待死亡，我说，他二十三岁就写好了他的墓志铭。我把它的墓志铭抄写在这幅画像背后。您读一读吧，博士。这位讼棍结结巴巴地读道：

本杰明·富兰克林的躯体
长眠于此
已为蛆虫之食
如同一本旧书之封皮
支离破碎，残破不堪
然而，这本著作不会消失
正如他期望的那样
经过作者的修订

1 本杰明·富兰克林为人节俭，他生前曾有一句名言：“节省一分钱等于赚了一分钱。”作者在这里谈到其节俭时，特意影射了这一名言。

它定会以崭新的版本再次问世

希望我们也能用如此简单明智的文字来书写我们的墓志铭，不是吗？如果我一定要书写墓志铭，那我肯定只会写三个字[1]：

我——很——好。

贝尔格拉诺将军笑了。我将画像递给他，他感慨地接了过去。放在铜版画顶部的微型避雷针的引电铜线缠绕在这个满嘴空话的律师脚上，铜线把他套住了，他被绊倒了。他有些怒火中烧，一边起身，一边不停咒骂。我把一份手写的巴拉圭历史放入他蜷曲的手中。把它当作纪念品带走吧。如果您愿意的话，把它打印出来吧，但是，不要压缩它，嗯？这个国家的现实比这些对开本装订的内容更为丰富，未来它还会更加丰富。我们要让我们的未来远离雷电。

披散着长发的唐富兰克林，坐在将军胸前向我眨了眨眼睛。我抬起眼睛，凝望贝尔格拉诺的脸庞，透过反射在他脸上的阴森图像，我看到了未来喧嚣的灾难。我听到他正在流血，他的遗忘果园像大象般垂死挣扎[2]：啊，我的祖国！地狱骑师团发出低沉的轰响，美洲大地为之震颤。舌头发出的低语声折磨着这位失败者，那些嘴巴编造了伪证泥石流。我看到了自己。即便你的寿命长达三千年或者三千年的一万倍，也没有人会过自己错过的那种生活。最长的跨度与最短的跨度毫无区别。现在属于所有人。没有人会错过过去或未来，因为没有人能

1 原文中为两个西班牙语单词。

2 此处影射贝尔格拉诺死前所患疾病，这是一种类似麻风病的病症，患病之人的皮肤会发黑，会像大象皮肤般布满浓密的褶皱。“遗忘果园”（Huerto de los Olvidos）实际上影射橄榄园（Huerto de Olivos）——耶稣的橄榄园，耶稣死前曾在橄榄园中祈祷。

夺走任何人都不拥有的东西。所以，马可·奥勒留[1]老兄，如此说来，我们总是发现自己在错误的时间在别人家里扣纽扣。我用最后一颗牙齿对着掘墓人的铲子打赌，永恒并不存在。嗯？还不够吗？那我就赌上我那半个假头骨。开什么玩笑！好啦，冷静点。在这些极限情况中，我总是很容易激动，它们最大的乐趣就在于它们没有限制。

曼努埃尔·贝尔格拉诺将军用清澈的双眼望着我，他有些悲伤地摇了摇头。他朝前走了几步，我们默默地握紧彼此的双手。

1　马可·奥勒留（Marco Aurelio，121—180），罗马帝国五贤帝之一，著有《沉思录》一书。该书是奥勒留写给自己的沉思之书，内容涉及作者对灵魂、死亡、人生、个人德行、个人对社会责任等的思考。

这个满嘴空话的律师比森特·阿纳斯塔西奥·埃切瓦里亚一回到布宜诺斯艾利斯便与洪达政府成员私下达成交易，他要出售“弃儿印刷厂”，这是布宜诺斯艾利斯船闸当时仅存的印刷厂。美洲的第一部《社会契约论》便由该印刷厂印刷出版，马里亚诺·莫雷诺翻译了这部作品。它是一个圣物。这个贪婪狡猾的骗子律师不仅想出售印刷厂，还打算低价出售莫雷诺本人的图书馆。一切都证实了我对这个律师和洪达政府的怀疑：他们在秘密集会上卖的什么药？他们如此匆忙地返回布宜诺斯艾利斯的真正原因又是什么？

洪达政府秘书——我的前任姐夫拉里奥斯·加尔万写信给他：我们自然同意按照商定的一千八百比索来购买该印刷厂。为了将钱寄予阁下，烦请告知我们是否还有其他需要支付的费用，以及印刷机是否会和所有必要设备一并送来。烦请阁下惠寄一份已故唐马里亚诺·莫雷诺博士图书馆的藏书备忘录，并告知我们价格，以便我们对此次交易进行结算。我们将不惜一切代价买下那些与公法、政治、美术有关的资料，还有那些新奇的著作，以及那些适合酷爱藏书之人的珠宝，尤其是那些因为带有用各种珍贵金属及材料制作的装饰而身价不菲的珠宝。我们不会在价格上为难阁下。

在得知这一阴谋后，我插手了这些交易。作为总检察长，我的义务就是阻止这起非法的印刷厂交易。我阻止了这起交易，我还阻止了另一起交易——有关唐马里亚诺藏书的交易，不管怎样，他都不会再阅读这些书了。我命令拉里奥斯·加尔万这个无赖取消这起骗人的交易：眼下，我们不需要让他们把印刷厂和书籍送来，因为巴拉圭已经有了文化，我们不需要其他更好的文化了。

那些粗野俗气的洪达绅士和二十豪族的元老大声疾呼，他们说这是巴拉圭国家文化的巨大损失。这是你们荷包和卑鄙意图的巨大损失！我当面斥责他们。只要我还有一口气，我便不会容忍这些秘密的偷盗行为。我为他们清扫了房屋，经过清扫的地面上再也没有母鸡啄食。他们做出了更加恶劣的行为：在被剥夺了“弃儿印刷厂”后，他们建立了“流浪赌棍地下赌场”。贵族赌徒们利用留存在耶稣会天主庄园[1]里的木质印刷机巧妙地制造了一台纸牌印刷机。这些浑蛋从埋藏这些机器的地方——洛雷托[2]带来了那些印刷机残骸，那是曾经摧毁印第安文明的印刷机残骸。它们还从布宜诺斯艾利斯请来了印刷大师阿普莱约·佩罗费。很快，精美的印刷品非常秘密地出现并流传起来，它们逐渐淹没了整个巴拉圭，巴拉圭失去了书籍、历书和祈祷书。阿普莱约甚至把洪达政府的档案文卷也塞到了那个机器里面。

佩罗费的印刷品几近完美，连当时最负盛名的赌徒也无法区别纸牌的正面与反面，正如一个人无法区分一个鸡蛋和另一个鸡蛋一样。差异本身就存在于人的创造之中，任何艺术品都无法达到完全相似的程度，事物的差异总是比他们的相似之处更为完美。大自然似乎不允许我们重复它的作品，所以，它的作品总是各不相同。然而，佩罗费

1 即耶稣会传教士在传教区内建立的改信基督教的土著人村落。

2 洛雷托（Loreto），巴拉圭城镇，距亚松森约 437 千米。

却能让他的作品看上去既一模一样又有所不同。他知道如何小心仔细地为纸牌背面甚至是纸牌上的人物进行抛光、漂白、上色，他的技艺如此高超，在赌场上，当看到这些纸牌在对手手里滑进滑出时，甚至连最老练的赌徒也会上当受骗。阿普莱约·佩罗费的纸牌甚至把我都骗倒了。他用同样完美的技巧排版了帕内斯主教的每日祈祷书，他把它绘成了微型画。在帕内斯主教死后，这本书才归国家所有，现在，它是我最新奇的藏书之一。这本书太奇怪了，大人，我最后一次看到它时，它已经完全变白了。书也会变老，这并不奇怪，帕蒂尼奥，尤其是这些祈祷书。文字会变得疲倦、模糊，然后消失。它们和水银一样。你知道的，嗯，对吗？你越是揉搓它，压缩它，分割它，它便越是逃离，越是四处分散。所有事物都是如此。如果你将它们细分为细小的部分，唯一的结果就是增加麻烦、不确定性及争论。一切被无限细分的事物都会变得混乱，最终化为乌有。该死的阿普莱约·佩罗费就是这样做的。经过多年的侦查和追踪，政府才找到这个地下印刷厂。大人，我至今还记得刽子手将佩罗费的脖子拴在绳子上然后一脚踢在他屁股上的场景。他是一个矮胖的男人，他的身材比蜂球还要圆润。这位印刷大师的身体包裹在满是补丁的衣服里，补丁五颜六色，它的身体就这样来回摆动，看上去就快要爆炸了。这个被绞死的人在广场上刮起的大风里逐渐消肿，无数纸牌从他那五颜六色的衣服中随风散落，它们很快便布满了整个城市。人们立刻想到了那十万只蝴蝶，您知道，为了向您致敬，人们每年都会在您的喜庆诞辰日里放飞蝴蝶。然而，在随后出现的安静氛围中，人们没有听到礼炮声，也没有听到一百支军乐队的轰鸣声，以及黑人、帕尔多人和穆拉托人组成的街头乐队的喧闹声，于是，人们终于意识到那天并不是三王节。对这位纸牌制作魔法师的处决就这样结束了，他的尸体被放下来。在他身上，人们只找到衣服上空荡荡的口袋，那些如倾盆大雨般漫天飘散的纸牌、圣徒画片、裸女像以及第一次领圣餐的图片早已从这口袋里倾泻而出。尊敬的大人，虽然有了这样的教训，虽然安保部队大力提高了警戒，但是，从那时起，人们赌博的次数逐渐变得比以往任何时候都更为频繁，亚松森如此，所有的城镇、村落、卫戍部队及边境岗哨也是如此。大人，即使是在最偏远的预备队和巴拉圭最可怜的茅屋里，甚至是在印第安人的驻营地里都有人在赌博。运用治安部队根本无法清除这些卑劣的赌徒，这些人很快又跑去赌博了，就好像什么都没有发生一样，最后连那些执法人员也跑去地下赌场赌博了。有一次，我和部长贝尼特斯聊天——那是在他也不幸中招之前，他告诉我，要是他是最高法官，他不会禁止赌博，也不会下令绞死佩罗费。他说，如果他就是至高无上者，那他一定已经让赌博合法了，而且，他还会将阿普莱约·佩罗费任命为国家博彩企业的总负责人。贝尼特斯说，国家博彩企业是一种大型国有赌场，它可以通过国内税收分支机构和办事处覆盖全国，这些分支机构和办事处可以设立在收税人办公室甚至理发店。正如我们拥有国有庄园和国有牧场一样，赌博带来的税收可能比所有国有企业带来的财富还要多。它比外商商品税、什一税、专卖税和收益税还要多，它比水印纸税、进出口关税、代售税和战争税还要多。贝尼特斯还说，要是这样的话，对赌博征收的收益税也许已经成为主要的收入来源，这笔收入将有利于国家财政，促进人民富裕安乐。通过将赌场的秘密瘟疫转变为大量公共税收，使其成为国民储蓄最干净的收入来源，赌博这种集体恶习也许早已转变为一种高尚的公民美德。大人，这位前任部长继续兴奋地说道，唯一不会在人类心中消亡的激情便是他们对赌博的激情。他说，赌博和火不一样。赌博不是两块木头生下的孩子，两块木头生下的孩子一出生便会吞噬它们的父母，就像那些部落里的人一样。或者，就像基督徒认为的那样，火从火绒和火镰中产生，或者，火从不幸的火柴头上产生。火可以用来做饭，焚烧田地，为土地施肥，火可以焚烧森林里的灌木丛……帕蒂尼奥，火也可以用来焚烧我们的尸体，这份匿名告示就是这样威胁我们的。您看，大人，贝尼特斯就忽略了这一点！我们无法逃离大火，帕蒂尼奥。不是使劲打喷嚏——就像你现在这样——就能扑灭那场烧死我们的大火。抱歉，尊敬的大人，我无法停止打喷嚏，这应该是我下雨的方式，特别是在八月，这是个阴雨连绵、容易感冒的月份。大人，贝尼特斯还补充说，其实，火和赌博都不应当被禁止。它们本身就有它们的用途，当然，它们也有它们的禁忌。他说，我们从火身上学到的第一点就是火不能触摸，我们从它身上学到的最后一点就是火能用来烹煮食物。这很好，前任部长贝尼特斯说道，但是，我们可以而且应当触摸赌博，它比火更有用处，它能给穷人带来钱财，所以，赌博不能被禁止，禁止赌博简直是一种暴行……

（写于页面边缘）

这个笨蛋说得有点道理。我们第一次认识火时便产生了一种社会禁忌，这就是人尊重火苗的真正原因。如果孩子将手伸向火，他的父亲会敲打他的手，而火不需要敲打他便能做到这一点。火的惩罚语言就是它所说的“我很烫”。我们要解决的问题是故意不服从……（此页剩余部分已被烧毁）

大人，贝尼特斯曾说，赌博不应当被禁止。唯一不会在人类心中消亡的激情便是人类对赌博的激情，他重复了一遍。贫穷之风越是攻击它，它的火焰就会燃得越旺，它便越会照亮渴求之人的灵魂。像往常一样，最后这句话，你肯定又是从某个地方偷来的吧？除了这句话以外，这段关于赌博好处的论述都是你自己编造的吧？你也喜欢瞥牌[1]是吗？看在上帝的分上，大人！要是我撒谎的话，您就命人把我的舌头割了，把我的嘴缝上吧！

前任部长贝尼特斯对赌博征收收益税的想法纯粹就是赌棍的想法。其他统治者已经将他们的国家变成了名副其实的赌场，在那里，人们像赌徒一样互相抢劫、欺骗、残杀。

在巴拉圭这里，他们没有获胜。我战胜了他们。我摧毁了他们作为秘密赌徒的优势，我让他们知道他们只是可怜的老千。我知道他们玩的每一张牌的记号，我知道这些牌是从哪些书里撕下来的。我听到，金杯花 A 上的那匹马在狂奔，而我手里有四张王牌：棒花 A 在我手中，它是我的权力法杖；金元花 A 存放在国库里；金杯花 A 用来给那些叛徒喂食胆汁和醋[2]；剑花 A 用来砍掉他们的头颅。这就是我的摸三张 / 圈套游戏。在这场赌局里，我镇定地玩着王牌，不要任何计谋。最后，在这个满嘴空话的律师埃切瓦里亚的阴暗企图里，一些明朗的，十分明朗的东西出现了。

1 指玩家在可以看到牌面的情况下悄悄偷看牌面，直到慢慢摸清自己手中的所有牌面。

2 此处影射耶稣在十字架上濒临死亡的时刻。

回到科雷亚·达·卡马拉的事件上来吧。十五年后，就在同一个地方，我和马诺埃尔[1]正在观看表演，我们看的不是《唐克雷迪》[2]，而是《加斯帕里娜》[3]。这部作品的作者是我的联络官坎特罗，此人承担起创作剧本的任务，将它搬上了舞台。坎特罗是被我安排去为这位帝国大使服务的副官，而我的目的，与其说是为这位帝国大使服务，不如说是为我自己服务。如今，我们面前这出戏剧讲的并不是唐克雷迪的轻信，而是不可轻信。加斯帕里娜是一位戴着弗里吉亚帽[4]的女人，根据作者的说法，她代表我和巴拉圭共和国。扮演加斯帕里娜的并不是

1　指科雷亚·达·卡马拉。

2　此处影射 316 页提及的那场演出。前文中，至高无上者说他们看的是《淮德拉》，编者在附注中纠正了至高无上者的说法，补充说他们看的是《唐克雷迪》。

3　加斯帕里娜（Gasparina）是至高无上者的第二个名字加斯帕尔的阴性形式，后文有提及，该角色代表至高无上者和巴拉圭共和国。

4　弗里吉亚帽（gorro frigio）又称自由帽，是一种与头部紧密贴合的圆锥形软帽，其帽尖向前弯曲，典型的颜色是红色。古代小亚细亚的弗里吉亚人曾戴这种帽子。16 和 17 世纪的欧洲曾经流行一种说法，据说，在古希腊和古罗马，获释的奴隶会戴弗里吉亚帽，由此弗里吉亚帽便与自由和解放联系了起来。在 18 世纪美国革命和法国大革命中，弗里吉亚帽成为象征自由和解放的标志。在名画《自由引导人民》中，自由女神就戴着弗里吉亚帽。弗里吉亚帽也因此出现在许多国家的国徽上。巴拉圭国徽的反面（巴拉圭国徽非常特殊，有正反两面之分）上便竖立着一根自由之竿，竿顶则悬挂着一顶红色的“自由之帽”。

彼得罗娜·萨瓦拉，而是一个雕塑般的帕亚瓜姑娘。这位姑娘出现在舞台上，她的身上只有睫毛、文身和各色油彩，这些油彩把她的脸变成了一张面具。科雷亚·达·卡马拉对这部作品赞不绝口。我知道，他其实是在称赞这位土著女演员。他被她迷住了，他的眼睛从未从她身上移开。在欲望之光的推动下，他用一种晦涩的目光将她吞噬。“共和国”朝着舞台中央前进，在那里，头戴三角帽、身披长礼服的大巫师将为她加冕。“共和国”一手拿着天平，一手拿着剑，她在由棕榈叶制成的王座下面停住了脚步，一只威武的道具雄狮冲着王座凛然直立。“共和国”极其威严而缓慢地向观众转过身来，她双腿交叉站立，就像一把剪刀。两片树叶微微分开。她的阴部完全剃光了毛发，上面铺洒着斑驳的倒影和光斑。胭脂树、乌鲁库[1]、遮股漆[2]和红木的磷光将她的阴部变成了一个黑色的太阳，她的嘴巴也是如此，它们就像两座闪耀着无限光芒的灯塔，一半呈现出必然的黑色，另一半则呈现出必然的灰色。科雷亚的舌头划过嘴唇，这位言谈间喜欢卖弄学识的人发出感叹：这个“来自丛林的女人”似乎笼罩在一种令人头晕目眩的原始可见度之中。在她身上，可见与不可见并无区别。白昼与黑夜在她的每一个动作中相生相灭，甚至在她假装完全静止不动时，依旧如此。深不可测的奥秘，难以破解的奥秘。大人，我只在巴巴利[3]的某位女眷住处看到过类似的画面。大人，这个女人是一颗从原始夜空滑落的小陨石！您看！您看！她一分为二了。虽然她一动不动，但是，她正从夜空中划过，她正从夜空中划过！她一分为二了！她的一张脸里有两张脸，她的一个身体里有两个身体！大使先生，这位粗鄙的作者

1　乌鲁库（urukú，也称 urucú 或 urucum），一种红色的染料植物。

2　一种染料植物。

3　巴巴利（Berbería），16 至 19 世纪的欧洲人对北非沿海地区（包含了从埃及西部自利比亚至摩洛哥的大片地区）的称呼。

有意让加斯帕里娜代表自然的女性和共和国！那么他做到了，大人，就是现在，我宣布，他比拉辛[1]本人还要伟大！这是一段愚蠢的对话。不过，我必须忍受。这位特使已经以巴西帝国的名义承诺向巴拉圭运送步枪和大炮。¡El cargamento mais grande do mundo![2] 这才是要紧事。面对这位来自南里奥格兰德-里约热内卢的大使，我并不介意和装饰着羽毛的他浪费口舌。Nuestra saliva limpia y seca nuestrs llagas mais mata a la serpiente.[3] 我模仿这个白痴的话[4]对他说道。当科雷亚用眼睛吞噬那个“来自丛林的女人”时，她正戴着弗里吉亚帽，赤身裸体地在那里摇来晃去。当这位缪斯崇拜者结结巴巴地发着颤音时，我正在观察他的左边嘴角，这才是那个正在活动的嘴角，这才是那个用一半西班牙语一半葡萄牙语说话的嘴角，而他嘴上的剩余部分则紧闭不动。这是帝国使者和宫廷骗子的手段。经过长年累月的练习，他们终于能把嘴唇和舌头分割成各自独立的部分，并同时说出夹杂着不同声音和语调的话语。现在，他的左半边嘴像马唇一样蜷缩着，他的牙齿露了出来，不过，左边舌头的起伏波动并未拖动他紧闭不动的右半边嘴。我知道这招，我也曾学过将舌头一分为二，让声音从中间溜出来，并通过完全紧闭的双唇在其中混入各种口技的声音。在我看来，这是黄口小儿的把戏。这个来自巴西帝国的小丑并未掌握这门技艺，他企图让我相信巴西帝国自愿与巴拉圭建立同盟的目的只是保护巴拉圭免受布宜诺斯艾利斯的伏击。他了解我的痛处，而我，也了解巴西帝国的痛处。巴西帝国想谋求的一切恰恰相反：它要将东岸地区据为己有，

1　指让·拉辛（Jean Racine，1639—1699），法国剧作家。

2　夹杂着葡萄牙语的西班牙语，意为：“这是世界上最庞大的一批货物！”

3　夹杂着葡萄牙语的西班牙语，意为：“我们的唾液能清理并治愈我们的伤口，但它也能杀死蛇。”

4　这里指至高无上者模仿巴西特使说起了葡萄牙语。

它要征服拉普拉塔地区，最后，再吞并它的同盟国。不多，这根本算不得什么。我放任这位特使畅所欲言。手握渔钩的人是我。我一边给巴西帝国——这条金鱼放长钓线，一边命人复制了它与英法间谍往来的所有秘密通信。然后，我猛拉钓线。我将这位大使从河里拉到了我提要求的岸边，除非他向我保证我的要求都能得到满足，否则我便不会将他放走：完全承认巴拉圭独立，此项决议不可撤销；归还巴拉圭被强夺的领土与城市；对巴西旗士的侵犯行为进行赔偿；废除由波吉亚教皇[1]圣谕和《托尔德西里亚斯条约》[2]共同规定的边境线，签署新的边境条约；允许巴拉圭用木材和马黛茶与巴西帝国交换武器及弹药。

您看，大使先生，您得将您承诺的一切写在纸上。在我看来，您说的话就代表你们国王说的话。这里面包含着巴西帝国的荣誉。嗯，嗯，啊。¡Mais claro, absolutamente verdade, Excelencia! ¡Vocé va a tener el cargamento mais grande do mundo![3] 将这些武器装备尽早运来，我模仿他说的话对他说道：Que sabe faz a hora nao espera acontecer. Os amores na mente/ As flores no chao/A certeza na frente/A historia na mao.[4] 嗯？嗯？ Certissimamente Excelencia! Certissimamente![5] 这批货物什么

1　指教皇亚历山大六世（Alexander VI，1431—1503），他出身于波吉亚家族（la Familia Borgia）。他在位期间曾为葡萄牙和西班牙划定殖民扩张分界线，即所谓的“教皇子午线”。

2　《托尔德西里亚斯条约》（Tratado de Tordesillas），地理大发现时代早期西班牙帝国和葡萄牙帝国在教皇亚历山大六世的调解下于 1494 年 6 月 7 日在西班牙卡斯蒂利亚小镇托尔德西里亚斯签订的一份协议，旨在瓜分新世界。

3　夹杂着葡萄牙语的西班牙语，意为：“当然，千真万确，大人！您将得到世界上最庞大的一批武器！”

4　来自巴西歌手赫拉尔多·范德烈（Gerardo Vandré）创作的葡萄牙语歌曲《不要说我没有谈论鲜花》（“Pra Não Dizer Que Não Falei Das Flores”），意为：“明白的人会立刻行动。不要坐等事情发生。心里的爱恋，地上的鲜花，前方的把握，手中的历史。”这首歌曲呼吁进行一切必要的斗争，以推翻当时的军事独裁统治。作者谈论花朵，试图证明用“和平与爱”（即花朵的力量）来对抗武器和大炮是不够的，歌曲强调唯一的胜利方法就是行动和团结。

5　葡萄牙语，意为：“完全正确，大人！完全正确！”

时候到呢，seor consuleiro?[1] Embora embora, que esperar nao é saber.[2] 我在他耳边嘀咕。Certissimamente![3] 大使的声音从左边溜到右边，他用舌头上的双重活塞做出吸吮的动作。而且，我们必须商定那些游离的边境问题，嗯？大使先生。那些瀑布和水坝。¡Sobre todo las presas que quieren convertirnos en una presa ao gosto do Imperio mais grande do mundo![4] 嗯，嗯，嗯。啊！啊！啊！Certissimamente! 这位毫无把握的骗子继续一次又一次地用嘴角含糊其词。好吧，好吧，好吧，望阁下能够尊重巴拉圭共和国及巴拉圭最高政府。您必须知道这并非演戏。我们与巴西帝国达成的协议并非为了取悦大众，我们的协议上有两国政府坚定、公开、诚实的签名。的确如此，大人！当我看到这位特使的嘴角将要在我耳边悄悄说出什么时，我抬起手：Vocé va a pedirme que después de la función le envíe a su alojamiento a la Mujer-que-viene-de-los-bosques, ¿no?[5] 您希望她私下再为您表演一次她形如剪刀的那场戏，不是吗，seor consuleiro? 您真是一位天才，¡Señor Dictator Perpetuo de la Republica do Paraguay![6] 您拥有魔术师和占卜师的天赋！您可是最能一眼洞察别人内心的占卜师了！这可是纯粹的心灵感应！您看，与我心灵相通的尊敬的科雷亚先生，您必须明白我可不能将巴拉圭共和国丢在您的卧室，让它出卖自己的肉体。不，达·卡马拉，

1 葡萄牙语，意为："大使先生？"

2 来自赫拉尔多·范德烈的歌曲《不要说我没有谈论鲜花》，意为："虽然，虽然，希望并不是明白。"

3 葡萄牙语，意为："完全正确！"

4 意为："尤其是那些水坝，它们想顺应世界上最大帝国的心意，将我们变成它的囊中之物。"此处影射巴拉圭与巴西之间签订的一个协约，协约规定，两国将在巴拉圭河上共同建造伊泰普水电站。至高无上者意在讽刺，巴西将在此次项目中占取大部分利益，而巴拉圭则完全处于被动地位，受制于巴西。

5 夹杂着葡萄牙语的西班牙语，意为："演出结束后，您会让我把这位'来自丛林的女人'送到您的住所，对吗？"

6 夹杂着葡萄牙语的西班牙语，意为："巴拉圭共和国的永久独裁者先生！"

这可不是为您准备的。我可以要求您将巴西帝国带来塞到我的床上吗？坦白地说，不能。对于这个问题，我们只能说这样不好，不是吗，大使先生？¡Nada beim![1] Os amores na mente/As flores no chao,[2] 嗯，对吗？Certissimamente tein razón, Excelencia![3] 好吧，那么明天我们继续在市政厅会谈吧，que agora la función se ha terminado.[4] 我看到贝尼特斯部长戴着巴西帝国特使的羽毛帽子走了进来。浑蛋，你不知道你不应该接受任何人的礼物吗？立刻将这顶可笑的帽子还回去！他想用这顶帽子贿赂你。因为你的愚蠢行为，我判你一个月监禁。

---

1 夹杂着葡萄牙语的西班牙语，意为："一点都不好！"

2 来自赫拉尔多·范德烈的歌曲《不要说我没有谈论鲜花》，意为："心里的爱恋，地上的花朵。"

3 葡萄牙语，意为："您说得完全有道理，大人！"

4 夹杂着葡萄牙语的西班牙语，意为："现在演出已经结束了。"

两年后，我让第三位来自布宜诺斯艾利斯的特使——尼古拉斯·德·埃雷拉[1]坐到了1811年10月12日埃切瓦里亚一边坐着咬指甲一边观看阅兵仪式的同一个地方。由一千多名议员组成的议会赞成设立“执政府”[2]，我坐在恺撒的位置，富尔亨西奥·耶格罗斯则坐在庞培的位置。我的表亲，第一洪达政府的前任主席[3]，如今在我之后，排在第二位。

三头同盟[4]在布宜诺斯艾利斯倒台后，一个所谓的形成中的最高政权将埃雷拉这只脾气暴躁的猫派到了巴拉圭。他五月份就到达了亚松森，对布宜诺斯艾利斯人来说，这是个糟糕的月份。从那时起，他便一直在等待我的召见。我让他住在海关仓库。那可是一个体面的住处，

1 尼古拉斯·德·埃雷拉（Nicolás de Herrera，1775—1833），乌拉圭政治家、法学家。在阿根廷和乌拉圭的国家形成进程中，他的行为十分具有争议性。他曾支持巴西皇帝佩德罗一世，并在葡萄牙兼并乌拉圭的进程中为其提供支持与帮助。1824—1825年，他担任乌拉圭在里约热内卢议会的代表。同年他又加入乌拉圭独立派，参与制定了1828年的乌拉圭宪法。此外，他曾参与导致阿根廷大洪达垮台的冲突，并在第一届三人执政委员会中担任秘书。

2 此处指1813年在亚松森建立的执政官政府。

3 指富尔亨西奥·耶格罗斯。

4 原指克拉苏、恺撒和庞培组成的旨在反对元老院的政治同盟，此处指1811年9月23日至1812年10月8日期间，统治拉普拉塔联合省的三人执政委员会。

那个棚子里堆放着带有走私气味的可疑货物，这只身负大使头衔的猫一来就浑身发痒，焦躁不安。在此期间，为了排解内心的沮丧，他向他的政府寄发了大量机密文件，这些文件里充满了各种任性的怀疑。*

*他们用各种拖延战术拖延我的时间。事实上，他们将我扣押在海关仓库。他们告诉我，只有在召开代表大会并完成政府更替之后，他们才会召见我，可是，没人知道这个有名的代表大会何时才会召开。唯一可以确定的是：在这里，布宜诺斯艾利斯人比撒拉逊人还遭人憎恨。如果大会拒绝派遣代表并对各省宣战，那么，该省的半数群众都将暴动……巴拉圭人民正在遭受越来越多的奴役，巴拉圭政府的这位“显赫人物”越来越专制，他唯一的目标就是赢得时间，然后心安理得地享受独立带来的好处。这位人物经受过罗马帝国准则的熏陶，可笑的是，他竟试图用那种模式来组织他的政府。他向我证明了他的无知，他对布宜诺斯艾利斯的仇恨，以及他前后矛盾的各种原则。他已经让巴拉圭人相信：巴拉圭大省本身就是一个无可匹敌的帝国，而布宜诺斯艾利斯对其阿谀奉承只是因为布宜诺斯艾利斯需要巴拉圭。他们认为布宜诺斯艾利斯打着合并的旗号企图征服整个南美大陆，各个国家受到胁迫，所以他们不得不派来代表。他们认为我们所有的优势都只是噱头，甚至连他们的回答也透露出这种火药味，因为他们从未承认我就是拉普拉塔联合省最高执行政府的特使，他们只当我是布宜诺斯艾利斯的代表，他们也并不认为大人您拥有任何权力。(《尼古拉斯·德·埃雷拉回忆录之执行政府》，1813年11月)

议员们十分愤怒，他们认为这是个侮辱性提议。巴拉圭政府利用这种情况让他们做出裁决，他们永久性地拒绝了这一提议。代表大会在收到我的通知后，群情激奋，各位代表发誓如果我胆敢靠近，他们便会杀了我。要不是一位牧师登上讲台安抚群众，也许，我已经不可避免地以不光彩的方式死去了。(出处同前)

现在，他就坐在埃切瓦里亚曾经就座的席位。他和埃切瓦里亚构成了一个非人的叛徒二重身。不久前，我已经允许他出席代表大会，以便让他展示他的企图。他们对他的回答是“不，不，不”，他们完全拒绝了他的提议。我已经告诉他，巴拉圭不需要用条约来捍卫它的自由并维持其与他国的亲密关系。建立亲密关系需要依靠自然规律和自发情感。两个月后，他一定会空手而归。没有同盟，没有联盟，没有条约，只有国库出资赠予他的一双崭新的雨鞋和一件带有六十条条纹的彭丘——而这只是为了让他更换在徒劳的奔波中完全破损的衣服和鞋子。由于他在代表大会上的傲慢行为，他遭到了市民的攻击，他经历了重重困难，才得以全身而退。

他坐在那里，四周是严密的看守，他闷闷不乐又愤愤不平地观看着这场阅兵仪式。在他看来，我举行阅兵仪式的目的是向他致敬并赔礼道歉，他完全没有意识到这场阅兵仪式的真正目的。

为了让相似的人坐到一起，我让巴西人科雷亚·达·卡马拉——我们熟悉的巴西帝国特使——坐在布宜诺斯艾利斯人埃雷拉身边。那个时候，我们还不认识他，因为十多年后他才会来到巴拉圭。我最喜欢的消遣是将两只蝎子放在同一个瓶子里。无二不成三，那么，我们再将另一只布宜诺斯艾利斯蝎子放入瓶中。最后这只蝎子就是那个名叫科索的布宜诺斯艾利斯人，与脾气暴躁的埃雷拉和卑鄙无耻的埃切瓦里亚一样，他也喜欢写信。这个科索·加西亚*一边向他在布宜诺斯艾利斯的委托人抱怨我，一边又带着布宜诺斯艾利斯人的厚颜无耻来奉承我。我不知道为什么这些浑蛋都认为他们能够用书信毁掉巴拉圭。让他们全都见鬼去吧！

*这里指胡安·加西亚·德·科西奥，他是时任布宜诺斯艾利斯政府首脑的贝纳迪诺·里瓦达维亚于1823年12月派遣至巴拉圭的特使。与

前任使者们相比，他并不会取得更大的成功。科西奥抱怨至高无上者以最强硬无礼的态度对待他。胡里奥·塞萨尔表示，至高无上者从未对他的态度做出任何解释；在至高无上者与各位代表之间的大量往来通信中——尽管他们在这些信件中商议了所有的内政问题及外交问题，他从未提到加西亚·科西奥本人，甚至也未提及加西亚率领的使团和他们的外交照会。根据比森特·菲德尔·洛佩斯[1]的秘书——胡安·弗朗西斯科·塞吉[2]所言，鉴于布宜诺斯艾利斯即将在东岸地区与巴西帝国爆发战争，科西奥率领的大使团的主要目的是寻求与巴拉圭建立同盟关系。(《编年史》第四卷，第 125 页)

科西奥写给至高无上者的信件数量十分庞大，与其他布宜诺斯艾利斯大使和巴西大使写给至高无上者的信件一样，他的信件也被搁置在漫长等待的炼狱里。在渴求希望的痛苦中，这些“四处求告、令人讨厌的骗子”在哀求、不满或悲伤的信函中大吐苦水。

三十七封外交照会从科连特斯寄往亚松森，科西奥必须就每封照会向信使们支付六个金盎司、一套完整的服装、一套从马笼头到马刺均包括在内的骑马装备，以及一个装满十升甘蔗酒的酒囊。1824 年 2 月，科西奥在科连特斯向他的政府报告：最高独裁者仍未回信，信使们并未返回。什么也没有，根本没有任何音信，他们仿佛被大地吞噬了。科西奥做出了一番悲哀的反思：“这种与文明社会和国际公法如此格格不入的沉默自然表明他完全不打算改变他的行为——他把全部注意力都集中在维持其所处的怪异的孤立状态上。即便是提醒他两个国家在独立战争中付出的共同努力及神圣联盟野心勃勃的目标，以及可能到来的复辟远征军将会对美洲大陆产生的威胁，一切也不会发生任何变化。”1824 年 3 月 19 日，科西奥再次写信给至高无上者。他的公文如此结尾：“巴拉圭正在

1 比森特·菲德尔·洛佩斯（Vicente Fidel López，1815—1903），阿根廷历史学家、律师、政治家，曾担任国家议员（1876—1879）、阿根廷共和国财政部部长（1890—1892）。

2 胡安·弗朗西斯科·塞吉（Juan Francisco Seguí，1774—1834），阿根廷律师、政治家。

损害自己的利益，因为它已经停止出售马黛茶、烟草和木材。由于河道封锁、缺乏国外市场，巴拉圭的商业正在衰退。另一方面，布宜诺斯艾利斯政府对巴拉圭向巴西开放一个港口的事实感到震惊，我们要求巴拉圭给予布宜诺斯艾利斯政府同样的便利，即便这样的便利——与巴拉圭给予葡萄牙人的便利一样——只能被限制在某个单一的地点。”在这封信件的结尾处，有至高无上者用红色墨水斜着写下的批注：“我们终于可以听听好音乐了！”（编者附注）

我把它们全部放入瓶中，三只蝎子，四只蝎子，有几只就放几只，完全随意。它们的尾巴和钳子相互缠绕，它们分泌出有毒的液体。充分摇晃瓶身，然后将瓶子放置于夜露之中，直到这些小东西完全平静下来。这样，它们的毒液就变成了一剂良药。按照顺势疗法的剂量连日于清晨同一时间空腹服用这种药水，保持连续和定时是治愈各种身体梗阻的最佳方法。

尼古拉斯·德·埃雷拉、胡安·加西亚·科索[1]、马诺埃尔·科雷亚·达·卡马拉，对我来说，这些手持证书的蝎子就是我的利尿剂。他们想利用我，但我利用了他们。

科雷亚仍旧显得悲伤而怯懦。他总是侧着身子走路。他只露出一只眼睛、一边脸颊、一只手、一条腿和半颗心，他形似螃蟹，没人看到他的头，没人知道他在朝前走还是朝后走。他就像一只双跟鞋，唯一不同的是他帽子上的羽毛和全身的毛发都变长了。盛夏时分，在科雷亚的白色貂皮披风上，黑色的斑点带着他的企图，以同样对折的巴西帝国的地图形状开始在他背上扩散。我们只能看到它朝西扩张的那半边，目前，一半的斑点正跟在巴西旗士身后，之后我们再来瞧吧。

1 即胡安·加西亚·德·科西奥。

卡马拉对布宜诺斯艾利斯方面可能做出的干预行为十分着迷，这正合我意。卡马拉怀疑科索会通过阴谋诡计阻止我与巴西帝国进行谈判。此外，他还担心布宜诺斯艾利斯人和亚松森的亲布分子会夺取他的性命。昨天夜里，在吃晚餐时，他向我讲述了那些针对他的阴谋。他直接控诉布宜诺斯艾利斯政府想要谋杀他。大人，您看看胡安·弗朗西斯科·塞吉医生寄给博尼法西奥·伊萨斯·卡尔德龙的这封信，我的间谍成功截获了这封信：巴西皇帝[1]已经将一个愚蠢的白痴任命为特使，派往巴拉圭政府，此人目前在蒙得维的亚，即将动身前往亚松森。派人在途中抓住他，并把他带到布宜诺斯艾利斯，他会在这里受到应有的对待；或者，如果可能的话，让某个想赚取六千比索的农民直接在田地里将他杀死；或者，如果以上两种方法都没有成功，那就在他的汤里加上足够的砒霜吧。这封信是真的吗，科雷亚？¡Certissimamente, Excelentísimo![2] 不是伪造的吧？Não é![3] 这封信千真万确！您不用担心，难逃一死的科雷亚先生！现在，您在我这里平静地就餐，我向您保证，这份被我们称为索约的肉糊汤一定是世界上最健康、最有营养的汤。不要害怕，尝尝吧。在巴拉圭，您不会有任何危险。¡Certíssimamente, Excelencia! ¡Mais me he salvado so por un pelinho![4]

于是，我决定将这些庆祝活动合并成一个活动。既然我们谈论的是狂欢，那就让我们从早在独立前便在亚松森举行的那个庆祝活动开始吧，这个活动为节日骚乱拉开了序幕。让我们稍稍倒退一下，我和

1 这里指巴西皇帝佩德罗一世。

2 夹杂着葡萄牙语的西班牙语，意为："千真万确啊，大人！"

3 葡萄牙语，意为："不是！"

4 夹杂着葡萄牙语的西班牙语，意为："的确如此，大人！但是我被一根头发拯救了！"

螃蟹的接触已经让我的笔记染上了返祖混血人的恶习。

民众庆祝活动的糟糕之处在于它们总是带有马戏和圈套的意味。备好的狮笼在等待观众，可怜的民众纷纷赶来，他们想要娱乐消遣，他们想要忘记他们的贫穷困苦，用大喊大叫来宽慰他们卑微的生命。如何娱乐呢？观看杰出人物在断头台上的表演。任何一件事情都可以成为借口，哪怕是最微不足道的小事：某位君主脚趾上的一个肉色指甲掉落，已行月事的王位继承人之妻的诞辰，一个帝国的覆灭，另一个取而代之的帝国崛起，一位宠儿的生辰，一份条约的签署，任何事情都可以成为借口。人们对这些代价高昂却悲惨可怜的美梦趋之若鹜。这些美梦欺骗了他们，它们用烟花白白地让他们空欢喜一场。它们侵占人们的工作时间，浪费国家的金钱，仿佛人们只有通过煽动集体狂热才能将困住他们的痛苦隐藏起来。可是该怎么办呢？该怎么办呢？这是世界上最古老的风俗，这种风俗可以追溯到罗马人的时代。总有一天，我们会像最初的基督徒一样，我们会在地下墓穴重新过上简朴的生活。总有一天，我们会将美洲豹、皇帝、领事和阔佬关进兽笼，同时，我们会让人们生活。我们要逐渐消灭这些有害的风俗。

毫无疑问，说到借口，最糟糕的借口应该就是日期了。10 月 12 日的哥伦布日便是其中之一。在日历上，这些日期看上去流芳百世，它们统治着现实的幻象。所幸，时间至少还能在纸上压缩、节省、废除。

1804 年

王后的宠儿——“和平亲王”曼努埃尔·戈多伊[1]接受了亚松森永久市议员的荣誉职位。在西印度帝国中，亚松森是首个获此殊荣的都城。在市政厅为“和平亲王”奉上的象征性接待便带来了上述庆祝

1　曼努埃尔·戈多伊（Manuel Godoy，1767—1851），西班牙贵族、政治家，曾两度出任西班牙首相。1795 年，因主导与法国签订《巴塞尔和约》，戈多伊获得“和平亲王”封号。

活动。那是人们记忆里最隆重奢华的庆祝活动。这场庆祝活动由一次盛大的宴会拉开序幕，遭人憎恨的省长拉萨罗·德·里维拉·伊·埃斯皮诺萨·德·洛斯·蒙特罗斯为此次宴会提供了足足七十四副纯银餐具。*餐桌主位上，宠臣曼努埃尔·戈多伊倚靠着一只黄金圣餐杯，

*1795年初，拉萨罗·德·里维拉被任命为巴拉圭军政总督及巴拉圭皇家财政部总管。在前往其政府所在地前，他娶了出身贵族的玛丽亚·弗朗西斯卡·德·萨瓦特亚为妻，从而与布宜诺斯艾利斯贵族建立了联系。他的一位大姨子是（未来总督）圣地亚哥·德·利涅尔斯的妻子。里维拉并不比那些（坐在总督位子上的）伟大的前任统治者——皮内多[1]、梅洛[2]和阿洛斯[3]逊色，也许，在很多方面，他甚至超过了他们。他在瓜拉尼人的土地上深深扎根，他了解他们的痛苦和苦难，他向穷人和无依无靠的人伸出援助之手。他曾经预言，对巴拉圭来说，蒙得维的亚才是他的港口，他还预见了拉普拉塔河的重要性，他这样写道：“如果布宜诺斯艾利斯总督区的各个大省能够轻易提取出那些为了振兴和加强半岛工业而必须跨越大西洋的原料，它们必定会获得巨大的财富。”他相信巴拉圭的未来，因为巴拉圭土地肥沃、物产富足，而且巴拉圭拥有众多河流，这些河流滋养了巴拉圭，它们将巴拉圭与世界相连。（胡里奥·塞萨尔的笔记）

“尽管拉萨罗·德·里维拉为人热情冲动，面对一切困难急躁且缺乏耐心，而且他出身贵族，爱慕虚荣，但他仍然是18世纪末期南美洲最开明的西班牙统治者之一。”（胡里奥·塞萨尔引自富尔隆神父[4]的评论）

1 指阿古斯丁·德·皮内多。

2 指佩德罗·梅洛。

3 指华金·德·阿洛斯（Joaquín de Alós，1746—1827），他曾接替佩德罗·梅洛担任巴拉圭大省省长（1787—1796）。

4 富尔隆神父（Padre Furlong，原名 Guillermo Furlong Cardiff，1889—1974），阿根廷历史学家、耶稣会教士。

也就是说，他饰满花环的画像倚靠着那只圣餐杯，那份将他加封为伟大议员的敕旨被封存在一个巨大的火漆封印之下。他在画像上用缓慢的手势向我们问候致意，他的手指上戴满了戒指。晚宴持续了六个小时，晚宴结束后，在军乐队的伴奏声中，“和平亲王”乘坐一辆由八匹黑色公马与八匹白色母马牵引的四轮马车离开了。一队年轻士兵护送马车，紧随其后的是省长和主教——他们坐在另一艘“盖伦船”上，还有步行的军团领导、日报头版编辑、地方长官、主要贵族，以及一支由在职神父和在俗神父[1]组成的数量极为庞大的队伍。那是一个多么庄重的时代啊！

战神广场上竖起四个凯旋门，饰有鲜花、棕榈花环和月桂花环的戈多伊画像庄严地悬挂于“不朽凯旋门”之上。整个广场及邻近的房屋都挂满了军旗和三角旗，邻近楼房的露台上挤满了最高阶层的贵妇人和第二、三阶层的绅士，无足轻重之人也换上了他们的粗斜纹布披风及紧身上衣，昂首挺胸地故作姿态。

到了夜里，街道、公共建筑和主要居民住宅全部灯火通明。一束束焰火在头顶绽放，天空变成了一个花园，转瞬即逝的仙女座与毕宿五遍布其间[2]。

拉萨罗·德·里维拉坐在看台的躺椅上，他一边挥舞权杖，指挥所有活动，一边不停地拂拭他那满是尘土的假发上的发卷，活像一个因为号角走调而烦闷不已的乐队指挥。不管怎样，画像上的“和平亲王”看上去倒是十分高兴，他正在漫不经心地抚摸一只雄性马鹿的犄角。

在小提琴、小手鼓和笛号的伴奏下，一辆四轮敞篷马车从市议

1 在职神父，指居于教堂、严格恪守教规的神父；在俗神父，指居于俗世，可以不严格恪守教规的神父。

2 仙女座是北半球的一个星座，毕宿五是金牛座 α 星，此处以星星比喻焰火。

员胡安·包蒂斯塔·德·阿查尔的府邸驶出。一到达戈多伊画像面前，早已为演出做好打扮的演员们便从马车上下来，开始表演《唐克雷迪》。玛丽亚·格雷戈里亚·卡斯特利维和胡安·何塞·洛伊萨加（那个日后会把我的头骨存放在家中阁楼的叛徒执政官的爷爷）扮演那位“十字军”战士和克洛琳达[1]，他们出尽了风头，一万人观看了这场表演。

连续九天的庆祝活动毫不间断地持续着。人们表演斗牛，他们带着节日面具骑在马上，跟随乐队的合奏在舞蹈或对舞中挥动长矛，就像古时候的马战舞一样。在跑马穿环比赛中，五十名骑兵装扮成撒拉逊人和印第安人，他们骑在装饰华美的骏马上角逐较量。每局获胜者用银制的倒钩钩住圆环，他们在英气十足的深度鞠躬中将圆环献给他们的未婚妻、他们追求的姑娘或是他们派头十足的太太。女士们将圆环从打结的丝带上取下来，然后，她们让它从胸前的缝隙中滑落。他们以一种稚气的姿态毫不知情地模仿着复辟庆典，这不是君主制的复辟庆典——如果我们正处于完全的君主统治时期——当然不是了！这是在复辟那个只能被丢掉一次的东西：王权、贞洁、高尚、尊严。尽管有些人把它们丢弃一次之后，还把它们恢复了两次。

拉萨罗·德·里维拉傲慢冷漠地对主教说道：复活是一个完全符合自然规律的想法，难道阁下不这么认为吗？主教带着满意的微笑表示赞同。的确如此，省长先生，与两次创造同样的东西相比，让一个东西复活一次并不会显得更加奇怪。

拉萨罗·德·里维拉貌美如花的女儿斜靠在他身上，她的目光仍旧在关注马战舞：大人您刚刚说了什么，如果我可以知道的话？没什么，孩子。在这样令人叹为观止的美好节日里，你可不要分心。你看

1　克洛琳达（Clorinda）是剧中唐克雷迪爱上的女战士。

那个土著扎枪手，他正纵马狂奔，全速朝这里赶来！事实上，那个头戴羽冠、全身饰满卡阿伊瓜人或野人文身的骑手正站在一匹浑身是汗的枣红色无鞍骏马身上，朝着总督的尊座狂奔过来。此人体形高大，身材匀称，全身大汗淋漓。彗星的尾巴在令人眩晕的奔跑过程中牵引着这匹坐骑。这位土著骑手身上只披着一种散发昏暗光泽的遮羞布。他伸展双臂，他的手臂上挂着用一根长长的椰子刺串好的圆环，圆环用红色花边在空中留下一道痕迹。那匹既没套笼头也没套马嚼的枣红色骏马减慢了奔跑的速度，现在，它正踏着舞步前行。它的蹄子并未跟随乐队的节拍跳动，它在呼应只有它和骑手才能听到的其他乐声。它的鼻孔不断呼出一种粉色气体，这种气体在巨大的压力下不断扩散。两股密实的鞭绳拍打着马的肋腹。鞭绳抬起了彗星尾巴，它们将尾巴向后弹射，这让马儿看起来就像是神话中的动物。这种动物长有马头和美洲豹的豹头。学识渊博的主教开始胡言乱语，在这种半人半马的印第安神兽面前，罗马人的辕外马[1]或右牵马[2]宛若虫豸。古代的人把这样的骏马称为desultorios equos[3]，他们还把匍匐在这些骏马身上的骑手称为……然而，拉萨罗·德·里维拉突然站起来，他气得满脸通红，他一边在空中挥舞手杖剑，一边大喊大叫地召集警卫：看在别西卜[4]的分上！这个胆敢如此妄为的异教徒是谁啊！快来啊，警卫！快来啊，法警！快来啊，火枪手！这个长着人头和豹头的半人半马怪兽前足腾空直立，突然在看台前刹住了脚步，边缘参差不齐的马蹄像爪子一样抓挠空气。这只神兽的人形从高处俯身，让圆环在省长

1　辕外马（Funal），指罗马人放置在驷马车（cuadriga）最前面的领头马。

2　据说，古代的骑士会在奔跑中换马，他们习惯每人带两匹马，尤其是在战斗中，他们往往会从一匹疲劳的马跳到一匹精神十足的马身上。右牵马（Dextrario）指的是罗马人放置在胯下马匹右方的马。右牵马往往精神十足，罗马人会让它们充分休息以备不时之需。

3　意为“经过训练的、用来作战的马”。

4　别西卜（Belcebú），魔鬼的名字。

女儿的裙子上滑落。开枪啊，开枪啊，你们这些身强力壮的笨蛋！他命令道，他的声音因为愤怒和恐惧而显得支离破碎。开枪啊，你们这些该死的火枪手！省长扯着嗓子大喊道，在突然的沉默中，他完全失去了理智。枪声终于响起，甚至可以听到子弹轻微的呼啸声。土著人的牙齿在烟雾和弹药中闪闪发光，他的文身在开始降临的夜幕中发出荧光。他用那根椰子刺划开从喉咙至胯部的古铜色皮肤，扯下头上的假发套，露出削剪成螺旋王冠的头发。在飞舞的羽毛、饰品、鳞片和旗帜中，他就像一个野蛮的基督亚当。他如此雪白，就像一个白化病人，雪白的皮肤，雪白的眼睛。这位骑着美洲豹的基督长着拿撒勒人的胡须，他就是上巴拉最勇猛善战的野蛮部落的神秘酋长！他就是征服者和传教士们都未能成功征服的卡阿伊瓜-瓜拉奇人[1]的酋长、巫师和先知。就在那时，他身下的坐骑变成了一只蓝色的美洲豹：美洲豹的舌头，湿润的红色咽门，象牙一般的尖牙，它皮肤上的斑点在阳光下闪耀着金属一般的光泽。这个巨大的传说就在那儿，它就在广场中间，它就在省长的尊座面前。省长的女儿陶醉地欣赏着这个人物，在她看来，他简直就是一位大天使，他是一个真正的、真实的幻象。

主教已经双膝跪地，他拿起胸前的十字架对准这个令人头晕目眩的幻象。¡Vade retro Satanás![2] 省长尖叫着，命令着，在美洲豹的咆哮声中，他的喊叫听上去就像是老鼠的尖叫。当另一声枪声响起时，这位传奇的土著人打了个响指。美洲豹从惊恐的人群头上纵身一跃，跳到了天上。现在，它的确变成了流星，变成了彗星。它跨越了巴拉那河，消失在东边山脉的天空里。

那个圆环宛如一只咬着自己尾巴的蛇，它在省长女儿的裙子上慢

1　指今天的阿切-瓜亚基人（axé-guayakí o guayaquí），南美洲印第安游牧民族。

2　意为：“退散吧，撒旦！”这是一种中世纪的天主教驱魔方式。作为“口头圣礼”，这个句式也被用来阻止任何可能的邪恶事件的发生。

慢变大。*很快，它便将这位姑娘、那位失去理智的父亲、主教大人、市议员、地方长官、地方法官以及教士们包裹在它的圆圈里。这只“处女蛇”继续变大，它覆盖了广场和那些露台上挤满贵妇人的房子。

*拉萨罗·德·里维拉到达巴拉圭大省后，一件可怕的事情发生了。在雷阿尔镇地区，一百五十名男子以谴责印第安人违反和约为由武装起来，他们出其不意地占领了印第安人的一个驻营地，并杀死了七十五个已经投降的手无寸铁的印第安人。所有印第安人均死于石刃木斧、马刀和长矛的袭击之下，他们被拦腰绑在马的系肚带部位。所有信息均能在呈交的五份审理记录中得到证实。这起事件的主要负责人是指挥官何塞·德尔·卡萨尔。这起野蛮事件发生在 1786 年 5 月 15 日，里维拉在 4 月 8 日便已接管巴拉圭政府，他已经将指挥官何塞·安东尼奥·萨瓦拉·伊·德尔加迪略任命为这起案件的调查法官。

这场屠杀隐隐透露出图帕克·阿马鲁在库斯科死亡的意味，伴随着印第安人被五马分尸的“精彩”描述，这场屠杀在整个(巴拉圭)大省引起了轰动。卡萨尔依靠他的财富和影响力成功地逃脱了法律的制裁。(胡里奥·塞萨尔，见前引)

然而，不久之后，这个犯下大屠杀罪行的卡萨尔便遭遇了不幸。根据此次案件的审判记录，可以看出何塞·德尔·卡萨尔·伊·萨纳夫里亚曾想尽各种办法，试图让至高无上者为其辩护。当时，至高无上者是律师，不过，他还未担任任何公职，因此，他并不具备任何实际的影响力。“在所有为案件辩护的律师中，”这个杀害印第安人的凶手写信给法官，“他是唯一能助我渡过难关的人。我已经将超过一半的财产给了他，就为了从他那里得到如此重要的服务。然而，一切都是白费心思。这位高傲的律师固执地拒绝为我的案件进行辩护，我也因此失去了自我保护的能力。而且，正如大家所知，他还胆敢对我对待那些野蛮人的方式大肆诽谤，他竟然宣称就算给他世界上所有的黄金，他也不会做任何事情

来支持我。然而，正如上帝和我们最尊敬的省长所知，我的所作所为完全是为了整个社会的利益。”（编者附注）

与此同时，这个看上去像是由镱[1]——这种处女地上的坚硬金属制作而成的金属圆环开始变得越来越软，它慢慢变成了一种带有鳞片的黏性物质。这些比蒲公英冠毛还要轻盈的鳞片飞上天，悬浮在空中。突然，这条巨蛇爆裂成彩虹色的颗粒，军官们的看台上爆发了一阵骚乱，省长的女儿瘫倒在看台的地毯上，血流如注，她雪白的衬裙染上了圆环洋红花边的颜色。人群中突然爆发出一阵带有迷信恐惧意味的喊叫声：这是天谴！这是天谴啊！省长和主教在喧闹声中激烈地讨论是应当命人将医生叫来还是应当准备临终仪式。

“和平亲王”兼伟大市议员从画像里走出来，他穿过不朽凯旋门并拥抱了悲痛万分的拉萨罗·德·里维拉。非常好，非常好，我亲爱的省长先生！这是一个真正的童话故事！请允许我向您的女儿表示祝贺，她出色地扮演了天鹅的角色。这真令人叹为观止！这个杀死天鹅的人总是让我胡思乱想！这个奇怪的杀手杀死那些天鹅竟然只是为了倾听它们的临终之歌！啊！真是不可言喻，不可估量的巨大奇迹！这位王后的宠臣靠在蛇头上。你们看啊，你们看看这一幕！动物的眼睛里保存着那些杀死它们的人的形象，而这种形象会一直留在它们的眼睛里，直到它们的尸体完全腐烂！亲爱的拉萨罗，这位伟大议员说道，现在我要回画像里去了，你们继续表演吧。

庆祝活动一直持续到第十天，甚至又多延续了一天。

市政会在有关这些庆祝活动的官方记载中表示：“巴拉圭大省永远无

1　一种金属，属稀土金属。

法列举出比当下更为辉煌的时代。直至不久前，其政权依旧虚无缥缈，极不稳定；巴拉圭的商业因充满困难和阻碍而停滞不前；国库亏空；未设防护的国界屡遭挑衅；其资源，即便富足，也不过徒有其名。当‘和平亲王’给予巴拉圭市政会莫大的荣誉——接受巴拉圭永久最高权力统治者、市议员、财政主管兼知晓王者秘密的崇高王子[1]之任命时，为了向‘和平亲王’致敬而举行的庆祝活动便成了这个拥有财富、繁荣和权势的辉煌时刻的明证。”

《巴拉圭大省年鉴及编年史》同样用丰富的细节描述了各类庆祝活动，这本史书甚至记载了一个单调乏味的时代中最为琐碎之事：婚礼、洗礼、死亡、涂油礼、第一次领圣餐、葬礼、追悼会、祭九、各类疾病、菜谱，甚至还有用来提高或调和夫妻生殖能力的草药秘方。不过，这本书并未提及任何与省长女儿以及那个长着翅膀的阿切-瓜亚基男人有关的奇异事件——在今天的民族学家口中，阿切-瓜亚基人就是那些从前拥有塞拉图人[2]、卡伊瓜人、大胡子、瓜拉奇人和许多其他名称的部落。

甚至连强迫症患者日记般巨细无遗的《难忘事迹日志》也丝毫未曾提及至高无上者讲述的这起事件。为了寻找一些与此相关的线索，我们必须追溯到殖民地最古老的编年史。1651年，迪图瓦[3]曾经谈到这些瓜拉奇人：他们是比瓜伊拉野蛮人还要凶残的原始人。这些可能食用人肉的野蛮人以打猎为生，他们食用各种蛇虫鼠蚁，不过，他们的主要食物是山间的蜂蜜，对于这种食物，他们一直保有真正的热情。瓜拉奇人从未被征服者征服，他们更不曾被传教士降服，不曾接受我们神圣宗教的庇护和基督教的人性熏陶。在我看来，他们绝不会成为这样的人。这个部落的人具有一个共同特征：他们的皮肤颜色雪白。这个特征为他们具有

1　共济会第32级成员称号（共有33级，第33级为最高级）。拉丁美洲独立运动领导人多为共济会成员。

2　早期西班牙人对瓜拉尼人的称呼。

3　指尼古拉·迪图瓦（Nicolas Du Toict，1611—1680），法国耶稣会传教士，自1649年起便居住在巴拉圭的耶稣会传教区。

欧洲血统的荒谬传说提供了依据。事实上，情况恰好相反，居住在那片野蛮地区的人是最野蛮的野蛮人。这些人自古便受到一位著名酋长统治，这位酋长既是巫师，也是可怕的暴君，他的臣民认为他具有长生不老的法力。人们还散布了一些同样荒谬的传说，他们说，这位酋长不仅能抵御欧洲人的武器攻击，还能利用最令人称奇的变形术随心所欲地变换外形，甚至隐身。据说，他会骑着一头蓝色的美洲豹在他的领地里巡视，他会骑着它在天上或地上遨游，而这就是他们与宇宙起源相关的动物神话之一。(《关于卡伊瓜人的描述》，见各种版本)

我曾不遗余力地核对过拉萨罗·德·里维拉的所有书信(这位省长曾下令焚烧了巴拉圭当时仅存的一本《社会契约论》)，以及与他相关的家谱和传记文献。这些文献资料一致显示：这位焚烧书籍的省长有两个女儿，一个是他与合法妻子所生，另一个则是他与一位印第安侍妾所生。他的其中一个女儿英年早逝，另一位则活到了青春期，而且，如果普雷斯特·胡安没有撒谎的话，似乎后者甚至活到了晚年。然而，我未能确定到底谁才是这则故事的主角。另一方面，在人们的口头传说中，的确存在长着翅膀的骑师偷走“伟大白王”——卡纳义-卢维查-古阿苏之女的传说。(编者附注)

第十一天，在“和平亲王”明显表示信任及支持的鼓舞下，拉萨罗·德·里维拉签署了政令：保留印第安人赐封地并废除豁免烟草商人服兵役的决定——这是他的两大夙愿。最后，他终于挫败了王室的意图，实现了他的夙愿。

1840 年

会议。阅兵。游行。表演。骑术比赛。演习。印第安人和黑人的化装舞会。守护神庆典。两倍的葬礼。三倍的追悼会。无数的阴谋。

极少的处决。崇拜。复活。石刑。民众皆大欢喜。民众集体悲恸（这仅仅发生在我消失之后）。各类庆祝活动。的确如此，一切井然有序。然而，仍然有匿名告示作者胆敢将永久独裁时期视为一个黑暗、专制、压抑的时代！对他们来说，的确如此；对人民来说，却并非如此。第一个南美共和国竟然变成了恐怖之国！这些虚伪的大骗子！难道他们不清楚，情况刚好相反吗？难道他们不知道这是最公正、最和平、最高尚的时代吗？这个时代的人民拥有最完整的福利和幸福。在巴拉圭人民的不幸历史上，这是一个让所有人全面享受最大荣耀的时代。难道在经受了这么多苦难、痛苦与不幸后，他们不应有幸去享受这一切吗？难道这就是让我从前的宿敌与诽谤者伤心忧虑的原因吗？难道这就是让他们充满仇恨并背信弃义的原因吗？难道这就是他们对我的控诉？难道这就是他们无法原谅我，并且永远不可能原谅我的原因？如果我还需要他们的宽恕，那我就太恼火了！目前，人民群众的记忆，人们最常见的五种或六种感官都站在我这边，它们都在为我作证。你们这些诽谤和无知的代理人，难道就没长眼睛去看，没长耳朵去听吗？

目前，这就是我的第一份证据。难道你们没有听到那些军乐声吗？它们能让最聋者的鼓膜为之震撼。亚松森已经成为世界上拥有最多乐队的首都，为此我感到十分自豪。确切地说，就在这一刻，亚松森城里就有一百支乐队在齐声轰鸣。这些经过精准校对的乐音只在音调、节奏和音准上存在极其细微的差别。经过无数次排练，在作曲家及演奏者付出无限耐心后，乐音、切分音以及需要强调的休止终于出现了。这种立体声（并不是那些匿名告示狗屎一般的嗡嗡声）将天穹变成了它的共鸣箱，大地和空气成了它的传播媒介，仿佛这些元素就是乐队本身。乐器安静下来，它们静止的圆锥部位充满军乐，继续振动。乐音像光线一样，它们在圆环打开与闭合的那一点流动。你们听，阅兵仪式上的军乐队还在演奏。为了向巴拉圭赔礼道歉，我曾为来自各个帝国、领导机构及大省的使者兼好事者奉上这场独一无二的阅兵仪式——尽管它们分别发生在 1811 年、1813 年及 1823 年。

布宜诺斯艾利斯特命全权大使埃雷拉和科索，与巴西帝国特命全权大使科雷亚叠加在一起，他们被挪到某个维度，那是我逼迫他们观看的某个维度。他们中的一些人坐在另一些人膝上。虽然时间各异，但是，他们都坐在同一个地方。你们看，你们好好看看：我为诸位展现的阅兵仪式覆盖了共和国的前二十年——这二十年包括殖民统治的最后十年。请大家来区分真假是非。美即是丑，丑即是美。看呆了吧，你们这些傻瓜！看看这些国界线、水域分界线，还有王权/现实的这一面与那一面。现实中的王权在字里行间的纸上迷雾中散发光芒。芒刺一般的笔头，直戳他们的眼睛和耳朵。各位尊贵的来宾，如果你们还有视网膜和灵魂的话，请你们好好看看上面这些美丽/丑陋的图像。爱开玩笑的埃切瓦里亚嘟囔道，大地像水一样充满了气泡。但是，这些气泡已经消散了。不，尊敬的博士。这些气泡还在那儿，如果您看不到它们，那就把它们吸进去吧。呼吸无形亦有形。要是您不呼吸了，您就死了，不是吗？¡Nunca he visto una manhá mais hermosa![1] 科雷亚大喊道。我们看到的这些生物当真存在吗？这位巴西人又问道。难道您没看到它们都是幻影吗？曾与拿破仑握过手的埃雷拉仿佛受到羞辱一般充满怨恨地回答道。想必它们给我们吃了某种有害的根茎，那种能俘虏人理智的根茎。科雷亚打着哆嗦。不要担心，各位尊贵的来宾。真实的恐惧并没有想象的恐惧来得可怕。想象某种罪行，依旧匪夷所思，犯下这种罪行，已然理所应当。先生们，难道你们不知道只存在还未存在的事物吗？埃切瓦里亚的斜视眼在科雷亚的远视眼上眨了眨，科索的猫胡子长在了埃雷拉的蛤蟆脸上，埃雷拉

1 夹杂着葡萄牙语的西班牙语，意为：“我从未见过如此美丽的清晨！”

已经吃掉了自己蜕下的老皮。抱歉，尊贵的先生们。你们的表现已经被记录在册，而我将每天阅读这些记录，直至生命的尽头。不论发生什么，时间和机遇总会帮助我们避开危险。现在，我们可别错过了阅兵仪式。

塔夸里的两千五百位骑师列队行进。我尊贵的表亲耶格罗斯站在骑兵中队前面，他的脸色十分苍白。他已经被绑到了橘子树的树干上，他供认了他的叛国之罪。要做到这一点，很不容易，他们用了一百二十五次鞭笞才让他招供。"真相室"总是创造奇迹。他表现出极大的悔悟。我没有别的办法，二十年前，我不得不下令将他枪决。他一生中最美好的事便是他以这样的方式抛弃了他的生命：他死时的态度就像一个人突然意识到自己必须像扔掉一件毫无意义的小玩意一样扔掉自己最珍贵的财宝。想到我曾对这个天真愚蠢的人寄予了一些信任！啊！没有任何方法能让我们看清隐藏在每一张面具下的灵魂的邪恶。他纵马奔驰在那些接受检阅的最佳骑师之中，在他的胸前，枪决留下的伤口和塔夸里的勋章一样闪耀，或许，前者比后者更为闪耀。后者诉说着他的荣誉，前者却彰示着他的耻辱。卡瓦列罗-巴亚尔下场如此，蒙铁尔七兄弟的下场也是如此，还有其他许多人。1821 年 7 月 17 日，在橘子树下遭到枪决的六十八位犯人几乎都是犯下叛国罪行之人。*在进行装填弹药演习的行刑队面前，他们显得苍白而洒脱。他们失去了重心，脱离了肉体，他们终于得以从忘恩负义的罪恶中解脱。他们摆脱了对祖国的厌恶。在时间的离心力作用下，他们如此迅速地穿过了轻薄的透镜，连记住他们这个飞快的动作都缓慢到无法追上他们的脚步。

*恐惧之日！哀悼之日！悲泣之日！你将永远成为我们苦难的纪念日！啊，多么不幸的一天！要是我能将你从和谐有序的时间循环中抹去，那该多好啊！（阿根廷报刊撰稿人卡兰萨为马里亚诺·安东尼奥·莫拉斯在

其《古老的巴拉圭大省之历史介绍》中写给多雷戈[1]的《一个巴拉圭人的哀号》所作批注）

我让我的来访者、特命全权大使、间谍兼谈判者们坐在教堂的门厅里，他们干渴的嘴唇喝不到一滴水，他们的肺也吸不到一丝空气，似火的烈日正在融化这些强盗谈判者的大脑。阅兵仪式没完没了。骡子拉着大炮的零件经过，一阵地狱般的骚乱。科雷亚·达·卡马拉变得越来越肿胀。他奢华的服装爆开了，成片长满水疱的皮肤透过裂开的衣缝显露出来，一群苍蝇在上面吸吮夹带汗水的水疱脓液。尼古拉斯·德·埃雷拉也没有好到哪儿去。*我看到他在皮肤里对抗热浪的折磨。[2]他的脑子混乱了，舌头也变得吐不清字：委员长先生，我觉得阅兵仪式非常不错，但是，我不太明白您为何要固执地反对与布宜诺斯艾利斯合并。

*仿佛身处一场噩梦之中，我看到无数暗影般的近卫军经过，他们的武器在刺眼的阳光下闪闪发光。喧嚣声和马蹄声逐渐离我远去。大炮、奇怪的弩炮和复杂的战争机器悄无声息地经过。它们仿佛飞起来，在离地面一英尺的地方滑行。

在一顶黄色华盖下——也许那是从前宗教游行中的圣体华盖——“领事恺撒”坐在高背宝座上，他瘦削的身形在高背宝座的映衬下显得愈发羸弱滑稽。他露出神秘的笑容，他对这出精彩表演的效果感到十分满意。他不时斜眼瞟向两旁，每当这时，他的眉目间便流露出一种神经错乱般骄傲自满的神情。

1 指曼努埃尔·多雷戈（Manuel Dorrego，1787—1828），阿根廷军事家、政治家。

2 意指他在对抗体内之热（头脑发热）。

一台至少高达百米的高大弩炮在自身动力——也许是一台蒸汽机——的驱动下悄无声息地向前移动。在这个木制的庞然大物下面，强大的水柱喷射出一个真正的“气垫”，它将这个庞然大物变得比羽毛还要轻盈。这便是我最后看到的景象。到了正午，我晕倒了，于是，他们将我送回我在海关的住处。（尼古拉斯·德·埃雷拉未发表的笔记）

我们不得不用军旗上的挂绳和他的制服绶带将他绑在椅子上。太阳会预卜吉凶，它将这位帝国大使动物般的身影朝前投射。

阅兵仪式的蜃景扩大了，它的反射弧也绷紧了。旋转的幻象在光的反射中加快了转动速度，手鼓的节奏越来越令人头晕目眩。我不允许科雷亚晕倒，也不允许他睡着。黑人皮拉尔用羽扇为他扇风，并不时用橙花水和大马士革玫瑰水为他擦拭脸庞。在他的头上，一顶正在散发芳香蒸气的宽大草帽代替了那顶饰有羽毛的两角帽。

我曾在其他场合使用海市蜃楼并取得了同样的效果。在北方，我用它对付过巴西人。在南方，我用它对付过阿蒂加斯的手下、科连特斯人、拉巴哈达人和圣菲人。我的指挥官们在折射机制方面受过良好的训练。当敌人在沙漠或沼泽地带进攻时，他们便下令撤退。他们故意让部队潜逃。于是，侵略者便追随他们，深入炽热的沙地或遍布沼泽的平原。巴拉圭将士隐藏在沙丘或蒲苇丛中，任由部队的形象反射到沙地或沼泽之上。于是，身在远处的他们变得亦真亦幻。这些虚假的幻景创造了奇迹。侵略者向前推进，潜伏在暗处的巴拉圭将士便伺机等候。侵略者举枪射击，巴拉圭将士便在遥远的幕布上装死。当侵略者扑向这个“懦弱的瓜拉尼敌人”时，一切却又突然消失。一连数天，绵延数里，同样的骗术让侵略者产生了幻觉。这个令人费解的魔法让他们感到惊惧，他们自问：哪怕这些巴拉圭步兵或他们如烟火般轻快的战马跑得再快，他们如何能够带着伤兵瞬间消失于无形呢？这场幽灵之战让侵略者们筋疲力尽，声势浩大的巴拉圭将士从天而降，以排山倒海之势自四面八方袭来，侵略者们最终被团团包围。敌人眨眼间便被消灭。敌人死了，他们眼中留有对一个幽灵产生的模糊的恐惧，而嘲弄则让这个幽灵变得更加邪恶。

这个计策从未失败，它只需要良好的训练、精准的视差及光线角度——在这些人最黑暗的本能深处，他们拥有这些精准的直觉。他们甚至不需要武器，因为这种恶意嘲弄带来的冲击效果比步枪更加致命。法国人过去常说，所有语言都能在它的作用范围之内创造出它要表达的东西，当他像魔法师挥动魔杖一般紧握翎笔时，他感到自己充满了魔力。当我手握那根出自监狱的珍珠母大头棒时，我并不觉得自己那么有把握。为了以防万一，我为我的士兵们提供了步枪和子弹。哪怕他们训练有素，我为他们提供的步枪和子弹也不多。只有某些步兵的短滑膛枪才是真正的武器；在列队行进中，只有最靠近国旗的标兵肩上的武器才是真正的武器，其余的都是仿造的木制步枪。这些木制步枪和那些用提布瓦象耳豆树[1]树干雕刻的大炮如出一辙，这是一种具有黑铁之色但轻如云烟的树木。这就是我的秘密武器！至于这些从三十年前开始就一直在列队行进的士兵，他们的人数其实不到三千。他们在看台前迈着正步前进。他们在拉梅赛德街区的拐角处转弯，沿着这个骗过了亚当的苹果 / 街区朝下走，消失在下城区深处。他们从萨穆乌佩雷街[2]那棵光秃秃的酒瓶木棉树前经过，直到到达蒂库图雅区的墓地和圣弗朗西斯科教堂。然后，他们从雷阿尔路返回，重新朝着

1 提布瓦象耳豆树（timbó），原生于南美洲、中美洲的一种树木，这种树木体形巨大，能长到二三十米高，其树干直径可达两米，可用来制作独木舟和手工艺品。

2 殖民时期，亚松森的一条街道，即今天的胡安·德·萨拉萨尔（Juan de Salazar）。由于这条街上有一棵酒瓶木棉树，而酒瓶木棉树在瓜拉尼语中被称为萨穆乌（samu'u），因此，它便被命名为萨穆乌佩雷（Samu'u-peré），意为“光秃秃的酒瓶木棉树”。

拉梅赛德行进，最后，再以同样的姿态重新经过看台。他们所到的最远之处就在街角。

这位帝国大使的耐力实属罕见，这种类人猿般的耐力超越了人类的极限。他不会坚持很久，他已经逐渐开始崩溃。在街上的庆祝活动及政府大楼的谈判相继举行后，他便有三天三夜未曾合眼了。昨晚，在下城区剧院的演出结束后，黑人们向他奉上的吻手礼于黎明时分开始，等到吻手礼结束时已经日头高照了。非洲血统终于找到一个理由来爆发出阵阵喧嚣，他们对着放在凯旋门森林中的国王肖像不停舞蹈。现在，喧闹的阅兵仪式又将一直持续到日落。

科雷亚·达·卡马拉的头悬挂在金色的皮带[1]上，它们组合在一起毫无用处。有时，他甚至起身，试图嘲笑当时的状况——这种笑声并非由肺里传出；有时，他则保持沉默。他的舌头耷拉在外面，淌出一朵如牛奶般雪白的鲜花。我侧身看了看他，他依旧是最开始的模样：他只露出一只眼睛、半张脸（尽管这是半张完全厚颜无耻的脸）、半个身躯、一条手臂和一条腿。每当部队经过时，处于中暑边缘且间歇性发烧的他都会有些瑟瑟发抖。

根据我绘制的精确到毫米的阅兵路线图，走完全程需要花费一小时零六分。因此，在游行的十二个小时里，他们精准地在这场永无休止的行军运动中度过了二十六年。精致细小的小人排成七排，以固定的速度朝着同一个方向前进。红色的尘土，反光镜的磁振动，步兵部队毫无变化的节奏。您看看，科雷亚，您不觉得我的军队几乎和拿破仑的军队一样庞大，一样装备精良吗？这位帝国大使没有回答我的问题，一种绿色的浆液从他下垂的厚下唇上流出。浆液滑过他的胸膛，弄脏了那件闪亮的外套。

---

1 指卡马拉制服上的肩章。

我的朋友很少。老实说，我从未对活着的朋友敞开心扉，我只会对死去的朋友这么做。我们拥抱曾经的朋友，那些还未成为朋友的朋友，当然，我们也会拥抱那些死去的朋友。曼努埃尔·贝尔格拉诺将军便是我死去的朋友之一。许多个夜晚，他都赶来与我做伴。现在他来时既不要人接待，也无须与人问候寒暄。他走进来——他并不需要我为他开门。与其说我能看到他，不如说我能感觉到他的存在。他在那儿看着出神的我，没有任何声音可以宣告他的存在，但是，他就在那儿。我在沉思中侧过身。将军就在那儿。他的全身肿胀得可怕，与其说是因为水肿，不如说是因为痛苦。他悬浮在离地面半拃的地方。他占据了这间“不是屋子的屋子”的一半，还几乎占据了剩下的那一半，而我肿胀的腿则填满了这间“屋子”剩余的空间。我们并不需要用力挤压彼此，我们在时间上占据的空间比宇宙赋予我们生命的有限空间更为广阔。晚上好，亲爱的将军。他用他的方式听我说话，并予以回应。这个模糊的人影稍稍动了动。您觉得舒服吗？他对我说，是的。他告诉我，尽管我们有所不同，但是，在我旁边，他感到非常自在。他嘟囔着，从前，我最欣赏男人身上的智慧、节俭、正直、坦率、独立、爱国之情……好了，好了，将军，事已至此，我们就别互相恭维了。如您所说，我们身上的不同之处并不多。如今，身处这黑暗之中，我们根本无法区分彼此。绝对的平等主宰着死去的人，所以，弱者和强者其实毫无差别。将军，正因如此，所以我反倒更希望自己度过某个农夫的一生。您要记得，大人，将军用贺拉斯[1]徒劳的慰藉来安慰我：Non omnis moriar.[2]啊，蹩脚的拉丁引文！我心想。这样的格言只能用来做葬礼致辞。问题是，一个人永远无法明白我们的所作所为如何在我们死后幸存于世。不论是那些坚信有来世的人，还是那些像我们一样只相信现世的人。O altitudo![3]我的客人这样说道，他的话语撞击在四周的墙壁上，udo…udo…udo… 当这句祈祷短诗的回声在苍蝇的嗡嗡声中消失后，深沉的寂静又回到了我们身边。将军，我只希望您不要对你们五月革命的思想感到绝望，虽然我也对我们没有思想的革命感到绝望，但是，我还是坚持以革命的方式改造它。您记得您曾在某封信里这样劝告我吗？回忆太过沉重，我知道，对事物的回忆比事物本身还要沉重。我们的蛋灵魂不需要声音，不需要语言，不需要文字，不需要和平条约、战争条约和经贸条约就能互相交流。我们战胜了我们最大的弱点，我们需要深入事物内部。智慧无边界，真理无极限——毕竟现在已经不存在极限和边界了。

为了安慰自己的失败，他开始撰写回忆录。在他的回忆录里，我们可以看到革命思想如何酝酿、萌芽，并最终在外国统治的经济利益影响下失败。贝尔格拉诺是南美洲最早的自由贸易推广者之一，不过，在回忆录里，他对自己参与建立君主制的计划只字未提——根据布宜诺斯艾利斯学者们的说法，君主制应当会促进自由贸易。这些异想天开的肥皂分子！

---

1 贺拉斯（Quintus Horatius Flaccus，公元前 65—前 8 年），古罗马诗人、批评家、翻译家。

2 拉丁语，意为："我不会彻底死去。"

3 意为："哦，高尚的人！"

我想，我已经明白您的想法了，将军。他一声不响，没有作答。也许，他正在祈祷。我稍稍弓起身子，不想妨碍他祈祷。现在，我不会问他，为何要在这个蛮夷之地重建君主制，推行这个不切实际的计划。这位身躯庞大的客人和我一样憎恶无政府主义。由于那些捣乱分子和那些喋喋不休、厚颜无耻的政客还没有宣布任何教条和政府组织形式——为了争权夺利，他们整天忙着彼此杀戮，所以我的朋友贝尔格拉诺将军抱着幻想，试图在等级君主制的原则下寻求统一的中心。然而，当布宜诺斯艾利斯那些所谓的爱国者想在王位上安置女王或外国国王时，贝尔格拉诺却只想建立一个温和的君主立宪国。当时，这些主张君主制的爱国者婊子正在和波旁王朝的卡洛塔·若阿金娜接触，他们企图将欧洲主要列强提供的任何雇用王储强加于王位之上，罗德里格斯·培尼亚和其他布宜诺斯艾利斯君主主义者在比埃特斯肥皂厂举行秘密集会并非偶然。有些污渍，肥皂无法承受。可是，亲爱的将军，他们怎么能责备您呢？您未曾打算在美洲世界——这个已经快要完全摆脱君主与神权的地方建立一个神权君主国，您并不想设立罗马教皇职位、潘帕人教皇职位、兰克尔人教皇职位、迪亚吉塔-卡尔查基人教皇职位[1]，您只是说您要在克里奥约君主国的王位上安排一位印加人的后代——他是图帕克·阿马鲁的兄弟，一位终身被监禁在西班牙地牢里的年逾八十的老人。将军，这就是您的同胞们无法原谅您的地方吗？

透过您的沉默，我目睹了您弥留之际的开端。那时，您被安置在上克鲁斯的驿站，那是在您那长达十四个月且要途经十四个驿站的朝圣苦旅开始之前。虚弱、贫穷和羞辱伴随着您，您想死在布宜诺斯艾利斯。我到不了了！您叫喊着，我没办法走动了。您让人去叫驿站的

1　潘帕人（Los pampas）、兰克尔人（Los ranqueles）和迪亚吉塔-卡尔查基人（Los diaguita-calchaquís）都是阿根廷的印第安土著人。

主人，他却极其傲慢地回答说：如果将军想和我谈话，那就让他自己到我的房间来吧。从他的房间到我的房间是一样的距离。不管怎样，您终于拖着濒临死亡的身子回到了您的家乡，它曾无数次拒绝您回到它的怀抱，也曾无数次让您陷入最艰险的危难之中。在您回去的那天，布宜诺斯艾利斯已经成为无政府主义的囊中之物，缺少统治者的布宜诺斯艾利斯眼下却拥有三位统治者，而您，将军，垂死挣扎的您就快要死了。您的嘴里呼喊着"我的祖国啊!"。您已经全身肿胀，您的心脏变得巨大无比，它吓坏了后来为您解剖尸体的外科医生。其中一位医生说道——这颗心脏不属于这具躯体！这时，您已缄默不语，怅然远去。亲爱的将军，透过您的沉默，我看到一块从斗橱的大理石上切割下来的墓碑极不自在地封印了您的身体、您的回忆和您的丰功伟绩。

我的命运恰恰相反，我只能在我那如同阴沟一般的墓穴里盘旋。我被那些最忌惮我的人背叛，他们是最卑鄙下流之人、最背信弃义之人。他们首先为我举行葬礼；然后再将我埋葬；后来，他们又把我挖了出来。一些人声称，他们把我的骨灰扔进了河里；另一些人则说，三人执政官中的某个叛徒将我的一块头骨存放在家里，后来，他又把那块头骨带去了布宜诺斯艾利斯。那些自认为最了解真相的人声称，我的第二块头骨留在亚松森。这一切都是多年以后的事了。而您，将军，在您死后仅一个月，您的朋友们便在您的葬礼宴会上团聚一堂——正如在希腊和罗马的古老葬礼上一样。在挂着旗帜的宴会大厅里，您头戴桂冠的肖像竖立于正座之上。根据塔西佗准将的记载，宾客们一入场，就能听到庄严悲戚的曲调，那是专门为此次葬礼创作的一首颂歌。所有人都在吟唱这首颂歌，召唤您的英灵。在"敬神博爱的觉醒者”[1]后来发表的可怕挽诗里，您那无法抑制的呼喊——“啊！我的祖国啊！”——还在继续回响。然而，当塔西佗准将和布宜诺斯艾利斯贵族们将杯中之酒倾洒于葬礼花团上时，他们都没有听到那来自您内心深处的呐喊：altitudo…udo…udo!

至于我，我已经看到过去和未来混淆了。在长达二十年的时间里，我的敌人将我那半个假头骨存放在一个面条盒子里，这个盒子就放在某个阁楼的废物堆里。

正如大家将在附录中看到的那样，至高无上者的这一预言也一字不差地应验了。（编者附注）

Id est[2]，那些头骨遗骸不会属于我。可是，从今往后，还有什么被祖国仇敌用锤子砸碎的头骨，还有什么思想粒子，还有什么活人或死人的遗骸不会带有我的印记呢？那属于“我和他”的鲜红印记，完好无损，不可磨灭。它们在一个民族漫长的虚无中被轻视。苦难是命运给予这个民族的消遣，没有活过的生命便是命运给予他们的生命，而虚幻便是命运给予他们的现实。我们的印记将会永远留在这个民族身上。

---

1 指前文的塔西佗准将，这是至高无上者为其取的外号。

2 拉丁语，意为：“这就是说。”

我的私人医生——这个唯一能进入我房间的人主宰着我的生命，然而，他唯一能做的只是让我糟糕的健康状况日益恶化。不过，远在百里之外的邦普兰的药剂倒是在我身上起了点作用，尽管他也给我带来了一些政治上的烦恼。直到那些狂妄的大人物不再烦扰我，直到他们不再要求我将他释放，我才按照自己的意愿，准许邦普兰离开了巴拉圭。我宁愿吃痢疾药，也不愿这些博学之人和政治家认为他们能左右我的想法：不管他是拿破仑本人、马其顿的亚历山大三世，还是古希腊七贤，甚至无论是谁。根据佩雷斯神父在我葬礼上的回忆，为了解救他的法国朋友，难道西蒙·玻利瓦尔不曾威胁要入侵巴拉圭，将这个自由的美洲国家夷为平地吗？解救一个自然科学家，一个法国佬，把他从什么地方解救出来？如果他在这里享有比其他任何地方更多的自由，而且，如果他懂得遵守巴拉圭法律并尊重巴拉圭的主权，那么他还享有与这个国家任何一位公民同等的，甚至更多的幸福。难道阿马德奥·邦普兰本人不曾宣称他在巴拉圭找到了失落的天堂吗？难道他不曾宣称他不愿离开巴拉圭吗？他们是想释放他，还是想让他离开这个第一花园[1]？这些大人物将

1 意为“天堂”，此处指代巴拉圭。

这个在巴拉圭找到幸福和平的可怜之人当作他们行凶作恶的借口，他们这种要求又是何等卑劣？一个统治者的尊严理应位于腹泻之上。我放走了邦普兰，这有悖他的意愿，但是，这件事之所以发生，完全是因为这些人不再烦扰我，而我又完全突发奇想地想要这么做。我放走了他，于是，我再次落入御医的“巴旦杏仁糖浆店”中。

告诉我，帕蒂尼奥，对于这样一位大人物，你有什么想法？他是这个世界上所有大人物的朋友，他本人也是世界上最负盛名的学者之一，但是，他突然以收集并分类植物为由一头闯入这片雨林最隐秘偏僻之处。对于这样一位能在巴拉圭边境开办商店的杰出人物，你会做何评价？大人，我会说既然他身上挂着这么多铃铛，那么，他每走一步，几里开外都会有人听到。[1]可是，这个法国佬却极为隐秘、极为安静地来到了巴拉圭，然后，他便开始同巴拉圭竞争。当他用薄荷或是其他类似的药草——甚至是解毒草——作为掩护，试图秘密走私马黛茶时，这位大人物的眼睛一直盯着巴拉圭，他在偷窥这里发生的一切。要做这一切，他必须与巴拉圭最大的敌人狼狈为奸：他必须勾结阿蒂加斯——这位强盗和拦路贼的大头领，如今，阿蒂加斯成了巴拉圭的自由农民，这个身份和头衔可比“东岸人保护者”要崇高许多。这位大学者还必须勾结保护者的副官，来自恩特雷里奥斯的恶毒叛徒——潘乔·拉米雷斯，而此人将会在烧杀劫掠之后将那颗疯癫的秃鹫头颅丢弃在某个笼子里。法国佬还必须勾结阿蒂加斯的另一位副官——叛变的印第安首领尼古拉斯·阿里皮。与这些无足轻重的卑鄙小人勾结之后，这位伟大的旅行者便开始巡视我们的庄园了。他巡视什么？他为何要巡视？他的目的是什么？你不是曾说，不管你怎么看他，这样的大人物都是一个卑鄙的阴谋家和可恶的间谍吗？的确如

---

1 在原文中，“杰出人物”的表达，其字面意义为“带（挂）着很多铃铛”，因此，帕蒂尼奥误会了至高无上者的话。

此，大人，毫无疑问！他就是一个应当被铁叉刺穿的、卑鄙无耻的间谍。他罪不至此，我挑剔的食人秘书。我只是派出了一支由五百人组成的部队去击败那些擅自入侵的乌合之众，他们由游手好闲的印第安人、小偷和那个该死的阿里皮手下的捣乱分子组成——阿里皮变成了保镖，不过，他也成了老板（这种事总是发生在那些担任秘书的骗子身上）。在摧毁这个间谍集团、抓捕这帮坏人的过程中，这位学者也被俘虏了，他的脑袋受了伤。只有那个该死又无知的印第安人因为我方士兵的愚蠢和笨拙而得以逃脱。我命人殷勤地照顾这位俘虏，与他一同被俘的十四位印第安姑娘和一群黑人甚至也得到了同样的照顾。我将这位学者流放到圣玛丽亚最好的田地上，在那里，正是那些抓捕他的人帮助他建立了那个聚居地。

对此你有何看法？大人，现在我还是会说在这些事情发生之后我一直不断重复的话：我要说，大人您就是心地最善良的人，您是所有统治者中最宽宏大量的人。对那个卑鄙的间谍来说，您更是如此！现在，你还是把你那一如往常的虚伪愤怒咽下去吧。如果这个已经被降服的卑鄙间谍开始为我缓解病痛，却不向我索求任何回报，你又作何看法？大人，那他就是一位圣人！不过，大人，仔细一想，他也并非那么神圣，因为他这么做并非自愿，他是被迫而为。当然了，在你看来，这位知识渊博的俘虏刚从拿破仑的宫廷来到这片蛮夷之地，他自然能够用他的药水神不知鬼不觉地终结我的生命。当然了，陛下……哦不，大人！你也会这样做吗，我高尚的秘书？我不会，大人！愿上帝解救并保佑他忠诚的仆人！不能无缘无故地尝试这样的事情，帕蒂尼奥。如果我的眼睛发痒，我会去找眼药水，而不是椰子刺。而你呢，你是屁股发痒。别以为你能在我的座位上通过摩擦来止痒。你最终只会找到一个套在脖子上的套索。你已经找到你的套索了。我已经把它写下来了。它已经发生了。

有人谈到大地的头发、骨头和牙齿。他们说，大地是一种巨大的动物，它把我们背在它的背上。有些人在上面待的时间长一些，有些人在上面待的时间短一些。有一天，大地累了，于是，它便把我们放倒，然后把我们吃进肚子里。另一些人——那些“双生人”从它的肚子里跑出来。根据森林里的印第安人在传说中传唱的那个梦，他们的第一位祖先用指甲划破大地的肚皮才得以从里面逃出来。蚁熊从吃人的大地里逃出来寻找无恶之境，它们吃了蜂蜜。一些蚁熊变成了以蜂蜜为食的熊，另一些蚁熊则变成了白色的美洲豹。后者既以蜂蜜为食，也把以蜂蜜为食的动物当作食物。然而，对大地来说，头发、骨头和红色的牙齿——这些小玩意根本无关紧要，它总会吃掉那些钻进肚子里的东西和那些从肚子里出来的东西，它就在下面等着。的确如此啊，大人！

（写于拂晓，下弦月）

那天夜里，我乔装成农民，来到圣玛丽亚。我让我的人隐藏在一里外的大山里待命。在山坡上的茅屋门前，我戴上宽檐草帽，混入排队等候的病人中间。结果，我发现自己身处一位瘫痪病人和一位麻风病人之间。这两个人躺在地上，一个全身长满溃疡，帽子上放着蜡烛，作为其所患病症之标志；另一个人的半截身子完全无法动弹。我也躺下去，假装自己已然睡着，我的脸贴在光秃秃的地面上，它散发出一种经历了无数疾病的味道。我让他们先过去了，当我睁开双眼时，我看到自己面前站着一个身材矮胖的男人，他朝气蓬勃，健康强壮。他散乱的头发已经花白，几近银白，光滑的发丝搭在他的肩膀上。他的声音，和他本人一模一样，他对我说：不要摘下帽子，不要暴露自己。他没有碰我。他没有为我诊脉，也没有询问我的病症。他不用说话也不用问诊便立马了解了我的情况，他知道的比我本人知道的还要多，甚至比我能够告诉他的还要多。您拿着这个。他递给我一把鳞茎和根茎，这些东西似乎浸上了某种极其粘人的树脂。将它们煮沸，然后连续三晚将汤剂暴露于夜露之中。他拿出一个和我的鼻烟盒十分相似的小烟盒。他把它打开，一种带有萤火虫绿光的药粉在里面闪闪发光。把这种药粉加到汤剂里，这样你就能得到你的科维萨尔汤剂了。我目瞪口呆，几乎失去了呼吸，我将那些鳞茎、根茎和那个小盒放入我的朝圣者布袋。我正准备拿钱，他立马将手搭在我的手上。不用了，他说，我的病人不用付钱。他认识我？他不认识我？人生如谜。他看不见我。也许他没有认出我，也许他已经认出我了。在那顶遮蔽身影的帽子的阴影下，他保守的是无须用语言诉说的秘密。我与那些躺在地上的无数人影磕绊着，我就这样带着纯粹的满足离开了。在黑暗中，这些人就像躺在战场上呻吟的将死之人。我朝前走着，我用脚踩着他们的手脚和脑袋，那是带着患病之人的巨大怨恨抬起来咒骂我的脑袋。然而，这些咒骂却愈发让我感到幸福。健康无法理解霍乱的语言，而健康就在我的口袋里。

我连续喝了三天汤药。在那之后的三年里，我的身体排出了所有的病痛。

对马尔梅松城堡[1]和拿破仑的奢华宫廷没有丝毫留恋的唐阿马德奥忘记了其身负的盛名，他在巴拉圭的原野上继续享受它那天堂般的幽静景色。在这里，他愈发感到舒适自在，他得到了保护、喜爱和尊重。当来自世界各地的使者、名声在外的科学家，以及那些试图招募他为其利益效力的可疑的政治流氓忙着准备军队、阴谋及借口时，阿马德

1　马尔梅松城堡曾是拿破仑妻子约瑟芬·德·博阿尔内居住的地方，在1800年至1802年间，马尔梅松城堡和杜伊勒里宫同为法国政府所在地。

奥同志一直为我寄来帮我治疗宿疾的草药：那些粘人的鳞茎及科维萨尔那闪着荧光的药粉。

格朗西尔[1]则完全不同。他跑来寻找邦普兰，他目睹了一切，并对此深信不疑。他在没有过度偏离事实的基础上完全清楚地说出了他应当说出的事实。这个时代最杰出的科学家们在大洋彼岸期盼他的消息，远在千里之外的所有人不断地在邦普兰身上看到一个已非往日的邦普兰：或是当他们的独木舟在奥里诺科河上遭遇不幸时，邦普兰从凯门鳄的嘴里拯救了洪堡，或是邦普兰在钦博拉索的大雪里拯救了洪堡，或是他深夜在茂密的厄瓜多尔雨林里寻找他的同伴。另一些人则用他们的孔雀眼，看到了马尔梅松城堡和纳瓦拉城堡里的博学朝臣与约瑟芬的园艺师。那些思想境界宽广的人，看到了科学宽广的内容：他们看到了一位自然学家，这位自然学家和洪堡一起行走了九千多里，他们的足迹遍布整个美洲，后来，这位自然学家带着他收集的六万种植物和将近一万种陌生物种回到了巴黎。洪堡和邦普兰，他们是人间的卡斯托尔和波鲁克斯[2]，他们再也不会在赤道带星座下相遇了。

您在米西奥内斯过得如何，唐阿马德奥？我在信中问他。非常好，大人！奇怪的是他并没有用法语说出这句话。他小心翼翼地防止自己做出这样的事情，因为当格朗西尔赶来——按照格朗西尔本人的说法——“救他脱离监禁”时，发生在格朗西尔身上的事情让他受到了教训。把这封傲慢无礼的公文退给那个刚到的人，我向伊塔普阿的行政长官下发命令，传我的命令，告诉他，他那轻浮的纸张、荒唐傲慢的文风，还有他那乱七八糟的字迹和糟糕的墨水已经将这封公文变得

1　指里夏尔·格朗西尔（Richard Grandsire），法国自然学家，曾以大使身份被派到巴拉圭解救邦普兰。

2　卡斯托尔和波鲁克斯（Cástor y Pólux）在希腊神话和罗马神话中均有出现，他们是斯巴达王后丽达所生的一对孪生兄弟，常被合称为狄奥斯库洛伊兄弟。他们也是双子座中的两颗星星。

水平低劣，令人难以理解。这个所谓的法兰西学院特使极有可能是冒牌货，告诉他，在这里，我们不允许涉嫌破坏国家安全、和平与独立的人进入巴拉圭共和国。为了掩盖自己前来寻找亚马孙河与拉普拉塔河交汇点或汇合处的真实目的，这个法国人编造了什么荒唐的借口？即便存在这样的交汇点——所有人都知道这里并不存在这样的交汇点，我们也不会允许这些自然科学家或伪装成科学家的变态间谍掩饰其真实目的，进入我们的领地，去窥视、调查并从事他们宣称、声称或假称之外的其他事情。此外，这位法兰西学院特使还为他对西班牙语的无知寻找借口，这又是怎么回事？他认为无知的人能在这里做什么？如果他不懂得我们的语言，那么巴拉圭政府也没有义务去理解他的语言。请你告诉这位格朗西尔先生，在巴拉圭，我们不说法语，而且，巴拉圭政府也不准备雇用翻译来倾听并理解他那些骗人的企图，所以我们不仅不会接待他，还会要求他立马逃跑。我亲爱的行政长官，我的意思是，这个新来的间谍，或者管他是谁，必须即刻离开巴拉圭，否则，我们就要用火药弹或直接用步枪对他开火了，正如你对待对岸入侵者的一贯做法一样。

阿马德奥同志知道我会说法语，但是，他也只是在疏忽大意的时候才会蹦出那些句子和感叹词，那些卖弄学识的人总是故意将这样的句子和感叹词写进他们的文章，以便假装自己知道原本不知道的东西。您认为您至少可以在这里收集六十多万种植物？¡Oh creo que oui oui, Monsieur le Dictateur si Dieu y Vuecencia me lo permiten![1] 我听到唐阿马德奥爽朗的笑声。大人，巴拉圭的土地是植物生长的天堂，巴拉圭的植物甚至比天上的星星和沙漠里的沙粒还要多。我曾经不知疲倦地探索我们这个星球的地质层，我像翻书一样将它们逐一打开，大自

1　夹杂着法语的西班牙语，意为：“哦，我觉得，是的，是的，独裁者先生，如果上帝和大人您允许我这么做的话！”

然的三大界[1]在那里保存它们的档案。在它的每一页里，每一个物种在消失前都留下了它的足迹和回忆。人类是最后出现的物种，他们也留下了过去存在的证据。您把这些书都读完了吗，唐阿马德奥？这根本不可能，大人！这恐怕要花费上百万年的时间，即便如此，也许我们才刚刚开始！那您觉得巴拉圭的内容怎么样？大人，在这里，我必须深入挖掘。我必须一层一层地翻动这些地质层，直到窥探到它们的最深处。我必须从右到左、正着反着、上上下下、仔仔细细地阅读它们。不仅如此，唐阿马德奥。在这里，您必须带着无私的——完全无私的——热情去阅读这些书，成功做到这一点的人将会在这个星球上创造某个独一无二的物种。我们满足于我们现在的样子，所以，我们无法知道甚至无法猜测这个物种会是什么样。您说得有道理，大人。我已经从大自然的三大界中收集了将近十万种植物与一万两千六百个迄今完全未知的物种，在巴拉圭共和国，物种极其丰富多样。如果大人您可以批准的话，Monsieur le Dictateur,[2]我希望我能留下来，直到去世的那一天。就我而言，唐阿马德奥，在这里，您可以想待多久就待多久。在这里，名垂青史就是我们的工作。我有我的工作，您有您的工作。然而，那时他已经卷入巴拉圭敌人炮制的阴谋、诡计与狡猾的圈套之中。我并不是说他自愿被他人利用，我的意思是那些虚伪善变的小人一直在想尽办法利用他。

格朗西尔本人曾说，无论是在巴黎还是在伦敦，将巴拉圭独裁者扣留邦普兰的动机归结为个人敌意或一时冲动都是一个巨大的错误。不，先生，情况并非如此，如果不是因为独裁者身处被周围各个动荡的共和国包围的微妙处境之中，如果不是因为他强烈地渴望让他的国家受到尊重，并希望它能与世界上的其他地方进行自由交流，那么邦

---

1 即植物界、动物界和矿物界。

2 法语，意为“独裁者先生”。

普兰先生五年前便不需要与其他遭受同样命运的法国人、意大利人、英国人、德国人和美国人一起在监狱里呻吟了。终于有人明白点什么了：除去叛徒和阴谋家，将这些为数不多的特殊囚徒扣为人质的目的是维护全体人民的自由。如果有人认为独裁者本人会在恐惧或威胁面前做出让步，那他对独裁者的脾气和性格就太不了解了，格朗西尔补充道。是的，先生，如此，便太不了解我了。如果你不相信，那就让玻利瓦尔本人去告诉你吧。我甚至没有回复此人的照会，那是一封混合着恳求、控诉和威胁的乱七八糟的照会。还有大英帝国驻布宜诺斯艾利斯总领事帕里什，以及其他一些胆敢在巴拉圭刺探消息的微不足道的冒险者，他们也全都可以就此说上那么一两句。格朗西尔写给洪堡男爵的话都是无可置疑的事实。这个法国人说，出于对事实的尊重，我必须说，依据我在巴拉圭之所见，巴拉圭人民自二十二年前开始便在良好的统治管理下享受完美的和平。与我已经去过的其他国家相比，这真是令人意外的差异。在巴拉圭旅游不用携带武器。巴拉圭的各家各户不会关门闭户，因为所有小偷都会被处以死刑，甚至连犯下偷窃行径的家庭及公社主人都有义务对此做出补偿。这里看不到乞丐，所有人都在工作。国家出资让孩子们接受教育，几乎所有居民都会读书写字。（我省略了他对我个人的评价，因为个人的赞美，即便再真诚，也总是让我感到厌烦。）对欧洲商业来说，有一天，这个国家可能会成为最重要的国家。对于布宜诺斯艾利斯政府在欧洲报刊上散布的有关他的侮辱性报道，独裁者感到十分愤怒。昨天，我偶然看到一位农夫，他是邦普兰的邻居，他每天都能和邦普兰碰面。他说邦普兰在这里过得一直很好，他拥有独裁者提供的土地，他行医治人，他忙着从蜂蜜中提取酒精，他还总是饱含热情地接受并描绘那些日益丰富其收藏的植物。“被俘虏的”邦普兰写信给他的同事——植物学家德利耶：现在的我与你们在纳瓦拉和马尔梅松认识的我一样开心快乐，充满活力。

尽管我没有那么多钱，但是每个人都敬重我、爱戴我，对我来说，这就是真正的财富。

我允许他带走他的所有物品：他的牲畜、钱财、收藏品、文件和书籍，还有他的酿酒厂、木工作坊、木材厂以及他的医院和产科诊所里的所有设备与床铺。巴拉圭农民陪同这位法国人走到边境，他们用歌声、哀叹声和欢呼声与他告别。伊塔普阿营护送这位旅行者的船队渡过了巴拉那河。直到他消失在视线里，人群才安静下来。护卫队的人回来之后便报告说，他们刚踏上河对岸的土地，就有人偷走了邦普兰的四匹马。看看啊，我们已经不在巴拉圭了！他们说唐阿马德奥眼含热泪地望着对岸的巴拉圭这么说道。后来，科连特斯人又趁其不备偷走了他剩余的马和行李。

1831 年 2 月初，邦普兰极不情愿地离开了巴拉圭，十年后，他再次来到巴拉圭。在此期间，一直为邦普兰提供保护的地区长官奥尔特亚多说，在他们拥抱告别并一起痛哭时，邦普兰曾对他说：您看，唐诺韦尔托，当初我被迫来到这里，如今我又要被迫离开了。您可别这么说，唐阿马德奥！您非常清楚，如果您想留下来，我们至高无上者是不会拒绝让您留在这里的。这个可怜的奥尔特亚多一直都是一个多愁善感的白痴。邦普兰给他上了一课：不，唐诺韦尔托，我非常感激您说的这番话，不过，我非常清楚，至高无上者在忠厚善良时便铁面无私，其性情粗暴时也是一样严酷无情。当他不允许我离开时，世界上没有任何力量能将我从这里带走。如今，他认为我应该离开了，那么，这个世界上也不会有任何力量能改变他的决定。的确如此，唐阿马德奥，这片土地上书写的内容终于教会了您一些东西。

过去十年里，我只知道一些与他本人及其工作相关的模糊消息。在高傲的玻利瓦尔去世后不久，他便离开了巴拉圭。邦普兰在一个民族的祝福和泪水中走向流亡，这个民族不属于他，但是，他将这个民族变成了自己的民族。玻利瓦尔的画像被他的人民撕碎，他在自己破碎的画像中仓皇逃窜，走向流亡，那个曾经被他解放的民族，最后却将他驱逐出境。同样死去的还有被遗忘和忽视的教长格雷戈里奥·富内斯——玻利瓦尔在拉普拉塔的特务和间谍。当格里莫里奥·富内布雷[1]不断用入侵巴拉圭的美梦煽动玻利瓦尔时，我对他说：别再搞这些下流动作了，格里莫里奥神父。任何事情，要么能成，要么就不能成。您要知道，您妄想的事情成不了。不管怎样，要是您的玻利瓦尔要来入侵巴拉圭，那他得知道，很多人将会因此丧命，如此战功赫赫的显贵人物要留在这里为我洗鞋备马，那还真是可惜了。神父，您到巴拉圭来建立一个殡仪馆吧，它与您尊贵的姓氏和阴暗的企图极为相符。这里有制作棺材的上好木料和世界上最好的工匠，他们可以为您制作精美的棺柩。这些棺材几乎花不了您什么钱，您可以将这些棺材以批发的形式卖给您那些布宜诺斯艾利斯亲戚，前提是，如果他们胆敢踏上这片神圣的土地，您听到我说的话了吗？这是一片神圣的土地！如果这笔生意进展顺利，您还可以扩大经营范围，与那些仍未联合的大省进行走私交易。外商商品税、收益税、年金税、延期税，还有战时船舶税和停泊税，再加上出口关税，总计不超过每笔出货的百分之五十。这些棺材可以用浮船或木筏捆绑起来运输，尊敬的富内斯教长，这样甚至能为您省去运输和卸货的费用。不仅如此，除了那些已经被在战场上光荣战死的主人占据的棺材以外，这些已经变成独木舟的棺材还能将体积和重量与一人相当的各种商品当作免收运费的商品来运输。我不知道我是否讲清楚了，尊敬的教长，但是，我所说的

1　指前文的格雷戈里奥·富内斯（Gregorio Funes），格里莫里奥·富内布雷（Grimorio Fúnebre）是至高无上者利用谐音词对其姓名所作的嘲讽。“Grimorio”意为“巫书”，“Fúnebre”则意为“与死人或丧葬有关的”“悲哀的，凄惨的”。

就是我想说的话：通过我刚刚讲的办法，殡仪馆馆长一定能收回他为运输棺材支付的费用……什么？不，格里莫里奥神父，您把我的话听岔了。我说的不是联邦政府，而是殡仪馆，是和棺材有关的殡仪馆。啊呀，我这该死的创造单词、派生单词的习惯！尊敬的格里莫里奥·富内斯，虽然殡仪馆并不是一个用来指称某种虚构现实的野蛮新词，但是，对那些没有联合的大省来说，如今殡仪馆就是联邦政府真正的同义词，而且因为那些像您一样的人的所作所为，它已经变得愈加野蛮、阴森、虚幻。

可怜的西蒙·玻利瓦尔在流放地去世了，人们埋葬了诡计多端的教长，这位前者安插在拉普拉塔的特务兼间谍。他们将那本讲述自身邪恶的破旧之书交付于蠕虫，交付于那些在善恶之间不偏不倚的中立读者。

（写于午夜）

只有年老的邦普兰奇迹般地幸存下来。我说他奇迹般地幸存，并没有任何赞美那声名狼藉的神圣天意之意，我这么说，只是承认偶然的秘密法则。唐阿马德奥一离开巴拉圭便陷入了混乱的旋涡。几经沧桑，几经不幸，几经厄运之后，他必定怀念过他在圣玛丽亚度过的安静的隐居生活。我了解到，不久前，在里维拉军队和罗萨斯军队之间展开的血腥的帕戈拉尔戈之战[1]中（那些愚蠢无知的线人都不知道向我汇报交战军队的总体部署情况），在落入埃查圭将军之手的一千三百名俘虏中，邦普兰和其他几个人侥幸逃脱了被斩首的命运。他们告诉

1　帕戈拉尔戈之战（Batalla de Pago Largo），1839 年 3 月 31 日发生的一场武装冲突，交战双方是恩特雷里奥斯省省长帕斯夸尔·埃查圭（Pascual Echagüe）率领的军队（当时的恩特雷里奥斯听命于布宜诺斯艾利斯大省省长罗萨斯）和科连特斯省省长赫那罗·贝隆·阿斯特拉达（Genaro Berón Astrada）率领的军队。

我，他又开始在圣博尔雅、乌拉圭河河岸、米西奥内斯省的圣安娜和科连特斯省的亚佩尤游荡了。唐阿马德奥一直是同时出现在许多地方的那种人，这是同时过上各种生活的一种方式。一些人看到他在东边，另一些人又看到他在西边。有人断言曾在北边见过他，有人又说曾在南边见过他。他一个人就像变成了许多人，既相距遥远又各不相同，但是，这些人又单单只是一个人。但愿我的侦察员能找到他，但愿信使能带着西番莲鳞茎和那些具有魔力的草药细粉回来。不过，尤其是得带着他的消息回来。我想象他还和往常一样，即便身处马蹄的喧嚣声中，即便身处长矛之林与血河之中，他还是一层一层地翻阅那本“伟大的书”。我看到那双炯炯有神的蓝色小眼睛在探寻远古生物存在的痕迹与回忆。他在翻阅那些秘密档案：寻找那些隐蔽的藏身之处，在那里，大自然在它的实验室深处伴火而栖。数百万年来，它一直在那里耐心等待，它在最细微之处辛苦劳作，它在制造它的汤汁、火花和石头，还有各种奇怪的生物，那些已经逝去的存在，那些还未到来的存在，那些从一个时代游移到另一个时代的隐形生物。啊，唐阿马德奥！您在那些书页上看到了什么？过了很久，他微弱的声音终于传来：没什么，Grand Seigneur.[1] 这片混沌里有许多尘土。我看到夹带着尘土的旋风。还有沙漠，这些沙漠全部加在一起，比撒哈拉还要大上十倍，它们被连根拔起，占据了云层的位置。由沙土构成的星系遮蔽了天日。真沉啊，真沉啊！在嘶嘶作响的西蒙风中，成千上万名长矛兵在沙丘上疾驰，每个人的矛座上都挂着一个被斩首的人。必须等到一切平息下来，等它再变得清楚些，才能再次阅读。光，我是说火光，您看到火光了吗？您敏锐的眼睛难道没有看到篝火在燃烧吗？Mais oui, Monsieur Grand Seigneur![2] 是的，火光。到处都是火光。您说的是

1 法语，意为：“伟大的大人。”

2 法语，意为：“哦，是的，伟大的大人！”

营火吗？是的，是的，那是战争的余烬。磷火在山林与战场间蜿蜒游走。它们燃起，它们熄灭。然而，生命的火焰就在那儿。哦，是的！它总是被固定在同一个地方，但是，它又无所不在。它燃烧着，燃烧着。有时，我便就着这堆火阅读。我彻夜不眠地阅读，我揭开了黑暗的谜团，那些只有颠倒才能看清的谜团……什么，现在这个法国佬开始给我抄袭格拉西安[1]了？好吧，唐阿马德奥，如果是那样的话，那便没有什么损失了。除非……您等等！您听听吧，您好好听听我要告诉您的事情。我洗耳恭听，Grand Seigneur。除非这火，我告诉您，唐阿马德奥，除非这火是地狱之火，不是吗？我又听到了邦普兰爽朗的笑声，他的笑声从四面八方传来。Mais non, mon pauvre sire![2] 如果地狱存在的话——正如我们一直以来认为的那样，那它只能是一个永远都没有火的地方。这个年老力衰的法国佬比憨第德——这位秉持万能乐观主义的佼佼者——还要天真，他想安慰我，他想鼓励我，他想让我重新振作起来。也许，他说得对，他说得完全正确。如果地狱存在的话，它便是处于绝对孤独中的绝对虚无。地狱是孤独的，唯一的。它孤独地存在于黑色的、白色的、灰色的、难以分辨的、尚未被创造的混沌之中。铁杖在日晷的原点静止，起点和终点最终在这里汇合。在托瓦蒂，那位老农坐在他的茅屋屋檐下吸烟，白茫茫的烟雾笼罩在大地上，他身处其中，岿然不动。他那不可称之为人生的人生已经持续百年，但是，他比我更具有生命力。他还未出生。他没有任何期许和渴望。他比我更具有生命力。欸，唐阿马德奥！唉！现在您才是允许我离开的人啊。您让我离开，您让我摆脱对自我的过度迷恋，这是在一个人身上对所有人恨之入骨的一种方式。要是您碰巧在那里发现了

---

1 指巴尔塔萨·格拉西安（Baltasar Gracián，1601—1658），耶稣会教士，西班牙神学家、哲学家、作家。

2 法语，意为："可是，并非如此，我可怜的陛下！"

我所属的物种的足迹，请您将它抹去吧。请您掩盖这些足迹。如果您在某个肮脏的裂缝里发现了这个祸害，请您将它连根拔除吧。您不会弄错的。这个祸害应当就像某种植物的根，这种细小的植物形似蜥蜴，它有锯齿形的背部和尾巴，它眼似白霜，全身布满雪白的鳞片。这种动物 / 植物如此冰冷，因此，它一接触火便能将其熄灭。我不会弄错的，我的好大人。我对它非常了解。它总是四处涌现。在被拔除后，它还会重新生长。它不停地生长，生长，它变成了一棵参天巨树，那棵巨大的绝对权力之树。有人拿着斧头过来，将它砍倒，留下一地狼藉。在这片广阔的平地上，另一棵树开始生长。这种"单人"邪恶物种不会消亡，除非"群众"以自己的权力崛起，并将他们的全部权力强加于人类被扭曲和荼毒的所有事物之上。欸，唐阿马德奥！您现在开始引用我的话了？您是在模仿我吗？还是我的校对员和译注家又来打断我们谈话了？欸，唐阿马德奥！欸！他没有回答。他在装聋作哑。他在装死。难道他也死了吗？欸，法国佬，回答我！啊！Il n'y a pas de mais qui tienne![1] 我也插入了一句法语。我再次操练起我那糟糕的法语。我不知道这么写是否正确，可是，我手头已经没有词典了。欸，法国佬！如果你没死的话，如果他们还没把你的头扔进笼子里的话，那就回答我吧！啊！现在，恰好就是现在，你却沉默了。现在，在这寂静的坟墓里，我正需要听到一个声音，哪怕这声音只是一只可怜的两栖动物的叫声啊！

1857 年，为了去亚松森收集植物，阿马德奥·邦普兰搭乘法国舰队的"比松"号军舰返回巴拉圭。在至高无上者统治期间，他被"好心地"囚禁在米西奥内斯省十年，他一直未能了解这座首都。显然，除了收集

1 法语，意为："聊胜于无啊！"

自然物种外，他对弄清发生在永久独裁者遗骸身上的事产生了强烈的兴趣。在恩卡纳西翁教堂的主祭坛对面，标志其埋葬地点的独石碑消失了，他的坟墓也被糟蹋了。邦普兰希望有所发现，然而，无论是在官方还是在民间，他为此付出的所有努力都遇上了一种捉摸不透的沉默指令。

翌年，这位八十五岁高龄的著名自然学家去世（1858 年 5 月 11 日），他的遗体被运往雷斯陶拉西翁（即现今的帕索德洛斯利布雷斯[1]）。邦普兰去世时正担任科连特斯自然博物馆馆长及创始人一职，这是他在罗萨斯被推翻后不久被授予的荣誉职位。为了让科连特斯的所有民众都能按照政府规定参加为期七天的追悼会，省长下令对他的遗体进行防腐处理。不过，政府的这一决议最终并未实现，因为一个醉汉用刀刺入了露天放置于邦普兰家中前院的遗体。当时，他的遗体正笼罩在烟雾之中，那是用来熏制或进行防腐处理的芳香药草经燃烧产生的烟雾——这是邦普兰本人在他的手稿中提供的遗体防腐处理方法。这个醉汉之所以袭击邦普兰的遗体，是因为他以为这位他熟悉爱戴的医生不肯和他打招呼，在他看来，这位因和蔼可亲而为众人熟知的医生完全不可能做出这样的事情。

至高无上者的后代——伊塔佩的老马卡里奥曾经在一位普通抄写员面前讲述了这个故事，后者对这个故事记录如下：

"大战[2]发生几年前，为了寻医问药，我跑去拜访这位住在圣安娜的伟大医生。当时我的姐姐坎德因为破伤风病得很重。我想起我之前也去过一次，那是二十年前，当时，他们让我和 taitá[3]一起去为卡纳义古阿苏（至高无上者）拿香脂，不过，这次我运气不好，这趟我一无所获。他们告诉我，法国佬也病倒了。我在他家门前等了三天，希望他能好起来。

1　帕索德洛斯利布雷斯（Paso de los Libres），阿根廷城市，位于科连特斯省，始建于 1843 年。1848 年，为了向当时的统治者罗萨斯致敬，改名为雷斯陶拉西翁（Restauración）。1864 年改回原名帕索德洛斯利布雷斯。

2　即 1839 年至 1851 年的第二次乌拉圭战争。

3　瓜拉尼语，意为"爸爸"。

每天夜里，他们都用一张修士椅把他抬到走廊里。我们看到身躯肥胖的他全身发白，一动不动地在月光下熟睡。最后那天夜里，一个醉汉在这位病人面前走来走去，这个人大喊大叫地向他问好。这个醉汉一边在他面前来回走动，一边愈发愤怒地用越来越大的声音喊道：晚上好，伟大的邦普兰先生！万福玛利亚，伟大的邦普兰先生！……最后，这个醉汉干脆直接对着他骂了起来，而那位伟大的医生——他身躯庞大，全身苍白又一丝不挂——就这么一直熟睡着，根本没有理会这个醉汉，也并未感到任何不快。于是，这个醉汉再也无法忍受了。他拿出他的匕首，冲上走廊，愤怒地将刀刺入医生的身体，最后，他跳到医生身上，从他身上拔出了那把刀。来了很多人。后来，我们才知道这位伟大的医生三天前就已经去世了。对我来说，这就好比他第二次死去，为了至少在他第二次死去的时候拯救他，我和那个醉酒的犯人一起被送进了监狱。三天后，这个醉汉安然无恙地离开了监狱，而我则被他们用面包和水招待着关了三个月，因为警察认为我是这个醉汉的同谋。显然，在这个世界上，不能为任何人做好事，哪怕为了死人也不行。你为死人做了好事，然后活人来了，他们会为了任何事怪罪你，把你打一顿，尤其是当这个人是穷人的时候。他们会控诉你杀了一个死人，他们会控诉你用一只鸟擦了屁股，他们会控诉你依然活着。只要能给你一顿打，他们会因为任何事而怪罪你。这个醉汉算得上省长的半个亲戚，所以他什么也不需要解释，而我解释得越多，他们就越不相信我，还越发要毒打我。最后，他们都把我给忘了，他们不给我送水了，也不给我送牢里吃的那种饼干了。我只好把蚊子放在烟屁股的火星上烤，我只能吃这种东西。但是，这些蚊子太瘦了，它们比我还瘦。最后，当我瘦得只剩皮包骨的时候，当我瘦得比葡萄藤还干瘪的时候，我才得以逃脱。我拿着烟屁股吸了最后一口，遁入烟雾之中。当我得以从砖坯的某个缝隙中偷偷溜走时，我便一刻不停地跑回了家。”（编者附注）

（航海日志）

阳光垂直地洒在双桅船上。在船桨的推动下，船正沿着退潮的河水顺流而下。空气里没有一丝微风。尾斜桁帆耷拉在上缘斜桁上。几个小时后，炽热的强风逆流而上，将桁帆鼓满。双桅船断断续续地向后行驶。为了让船顺利前行，二十位划船手加大力气，他们扯着喉咙大叫，上翻的眼睛露出眼白，因为满是汗水而显得油光发亮的身体悬吊在朱丝贵竹船篙上。太阳立于天顶，如果白天和黑夜经过，那它们便是从约书亚的盾牌[1]后面经过，我们无法知道我们是身处正午刺眼的黑暗之中还是午夜彻底的黑暗之中。此刻，太阳是雄性的。雌性的月亮解开纽扣，展露它的相位。这个厚颜无耻的女人裸露出完整圆润的身躯。印第安划船手和穆拉托划船手在观赏她，他们全身都在呻吟，当他们头顶上弦月和下弦月划船时，他们的身躯便在欲望之弓上一张一弛地弯曲。只有他们看到她改变了形状。他们看到她躺在老旧的“吊床摇椅”上。总有一天，人类也会在那里来回摇摆，与那个有着花朵颜色的动物同居。这种有着蜂蜜之色的、柔软的、孤独的动物，是黑

1 指猎户星座的某一部分。

夜中的变色龙。这只不孕的母猪要么全身膨胀，直到露出浑圆孕肚上的肚脐；要么，就侧着转过身，只露出臀部新月的曲线。它是最肥沃的贫瘠之地。它能让种子发芽，带来潮涨潮落。它影响女人的血液、男人的思想。要我说，见鬼去吧，你这颗雌性卫星！你甚至把我的牙齿都变成灰尘吃光了。

我们正穿过一片开满王莲的水域。这片水域的面积超过一里，整个水面都被大如箩筛的王莲覆盖。这些浑圆的黑绸花骨朵儿吸吮着阳光，散发出一股带有葬礼花环气味的蒸气。河水散发出一股经太阳反复炙烤的浅滩烂泥的恶臭，一种沥青般黏滞的恶臭。这种恶臭来自冒着气泡的发酵的沙滩污泥、死鱼的腐尸和腐烂的水葫芦小岛。这种带有黄色泥沙的河水的恶臭向我们迎面扑来，毫不留情地折磨我们。

双桅船上载满腌制的兽皮，大捆的马黛茶叶，成桶的动物脂肪、蜂蜡和油脂。热气让它们不时发出噼噼啪啪的爆炸声，融化的油脂流入底舱，火星四处飞溅。船长像山羊般从一边跳到另一边，不停地用彭丘扑灭这些火苗。成捆的香料和药草散发出强烈的味道。臭味之中夹杂着另一种臭味。难以忍受的恶臭与我们一路相随。无数立方巴拉的恶臭形成成吨的圆柱体，它甚至比主桅杆还高上百倍。这种恶臭并非由双桅船底舱传出，它是从我们灵魂底舱传出的恶臭，一种近似周日弥撒的味道。*一种绝不可能来自尘世或任何健康东西的味道，一种亵渎神明的恶臭。Negotiium perambulans in tenebris.[1] 这样的恶臭我只闻到过一次，

*“比周日弥撒还臭”：从前，人们被埋在教堂地下及其四周。此外，巴拉圭终年高温，信众的密集汇聚让天气变得更加炎热，于是，高温将这句谚语所说的恶臭从地面缝隙中激发出来。尽管这种表达的起源已被

1　拉丁语，意为：“在黑暗中行动。”

人们遗忘，但如今它仍然在民间流行。（编者附注）

当时，我正站在一个快要死去的物体面前，七十多年来，那个老东西一直被当作人类。当我在巴拉圭大省的家谱档案馆里寻找与我出身相关的资料时，这种古老的恶臭再一次向我袭来。我自然没有在那里找到那些资料。这些资料无处可寻，除了这种带有私生子血统的恶臭，我什么都没有找到。我来到法院，要求查看全面的出身情况调查及良好行为证明。我的出身？有人在我耳边低声说道，你会发现它就像一股恶臭。凭借味道就能知道一个人的声望，恩卡纳西翁嬷嬷时常这么说。一个人的血亲在世时越有声望，他死后的味道就越难闻。难道这种恶臭构成了我所有的父系祖先吗？七位伪证人按照调查表中的问题发着假誓说，他们认为我的血统世代相传、高贵不凡，证人们都知道此事，他们均对此表示认可，不存在任何反对的声音。可怕的谎言！反对的声音很多，这里面还包括我。他们不是说唐娜玛丽亚·何塞法·德·贝拉斯科·伊·德·耶格罗斯·伊·莱德斯马[1]，这位拿着小黑板的贵族夫人不是我的母亲吗？他们不是说，那个无耻之徒带着情妇从葡萄牙统治下的里约热内卢来到巴拉圭，后来，他抛弃了情妇，为的就是进行权宜联姻吗？在遵照圣母教堂的命令举行婚礼后，他继续在圣母教堂的庇护下用他的黑暗灵魂卷制黑烟。然而，检察官和听诉官毫无异议地通过了有关出身情况及良好行为的全面调查报告。错把冯京当马凉。我的家谱世系图横向绘制于市政大厅。虽然我无父无母，虽然我仍未出生，但是，我已经按照那些公证人的伪证合法地存在并进行了繁殖。在我“并不存在的贵族”家族族徽上，有一种可疑的、伪

1 玛丽亚·何塞法·德·贝拉斯科·伊·德·耶格罗斯·伊·莱德斯马，亚松森贵族女士，她的爷爷是曾经担任巴拉圭大省省长的富尔亨西奥·耶格罗斯·伊·莱德斯马（Fulgencio Yegros y Ledesma）。

造的遗传恶臭：历经九次瓜分、九次出生和九次死亡的徽章被分为四个灰色区域，在红色的正中部分，一只黑猫正在给一只白鼠喂奶。

本图拉博士与马里亚诺·伊格纳西奥·贝尔-阿斯科修士尚未公开的这封书信提到了这个家谱谜团——这封书信围绕后者的《巴拉圭人告同胞书》展开：

尊敬的神父，另一个针对您的批评与这位暴君充满争议的家谱有关。

他们认为，独裁者是不是外国人的儿子并不重要，您这样说，是为了吸引您同胞们的兴趣，因为，在殖民地的各个大省和国家，由于当地人的落后与无知，最有能力的统治者总是或者几乎总是外国人的后代。

他们指出，那些企图玷污其血统的污点无关紧要。这些污点与那两位被说成他母亲的女人有关，她们中的一位出身贵族，另一位则是一个出身平民的外国女人。此外，那些与他的两个出生日期相关的流言同样无关紧要。

事实上，正因为您是他的亲戚，所以，您肯定比我清楚，人们普遍认为独裁者是您的表妹——唐娜玛丽亚·何塞法·法维亚娜·贝拉斯科·伊·德·耶格罗斯·伊·莱德斯马的儿子，他是这位贵族夫人在与葡萄牙无业平民——何塞·恩格拉西亚，或何塞·格拉西亚诺，或何塞·加西亚·罗德里格斯——的奇怪联姻中所生。根据某些人的说法，此人来自里约总督区的马里亚纳区，这位来自里约的外来移民曾在省长拉萨罗·德·里维拉面前就此发过誓。

此人在阿洛斯·伊·布鲁[1]面前发誓说他是葡萄牙人，他说他出生在葡萄牙王国的波尔图。在独裁者多次且近乎痴迷地要求彻底调查的一些申请中，独裁者曾断言他的父亲是法国人。然而，他的一些亲人却声称他的父亲是来自弗朗西亚山脉[2]的西班牙人，那是一个位于萨拉曼卡、卡

1 指华金·德·阿洛斯。

2 弗朗西亚山脉是西班牙中央山脉的一部分，距萨拉曼卡约70千米。

塞雷斯和葡萄牙之间的地方。

这位葡萄牙-里约人狡猾地利用了一些元素——他臆想出来的姓氏的字母——来增加混乱并借此掩盖他冒险家生活背后的私生子出身：正如在某些公开文件中出现的那样，葡萄牙语中的后缀 -es 被替换成卡斯蒂利亚语中的 -ez，而在圣保罗旗士中广为人知的母亲姓氏（单词下方带有变音符号的 Franç 中的 ç）也已经做了卡斯蒂利亚方言化处理。

唯一可以肯定的是，在巴拉圭住了六十年并从事了无数不同的职业后——从制作卷烟的小工到军人，再到后来的印第安村落首领与圣职人员俸禄管理者，已经没有人知道他到底是谁了，也没人知道他到底来自哪里。

一位省长肯定会这么说：他是一个外国人，只是，我们并不知道他到底是葡萄牙人、法国人、西班牙人，还是疯子。从其子孙后代显著恶化的症状来看，没有人会怀疑他是一个疯子。

一个让我们贵族血统的延续者深感痛心的谜团便是唐娜玛丽亚·何塞法·法维亚娜与这位葡萄牙-里约冒险家的结合。除了四处流传的与此相关的下流故事之外——我想，您应该也知道这些故事——关于他们两人的结合，并不存在任何合理的解释。

如我所言，其中一种说法宣称他是唐娜何塞法·法维亚娜的儿子，他出生于1766年1月6日，另一种说法则宣称独裁者同样出生于1月6日，不过年份变成了 1756 年——也就是说，十年之前，何塞·恩格拉西亚，或者何塞·格拉西亚诺，或者何塞·加西亚·罗德里格斯与他的姘头或情妇生下了独裁者。显然，1750 年，为了种植烟草，在耶稣会的请求下，作为省长海梅·圣茹斯特雇用的巴西-葡萄牙人中的一员，何塞带着他的情妇来到了巴拉圭。

这两个难解之谜已经在浩如烟海且多少都带点虚假性质的证据和文件中消失了，因此，如您所知，这些与独裁者的出身和家谱有关的事实均不确凿，而独裁者本人在登上绝对权力宝座前也一直试图隐藏这些事实。

不过，这又另当别论了。

难道我就是那散发恶臭的罗经上的罗经柜钩吗？[1]在险恶沙洲间的蜿蜒河道上，驾驶员一边斜眼看我，一边紧握舵杆，不时纠正航向。然而，比货物还要沉重的密集恶臭让双桅船沉到了吃水线以下。如果你独自前来，欢迎你，野蛮的野兽气息！我的同伴，我的朋友。收集那些因生活的邪恶愤怒而四处逃散的想法根本毫无作用。我停留在一次值得纪念的祈祷之中：以那个活着的人的名义，他没有死去，也必定不会死去。以他的名义，荣誉与永恒都属于他。语言不属于他，语言不属于所有人。思想属于所有人，思想不属于任何人。就像这条河和动物一样：它们对死亡和记忆一无所知。它们是过去和未来的逃兵，它们没有年龄。这条流淌的河是永恒的，因为它转瞬即逝。我看到它，我触摸它，正是因为它在不停流淌的同时又在不停地重塑自我。生与死构成了它肉体的脉搏，而它的肉体并不只是一种形象。至于我，我能如何描述自己呢？我不如这流淌的河水，我不如那些活着却不知道自己活着的动物。在我书写的这一刻，我可以说：一种无限漫长的时间已经先于我的出生而存在了。我一直是我；也就是说，在这段时间里，所有说**我**的人，他们加起来也不过是**我和他**。但是，我为何要收集/创作这么多蠢话呢？它们已经被其他愚蠢的收集者/创作者重复说过了。在那个时候，在我坐在那久久不肯散去的臭味上时，我脑子里想的并不是这些毫无意义的想法。那时，我是一个十四岁的少年。我有时阅读，有时则藏在船头那一捆捆马黛茶和令人作呕的兽皮中写作。我漫不经心，我乐在其中，我仍旧身处自然之中。有时，我让手落入温热的河水中。

这段旅程已经持续了二十天。那个自称是我父亲的男人如今投身于商品买卖，他在指挥他的船。他站在那些大桶中间，就像站在一个

1 罗经是为船指示方向的仪器，整句话意指："难道我就是保管命运秘密的人吗？"

堡垒上的众多炮眼之间。他的目的地十分明确，他正朝着圣菲港口前行，那里盛行无情的烟草垄断，以及对巴拉圭商品征收的其他各项不公平税收。

这个可能是我父亲的男人已经决定送我去科尔多瓦大学。他希望我成为神父，他希望我成为无赖，他想摆脱我这个烦人的存在，但是，他也希望，我能在教会中磨炼成熟，成为他未来的依靠。现在，他把我装到这艘双桅船上，他把我放在兽皮、香料、动物脂肪和玉米中间。我，是他最没有价值、最无足轻重的货物。

有一个人——或许就是那位正好成为他妻子也正好成为我母亲的贵族夫人——曾经预言：有一天，人们将会听到这位皮肤黝黑的孩子站在埃尔森提尼拉山[1]山顶谴责他的父亲！这位贵族夫人以前是哑巴。由于遭受了某种喉部疾病的袭击，她失去了说话的能力。至少，我从未听到她的嘴里冒出人的声音，哪怕是与人声相似的响音或低语。因此，这个预言应当是被她写在她以前用来交流的小黑板上面。一天下午，当她在睡午觉时，我把她的黑板和粉笔藏了起来。我用锤子把那些粉笔敲成了粉末，我把这些粉末埋到了一片荒地里。他们又给她准备了新的小黑板和粉笔。于是，她用更加坚定的字体写道：有一天，人们将会听到这位皮肤黝黑的孩子谴责他的父母！写完这段话后，这个哑巴女人折断了黑板，无休无止地哭了七天七夜。人们只好不停为她更换打湿的床单、枕头和床垫。没有人知道她想表达什么。也许，家里的某个亲戚，埃斯皮诺拉·伊·培尼亚上校（以前，还有人说他才是我真正的父亲），或者卑鄙的贝尔-阿斯科修士，或者，谁知道到底是谁，在某本书上读到了这句故弄玄虚的论断。保姆嬷嬷在她的歌谣里重复着这句话，她为我把它缝入了命运的衬里之中。

1　埃尔森提尼拉山（El Cerro del Centinela），位于阿根廷布宜诺斯艾利斯省的坦迪尔市，其山峰有一巨石，形如哨兵（“centinela”在西班牙语中意为“哨兵”），故此得名。

（在私人笔记本上）

也许，我会记得，我从未爱过任何人。也许，它的某些痕迹还留在我的记忆里。不过，那只是在梦里，而且，那个时候，它们只是动物，梦里的动物，阴间的动物。这些动物有人的外形，它们拥有一种难以描述的完美，尤其是那个集所有造物于一身的造物。女人的幻象，雌性的星辰，流浪的彗星，有着蓝色眼睛的世外生灵，雪白得耀眼。极为纤长的金发由地平线的水汽中浮现，它以一种惊人的速度掠过昼夜平分的半球圆弧并将其覆盖。

我没有爱过克拉拉·彼得罗娜·萨瓦拉·伊·德尔加迪略。至少，我并未用一种正常的爱恋方式爱过她，对像我这样奇怪的人来说，这样的爱恋方式在我身上并不存在。我一遍又一遍地告诉自己，难道你不明白在一个正常的世界里不可能的事情根本就不会出现吗？尤其是对已经伴随我一生的那种灵魂来说，则更是如此。我总是警醒自己，哪怕是最值得信任的东西，我也总是加以怀疑。

突然，那些令人盲目的愤怒，那些意外的暴力行为——为何会有这些野蛮的冲动？这种暴怒，这种残暴的冲动带着一股大风般的毁灭性狂怒在我的内心骤然升起。除了它本身毫无理由之外，它的出现根本不需要任何理由和原因。这些可怕的爆发已经将我的生活变成地狱。在经历两次出生的疲惫面前，这是一次如此漫长的死亡。出生一次已经过于辛苦，到了最后却还要如此疲惫！

也许，从某种意义上来说，这已是一种遗憾。我还没有找到一位好妻子，我还不值得拥有一位好妻子。一位好妻子能够帮助我成为一个冷静的男人，她能让我成为一位丈夫，并心甘情愿地只做一位丈夫。也许，我会坐在太阳底下一边抽雪茄，一边轻轻拍打孙子们或曾孙们的屁股。在从厨房传来的味道和餐具声中，我一遍又一遍地在脑海里和舌尖上回味将要吃到的晚餐的余味。我会受到所有人的爱戴和敬重。我会穿着拖鞋，而不是拖着破旧的鞋子，走在那些同样破旧或新修的道路上。我会待在某个地方，我会在那里停留并定居。对我一直拥有的那种灵魂来说，旅行与让人操劳的不幸从来就不讨人喜欢。

啊，要不是因为我一直怀有这种可怕的不安，也许，我会在一个充满回声的空荡的大房间——而不是这个肮脏的洞穴——度过我的一生。于是，除了聆听长久以来的沉默外，我便再无其他事情可做。这个房间会有一个带有钟摆的大钟。我会听着钟摆的声音昏昏入睡。我将无须倾听这个噼啪作响的病态灵魂发出的噪音。我会倾听肠胃胀气的声音，还有钟摆的嘀嗒声。我的眼睛会跟随钟摆来回摆动，从黑夜直到白昼。我会看着铅制的吊锤越垂越低，直到我从椅子上站起来。我会每周将吊锤复位一次。

根据拉丁语谚语——stercus cuique suum bene olet——每个人都喜欢自己粪便的气味，那么，我的好妻子，不论她一直以来多么逆来顺受，她都会忍受婚姻生活中的各种痛苦吗？我们假设她有幸嫁给了希波主教[1]说的那个男人，这个男人被肚子里的气体逼得连续放屁四十多

1　即希波的奥古斯丁（Agustín de Hipona），俗称圣奥古斯丁（San Agustín）。

年，直到最后，可以说，他才乘着体内那些气体的翅膀落入坟墓。

不过，让我们假定最好的情况。让我们用另外一个例子来想象一下由这位圣人的评注家比韦斯[1]提出的乐观主义变体。这个例子中的男人对自己的屁股——我们所有身体器官中最难以管束、最容易引起混乱的器官——保有足够的意志力。他的屁股已经变得如此顺从他的意志，以至于他可以让它以音乐旋律的形式排出这些气体并不时变换曲目。于是，许多渴望在这些气味音乐会中消遣娱乐的人都跑去拜访他。比韦斯说有时这个技艺高超的男人在卧室独处中受到如此启发，以至于他的演奏质量几乎接近国内最优秀的风笛手和最有名的六孔竖笛手。这些都是例外。不过，一个男人竟然有一个可以演奏音乐的屁股，我们暂且替他那位可怜的妻子想一想。四十多年来，她一直听着这支单簧管一刻不停地独奏，她能忍受这一切而不疯掉吗？

然而，不只是这些气体，还有风湿、结石以及无数年龄带来的紊乱与健康方面的不适。这些无法避免的病痛并不是使婚姻关系霉变、恶化、破裂的唯一原因，我们尤其需要考虑所有疾病中最糟糕的一种：生活在彼此陪伴下的两个人的孤独。不论是心甘情愿还是迫不得已，两个人都不得不见面，互相磨合，互相忍受，一天，每一天，直到死亡为一切画上句点。他们不得不暗中监视彼此，忍受各自的任性、怪癖和猜疑。他们无法接受与自己想法不同的另一种想法所带来的不可抗拒的酸楚。于是，两个人只好永远不在吃饭时碰面。他们逃避彼此，再也不和对方说话，尤其是当另一个人属于那种狂热的人时——他（她）认为扭曲自己便是崇拜自己的本性，他（她）会迷恋自己的轻蔑，而他（她）改正错误的方式就是让自己变得越来越糟糕。一个自己都觉得自己可怕的人是多么畸形的动物啊！对他来说，让自己开

1　指胡安·路易斯·比韦斯（Juan Luis Vives，1493—1540），西班牙人文主义者、哲学家、教育家。

心都是一种沉重的负担！在这种情况下，一只狗的陪伴都比一位古怪丈夫的陪伴和一位歇斯底里的妻子的陪伴更为人道。Nostri nosmet poenitet.[1] 泰伦提乌斯[2] 说得很有道理，人的修行便是自己。

有些人隐藏了自己的生活。

不，我从未爱过任何一个女人，我只爱过那颗“雌性的流星”。

我不可能爱过克拉拉·彼得罗娜·萨瓦拉·伊·德尔加迪略。就算她曾在我心中占据属于天上那位“杜尔西内娅”[3] 的位置，但那只是一瞬间。

无论如何，克拉拉·彼得罗娜的母亲——唐娜何塞法·法维亚娜和她组成了同一个人。身为女儿的克拉拉·彼得罗娜就是那个女人幽暗的影子，我——而非那些布宜诺斯艾利斯人——给她起了“北方之星”这个名字。然而，事实上，这个名字属于我的秘密宇宙中的一颗恒星，我对它并不了解。

一颗沉浸在爱里的心会向着四面八方生长。那些因为美貌而爱上某人的人，爱的是这个人吗？不是，因为，抹杀美貌却杀不死人的天花就可能让他不再爱她。人们爱的不是这个人，而是这个人具有的特质。克拉拉·彼得罗娜的特质——虽然它们几乎无法超越——不及其母亲的特质，而这个女人的特质又无法与我那天上的神明——北方之星——相提并论。

小时候，我叫它莱昂蒂娜——这个名字是我从保姆嬷嬷的私房话里偷听来的——也许是因为我一说出这个名字，便感到它在我的内心激起了灿烂的声响。那位金发小女孩的故事便以这个名字创造。这就

1 拉丁语，意为：“我们的状态让我们感到悲伤。”

2 泰伦提乌斯（Terencio），古罗马剧作家。

3 杜尔西内娅原为堂吉诃德理想中的情人，此处用来指代理想情人。

是她的名字。旋转焰火的光芒与这个名字结合，还有力量与脆弱。这个没有性别的发音，只有在它最女性化时，我才能听到。

啊，北方之星！一颗满溢的心曾四处将你追随，尤其是在夜里。冒险-狗。冒险-狮子。[1]难道我希望在她身上发现什么意料之外的东西吗？保姆嬷嬷警告我，当你沿着这条路走时，可别让自己掉进罐子里。

在黑暗中，我闭上双眼，小声念诵这个名字，我看到她在我的眼皮底下闪闪发光。那时，她也是个孩子。那时，我便已觉得我只能爱她。金黄色的秀发用一根细茎针茅发带束着，顺着身上的花棉手工编织长袍一直垂落到腰下。她那如彗星一般的秀发没有照亮南十字座的那些黑斑，它们位于亚美利哥·韦斯普奇[2]在他的第三次航行中提及的三个卡诺匹斯罐之间。很久以后，我才在佩德罗·马尔蒂·德·安格莱里亚[3]所著的*De Rebus Oceanisis*[4]中第一次看到关于这些黑斑，也就是煤炭袋[5]的描述。

过去，我会躺在草地上，在小熊星座和大熊星座中寻找“北方之星”。在我身后，浑身是疮的奶妈拉着赫拉克利特的手跟了过来。他们嘲笑我。奶妈粗声粗气地说，你早晚会在罐子里找到她。赫拉克利特说，女人来自潮湿的地方，去季节的法则中寻找她，那里才是数字

---

1 此处意指他在天空中的各个星座中寻找北方之星，“狗”和“狮子”极有可能影射“大犬座”和“狮子座”。

2 亚美利哥·韦斯普奇（Américo Vespucio，1451—1512），意大利航海家、探险家、旅行家、商人。他首次指出哥伦布发现的大陆是一块新大陆，当时，包括哥伦布在内的所有人都认为这块大陆是亚洲东部。为了纪念他，如今的美洲大陆以他的名字命名。

3 佩德罗·马尔蒂·德·安格莱里亚（Pedro Mártir de Anglería，1457—1526），即皮特·马特·德安吉拉，其姓名作卡斯蒂利亚语化即如此。文艺复兴时期欧洲人文主义者，曾效力于西班牙天主教双王及其继任者。他所著的《新世界》一书是最早出版的关于美洲的重要著述之一。

4 即《大洋之谜与新世界》一书。

5 指煤袋星云。1499年，亚美利哥·韦斯普奇将其命名为“黑斑麦哲伦”（或“麦哲伦的黑斑”）。

七与月亮合二为一的地方。

我们的心会混淆爱情，这个球形的宇宙能容纳一切。这个微小的大脑在跳动，仿佛它就在思考。

我一生中的诸多恋爱都已幻化为“北方之星”的形式。不过，那只是一瞬间。只有她永远不变地停留在我的心中，我孩童般的瞳孔中，我作为男人的变化之中，以及我晚年的第二段悲哀的童年之中。

我试着重新闭上双眼。你看到她在你的眼皮底下发光了吗？没有，如今里面、外面，到处都是黑暗。南十字座的黑斑覆盖了天空中的空白区域。星座中死去的光线变成了煤炭，它们填满了你两只眼睛下方鼓胀的两个袋子，那不同于麦哲伦云的微弱闪光，早已变成眼屎。

你就不能不谈论你自己吗？现在，你想在谁面前上演这一幕？你正试着不把南十字座的黑斑与麦哲伦云闪耀的云彩混淆，你在谈论那些将黑夜作为极点的生灵。你寻找北方的天空，而我在南十字座的煤炭袋里寻找我的“北方之星”。

那个时候，我只是不完全地脱离自然。我把自己和她关在一个阁楼里。我被人类甚至动物排斥，于是，我让自己沉溺于书籍之中——我并非沉溺于那些理论书籍，而是那些与宝石、植物和甲虫标本，尤其是那些与有名的瓜伊拉宝石相关的书籍。*那是一种极为晶莹剔透的宝石。现在，我必须把它们从我的记忆里挖出来，它们被埋葬在记忆的数百巴拉深处。这些晶莹剔透的宝石在某些燧石空心球里形成。它们像石榴里的石榴籽一样极为紧密地堆积在一起。这些颜色各异的宝石是如此晶莹剔透、光彩夺目，因此，它们从一开始便被视为最贵重的宝石。那些最初的发现者弄错了。瓜伊拉宝石比红宝石、祖母绿、紫水晶、黄宝石甚至钻石都贵重得多，它们的价值无法估量。最美丽的瓜伊拉宝石位于马尔多纳多[1]的小山上。我知道，我是唯一知道液体是如何穿透燧石外壳再在里面形成晶体的人。晶体在里面生长，由于内部空间不足，晶体又十分密集，因此外壳会爆裂开来，其爆裂时发出的巨响有如一颗炸弹爆炸或炮击发出的声音。爆裂后的碎片要么大面积散落，要么嵌入其他宝石，形成复合石、连体石和极为罕见的宝石。在最后这种宝石内部，在其最深处的中心位置，有时可以看到不及针尖大的城墙和微型塔楼在闪耀。这些东西如此清晰，仿佛它们就位于某座山的山巅。某些碎片被埋藏得很深，它们还会再次爆炸，在山丘和高地上引发地震，带来巨响。当天气变坏时，它们也会在河流和湖泊里爆炸……我曾把这些石头带到阁楼里——那里已经成了我的秘密炼金术实验室，我幻想用这些石头的精华制作石中之石：点金石。

*这段文字由一些节选的段落组成，它们出自：阿萨拉[2]所著的《描述》（第31页），鲁伊·迪亚斯·德·古斯曼[3]所著的《阿根廷》(第53页，大约于16世纪出版)，尤其是秘鲁、铁拉菲尔梅与智利的总督兼司令蒙特斯·克拉罗斯侯爵[4]于1613年4月1日发布的王命“将瓜伊拉宝石严密

1 马尔多纳多（Maldonado），地名。

2 指费利克斯·德·阿萨拉（Félix de Azara，1746—1821），西班牙博物学家，著有《巴拉圭和拉普拉塔河的历史及描述》(*Descripción e Historia del Paraguay y del Río de la Plata*，简称《描述》)。他刻画了巴拉圭及拉普拉塔河流域的许多物种，甚至先于达尔文本人提出了物种进化的可能性。

3 鲁伊·迪亚斯·德·古斯曼（Ruy Díaz de Guzmán，1559—1629），出生于巴拉圭亚松森的征服者、殖民地官员及编年史作家，著有《阿根廷历史：拉普拉塔河的发现、征服及开拓》(*Historia Argentina del Descubrimiento, Población y Conquista de las provincias del Río de la Plata*)，《阿根廷》是此书比较常见的简称。

4 蒙特斯·克拉罗斯侯爵（El Márques de Montes Claros），即唐胡安·德·门多萨·伊卢纳（Don Juan de Mendoza y Luna，1571—1628），西班牙贵族，曾任新西班牙总督及秘鲁总督。

护送至波托西皇家财政部"。——引自比里亚托·迪亚斯-佩雷斯[1]（编者附注）

啊，美丽而危险的宝石，这是一场你们完全无法保护的迷梦，那位据说是我父亲的男人将我从这场迷梦中拽了出来，他要把我送到"哥特宝塔"。在他整日与穆拉托姑娘和印第安姑娘鬼混，变得比他的兄弟佩德罗还要疯狂之前，他做出了判决。Andando, dotorsinho da merda![2]

于是，我们坐船顺流而下。我们被臭气熏天的金字塔堆压得喘不过气来。我在放在膝头的笔记本上书写。我对着退潮的河水诉说，兴许这样它能听到我说话：你很清楚我违背了我的意愿。他们能够违背一个还不存在的人的意愿吗？你，奔流不息，永无休止；你，孕育分娩，一刻不停；你，常流常新；你被灌输了大地的意识。几千年前，你将你的体液赋予了一个民族，你能帮我释放我依然处于胚胎中的多重灵魂吗？你能帮我找到我那隐没于你河水里的二重身吗？如果可以这样的话，是的，你的确可以做到！请给我一个征兆，请给我一个信号吧，无论它是多么细微，多么难以察觉的一个事实。不要表现得像埃尔森提尼拉山的那些吝啬的幽灵一样。很久以前，为了向他们打听"北方之星"，我把一封留给他们的信放在一块石头下面。后来，我发现这封信变成了一个小球，信纸被一种不太高尚的物质弄脏了。啊！啊哈！河水在一个浅滩上清了清嗓子：塔库姆布山[3]是一座古老的山峰。也许，它已经糊涂了。它知道得不多。它遭受了结石病，还有巨

1 比里亚托·迪亚斯-佩雷斯（Viriato Díaz-Pérez，1875—1958），作家、教师，出生于西班牙，后移居巴拉圭。

2 葡萄牙语，意为："走吧，你这个该死的学生！"

3 塔库姆布山（El Takumbú，也作 Tacumbú），位于亚松森与其同名的塔库姆布区。

蛇座崇拜在它体内留下的洞穴水流[1]。你认为他们为何会把那些因犯下政治罪行而被判劳改的囚犯派到那里？为了给这座该死的城市铺路，那只大蛤蟆监护人下令挖出那些石头。亚松森将会充满邪恶的思想……划船手们的吼叫声打断了它。双桅船在沙洲边缘倾斜了片刻。几根船篙在推船的过程中因为弯折而破裂。双桅船避开了礁石。趁着这阵喧闹，我把那张纸塞进一个瓶子，我将这个瓶子扔进了水葫芦丛里。

我所谓的父亲整晚都在讲述他为了种植黑烟而随同巴西车队来到巴拉圭后从事的各种工作。各种晋升，各种冒险，他大话连篇。他谈到他加入皇家民兵。他造过火药，修过火枪。他在上岸和下岸视察过巴拉圭大省的碉堡、要塞和防御工事。他修建了圣卡洛斯堡垒。他指挥修建过洛斯雷莫利诺斯要塞和波旁要塞。他还修建了新的堡垒和碉堡。他曾与费利克斯·德·阿萨拉、弗兰西斯科·德·阿吉雷合作划定了西班牙帝国与葡萄牙帝国的地界。他没完没了地讲述他为王室做出的贡献。他的语调单调乏味，那些话未加思索便从他嘴里说了出来。唐恩格拉西亚将这个古老的故事重复了一千零一次。眼下，他只想分散那些划船手的注意力，他们正轮流摇桨。于是，那些闲下来的划船手便伴着这个公羊嗓唱出的催眠曲入睡。

有时，在低沉的划桨声、河水对船舷的拍打声、捆包发出的噼啪声和某桶动物脂肪的爆炸声中，这位监护人的声音会变得模糊不清。于是，这些中断的声音也以它们自己的方式讲述其他故事——除了声音，这些故事的意义同样无人倾听。除了我，我在倾听这些故事，我听到了两种声音。

1　巨蛇座崇拜意指对长生不老、永葆青春的魔法的崇拜，洞穴水流则指因开采水银而留下的洞穴水流（水银是专研长生的炼金术中的关键物质，此外，水银会阻碍大脑的正常功能，使人糊涂或发疯）。

（监护人的声音）

1774 年，我晋升为上尉。我经历了二十年的艰苦奋斗，在此期间，我完全效忠于我们的国王。三年后，我为王室做出了我职业生涯中最重要的贡献。我被派去秘密调查“最忠诚的国王”[1]的部下在伊加蒂米河[2]周边的情况，这些人在那里修建了一个同名要塞。通过被那些异教徒——那些野蛮的姆巴亚印第安人——在强盗挑唆下占领的崎岖小路，我带着这个国家[3]的一个逃兵作为向导，深入敌境。Me infiltré a todo riesgo en el silencio da noite, y por dos ocasiones, en el mencionado bastión ocupado artera y traidoramente en aquellos días por los portugueses-brasileiros.[4] 我非常准确地查探了他们的防御工事和位置。Traje de todo noticia individual por planos, siendo este plano, según dixo después el propio Gobernador Pinedo, muy útil y favoravel cuando pasamos al ataque y reconquista de dicha plaza.[5]

这场围困之战在最严寒的冬日里持续了三天三夜。动物和我们这些人都冻得瑟瑟发抖，我们滑倒在厚厚的冰层上。冰层在我们的重压下断裂，我们陷入了防御工事的深水沟和壕沟里，与此同时，印第安人的箭和被围困者的排炮像雨点一样密集地向我们袭来。

---

1 “最忠诚的国王”（El Rey Fidelísimo o Su Majestad Fidelísima）是 1748 年教皇本笃十四世（天主教会的精神领袖）在当年的宗座宪令（constitución apostólica）中授予葡萄牙国王若昂五世（Juan V de Portugal）及其继承人的头衔，葡萄牙君主从 1748 年至 1910 年间一直使用该头衔。

2 伊加蒂米河（El Río Igatimí，也作 El Río Ygatimí），位于巴拉圭卡宁德尤省。

3 指当时的葡萄牙王国。

4 夹杂着葡萄牙语的西班牙语，意为：“在夜深人静之时，我冒着巨大危险，两次潜入当时被葡萄牙-巴西人以阴险奸诈的手段占领的这座要塞。”

5 夹杂着葡萄牙语的西班牙语，意为：“我用平面图带回了所有情报，正如省长皮内多本人所言，当我们开始进攻并收复这个要塞时，这些十分有用的情报便派上了用场。”

大炮零件陷入在黑暗中发亮的冰原。骑兵三次溃散。赤身裸体又没有食物的我们变成了真正的冰柱。

Nuestro jefesinho[1]，唐约瑟夫·安东尼奥·耶格罗斯军官——我的半个亲戚，现任长官唐富尔亨西奥·耶格罗斯的父亲——下令假装撤退。Intentarem un último ataque en la madrugada. Isso era querer engañar ao macaco com banana pintada. Encender vela sem pabilo.[2]

叙述者背靠主桅杆，坐在兽皮上，在眼下因伊加蒂米河里的尸体腐烂而加重的恶臭中，他沉默了片刻。放在膝头的航行灯映照出他半人半兽的山羊脸。完全沉浸在回忆里的他，只有肉身还在现场。他邪恶的灵魂徘徊在寒风与冰霜肆虐的地方，数以千计的箭在那里嗖嗖作响，大炮和步枪的轰鸣声在那里回响。那里回荡着用葡萄牙语和土著方言发出的野蛮喊叫，还有地狱般的喧嚣和巨响。

显然，监护人的声音不再关注划船手、领航员、水手长、穆拉托撑筏人和印第安划船手了。可以肯定的是，他甚至也不再注意我了。他从未在意我，他只是把我当成一个微不足道的奇怪生物。对我所谓的父亲来说，我一直就不存在，我只是他憎恶、辱骂和折磨的对象。这个葡萄牙人挥出的耳光能打碎一只狮子的颌骨。那天下午，当他发现我拿着那个骷髅头的时候，他给我脑袋那一击所掀起的大风至今仍在我的头皮下不停打转。夜里，又是一击，因为我迟迟没有按照他的命令将那个骷髅头扔进河里。然而，那天晚上，我也以闪电般的速度让他感受了我拳头的力量。我的“手爪子”击打在这位专横的监护人身上，我用手锁住了他的脖子。他按住我的手。直到愤怒和无力的泪

1　夹杂着葡萄牙语的西班牙语，意为“我们的长官”。

2　葡萄牙语，意为：“我们准备在凌晨发起最后进攻。这就好比用画出来的香蕉愚弄猴子。这就是在点燃一支没有灯芯的蜡烛。”

水从他濒死的双眼里喷涌而出，我才松开手。两片沙漠也会哭泣吗？我的目光正对着他的目光，于是，四片沙漠出现了。葡萄牙人最终屈服。他发出最后一声鼾息：¡Suelta, rapaisinho![1] 快点，放开，我要喘不过气了！把骷髅头扔到河里去，这事就算了！我慢慢地将手从他的喉结处移开。该隐[2]的手指仍然紧握，我不得不整夜将它们浸泡在臭气熏天的河水里。河水慢慢地让它们松弛下来，直到它们恢复到自然状态。

（监护人的声音）

……那天晚上，我没有死，在敌方栅栏的不远处，赤身裸体的我因寒冷而瑟瑟发抖。在已经结霜的僵硬灌木丛里，我使出超人的力气朝两具依然温热的尸体爬去。我像裹被子一样用这些尸体把自己裹住。我抓住插在其中一具尸体背上的箭，紧紧地抱着他。为了寻找他身上可能残存的热量，我把我的嘴贴在他的嘴上。原谅我！我含着带血的唾沫低声说道，这些唾沫也已经和他的胡须一样被冻住了。¡Ayúdame, miliciano morto! ¡No me dexes morir si vocé ya está morto![3] 那句尸体什么也没说，他好像在告诉我：您好好享用吧，cumpai[4]，因为我身上留下的一切对我来说已经没有多大用处了。Por el tono de la voz reconocí en la obscuridad al cumpai Brígido Barroso.[5] 这个男人是整个铁拉菲尔梅

1 夹杂着葡萄牙语的西班牙语，意为：“放开，小崽子！”

2 该隐是《圣经》中人类祖先亚当和夏娃最早所生的两个儿子之一。该隐为兄长，因为嫉恨弟弟亚伯而将其杀害，他也因此成为杀亲者的代表。

3 夹杂着葡萄牙语的西班牙语，意为：“帮帮我，死去的民兵！如果你已经死了，那就别再让我死了！”

4 葡萄牙语，意为“朋友”。

5 夹杂着葡萄牙语的西班牙语，意为：“凭着语调，我在黑暗中认出了我的同伴（接下页）

有史以来最吝啬的吝啬鬼。让我奇怪的是他竟突然变得如此慷慨。我用他的身体把自己好好地裹了起来。如果你已经到了地狱，告诉我，cumpai Brígido Barroso[1]，那地方到底有些什么，y si verdade que estáis en el País do Fogo, entrégame por tu boca aqnque sea una brasinha de ese fuego.[2] 然而，巴罗索的嘴巴逐渐变得冰冷，他甚至在死后，还在为那些不属于他的东西 fadigando[3]，讨价还价，斤斤计较。

我发出一声尖叫，尖叫声在黑夜里回荡。那只山羊站了起来，他正准备向我扑来。我端起马枪瞄准他。他停下脚步，用粗野的巴西旗士方言对我一通乱骂。双桅船抢风航行，最后，船在岸边的凝灰岩中搁浅。看在上帝的分上，大人，您到底怎么了！我听到您发出了一声可怕的尖叫！没事，帕蒂尼奥。也许，我刚刚梦见我正坐船在河上航行。我把手伸进河里，兴许是一条食人鱼把我给咬了。不要紧。你走吧。我一个人写作时，不要来打扰我。我没叫你，你就不要进来。可是……大人！您的手指正在滴血！我马上去叫医生！不用了，不会流太多血。不必为了这个旧伤去麻烦那个愚蠢的老头了。你走吧。

事实上，在笔记本的这一部分，文字看上去有些凌乱。这些文字覆盖着一层发红的霉灰，蛀书虫在这里大快朵颐，留下了许多大洞。

当我们醒来时，双桅船已经在一个带有高耸峭壁、近似漏斗的弯

（接上页注 5）布里希多・巴罗索。”

1　葡萄牙语，意为“我的朋友布里希多・巴罗索”。

2　夹杂着葡萄牙语的西班牙语，意为：“如果你们真的在那火焰之地，那就请你从嘴里吐出哪怕是一丝炭火吧。”

3　葡萄牙语，意为“辛苦劳碌”。

道处搁浅，所有人都经历了一场比死亡还要沉重的梦魇。船长和散布在货物上的船员们，比伊加蒂米河里的尸体睡得还死。太阳从河的对岸升起，并在它固定的位置安定下来。它被钉在正午的天空。恶臭加剧。你会发现，它就像一种恶臭，那个声音在我背后说道。就在那时，我看到了那只美洲豹，它潜伏在峭壁上的草丛里。我可以预见将要发生的事情。在临时充当遮阳棚的船帆的阴影下，船员们在黄昏的闷热中继续沉睡。我将自己的毅力调整得与这只野兽的毅力不相上下，它已经拱起身子，准备完成高达八米的飞跃。在这颗怒吼的豹斑流星纵身一跃的千分之一秒前，我跳入水中，掉落在水上植物形成的小岛上。我在那里平静地漂浮，我看到那只美洲豹用爪子将唐恩格拉西亚撕成了碎片，就在他试图起身用他的步枪对付这只野兽之时。这把武器画出一道抛物线，落入我的手中。我小心翼翼、郑重其事又不慌不忙地用它瞄准。莫名的快意让我迟迟没有看到双桅船变成祭坛的景象。我按下扳机，子弹的火光在一圈烟雾和硫黄中剪切出那只美洲豹的形象。一阵阵痛苦的咆哮回荡在河岸上，河水和岛屿为之震颤。美洲豹转过血淋淋的头颅，大口喘着粗气。它怒不可遏。它的眼睛死死地盯着我的眼睛，一种蕴藏着无尽岁月的目光想要向我传递某种信息。我再次缓缓瞄准了那只黄色的瞳孔，子弹熄灭了它灼热的微光。我闭上双眼，我感到自己正在出生。睡莲巨大的摇篮摇晃着，我感到自己正从满是淤泥的河水和恶臭难闻的淤泥里慢慢诞生。我迎着这个世界的恶臭缓缓出现。我在这个世界的恶臭中逐渐醒来。黑绸般的花骨朵漂浮在形如王冠的木筏上，它带着一把冒烟的步枪，迎着一道不同时代的曙光慢慢浮出水面。我正在出生吗？我正在出生。我的第一声啼哭响起，那个真正的地方永远迷失了。我还会找到它吗？你还会找到它，是的，就在你失去它的那个地方，河水用嘶哑的嗓音说道。我的身边漂浮着一个瓶子，我的另一边笼罩着一种浓密的黑暗。我掀开这片黑暗，我看到密林遍布的漏斗般的峡谷在天顶的亮光中燃烧。于是，我举起那个瓶子，将我的疑问一饮而尽。那是泽漆的浆汁。我吮吸了自己的奶，那是从我的额窦上挤出来的奶。我抓起步枪，慢慢站了起来。

我环顾四周。我看到那艘废弃的双桅船倾斜在岸边，船上的货物散发着臭味。美洲豹的头被刺穿，扎在上缘斜桁杆上。在这幅画面尽头，在峡谷黑暗的密林里，我看到两排闪烁的微光环绕在一个看上去应该是一口棺材的物体周围。水手长从斜坡上跑下来，他阴暗而透明的身影在我面前停下脚步，他犹豫着不知该如何开口：大人……您的父亲叫您去呢……不要胡说八道了，水手长！首先，我没有父亲。其次，如果您指的是那位被您称作我父亲的人，不是一直都有人在上面守着他吗？是的，大人。不过，唐恩格拉西亚刚刚去世了。好吧，那么，我方才出生了。如您所见，如今我们要做的生意不一样了。令尊依然坚持要您上去看他。我已经告诉您了，我与那位活着或是死去的男人没有任何亲属关系。此外，要是他不惜一切代价，执意要见我，那就让他从棺材盒子里爬出来，让他自己下来见我。我不会因为任何原因离开这里。大人，您知道只有跛脚的人才能轻易下坡，但老人家已经完全不行了，哪怕再怎么使劲，他也迈不开步子了。他想在入土前与您道别，他想与您和解，得到您的原谅。我的原谅无法保护他免受苍蝇和随后出现的蠕虫的骚扰。大人，这事关老人家的灵魂。那个放荡的老头没有灵魂，就算他有灵魂，那也是因为灵魂分配者的一次疏忽大意。要我说，让他下地狱去吧。

在第四十八封信中，吉列尔莫·帕里什·罗伯逊[1]对此事做了如下

1 即威廉·帕里什·罗伯逊。

描述：

“在成为公众人物的许多年前，至高无上者和他的父亲因为一件微不足道的事情发生了争吵。多年来，他们既不见面，也没有任何交流。最后，父亲在弥留之际变得身体衰弱，在对人生做出最后总结之前，他非常渴望与儿子和好。于是，父亲向儿子表达了这个心意，可是，儿子却拒绝去见父亲。老人的病情因为儿子的固执而加重。事实上，父亲担心他会在与儿子和解并彼此宽恕前便与世长辞。于是，他宣称如果他死于此种境遇，他的灵魂救赎将处于极大的危险之中。在咽下最后一口气的几个小时前，他再次让一些亲人去倔强的儿子身边，乞求儿子接受他的祝福和宽恕，并恳请儿子也给予他祝福和宽恕。后者站在其心怀怨恨的立场上毫不动摇地拒绝了父亲的请求。他们告诉他，他的父亲认为如果自己没能与长子和解，那么他的灵魂便上不了天堂。然而，儿子的回答却让人性为之战栗——那么，请你们去告诉那个老头，让他下地狱去吧。

“老人最终去世了，他死时还说着胡话，他用有史以来最令人心碎的哀泣声呼唤着他的儿子。”

托马斯·卡莱尔则以罗伯逊兄弟的作品和其他相关证据为基础，用更为平淡的笔触描绘了这一场景。面对老人想进行和解的哀求——老人不能在没有见到儿子并与其和解的情况下任凭自己死去，因为他担心如果这样，他就无法进入天堂——卡莱尔让至高无上者轻描淡写地说道：“告诉他，我公务繁忙无法前往，最重要的是，这样做毫无意义。”

另一份与这对父子关系决裂相关的证据绝对没有包庇或迎合至高无上者的嫌疑，这份证据出现在贝尔-阿斯科修士与布艾拉本图拉·迪亚斯·德·本图拉博士的通信里。本图拉博士先于至高无上者担任巴拉圭总检察长一职，后来，他定居于布宜诺斯艾利斯。在布宜诺斯艾利斯政界，他是一位颇有影响力的人物。马里亚诺修士则是那份讨伐至高无上者的激烈檄文的作者，在至高无上者被任命为永久独裁者后不久，他便以《巴拉圭人告同胞书》为题发布了这篇檄文。这两位肯定都把谎话说得跟真的一样（尽管——正如这位被陷害者经常说的那样——所有与其同时代的参考资料都值得怀疑）。

总的来说，这些一来一往的书信传达了如下内容：

“从科尔多瓦回来之后，他便将其作为低级教士及初级削发僧的及踝法衣扔掉了，他还了俗，并过上了一种比他在科尔多瓦的生活更为轻浮放荡的生活。为此，他和时任亚瓜龙印第安村落圣职人员俸禄管理者的父亲断绝了关系，再也不愿与其往来。

“在这个不肖子接管最高政府的几年前，身处弥留之际的老人希望与自己的长子言归于好。老人派了几个亲戚去见他，并恳求他在自己临终之际来到自己身边，以便给他最后的祝福。然而，他断然无情地拒绝了老人的请求。

“老人在绝望中呼唤儿子，希望得到他的原谅。老人在临终前精神错乱，也许他最终在幻觉中看到了儿子，他看到儿子穿着红色斗篷走进房间，来到自己床前。

“可怜的男人去世时大喊着‘*¡Vade retro Satanás!*’，他用尽最后一丝气息诅咒了他的儿子。

“不过，在这些惨痛事件发生时，那些频繁出现的、与其私生子出身有关的影射之词却一直折磨着我们未来的独裁者。他运用诡计为自己谋获了一份伪造的家谱证明。从那时起，在市政会、所有公职部门以及其他优差美缺上——它们是帮助他走向最高权力的阶梯，他总是用这些例行发言来进行自我介绍：我，首席地方法官，总检察长，出生在亚松森城，我是南美洲最古老的贵族征服者的后代。他认为这样自己便不会因身为一个外国无业游民及圣保罗马梅卢科人之子而受到更多侮辱。在他看来，这尤其能让自己避免被称为穆拉托人——对他来说，这是一个极具侮辱性和贬低性的说法。在黝黑的皮肤印记下，穆拉托人的滚烫烙印灼伤了他的灵魂。”

“尊敬的神父，毫无疑问，他与父亲的决裂始于他生活放荡堕落之时。目击者们都以某种迷信般的厌恶感来传述这一事实，这使得它变得模棱两可、含糊不清。不过，看上去事实应当是这样：在父亲严厉斥责了他人所不齿的行为及一些同样卑鄙下流的表现之后，这个被自己的道德恶习毒害的畜生以最懦弱的方式无情地给了父亲一巴掌——因为他是一个年富力强的人，而父亲已然年迈。

“有人坚持认为直到一些邻居出面调解才最终阻止他将父亲打死。倘若他真的打死了他的父亲，那么，我们的独裁者一出场便是一个杀死近亲之人了。”

“并非如此，我的朋友本图拉。不过，您可别被您的满腔义愤牵着鼻子走。那些传述这场父子冲突的目击者所持有的‘迷信般的厌恶感’并非基于模棱两可、含糊不清的事实。让真相被诉说吧，尤其是在我们两人之间，即便目前我们不应过多地提及此事，因为这有可能适得其反。我要把真相告诉您，但请您用您著名的审慎态度来保守这个秘密。

“时任亚瓜龙圣职人员俸禄管理者的唐恩格拉西亚与他性情暴躁的儿子关系决裂的原因是前者从一开始便带着他的儿子佩德罗——这位当时已经明显表现出精神病症状的儿子——一起纵情声色、放纵无度。

“如果我们根据亚瓜龙居民在当地地方长官——酋长胡安·佩德罗·莫塔提——直接向总督提交的请愿书中对他做出的可怕指控来加以判断，那么，这位变身管理者的皇家民兵炮兵上尉的放肆行为最终变得愈发频繁。”

（莫塔提酋长的请愿书）

当这位激起众人怒火的当事人贪得无厌、子嗣众多、身负债务又没有收入来助其脱身时，这些印第安人遭受如此严重的奴役也就不足为奇了。他野心勃勃地统治起这些印第安人：他用难以忍受的劳作压迫他们，他夺走他们仅有的田地，还在令人恸哭的境地中对他们冷眼旁观。

“总督大人，谁能想到，此人的暴行竟然会发展到这样的地步：他掠夺我们的妻女，还在她们身上犯下人类邪恶思想所能想到的最为可怕的罪行。

“为此，正如这些如此悲惨的不幸之人要求的那样，我们恳请大人屈尊派遣一位绝对正直之人前来，以便他能在事实范围内证实卑职上呈于大人明断的秘密情报之内容。鉴于其罪行及卑劣行为显示出此人非人的残忍，我们恳请大人根据法律规定，撤除他的职务，判定他的罪名并对其加以惩处，以儆效尤……”

“莫塔提酋长的指控也许有些夸张。因为这位管理者可能犯下的烧杀掳掠及滥用职权之暴行而导致百姓哀鸿遍野——也许，他描绘的画面的确有些言过其实。

“这是事实，还是诽谤？谁知道呢！

“大约在同一时期，年老的加斯帕尔·卡塞雷斯神父——这位后来被我的姻亲取代的前任神父——虽然已经濒临死亡，但还是强撑着力气对这位上尉兼管理者提出了激烈指控。

“他亲手写道……请您原谅，神父，一位将死之人亲手写字？……好吧，我的朋友布艾拉本图拉，很有可能在那之前他已经提出了指控，当时，整个事件变得很不明朗。卡塞雷斯神父宣称：此人这般暴行，以致当地酋长都带着他们的妻子和孩子大量移居邻近省份。除了老年人、残疾人以及那些土著人之外——这位管理者用鞭子和步枪强迫这些土著人在其土地上工作，这些人仿佛身处过去的亚纳科纳制与委托监护制[1]之

1　亚纳科纳制是西班牙殖民期间对印第安人施行的特殊徭役（或苦役 / 仆役）制度，这些服苦役的印第安人被称为亚纳科纳，他们相当于奴隶或半奴隶；委托监护制则是一种变相的奴隶制度，指西班牙王室把从印第安人手中夺取的土地委托给王室亲信或征服殖民地有功者监护、利用和管辖。虽然委托监护主并不拥有土地所有权，但是，他们却依据这种制度，将划分的土地及印第安人视为私人财产，印第安人必须定期为委托（接下页）

中——亚瓜龙镇上再无其他居民。此人在镇上激起的恐惧和他留下的憎恨便是他仅有的功绩，这位前任管理者在临终前通过亲笔书写抑或给身边人口述的方式做出了如此断言。

“毫无疑问，马里亚诺修士，在失去这份美差后，这位宿疾缠身的前任管理者对这位民兵上尉兼圣职人员俸禄管理者充满活力的进取精神感到深恶痛绝。将死之人的愤恨不满与险恶用心往往十分可怕。

“我亲爱的朋友，可以肯定的是，几年之后，当这位上尉再次在该省民兵队中服役时，与酋长带领大批当地人移民外省有关的调查仍未结案，其中有一位酋长名叫阿祖卡佩（阿祖卡-查多），他是这些酋长中最桀骜不驯、坚定固执的人。要是他没有及时逃脱，这位管理者很有可能已经下令将他绞死了。

“也许，我们应该在这些事件中寻找这对父子关系破裂的原因。在我看来，很显然，我的侄子放弃圣职且突然陷入放荡堕落的生活发生在父子关系破裂之后。也许，这是父子关系破裂带来的必然结果。

“一位据说非常了解情况的人推测，直到那时，他仍然像修士一样生活。不过，这些彰显修士尊严的禁欲习惯有什么用呢？也许，他曾经多次这样问过自己。既然他的父亲、他的兄弟佩德罗和胡安·伊格纳西奥在亚瓜龙与印第安女人和穆拉托女人纵欲狂欢，败坏整个家族的名声和传统，那他为什么要为了一个姓氏的尊严——这个正在遭受他人猛烈攻击的目标——做出如此巨大的牺牲呢？

“他彻底变了。当那些遭受压迫的土著人离开他们世代生活的土地时，这位从前的科尔多瓦低级教士一夜之间就陷入了肆无忌惮的放荡生活。

“他变成了维纳斯的狂热信徒。他四处寻找轻浮的恋爱、无忧无虑的冒险和放荡的女人。他夜夜狂欢。他唱着小夜曲和别人成群结队地游荡在郊区，他还参加在郊区举办的各种舞会。在这些舞会中，他光芒四射，

（接上页注1）监护主服劳役。

因为他吉他弹得很好，而且他还会唱歌。

“他尤其喜欢赌博。很多时候，他会通宵达旦地玩蒙特[1]和摸三张。自从担任律师以来，他从未轻易输掉任何一个官司，这些官司让他名声大噪。然而，就像在所有官司中轻易赚钱一样，在赌博时，他同样轻易地输掉了他的筹码。”（编者附注）

彻底把他埋了，埋得越深越好。然后，让他们都过来。我们要让双桅船离开这个泥坑，我们要立即返回亚松森。水手长走了，倒影中的倒影飞速爬上悬崖。在悬崖最高处，在正午的白色阴影里，蜡烛的微光混合着绚丽多彩、生动活泼的阳光不停闪烁。在透视和折射的效果下，树丛中的空中守灵会在高耸入云的六只巨大帆船的抢风行驶中营造出一幅令人愉悦的景象。

双桅船的船帆伴着刮起的北风缓缓地鼓胀绷紧，船在黄昏中顺流而下，继续航行。山羊嗓开始讲述他担任皇家民兵上尉时的故事。倚靠在主桅杆上的身影看上去比过去三十天里更为笔直，他的声音变得更加明朗。航行灯发出的红光隐约映照出一张更加健康的面庞。大部分船员坐在他的身旁，昏昏欲睡地晃动头部，他们听着那个富有韵律的声音滔滔不绝地讲述故事。只有少部分印第安划船工借助风力，用船篙推动双桅船在河道上航行。确切地说，过了七天，我们便远远地望见了圣菲港口。

1　一种纸牌游戏。

（永久通令）

无论如何，好在可以肯定的是，在这里，革命并未失败，这个国家已经在逐步改善。人民群众站起来了，他们拥有了自己的权利。昔日被物化的工具变成了今天的自由农民，他们拥有自己的土地和财产，他们拥有应对所有不幸的解决办法，而这些不幸已经变成财富。如今，他们只需要让国家——这个用公正平等的法律保护所有人的唯一雇主——来雇用他们。土地属于耕种它的人，每个人都能收获他需要的东西，不多也不少。

在建立亚松森时，胡安·德·萨拉萨尔带来了七头奶牛和一头公牛，时至今日，巴拉圭的六十四个国有牧场已拥有不少于一千万头牛，集体庄园的数量则达到了数百家。整个国家财物丰裕，我们的愿望从渴望财富增长变成了渴望财富减少。经验证明，一切财富过剩都将不可避免地演变为灾祸。一个国家的繁荣不在于人口众多，而在于人民与财富之间存在完美的比值。总有一天，巴拉圭人会踩在堆积成山的黄金上止步不前。许多年前，那位南里奥格兰德的帕尔多人科雷亚·达·卡马拉便已这样预言——此人曾多次前来，企图以巴西帝国的名义与我交换美梦。有时候，狡猾骗子的预言比预言家的预言还要准确，预言家只会在空想的漫长幻觉里看到幻觉制造的奇妙元素。把这句晦涩难懂的话删掉，再写上：我们巴拉圭人即将踏上那个葡萄牙-巴西人为我们预言的布满黄金的道路。

我一直说，我们的人民总有一天会得到他们应得的东西。若非如此，时间也会将他们应得的东西给予他们。让河流为对外贸易打开大门吧——为了让我们的财富遍布整个世界，这是我们唯一未竟之事。当共和国的旗帜得以自由出海时，外国人将被允许以平等的条件与我们进行贸易。

只有到了那个时候，商品运输问题才会得到解决，更重要的是，为了确保殖民地统治而人为划分的各个国家的疆界问题也会得到解决。殖民地背后是由寡头集团利益支撑的各个亚殖民地与亚帝国，它们也在爱国主义的伪装下得到了极大发展。只有当美洲国家联盟成为一个显而易见的事实，而不仅仅是演说与条约中的空话时，巴拉圭的贸易和外交关系才能按照对巴拉圭人民最有利的方式来发展——而不是像永久独裁之前那样，只为外国人的利益服务。

通过自己的努力，巴拉圭建立了其作为祖国、国家以及共和国的基础。人民接受的是国家的教育，教会、宗教也为国家所有。孩子们在国家教义中学到：上帝不是幽灵，圣徒们也并非头戴金色王冠的悲观迷信部族。他们意识到，如果上帝不只是一个简短的单词，那么他们便不能在门厅、街头、市场、村庄、小镇、城市和沙漠里听天由命地排队乞讨；因为上帝在他们脚下的土地里，在他们呼吸的空气里，在集体劳动获取的财富里。他们在大地的怀抱中成长，他们将大地视为真正的母亲。他们像对待同胞兄弟一样对待其他同胞。嗯，把大地之母的比喻删掉。那些浑蛋永远无法理解这个比喻。

为了所有人，我将巴拉圭的一切收归国有：树木、染料植物、药草、名贵木材、矿石，甚至连马黛茶树都已被我收归国有。我并没有提到动物和鸟类，它们永远不会离开它们的出生地。云朵从大地的湿气、河流的水汽和植物的呼吸里产生，它们以雨水和夜露的形式回归大地，它们会回到大地、河流与植物之中。云朵、鸟类、动物，甚至连没有生命的造物都在向我们宣示它们对出生地的忠诚。你觉得这样说怎么样，帕蒂尼奥？大人，您的话让我热泪盈眶，透过眼中的水珠——其实，那是我的泪水——我模模糊糊又十分清楚地看到了您所说的这一切。大人，也许是因为您说的话把外在的真理放入了一个人心中……（随之而来的是至高无上者不可再现的一段斥责，此页剩余内容已被烧毁）

（在一页零散的纸上）

……蜗牛、蠕虫、蛞蝓、卵石、花朵和田野上的蝴蝶——我尤其喜爱“根深蒂固”、固定不变的事物。这样的植物不可胜数，我无法一一说出它们的名字。我曾猎获猴子、美洲豹、狐狸、鹿和山猪，各种各样的害兽，凶猛的抑或极其温顺的动物。有一次，我捕获了一种叫蝎尾狮[1]的动物。这是一种巨大的红色狮子，它有一张长着三排牙齿的人脸，这种动物几乎总是隐身，因为其皮毛的闪光会将它与沙地的反光混为一体。凄婉的恐吓声从它的鼻孔中扬起，它竖起满是尖刺的尾巴，将那些比箭还快的尖刺射向四面八方。尖刺嵌进树里，枝叶血如雨下。在普林尼[2]的沙地上，我用一只麻醉标枪击中了这只蝎尾狮。

1　一种神话中的动物，据说这种动物长着人脸狮身，身体呈红色，还有一条龙的尾巴或蝎子的尾巴。在制服猎物的时候，这种动物能放射毒刺。

2　此处影射古罗马自然学家老普林尼，其作品《博物志》中提及了蝎尾狮。

后来，我把它放了，它一醒来便回到了它的秘密住所。当我醒来时，我发现身上溅满了血滴。这些物种不会迁徙，从蝎尾狮到带有红色螺纹的白蜗牛，我曾经看到它们飞得那么高，那么远，直到它们在我敏锐的视线尽头看上去几乎静止不动。它们消失了，它们降落在地平线的另一端。过了一会儿，它们从四面八方朝我扑来。乌鸦就曾对我做过这样的事，还有其他种类的飞禽和水生动物。不过所有动物，所有动物，即便是最变化不定的动物，最终都会回来。有生命的事物和没有生命的事物一样，它们对于固定不变、“根深蒂固”、不可改变的事物同样怀有极大的热爱。如果石头可以自己移动，它最多也只是出去走一走，然后，它便会回到自己的来处。石头靠自身重量停留在某个地方，植物靠它们的根在某处扎根，这便是“停留”这种行为的顽固性，这便是要在一个地方安定下来。我为我必须下令砍倒的每一棵大树感到悲痛，我要用它们换取火药、弹药和武器。斧头的每一击都落在我的枝干上，它们的呼号在我心中响起，还有它们被连根拔起直至死亡的悲鸣。木筏顺流而下，成千上万根圆木被捆绑在一起。出发吧！我对它们说，别装傻了！为了让祖国崛起，你们必须倒下。为了让祖国留存并逆流而上，你们必须顺流而下。

（永久通令）

国家唯独还未进入那些迁徙之人的血液。背井离乡，抛弃家人，抛弃故土和养育自己的环境，这算什么事？人类连害兽都不如！

那些离开家乡、抛弃故土、移居国外的人，我既不将他们称作我的同胞，也不将他们视为我的同胞。他们变成了寄生在其他国家的动物。在那里，他们丢弃了他们的母语，他们出租他们的母语，他们变成了没有国家的诽谤者。他们诽谤中伤自己的祖国，制造各种针对祖国的流言蜚语。他们与敌人勾结，摇身一变就成了间谍、向导、军需官和情报员。要是他们回来了，那他们一定与侵略者串通一气。这些人煽动侵略者，他们帮助侵略者征服、奴役他们的祖国。要是他们每个人至少都可以用来交换一颗子弹，那该有多好啊！

如果不是因为我的统治，他们肯定已经集体移民了。当时，他们正成群结队地离开巴拉圭，直到我突然下发禁令：留下来，你们这些四处游走的毒蛇，否则，我会把你们的皮扒下来，拿去喂蚂蚁！有些人逃走了，比如叛徒何塞·托马斯·伊萨西。后来，他寄来几桶不能使用的黄色火药作为报答，他用逃跑和偷窃行径危害政府、危害国家，末了，还用这种方式来进行雪上加霜的嘲讽。

然而，许多主张统一的亲布派党羽仍然埋伏在这里，这些白日里死寂的蚊虫夜里却嗡嗡作响。它们四处流窜，制造阴谋，它们暗中窥探，秘密侦查。它们排出干燥的汗水，咀嚼苦涩的味道，它们吸吮爪子上的汁液，在自己的口水池里孵化带有疟疾的虫卵。它们坏事做尽，丧尽人性。它们是带有传染病的虱卵，它们能感染人。一个人拿起一颗腐烂的圆白菜或是一个玉米核，就会发现底下藏着一条形似小人的蠕虫，一条人形瘘管。你在那儿做什么？它不回答，它不说话，它没有声音，它假装自己并不存在。由于没能逃脱，它们便假装自己早已死去，它们急于让自己看上去早已死去。它们双唇紧闭，一缕可笑的头发，如同一根天线，长在光秃秃的头顶中央。八只假足。十二只瞎眼。起初，这个人会想：该死！这不就是棉花蚜虫的幼虫吗？也许，这就是携带牛痈病毒的巴西大头飞虫？现在有毒的幼虫竟组成了巴西旗队！我一脚将它踩扁。它溶解成一缕黏液。我的鞋底被这种有毒的黏液粘住了。有一次，一只旗士飞虫爬到了我的鞋扣上面。我用拐杖头将它拨开了。它在我的金属鞋扣上留下了一种近似酸液腐蚀的痕迹。我让人用冲洗剂浸泡这个印迹，这种冲洗剂含有尼古丁、黑肥皂、苯酚，以及从凶猛的圭库鲁蚂蚁身上提取的蚁酸。完全是白费力气。那些锈迹还是在那儿。这些虫子在黏液上大量聚集，它们在这个满是毒液的池塘里繁殖，仿佛这就是它们生存所必需的环境。它们建立殖民地，它们说着一种巴西旗士方言或是糟糕的布宜诺斯艾利斯移民方言[1]。一旦黑暗降临，它们便会根据月相变成蜘蛛网。我已经持续监视它们很多个夜晚。它们总是在第一缕阳光出现时消失不见。这些涎线在房门、外墙和走廊上留下污秽的印迹。教堂匿名告示的"伪证"纸上有黏液的印迹……

不要把最后这几段誊写到政令底稿里。好的，大人，我并没有记录这几段。当大人您用政令的形式口述时，我会遵照永久独裁者的命令，把您说的话写入永久通令。当大人您自言自语时，我便遵照至高无上者的命令，把您说的话记录在笔记本里，如果我能做到的话——大人，我是说如果我能迅速抓住那些从您嘴里回转着蹦出、轻快地直往上飞的词句的话。你认为最高独裁者与至高无上者之间的对立是什么？他们有什么区别？他们的语调不一样，大人。您说话的语调——要是您允许的话，我这么说吧——会根据北西风[2]从您口中吹出的方向上升或下降。这是只有尊驾才会的一种说话方式。鸟儿能听到虫子在地下蠕动，尊驾一定也能听到我在这一大堆文件下面活动。您指挥我，您引导我，您教会我如何记录。您控制着我的手。我也可以将你撕成两半，你这"蠕虫"抄写员！您说得对，大人。毫无疑问。任何时候，只要大人您乐意，您完全可以这么做。那样的话，我们便有两个抄写员为您效劳了。尽管，大人，正如您自己所说，您常说抄写员不应承

1 指阿根廷的意大利移民所说的含有意大利黑话的西班牙语。

2 原文为"viento ergañón"，这是帕蒂尼奥的口误，原本应当是"viento regañón"，指伊比利亚半岛上的西北风。

担责任。不过，大人您也经常颠倒这个事实，您常说：谁会为成为一个可怜的抄写员而自豪呢？大人，我始终牢记这一点。不，帕蒂尼奥，你应当时刻反问自己，从给我擦鞋的仆人到为我记录口述内容的抄写员，下属是否并非所有错事的真正肇事者。我们继续吧。

我想保护并维持我国现有的福利及未来的发展。如果可能，我还要让我们的国家进步。为此，考虑到形势适宜，目前我正在采取措施，进行准备工作，我要将巴拉圭从沉重的奴役中解放出来，我要将商品贸易从束缚、抢掠和数目庞大的苛捐杂税中解放出来。沿岸地区的人民利用这些手段阻止巴拉圭货船航行，为了从中捞取油水，进一步抢劫勒索，他们将河流控制权擅自据为己有，他们的目标是让这个共和国成为卑屈的依赖者，让它陷入落后、衰退与毁灭之中。

我曾经阻止了连续不断的入侵，它们企图用鲜血和烈火来征服我国。在西边，有玻利瓦尔企图通过皮科马约河[1]入侵巴拉圭；在东边，有葡萄牙-巴西帝国企图通过那帮强盗般的巴西旗士留下的古老抢劫路线入侵巴拉圭；在南边，还有布宜诺斯艾利斯人频繁侵犯。在所有入侵者中，最卑鄙的便是无耻之徒普伊赫雷东，此人将我国视为整个美洲最富裕的国家，他不仅想来占领我们的领土，还想直截了当地抢走我们金库里的所有黄金。

普伊赫雷东之亲笔手稿——平定圣菲，占领恩特雷里奥斯、科连特斯与征服巴拉圭之计划：

从科连特斯的地理位置来看，它似乎应当成为驻扎在恩特雷里奥斯的远征队的目标。只要我们的军队能够按照

1 皮科马约河（El Pilcomayo），巴拉圭河右岸主要支流之一，流经玻利维亚、阿根廷和巴拉圭。部分流域为阿根廷福莫萨省与巴拉圭的边界。

我所提出的方式兼并该省军队，那么我们至少将有五千名拥有足够武器的士兵。接下来，便是我们最容易夺取的那片最壮丽的土地——叛变的巴拉圭大省，这是我们所有努力结出的最好果实。只要有如此数量的军队出现，整个巴拉圭大省必将不战而降。我们的人民不会反对踏足这个国家，相反，他们所有人一定会欣然前往，因为不论是从国库来比较——巴拉圭国库至少有一百万至一百五十万比索，还是与周围的国家进行比较——巴拉圭并未承受其他省份需要负担的赋税、捐税及其他捐赠，巴拉圭已然是整个美洲最为富裕的国家。

我们要吞并这个人口稠密的大省，结束其暴君可疑的爱国主义行径带给我们的焦虑。除了上述目标能够产生的所有好处之外，此次远征的主要好处还在于：通过消灭这个祸端或是这个培养不同政见的温床——巴拉圭历来如此，我们能让其他国家引以为戒。

只要巴拉圭没有建立应有的秩序，那些声称只有巴拉圭人才是明白人的无知者和别有用心者便不会停止叫嚣。

（《普伊赫雷东文献》第三册，第 281 页）

两年前，1815 年年初，另一个布宜诺斯艾利斯骗子，阿尔韦亚尔将军[1]——那些布宜诺斯艾利斯骗子的最高指挥官试图与我国恢复关系。用什么借口呢？用一个奸诈的背信弃义者兼高利贷者的借口！他

1　指卡洛斯·马里亚·德·阿尔韦亚尔。

写信给我，试图让我相信，如果布宜诺斯艾利斯陷落，巴拉圭必将无法幸免。他试图通过捏造又一次欧洲入侵来吓唬我。接着，他向我提出一项交易，不过，他并不想拿自由贸易和友好关系来交易，他想进行奴隶交易：他想以每一百名巴拉圭新兵换取二十五支步枪为条件，为他的军队增加人手。即便在美洲历史上最卑鄙无耻的统治者身上，我也不曾见过或读到过类似的卑劣行为。

还有其他人试图入侵巴拉圭。那些流亡国外的巴拉圭人恳请多雷戈将军入侵巴拉圭。这些卑鄙的移民。而在头脑简单的多雷戈之前与之后，还有许多其他高傲自大的孬种：阿蒂加斯、拉米雷斯、法昆多·基罗加。这些平原之虎[1]、山野狸猫，它们咆哮着，大叫着，嘶吼着，它们渴望前来将我们洗劫一空。最后，他们所有人都被埋葬了、流放了，其中一些人正好就埋葬在我们的土地上。

西蒙·玻利瓦尔也想侵略我们。这位解放了半个美洲大陆的解放者做好了准备，他要进攻巴拉圭并征服美洲大陆上唯一独立自主的自由国家。他以前来解救朋友邦普兰为借口，计划通过贝尔梅霍河入侵巴拉圭。要是他踏上了巴拉圭的土地，对他来说，那就真是太不幸了！到时，贝尔梅霍河红色的河水当真与它的名字相称了。[2]他先是狡猾地给我写了一封信，在华丽的奉承和口是心非的词句里隐藏着一封夸张的最后通牒，里面写满愤恨。*我甚至都懒得给他回信。

* 致巴拉圭的最高独裁者先生

尊敬的大人：

我曾于年少时有幸与邦普兰先生和洪堡男爵结下友谊，与所有征服

1 胡安·法昆多·基罗加的外号。

2 贝尔梅霍河（El Río Bermejo），发源于玻利维亚，流入阿根廷北部，最终汇入巴拉圭河。“bermejo”一词在西班牙语中有“红色或赤褐色”之义。

者相比，他们的学识已然为美洲创造了更多的福利。

如今，我十分悲痛，因为一些不为我所知的原因，我心爱的朋友——邦普兰先生被关押在巴拉圭。我怀疑某些虚假的情报可能污蔑了这位优秀的学者，阁下领导的政府一定也对这位绅士的情况感到意外。

迫使我再三恳请阁下释放邦普兰先生的原因有二。其一，他来到美洲由我而起，因为我曾邀请他造访哥伦比亚，而在他决定启程之时，战争的形势迫使他不得不前往布宜诺斯艾利斯；其二，我遵照人民的意愿领导哥伦比亚政府，而这位学者能够用他的知识启发我国人民，前提是阁下能好心地让他来到哥伦比亚。

毫无疑问，阁下可能并不知道我的名字，阁下也并不了解我为美洲解放事业做出的贡献。不过，为了让邦普兰先生获取自由，如果我能够冒昧地运用所有影响力，我必将斗胆向阁下提出这一请求。

我的军队解放了四百万美洲人民，现在，请阁下屈尊聆听他们的呐喊，为了向人性、智慧与正义致敬，为了向邦普兰先生致敬，我与他们一起恳请阁下常怀仁慈之心。邦普兰先生可以在离开阁下的领土前向您发誓，他一定会离开拉普拉塔大省，因此，他绝不可能对巴拉圭大省造成伤害；与此同时，我将怀着一个朋友的焦虑和一个学生的敬意等待他的到来，为了解救这位最优秀的学者和最著名的旅行者，我完全有可能向巴拉圭进军。

尊敬的大人，面对我热烈的恳求，希望您不会无动于衷，我也希望您能将我视为您最忠诚感恩的朋友之一，只要我亲爱的朋友——这位无辜的人——不会成为非正义的受害者。

您恭顺荣幸的仆人

西蒙·玻利瓦尔

利马，1823 年 10 月 23 日

事实上，最高独裁者并未回复玻利瓦尔的这封信件，某些历史小说家收藏的回信均为伪造之作。不管怎样，所有的杜撰都带有一种至高无上者绝对不常表露的谦恭有礼。（编者附注）

新玻利维亚政府总统安东尼奥·何塞·苏克雷[1]致哥伦比亚副总统弗朗西斯科·德·葆拉·桑坦德将军的信，两人均为玻利瓦尔的副手：

解放者似乎正计划从上秘鲁及下秘鲁部队派遣一支远征军前去攻占巴拉圭，如您所知，巴拉圭大省在其独裁者的统治下哀鸣，这位独裁者不仅对巴拉圭施以最残酷的压迫，还切断了巴拉圭与外界的一切交流，因为除非这位永久独裁者愿意，否则，根本无人能够涉足巴拉圭。（1825年10月11日）

桑坦德致苏克雷之信：

如果巴拉圭能摆脱这位独裁者为了将巴拉圭与世界隔绝而对其施加的残酷控制，文明的欧洲必定会为它感到高兴。（1825年9月）

教长富内斯致西蒙·玻利瓦尔之信：

加西亚部长已向我报告此事（巴拉圭独裁者突然中断由英国驻布宜诺斯艾利斯使者发起的谈判），我要利用这次机会向您证明试图用理性制服这头野兽是多么错误的打算，而您认为应该通过贝尔梅霍河让他感受您麾下军队的力量，这又是多么正确的判断……我一直认为我有责任将这一切告诉您，因为我打算为您提供足够的支持，让您能够大展拳脚，而

1　安东尼奥·何塞·苏克雷（Antonio José de Sucre，1795—1830）是19世纪拉丁美洲独立战争的领袖之一。他于1811年加入反对西班牙殖民统治的美洲独立战争并彰显出卓越的军事才能，曾先后解放基多和上秘鲁，为西属美洲独立战争做出了诸多贡献。1825年8月6日，苏克雷在解放上秘鲁之后，宣布该地区独立，成立玻利维亚共和国并当选为总统。1830年初苏克雷还曾出任大哥伦比亚共和国议会主席。同年6月，苏克雷在哥伦比亚惨遭暗杀。

且，依我之见，远征巴拉圭计划不应放弃。（1825年9月28日）

胡安·埃斯特万·理查德·格朗西尔的简讯：

上述报刊摘录曾提到来自苏克雷将军的威胁，前提是如果巴拉圭政府首脑不考虑玻利瓦尔为使邦普兰先生重获自由而采取的措施。认为永久独裁者会在恐吓抑或是间接威胁面前做出让步，那便是太不了解其性格与脾气了。尽管有邻国政府的各种阴谋及革命，这位执掌巴拉圭政府长达十二年之久的人物依然能够平息不满并维持其广袤领地的内外安定，他绝不会被明智之人视为平庸之辈。这些威胁很可能会给邦普兰先生带来一场可悲的灾难，法国驻里约热内卢总领事的直接干预也许可以帮助邦普兰先生避免这些灾难，倘若巴黎方面直接提出这样的请求，也许会更好。（1826年9月6日）

让他放马过来吧，我对那些人这么说道，这位“扼杀自由的解放者”的大话已经把他们吓坏了。假使他能来到巴拉圭，我一定会让他越过边境，只为把他变成我的勤务兵，让他负责照看我的马厩。面对我的沉默，他写信给他在布宜诺斯艾利斯的间谍——教长格里莫里奥·富内斯，他要求后者为他进入这个国家铺平道路，唐西蒙提议：要将巴拉圭从一个狂妄之徒的魔爪中解救出来，并将它作为拉普拉塔的一个省归还给拉普拉塔。这位阴森的教长的阴谋诡计并未取得成功。这个阴郁的好管闲事之人怎么可能取得成功呢！当布宜诺斯艾利斯不愿“制服这头野兽”——也就是我的时候，他表现得非常失望。涉足巴拉圭并非玻利瓦尔的唯一目的，此人并不满足于在瓜亚基尔惹恼圣马丁[1]，他还打算踏上拉普拉塔的领土。

1　指圣马丁与玻利瓦尔在瓜亚基尔的会谈。此次密谈结束之后，圣马丁便悄然离开瓜亚基尔回到利马，宣布引退。

1825年10月8日，在与狡猾的布宜诺斯艾利斯人阿尔韦亚尔和迪亚斯·贝莱斯于波托西举行的会议上，唐西蒙再次提出他的“解救计划”。他对他们说，我要给诸位提出一个中立计划。中立计划，见鬼去吧！他说，先生们，我已经派人侦察了皮科马约河包括其河口在内的所有地区，目的是为我远征巴拉圭大省之计划找到最佳路线，以打倒这位独裁者。三天之内，我就能让他成为我的囊中之物。诸位意下如何？不行不行，这群银色的拉普拉塔老狐狸连连说道。十年来，我们一直有此打算，然而，这只凶猛的母鸡百般抵抗。它把它的金蛋产在密不透风的鸡舍里，它的鸡舍已经变成坚不可摧的碉堡，我们根本没办法吃掉这只母鸡或鸡蛋。你们这些蠢蛋当然吃不到了，因为每天早上我都把这些孵化了一半的鸡蛋连同早餐一起吃掉。

于是，玻利瓦尔、苏克雷和桑坦德通通写信给我。我耸耸肩。我并没有阅读这些烦人的流氓信件，我也并未回信。我一点也不惧怕来自这个世界任何纬度的自负强者。

玻利瓦尔与圣马丁真是有天壤之别！在征服巴拉圭这件事上，后者是唯一拒绝这项荒唐事业的人。圣马丁的奋斗目标不是征服自由的民族，而是解放美洲人民。我的祖国是整个美洲。圣马丁和蒙特亚古多[1]一同说道。他们的奋斗始于1812年10月的那场革命，那是拉普拉塔河地区唯一一场名副其实的革命。正是他们两人开启了这场革命，除了前者刚好出生在瓜拉尼人的土地上之外，他们的革命方法和革命思想也足以使他们拥有巴拉圭人的称号，尽管这场革命在他们看来就好比破浪开疆，梯山航海，不过，这根本不重要。圣马丁在瓜亚基尔

1　指贝尔纳多·德·蒙特亚古多（Bernardo de Monteagudo，1789—1825），阿根廷律师、政治家、军事家、革命家。他曾参与拉普拉塔地区、智利和秘鲁的独立进程。秘鲁独立后，担任圣马丁政府的内务部部长与外交部部长。在圣马丁引退之后，他又与玻利瓦尔合作，继续推进拉丁美洲独立斗争的进程，直至遇刺身亡。

被玻利瓦尔打败。贝尔纳多·德·蒙特亚古多——圣马丁的内务部部长，被反动起义推翻，后来，他在利马遭人暗杀。西蒙·玻利瓦尔的垮台则比蒙特亚古多还早了几年，玻利瓦尔曾在筹划组建美洲国家联盟这一至高无上的计划中得到蒙特亚古多的支持，而我也曾向布宜诺斯艾利斯洪达提出这一计划。

美洲联邦国原本只可能在巴拉圭——这个美洲大陆上遭受最多攻击和恐吓的国家产生，总有一天，对美洲联邦国的痴迷会像一座巨大的火山一样爆发，它将纠正这一地区为奸诈的“国家吞并者”所腐蚀的各个“政府”。让时间慢慢来证明吧，眼下，我们只需要消灭新的入侵威胁。

当然，这些事实，或者，更确切地说，这些卑劣的行径，你们当中的某些人只是道听途说，另一些人也许已经将其遗忘，而更多的人还并不理解它们真正的含义。原因很简单，因为诸位都不曾需要在其发生之时去面对它们、解决它们——而这正是我一直以来必须做的事情。最高首领为所有人谋取了丰厚的利益，可他的下属们忘记了他被迫经历的那些艰辛。很少有人会在幸福年代记起不幸时遭遇的那些苦难。然而，要活下去，就必须得有起码的记忆，哪怕这并不仅仅是为了生存：在懒散怠惰中叫苦连天似乎已经成为你们的常态，我们遭受了苦难才获得现在的幸福。任何东西——哪怕是最差的商品——都被赋予了价值和成本。我尊敬的长官及公职人员，借用我们最可恶的某位敌人的话，为了让我们的国家成为整个美洲最富有的国家，不要低估我们为此付出的代价。

（在私人笔记本上）

巴拉圭是一个真实的乌托邦，而大人您就是当代梭伦，在最初的困难时期，罗伯逊兄弟时常这样奉承我。我没有读过这两位野心勃勃的年轻人写的书，他们现在一定老了，而且，他们肯定比先前更加放荡了。从书名来看，我并不指望他们描画的“恐怖之国”（我不知道此书到底是有两册还是只有一册）能够改善十年前伦格和隆尚恶意刻画的巴拉圭图景。毫无疑问，这是一炉全新的谎言和诽谤，它们经过锻造，专门取悦那些渴望了解这些野蛮王国的欧洲人。这便是这些精致高雅、惹人厌烦的灵魂做出的野蛮行为。他们用劣等人种的不幸来折磨自己并以此为乐，不断寻找新的性致[1]。他人的痛苦是旅行者为闭门不出之人研磨的一剂绝佳春药。哈哈哈！瞎子、聋子、哑巴，他们没有意识到他们只能记录他们怨恨的声音和缺失的记忆。我们还能对这些偏离正道、毫无能力又贪得无厌的旅行者抱有什么期待呢？他们从哪里获得这些记忆素材呢？如果我的手稿放在上了七道锁的箱子里还不安全的话，那么这些只顾着赚取多乌隆的移民贩子的手稿早已在不知哪个厕所里被弄丢七次了。

由于原稿丢失，《巴拉圭书信集》和《恐怖之国》在经历长久延期后才得以出版，至高无上者似乎早已预见此事：“去年一月的某天夜里，”罗伯逊兄弟说道，“当自然界所有没有生命的事物都结了冰，当道路被冰雪覆盖，人行道也滑得出奇的时候，《巴拉圭书信集》的作者之一正乘坐公共汽车从伦敦去肯辛顿旅行。他的腋下夹着这部作品的手稿。他刚从车上下来，一个身披斗篷、头戴三角帽、近乎幽灵似的黑影便突然出现，挡住了他的去路。这个黑影的眼睛直勾勾地盯着这位旅行者，旅行者摔了一跤，跌倒在冰面上。在煤气灯微弱的光亮中，这位突然出现的奇怪人物显得更加神秘莫测。此人很快便消失不见。由于受到突然惊吓，这位

1　文字游戏，关于性的兴致，有讽刺之意。

旅行者好一阵子都茫然不知所措。等到回过神来，他立马起身，忍着疼痛一瘸一拐地离开了那个地方。刚走了不到几分钟，他突然发现，除了走路时的疼痛之外，他的两只胳膊也失去了知觉。就在这时，他迷离的意识才突然发现自己弄丢了手稿。他回到刚刚摔跤的那个倒霉地方，忧心忡忡地翻动积雪，四处寻找，隐隐地害怕再次撞见那个幽灵般的人物。这个幽灵般的人物再也没有出现，他的手稿也是如此。第二天，手稿遗失一事就在各种告示及报刊上进行了通告。我们提供酬金，可我们再也没有见到那些遗失的手稿。几天后，我们收到了一张匿名便条，上面写着：回到巴拉圭去，阁下将在那里找到手稿。我们以为这只是某些朋友的恶作剧。我们自然没有回到巴拉圭，相比之下，重写这部作品更加容易。后来，这部作品获得了令人欣慰的成功。三个月后，这本书便售罄了，这甚至比讨厌的跛脚和胳膊上的不适完全消失还要快。不过，仍然有一些批评和指责，比如，托马斯·卡莱尔便对我们进行了严厉的批判。在他看来，至高无上者是南美洲最杰出的人物。他散发出一道十分阴森却十分明亮的光芒，这位英雄崇拜者断言，这种光芒在他的精神里闪耀，他用这道光芒尽可能地照亮了巴拉圭。总之，诸如卡莱尔这样的大人物发表的负面言论，非但没有贬低我们的作品，反倒为它增添了名气，因为像他这样的大人物都注意到了我们的作品，这一点极大地促进了这部作品的传播和推广。”

另一方面，一些当代作家认为《巴拉圭书信集》从某种程度上来说是伪造的，也就是说，罗伯逊兄弟把他们从当时在拉普拉塔河流传的有关至高无上者的诽谤文章中收集到的材料——至少有一部分——归到了他们名下。如果我们考虑到他们这一“收集事物的爱好”——在罗伯逊兄弟游历南美期间，这种爱好为他们带来了财富并最终导致他们破产，那么，这种说法也许并不缺乏真实性。两位从前的商人蜕变为书信作家或小说家，其“统一的风格”、刻画宏大场面的能力，以及他们具有的其他文学造诣的确在《巴拉圭书信集》及《恐怖之国》这两部作品中有所体现，不过，这并不能排除其中存在欺骗的可能。作者坦承或编造的“疯狂”手稿遗失事件便揭示了这种可能。他们在伦敦的一条小巷里与这位黑暗幽灵亦真亦幻的相遇片段——这极为符合当时已经开始流行的神秘文学的口味——无疑带有十足的欺骗性，它进一步证实了这种可能。两位作者似乎想暗示至高无上者从阴间出现就是为了从他们手里窃取手稿，因为根据他们的说法，这份手稿也许就是他们的墓碑。显然，两位作者当时一定以为从前的东道主已经去世，而他们则可以将这起盗窃事件推诿到死去的至高无上者身上，以此进行双重报复，因为这个幼稚的神秘故事并不会受到法律的制裁。只是，当时，在亚松森，至高无上者依然在世，他依然期盼着能够读到这两本在1838年与1839年——其去世前不久——才最终出版的作品。（编者附注）

他们急于将他们的回忆和他们不再拥有的灵魂出卖给一位想象中的恶魔读者——这种恶魔是我所知道的最为邪恶的物种。为了给恶魔助兴，他们编造谎言、谣言并虚构事实。他们若无其事地讲述他们的邪恶。

由于他们是英国公民，所以，我曾打算将他们任命为我在大英帝国或者说英格兰的代表，这并非只是为了取悦这些崇拜金钱与权力的溜须拍马之人，我这样做更多的是想利用他们，为这个曾经被他们用来赚取丰厚利益的国家服务。有一段时间，他们一直缠着我，要我任命他们担任这一职务。对他们来说，这是一种无与伦比的殊荣，而且，成为享有外交豁免权的走私贩和商人也是一种增加财富的新方法。当然，那时我并没有意识到这些贪心商人的目的并不是为推动我国的经济繁荣提供忠实的合作，他们的目的是进一步促进他们国家的经济繁荣。螳螂捕蝉，黄雀在后，他们并不知道我已经看穿了一切。

于是，我派人召来了两兄弟中年长的胡安·帕里什·罗伯逊，并按照我一贯的坦率作风向他提出此事。

胡安·帕里什·罗伯逊在他的《南美书信集》中对此次会面做了如下描述：

那天夜里，政府大楼里的一位守卫军官带来了一条不可回绝的命令——至高无上者命您立马前去觐见。

我和这位副官——一位浑身散发着厨房陈年油脂和油烟味的黑人少尉一起走出门。大家都知道这些脸色阴沉的守卫军官的来访意味着什么。他像个隐形人一样走在我前面，除了他身上那件白色的长矛手外套，我什么都看不见，除了他的佩剑发出的摩擦声，我没有听到任何其他声音。所以，我感觉自己正陪同一个身着制服、悄无声息的腐臭幽灵去参加会见——对我们来说，这次会见完全不是什么好兆头。

然而，当我到达政府大楼时，我受到了至高无上者比以往更为殷勤亲切的接待。他的脸上洋溢着一种近乎快活的表情，金褐色的斗篷顺着优美的褶皱从他的肩上垂下来，他仿佛带着一种不同寻常的愉悦在吸食雪茄。平常，他只在他简陋窄小的接待室里点燃一支蜡烛，那天夜里，情况却刚好相反，两支质量上乘的大蜡烛被放在那张最多只能容纳三个人的单脚小圆桌上：那便是那片土地的绝对领主使用的饭桌。他热情地向我伸出手：请坐，唐胡安。他把椅子拉到我旁边，表现出希望我能认真听他说话的意愿。

您清楚我对巴拉圭的政策。您知道，他们一直试图将巴拉圭与其他大省捆绑在一起，在那些地方，无政府主义与腐败堕落的邪恶病菌正四处盛行。巴拉圭比其他任何国家都繁荣富足，在这里，一切井然有序、太平安宁。不过，只要一跨过边境线，正如您本人早已证实的那样，大炮的轰鸣与不和之声便盈盈入耳。那里衰败破落、满目疮痍；而这里，一切繁荣昌盛、和谐有序。这一切原因何在？原因就是，在南美洲，除了正在说话的这个人，没有人了解人民的本质，没有人能够根据人民的需要和意愿来统治人民。这是不是事实？他问我。我点点头。我不能对他说不，因为至高无上者不允许自己遭到反驳。

在西半球所有受西班牙人统治的人当中，布宜诺斯艾利斯人是最变化无常、最浅薄虚荣、最巧舌如簧与最放荡堕落之人。他们呼吁建立独立的政体，但是，他们的最终目的是侵略他人并趁机扩大自身利益。因此，我决定与他们划清界限。我希望直接与英国政府建立关系。大不列颠的轮船将成功横跨大西洋，它们将进入巴拉圭并联合我们的舰队向一切贸易中断发出挑战。从拉普拉塔河河口至亚松森以北五百里的哈纳依湖[1]，这样的贸易中断一直存在。您的政府将向巴拉圭派遣大使，我也会派遣大使前往圣詹姆斯宫。您的同胞可以售卖商品和军火，作为交换，他们将会得到这个国家的优质产品。

讲到这里，他十分激动地从椅子上站起来，他冲着哨兵喊叫，命令后者把卫兵中士叫来。卫兵一出现，他便迫不及待地命其将“那个东西”呈上来。卫兵中士退下了，三分钟不到，他便带着四个榴弹兵回来了，他们拿着一捆重达两百磅的烟草、一大包同样重量的马黛茶、一瓶巴拉圭甘蔗酒、一大块白糖和许多包用五颜六色的丝带包扎装饰的雪茄。最后，来了一位黑人老妇人，她带来了一些棉织品样品，例如台布、毛巾和各类棉质布料。我想，在我动身前往布宜诺斯艾利斯的前夜，这也许是至高无上者想要送给我的礼物。所以，你们完全可以想象我在听到他对我说下面这番话时有多震惊。

唐胡安，这仅仅是这片土地、巴拉圭工业以及聪明的巴拉圭人民制造出来的丰富产品中的一小部分。为了向你们提供巴拉圭生产的各种商

1　哈纳依湖（La Laguna de Xarayes，也被称为 Laguna de Jarayes），此处指南美冲积平原，即今天的潘塔纳尔湿地，覆盖巴西最西部（马托格罗索州与南马托格罗索州之间）与玻利维亚和巴拉圭的部分地区。

品的最佳样品，我可是颇费心思。您要知道，在这个世界天堂，我可以这么称呼它吧，这些产品真是应有尽有。现在，我们无须讨论这块大陆是否适合自由主义体制和资产阶级体制（依我所见，它并不适合），不可否认的是在一个诸如大不列颠这样古老文明的国度，这些体制实际上已经逐渐废除了一般意义上的古老的封建政府组织形式，不过，这却造就了一个国家——这个当今世界最强国的稳定与伟大。那么，我希望您继续前往您的国家，我希望您一到伦敦，便前往下议院。拿去吧，带上这些样品。请您在议会发言并宣布您成为南美洲第一个共和国——巴拉圭的代表，把这个富足、自由、繁盛之国生产的产品赠予下议院。请告诉他们，我已经同意邀请英国与我国建立政治关系和商业关系，我已经准备好并且非常愿意在我国首都以文明国家双边关系应当具备的尊重姿态接待圣詹姆斯宫的大使。只要英国大使来到巴拉圭并正式承认巴拉圭独立，我就会任命一位巴拉圭驻英国大使。

至高无上者对我发表的鼓动演说，其言辞——几乎一字不差——即为如此。对于他要任命我为下议院而不是圣詹姆斯宫的全权大使一事，我感到十分震惊。他曾特别叮嘱我不要去会见行政长官。“因为，”至高无上者解释道，“我非常清楚，只有在下议院对诸如此事等重要问题进行辩论并给予通过之后，那些伟大的英国人才会有强烈的意愿来处理此事。”

我从未感到如此不知所措，我不知道该如何回答。拒绝这个荒诞可笑的任务就是立马给我和我那位可怜兄弟的倒霉脑袋带来灭顶之灾——如果它们没有先掉在刽子手的屠刀之下的话。我只好接受。当我想到我带着六名挑夫压制住议会引座员，冲进下议院旁听席，尽管遭到反对和抵抗，我还是将装满巴拉圭产品的皮袋子交给他们，同时还不忘，verbatim[1]，高喊至高无上者的那番演说时，那种令人窒息的荒谬感便压迫着我。即便如此，我还是接受了这个任务。不过，亚松森与圣詹姆斯相

1　拉丁语，意为“逐字逐句地”。

距遥远。因此，我接受了这项命令——它可不是提议，我相信偶然发生的意外事件会为我带来一丝替自己辩白的渺茫可能，也许，它能免去我因没能带着无上荣耀和皮袋子通过他们为我指定的位于大海另一边的那扇大门而遭受的罪责。

您看，唐胡安，我对他说，我们就打开天窗说亮话吧。我准备授予您您长久以来追求的荣誉。我要让您成为巴拉圭驻大英帝国的贸易代表。我希望增进巴拉圭与英国之间的直接联系，我认为这对双方都有好处。英国，是当今世界最强国，而我国，则是新世界最繁荣有序的共和国。您对这份美差意下如何？他极力赞美，拼命感激。然而，就在那一刻——就像我遇到满嘴空话的骗子时总会发生的那样——我已经知道这个卑躬屈膝的英国人根本不会履行他匆忙许下的诺言，甚至，从他的阿谀奉承中，我已经知道了他会骗我。尽管如此，这张牌我却不能不出。罗伯逊的任务是在英国国旗的掩护下，通过对拉普拉塔大省——这个大省以所谓的"保护国"作为掩护，早已臣服于英国王室——那些横行霸道的流氓和不断更替的政府施加压力，探索一种打破航运封锁的可能性。在我看来，假借英国人之手将这个烫手山芋从火堆里扒出来不失为一个好办法。这些谎话连篇的骗子只配得到这样的待遇。

唐胡安，我戳着他的胸脯对他说道，我希望您能为巴拉圭恢复被布宜诺斯艾利斯剥夺的通商自由和航海自由，布宜诺斯艾利斯没有任何权利这样做。尊敬的大人，我完全有条件帮您做这件事，这个生意人向我保证。我是英国驻布宜诺斯艾利斯摄政官兼舰队指挥官的密友。只要我和他商量，巴拉圭的船只就能在珀西舰长的战舰保护下轻松进出。那我们便达成一致，唐胡安，不过，我希望您的职能不要只局限在商业领域。如果大不列颠没有事先承认巴拉圭的主权与独立，那么这件事便无法成为可能。这个生意人回答说，对我来说，能为巴拉圭获取这一合法认可实为一大荣幸，我相信，对我的国家来说，能与一个像巴拉圭这样理所应当被所有人称为“人间天堂”的自由独立的主权国家建立联系，也必将令其倍感自豪。大话说多，话布口袋撑破，唐胡安。您可别被烟雾迷住了双眼：巴拉圭并非您口中所说的乌托邦，它是一个真实的存在。巴拉圭的各种产品不计其数，它们可以满足旧世界的所有需求。据我所知，目前的情况是：拿破仑的垮台和费尔南多七世的复辟让布宜诺斯艾利斯人陷入了彻底的混乱。阿尔韦亚尔现在成了最高指挥官。阿蒂加斯在瓜亚博斯大败布宜诺斯艾利斯联合省军队，在被逐出东岸地区后，这支军队早已失去方向，只能随波逐流。眼下，正是您前去实验我所提议之事的合适时机。我会安排一支满载货物的轻型舰队，并将其交由您指挥，您就带着这支舰队直达白宫，我是说直达下议院，为他们带去这些产品、您的委任状，以及我的要求，让他们承认巴拉圭共和国的独立与主权。您意下如何？好主意，大人！

几天后，罗伯逊乘坐他的“拉因格莱希塔”号货船出发前往布宜诺斯艾利斯。美好的前景指日可待，众人皆大欢喜。这就是何塞·托马斯·伊萨西提议的首次试探行动，我也让他带着两艘装满货物的双桅船一起出发了。

> 这份笔记又一次混淆了日期。何塞·托马斯·伊萨西并未和胡安·罗伯逊一同出发，他在十年后才随同一支由伦格、隆尚和其他外国人组成的队伍离开——1825 年，至高无上者批准这些外国人离开了巴拉圭。
>
> 这起前所未有的事件源于英国驻布宜诺斯艾利斯领事——伍德宾·帕里什所写的一份请求信。帕里什在这封信中请求巴拉圭统治者允许英国商人带着他们的财物离开巴拉圭。伦格和隆尚在他们的书中宣称，

正如英国驻拉普拉塔商业代办在这封请求信中暗示的那样，大不列颠对巴拉圭主权的默认发挥了作用。除了英国商人，还有其他一些由永久独裁者挑选出来的欧洲公民（不论其是否为商人）也获得他的准许，离开了巴拉圭。至高无上者为他们开具了通行证并允许他们组建船队，唯一的条件是他们的船员必须由外国人或黑人组成。此外，除了他们用自己的钱赚取的财物和商品，他禁止他们带走其他财物和商品。这个规定得到了严格的执行。当然，何塞·托马斯·伊萨西不仅获免遵守这一要求，还享受了最优厚的特权。后来，他的干亲也许会说，“他能欺骗我是因为两种对他有利的形势汇集在一起。我允许他离开是为了不让任何人认为我是被迫屈服，或者，我是在英国人的压力下做出让步，所以只释放英国人的同胞。另一方面，我那背信弃义的干亲——该死的干亲关系！——还把他女儿的咳嗽当作其实施背叛劫掠行为的特许证”。伊萨西再未回到巴拉圭。后来，他给巴拉圭寄回几桶根本无法使用的火药——在他侵吞大量财产之后，这是他唯一微不足道的赔偿，他用这样的嘲弄为自己背信弃义的行为画上了句号。他那位气愤的老朋友曾要不惜一切代价抓住他，此人下令没收了他的所有财产。就在他逃走的那一年，1826 年 4 月 25 日，一位名叫格雷戈里奥·塞拉亚的年轻雇员——此人在伊萨西的亚松森商号任职——经过极为简短的审判便被执行枪决。每年的 4 月 25 日都会有新的人质遭到处决，这是一种仪式，按照此类祭祀具有的古老的象征意义，它在最无辜的受害者身上惩罚 el culpable in-absentia[1]。独裁者的权力和他年复一年的努力都白费了。阿蒂加斯——这位在巴拉圭享受庇护的领导人——的敌人提出，他们可以交出伊萨西以换取这位东岸地区的前任统治者。这是唯一遭到至高无上者严词拒绝的办法。至高无上者未经审讯便下令枪杀了带来交换提议的人。不过，他并未因此放弃对这位逃犯锲而不舍的追捕，伊萨西消失得无影无踪，仿佛已被大地

1 意为“这位缺席的有罪之人”。

吞没。

至于帕里什默示的官方承认主权、自由通商及自由航运的承诺，等到这些旅行者一通过拉斯希特科连特斯[1]的南部大门，跨过“长城”，帕里什先生便无限期地推迟了兑现该承诺的时间。作为提醒，独裁者装出礼貌的样子打出了最后一张牌，他又装载了一艘船，其唯一目的其实是为英国领事送去一封照会，然而，这封照会却不太礼貌。在对那些被释之人旅途的幸福结局表达毫无用处的关心之后，这封照会终于开始为他受到的伤害发声了：“大不列颠女王陛下的臣民不过是经历了所有身处这种残酷封锁中的巴拉圭居民注定经受的命运。所以，他们没有任何理由抱怨，因为没人叫他们来巴拉圭。”英国商业代办对这份有所暗示的要求置之不理，后来，此人又写信给独裁者，这一次他要求独裁者释放邦普兰。至高无上者的怒火最终沉默地爆发了，他把这封信装在同一个文件袋里寄了回去，他命人在文件袋上用抄写员的笔迹写下了一个粗鲁的标题：致英国驻布宜诺斯艾利斯领事——帕里什。与此同时，他向全国各地的公职人员发出了简短的通令：“绝不可轻信欧洲人。无论他们来自哪个国家，无论他们声称自己抱有什么目的，都不可信任这些人。对那些探头张望的人迎面关上大门，要是他们依旧不依不饶地跑来打扰，不要对他们说‘请进’——这是我们根深蒂固的好客习俗，要用棍子打在他们的狗嘴上，再用极其响亮的声音对他们大吼‘滚吧，卑鄙小人！’”

关于那些已被释放的、远在巴拉圭之外的外国人仍旧对永久独裁者怀有的敬重与关心——居住在“巴拉圭阿卡迪亚城”[2]的公民和外国人与他们一样怀有如此强烈的敬重与关心，伦格与隆尚提供了一份无可置疑的证词，这份证词后来被法国驻布宜诺斯艾利斯领事艾米·罗杰先生引

1　拉斯希特科连特斯（Las Siete Corrientes），科连特斯旧称，意为“七股激流”。由于科连特斯地处阿根廷与巴拉圭交界处且位于亚松森与布宜诺斯艾利斯之间，因此，该地一直具有重要的战略地位。

2　阿卡迪亚（Arcadia），希腊地名，现已被广泛用来指代“世外桃源”。

用："在巴拉圭遭受长期监禁后，赫沃克斯上尉终于获准搭乘伊萨西先生的一艘双桅船离开巴拉圭。1832 年，他在布宜诺斯艾利斯去世。在他获得自由直至死去的七年间，他从未提起至高无上者这个称呼——这是永久独裁者唯一接受的称号，甚至，只要听到别人提起这个称呼，他都会站起身，伴随鞋跟发出的有力一响稍息立正，并将手举至帽檐处。一个巴拉圭人偷乘另一艘双桅船逃走了。我问他，你为何要离开巴拉圭？我当兵二十五年了。这是你逃走的唯一原因吗？这就是唯一的原因，先生，二十五年了。您在那儿不开心吗？不，先生，一点也不。那里有良田，有善良的人民，最重要的是，那里有一个好政府，但是，二十五年了啊！"（编者附注）

为了购买质量最好的火药和武器，我从国库里拿出五万比索金币交与伊萨西。英国人罗伯逊背叛了我，巴拉圭人伊萨西加倍地背叛了我。在他请求我允许他带着妻子和女儿前去时，我就应当对他有所怀疑。他利用我对那个女孩的宠爱，狡猾地掩饰了他的企图。你为何要让你的家人在这趟艰难的旅程中受苦呢？这都是为了我的女儿，大人。她患有百日咳，伦格医生向我保证，气候变化能让她恢复健康。您听听这个可怜的孩子是怎么咳嗽的！日日夜夜，简直一刻不停！好吧，何塞·托马斯，如果这事关我教女的健康，那你就带上她吧。返程时要小心，届时，英国舰队将无法护送你们，而且英国领事是否会履行其默示的承诺——就英国与巴拉圭之间的贸易条约进行谈判，依旧有待观察。这个胡安·帕里什让人怀疑。英国人奸诈狡猾，最好不要相信他们，除非他们能证明他们值得信任。何塞·托马斯·伊萨西，我的朋友，我的干亲，我这么多年的伙伴，毕恭毕敬地听我说话。他将那个小女孩托举到我面前。她勾着我的脖子，表现出一种不同寻常的亲昵，因为一直到那时，她对我更多地表现出某种本能的恐惧。百日咳并未消减这个小孩真正天使般的美丽。相反，它把这种美丽变成了一种略带死亡气息的表情。也许，这是因为这种美丽刚好与她父亲黑暗却尚不可见的背叛形成了对比。在一阵咳嗽的间隙，她在我两边脸颊上各吻了一下，咳嗽引起的抽动差点使她无法呼吸。再见，父……她抽泣着，又一阵咳嗽袭来。这是孩子们能够感受永别的本能。她化作一阵长长的喘息声被带走了，港口的喧闹声立刻将她淹没了。我最后看到的便是：在我的教女身上，在那个灿烂的四月清晨，她金黄的秀发在阳光下闪闪发光。带着一种奇怪的领悟，我投入到为他们启程所做的紧张的准备工作之中。

在倒数第二次旅行的返程途中，胡安·罗伯逊为他的部分罪行付出了代价。我的死敌——阿蒂加斯的追随者让胡安·罗伯逊为他的罪行付出了代价，他们给予了他应有的惩罚。在圣菲和拉巴哈达之间，“东岸人保护者”手下的强盗和拦路贼抢劫了这位江洋大盗，他们让他遭受了可怕的凌辱。他们把他全身赤裸地绑在木桩上，他的脸贴在地上，一群塔佩人和科连特斯人对他进行了长达数小时的凌辱。这是一段令人羞愧的故事，其内容有如白日梦语、天方夜谭。我不知道这个外国佬是否坦率。要是他真有勇气讲述此事，我倒是很想读一读他在自己书中给出的相关描写。

罗伯逊兄弟在《恐怖之国》中讲述了这起事件。对某些令人反感的细节的删除——与其将其归因于清教徒的拘谨及英国人对保守与体面的惯常喜好，不如说它们与两位作者以散文形式叙述的事实相去甚远——并没有妨碍这一描述与至高无上者的说法大体一致。（编者附注）

在对这个英国人的指责和谩骂中，我突然想起了我们在下棋时或是当我对星象学、印第安神话、高卢战争或亚历山大图书馆[1]的大火发表高谈阔论时，他时常轻声哼唱的旋律。There's a divinity that shapes our ends, Rough-hew them how we will! 我听到胡安·帕里什的声音。仁慈的上帝最终在拉巴哈达的田野里以他喜欢的方式——"how he will"——摧毁了他的命运。

阿蒂加斯手下的强盗们将"拉因格莱希塔"号货船从头到脚洗劫一空——他们甚至抢走了洪达军官们订购的圆顶军帽和军礼服，以及他们为妻子准备的饰带、花边、鲁昂印染花布、马大普兰细布、首饰和耳环。

> 在这些事件发生时，洪达政府和紧随其后的执政官政府均已不复存在，暂时的独裁政权正处于将至高无上者变成永久独裁者的前夕。第一洪达政府的多数前任军事领导人不是被流放，就是被关进监狱。（编者附注）

被抢劫的物品还包括一顶三角帽、各类光学仪器和乐器、一台望远镜、各种电机，还有我已经详细列出要批量订购的各种货物。当然，还有他按照我的命令，以煤炭和小麦作为掩护，准备为军队运来的全套武器及弹药。

当他要抓住烤栗子的平底锅那发热的手柄时，那块带有大英帝国米字条纹的抹布对他来说完全没有任何作用。当这位英国青年从噩梦中苏醒过来，他目睹了一场为向他表示欢迎而即兴创作的有趣表演。阿蒂加斯手下的这群拦路贼穿上了那些军礼服，他们裹上了教士法衣和祭坛帷幔，他们男扮女装地穿上女人的衣服，戴上女人的首饰。他

1　亚历山大图书馆（La Biblioteca de Alejandría），位于埃及亚历山大，于公元前 3 世纪由埃及托勒密王朝建造，曾是世界上最大的图书馆，与亚历山大灯塔一样闻名于世，后来因火灾而被摧毁。

们挥舞着崭新的军刀和手枪，犹如疯狂的魔鬼一般在他周围跳起了吉卜赛舞蹈。他们高声呼喊，打赌谁能一刀砍下他的脑袋。胡安·帕里什·罗伯逊应该也像乔叟故事里的那个老人一样[1]（不久之前，我也遇到过这样的情况），他一定也曾在那一刻用拳头叩击大地母亲的大门，请求她让自己进去。我不知道那一刻的胡安·罗伯逊想到了什么。毫无疑问，一定不是什么抚慰人心的想法。一朝被蛇咬，十年怕井绳。虽然英国人总是避免展示他的弱点，但是，胡安娜·埃斯基韦尔已经不在他身边了，她无法为他疗伤了，她也无法用蝉鸣般的歌声哄他入睡了。

更糟糕的是，在他出发的前一天夜里，当大家还可以找点小乐子的时候，他的兄弟还用略带预言性的玩笑和动作与他告别。别笑，先生们，尤其是您，唐胡安，我未来的商务领事。如果一只母鸡一直在刨地寻找谷粒，那么，它最后找到的一定不是它想要的东西。此话早有预言。

那支短笛救了他，那是胡安·帕里什经常在我们会面时吹奏的短笛。在拉巴哈达的野蛮人随心所欲地折磨他时，他们在他携带的物品中发现了那支短笛。把这支笛子吹起来！那些乔装打扮的抢劫者不停地命令他，当时，他被他们绑在货船的主桅杆上，他们正带着他前往城里的指挥所。那时，我身上的伤口和溃疡仍在流血，那些装扮成女人、神父和军官的淫魔竟然要我一刻不停地演奏短笛，而他们则在我身边摇来晃去地跳着黑人丹松舞，弄得整个甲板都跟着震颤轰鸣，胡安·罗伯逊回忆道，他试图博取我的同情。把笛子吹起来！把笛子吹起来！他们不停地命令我，每当我喘不过气时，他们便用军刀拍击我。我感到自己透不过气来，在绝望中，我用手指和指甲紧紧地抓住

1　影射乔叟的《宽恕者的故事》（“The Pardoner’s Tale”），在这个故事里，一位老人用他的拐杖一边敲击地面一边说道：“大地母亲，现在请为我开门吧。”

短笛。除了那根能发出声音的小管外，没有任何东西可以让我抓牢了。大人，我向您保证，用一根倒霉的短笛为自己吹奏走调的安魂曲，好让那些将要杀死你的人消遣取乐——没有什么比这更加可悲了。

胡安·罗伯逊没有死。该死的浑蛋！阿蒂加斯手下的强盗们没有杀死他，相反，他倒懂得了高价倒卖他的不幸与不堪。由于遭受阿蒂加斯手下强盗的凌辱，在英国舰队的逼迫下，他得到了慷慨的赔偿。由于“东岸人保护者”为他颁发了通行证，他在整个沿海地区开展了大量商业活动，他从中获取的利润是他们从他那里抢走的货物价值的两倍或三倍。这位厚颜无耻的英国商人把他在拉巴哈达——这个小小的各各他[1]流下的每一滴鲜血都卖出了黄金之价。后来，尽管他已被禁止再次踏上巴拉圭的土地，他还是厚颜无耻地在这里出现了。

罗伯逊先生，让我无法原谅的是，您卑鄙地同意与指挥官阿尔韦亚尔协商用巴拉圭人的鲜血来购买武器！这个布宜诺斯艾利斯骗子给我开价，他让我用巴拉圭人来交换步枪。他给我开出的低价是用二十五支步枪换取一百个巴拉圭人。这个自由之国的四位公民只值一把步枪！这些卑鄙无耻的商人！这就是他们给我的同胞们开出的价格！而您，我给予您的尊敬和关心比我给予其他任何外国公民的都要多，正是您给我带来了这样的定价！您就是做着人肉生意的奸商！您这个贩卖奴隶的海盗，您以为您是谁！我要让你们知道，在这个世界上没有任何黄金能够买下哪怕是我的同胞中最无用之人的小拇指的指甲盖。

就像一只被切成两半的虫子横跨在地面的一条裂缝上还得说话一样，胡安·罗伯逊小心翼翼地试图替自己辩解：大人，我从未与他进行过这样的协商！我只是同意让阿尔韦亚尔指挥官用我船上的邮袋

1 为耶稣被钉上十字架的受难之地。

给大人寄送一封用火漆封缄的信函。这个英国佬不仅虚伪，还是个懦夫！或者，您并不知道那封卑鄙无耻的信里写了什么内容？我不会说我什么都不知道，大人。阿尔韦亚尔将军曾在布宜诺斯艾利斯要塞与我谈到过他的打算，他告诉我，他需要从巴拉圭招募新兵，以扩大拉普拉塔的军队。我已经提前告诉他，您不会接受这样的提议，因为我很清楚，大人您只会用木材、马黛茶叶、烟草或牛皮来换取武器和弹药，您是绝对不会用人皮去换的啊！我对布宜诺斯艾利斯的政府首脑说，啊，无论如何，巴拉圭的最高独裁者都绝不会容忍这样的事情发生！我明确拒绝为此次谈判充当中间人。但是，您同意用您的货船给我送来那封卑鄙无耻的信件。不，信不是您送来的，信是您船上的行李箱送来的。真是狡猾的计谋，机智的不在场证明，而且，您还放任那些武器被他们抢走，那是我花了一百倍高价，用整整一船货物提前向您支付才买来的武器。大人，他们把能从一个人身上抢走的所有东西都抢走了，甚至包括不能抢走的东西。不过，我准备用现金全数赔偿被抢的货物。当然，您必须一分不少地全部赔偿给我，而且，还得加上损坏赔偿金！不过，这还不是全部。在此期间，为了让所有人知道我的同胞将被当作奴隶进行贩卖，阿蒂加斯把那封被劫持的信函的抄件寄到了世界各地。非常抱歉，大人。事情的真相很快就会大白于天下。您难道还不知道，真相并不存在，只有谎言和诽谤才会永不消逝吗？不过，我们先别讨论这些毫无用处的哲学问题。我想知道的是，他们何时会将那些遭到扣押的武器交还给我。大人，我要非常抱歉地告诉您，遗憾的是这不可能发生。那么，请您给我解释一下，罗伯逊先生，英国舰队的大炮是用来干吗的？既然它们已经让您所有被抢的东西都得到了超额赔偿，那您为何没有向你们大英帝国的领事、向您的朋友——英国战舰的指挥官坚持要求把属于我的东西归还给我？难道英国在拉普拉塔的保护国不仰仗这支舰队吗？难道它不能阻止这些人犯下抢劫罪行还逍遥法外吗？他们用强盗行径夺走了我国用以自卫的必备武器。大人，武器被视为战争物品，在这种情况下，英国领事和指挥官不得介入。这会损害各个国家的主权及自主权。大人您是知道的，换作是您，也不会允许这样的事情发生。别拿这些微不足道的小事来烦我！我已经受够了你们英国人的奸诈说法！那么，把你们所有这些毫无根据的胡说八道总结起来，简而言之，你们的指挥官和领事不能向我保证巴拉圭在这条河上的自由通行权，根据各个国家及其人民的权利，这条河并不是任何沿岸国家的固定资产或专属财产。的确如此，大人。这不在他们的职能范围之内，非常抱歉，大人，但是，情况就是这样。那么，黑奴贩子，当它是保护国的主权问题时，主权就存在；当它是诸如巴拉圭这样的自由国家的主权问题时，主权便不存在了。这真是一种保护人民自主权的极好方法！如果它们是殖民地，便保护它们；如果它们是自由的国家，便压迫它们，剥削它们。看上去，现在除了把希望寄托在英国主人、法国主人和那些之后跑来的主人身上，我们别无选择。至于我，我绝对不会容忍世界上任何帝国类似的奸诈行为。

您看，罗伯逊，您和您的兄弟在巴拉圭共和国受到了热情的接待，你们被允许在所有喜欢的领域从事商业活动。你们贩卖一切，肆意走私，你们甚至贩卖解毒草和穆拉托妇女。*

*《巴拉圭书信集》中的一封书信对此进行了说明。这封信，verbatim et literatum[1]，抄写了苏格兰中士大卫·斯波尔丁（此人在英国入侵时做了逃兵，后来定居在科连特斯）写给他的朋友们——罗伯逊兄弟的信件内容。在这封信里，苏格兰中士要求他的朋友们偿还一笔小小的“债务”。斯波

1　拉丁语，意为“逐字逐句地”。

尔丁中士的这封信件上标注的日期刚好处于胡安·帕里什在拉巴哈达遭遇不幸的那段时间，因此，尽管信中不乏拼写错误和晦涩的句法，从这一点出发，可以说，这封信件就是一份“目击证人的证词”。

接下来，便是这封用英语写就的信件中的相关段落：

“很遗憾，我不得不告诉您我刚刚得到的消息，唐阿古斯丁——伊萨西斯［sic］[1]（也就是何塞·托马斯·伊萨西）的货船船长——在卡瓦尤夸蒂亚港口下游三里的圣胡安河上碰到了您的兄弟。他是被阿蒂加斯的士兵带走或带来的，这些人在拉巴哈达抢劫了您的兄弟。当时，他正带着要交给巴拉圭至高无上者的武器往上游走。这个月25号，我打算去那个地方，如果我能够为他提供任何帮助，我定会在我的能力及有限的财力范围之内尽我所能，我到那里之后便能知道情况到底如何。

“我已经从礼物清单和其他一些价值比自身重量小但看起来更值钱的物品中挑选了一条黄金项链、一个黄金十字架和四枚黄金戒指，并委托唐恩里克·德·阿雷瓦洛（他的外号是图库-图库）从港口给你们寄过去了。烦请阁下告知是否已收到这些物品，因为受委托之人在这方面并不可尽信。这条黄金项链长两码[2]，如果它被挂在错误的地方，那就太可惜了，尤其是在我还未收回项链成本之时。

“我希望你们已经把我的穆拉托姑娘卖出去了，既然您的兄弟目前身陷囹圄，谁也不知道他们什么时候会把他放出来，那便请您在第一时间将那批顶级马黛茶叶的钱寄给我。”（罗伯逊批注）

我气得喘不过气来。我拿出邦普兰给我的那个小烟盒，那只烟盒里装有“科维萨尔香胶”。我用吸食鼻烟的方式将它吸了进去（我当时根本来不及吃汤药）。我不停地吸入香胶，直到我的整张脸和两只手

1 拉丁语，意为“原文如此”，一般用作引文或抄写时的标注。

2 英美长度单位，约合0.914米。

都发出绿莹莹的磷光。胡安·罗伯逊惊恐地往后退了一步。啊，大人，您的脸消失了。妈的，不要脸的人是您！你们兄弟俩住在这里，你们还在这里随心所欲地做生意。不仅如此，许多其他的英国商人也做了同样的事情。当他们想走的时候，他们就这么走了，他们带走了他们的钱财。您和您的兄弟在这里发了一笔大财。如您所知，我曾试图在贵国和这个富裕的国家之间建立直接的外交关系，我曾经打算将您任命为巴拉圭在贵国下议院的商业代表、领事兼代办。可是，这就是我得到的回报！当我订购需要的商品时，你们却告诉我，你们有关当局不能向我保证武器的自由交易！当有必要考虑我的利益时，你们却告诉我，原本应当运到我国的东西不得不任由那些流氓和刽子手处置，英国官员在这个时候对我的合理要求置之不理！那么，我现在就告诉您，我不会再允许您、您的兄弟或是任何英国商人在我的领土上驻留。我再也不会允许你们在这里做英国破布生意了。"英国破布"这个词让我打了好几个喷嚏，这是恶心引起的鼻卡他。我又吸入了更多闪着磷光的鼻烟。成群结队的萤火虫从窗户飞进来，我用手一把一把地将它们捏碎。我用这些萤火虫的内脏擦拭我的脸和脖子，我将这种发光的油脂涂满全身。房间里充满了青紫色的亮光。我的怒火从地面一直蔓延到天花板。一连串喷嚏把我用来存放巴西鼻烟的骨灰坛都打翻了，屋子里弥漫着一股闪着黄光的黑烟。我刚刚写的时候才知道。当时，被这些亮光吓得瘫软的罗伯逊也看到了这一切。在他的惊讶和恐惧中，我从左到右又从右到左，来来回回地从一面墙大步走到另一面墙，从一边大步走到另一边，我变成了一团绿色的火焰。把你们那些该死的破布带走！那是卑鄙下流的背信弃义之徒带来的破布！那是染上了成群跳蚤、虱子及其他害虫的破布！我们根本不需要这些满是污秽的破布！您和您的兄弟必须在二十四小时内离开巴拉圭，如果你们不想期限一到就丢掉性命的话。大人，请您听我说，我们得收拾我们的财物啊！……我不会答应您的任何请求！除了你们那像抹布一样肮脏的生命，你们没有任何属于你们的财物！在我的锡拉库萨乌鸦把你们那弱不禁风的身躯一点一点地蚕食干净之前，赶紧滚出去！听明白了吗？嗯？I beg your pardon, Excellency![1]……Shut up, Robertson![2] 收起你那吐字不清的舌头，赶紧滚吧！您和您的兄弟被驱逐流放了。准确地说，为了让这个城市摆脱你们这两个恶臭之人，你们还有 1435 分钟来动身起锚！听到我说的话了吗？

这个骗子后退着离开了房间，他用眼睛紧紧地抓住我鞋子上的卡扣、裤子上的卡扣和我的耐心开关。他摇摇晃晃地跑回来，就好像他无法挣脱那根绳子，这根绳子把他困在一张看不见的网里。对不起，大人！他像狗一样拖着身子在地上号叫，他不停地舔舐我的鞋底。罗伯逊，我已经命令您滚开了！您认为我的耐心会持续多久？我不管您是跟上帝一起离开还是同魔鬼一起离开，总之，给我彻底滚出巴拉圭！请您滚回去告诉你们的舰队指挥官，他就是一个骗子！请您滚回去告诉你们的领事，他就是一个彻头彻尾的强盗！请您滚回去告诉你们的强盗国王和强盗王后，他们是迄今为止这个世界上最精于此道的强盗！请您去告诉他们，我那生锈的便盆也比他们那肮脏的王冠更有价值，而且有价值得多，不过，我不会用我的便盆去换取他们的王冠！我不会让您滚回去告诉英国下议院那些尊敬的议员，他们就是一群强盗和彻头彻尾的流氓，因为对我来说唯一还值得尊敬的就是下议院，不论在哪里，哪怕是在你们大英帝国那肮脏的狗洞里，下议院都代表着人民。中尉，把这个 green-go-home 带到兵营去，把他和另一个 green-go-home——他的兄弟关在一起，直到他们离开。将我

1　英语，意为："请您原谅，大人！"

2　英语，意为："闭嘴，罗伯逊！"

的命令传达给地区指挥官，让他执行我的命令。Ko’ã pytaguá tekaká oñemosê vaêrã jaguaicha![1] 从现在开始，您还有 1341 分钟。七个计时器，犹如七把火炬，它们在桌上竖起仪表盘，露出指向同一位置的锋利指针，它们步调一致地记录着时间。快点，赶紧把这个卑鄙小人送去看守起来！然后，去把我的抄写员叫醒。不管他是睡了还是死了，都得把他给我带来。我要立刻公布流放罗伯逊兄弟并没收其财产的决定。胡安·罗伯逊扑到我脚边，在最后的绝望尝试中，他一边抽泣，一边恳求，他希望我能改变对他的判决。看到我的一个手势，中尉一把将他拉开，推着他消失在我面前。最后，他们的脚步声消失了——一个走得英武有力，另一个却在地上拖行。我一动不动地站在房间中央，我身上的绿光透过大门投射到黑暗里。我走出门，向哨兵下发命令。帕蒂尼奥提着裤子到了，他的眼睛上还挂着蜘蛛网。你这个浑蛋，总是磨蹭这么久！大人，他们刚刚才叫我！滚回去继续睡吧。明天还会和今天一样。我关上门，插上门闩。我走进房间，就着蜡盘上的白色蜡烛开始书写。

---

1 瓜拉尼语，意为：“要把这些该死的外国佬像撵狗一样撵出去！”

一只昆虫正在颤动的烛火中燃烧：我对不可避免的偶然法则深信不疑。它只是一只昆虫。它是从裂缝里钻进来的？还是从我身上冒出来的？它是一只苍蝇，一只肉蝇。第一只肉蝇。第一只？谁知道有多少肉蝇已经飞来，暗中刺探我准备妥协并无条件投降的决定了！不管怎样，这是我看到的第一只肉蝇。它是夜行害兽们的黑暗使者，让人变得不幸直至消失的黑暗使者。很快，它们就会开始侵袭我。看上去，目前还只是一只。这只肉蝇执意要将自己烧死。它做不到。我不是说肉蝇无法烧死自己，我的意思是这支蜡烛的火焰无法摧毁它。动物油脂和烧焦昆虫的臭味充满我的墓穴 / 卧室。现在，我不能给它通风。我不能将这只被烛火包裹的苍蝇捞出来，就像我时常用我的“矛笔”——我的记忆钢笔的笔尖把淹死在墨水瓶里的苍蝇捞出来一样。现在，快要窒息的人是我，谁会用他的笔尖把我捞出来？毫无疑问，某个卑鄙的、狗娘养的狗屁作家，一个我现在就应该诅咒的人。Vade retro! 这只苍蝇染上了炭火的颜色，它幸福地扇动翅膀。它不停地用腿擦拭翅膀。它用硕大的多面体眼球注视着我，它的眼睛就像红色的钻石，它们在黑暗中闪烁着不同的颜色。你是从我身上冒出来的吗，你这狗娘养的？这只肉蝇向我射出一只装在弹簧上的多面体眼球。我感受到一枚炮弹的威力。Vae victis![1] 时机已到。这一瞬间已经结束了，那一时，那一分，那永恒中的一个碎片即将到来，那便是我将铁杖扔到天平上的时刻，而那天平上称量的宝藏注定要拯救我们的国家。

掌控偶然！啊，简直疯了！否定偶然的存在，可偶然就在那儿，它正在火中产卵，它正在孵化它与众不同的永生之卵。偶然从颤动的火焰中毫发无损地出现了。我曾经试图征服它，让它为比这苍蝇之卵还要脆弱的绝对权力服务，然而，一切都是徒劳。我的笔写道 / 重复道，你会发现，它就像一种恶臭。在一切事物的深处一定隐藏着什么东西。古老的太空里没有偶然。古老的时间，你就是那并不存在的偶然。不是吗？是的！现在，你别想欺骗我了！欺骗已经不是你的拿手好戏了。至少，在我面前，已非如此。那支蜡烛散发出死亡与毁灭的气味。我注定要活在一个民族心中，不过，我也被绑在用来执行枪决的橘子树上。我是一块已经没有任何价值的腐肉，甚至连我的乌鸦也厌恶地鄙视这块腐肉。疯狂的行为毫无作用。有人命令我：吹灭存在的蜡烛吧，一切皆因它而起。来吧，试试看，吹吧。我用尽所有力气去吹，蜡烛的亮光丝毫没有减弱，只有那只苍蝇的余烬燃烧得更旺了一些。就一些。不，它几乎没有发生任何变化。一点也没有。加油！再试一次。不可能了。我太虚弱了。我要用另一种方法去熄灭它，我要用最大的弱点，用语言，或者，通过文字这条死路去熄灭它。那这一次，这最后一次，就用尽可能愚蠢俗气的修辞去熄灭它吧。完成这次练习，就像你真的相信它一样。你的假装必须完美，就像最有效的驱魔公式、法术秘方与密谋妙法一样。加油！写吧。写吧，就在这只肉蝇一边看着你，一边幸灾乐祸的时候。

1　拉丁语，意为："被征服者有难了！"古罗马历史学家、文学家李维曾在其著作《罗马史》中提到，当高卢首长布伦努斯（Brennus）把他的剑扔到战败的罗马人用来称量贡品的天平上时，他曾经这么喊道，而这些贡品是用来换取高卢人离开的贡品。

我的民族……（这听上去仍像一种训诫、一种法令、一种公告。如果已经没人会读我写的东西了，如果他们已经不会吹着军号、敲着军鼓、通报我的告示了，这又有什么用呢？）我的民族，不管怎样，请大家听着。在我的蜡烛熄灭之前，请大家好好听着。请听我讲述我的人生故事。我会像讲述事实一样，为你讲述这个故事。

因为一件不顺应时代潮流的事物，偶然被否定了，而它只是我在与时间的斗争中运用的众多不顺应时代潮流的事物之一。我就是这个了不起的人物，当浣衣妇们拍打成堆的衣服，试图去除上面的污秽时，我的名字便在她们口中传唱。那是血液还是汗水，根本没有区别。泪水，神圣的抑或污秽的体液，其实都一样。我就是这个了不起的人物，我就是这个名字。我就是这个民族至高无上的化身。你们选择了我，你们把政府和你们的命运永远交付于我。我就是这个至高无上的人物，我守护并保卫你们沉睡的梦想，你们苏醒的梦想（这两者之间并无差别）。我在敌人的迫害和围捕中寻找通往红海的道路……这听上去如何？真他妈跟狗屎一样！无论是那些为了提前唤醒黎明而半夜啼叫的众多公鸡中最瞎眼的阉鸡，还是那些为了寻找匿名告示字迹而在档案室瞎刨的抄写员中最无知之人，都不会相信你写的任何一个字，连你自己都不会相信。好吧，我他妈根本就不在乎。

恶臭令人恶心。灭烛人的脚步声从缝隙中传来，他那沙哑的老调与我一同失眠：午夜子时，安然无事。不论何事，烛灭至此……哨兵们用缥缈的喊声互相传递口号：不——独——立，毋——宁——死！啊，这种风气会腐蚀习惯，它会让最神圣的事物跌落神坛……（深入研究这个问题，如果我可以……的话。）

退回到许多年前，何塞·托马斯·伊萨西再次实施欺骗和背叛，他带着邪恶的企图，违背其黑暗的强盗意志，逆流而上。我终于抓住了他。我必须这么做，哪怕他已经逃到天涯海角。为何背叛我们的友情？他像石头一样沉默不语。为何抢走国家的财产？他像尘埃一样默不作声。为何背叛你的祖国？他像无法使用的火药一样寂静无声。他们把他从真相室拖到广场中央，在那里，他们用他寄给我的那几桶无法使用的火药燃起了一堆篝火。这些无法使用的黄色火药是他背信弃义的标志，现在，它们起码可以用来烧死这个恶棍。他被绑在一根铁柱上，他正在接受他的惩罚，这是我在发现其恶行时就已做出的判决。从我的窗户里望去，我看到他正在燃烧。十年来，我一直看着他在那里燃烧。他烧焦的肉体产生了烟雾，这些烟雾在他的头顶形成一个巨大的金色怪物形象，这只怪物不停地哭泣，他在乞求大家的原谅。他的眼泪看上去就像他从国库里抢走的五万桶金币熔化而成的金珠。这支金色的哀歌并没有引起围观人群的同情，相反，单是听到这支哀歌，单是看到他那如金币一样随风飘散的眼泪垂落在树叶上低声哀泣，他们就感到可耻。任何人——甚至包括孩子们——都没有作势去捡拾那些闪闪发亮的黑金泪珠。一条闪闪发光的黑金熔岩流朝着市政厅涌去，并透过缝隙往里渗透。火舌舔舐着我的鞋底。一支由榴弹兵、轻骑兵和其他警卫人员组成的分队赶来充当消防员，他们带来了成桶的水和大车泥沙。大火顷刻间便被扑灭。他们在清洗那些闪闪发亮的黑金污物，他们在清除熔岩的痕迹。在很长一段时间里，在祖国这双大鞋脚下，这种无形的黑色哀泣细丝依然在地板的各个裂缝中悲鸣。靠着用军刀刮、用拖把拖、用地板刷加碱水和肥皂刷洗，这些哀泣的残渣才最终被清除干净。

某人的无声出现将我从昏睡中惊醒，我抬起眼皮。虽然我还没看到她，但是，我知道是她来了。玛丽亚·德·洛斯·安赫莱斯就在那儿。她的双臂交叉抱于胸前，头部朝着左肩略微倾斜，一头灰金色的秀发像瀑布一样直垂到腰间。她笔直地站着，不露傲慢之色，也未显虚伪的谦逊。她看上去既不同情他人，也不希望激发他人的同情之心。她从一个难以企及的遥远之处目不转睛地看着我，她点亮了这个破旧死寂的空间。你亲眼看到你的父亲在广场上被处死了？她笑了。这时，她的虹膜圆环才稍稍地改变了（一点）颜色。在这张纸上，她的瞳孔几乎是淡蓝色的。我瞬间意识到这张纸上并未包含的全部内容。何塞·托马斯·伊萨西——这个圣菲的牲畜贩子在疾病与贫困中去世。他从马背上摔落后，人们将他葬在了坠马的地方。一位印第安老妇人收留了你，她把你带到了科尔多瓦，后来，她又把你带到了图库曼。在我眼里，你还是那个在那座房子里打转的小女孩，那是你的教父曼努埃尔·贝尔格拉诺打仗之后休息和祷告的地方，那是他末日的起点——那个驿站变成了他的“遗忘果园”。在你破烂的长衫下，我看到你左肩上的一块黑斑。我知道那是什么，那是游击生活留下的印记，那是长矛和步枪留下的印记。我能够计算出你用你柔弱的肩膀扛了它们多长时间。我看到你脖子上的一条伤疤——那是生活的邪恶狂怒造就的缝合痕迹。对像我这样的老人来说，心爱之人带来的忧伤足以让人衰弱消沉。我的身上只有身躯日渐干涸产生的热量，即便我再怎么寻找热量，也无济于事。

我下令处决了她的父亲，因为他抢走了国家的钱财，而她却为我带来了赎罪的代价。也许，这是为我自己赎罪。现在，我知道“救命”是什么。现在，我才知道什么是“救命”。既然我已来日无多，为何非要现在才让我知道呢？

你没有说话，但我明白你在说什么。我在书写，可你却不明白我在写什么。就算我能离开这个小洞，我也无法来到你的身边。在另一个时间，我们曾结伴而行。一匹半黑半白的大马将它的黑色身躯和白色身躯横亘在你我之间。在不同的时代，我们在彼此身边同行，但我们无法靠近彼此。我曾独自一人走遍这些遥远的地方，没有任何人陪伴。我独自一人，没有家人。我独自一人，没有爱，没有安慰。我独自一人，没有任何人陪伴。在这个陌生的国度，我独自一人，这个最奇怪的国家就是我的国家。在属于我的这个孤独、奇怪、禁闭的国家，我独自一人。这个荒芜而孤独的国家装满了荒芜的我。当我离开那片荒漠时，却陷入另一片更加荒芜的荒漠。风伴着即将落下的雨的味道在两片荒漠之间飞舞。我多么希望我能去爱啊！如果一个人只赢得了别人的恐惧，那么，最后他便会渴望仇恨，仿佛仇恨便是爱！大雨落下来，那是巨大的固体雨滴，那是横亘在宇宙中两个时代之间的铅幕。是那场洪水吗？是的。我们继续前行。四十天，四十个世纪，四十个千年。在巨大的树叶与温顺的巨型怪物中间，两个孩子正在玩耍。他们并不认识彼此。他们见过彼此吗？他们并不记得。他们是亚当和夏娃吗？我不知道，我不知道……我们还没有学会说话，不过，我们已经能够互相理解。我们在那些温和迟钝的怪物中间玩耍，你将那些黑绸般的睡莲花苞一一唤醒，我用脚踢着一颗西番莲。我呼唤你，却不用说出你的名字。你转过身，看着我。在那颗西番莲果实里，有某种东西正在活动。一颗具有生命的种子。那是什么？那是什么？我们不知道各种事物和各种生物的名字。那是我们最了解它们的时候。它们的名字便是它们自己。它们与它们的名字在形式、外观和思想上完全一致。它们在我们的身体里跳动，它们在外部世界和我们的内心深处闪耀。我们看到一只小雏鸟出现了：带有金属光泽的羽毛，一个极其娇小的人类脑袋上长着一双小鸟的眼睛。我们的双手在这柔软的羽毛中聚拢，我们把它从监牢里取了出来。蜂鸟，蜜蜂一样的小鸟[1]，吸食花蜜的小鸟[2]，最初的鸟类。在最初的黑暗里，我们最最原始的父亲从他的身体里取出了蜂鸟，让它给自己做伴。当他创造了人类语言的基础 / 当他创造了一小部分爱 / 蜂鸟为他的嘴巴补充了能量 / 用天堂果实喂养尼曼度的人是蜂鸟[3]……是的，是的，那就是我们最最原始的父亲干的好事——他创造了语言的基础！啊！他流出蜂鸟的汗水！好了，赫赫有名的人类语言诞生了！于是，我们也能说话了。几百万年后，那些游手好闲的哲学骗子和那些布道台上的“扫帚”会说，我们的语言并非由一颗简单的西番莲果实中获得，我们是在一种非同寻常的帮助下才获得了我们的语言。现在，这种非同寻常的帮助对我来说毫无用处。我听到你的声音，我靠着记忆去理解你。其余的一切，都遗失了。巨大的黑马横亘在你我之间。

你刚好在今天——5 月 12 日，你的生日这天来了。我已经没有什么能给你了。到桌子那儿去吧，去拿去年分发剩下的那个玩具吧。这个玩具围绕一个轮子旋转，它能显示一周里的七天，它会根据每一天来改变声音和颜色。在黑暗中，某些铃声能让人想象每一天的颜色和样子。我想，它的弹簧卡在了一个黑暗的星期天。武器修理工特鲁希

1 此处指蜂鸟中的一种——吸蜜蜂鸟。

2 同样指吸蜜蜂鸟。

3 这是瓜拉尼人创世神话中的部分诗句。

略来过，他曾试着修理这个玩具。后来，他说：我没有力量去对抗这只邪恶的眼睛！亚历杭德罗师傅来过。这位理发师拿着剃刀倒腾了很长一段时间，突然，他大喊起来并朝后退：我看到的东西太可怕了！帕蒂尼奥来过，他带走了这只钟。他坐到他那张三条腿的桌上，把脚放进脸盆里。他花了很长时间用他的翎毛笔拨弄这只仍处于昏厥中的时钟的鼻孔，他甚至无法让时钟的指针转动起来。帕蒂尼奥只能让抄写员办公室像水车一样转动起来并围绕永久通令旋转。大人，这个玩具中邪了！他大叫道。什么中邪了！那些好事之徒，他们才中邪了！他们和老人一样昏聩无知，这让他们比孩子还要可怕。每个人都在这只时钟里窥见了自己的内心。不要把责任推卸到这个无辜的东西身上！他们不明白，他们在恐惧的驱使下逃走了，我也就没再顾着给钟上发条了。你拿着吧。也许，你可以修好这只钟。她轻轻地把钟放回原来的地方，她不想要这只钟。也许，对她来说，时间以另一种方式流逝。我对她说，一个人的一生会转七次圈。是的，不过，生命并不属于任何人，我听到她这么说道，她并未活动她的嘴唇。她已经不是一个小孩了。我能给你什么呢？也许，那把步枪……在那些用陨石材料制成的步枪里，有一把步枪，我出生时便握着。那一把，那一把！拿着吧。你能拿吗？她拿起来了！在那些书中讲述的内容里，这些事情并未发生。她仔细地检查那把步枪。看上去，她并不是完全满意。她拿起那只坏掉的音乐时钟，她让它开始显示时间，她让它发出了声音。钟敲十二响。那是星期天的正午。那是深蓝色。我问你，你是否想留在你的祖国。你是唯一返回国内的移民。我很高兴，你不用再跟在那些卑劣的、分裂大省的“阿提拉”[1]身后打游击战了，比如拉米雷斯、布斯托斯、迪斯库斯托斯、洛佩斯以及其他品行低劣的强盗——他们这些

1 阿提拉（Attila，406—453），统一了匈人各部落并横扫欧洲大陆的帝王，被欧洲人称为“上帝之鞭”，其名也成为残暴、野蛮的同义词。

人只会割破彼此的喉咙，把别人的头颅串在长矛上。潘乔·拉米雷斯和巴拉圭的卖国贼们勾结，他想侵略我们。最终，他的头颅被扔进了笼子里。“平原之虎”法昆多·基罗加也自吹自擂地蓄意侵略巴拉圭。在一辆贵族马车里，他们用手枪打断了他的下颌骨。我们是唯一在这里完成革命和解放的人。我们最大的敌人曾经说过，只有巴拉圭人是明白人。嗯？你说不是？你看着吧。在这里，我们拥有南美洲唯一一个自由的主权国家，我们拥有唯一一场真正的革命。我发现，你并不是那么信服。要想看清这个世界的事物，你就必须先把它们颠倒来看，然后再把它们放正来看。你说，你正是为此而来？好吧，啊，好吧。在这里，我应当写道，我带着一丝嘲讽笑了笑，这仅仅是为了掩饰我的结巴。我问你，你想不想做点有用的事。这便是你应当支付的赎金。罪过，你根本没有任何罪过。合法有效的判决，我已经不能对你做出任何合法有效的判决。支付法律规定的罚金，执行枪决、绞刑，所有这些乱七八糟的刑罚，我都不能加之于你。我赞成、接受，并且十分珍视那些证明你是一个寡言少语、意志坚定之人的证据。当她极其缓慢地动了动她的手时——这个动作几乎无法察觉，我曾以为她要用那把我出生便握着的步枪朝我这个并不存在的人开火。怀疑，我并未怀疑，我只是有一些悲伤。不过，我必须先对你稍加测试，我一边寻找她的眼睛，一边对她说道。你的意愿很强，不过，如果没有将意愿付诸行动，那么，最好的意愿也不具备任何价值。你得从底层做起，有时候，最低处便是最高处。事物的终点往往取决于它的开端，只有成就的质量才有高低之分。你接受吗？那你便被任命为“孤女与弃女之家”的负责人。自 1617 年赫苏莎·博卡内格拉去世后，那个地方便不再营业。虽然赫苏莎骑术不高，还是个修女，但她是这个地区第一位从事教育的游击队员。立即着手重建“孤女与弃女之家”吧。让这个机构发挥它的作用。你会在那附近找到我留下的一些孤女——如果她们还在那儿，没有因为糟糕的婚姻和那些发生在生来便要屈服的女人身上的悲惨事情而堕落的话。

当我离开奥斯皮塔尔军营时，帕蒂尼奥给我带来了一个消息："孤女与弃女之家"正在变成一个大妓院。连那些在监狱服刑的最糟糕的妓女也被带到了这个臭名远扬的"孤女与弃女之家"，她们在那里过上了美好的生活。它看起来就像是"军营之家"，因为一到晚上那里就满是城市卫兵、榴弹兵和轻骑兵，这些人光着身子和那些姑娘寻欢作乐。她们比印第安女人坏多了。大人，我派了一位检查员过去，可她们差点用脚把他给踢了出来。据说，一个非常粗暴的女人——没人认识这个人，至少没人曾见过她——掌管着这群妓女，如果我可以这么说的话，大人。她们把一张带有您本人签名的许可证贴到了门上，大人。我的意思是，我怀疑，这会不会又是一份伪造的匿名告示，就像那份贴在教堂门上的匿名告示一样。大人，我已经下令部署密探了。把他们赶走。什么，大人？您不同意我们监视那个地方吗？把那些密探赶走，浑蛋！

教区法官带着一卷文件走进来。出什么事了，塞斯佩德斯？大人，我非常担心您的健康状况。这不是你现在应该关心的问题。就快到那时候了，到时，你就得费心为我念诵悼亡经了。大人，我认为，您也许会想要命一位神父前来。你已经向我提过此事了，你没有收到我通过御医带给你的回复吗？你违背我的命令来这里干吗，塞斯佩德斯？他把那卷文件塞到胳膊下面，开始搓手。他开始绕着床缓慢地对舞。告解圣礼，大人，如您所知……一位神父……不，塞斯佩德斯，我不需要任何翻译来把我的幽魂翻译给神。我和上帝在同一个盘子里吃饭，我不像你们这群无耻之徒，你们的菜肴豪华丰盛，魔鬼都会跑来舔你们的盘子。代理主教[1]撞到了那颗陨石，火花从他的耳朵里蹿了出来。等一等，塞斯佩德斯。也许，你说得对。或许，是时候私下清算我和教会之间的公共事务了。感谢上帝，大人，您终于决定接受告解圣礼了！不，我亲爱的塞斯佩德斯·赫里亚，我说的既不是圣礼，也不是什么吐露秘密的仪式！关于我的二重身，我没有什么需要忏悔或隐瞒。那些削发的或者未削发的笔杆子到时一定会负责此事。至于

1　代理主教与教区法官为同一人。

我对教会的态度，难道不是慷慨大方、宽宏大量、极其亲切吗？你可以再加上任何你喜欢的其他形容词的最高级。难道不是这样吗，教区法官？的确如此，大人。通过将罗马天主教会转变为巴拉圭国有天主教会，政府保护了教会，这种行为总是让人赞不绝口。正如神父所知，我允许教会在国家改良教义的基础上完全自由地实施自治。二十年前，在帕内斯主教精神失常后，我便让你在教会担任代理主教，自那时起，你便一直自由地操持牧师行业。这很合理，因为根据那位使徒[1]的说法，在祭坛上供职的人，要从祭坛上获取口粮。不过，不合理的是这些祭坛的仆人从这个行业里获取了比口粮多出百倍的利益，主教你对此也很清楚。大人所言千真万确。您的宽宏大量我定将感激不尽……别急着感激我，塞斯佩德斯。去传唤法院书记员，然后再回来。我希望主教和赞助人之间的这些告解能够以记录的形式出现，不夹带任何秘密。告解圣礼的本质理应如此。告解之神圣，并非因为其夹带秘密，而是因为其有凭有据。罪孽和过错不能局限为个人良心的问题或是个人缺乏良心的问题，它们总是会影响他人，哪怕是最遥不可及的他人。因此，我决定，在我死后，必须在共和国首都及所有城镇乡村的讲道坛上宣扬并传播这种最后清算。

我的罪过是什么？我有什么过错？那些在国内外秘密诽谤我的人控诉我把这个国家变成了一个被狂犬病侵蚀的狗窝。他们污蔑我下令屠杀、绞死并枪决了巴拉圭的重要人物。是这样吗，教区法官？不，大人，我很清楚，这绝非事实。帕蒂尼奥，在我的“恐怖之国”的统治下，有多少人遭到处决？大人，继1820年发生“大阴谋”事件后，有六十八位阴谋家被送到了橘子树下。对这些臭名昭著的叛国者的审判持续了多长时间？为了不胡乱审判，这些案件完全按照所有必要程

1 指基督耶稣的使徒圣保罗。

序来审理。这些人被授予了辩护权，他们尝试了所有的担保方法。可以说，这个案件从未结案，它仍在审理之中。并非所有有罪的当事人都被定罪并执行枪决，有的人保全了自己。这就是为何曼努埃尔·阿塔纳西奥·卡瓦尼亚斯——巴拉圭和塔夸里的第一位叛国者，在死后十五年才被发现参与了这起阴谋事件，他最终得到了和其他人一样的判决。的确如此，我亲爱的主教，在这里，任何有罪之人，不论是死是活，都无法逃脱正义的制裁。那么，教区法官，请你告诉我，如果可以的话，请你回答我。我来问你，请你思考并做出回答：在超过二十五年的时间里，只有不到一百次处决，被处决之人包括小偷、普通罪犯和危害国家的叛徒，这算得上是一种暴行吗？相比之下，对于那些强盗的匪徒行径，你又会怎么说呢？这些人率领他们的地狱铁骑让整个美洲大陆为之战栗，他们肆无忌惮地烧杀抢掠，却不受任何惩罚。当他们消灭了手无寸铁的民众之后，他们便互相残杀。每一个人都把对手的头颅绑在自己的马笼头上，此时，他们自己的头颅也已被马刀连根砍下，飞到他们的肩膀上去了，他们的头颅也会被绑到另一个马笼头上。无头骑士们在血泊中纵马飞奔。夸张地说，我会说，他们已经习惯了无脑的生活和杀戮。总之，如果他们的马就能替他们思考，那他们需要脑袋做什么呢？他们想要脑袋做什么呢？

夸张地说，在这些粗暴的“阿提拉”面前，我也会卑躬屈膝地站着，自感卑微谦逊。作为巴拉圭这片和平之洲的族长，我不使用暴力，也不允许别人对我使用暴力。简而言之，虽然可能言过其实，不过，单单从形象和思维活动来看，在这里，我感觉自己就是一个谦逊的亚伯，我在《创世记》第三天的荆棘丛里手握刀子。孤独的摩西高举法版，法版上刻着他本人立下的律法。我的头上没有火团，我没有祭祀的牛犊，我也不必接受耶和华艰难启示的真理。我靠自己揭示那些被掌控的谎言。

如果放到一起，我根本无法与他们相比。不过，如果我们能在时间和地点上与那些创始人长老建立短暂的重合，那么，我的荣誉并不亚于他们的荣誉。归根结底，他们也遇到了他们的困难，这些困难均以四十这一时间节点来进行标注。摩西用了四十年的时间带领他的子民去往“应许之地”，后来，他们仍然只能在那里徘徊——他们只能在锡安游荡。那是一个难以到达的地方。可怜的摩西又在西奈山花了四十天——那便是又一个四十年——去领受那无人遵守的十诫。我花的时间更少，对我来说，我只需要二十六年便足以推行我至关重要的三大诫令，并带领我的子民去往“达成之地”而非“应许之地”。我已经做到了这一点，并且没有远离我的轴心。《圣经》说洪水泛滥长达四十天。而在这里，各种各样的灾难和疾病如洪水一般从天而降，这样的情况已经持续三个世纪，巴拉圭方舟安然无恙。我们在《新约》中读到，耶稣在沙漠中禁食了四十天并受到了魔鬼的诱惑，而我也在这个荒漠里禁食了四十天并受到了四万个魔鬼的诱惑。我不曾被他们击倒，只要我活着，他们就无法把我钉在十字架上。所以，教区法官，你觉得这个与四十相关的神秘哲学[1]会让我感到担心吗?!

你们这些削发的牧师，你们在教堂的老鼠窝里通过描画影像、勾勒深渊来谈论上帝。这不是相信，这是在怀疑一个人如何能够靠近不断改变形式和条件的真理。你们把上帝描画成人的样子。不过，你们也把魔鬼描画成人的样子。于是，他们的区别便在于胡须和尾巴。你们说：耶稣出生在本丢·彼拉多执政期间，后来，他被钉上十字架，下了地狱。三天之后，他死而复生，上了天堂。但我问你：耶稣在哪里出生？在这个世界上，塞斯佩德斯。他在哪里工作？在这个世界上。他在哪里受难？在这个世界上。他死在哪里？在这个世界上。他在哪里复活？在这个世界上。那么，地狱在哪里？就在这个世界上。这个

1　指对于数字“40”的迷信（弗朗西亚死于1840年）。

世界就是地狱，你们这些人就是削发的魔鬼和小恶魔，而那根魔鬼尾巴，你们把它挂到了前面。

我们在《圣经》里读到，该隐因为嫉妒杀死了他的弟弟亚伯，上帝曾问他：该隐，你对你的弟弟亚伯做了什么？上帝这样问他，不过，上帝并没有惩罚他，所以，如果上帝存在的话，他不会惩罚任何人。被惩罚的人是上帝，因为他指出了真理。什么真理？什么上帝？这就是我所说的描画影像，任何人——不论他的指甲有多长，不论他那该死的手里握着多少支神圣的蜡烛——都无法抓住这些影像。

尽管如此，我并没有在这里禁止任何形式的宗教信仰，我也没有突发奇想地创立对至高无上者的崇拜，为了替明天撑起保护伞，某些懦弱的统治者不得不将这样的至高无上者放到祭坛上来崇拜[1]。一个国家的独裁者，如果他至高无上，那他便不需要任何至高无上者的帮助——他就是至高无上者。从这种意义上来说，我所做的事情是保护信仰自由。我唯一要求大家遵守的规则便是这种信仰必须服从国家利益。我颁布了国家改良教义。真正的信仰并不在于盲目地跟随，真正的信仰在于理解并践行。我要的是大家的行动，而不是语言，说起来容易做起来难，这并不是因为行动本身困难，这是因为如果没有一个坚强的灵魂来守护、引导并保卫人类及人类的天性，人性中的邪恶便会扭曲并腐蚀一切。

我所做的事情是保护国家教会免遭某些人滥用，这些人原本应当为它服务、为它争光，然而，他们却用放荡的恶习和下流的风俗使其堕落蒙羞。你们这些神父和修士公开与情妇姘居，你们非但不以为耻，反倒以此为荣。嗯？啊！伦格和隆尚写的破书就在那儿。那本书里的

---

1 此处影射法国大革命期间，由罗伯斯庇尔创立的“最高主宰崇拜”（El Culto del Ser Supremo）。罗伯斯庇尔将其定为国教，并于1794年6月8日举行国家庆典。罗伯斯庇尔此举是为了稳固雅各宾专政，增强政权的合法性。

相关描述就是毋庸置疑的证据。胡安·伦格写道，除此之外，多明我会的修道院院长曾经兴奋地在一次会议上向他坦承，他本人是二十四个孩子的父亲，这些孩子是他与不同的女人所生。你有多少个孩子，塞斯佩德斯？看在神圣的上帝和圣母的分上，大人，您这真是让我难堪啊！大人您知道……是的，我知道你已经散播出了一百多个孩子，他们中的大部分都在米西奥内斯那些不信基督教的野蛮女人的肚子里，可你的职责是传播基督教，而不是让她们受孕。如今，这些孩子中的许多人都在驻守边境的军队中效力，他们比你更值得尊敬。在首都这里，我不会说，我的监督已经让你改邪归正，至少它在一定程度上抑制了你的淫欲。如果你这么做，是为了用初夜权来挑战教会法规，那还不算太糟！削发僧的追随者们在扭曲的肉欲中把这两种权利引入巴拉圭，这不可原谅。1525 年，马丁·路德和一位修女结婚了。唐马丁辩称，我结婚了，这不是出于爱，而是出于对某些腐朽陈规的憎恨。我原本可以不这样做，因为没有任何私人理由迫使我做这件事，但是，我走出了这一步，我要嘲笑魔鬼和他的走狗，我要嘲笑王室和主教，我要嘲笑发明障碍的人，我要让他们明白他们是多么疯狂才会禁止神父结婚。唐马丁说，要是我知道还有另一种姿态可以让我既取悦上帝又激怒我的敌人，那么，我会非常乐意制造更大的丑闻。

别扭压那卷文件了，塞斯佩德斯，接受你的错误吧，就像我接受我的错误一样。在这场公开告解中，我们应当互相宽恕。大人，我一定会永远感激您无可比拟的善良和宽宏大量。您让这些可怜人进入了“穷苦女人之家”，这是我的荣幸。这个机构已经不叫那个名字了，塞斯佩德斯。如今，巴拉圭已经没有穷人了。你很清楚，根据最高法令，它现在被称为“孤女与弃女之家”。即使她们的父母还活着，如果她们不是孤儿的话，那她们又是什么呢？她们是孤儿，但是，她们并不可怜，她们是国家的养女。孩子不应当背负父母的罪孽。

此外，你也知道，我没收教会的财物、修道院及其不计其数的资产，我的目的并不是让这个国家成为异端。我这样做是为了剪断那些堕落的“上帝之仆”的翅膀，事实上，这些人利用了上帝，他们靠着无知民众的养活过上了堕落的生活。他们几乎就要在大街上展示他们赤裸肥胖的身躯了。如今，连羞怯和廉耻都无法约束这些在职削发僧与在俗削发僧了。如果这些削发僧可以在任何时间、任何地点突袭女人的子宫，那他们为何要穿着及踝法衣呢？帕蒂尼奥，修士们是如何下河洗澡的？光着身子，大人。在某个偏僻无人的地方吗？并非如此，大人，他们在拉卢查的排水渠那儿洗澡，那条小河边经常满是浣衣妇。你看看，塞斯佩德斯。你的手下不止一人被食人鱼和鲳鱼咬碎了生殖器，他们浑身是血地从河里爬上来。很明显，这并没有让他们被迫独身，因为没过多久，仿佛他们那残留的生殖器又复活了一般，他们又开始重蹈覆辙。难道政府不应当采取措施来消除这些不正之风吗？难道这就成了反叛上帝吗？难道这不是为了保护上帝不遭受这些削发僧最恶劣的侮辱吗？

在帕内斯主教精神错乱后，这个著名的疯子做了什么，帕蒂尼奥？大人，那些天，他每天都来烦扰大人，他总想让大人相信他把圣灵关进了大教堂的圣器室。他宣称，上帝幻化成小鸟向他口述了他的牧歌、布道和屈辱，主教还说他用从圣灵翅膀上拔下的一根羽毛亲自把它们记录了下来。最后一次，他又要求召见。大人您命我告诉他，要是他又要莫名其妙地谈论那只三位一体之鸽，那就让他把鸽子拿去烤了吃。您还说，像这样好的雏鸽一定有很多功效，足以赶走堆积在他脑子里的疯气，如果这还不足以治愈他的话，那就让他像其他那些不参加舞会却精通其中奥秘的修士一样去找一位情人吧。除非我的叙述中有一些错误或遗漏，否则，这就是发生的事情，大人，我准备洗手了。啊，愚蠢恶毒的帕蒂尼奥！你把所有事情都弄混了。你说起话来像白痴一样可怕。我并没有命你告诉那位精神病主教，让他把那只三位一体之鸽烤了吃。我命你告诉他，让他把一只乳鸽切成两半，并将它们像膏药一样贴在脑袋上。你非常清楚，在巴拉圭和其他地方，人们用这种疗法来去除大脑里的邪气。一只乳鸽，随便什么乳鸽，不是圣灵，你这个亵渎神灵的蠢货！为了嘲讽这位将近九十岁的可怜老人，你随意添加了关于情人的内容，你这个不恭不敬的穆拉托人，你这个爱说大话的浑蛋。我并没有下令让你将那个无礼的消息传递给他。我命你告诉他，我并不是一个像他那样的闲人，我不能随时接待他，而且如果他想和我保持良好的关系，那他就该做好自己的事情，除非他想被解除职务。后来，人们竟然开始诽谤我，他们说我用送给他作为礼物的弥撒酒瓶给他下毒。大人，看在上帝的分上，围绕在这一怀疑周围的阴影已经完全烟消云散了！主教之死之所以发生，更多的是因为他健康状况欠佳，而不是因为他年岁已高。主教去世后，他们在圣器室里发现了什么？蜘蛛网，大人。你看吧，教区法官，圣灵的构架多么脆弱！我只是没收了教会的财产，清除了居于教会之内的、道德败坏的乌合之众。我清理了修道院的老鼠窝，我把它们变成了军营。我下令推倒并烧毁那些倒塌的教堂，我留下了原封不动的宗教信仰。我尊重圣礼。我罢免精神失常的主教，把你放到了这个位子上，即便你不是最好的，你也不是最坏的，所以，即便政府不再信奉天主教，政府也应当继续尊重这种宗教信仰，只要这种信仰正直严肃，只要它没有恶意，只要它不伪善、狂热、盲目崇拜。

在这里，因为你们这些巴依的过错，发生的事情刚好完全相反。教区法官，你记得那些要求派圣人雕像去守卫边疆的指挥官吗？你刚刚看到了恩卡纳西翁的神父妄图对我的哨兵阿罗约的遗孀所做之事，而这仅仅是因为报酬问题。简直是卑鄙的手段。

巴依让这个忠诚的民族变得堕落，这个民族曾经充满纯真和与生俱来的善良。要是他们至少允许这个民族生活在原始的基督教之中，那该有多好啊！如果这一切发生在耶和华时期所谓的上帝子民身上，那么，在这片土地上，又有什么不幸不会降临呢？为了替上帝争取更大的荣耀，信奉天主教的征服者和传教士来到这里，他们把这片土地变成了人间炼狱。

1819 年，我让帕内斯退下主教之位，因为多年来他既不愿履行他的义务，也不愿行使他的职责。他的精神失常——不论是真是假——不过是他对爱国者们表现出的愤恨之态。无神论者！异教徒！基督的死敌！那些暗中诽谤我的人怒气冲天。那么，下面的神父又在这里做什么呢？除了撇去他们黑暗企图之锅中的泡沫外，他们什么也没做。没人能比勺子更了解这口锅的底部，我折断了这些修士和神父的大勺。我把他们从耻辱堕落的巢穴和老窝里揪了出来。大人，要是您允许我插嘴的话，指挥官贝哈拉诺曾经遵照您的命令将忏悔室抬到街上，并分发给全城的岗亭。大人，街上那些包金木制壁龛多美啊！卫兵们坐在里面，透过缎子窗帘监视，他们的刺刀刀尖在室外阳光的照射下闪闪发光，蓄势待发。大人您常常带着杀气腾腾的微笑，十分满意地说：在这个世界上，没有任何军队的卫兵岗亭会比这还要奢华！女人们不停跑来，跪在忏悔岗亭的铁栅栏前，她们想为她们的罪恶忏悔。检举告发，埋怨牢骚，女人之间的争执吵闹。有时，总有那么一两只鱼会撞上这张栅栏织成的大网。“神父卫兵”强迫那些罪恶的女人在沟渠里忏悔，他们将那些有罪之人送到最近的警察局。一个失去理智的人曾跑来向卫兵忏悔，他说他暗杀了大人。我要偿还我的罪孽！我要为我对最高政府犯下的罪行付出代价！他在洛斯雷克莱托斯军营前大喊道，他想让所有人都听到他说话。他口吐白沫。我杀死了我们的卡纳义古阿苏！我要偿还我的罪孽，我要偿还我的罪孽，我要偿还我的罪孽！我希望他们将我处决！卫兵不知道应该拿这个疯子怎么办。去军营自首吧！不，我希望你们现在就杀死我！这个疯子继续大喊。他从跪着的地方跳了起来，他抓住卫兵的刺刀，将它刺入胸膛，直到刺至刀柄处。我杀死了大人！现在，我又把他杀死了！这就是他的遗言。

正如我所说，塞斯佩德斯，这便是这些邪恶的巴依在这些可怜人身上制造出来的中邪之象。所有人都在骗人，接着，他们便一边设法医治痛苦，医治我的人民身上的创伤，一边说着：一切正常！和平！和平！和平！和平！然而，这种和平却无处可寻。神父们并没有在福音书的草地上教化人民，他们为魔鬼传道。罗马教皇本人不是刚如此断言吗？他不是也强调了魔鬼庞大的数量吗？这是教皇本人所言！塞斯佩德斯，你知道《新约》里有多少个魔鬼吗？六十七个，大人。不，教区法官，你没有掌握最新的魔鬼统计数据。在《布宜诺斯艾利斯公报》转载的最新教皇圣谕中，教皇已经断言有十亿多个魔鬼。你听说了吗？十亿之多！它们繁衍得比人类还多。你看，撒旦精子的生殖能力多强！如今，每个罪人不只需要对付一个可怜的魔鬼，他们要对付的是数以百万计的强大的红色恶魔。一个守护天使要做什么才能对抗如此之多的恶魔呢！那么，我们所有人已经注定得不到可能的救赎，只能一头栽进地狱吗？我们要做什么才能与黑暗王子抗衡？就目前而言，我们应当废除剩余的教会机构——在与撒旦的斗争中，它们已被证明毫无用处，因为这些机构开支巨大，通俗地说，它们只会败光我们的钱财。自1547年在巴拉圭建立教会开始，祭坛行业已经创造了如此多的财富，这听上去就像是最可笑的神话故事。我曾经做过非常仔细的计算，只需这些财富的一半，就够我们买下大西洋中所有西印度群岛三次了，根据创立圣谕的说法，这些群岛处于上帝的怀抱之中，它们组成了广阔的信仰之圈。这份圣谕的全部内容都在谈论这一广阔的信仰之圈应当庇护的所有人员的报酬、工资、捐税、教士俸禄、神父俸禄、定期馈赠及其他恩惠。对于每年分配给主教圣席的捐税——两百个杜卡多金币，主教有权在教区以其认为合适的次数自由合法地增加、扩大或修改。分配给教长一职的年捐为一百五十磅，分配给副主教和教堂唱诗班领班的年捐为一百三十比索，分配给受俸牧师的年捐为一百比索。这些隐居修行之人是做什么的？大人，副主教考查将要领受教职的神职人员，教堂唱诗班领班必须在经书架前主持并教授唱诗班成员歌唱，受俸牧师们则负责在主教缺席的情况下主持弥撒并唱诵耶稣受难记、使徒书[1]、先知书[2]和《耶利米哀歌》[3]。够了，够了，塞斯佩德斯。由于没有更多的高级神职人员、唱诗班及经书架，而且我们已经厌倦了耶稣受难记、预言书、匿名告示一般的使徒书和卑鄙无耻的哀歌，所以，我们要废除这些职位，消除这些负担。你明白我说的话吗，教区法官？不要再有任何种类的受俸职务、辅祭职务、肥差美缺和唱诗班职务。同样，废除这些受俸教士领受的不相称的俸禄，按每人七十比索为其发放俸禄，一般教士则按每人三十五卢比[4]发放俸禄。讲经教士又是什么肥差？大人，讲经教士的职责是为神职人员讲授语法。废除这个职务。那管风琴手呢？大人，管风琴手是经教士会或高级神职人员表决，负责在主教弥撒中演奏管风琴的人。与教长一样，管风琴手也负责为那些在礼拜中因身体的特别需要而离开唱诗班的人发放许可。你看看，塞斯佩德斯，自1547年至今，我们在这些于唱诗班和老百姓之间来往的人身上浪费了多少钱财！滚吧！到此为止！所有这些被撒旦附身的穿教服者，这些在1824年废除令之后幸存下来的教职人员，将他们所有人派到国家的牧场和庄园里劳作。那些因为年纪太大或身患疾病而不能前去的教职人员，把他们送进医院、

1　指《圣经·新约》中耶稣使徒们的书信。

2　指《圣经》中的《以赛亚书》《耶利米书》《以西结书》和《但以理书》。

3　指《圣经》中的一卷书，主要记载了犹太人在耶路撒冷和圣殿被毁之后所作的哀歌。

4　一种银制货币。

收容所、疗养院或疯人院。

巴拉圭有史以来唯一真正的管风琴手是莫德斯托·塞尔文。塞斯佩德斯，就拿他来作为例子吧。他是一个天才！他从未花过国家一分钱。他以自己的灵魂为食，他以此为生，他把他在庄园里亲手种植的木薯和玉米送给那些最需要的人。他原本可以成为圣佩德罗大教堂的管风琴手，但是，他更愿意效忠祖国，所以，他在一个印第安村庄的寒酸教堂里演奏管风琴。他是亚瓜龙的管风琴手。他教大家识字。他拥有最高尚的品德。他的出生地应当成为圣地。废除这一职位吧。希望演奏管风琴的人能像莫德斯托·塞尔文一样，出于快乐，出于对艺术的热爱，以高超的技艺演奏管风琴。

教会里还有其他普通职位和乱七八糟的职位吗，塞斯佩德斯？是的，大人，执杖人、督管或者总管，还有司库，他们的职责是下令打开或关闭教堂，命人敲钟，保管宗教仪式的所有用品，照看灯具和圣杯，提供熏香、蜡烛、面包、酒以及用来主持宗教仪式的其他必备物品。然后，大人，还有一个要职，教堂的打狗人，他们的职责是在星期六及节日前夕熬夜将狗赶出教堂，并打扫教堂。那么，创立圣谕规定给打狗人这一“显要职位”多少俸禄？十二磅黄金，大人。教区法官，你知道一位学校教师的工资是多少吗？每个月六比索再加一头牛。你知道一个前线部队的士兵领取多少工资吗？同样的数目，再加上他们的制服和装备。命令打狗人与城市武装部队合作，让他们参与每年在城市及乡镇举行的犬只扫荡活动。他们已经这样做了，大人。自从最高政府推行教会改革以来，打狗人便参与到犬只扫荡和猎杀活动之中，而且，他们还负责宰杀那些患有狂犬病的犬只，这些犬只的数量每年都在增加。你领取多少俸禄，塞斯佩德斯？大人，我领受的是主教这一虚空教座的俸禄，加上副主教、教堂唱诗班领班和受俸牧师的俸禄，再加上因维护主教法衣和管理教堂而应当领受的全俸及半俸。真是荒唐！从今天开始，你将与军队士官领受同等的俸禄。所有神父，不论他们的职务是什么，不论他们会什么妖术，都将与学校教师领受同等的俸禄。你觉得怎么样，临时主教？我听从您的安排，大人。我遵从您至高无上的意愿。新主教到来之事有什么消息吗？新的主教，大人？别给我装糊涂，塞斯佩德斯，还是你担心失去这酒神之位？并非如此，大人，只是我并不知道会有新的主教前来。他并非新人，他是一位旧人。他就是1765年由教皇指派的富有神父曼努埃尔·洛佩斯·伊·埃斯皮诺萨。绝不可能，大人！如果唐曼努埃尔·洛佩斯·伊·埃斯皮诺萨博士在大人您提到的这一年被任命为本教区主教，那他现在已经一百五十多岁了。他应该早就去世了。不，塞斯佩德斯，这些年纪非常大的主教并不会死。卡德纳斯主教不就是一百零六岁去世的吗？洛佩斯·伊·埃斯皮诺萨正在赶来，他还需要一点时间，因为他们要用抬座将他从上秘鲁送来。陪他一同前来的是一支由侍从和奴隶组成的大军。他带来了他在特鲁希略、科恰班巴、波多西和丘基萨卡拥有的大量资产，还有牛群和装满银锭的大车。Opulentia opulentissima.[1] 我最后一次听到他的消息是，由于害怕北方的游击队，他放弃了从图库曼到科尔多瓦的老路，他正带领那支缓慢行进的队伍绕行穿越大查科。我一直在等待他的到来。为了寻找他们，多年来，训练有素的圭库鲁印第安人、熟悉地情的士兵，还有我最得力的追踪牛仔一直在查科地区所有能够通行的道路上巡视。我相信，哪怕上面只剩下洛佩斯·埃斯皮诺萨已经石化的骨架，这尊四处迁徙的抬座也一定会到达亚松森。我对这个不中用的老头并不感兴趣。当然了，塞斯佩德斯，如果他还活着，你很快便可以从这位活了一个半世纪的高级神职人员手中得到主教法冠和牧杖了。如果他已经去世，当这具四

1 拉丁语，意为：“不计其数的财富。”

处迁徙的骨架抵达巴拉圭河岸时，请你遵照基督教的传统将它埋葬。这位主教大人带来的财物会并入国家财产，加上我们刚刚从教会人员身上节省下的开支，这将足以资助我建立大军，捍卫国家主权。

巴拉圭教会——这广阔天地间真正的沧海一粟——刚在这片水分充足的土地上萌芽，便开始蓬勃生长，它就像一棵枝繁叶茂的大树，长有各色羽毛的极乐鸟在它的枝丫上筑下无数美丽的鸟巢，教会成立不久后的第一批报告满怀喜悦地做出了如此断言。你看看这沧海一粟已经长成什么样了！它的枝丫上栖息了太多猛禽！我们这样做吧，让这棵枝繁叶茂的大树自行修剪吧：除了为成群结队的大鸟提供庇护外，让那些被爱打湿的枝叶发挥更多的作用吧。到此为止吧。

上帝应当容忍他们犯下的所有不公正的罪恶吗？嗯？你自称上帝的使者，那么，这个问题我来问你。不，大人，事实是上帝原本就不应当允许这些事情发生。你认为上帝是什么？我，大人，根据国家改良教义，我认为上帝是公正的，上帝是无所不在的，上帝是智慧的……住嘴！别这样自以为是，让我来告诉你：上帝就是上帝，而魔鬼，跟上帝完全相反。大人，这是我一生中听到的对上帝最好的定义。

现在，我们来做一个小测验。国家改良教义的第一个问题是什么？大人，我非常乐意回答您的问题，国家改良教义的第一个问题是：国家的政体是什么？回答：国家改革政体。第二个问题，临时主教。大人，第二个问题是：如何理解国家改革政体？回答：国家改革政体建立在人民的本性、需求和社会条件之上，它由公正明智的原则确立。第三个问题。第三个问题，大人，是……是……对了！第三个问题是：如何证明我们的制度是良好的制度？回答：用真实的事实……你弄错了，临时主教，这是第五个问题的答案。真实的事实是你的记忆力衰退了，你迫使我不得不将你的俸禄降为少尉的俸禄，你再节俭一点，便能恢复记忆。节俭的乐趣无法用黄金买到。真正的神圣绝非伪装，它并非隐藏在削发仪式之下，它的大小并不是一枚雷阿尔银币的大小——根据创立圣谕的规定，雷阿尔是俸禄的货币单位。如果这就是宗教，那就让魔鬼来告诉我们吧！那些邪恶的上帝之仆和那些在极度贫困与完全牺牲中效忠宗教的人截然不同！后者在他人身上看到了上帝，他们在与自己相似的人身上看到了上帝。这样的人越是贫困，越是痛苦，便越能接近上帝。在巴拉圭，曾经就有一个这样的例子。神父阿曼多·冈萨雷斯·伊·埃斯科瓦尔——查科地区那些优美村落的创立者——曾在去世前写道，先生们，除了贫穷——这是我宗教信仰的一部分，我一无所有。这张床是一位教友借给我的。这张床垫是一位虔诚的老妇人让给我的。那个罐子是一位印第安人为我制作的。这个柜子，来自一位正直的邻居。这张桌子和这把祈祷跪椅来自一位患有麻风病的木工，此人还制作乐器。我要将这些东西归还给它们的主人，他们都是穷人，同时，我要把我的生命归还给我所欠之人。除了身上的皮囊，死亡在我的茅屋里找不到其他战利品，我的灵魂只属于上帝，阿曼多神父曾经这么说道，他用实际行动做出了表率，他为印第安人宣讲福音，印第安人也用同样的方式传颂他的故事。这就是恩博斯卡达[1]那位动听的小神父所说的语言，大家都明白这种语言，这是使徒的语言。而你，塞斯佩德斯·赫里亚，你不是信徒，可你说起话来却好像你就是一个信徒。我用我的方式，保有某种对上帝的信仰，而你缺乏这种信仰。对我来说，并不存在一种宗教慰藉，存在的是一种宗教思想；对你来说，只存在奖赏和惩罚，这些东西在人死后便失去了意义——除非在这个没有意义的世界里，生命能赋予死亡意义。这个世界没有意义，或者，我们根本不理解它的意义，因为这个世界的意义不一定就是我们的生命具有的意义。我们的文明

1　恩博斯卡达（Emboscada），巴拉圭城镇，位于巴拉圭科迪勒拉省。

并不是第一个否定灵魂永生的文明，不过，毫无疑问，我们的文明最先否定了灵魂的重要性。世界上最古老的书籍之一写道，战斗结束后，蝴蝶会落在死去的战士和沉睡的胜利者身上，而你，塞斯佩德斯·赫里亚，你并不是这些蝴蝶中的一员。如果教会和它的仆人想成为他们必须成为的样子，总有一天，他们必须要站在完全不属于他们的那一方。不只是在巴拉圭，而是在所有被人类痛苦占据的地方。基督想夺取的不只是教权，还有俗权，他要推翻犹太公会、摧毁特权根源、击垮特权阵线。没有这一切，天佑之诺便只是一纸空文。基督在十字架上为自己的失败付出了代价。彼拉多为自己清洗罪恶。在最初的失败中，那些来自犹大的虚假使徒创建了虚假的犹太基督教。长达两千年的欺骗、抢掠、毁灭和破坏。这就是我必须信仰的宗教吗？我不认识这个带来毁灭和死亡的上帝。难道我必须向一个陌生的上帝忏悔我的罪过吗？难道你想让我放声大笑吗？不，塞斯佩德斯，别开这种凄惨的玩笑了！你还有什么要说的吗？大人，鄙人此次前来只是为了向您证明巴拉圭教会对其至高无上的保护者怀有的感激和忠诚。在教宗兄弟的建议和许可下，我冒昧地带来了我们最优秀的传教士——曼努埃尔·安东尼奥·佩雷斯神父将要在大人葬礼上念诵的悼词，请大人审查……我是说，当那一刻到来的时候，我是说，如果它到来了，而且，大人您能够屈尊批准的话。那一刻已经到来了，塞斯佩德斯。那一刻已经过去了。把这份与葬礼相关的匿名告示拿去，用四颗图钉钉在教堂门上。在那里，那些赢得战斗的苍蝇将会成为它最忠实、准时的读者，它们会纠正它的标点和含义，它们会为历史学家们省去很多工作。Ego te absolvo[1]……（剩余内容已被撕碎、烧毁）

1　拉丁语，意为："我赦免你。"这是牧师在听取告解或忏悔之后的例行套话。

（在私人笔记本上）

更为邪恶卑鄙的是那些军政官员，所以，至少在为他们所有人指定绞刑这一点上，那份宛如废纸的政令的确有一定的道理，它让我想起了我当时应当毫不迟疑地去做的某件事情。

三十年来，我那些收受贿赂的“桑丘·潘沙”给我带来的麻烦比所有国内外敌人给我造成的麻烦还要多。我只需要将那些推动革命朝着革命方向前进的具体措施吩咐给他们，这些帮手便能把我的命令弄得乱七八糟。他们把我所有的计划都弄乱了，他们让整个国家在倒行逆施的反革命运动中倒退。难道这些人就是我培养的领袖吗？难道他们就是我曾经信任的爱国者吗？当初，我就应该像对待最初的叛徒那样对待他们。

真正的革命不会吞噬它真正的儿女，它会摧毁它的私生子。一群骗子！我容忍了他们，我曾想过再次将他们变成令人尊敬的公务员。我曾经收留的乌鸦最后变成了我的继承人。难道他们没有在我背后嘲笑说，他们把我变成了最不幸的同伙吗？他们把国家的各个部门变成了总督辖地，在那里，他们像真正的暴君一样行动处事、发号施令。堕落于腐败之中的他们用卑鄙、奉承和谎言组成的软弱的反对力量窃取了我的权力。他们用违背命令的方式走私了我的命令，他们用成堆的文件磨平了我的指甲，他们在内心深处嘲笑这个疯狂的老头，因为这个老头还做着美梦，他以为自己只需发号施令便能治理这个国家。

无须留住这些背信弃义之人，国家与最高领导人不需要一种介于其间的反对权力，我不需要任何对手。这些对我的权力心存妒忌的人，只想着削弱我的权力，以便增强自己的权力。我的权力越分散便越是衰弱，而且，由于我只想做有益之事，所以我不希望任何事情阻碍我，哪怕是最糟糕的坏事。现在，我几乎已经无法动弹，难道我要心甘情愿地成为巴拉圭百位暴君的下属吗？我成了一个无用之人，我的无用为我的人民带来了一百个主人，于是，他们变成了一百种不同苦难的受害者，这些暴君并没有用最高领袖的唯一信念来领导他们——保护国家的共同福利、自由、独立与主权。

我要用斧头砍下这片寄生植物之林。我的时间不多，但我也不缺少时间。我生出怒火，我应当抑制我的怒火。文字在停顿中颤抖着从我的笔下涌出。我的手臂开始疼痛。我把我的命令、我的言语一股脑儿地写到纸上。我划掉。我删除。我弯腰抹去秘密的最后一丝痕迹。

我不会命令太阳静止不动。再给我一天时间便足够了。再给我一个违背自然规律的一天，在这一天，大自然要把最漫长的白昼与最漫长的黑夜结合在一起，就好像它扭曲了自己。够了！我不需要更多东西来对付这些卑鄙小人。军官、法官、公务员。呸！在这些人当中，最优秀的人就是最坏的人。通过不断向上发展而立于共和国之首的那些人最终通过不断下降变成了一根瘘管。

在审时度势后，所有情况一致证明我会再次目睹那些事件，我会再次在那些事件中出现。我不慌不忙地以闪电般的速度突然降落在他们身上。杀死他们！我马上要考虑的问题是：消灭害虫！而不是用驱赶蝗虫的喧闹声将他们赶走。我得动作轻柔。如果我轻轻地给牛挤奶，就能得到黄油；如果我用力擤鼻涕，就会擤出鼻血。野蛮人会被吓跑。暂时不可打草惊蛇。我要在绞刑架下堆满玉米棒子，通过事实引出那些东西。我要让所有隐藏的东西慢慢出现。Quidquid latet apparebit.[1] 欲擒需故纵。我要从我身边最亲近的这位弄虚作假之人开始：我的抄写员兼机要文书，他到处策划阴谋诡计，以便尽早与愚蠢的临时政府发

1　拉丁语，意为："所有隐藏的东西最终都会出现。"

动起义。我只需要在这位两栖法院书记员的敏感地带接通一点电流。

说句公道话吧，嗯，帕蒂尼奥？你不觉得，说到底，这份匿名告示说得对吗？您说什么，大人？如果你不打喷嚏，那你就睡着了。我没有睡着，大人。我只是闭着眼睛。这样，除了可以听到您说的话，我还能看到您说的话。我刚刚在想您那天对我说的那些话，您说，不论人是死是活，他都不会立即意识到自己的死亡。当大地在下面等待时，人总会在他人身上死去。这并不是我给你口述的内容，不过，这正是立马会发生在你身上的事。我刚刚问你，难道你不觉得这份匿名告示说得对吗？大人，在我看来，匿名告示不可能是对的，尤其是在它针对最高政府的时候。那些声称为国家服务的人，他们唯一所做之事却是肆意盗窃国家财产，难道你不觉得我当初就应当下令将他们送上绞刑架吗？你觉得如何，我不可信任的抄写员？您知道的，大人。你并不知道我知道，但我知道你并不知道所有应当引起你重视的事情。如果那些笨贼知道诚实的好处，他们就会足够聪明，及时变得诚实了。你在害怕什么？你是他们中的一员吗？大人，我只是您卑微的仆人。你浑身都在发抖，你没入水中的双脚让脸盆在水面下嘎吱作响，你的牙齿也在咯咯打战。还是说，这是因为癫痫突然找上你了？我会在你死后将你晋升为"站着死去的癫痫少尉"，更确切地说，"被绞死的癫痫少尉"。不要试图掩饰你的恐惧。不论你如何去控制它，战胜它，它都会变得比你强大。只有已经丧失恐惧的人才能主宰恐惧。

你紧握放大镜，钻研匿名告示上的字迹，你想把自己埋在里面，不是吗？你想找一个替代者，你想看看那个必须替你去死的人。我明白，我可怜的帕蒂尼奥。死亡啊死亡，即便对一条狗来说，它也是一个极为残酷的梦魇。对那些像你一样通过杀死别人来谋生的人来说，更是如此。你太胖了，你完全就是一团脂肪。我所谓的姐姐彼得罗娜·雷加拉达可以用你那肮脏的身体为教堂做一千多支蜡烛，她还可以用你那肮脏的身体为城市照明再做上一千多支肮脏的蜡烛。把你的尸体送给我那位做蜡烛的姐姐吧，她会把你的尸体变成为你守灵的蜡烛。起码，你会在死后成为为我当过差的最明亮耀眼的抄写员。把你这满身脂肪赠送给她，不过，你要在证人面前通过公开文件合法地赠送给她，你是那种死后也会设置陷阱的人。我不知道，轮到你时，他们会怎样巧妙地设法把你吊起来。他们得用曲柄把你吊起来。你吊床上的那些麻绳就足够你用了。为了不必对你的背叛行为和盗窃行为做出解释，你赶在刽子手前面，抢先一步将自己绞死。你过去一直挂在嘴里的那个重物——奉承背叛——让套索的工作变得更加容易。你太着急了，所以，你来不及用煤末在牢房墙壁上写下告别诗，某些抄写员认为，我的亲戚富尔亨西奥·耶格罗斯在行刑前也写下了类似的诗句。这位粗野俗气的耀眼绅士、第一洪达政府的前任总统及后来的叛徒阴谋家甚至不知道写下自己的名字。你可以模仿卡瓦列罗-巴亚多，用蘸上鲜血的食指胡乱写出侮辱咒骂的句子。根据一个半世纪之后公立学校仍在教授的谎言，他用皮带的扣子划开了静脉，后来，他用这条皮带把自己吊死了。他们这样说并不是为了颂扬这个叛徒和阴谋家，而是为了诽谤我。来吧，重复一遍吧！说出如今在学校教授的那个谎言吧。我很清楚自杀违背上帝和人类的法则，但是，我的鲜血并没有平息祖国对暴君鲜血的渴望……大人，您并非暴君啊！这种死后谎言有很多版本，你可以选择你喜欢的版本。你甚至可以在失去记忆之前，在套索上创造另一个更具有影响力的版本。汗水，抑或是泪水，从你隆起的肚子上淌下。你正在把自己交给所有魔鬼。教皇曾经说过，如此多的魔鬼围在一个人身边打转，所有魔鬼加在一起都没有这个人卑鄙！

像阿雷瓜[1]的穆拉托居民那样做吧，那是在他们感到自己被一群恶魔袭击时，施恩会教士们给予他们的建议。为了不让恶魔在他们的屋

---

1 阿雷瓜（Areguá），巴拉圭中央省首府。

子里捣乱，他们为恶魔修建了一所房子。路西菲尔、路西法、路西阿尔费雷思、别西卜、梅菲斯托费勒斯[1]、疟蚊、利维坦、女恶魔和具有三种性别的幽灵——这些未曾在但丁的中世纪恶魔列传地狱图中收录的恶魔对阿雷瓜人民发起猛烈攻击。恶魔们继续施暴，因为他们觉得阿雷瓜人建造的房子不够高贵，也不够舒适。直到卡洛塔·帕尔梅罗拉夫人在伊帕卡拉伊湖[2]边为他们建造了一座大理石宫殿——这座宫殿至今仍屹立在湖边（写于页面空白处：下令没收这座废弃的建筑物，按照没收外侨遗产权[3]，它理应属于国库），他们才平息下来。那些大恶魔要求女人们为他们送去食物，女恶魔则要求性力强健的黑人和穆拉托人夜里轮流造访她们的寝殿。这是阿雷瓜的第一批居民非常乐意付出的代价。阿雷瓜人度过了最幸福的一段时期。幸福的坏处在于它无法持久，纵欲过度的好处则在于这些男人和恶魔很快便筋疲力尽。在阿雷瓜人纵欲淫乱一百天后——在这一百天的纵欲淫乱中，阿雷瓜远远超越了索多玛和蛾摩拉，好在它并没有被大火摧毁，那些帕尔多人——无论男女——都重新回归了他们中规中矩的日常生活。毫无疑问，正如编年史作者贝尼尼奥·加夫列尔·卡萨希亚[4]在他已被译成多种语言的真实历史著作中证实的那样，阿雷瓜人皮肤上的红色色素便源自他们在这座白色城堡中的纵酒狂欢。为了前来担任最后一任西班牙总督的抄写员，你的父亲从阿雷瓜移民而来，他那肥胖的深紫色脸颊上便闪耀着这种大火与灰烬形成的颗粒。你继承了你父亲的脸庞，不过，厚颜无耻却是你一人独有。

1　此处均为魔鬼的名字。

2　伊帕卡拉伊湖（El lago Ypacaraí），位于巴拉圭中央省与科迪勒拉省之间。

3　没收外侨遗产权（Derecho de aubana，即 Droit d'aubaine），旧时法律，按照此项规定，当外国居民死亡时，其遗产需划归国王或领主。

4　贝尼尼奥·加夫列尔·卡萨希亚（Benigno Gabriel Casaccia，1907—1980），巴拉圭小说家，他被视为巴拉圭现代小说的奠基人，代表作为《蛞蝓》（*La Babosa*）。

破衫汉们在巴西革命[1]，紧接着，是关于一位老熟人——科雷亚·达·卡马拉这个卑鄙之徒的新篇章。这个年轻的共和国任命他为全权大使，将他派来巴拉圭。他请求获得入境许可，目的是“与巴拉圭政府维持两国之间已经愉快存在的和平融洽、绝对理解之关系”。

这个所谓的共和国的真正动机会是什么呢？如果还有巴西帝国，那就没有这个巴西共和国。我并不期望它会带来什么新的东西或是好的东西；如果它的大使是科雷亚，那就更不用说了。现在，他又一次敲击伊塔普阿的大门。从前他来时，他是巴西帝国的大使；现在，他却成了巴西共和国的大使。这个卑鄙之徒还真是阴魂不散！这个南里奥格兰德人比伟大的里奥格兰德还要坚忍。他不停地东奔西走。“两国之间和平融洽、绝对理解之关系”到底是什么东西？难道这些破衫汉想用一个糟糕的笑话来赢得我的好感吗？

给伊塔普阿代表的公文：我不知道那些自诩为巴西革命者的人派来特使，想要和我谈判什么问题。巴西人一直是披着不同人皮的骗子。帝国也好，共和国也罢，这都无法改变他们的本质。这些无赖竟然还

1 1835 年至 1845 年间，巴西爆发了“破衫汉战争”（Guerra de los Farrapos）。

妄想穿过革命的针眼[1]！他们又把科雷亚派来当代表，对此，我并不觉得奇怪。这只驼背的骆驼被我驱逐了无数次，因为他来这里就是为了用他那愚蠢的努力推迟并阻止他们满足我已经提出的要求。只要这些要求没有按照规定得到满足，我就会继续要求，直到时间的尽头。我认为，与其说他此次前来有什么重要之事，不如说他又跑来阿谀奉承、装腔作势了，在这方面，他可是自认经验老到。不过，我们不妨来试一试这个浑蛋，我们且看看他那顶帝国大檐帽、共和国弗里吉亚帽、狡诈的高乔人软帽或是巴西旗士头巾下到底藏着什么把戏。

十年前，我给了这位巴西大使最后一次机会，他没有把握住。自1827年9月至1829年6月，在这两年间，我命人将他扣押在伊塔普阿。为了让等待的人露出马脚，没有比这更好的办法了。由于我并不信任奥特利亚多这个没有头脑的人，我便用拉米雷斯——这个唯一能在恬不知耻与流氓行径上与科雷亚一较高低的人——取代了奥特利亚多。亲爱的何塞·莱昂，首先你必须告诉他，巴西必须完全满足巴拉圭共和国的所有要求，而不是将毫无根据和成效的虚假事务当作无关紧要的借口，以此来拖延时间、推迟时间，耽误一段时间甚至好几年，不要笃定地妄想用这样的手段让我们在众所周知、显而易见的事实与问题上提出的公平要求招致落空。毫无疑问，巴西认为我们在这里并不了解一切，他们还带着可疑的恶意，试图努力跑来监视我们的领土。你必须非常严肃地把这段公文读给这个骗子听，你要强调内容，注意停顿，气势威严。你的任务就是想尽各种办法骚扰他，直到他放弃、屈服或离开。不管这次任务需要花费你多少时间，你都得让他露出马脚。行事务必谨慎，这是自然。一切都要靠你自己，不得将最高

1 典出《新约·马太福音》（19：24）：“骆驼穿过针的眼，比财主进神的国还容易呢！”意指不可能之事。

政府牵涉其中。谨遵您的命令，大人，我一定会非常小心。何塞·莱昂，把科雷亚和他的随行人员安顿在以前的警察局。奥特利亚多告诉我，这位帝国大使给我带来了一百匹阿拉伯骏马，作为其君主贿赂我的礼物。将这些马放到你能找到的最空旷的草地上，这样，这些阿拉伯骏马就能尽情地拉屎挨饿了，到时，这个帝国骗子回去时就会把这些马带走了。你明白我说的话吗，何塞·莱昂？完全明白，大人。在他面前，不要有分毫退缩。不要在这位大使面前做出任何让步，确切地说，哪怕是毫厘也不行。您是了解我的，尊敬的大人，我一定会表现得非常傲慢。

在等待事情进展的同时，我把自己关在奥斯皮塔尔军营。于是，我切断了所有可能的官方通信。顺便说一句，在此期间，我全身心地投入学习和写作之中。

我的新任代表毫无音信。那里发生了什么？我派去了我的联络官阿玛迪斯·坎特罗。科雷亚·达·卡马拉将会在他的汇报和书信中诋毁他。这将是他唯一一次说出真相。*

*此人是骑士小说读者，他本人还是令人难以忍受的废话作家，这位加入巴拉圭国籍的西班牙埃斯普兰迪安[1]是本世纪最坚定的学究之一，他是我这辈子见过的最卑鄙的卑鄙小人。他的强项是历史，但是，他多次让琐罗亚斯德[2]在中国活动，让帖木儿[3]在瑞典活动，让赫耳墨斯·特里斯墨吉斯忒斯[4]在法国活动。这位恶劣至极的阴谋家原本在贫困中挣扎，直到他

1　指加尔西·奥多涅斯·德·蒙塔尔沃（Garcí Ordóñez de Montalvo）所作的《埃斯普兰迪安的英雄业绩》（*Las Sergas de Esplandián*）一书的主人公，该书是15世纪广受欢迎的骑士小说《高卢的阿玛迪斯》的续集。

2　琐罗亚斯德（Zoroastro），古波斯先知，琐罗亚斯德教（又称拜火教）的创始人。

3　帖木儿（Tamerlán），历史上帖木儿帝国的开创人。

4　赫耳墨斯·特里斯墨吉斯忒斯（Hermes Trismegisto），希腊神话中的神祇赫耳（接下页）

当上了最高独裁者的间谍，据我所知，这位间谍在最高独裁者面前享有很高的威望。他夜复一夜地为我朗读一部作品，这部作品有些类似巴拉圭至高无上者的传记。在这首卑劣的凯旋曲中，他把这位脾气暴躁的独裁者吹捧到了天上，然而，在提到帝国与我本人时，这位阿玛迪斯的言辞却极为卑鄙下流。凭借有罪不罚和卑鄙无知，他用纸张散布了一大堆可怕的坏话和谎言。最糟糕的是，两年来，我不得不带着虚伪热情的赞美被迫阅读这份胡言乱语的手稿。就这样，我被迫聆听这份手稿作者写下的谎言，在他们为对付成群昆虫而焚烧的牛粪浓烟中，我们号啕大哭。对我来说，您的眼泪就代表您的真挚感情和您对我们最高独裁者的敬佩与尊重，这位传记作家兼巴拉圭“苏丹”的间谍大胆地对我说道。这是折磨，这是我遭受的最难以忍受的羞辱！（科雷亚的报告，《编年史》，见前引）

科雷亚·达·卡马拉的愤怒爆发了：“独裁者让我遭受的痛苦简直无法形容。我是一个帝国的代表，他却像对待一个粗俗的盗马贼般对待我。他们不仅没有为我提供合适的住宿，还将我拘留——几乎是绑架，在沼泽地里的一间肮脏的茅屋里，那里是以前的警察局。即便遭受这样极端的侮辱，我也不会抱怨，为了报效我的国家和君主，我有责任做出最大的牺牲。可是，难道我的妻子和女儿们也应当遭受如此卑鄙的欺辱吗？我们的四周都是水塘，这些水塘里充斥着难闻的瘴气和腐臭，携带疟疾、痢疾与黄热病的昆虫遍布其中。风暴、狂风、大雨以及夹带冰雹的阵雨不合时宜又持续不断地降临，电闪雷鸣，这世上所有的苦难都聚到了一起！印第安人的驻营地，随处可见的妓院，我的妻子和女儿们被迫目睹那些淫秽下流的场面。至于那间我们不得不藏身其中的屋子，它的墙壁已经倒塌了一半。自我们到达后，我们便无法睡觉、无法休息。从午夜到黎明，冰雹不停地掉落在铁皮屋顶上。酒鬼们整天从房子旁边走过，他们大喊大叫，朝着门窗扔石头，他们以此为乐。印第安人溜进我们的

（接上页注4）墨斯和埃及神祇托特的综摄结合，被视为一系列有关魔法、炼金术、占星学的秘密书籍的作者，还被视为炼金术师的始祖。

住处，骚扰我的女奴，抢走我们的粮食。空气中弥漫着这些卑鄙之徒的臭味。假装喝醉的士兵想强行打开我们的房门，只有当我威胁要向他们开火时，他们才会离开。

“昨天，他们在离我窗户二十步远的地方射杀了一个小偷。代表在哪儿？我要求见他。间谍坎特罗厚颜无耻地找借口，他说代表很忙，无法接见我，因为他去抓跳蚤了。冷静，尊敬的帝国大使先生，他假装礼貌，试图安抚我。请您绝对放心，如果巴拉圭最高政府代表唐约瑟夫·莱昂·拉米雷斯正在抓跳蚤的话，那他一定是为了您的舒适着想。军官先生，在这个地狱里，折磨我们的可不只是跳蚤！我回答道。我请求，不，我要求立刻见到代表本人，而您却告诉我，他在政府代表团大楼屋顶的一个篮子里，他现在正在荒唐地抓跳蚤。我提醒阁下，这位‘间谍作家’不动声色地回答，每个人都有杀死跳蚤的方法，最高政府代表的方法可是从不出错。

“这还不止，坎特罗先生。今天早上，一个印第安老妇人向我要了一大笔赔偿金，她声称她的母驴被给这窝棚运水的公驴强暴了，她的母驴死了。我只好拿了一枚多乌隆金币赔偿给她，因为要是少于一枚金币，她便不肯接受。您觉得这一切还能忍受吗？更为严重的是，瘟疫造成的死亡人数正在增多。我从这间茅屋的大门里看到，已经有五百多个不幸的人被埋在了附近。所有的事情都在一天发生，这里的一天和一整年接下来的每一天根本没有任何差别，所以，我都不知道我是上个星期还是上个世纪来到这里的。这就跟做梦一样，尊敬的大人！坎特罗开玩笑说。说到做梦，大约八天前，我做了一个跟巴拉圭和巴西有关的梦。我梦见，如果巴西的边境线往西延伸至巴拉圭河河岸，往南延伸至巴拉那河，那么巴西便会成为世界上最大的帝国。这个狡猾的间谍又补充说，我梦见巴拉圭和巴西不仅结成了一个联盟，还形成了彻底的统一。不过，我认为，巴西帝国的企图并非如此。从另一方面来说，我不相信梦，他说道。我只好极为严肃地回答他：我更不相信精心伪装的谎言！罗亚先生*，要是巴拉圭政府再在侮辱的道路上往前迈一步，它就会知道帝国大使能够

在多大程度上维护其显赫的身份及其君主陛下被冒犯的尊严！”（科雷亚的报告，《编年史》，见前引）

*编者想要澄清，这一笔误和说法并非由他造成。我们可以在《编年史》第四卷第60页查阅到，科雷亚在机密报告中一字不差地提到了这一姓氏。（编者附注）

毫无疑问，科雷亚的确有理由抱怨坎特罗。在那期间，我的“《圣经》注释家”兼联络官拦截了他的信函和秘密情报。坎特罗给我发来情报，伊塔普阿是一个小事频发的地方，这些事情仿佛秘密地、不知不觉地发生了，他这样说道，他仍然坚持着自己一贯以文学风格叙述琐事的癖好。唐何塞·莱昂·拉米雷斯已经派所有人，包括副代表、指挥官、军官以及整个卫戍部队去抓跳蚤了。唐何塞·莱昂本人钻进了一个比独木舟还大的篮子，这个篮子里配备了几罐水和食物，他用滑轮把自己吊到了代表团大楼的屋顶上，估计他也在用他的方式坚持在那里抓跳蚤。最近这三天，除了篮子的一些零星颤动外——这种颤动类似寒战剧烈发作时的痉挛，他没有表现出任何生命迹象。我该怎么办，大人？坎特罗问道。等待，我命令他，继续让科雷亚露出马脚。

我对拉米雷斯的信心还没有动摇，他一定在暗中策划计谋，以便对付这位帝国宫廷大使。

正如您将看到的那样，大人，坎特罗在他的最后一份汇报中对我说道，按照大人您的命令，我正想尽一切办法努力安抚这位帝国宫廷大使，并从他那里套出他此行可能带有的其他企图。在一次我认为适时且适当的谈话中，我曾以我假装做过的一个梦为借口，试图套他的话。这个梦与巴拉圭和巴西结盟有关，我说我梦见我们组成了美洲大陆上最大的强国。这位帝国大使表现得如此失落，老实说，他真的开始让人感到同情了。

在奥斯皮塔尔军营凉爽的走廊里，我愉悦地想象着这位帝国大使被蚊子、臭虫和跳蚤吞噬的画面。我想象着他被沼泽地里的毒蛇侵袭，我想象着他在旧警局那个快要倒塌的火炉里遭受夏季酷热的炙烤，还要忍受纠缠不休的阿玛迪斯·坎特罗的骚扰——此人竟然想通过做梦来调查巴西的扩张计划。

最后，拉米雷斯终于发来公文，他详细地——以精确到毫米的刻度——沾沾自喜地向我解释了跳蚤的脚长与跳跃高度之间的关系。雄性跳蚤和雌性跳蚤的跳跃高度不一样，其跳跃高度在吸食受害者血液前后也不一样。请大人恕我冒昧，它们的跳跃高度在交配前后也会发生变化。这位粗俗的代表用不知羞耻的图画记录了跳蚤的所有交配动作。

坎特罗的机密报告：大人，拉米雷斯代表先生吊在代表团大楼屋顶的篮子里装的不只是食物和水，他还把帝国大使的一位侍女装到了篮子里面。代表先生在上面行事如此谨慎，以至于无人看到什么，也无人怀疑什么。篮肚用老式的方法系上了纽扣，里面的两人高兴地摩擦了身体，他们在代表团大楼屋顶扮作长有两个脊背的野兽。帝国大使方面向我抱怨跳蚤的侵袭已经变得相当严重，我正试图阻止他获悉此事，这件事在群众中已经人尽皆知，连印第安人也在笑话这个“飞到天上的篮子”。我非常担心这位多疑的巴西人想要得到赔偿，因为他为那位印第安老妇人死去的母驴支付了赔偿金。不过，在与代表先生一起被装进篮子之后，那位美丽的穆拉托侍女却显得十分满意。我们只能说，唐约瑟夫·莱昂·拉米雷斯，用某种自我牺牲——我们最好承认这一点——巧妙地为我们的事业做出了贡献。这位穆拉托侍女便是窃取其主人秘密信件的人，如此一来，我们才能完整地复制这些信件，以便让大人您完全获悉这位帝国大使与其大臣之间的通信。

我命坎特罗放缓他的安抚攻势。在他的最后一份汇报中，他告诉我：大人，我邀请帝国大使和他的家人到巴拉那壮丽的森林里骑马散步。他直截了当地拒绝了我的邀请。于是，我又送去了一张巴拉圭吊床，作为送给他和他的妻子及女儿们的礼物。后来，我还送去了一些银制马具。他同样拒绝了。尊敬的大人，在全国人民为您庆祝诞辰之时，帝国大使利用这个机会强调了他的愤怒。去年 1 月 6 日，他以隆重的方式庆祝了您的生辰。他按照我告诉他的方式，以巴拉圭人民向我们最高独裁者致敬的方式，下令点燃了两大堆篝火，并用八百支蜡烛照亮了其住所前方。除点燃蜡烛外，帝国大使还向穷人布施，他身着盛装，与家人一同观看了人们的舞蹈和比赛。可是，今年，他却将家里的门窗紧闭，他穿着最粗糙的衣服在外面装模作样、目中无人地走来走去。我冒昧地向您禀告了他这两年的态度转变。一位帝国全权大使被一位统治者关押在一个下流肮脏的印第安村庄长达十七个月，他有什么义务替这位统治者庆祝生日？一个不断遭受虐待的人不应该也不能够消遣娱乐。请您转告你们的最高独裁者，他似乎以为巴西惧怕他，因而自感洋洋得意，不过，事实并非如此。巴西帝国不会畏惧小人小事，巴西帝国会铭记其使者受到的侮辱。请您代我向他转达，如果谈判进程难以推进，这都要归因于巴拉圭政府的行为表里不一，这是一种在里约热内卢宫廷绝对闻所未闻的道德弊病。大人，我应当如何回答这位可怜大使的无礼之言呢？让他发泄吧。告诉他，如果他真有什么重要的事情需要告诉我，那就让他先履行诺言，做出证明，将承诺的武器及其他货物运来。如果没有什么重要的事，那就让他从哪儿来回哪儿去。我还必须禀报大人，在牧场成群猛禽的攻击下，那些由帝国大使带来作为礼物的阿拉伯骏马早已尸骨发白。告诉那些乌鸦，坎特罗，我祝它们用餐愉快！

科雷亚寄给巴西帝国政府的最后一份报告，由坎特罗用密码誊写并快马加鞭送来：独裁政权拥有广阔的国际关系网络，它的触角已经延伸至拉普拉塔、东岸地区、南里奥格兰德和圣克鲁斯–德拉谢拉[1]。显然，独裁政权的基本目标是建立一个以巴拉圭为首的庞大联盟，该联盟同时以巴拉圭为中心。毫无疑问，巴拉圭政府一直与南里奥格兰德元帅巴雷托互通往来，只要巴拉圭政府能依靠与巴西结盟来对抗布宜诺斯艾利斯的大胆企图，它便不会放弃煽动南里奥格兰德与蒙得维的亚联盟对抗布宜诺斯艾利斯的计划。尽管这位独裁者，这个全新联盟的灵魂人物，仍然躲在一道很容易看穿的帘子后面，但当他得知内陆省份正计划与布宜诺斯艾利斯决裂时，他便在收到行动消息的当下下令重新占领他已经放弃的萨尔托阵地或者说萨尔托营地，而且，他已经派人侦察了未来盟友的港口。啊，这个喋喋不休的阴谋家科雷亚！现在，你才是南里奥格兰德革命者派来的大使啊！我应当让你来到亚松森，就为了把你的头颅插在长矛上，放到共和国广场中央！呸，下流的无耻之徒！我甚至不会让你死在巴拉圭的土地上，我不会赐予你这种殊荣！你就直接滚下地狱吧！天真的坎特罗带着一贯的愚蠢提醒我：大人，我已经调查过了，这位帝国大使还是共济会成员，并且，他还属于这个神秘组织中最令人生畏的最高级别。这可不是科雷亚身上最糟糕的地方，我亲爱的坎特罗。相反，这位卑鄙的巴西旗士时而伪装成帝国大使，时而伪装成“破衫汉共和国”大使，如果他真是共济会成员的话，那么，成为共济会成员，也许就是他唯一微不足道的优点了。可怜的共和国破衫汉们！可怜的共济会成员！这个多余的骗子出现在他们的队伍里，一定会导致他们走向毁灭。坎特罗继续汇报：尊敬的大人，这位帝国大使兼共和国大使认为您是这个正在建立的庞大联盟的首领。他在 4 月 2 日的报告中表示，目前，他比布宜诺斯艾利斯政府更像阿根廷联邦的首领，有了西斯普拉提

1　圣克鲁斯–德拉谢拉（Santa Cruz de la Sierra），简称圣克鲁斯，位于安第斯山脉东部，在现今的玻利维亚中部，目前是该国最大的城市。

纳省[1]和秘鲁共和国[2]的秘密情报，再依靠米西奥内斯及南里奥格兰德的一个与马托格罗索[3]往来密切的党派，这位独裁者将会把握第一时机向支持南里奥格兰德省完全独立的人伸出援手，一举消灭布宜诺斯艾利斯。然后，他会直截了当地领导现在的联邦，侵略马托格罗索，再以补偿或报复为借口占领东方传教区[4]，并以同样的借口，从赛特凯达斯瀑布[5]进入，将战争的恐惧带到圣保罗省。巴拉圭政府通过科连特斯与脱离拉普拉塔联盟的省份之间不断通信往来。在南部的最近一次战役中，巴拉圭独裁者惊人地归还了科尔多瓦、圣菲和巴拉那的人民，而此事就发生在这些省份声称反对布宜诺斯艾利斯并向其宣战的几个月前。所有这些情况，连同我将在报告中继续详细说明的其他情况，均指向这一结论：为了防范来自四面八方的危险，除了与巴拉圭及其奸诈乖张的独裁者建立联盟外，巴西帝国别无他法……我还想要什么呢，你这个狡猾的骗子！你和坎特罗简直不相上下，你们都善于把一大堆违背事实的“事实”、谎言和各种各样的捏造之事摆在纸上。你把自己关在装满阴谋的篮子里，可你的想象力却比不上何塞·莱昂·拉米雷斯用来杀死跳蚤的想象力。何塞·莱昂，将这个顽固不化的堕落分子驱逐出去，并仔细搜查他的行李。不能让他带走我们的任何东西，哪怕是一只跳蚤！知道吗？多加小心！你还要明确无误地告诉他，虽然他没有头脑，但是，如果他

1　西斯普拉提纳省（Estado Cisplatina）是现今的乌拉圭东岸共和国在1817—1828年处于巴西帝国统治之下的名称。在当时的巴西帝国看来，这一地区位于拉普拉塔河的东边，因此便用“Cisplatino”（意为“在拉普拉塔河的那边”）为其命名。它也被称为“内普拉塔”。

2　秘鲁共和国（República Peruana），秘鲁-玻利维亚联邦内一个自封的独立国家，由路易斯·何塞·德·奥贝戈索（Luis José de Orbegoso）在1838—1839年的反联邦战争中建立。

3　马托格罗索（Mato Grosso），位于巴西西部，1680年前属于西班牙势力范围，后来来自圣保罗的殖民旗队将当地的西班牙耶稣会教士驱逐，此地便成了葡萄牙的势力范围。

4　耶稣会传教区，位于现今巴西的南里奥格兰德州。

5　赛特凯达斯瀑布（Salto de Sete Quedas），又名瓜伊拉瀑布（Saltos del Guairá），位于巴西和巴拉圭双方的界河巴拉那河上游。

不想永远失去他的脑袋，就别再靠近我们的河岸。让他和他的帝国或者共和国一起下地狱去吧！

（在私人笔记本上）

这个鲁莽之人的想法也不是完全不好。让巴拉圭成为一个庞大联盟的中心，我从一开始就想到了这个问题，而且，我还向那些愚蠢的布宜诺斯艾利斯人、东岸人和巴西人提出了这个想法。不过，不幸的是，确切地说，非常不幸的是，这些卑鄙小人正在将建立美洲同盟这样慷慨有益的计划变成制造阴谋的素材。要知道，美洲同盟并非在外国主人的逼迫下建立，而是在他们各自利益的基础上建立。

还有一事：

我解除了何塞·莱昂·拉米雷斯的职务。大人，请您下令将我枪决吧！当我下令让他前来交代他的罪行时，他扑到我的脚边号啕大哭地求饶。何塞·莱昂，你要知道，纸是包不住火的。好一个技艺高超的演员！他差点吞下了我的鞋扣。至高无上的大人，巴西帝国试图用一个骗局来欺骗我们的国家和政府，而我摆脱了他们的骗局，如果这些子弹就是我要为此付出的代价，那么，我会心满意足地死在行刑队面前。

我不应当相信这个骗子的悔悟。就在他官复原职九个月后，他让我所谓的侄女塞西莉亚·马雷科斯为他生下了一个儿子。显然，他根本无须将她塞进篮子，或是假装自己要去抓什么奇怪的跳蚤或毛虱。我已经下令让他将其依法所得的俸禄交给这位母亲。为了让他能体面地支付他们的开支，我安排他戴着脚镣在军队厕所处理排水和打扫的工作。在这个男孩成年之前，他还有很长的一段时间，这段漫长的时间一定会消磨何塞·莱昂身上的交配欲望。

（永久通令）

当我接手这个不幸的政府时，我在国库里找不到钱，也找不到一巴拉布，当时的巴拉圭没有武器，没有弹药，也没有任何援助。不过，凭借手段、智慧、劳动和勤奋，除了完成造价高昂的建筑工事，我还在一直承担不断增加的开支。我要维持物资供应，为维护公共安全及国家安全准备战争物资。我要没完没了地工作、操劳，在军政领域甚至机械领域顶替本应由其他人承担的职务、职能和职责。这些事情让我负担过重，此外，我还要承担其他工作，它们既不归我管，也不属于我分内之事。这一切都是因为我身处一个全是白痴的国家，在这里，政府无法依靠任何人。巴拉圭在不幸、萎靡和贫困中沉沦了三个世纪，为了将巴拉圭解救出来，我必须指导、教授、管理、处理所有事情，甚至是最细微的细节。

于是，我发现，我无法在这里呼吸。在这个国家，我必须同时顶替五十个职务，一大堆事情和工作落在我一个人身上，压得我喘不过气来。如果一切还得这样继续，那么，我最好还是休息一下，让巴拉圭按照从前的方式生活下去，或者，让巴拉圭以巴拉圭的方式生活下去——也就是说，让巴拉圭成为一个受尽外国人蔑视和嘲笑的塔佩人之国。最后，我的努力终将付诸东流，我的辛苦必将白费。我的所有计划都会落空，所有的花销都将浪费，所有钱财都将有去无回。巴拉圭人最终还是会变回巴拉圭人，再无其他可能。如此一来，尽管巴拉圭拥有独立自主共和国的所有头衔——这些头衔使其享有“南方第一共和国”之称，但是，它依然只会被视为一个瓜纳人[1]共和国，它只会用自己的养分和汗水养肥他人。

尽管如此，如果有人想要的比我能提供的还要多，那么，除了解雇他们，我别无他法。我无法创造修士们口中所谓的奇迹，更别提是在这片事事难以实现的土地上。我倒想看看你们怎么应付那些在财政部门、治安部门、民事司法部门、公共工程部门、外交部门、内政部门、监察部门以及其他各个部门任职的无能公务员。我整天绝望地训斥石灰厂、武器厂、火药厂和弹药厂的员工，还有岸边的造船厂和木工作坊，我无法让他们备好舰队，来保卫从首都至科连特斯的河流航运。二十年前，那艘巨大的商船——巴拉圭方舟便已被黄沙掩埋。除了这些事情外，还有炮兵、步兵、骑兵及其他陆军部队的招募、训练、指导工作，符合所有实际用途的海军人员的招募、训练、指导工作，对国有牧场、庄园、仓库、工场、作坊的关怀、监督及指导工作，以及间谍、侦察员、追踪员、密探和特工的组织工作——他们是世界上最无知、最无能的情报人员。

除了担任永久独裁者，我还必须同时担任陆军部部长、总司令、最高法官、最高军事法官及军备工厂负责人。由于所有高级军官的军衔，包括上尉军衔，均被取消，因此，各个军种的指挥部便由我一人构成。作为公共工程负责人，我必须亲自监督每一个人，哪怕是最微

1　瓜纳人（Guanás），巴拉圭土著居民。

不足道的工匠、女裁缝、泥瓦匠和养路工，这还不包括你们这些驻扎在全国各地，以及那些最偏远堡垒里的军政官员及领导给我带来的工作、苦恼和麻烦。

我倒想看看你们会怎么做！我把这个职位让给你们。如果你们还觉得我做得不够，那请你们来接受这个职位吧。如果可以的话，请你们做得比我好。

这些天，一份匿名告示向我发起了控诉，它声称人民已经对我失去信心，他们厌倦了我，他们已经无法再继续忍受。这份匿名告示还说，我之所以还在政府执政，只是因为他们无法推翻我。这是真的吗？我敢肯定这并非事实。相反，要是我最终对人民失去信心，要是我对人民感到厌倦，再也无法忍受他们，难道我能够解散他们，再去选择其他人民吗？你们瞧瞧这差别。

共和国的领导们：最重要的是你们要深入良心深处去审视自己，你们要问问自己，你们认为，你们在多大程度上摆脱了这种在人死之前便在将死之人身上形成的尸碱。加一个脚注：尸碱是动物尸体腐化产生的毒素。这是一种由变形杆菌与霍乱弧菌结合而产生的带有恶臭的黏稠积脓。它具有严重的致病性，仿佛它来自塔纳托斯[1]的蒸馏器。现在，我意识到，这些野蛮人能够在他们的秘密蒸馏器里制造尸碱而不是甘蔗酒！这种物质通常也被称为尸胺。对于活死人在自己体内制造的这种毒素，我无法为你们提供任何解药。我会毫不犹豫地告诉你们，对这种芽孢杆菌来说，根本不存在“抗芽孢杆菌”。对尸胺来说，根本不存在“复活胺”。还没有人发现这种解药，而且，很有可能永远不会有人发现这种东西。所以，小心吧！这种有毒的汁液不仅存

1 塔纳托斯（Tánatos），希腊神话中的死神。

在于那些要被埋葬在郊外牧场的人身上——那里没有任何纪念性质的十字架和标记，它们还会在那些于狂妄的“积云”[1]下长眠的人身上产生。它们会在那些最狂妄的人身上产生，这些人下令为自己修建“金字塔陵墓”，他们用这些“金字塔陵墓”来存放他们的腐肉，就像把一个宝贝放入保险箱。那些首要显贵、首要英雄、首要人物、首要骗子以及其他首要角色下令为自己修建雕像，他们把他们卑鄙的名字强行加诸广场、街道、公共建筑、碉堡、小堡垒、城市、小镇、乡村、杂货店、娱乐场所、球场、学校、医院和墓地之上。那是为他们存放勇气和神圣遗体的下流圣殿。无论何时何地，情况总是如此。现在，依旧如此。只要活着的人继续做白痴，这种情况就会一直持续。只有当人们不卑不亢地认识到，人民并非低贱的平民，只有人民才是活着的纪念碑，任何灾难都无法将其夷为瓦砾和废墟时，情况才会发生变化。

在我们革命以前，这样的事情也曾在这里发生。我曾和你们谈论过那些贵族民兵的奢靡和狂妄，或者说，我曾和你们提到过那些出身贵族并继承了牧场、军刀和军服的粗野俗气的先生。如果这种情况现在再次发生，一点也不奇怪。树大根深，很有可能，那些卑鄙无耻的军官和领导的尸碱又在从外到内、从内到外地腐蚀你们。我曾经说过，并且我也坚持认为，如果一场革命没有形成自己的军队，或者说，如果这支军队并非出自革命内部，那么这场革命便不是真正意义上的革命。这样的军队应当是由革命武装、由革命产生的革命后代。不过，如果这支军队的领导并非全心全意为革命服务，而是自甘堕落地让革命为自己服务，那么，他们便有可能腐败或腐化。所以我说，处决一百多个密谋叛国的囚犯远远不够。我曾以为我已经把那些弄虚作假

1　指灵台／坟墓。

的叛徒军人的残余势力全部清除，这些人自认为他们是被人民召唤和挑选出来的革命领袖，事实上，他们只是无知的政客，他们只是包裹着光鲜制服的贪污腐败的阉军。显然，为这些背叛祖国和共和国人民的堕落之人保留的可耻刑罚并没有起到解决问题的作用；显然，笞刑、枪毙、矛刺并未终结军官和领导们的堕落，这种堕落已经发展到不幸的程度，它已经感染剩余的下级军人，并在他们中间扩散。我不得不做出如下推测：在制服背后，有某种如出一辙的邪恶的东西。这种东西不是荣誉的标志，而是耻辱的标志；它不是忠诚的象征，而是卑鄙的不忠不义的象征。每一个世纪，人类的发明都各不相同，然而，军人的弊病看上去毫无变化，这种始终如一的污点是每个世纪的标志。

不论你们拥有什么军衔、职位和权力，你们都要学会成为谦虚恭谨、受人尊敬的士兵。

至高无上者的主要诽谤者们对永久独裁者曾经试图在武装部队中强制推行铁面无私的严格纪律一事做出了说明，他们无意中证实了此事。他们的证词也许并不全面，却没有偏袒的嫌疑。看上去，这样的方法并没有取得多大的成功：

“笞刑只是对军人施加的常见处罚，只需最高独裁者的命令，便可实施这一刑罚。正如西班牙统治末期，所有被判处死刑的人都会被人用火枪处决。行刑当天，他们会在广场上竖起绞刑架，被处死之人的尸体就挂在绞刑架上。”（伦格和隆尚，《历史随笔》，第二章）

在谈及审判及处决 1820 年的反叛者时（他们中的大多数人都是军事领导人，其中，许多人在对抗贝尔格拉诺率领的远征军战斗中有着出色的表现），威斯纳·德·摩根斯特恩证实：气氛已经白热化，毫无疑问，暴风雨即将到来，因为所有没有共享权力的人都反对独裁。独裁者收到了好几封匿名信，他们在信中警告他要格外小心，于是，他加强警备。

在圣周二[1]夜里，五个人遭到逮捕，他们接受了严厉的审讯。这些人制订了一个用来消灭独裁者的计划。有一个得以逃脱围捕的人，一个名叫博加林的怯懦胆小之人跑去忏悔，此人揭露了他所知道的关于这一计划的所有内容。他们计划在圣周五这天在街上刺杀至高无上者，就在他平常下午散步的时候。蒙提埃尔长官被指派去完成此次刺杀。一旦独裁者去世，他的亲戚，富尔亨西奥·耶格罗斯将军便将接管政府，卡瓦列罗和蒙提埃尔将担任指挥官，负责指挥军队。军队里的一些士官也参与了此次计划。神父要求悔罪的博加林立即向独裁者告发此次计划，因为作为一个虔诚的基督徒，考虑到这一罪行还未发生，不管怎样，他都不应参与其中。(《巴拉圭独裁者》，第十七章)

这起案件在“真相室”——威斯纳更谨慎地将其称为审判室——的地下室里审理了两年。圭库鲁刽子手贝哈拉诺和帕蒂尼奥在这项艰苦的调查中颇费力气，最终，那些用“蜥蜴尾巴”鞭打出来的供状毫无破绽。1821年7月17日，六十八名被控密谋叛国的罪犯遭到处决，此后，最高独裁者再也没有遇到困难，他一直统领国家政权直至去世。在他的某处笔记中，我们可以读到这样平静的思考：“在不到一周的时间里，政治气候问题就被行刑队一劳永逸地解决了。”（编者附注）

独裁者的最大乐趣是谈论他的陆军部。有一次，军械修理员拿着三四把修好的滑膛枪走了进来。这位大人物将这些枪一把接一把地举到肩上，瞄准我，就像要开枪一样。他多次扣动扳机，在火石上打出火花。他很高兴，他哈哈大笑着问我：Mister Robertson[2]，您在想什么呢？我不会对一个朋友开枪！我的滑膛枪会让子弹射穿敌人的心脏！

还有一次，裁缝带来了一件上衣，那是为一位新招募的榴弹兵准备的上衣。独裁者命人带来这位新兵，他让这位新兵脱下所有衣服来试穿

1 指天主教传统宗教节日圣周的第二天。

2 英语，意为“罗伯逊先生”。

这件上衣。在付出超人的努力后——显然，他从来没有穿过带袖子的服装，这个可怜的男孩终于把上衣穿在了身上。这件上衣简直荒谬至极，不过，这件制服已经按照独裁者本人的想法和设计制作完成。于是，他称赞了裁缝，并威胁这个新兵说，如果他因为粗心大意而让这件制服染上任何污渍，他便会受到严厉的惩罚。裁缝和士兵战战兢兢地离开了房间，接着，他朝我眨了眨眼，对我说道：C’est un calembour, Monsieur Robertson, qu’ils ne comprennent pas![1]

这个男人如此快乐且认真地打扮并装备他的每一位榴弹兵，我从未见过一个小女孩会这样打扮她的洋娃娃。（罗伯逊，《巴拉圭书信集》）

关于最高独裁者对巴拉圭武装力量的持续关注及担忧，如果仍然需要某个无懈可击的证据来对其加以证明，那么，佩雷斯神父最终在至高无上者葬礼上念诵的悼词便足以作为证据：

为了维护共和国和平，让共和国受到其他国家尊重，大人他采取了多少措施？他训练士兵，为他们配备武器，装备制服——他们的制服是这些共和国，甚至是旧世界各个王国的军队中最为炫目的华服。

当我看到这位大人物要处理如此多的工作时，我感到十分震惊！他潜心研究军事，很快，他便像久经沙场的老战士一样指挥军队的演习和队形变换。不知有多少次，我看到大人走到新兵身边，教他们如何瞄准目标，用子弹将其命中！当巴拉圭独裁者亲自教授巴拉圭人使用步枪，甚至步枪最细小的零件时，哪一个巴拉圭人会不去重视步枪最正确的携带方式呢？他出现在骑兵中队前面，他以惊人的精力和智慧领导他们，他把鲜活的精神传递给跟在他身后的人。他的声音比战斗演习和行军中的号角声更为铿锵有力。更重要的是，在经历了这些规模宏大的演习之后，当独裁者本人对士兵们一一进行仔细检查时，在他们一尘不染的洁白制服上，他竟然找不到丝毫污点，这真是一个巨大的奇迹！

1　法语，意为：“这是一个双关语，罗伯逊先生，他们都不明白！”

所有巴拉圭人必须以列兵身份参与服役，只有在多年之后，在他们被授予所有下等军衔之后，独裁者才会将他们任命为军官。普通的军队制服是一件带有褶皱和镶边的蓝色外套，还有白色的裤子和圆帽。制服褶皱及镶边的颜色根据兵种变化，制服肩缝处的肩带用来区分骑兵和步兵。只有穆拉托长矛手的衣服是个例外：他们的制服是一件没有纽扣的白色外套，一件红色的背心，还有白色的裤子，以及一顶红色帽子。为了制作这些制服包括的背心和其他衣物，他们还使用了从查抄的教堂和修道院里找到的法衣及帷幔上的锦缎。的确，独裁者下令为那些龙骑兵和榴弹兵制作了好几百套军礼服，但是，他们只在接受检阅或有外国使节来访，需要在政府大楼里布岗时才会穿。除这两种特殊情况外，这些制服都被小心翼翼地保存在国家仓库。（伦格和隆尚，见前引）

当我要求你们为部队制服签署收据时，你们当中的某个人向我提出了一个荒谬的问题，这个问题与几块旧鞋革有关，就好像我应该关心这些垃圾一样，当然，我肯定不会把它们扔到街上。衡量一个士兵的标准是他的能力，而不是他身上的衣服。在新格拉纳达总督区，大部分爱国主义军人穿的是奇利帕[1]或衬衫。大多数时候，他们赤身裸体，没日没夜地行军，并在与欧洲人的频繁战斗中不断死去。出生在巴拉圭亚佩尤的解放者——圣马丁的朴素言辞证实了这一事实。在1819年的总指令[2]中，解放者向他的士兵们发起了动员：同志们，我们必须尽最大可能打好这场硬仗。虽然我们没有钱，但是，我们不会缺少肉和烟。倘若我们的军装破了，我们就穿上我们的妻子为我们做的粗衣麻布，倘若粗衣麻布也没了，那我们就像我们的印第安同胞一样赤身

1　奇利帕（Chiripá），南美洲高乔人或印第安人的一种男装，以一块长方形的羊毛织物围在臀部和大腿上，裹成类似裙裤的样子。

2　1819年7月27日，解放者圣马丁在门多萨发布一份总指令。在指令中，他鼓励士兵们与西班牙人战斗到底，以摆脱殖民统治，获得自由和独立。

裸体吧。让我们自由吧，其余的一切无关紧要。

这是一位伟大而杰出的将军在解放战争中发表的宣言。然而，在这里，我这些衣着考究的军官却想身穿军礼服，在军营的训练中或是在敲响起床号或回营号时，在广场上大摇大摆地走来走去，让老百姓眼花缭乱，仿佛他们就是高人一等的生物。不，先生们，军人的穿着必须整洁朴素。要成为一名优秀的士兵，奢侈不仅没有必要，而且毫无益处。不要再问我要用缎子、锦缎花纹布、厚质丝绸、金银丝线织物、压花皮革、条纹棉布或麻纱做成的红色背心了，我只让他们为穆拉托长矛手做过一次这样的背心。指挥帕尔多人部队的白人军官们所穿的金银绦带军服上衣已经不复存在。从教堂没收的法衣和帷幔只够给榴弹兵、龙骑兵和轻骑兵部队制作军装，所有的教会纺织品都已经腐烂。背心、上衣、饰有银边的肩带、饰有白色镶边的天鹅绒高顶军帽、在行军时随风飘扬的黄色塔夫绸丝带，如今都成了破布。再也没有可以查抄的法衣和帷幔了。抱歉，大人，我只是想提醒您，国家商店里还有二十捆这样的布料，它们是在印第安村庄的教堂里缴获的。闭嘴！不要说话，除非有人问你，不要反驳我说的话。你们要满足于用蓬特维[1]、缎面麻布和普通麻布做成的衣服、皮裤、为军官们制作的亚麻粗布上衣以及给军队的白色条纹棉布布条。学校老师甚至比军队士兵穿得还要朴素。两年前，我们才开始给他们配备稍微体面一些的内衣，即便如此，这些内衣还是不如士兵们的内衣好。斜纹哔叽裤，混纺衬衫，用手头有的各种布料做成的上衣，南京缎背心，彭丘，毛毡帽，领巾。在这之前，他们穿的是他们自己用棉纤、卡拉瓜塔[2]和金山葵[3]纤维做成的衣服。在那些赤身裸体、仅仅被单纯包裹的孩子面前，

1　一种在19世纪常见的布料。

2　卡拉瓜塔（karaguatá或caraguatá），龙舌兰纤维织品。

3　金山葵（pindó），为棕榈科金山葵属的乔木状植物，原产于巴西南部、巴拉圭、乌拉圭等地。

他们不需要任何华丽的服装来履行他们的教师职责。我本人也只有一件经过缝补的长礼服、两条裤子——一条用来会客，一条用来骑马，以及两件与毛毡夜蛾幼虫、蟑螂和白蚁斗争了三十年的背心。

此外，有了这些服装之后，你们就把它们到处乱扔，我不明白你们为何要一再向我索要奢华的服装，我不明白你们为什么会这么想。当我知道这些领导竟然在当差时身穿奇装异服博人眼球时，我非常气愤。这些人身穿爱尔兰彩虹亚麻长袍和绒布灯笼裤，他们还戴着睡帽——他们的睡帽和我的睡帽一模一样。他们不穿适合各种场合的规定制服，却来模仿我的便服，这是什么荒唐愚蠢的行为？

我不喜欢傲慢愚蠢的领导，这些人像小丑一样迈着大步，四处炫耀他们的卷发和身上的缎子，他们用爱慕虚荣之人的厚颜无耻来掩饰他们的卑鄙无耻。我更喜欢一个看上去矮小、膝内翻，却能够在正确的时间、正确的地点站稳脚跟的人。这样的人一心为共和国服务，他能充分履行自己的职责，他既不会张扬炫耀，也不会有辱使命。所有东西都有两个把手。你们要注意，不要抓错了把手。

指挥官们既要维持纪律，也要关心士兵们的健康。巴拉圭的军人看上去斯文瘦弱，不堪一击。我们的军队不会像其他国家的军队那样被敌人摧毁，我们的军队本身便在不断地瘫痪，他们成群结队地自取灭亡。军人们行为放纵，他们追求混血女人和印第安姑娘，他们用外国商人为他们走私的白兰地把自己灌醉。那些外国商人想要贿赂他们，或者更糟糕的是，他们想让他们堕落，让他们更快地走向毁灭。

我命令你们严厉制止这些错误行为，你们要速审速裁，应当在犯罪之人犯下此类罪行时，当场将其枪决。否则，我会将其指挥官送到军事法庭，让他为自己在违法行为面前疏忽大意承担相应的责任。

印第安人，尤其是当地人的妻子，应当受到特别保护。他们也是巴拉圭人，与现在居住在这个国家的人相比，他们有更多的理由和资格去维护他们的自然权利。你们应当允许他们拥有他们的风俗、语言和仪式，你们应当允许他们住在原本就属于他们的土地上，你们应当允许他们住在原本就属于他们的森林里。记住，绝对禁止印第安人从事奴隶劳动。对印第安人和自由农民使用同样的规章制度，因为前者与后者并没有任何区别。

我不知道另一个被你们视为伟大领袖的人怎么会恬不知耻地要求我允许他将一个士兵调到司令办公室去担任他的秘书，他的理由是：他需要这位士兵为他起草报告。这等于承认这位士兵比他更有能力担任领导，甚至担任指挥官，除非指点他处理报告一事掩盖了某件不可告人的工作。如果是这样的话，那就更加糟糕了。

难道你们当中的很多人连起草一份糟糕的报告、乱写一份公文、绞尽脑汁地随便写一份稿子都不会吗？对政府来说，这真是一种悲哀。

当我收到指挥官们的各种文件时，我首先要做的就是研究字迹，也就是笔迹。同样的事情可以通过不同的方式，用带有不同含义的措辞来表达，所以，无论是不会写作的指挥官还是不知道自己在写什么的军需官，最终都会写出一些横看竖看都让人不知所云的内容。要是因为一份写得不好的报告发生了什么不好的事，指挥官就会说这份报告并非由他所写，而是军需官所写，他们会说军需官错误地理解了他们的话，这样，他们就可以逃避责任。此外，如果要下发保密指令，政府会因担心指挥官看不懂保密指令而显得颇为尴尬。最后，指挥官肯定会像往常一样，他会在他的回复里随便写一个借口或几句蠢话。难道我不应该将这位军需官任命为指挥官，而将那位文盲指挥官发配到部队里去吗？

你们所有人都是我精挑细选的人才。那个时候，我到处召集人才，我对自己说，我想要新人。我要找的是蒙尘的金子，我要寻找最优秀的人才为国家服务，所以，我找到了这些在我看来最为优秀的人才。我不会拿着耶和华的蜡烛四处打探女人肚子里的秘密，[1]我手头有什么，我就拿什么。如果你们每个人都能像谈论陌生人一样谈论自己，如果你们每个人都能把自己当成一个连自己的主人都算不上的人，对我来说，这就足够了。过去，我常常问你们：这是你的房子吗？不，大人，这座房子属于所有人。这是你的狗吗？不，大人，我没有自己的狗。至少，你的身体、你的生命属于你吧？不，大人，在最高政府支配它们之前，我们只是暂时从最高政府手里借用它们。这样的大公无私曾经意味着一种无法估量的力量。那时，你们什么都没有，但是，你们拥有一切，因为你们每个人都代表着所有人。我曾说过：这样的人生逢其时。为了让国家站起来，这就是我需要的人。于是，我就这样找到了，比如说，何塞·莱昂·拉米雷斯。他头脑敏捷，目光敏锐，雷厉风行，健步如飞。他总能先发制人，快人一步。他曾是我最优秀的手下之一，直到他变成了最差劲的那一个。他不喜欢阿谀奉承，也不喜欢搬弄是非。何塞·莱昂·拉米雷斯能够执行所有命令，而且，他每次都能坚持自我。随着时间的推移，我开始打算将他晋升为上尉，让他担任陆军部部长。有一段时间，我甚至想将他任命为我的继任者。他曾有过这样的机会，我曾经给过他机会，可是，他没有牢牢把握他的机会。因为管不住自己的下半身，他把机会弄丢了。

另一位走向毁灭的无耻之徒——罗隆，从前的罗隆上尉——他曾获得最高军衔，后来，他又被降至最低军衔。我花了五年时间亲自指

1　典出《旧约·箴言》（20：27）：“人的灵是耶和华的灯，鉴察人的心腹。”此处意指他不会四处寻找最有天赋的胎儿。

导他学习战术。炮术是他的天赋所在。他会走到大炮旁边，像抚摸一匹温顺的良驹一样轻抚它、拍击它。在他将大炮套上炮架时，他会和它说话，他会轻声告诉它应该做什么。当他点燃导火线时，他会用食指画出一条指向目标的抛物线，就像一个专业的马术运动员向他的马指出它应当跨越的障碍物一样。他的舌头发出一声轻响，大炮就响了。不管目标有多远，百分之九十九的炮弹都会击中目标。

啊，罗隆啊罗隆。我向你传授了各种各样的计谋来战胜任何敌人，摧毁任何堡垒，甚至是你的灵魂壁垒。我们进行过激烈的陆地战斗演习和水上战斗演习。在其中一次演习中，你得了一百分，你几乎打败了我。你从列兵晋升为上尉，你成了当时共和国军队中军阶最高的军人。你是威严肃穆的炮兵上尉。你所向披靡，锐不可当。你独一无二，无可替代。你举世无双。

你记得他长什么样吗，帕蒂尼奥？大人，他的样子我至今仍历历在目。他身材高大，脑袋紧贴房顶。他身躯魁梧，留着长发，胡须长及腰间。大人，只是看到他，人们就会感到敬畏。是的，如你所说，罗隆正是那样。那就是罗隆，共和国的第一位上尉。

在一场与科连特斯人的冲突中，我命他前去轰炸当地的要塞，以便让科连特斯人引以为戒。我派遣了四艘装备着二十多门大炮的精良战舰，任他支配。可是，除了为敌人上演一场徒劳可笑的表演，这些战舰根本没派上任何用场。由于远征指挥失误，他成了大家的笑料。他对国家的爱去哪儿了？他的荣誉和骄傲呢？他对政府的尊重呢？他的自尊心到底哪里去了？

在巴拉那河与巴拉圭河的交汇处，在科连特斯要塞前面的七条激流形成的漩涡中，这四艘战舰开始来回晃动。它们没有发射一发炮弹，它们不知道该去往何处，它们不知道它们应该沉没还是飞翔。

为了纪念入侵的战舰，当地的居民和军人临时上演了一场戏谑的狂欢。他们开始比赛谁的舞跳得最好，谁跳得最久。要是科连特斯人只是伸出双手而没有抓住他们，那只是因为他们喝得太多，已经瘫倒在地，就像罗隆和他的手下因为害怕而瘫倒在地上一样。当他带着他的丰功伟绩回来时，他表现得十分冷静，他用胡说八道来为自己辩解。当一个人把一项艰难的事业委托给一个厚颜无耻的无能之人时，便会得到这样的结果。的确，我下令进行那次远征只是为了完成测试，对我来说，这次远征的结果并不好。就是因为这个原因，我才没有下令处死罗隆。他被改判为终生划船。他现在怎么样了？大人，他还在独木舟上划船。沿岸驻军的最新报告说，如今，他只剩下皮包骨头了；另一些人说，他已经变成了一大束头发，这束头发有三米多长的尾巴，当他划船时，这条尾巴便在河水中拖行。瓜尔尼皮坦[1]的沿岸居民开始炮制奇怪的谣言。有些人说，坐在船上的已经不是那个活着的有罪之人了，他们说，坐在船上的是死去的罗隆。另一些谣言则声称，在那艘黑暗腐烂的船上不停划船的人就是死神本人。一定是这样，因为很多年前他就没在皮拉尔与瓜尔尼皮坦之间设立的固定地点领取食物了。

你在那张纸上鼓捣什么呢？大人，我正在把 díceres 中的字母 í 刮掉，把它换成字母 e。虽然只改变了一个字母，但是，前任上尉罗隆的命运随之发生了变化。

我手下还有另一个极为胆小的怯懦之人——伊塔普阿前任指挥官奥赫达。让人感到羞耻的是他和一个真正的驻军指挥官应当成为的样子恰好相反，他将坎德拉里亚拱手让给了费雷的军队。这些人入侵我们的领土，企图扩大他们的版图，并占领米西奥内斯——这是一片自

1　瓜尔尼皮坦（Guarnipitán），18 世纪对亚松森附近田野的称呼。

古便属于巴拉圭且由其管辖的土地。我的驻军指挥官在第一枪打响之前便不战而退。就在他们不得不使用手中的兵器时，那些兵器却在这些身穿制服的怯懦之人手中熔化了。辎重、装备、给养散落在他们逃跑的道路上，这些东西全都耗费了国家的血汗。我命他前来觐见。你被吓得屁滚尿流。对国家来说，这是一种耻辱，一种前所未有的羞辱，史无前例的侮辱。如今，你那不可原谅的愚蠢意愿使我蒙受了耻辱，它甚至让我失去了坎德拉里亚——对巴拉圭的国家安全来说，这是一个必不可少的要塞，这是我们手中仅存的用来与国外通商的关卡。那些外国商人会怎么说？如果你的同胞们知道此事，他们又会怎么说？他们会朝你脸上吐口水，你会成为最受人鄙视的痰盂，你会成为所有人的笑柄，而不是共和国第一驻军指挥官。

我不会朝你吐口水，我这个人不会这么做。我会尽量不对你动怒，我不允许自己对一事无成的人动怒。向那些可悲的浑蛋发泄怒火无异于允许这些非人之辈在某段时间内控制我们的思想和情感，这意味着双重损失。

目前，我不会下令将你送到橘子树下。你不要以为这是出于宽厚或仁慈，我不会原谅你这番极端愚蠢的行为。宽容乃万恶之根源。你的所作所为实在是愚蠢至极。我再强调一次：我正努力不对像你一样的无用之人发泄无用的怒火。

我不会要求我的手下总是像精准的机器一样行动。作为边境指挥官，你感到一种虚无的恐惧，你竟然在没有原因、没有必要的情况下退缩了，害怕了，而且，你什么都没做。这是缺乏支配情绪的力量，如果是这样，别人就不能对你抱有多大的期望。不要找借口说你在等待指令。不论敌方有什么消息或迹象，所有指挥官都有义务自行准备防御，这并不妨碍他在情况允许的条件下等待指令到来。你不应当以没有指令为借口，将事情搞得一团糟。起码，你应当在考虑方法和条件之后进入防御状态。在战斗过程中，如果我们需要坚持不懈地为了某座教堂或某个要塞的地理位置而战斗，那么，我们必须全力以赴，就像它是最重要的国家圣殿一样，即便在当时看来，这种目标可能完全只具有战术价值，而且，这样做也许只是为了这一次战斗。你有足够的兵力，你可以将五千多人的军队派遣到圣托托梅[1]，你有优秀的炮兵队伍、步兵预备队和骑兵预备队，你还有两个精锐的长矛骑兵中队。你原本有机会让这个地区成为一场真正的边境防卫军事行动的起点，然后，待他日时机到来，再将这次行动变成一次大范围远征，以便扩大并确保我们对河流甚至大海的控制权，进而反抗那些野蛮的游牧部落和虚伪的政府。这些人妨碍我们行使自由航运权，他们伤害我们的自尊，阻碍我们的对外贸易活动。

由于你的荒唐行为，这些野蛮的敌人四处散布毫无根据的流言蜚语。他们认为巴拉圭人头脑简单，不热爱自己的国家，所以巴拉圭人容易被骗。他们认为巴拉圭人会被任何东西——甚至是镜子的反光——吸引，就像从前的印第安人被西班牙人欺骗、迷惑一样。

如果巴拉圭的最高独裁者手下有一个与其军衔相称且与共和国荣誉相称的军人——一个受过作战训练的军人，而不是一头蠢驴——这些败类便不会再胡说八道。哪怕他只是一名中士，或者最多是一名上尉，他也能像将军一样出击，将科连特斯和拉巴哈达夷为平地，作为对当地居民偷盗、掠夺和嘲弄的惩罚与报复。

好的军队，尤其是所有杰出的军队统领，都有另一种精神，另一种力量，另一种决心。祖国的烽火在他们的血液里燃烧，他们无法在敌人面前坐以待毙，他们的步枪不会卡住。每一位统领和每一位士兵都肩负着整个国家的重担。看到敌人侮辱他们，他们会齐心协力扑到

1　圣托托梅（Santo Tomé），位于现今阿根廷的科连特斯省。

敌人身上，将敌人碾为尘土。然而，那些受懦弱军人指挥的士兵却拥有冰冷的血液，他们对一切漠不关心。如果统领们都毫不在意，那整个军队又怎么会在意呢。

由于你的过错，亲爱的临阵脱逃指挥官，我被迫关闭了萨尔托军营，以免需要不停地追捕其他逃跑的懦夫。为了避免其他类似的溃败，我已经封锁了圣米格尔与洛雷托的栅门。

我暂时不会下令将你枪决，条件是从今往后你不能在与敌人的对战中后退半步。在战斗和进攻中，你必须始终走在部队前面，不得以任何借口撤退。为了防止你再做出荒唐之事，我命你连续三天在敲响起床号和回营号时向军队宣读随附的最高公告。在这封公告中，我批准并命令连队的中士、下士，甚至每一个士兵，只要他们看到你有任何背朝敌人的迹象，就朝你背上开上一枪。我慷慨地给你减刑的机会，你可以选择在战斗中被枪杀，我把选择权交到了你的手里，或者，更确切地说，我把它放到了你的脚上。你必须亲自宣读这份公告。

一个好的军队是唯一能够治疗这些弊病的良药。我们不会一直延续军人的等级，我不想要一群只会攻击 / 征服邻居、束缚 / 奴役所有同胞的寄生虫。

我希望人民能够全民皆兵，尽管他们可能缺乏全面的军事训练——他们在小学开始学习字母时便开始接受这样的训练。在遭到敌人进攻后，我们所有人民都会自动变成士兵。他们宁愿死，也不愿看到祖国遭受入侵，政府危在旦夕。

老百姓可以在一个月内成为优秀的士兵，而所谓的正规军却百年不改其恶习。

公务员这一范畴应当包括国家的两大上层阶级，其一是法官，其二是法官的助手或法官决议的武装执行者。这些人必须接受严格的教育，以便让后者保卫国家不受敌人侵害，让前者在维护人民利益的条件下管理司法机关，消灭革命之后仍旧存在的不公正现象。

军人和法官都必须极其谨慎地避免在执掌权力的同时积累财富，破坏社会平等的基础。

为此，我为你们规定了一种完全禁欲的生活方式，这也是我强加给自己的生活方式。我与诸位都不能拥有任何类型的财产。我命令你们永远保持独身，以免留下遗孀。我们不得建立自己的家庭，因为这会导致我们做出不公正的偏袒行为。士兵、法官、副官——这些所谓的武装起来的圣人，不得拥有私人财产和家庭生活，他们必须一视同仁地保卫他人的私人财产和家庭生活。我希望你们要明白这一点。请你们反复阅读我的命令，将它们熟记在心。我不希望白纸黑字规定的内容遭到臆想的妨碍。我希望这些文字能够通过你们的理解，而非血淋淋的教训，进入你们的内心。

我命令并要求你们所有人对公共财产、公共资金及公共开支进行严格监控。必须采取最严格的戒备措施，以防止偷盗、横征暴敛、抽头、苛捐杂税及行贿受贿。与依法执行规章制度相比，你们中的一些人似乎更擅长制造这样的丑闻。关于公务员的偷窃行为，之后，我还会回过头来讲。我要收紧大家脖子附近的弦轴，将琴弦校准到正确的音调。删掉这段。在“行贿受贿”后面这么写：清理行政机关是实施公共救赎计划必不可少的一步，我们必须通过共同努力来实现这一目标。

共和国是万千人民构成的整体、集合和联盟。这里的人民指的是爱国者，那些不爱国的人不应包括在内，他们不应被视为共和国的一分子，除非，按照你们在国家教义中学到的那样，假的硬币也能和好的硬币混在一起。

我们拥有世界上最节俭的政府和地球上自然资源最丰富的国家。在这数不清的许多年里，我们享受了这片大陆上从未有过的和平、安宁和富裕，现在，我们必须努力保卫这笔巨大的财富。

长久的和平状态必然会被长久的战争状态取代。我们不会攻击任何人，我们也不会容忍任何人攻击我们。只要巴拉圭仍然紧密地团结在自身核心力量周围，它便不可战胜；但是，如果巴拉圭脱离了这一核心，巴拉圭的力量定将与其分散距离的平方成反比减少。这就是水平方向的重力定律。牛顿并不是每天都看到苹果落下。划掉苹果，写上橙子吧。不，这也不行。把整段话都删掉吧。难道这里有人知道牛顿吗？

为了重新统计共和国二十个大省内的人口，你们要立即对各自辖区内的所有居民，包括土著居民，进行一次最全面的人口普查，以更新我们的人口记录。本次人口普查必须在为此次普查准备的详细表格中注明成年人的数量、年龄、性别、职业，每一个男人或女人的才能、家庭背景、政治背景、刑事纪录——如果有的话，这一点主要针对每个家庭的负责人——以及与他们对独立事业喜恶相关的情况介绍。必须统计儿童的数量，从刚出生的婴儿到即将达到服兵役年龄的少年均需包括在内。必须统计儿童接受训练的情况。你们要提交各个学校的学生名单，那些已经开始写字的学生必须提交一份书写样本。至于那些成绩最好的学生，必须要求他们以作文形式回答他们如何看待最高政府这一问题。他们有充分的言论自由。政府会向每所学校派遣监察员，目的是用合适的考核方式检验学生的进步情况、平均出勤率、学习效果、掌握的知识、用功程度，以及让他们无法提升成绩，甚至旷课或留级的原因。今天比以往任何时候都更需要让一句老话完全成真：在巴拉圭，没有任何一个公民不会读书写字。因此，也没有任何一个公民不知道如何正确地表达自己。

请大家对构成共和国根基的要点进行认真反思，要着眼于其未来的发展。我想要的是能够忠实履行各自职能的领导、代表和行政人员。我希望你们每个人都能做到正直、节俭、勇敢和诚实。我想要的是意志坚定、没有污点的爱国者。

针对这份通令中涉及的主要问题，把你们认为适合提出的任何疑问、意见和建议写下来。我打算马上召开一次机密会议，也就是说，这是一次由最高级别到最低级别的领导、官员及公职人员组成的大会，此次会议的目的是大家一起巩固并统一最高政府未来的政策。

你们每个人都要汇报你们自进入公共管理部门以来所从事的各种职务及相关任职情况。在机密会议召开前，最高政府将审查你们的述职报告。你们的报告向来十分不符合规范，此次，你们必须根据下一位信使为你们送去的表格来撰写述职报告。这些供职记录，连同我已经吩咐下去的人口普查及教育普查汇报，必须在一个月内寄出，也就是说，最晚必须在今年九月底前寄出。

当然，本次述职的目的并不是找出你们可能犯下的错误，解除你们的职务——这是一种荒谬的想法。因为你们犯下的愚蠢行为而对你们进行处罚，这是一种更加愚蠢的行为。做得好的事情固然好，做得不好的事情，我们以后一定要努力做好。我的目的是引导你们每一个人，让你们成为共和国无可非议的伟大领导和公职人员。因此，我希望你们的汇报、公文和陈述能够符合事实真相。不要任由自己在想象中遨游，不要逼我像剥洋葱一样一层一层地扒掉你们这些文件的假皮。我希望你们能够接受我的警告，这是最高领袖的警告，但更多的是一位不仅尊重你们，而且深爱你们的朋友的警告。也许，我对你们的爱远比你们能够想象的还要多。

我们的好日子可能就要到头了，因此，是时候调头改变我们的航向了，这最好是因为这条路不适合我们，而不是要为我们个人谋取方便。由于我们的国家好的榜样向来不多——我很少从这些榜样中受教，所以，我只好利用坏的榜样。虽然把这些坏榜样反过来，只能学到非常普通的教训，但是，如果我们正面看待它们，可以从中得到极好的教训。

按照惯例，我们的司法机关处决那些有罪之人，并将其作为对其他人的警告。为了防止不好的榜样扩散，他们并不惩罚被绞死的人，他们利用被绞死的人去惩罚其他人。死去的总是别人。不要试图告诉我你们已经死了，但是，你们还没发现，或者，你们已经忘记自己已经死了。我不会被谎言蒙蔽，纵使它藏在人们鞋底，我也总能发现它。迷信和阴谋不会影响我，也不会迷惑我。你们都很了解我的仁慈，不过，你们也很清楚我的严厉无情。这种严厉完全为祖国服务。无论敌人来自国内还是国外，我都要尽力保卫我们的祖国，帮它抵挡所有敌人。

可怜的同胞们，请你们明白！我宁愿死，也不愿看到我可怜的祖国再次遭受压迫，而我也非常乐于相信共和国的所有人民都有着和我一样的想法。如果不是这样，那就是我们的错。到时，我们任何人都无法从祖国遭受的灾难中逃离。为什么？因为所有人——我们每个人都将成为祖国的灾难。沙漠中的野兽必定会跑来，在这样的尸体上建立政权。

人们常说，信任人民的人在沙堆上筑城。也许吧，当人民完全是沙子的时候，也许就是如此，但是，这种猜测在这里并不占据统治地位。与我一同作战的并不是沙子做成的人民或者幽灵人民，与我一同作战的是一个承受了无数痛苦的民族。巴拉圭人，如果你们想要完全的自由，那就再加把劲吧！[1]

在这份通令里，我命令你们重新开展人口普查和居民户口登记，一旦收到相关结果，我便会立刻着手实施一项制订好的计划，届时，我会下发通知。我要组建一支庞大的军队和舰队，将我们的国家彻底从不公正的航行封锁中解放出来，并加强我们的防御能力，防御能力是我国独立和自主的基础。此项计划的细节将在适当时机通过机密指令下发给各位军事指挥官。

1　对萨德侯爵的模仿。（见 112 页）

（私人笔记本）

现在我要做的是：一旦贪官暴吏之林被砍倒，一旦淌着下流口水的狂犬瘟疫被消灭，我便会下令在它们的尸体上撒上一层厚厚的石灰，让世人忘记他们。再也不会有卑鄙可笑的领导了，再也不会有一遇到危险就等着逃跑的前线士兵了，再也不会有明明存在却毫不中用的军队了——因为这个军队的所有士兵最终都沾染了领导的恶习。再也不会有制服、军衔和等级之分了——这些东西并非来自他们取得的功勋，它们来自一种无用的资历。国家的军队将是全体人民，他们身着盛装，拥有武装人民的尊严。这支看不见的军队却比所有军队都有用。这支军队的成员是自由的农民，在这支天生为共和国效力并保卫共和国的军队中，军队干部是其中涌现的天生的领导。他们白天工作，晚上训练。他们会在黑暗中训练，所以，黑暗将会成为他们最好的盟友。白天，他们会把武器藏在犁沟旁边。森林筑成的大墙将会成为我们最好的堡垒，沙漠和沼泽将会成为敌人无法逾越的壕沟。我们的分遣部队以小股部队的形式相互连接，河流、湖泊和小溪就是使他们闪电般的力量得以流通的交通干线。让那些大象来吧。蚊子最后会吞下大象。当敌人闯入时，他们会觉得他们正在进入一个手无寸铁的和平国家。然而，在电闪雷鸣之时，当入侵者被幻象般的男男女女包围时——这些身穿工作服的人正在保卫家园，他们才突然意识到自己的错误。到时，他们便会知道，一个民族无法被人征服，除非它自愿被人征服。

那支被我派到巴拉那地区与入侵的科连特斯人作战的部队均由一家之主构成，他们从一开始就是一个很好的例子。从今天开始，再也没有一无是处的军队了。我要解散这些游手好闲、一事无成的军人，敌人刚打响第一枪，他们便仓皇逃窜。我已经受够了这支寄生虫军队，除了用各种暴行和虐待手段不停地折磨人民外，他们还无能地吸食人民的鲜血。

从今天开始，老百姓自己就是军人。所有的男人、女人、成年人、年轻人，以及那些能在祖国大部队中服役的孩子，都是军人。这支军队独一无二，神出鬼没，不可战胜。研究军队组织的各个方面；细致入微地制订战略战术计划；制订游击战争规则以及全面自给自足制度，以实现劳动与防御的中心目标。

为了将传统民兵转变为人民民兵，最重要的基础是……（此页剩余部分已被烧毁）

骷髅一边抖动身上的泥土，一边站起身来。它以臀部和后腿作为支撑，抬起上半身骨架。它就要把黑人皮拉尔的秘密吐到我脸上了，唾液在它的嘴边形成了一道小小的彩虹，它在骨头光秃秃的影子中露出讽刺的微笑。我后退一步，远离它的可及范围。我用眼角的余光看着它，一条死狗携带的狂犬病更为致命。你下令杀他是因为……它停下来，装出咳嗽的样子。别着急，我的好苏丹。你有大把的时间。说吧，说吧，关于这个黑人，你刚刚想说什么？继续吧，我听着呢。从前的你可不是这么耐心的听众，我尊敬的至高无上者。作为一条狗，你在生前也并非这般健谈。你下令枪决了皮拉尔，就在你与永久独裁政权庆祝银婚的那一年。那一年，热油脂熔化得比任何时候都要快。你还记得那根巨大的蜡烛吗，至高无上者？就在那儿，你的狗腿子们下令为你制造了那根蜡烛，它高五十巴拉，底座厚达三巴拉。一万担滚烫的油脂被倒入蜡烛支架。接着，他们点燃烛芯，烛火在雪白的“壁龛”中燃烧，按照他们的计划，它至少还能再持续燃烧四分之一个世纪。那天夜里，他们便把那根蜡烛竖立在共和国广场上。那是那一年的圣诞节前夕，当时，你对此一无所知，它完全出乎你的意料。宵禁钟响之后，你竟意外地发现了那处亮光，它就在某个地方闪耀，你以前从未在那儿见过它，你也从未允许它在那里存在。你在窗前拿起望远镜，对准它。北方之星！我听到你喃喃自语。整个夜里，你都拿着望远镜欣赏它。你像失去伴侣的狗一样发出低沉的哀号。你发出了一千次叹息，你的每一声叹息都被一千道回声阻断，所以，它们既是一千声叹息，又只是一声叹息。你用你的铁皮鞋跟踩着我的爪子，你强迫我在你身边叹息和哀号。就在你像狗一样叹息和哀号时，我却像人一样嘲笑你那矫揉造作的痛苦人性。天亮之后，我几乎是拖着你，才把你拖到了床上。我把你关进了阁楼，而我则在门口待命。

几个小时后，你的注意力被广场上的喧闹吸引，你发现了那根蜡烛。它已经从朱丝贵竹做成的支架上脱落，在阳光的照射下，它已经完全垂向地面，油脂和烟雾不断从蜡烛顶端喷涌而出。到处都是笑声和呼喊声，还有献给至高无上者的欢呼声和叫好声！人群越来越激动，他们围着这支巨大的蜡烛欢笑嬉闹，在这场前所未有的庆祝活动中，这支蜡烛温和地向人群垂下了头颅。女人们在广场上的红尘中疯狂翻滚。那些最大胆放纵的女人扑到变软的蜡烛头上，她们撩起头发，将外衣撕成碎片。她们眼神迷离地用手抓起成块的热油脂，她们用手心接住那些滚烫的蜡滴，她们用这些油脂揉搓她们的腹部、胸部和嘴巴。她们疯狂地号叫起来：

Oé…oé…yekó raka'é
ñande Karaí-Guasú o nacé vaekué… *[1]

*噢欸……噢欸……他们说
我们伟大的首领出生在很久以前……

1 用瓜拉尼语改编的村夫谣（圣诞颂歌），原文中的“圣婴耶稣”（el Niño Jesús）被改为瓜拉尼语中的“卡纳义古阿苏”（Karaí-Guasú）。

你怒不可遏。他们眼中最盛大的庆祝活动却成了你眼中最阴险的嘲弄。你命令部队在枪上插好刺刀，你让他们清空了广场。那些排成战斗队形的榴弹兵不得不发起三次冲击，你的狗腿子们吓得瑟瑟发抖。

那天，你下令枪决了黑人皮拉尔，我跑去舔舐子弹在他胸前凿出的伤口。快到傍晚时，黑人皮拉尔带着一丝笑意，用死人的声音对我说道：为这位狗屁不如的圣人点燃这么多蜡烛！不是吗，苏丹？我让印第安姑娘奥莱加利亚怀孕了。等她把孩子生下来，你去告诉她，我希望她给那孩子取我的名字。你去告诉那个该死的没有名字的老头，你去告诉他，我希望他不知道他要去哪里，也不知道到了那里该说些什么，我希望他的内心一片黑暗，我希望他一睡不起，永远不知道自己已经死去。这就是黑人皮拉尔说的话，这就是他的遗愿。通过借鉴别人的谎言，你写下了如此多的谎言，你认为它们就是你创造的真相，可是，为什么你不把这些真实的事情写进去呢？

苏丹，你知道我并不是出于残忍才下令将他处决，我这么做是因为他的所作所为。我把他送进地狱是因为他犯了偷窃罪和叛国罪。你把他送进什么地狱？送进你那黑心的地狱吗？还是送进你那至高无上的地狱？不得无礼！你把我也枪决了吧，你这死于至高无上的该死老头！我已经受够你了！在你的手再也无法移动那支笔之前，把我杀了吧！既然我们同为死人，那么，我们便能理解彼此。不，苏丹，一切都需要一种理解能力，一种你无论是死是活都无法拥有的理解能力。噢，至高无上者！你还不知道，到了地底下，你会感到多么快乐、多么轻松！当你在文字的墓园里慢慢为自己挖掘坟墓时，你所置身的错觉让你吞下了最后几口被你称之为生活的苦涩的灵丹妙药。所罗门本人曾说：偏离理解之路的人，即便活着，仍将永远置身于死人堆里。你才刚刚开始，而我比你先进入死人堆，所以，至高无上者，你这个新手应当尊重我。我们都知道，智慧加增痛苦。但是，有一种痛苦会变成疯狂，任何地方都没有记录这一点。你不要过于专注地观看那团火，在你身上，语言失眠刚刚出现，它让你以为你在那些书中看到了这团燃烧的火焰。如果这团火存在，那么，它并不在那些书里。它只会将那些书烧成灰烬，它会把你烤焦。这一次，我回到你那臭烘烘的狗窝，只是为了陪你一会儿。最后，我对你感到同情，一种死人对活人的同情。不要试图理解我。也许，你马上就会感到快乐了。你知道，在这个世界上，快乐有多么可怕吗？

你认为，你的绝对权力可以支配一切，在令人盲目的绝对权力之中，你没有获得一丁点所罗门王——这位非基督徒的智慧。当所罗门王和他的妃子们睡觉时，他会把《传道书》里的刀藏在枕头下面。有时，他会在她们睡觉时不声不响地将这把用痛苦铸成的刀子拿出来。他会剪掉她们的头发，再用这些头发为自己制作红色的、金色的、乌黑的、卷曲的、波浪状的美丽胡须，这样的胡须一直垂到他的肚脐。他会面带微笑，将她们的乳房一刀割下，他的动作如此轻柔，那些昏睡的妃子一定还觉得自己正在睡梦中被他爱抚。一眨眼工夫，他就把她们的眼睛挖出来了。他看着手心里那对充满睡意的双眼，没有什么比它们更为美丽了！视神经的脐带悬挂在指间，瞳孔在黑暗中发出一阵磷光，一种爱恨交织的黄色亮光，然后，这种光亮便隐藏在大地的黑暗里消失不见。这些都是《雅歌》中没有记录的内容。

等一等，苏丹！这是谁说的？别把我搞糊涂了。这不重要，至高无上者，你不要担心。我怎么能不担心呢？我正试着去理解呢，我不想让我写的东西和你那阴曹地府里的狗屁东西混为一谈。我已经告诉你了，等到你明白的时候，你自然就会明白，但是，如果你一直假装自己被埋葬在这些文字里，这样的事情便不会发生。虚假的坟墓是极为糟糕的庇护所，而最糟糕的庇护所就是每令[1]半个雷阿尔的文字坟墓

1 纸张的计量单位。

了。只有在地底下，你才会找到永不熄灭的太阳。那里有最初的黑暗，那里有黑夜，那是朝圣的双眼看到的黑夜，那是唯一能照亮你生死之路的明灯。所以，即便人并不总是在黑暗中死去，他也只能于黑暗中诞生，你明白吗，至高无上者？我亲爱的苏丹，在你活着的时候，对我来说，你还是有用的。我听到你在睡梦里哼叫，你会狂吠，你会出其不意地惊醒，你会抬起右爪赶走不好的幻觉。奇怪的形象映在你的眼里，一个没有颜色和形状的陌生物体或事情——这种形象由黑变灰，由灰变白，最后，停在你的身边——你可以对它做出预测。如今，你的睡意太过沉重，你已经不知道如何装死了，就像从前你为了逗我的客人开心而做得极好那样。就像黑人皮拉尔这个小丑一样，通过模仿最为奇怪之人的声音、形象和手势，他能为我们上演相似的滑稽剧。他可以模仿哑剧演员、滑稽演员、拉皮条的人、即兴表演者、好色之徒、迅速改换角色的演员、滑稽歌手、丑角和小偷。

告诉我，苏丹，就在这儿，这里只有你和我，把你的爪子放在胸前：你要完全坦诚地告诉我，那个黑人有没有对你说过那个曾让他疯狂的想法，那就是有朝一日他想成为巴拉圭的国王。你在撒谎！这是你那花言巧语的抄写员炮制的谎言，他想进一步败坏黑人皮拉尔的名声！他最不愿意做的事情就是成为这个狗屁国家的国王！那个梦想着有朝一日推翻你并当上国王的人正是你的抄写员——波利卡波本人。你好好看看这条走狗的椅背。你看到那里用煤末写了什么吗？巴拉圭国王，波利卡波一世。你要下令让他用舌头舔掉这句铭文。你不用担心，在绞刑人的活结让他那湿漉漉的舌头从嘴里跳出来之前，他一定会这么做的。

那么，根据这条狗的要求，我来写一写黑人皮拉尔。十年来，这位侍从一直享有我独一无二的信任。除了御医，他是唯一进入我卧室的人。他为我煮马黛茶，监督一日三餐的烹制，他还为我试菜。在我召见别人时，他为我充当助手；在我散步时，他是踮着脚的瞭望哨。我骑着摩尔，在光秃秃的街道上缓慢前行。皮拉尔那双游隼一般的眼睛监视着那些大门紧闭的房屋的缝隙。一堆戴着草帽的脑袋，那是藏在草丛里的孩子。皮拉尔挥舞着鞭子，扑到这些草帽上头，一群好奇的小孩藏在草帽下面。他抽打着他们，将他们赶走。

在军事演习中，他骑马走在我旁边。他会像最优秀的轻骑兵一样使用长矛和步枪。这个黑人引起了他们的嫉妒、惊讶和羡慕。在每年的猎狗活动中，皮拉尔总是冲在最前面。他特别喜欢钻进那些贵族家里。在这些惊恐万分的主人面前，他挥舞刺刀，把藏在床底下、厨房里、地下室和女人衬裙里的小狗杀死。在某次搜捕行动中，他用长矛刺穿了艾罗埃，他用这种方式了结了他们之间的旧账。你在撒谎，至高无上者。黑人皮拉尔并没有杀死艾罗埃，早在你驱逐罗伯逊时，艾罗埃就已经饿得快死了。没人扔给他一块骨头——哪怕是偷偷这么做——因为人们担心如果你碰巧知道了，他们会遭遇不幸。闭嘴，苏丹。现在，你别打断我。别在我面前充当叙述者 / 独裁者和校对员。我在谈论黑人皮拉尔，我没有写你，我写的是他。对文字来说，我用它写出来的东西究竟是事实还是谎言，它根本不在乎。

最让他着迷的是在夜晚透过望远镜观察天空，寻找我最喜欢的星座。你看，何塞 · 马里亚，我要给你读一读黄道十二宫历法。黄道十二宫是什么，教父？一种类似天空年鉴的东西。哦，我明白了，教父，它有点像您时不时读的名人年鉴。不要把庸俗的东西和宇宙的东西混为一谈！听着，如果我给你一个蜡烛头，让你把它吃下去，你会这么做吗？不会，大人，因为您一直告诉我一个人不应该吃掉自己的蜡烛。听着，你这个小浑蛋：太阳围绕它燃烧的光环一圈一圈地旋转，除了自己的养分，它根本不需要其他食物。要是谁能成为太阳就好了！不是吗，大人？自己吃自己肚里的食物！现在，你别打断我。黄道带是太阳在一年内穿过十二个星座形成的圆形带，十二个黄道宫标志着一年四季。我们来读一读这种历法。那是白羊宫，那只公羊是一头淫荡的野兽，因为它，我们得以出生。那是金牛宫，那头公牛开始用头顶我们。大人，在火烛公牛游戏里，我总是首先用角去顶其他黑人。看双子宫，这对孪生子，它们是美德与邪恶。当我们试图抓住美德时，巨蟹宫，那只螃蟹便来了，它用锯齿状的钳子钩住我们。就在我们远离美德时，狮子宫，那头咆哮的狮子与我们迎面相遇，它向我们发起猛烈的攻击。大人，那是您时常跟我讲的《伊索寓言》里的那只垂死的狮子吗？就是那只为了吃掉其他动物而组织动物集会的狮子？如果你不让我说话，我们就永远无法讲完。把你那黑黢黢的身子贴紧望远镜，好好听我说。我们离开狮子宫，便遇见处女宫，处女，她是我们的初恋，我们和她结婚。你在笑什么？没什么，大人，只是，我也听您说过处女很难找，就像大海捞针一样。这样看来，天上也有处女。就在我们以为我们会永远幸福时，天平宫——那个天平出现了，在天平上，我们的幸福变成了过眼云烟，我们悲伤不已。天蝎宫，那只蝎子，在我们背上刺了一下，我们猛地跳了起来。就在我们治愈伤口时，从四面八方飞来的箭又如雨般落在我们身上：射手宫，那个弓箭手，便以此为乐。我们拔出身上的箭。小心！现在，我们正坐着方舟漂流。水瓶宫，这个挑水夫来了，他把所有的洪水都倾倒出来，淹没大地。他把大地变成一片汪海，双鱼宫统治着这片海洋，因为他们不用渔钩和诱饵就能将我们钓起。每一个星座都暗藏某种含义，每一个人都对应一个星座。您是什么星座，大人？摩羯座，南回归线的摩羯座。它是一只四处进攻、横冲直撞的山羊。啊，教父，这本天空之书可真是奇妙！皮拉尔，太阳每年都会阅读这本书。它总是兴高采烈、安然无恙地出现，它一直在上面快乐地转动。我也能这么做，大人，我也能直接阅读这本天空之书。我不知道我何年何月何日何时出生，但是，不同的星座制造不同的恶作剧，由此看来，与我对应的星座应该是双子座。Soy el kõi de mi kõi.[1] 我想，你的星座更有可能是双子座后面的巨蟹座。是的，大人，如果我只是日复一日地关注小事的话。现在，我在想，大人您的生活是否也是如此。大人，在我看来，您的星座就是您自己，您不需要依靠转瞬即逝的命运。当那些看得见的事情发生时，命运正在一条线的牵引下轻柔地跳动，它推动着那些我们看不见的事情。那些书里书写的故事，不都是这样吗？如果大人允许的话，我也会阅读天上那本名人年鉴。你还不会读，你得学习，你得去学校学习字母表。我得看看我能不能做到，大人，我是说，我得看看我能否用词语写出那种像花一样的东西。

这个黑人不会经过摩羯座，他那笨拙的创造能力使他陷入了背信弃义的中伤之中。那是我的诽谤者们先前散播的卑鄙传闻的回响，他们把我对贵族的憎恨归因于我对萨瓦拉·伊·德尔加迪略上校之女未能实现的爱恋。这位厚颜无耻的造谣者没有提及姓名，他只是含糊地对“北方之星”进行了下流的暗示，“北方之星”是人们赋予唐娜玛丽亚·何塞法·罗德里格斯·培尼亚——美丽绝伦的彼得罗娜的母亲的优美称谓。在这个黑人口中，这个公开的绰号变成了我最小心保守的秘密。那是一段用星座编造的故事。确凿的证据进一步表明，即便要穿过最遥远的星系，卑鄙的蠕虫最终也会啃食健康的果实。黑人的心已被啃食，我让人给了他一顿好打，他一声不吭地接受了。后来，他跪在我脚边，恳求我的原谅。我给了他一次机会，让他为自己正名。那是我最后一次显露愚蠢的同情。他又骗了我一段时间。在我面前，

1 夹杂着瓜拉尼语的西班牙语，意为：“我是自己的孪生子。”

他表现出前所未有的谦卑和谨慎；背地里，他却成了最卑鄙的骗子。他变成了一个厚颜无耻、目无法纪、嗜酒如命、放荡堕落的小偷。在他的情人——印第安女人奥莱加利亚·帕雷的帮助下，他开始在国营商店偷东西。他们狼狈为奸。他开始背着我，以在政府面前进行可能的调解为由，收取报酬和抽头。各种各样的卑鄙行为，与他惊人的欺骗能力、创造能力及邪恶能力刚好契合。从前的男仆变成了有名的宠臣，所有人都争先恐后地想从他身上得到好处。与此同时，那位已经怀有身孕，即将分娩的印第安女人则继续明目张胆地在食品批发市场上——甚至是敌人家里——兜售她情夫偷来的商品。成匹的英国麻布、比利时短纤维亚麻布、锦缎、薄纱、花边胸衣、彩带、手帕、玩具都落入了那些没落贵族、破产的查佩同人和那些自命不凡的贵族手里。为了买下这些从国营商店偷来的奢侈品，他们给出了他们并不拥有的东西。众人皆大欢喜。就在他透过天窗往外扔丝带时，一位警卫抓住了他。那些丝带在从河边飘来的微风中慢慢飘散。*

*卫兵埃皮法尼奥·博瓦迪利亚的证词：

……何塞·马里亚大人，您在做什么？证人说他问了被告。没什么，哨兵，只是把“修女的屁”扔到天上。那下面那个藏在水沟里的印第安女人呢，她在做什么？啊，她在捡“修士的球”，仅此而已。回到你的岗位上去吧，哨兵。我要告发你擅离职守。不要把你看到和听到的事情告诉任何人。你什么都没有看到，什么也没有听到。你明白我说的话吗，哨兵？好的，何塞·马里亚大人。那你退下吧，士兵。立——正——！向——前——进——！唐何塞·马里亚向我命令道。难道你没看到，要是你四处张望，修女她会不好意思吗？她遮住屁股，不知如何将包裹着北风的屁放出来。“修士的球”在奥莱加利亚的裙子里变干了。离开这里，士兵。这是给你的一盒糖果，代我向你妹妹问好。作证的哨兵博瓦迪利亚宣称被告是这么对他说的。听到这句话，这个哨兵便带着糖果盒离开了。

一天下午，在散步回来之后，我惊讶地在办公室门口停住了脚步。黑人穿着我的军礼服坐在我的办公桌旁，他正用刺耳的喊声向一位无形的抄写员下达最荒唐的命令。他完全喝醉了，他一边翻阅成堆的文件，一边把它们都撕下来。我努力克制内心的惊讶，这种惊讶把我变成了一块想象的石头，我是说，一块愤怒的石头。最糟糕的是，在愤怒产生的幻觉中，我在那个瘦弱的黑人身上看到了自己的完美画像！他完美地模仿着我的声音、我的外表、我的动作，甚至是最细微的细节！他站起身，从存放保险箱钥匙的地方拿出了保险箱钥匙。他从箱子里取出一份厚厚的卷宗，那是1820年阴谋案的审理文件。他又开始撕起这份卷宗，他把大把的纸张扔到空中，嘴里还大喊大叫地咒骂着那六十八个已经被处死的叛徒。多么可怕的咒骂！那是二十年后，我依然时常对他们发出的咒骂。

他没有察觉到我已经走进房间，他也没有注意到我的存在。最后，他看到了我。尽管他已经喝醉了，他还是吓得跳了起来，差点撞到天花板。他沉醉在厚颜无耻的滑稽剧中，开始变得更加疯狂。他没有理会我的辱骂和威胁。他跳到我身上，扯掉我的外套，撕破我的衬衫。他捉弄我，在我身边跳舞，同时哼哼唧唧地哼唱一种奇妙的旋律。他把我逼到角落，我背靠陨石，在这只装扮成国家最高独裁者的猴子表演的独幕滑稽戏里，我被迫扮演起其中的角色。

在一次快速的旋转中，他把自己变成了被处死的六十八个叛徒。现在，是这些叛徒，是他们在侮辱、咒骂并审判跌倒在陨石后面的我。六十八个人以令人头晕目眩的速度变成了一个人，这样的速度让黑人的动作犹如触电一般。六十八个著名叛徒的形象甚至比名人肖像画家阿尔沃诺为他们画的肖像更像他们消失的影子。六十八道从阴间传来的声音混杂在一声来自黑人的尖叫声中：警卫！

轻骑兵、榴弹兵和卫兵受到突然降临的激烈战斗的惊吓，他们弓着身子，小心翼翼地走进来，准备面对一支恶魔军团。在黑暗中，他们没有看到我，他们只看到了黑人，最后，他们在黑人身上看到了我。黑人在家具中间来回跳跃，佩剑的金制手柄和拿破仑鞋的银制鞋扣在黑暗中闪闪发光。

这只至高无上的猴子身上闪着光芒，从房间的一头跳到另一头。哀号声在办公室里回荡。黑人从一面墙上跳到另一面墙上，他撞上了天花板，又撞到了地上，接着，他再次撞到墙上、家具上、枪架上、旗帜上和窗户的铁栅栏上。最后，他双手交叉放在腿上，一动不动地站在陨石上，放声大笑。他仍然模仿着我的声音，大喊大叫地咒骂我。那是下流的呐喊和吼叫，那是在最下流的放荡行为中学到的粗俗话语。

在那里！我一边从地上爬起来，一边用食指指向他。他在那里！立马抓住他，你们这些白痴！这些命令伴着黑人尖厉的声音朝我袭来。卫兵们不知道该听谁的，他们不知道到底该听我的，还是听黑人的——当时，我几乎赤身裸体，由于四周黑暗，加之愤怒无比，我整个人都在发黑；黑人穿着我的衣服，他浑身是汗，坐在陨石上闪闪发光。在那里！黑人又大叫道。把他带走，你们这帮蠢货，笨蛋！把他从这里带走！

他们把我们俩都拖了出去，黑人还在竭尽全力地挣扎，他咬掉了一个卫兵的耳朵，还用牙咬断了另一个卫兵的大拇指。他们用枪托敲晕了他，把他拖了出去，地上留下了一条血迹，还有一滩散发着酒馆白兰地味道的呕吐物。在这场令人头晕目眩的噩梦的最后一次痉挛中，散落在地上的军礼服碎片仍在颤动。一只鞋子在空中转圈，它在寻找自己丢失的脚。最后，它落在办公桌上，变成了镇纸。

黑人否认了对他提出的所有指控，牛皮鞭子没能从他嘴里撬出一星半点信息。贝哈拉诺和帕蒂尼奥这些圭库鲁刽子手在真相室里认真地折磨他，皮开肉绽、灰头土脸的他依旧固执己见。有一天夜里，我去看他。我透过牢房的一条缝隙暗中监视他，他那肿起的青紫色嘴唇上一直挂着一丝嘲弄的微笑。他固执地否认了他的罪行，他甚至威胁说，如果他说出来，很多人都会因此落马。他说，这里面包括政府中的高层官员，包括那些向他借钱的高级军官和公职人员。他说他最严重的罪行就是与那个印第安女人犯下的偷盗罪。

印第安女人奥莱加利亚·帕雷的证词：

她发誓她与男仆何塞·马里亚·皮拉尔私通往来一事千真万确。在没有借助他人帮助的情况下，皮拉尔曾经亲自向她提出这个请求。自1834年9月开始，皮拉尔便开始利用她。她还宣称，她心甘情愿为何塞·马里亚大人提供这些服务，她这样做是为了取悦他，并不牵涉任何其他利益……（此段剩余部分已被删除）

在拒绝唐何塞·马里亚·皮拉尔最初的请求后，她最终自愿选择在10月份与其私奔，当时，大人您就在上述军营。唐何塞·马里亚·皮拉尔曾把从军营前方经过的小河中的河心小岛当作幽会私通的合适地点，他们经常在那里会合，直到大人您出关并再次指导军事射击演习。后来，两人继续在河心小岛的小树林里私会，不过，她并不记得这样的事情发生了多少次。

在那里，何塞·马里亚经常把成卷的天蓝色丝带和洋红色丝带交给她——这些丝带有一指或两指宽，大约长十五巴拉，还有一些皱纹纸，不过，她并不记得丝带的数量，也不记得钢块有多少磅，皱纹纸有多少张。她只是说，何塞·马里亚告诉她，为了用清白的语言交流，避免引起他人怀疑，他们把钢块称为“修士的球”，把丝带称为“修女的屁”，尽管她并不记得何塞·马里亚给自己扔了多少。

她宣称，他们之间的私通往来一直持续到封斋节中旬，那时，她感觉自己怀孕了，于是，她便不再与他幽会，或者说，她便不再和他在树林里继续他们两人的游戏了。她说，这是她自己的要求，目的是避免其他人发现让她怀孕的人就是唐何塞·马里亚本人。不过，她说有一次皮拉尔亲自给她带去了三巴拉亚麻短纤维粗布和五巴拉英国麻布，她让人用这些布料给自己做了一条衬裙、一件衬衫或罩衫——尽管她并不记得是谁缝制了这些衣服——和一条用来隐藏肚中孩子的束腹带。这里显示这些衣物已经归还，虽然已经洗好熨好，但是，这些衣物已经十分破旧。

她接着说，到了六月，她像浣衣妇一样带着一大包衣服再次从市政厅后面经过，她用那些衣服来掩饰她的肚子和她与何塞·马里亚·皮拉尔之间的关系。从那时起，皮拉尔便运用相同的手段和诡计，透过商店朝向街道的一些小窗户，继续往她藏身的沟里给她扔东西：更多的丝带——这些丝带大约有三打，而且颜色各异——还有同样多匹质量不一的纺织品，她把它们卖给粮食市场的那些人。在被问及她与这些人的关系时，她说她并不认识其中的任何人，但是，她知道这些人都是穷人，他们常去市场，而她总是卖给他们一些打扫用具，不论他们给出怎样的价格。对于向她提出的另一个问题，她回答说，她从未去有钱人家用偷来的商品换钱，因为她是印第安人，上层社会的女士们根本不想接见她。她泪流满面地说她把钱都交给了唐何塞·马里亚，而何塞·马里亚则把钱分给了街上的乞丐和监狱里的囚犯，为的是让他们有食物吃。她相信这是真的，因为第二天，前面讲到的皮拉尔就没钱了，于是，她只好继续卖东西。她说，在她每次交给皮拉尔的现金里，皮拉尔曾给过她六个雷阿尔。他还给了她三个雷阿尔，用来给未出生的孩子购买食物。

7月13日星期一，她去粮食市场买玉米饼，唐何塞·马里亚悄悄在人群中靠近她，他告诉她，那些“屁”和“球”正在散发臭味，这种臭味已经飘到卡纳义古阿苏的鼻子里，因为至高无上者已经下令将他毒打了一顿。他告诉她必须为任何情况做好准备。她回答自己一直都有所准备，她会将所有罪行揽到自己头上，而且，她什么也不怕。

于是，被告给了她三条英国亚麻裤——其中两条是条纹的，一条是素色的，以及一件胸口带有花边、外观普通的克里奥约麻布衬衫和一条红黄条纹相间、带有金色花朵图案的闪色手帕，他让她把这些东西洗好并熨好。这些行头都是他们去坎巴库阿[1]、乌瓜德塞达[2]或坎帕门托-洛马参加黑人舞会时，上面提到的何塞·马里亚穿在身上的行头。他们去那里跳舞，根据证人的说法：“我们一直跳到身体完全失去知觉，等到天亮回去时，我们几乎感觉不到自己的脚踩在地上。”

他还给了她一枚七股绞丝银戒和一面镜子，这面镜子的边框用同样的金属制成。她说，皮拉尔告诉她，那是他能送给她的最后的礼物，因为尽管他没有警告天使，更不用说守护天使了，但是，一种非常确切的念头一直萦绕着他，他觉得自己很快就要死了，如果是这样的话，这个印第安女人的原话是：“唐何塞·马里亚在地底下仍会记得我和我们的孩子，我们的孩子在他去世之后才会出生，那是刚刚过去的这一年的圣诞节前夕。我的何塞·马里亚还告诉我，如果我们想见他，我们只需要看着镜子，我们总能在镜子里找到他的脸，他会带着极大的快乐和温柔的怜爱在那里看着我们……”（最后一段已被删除，几乎难以辨认）

---

1 坎巴库阿（Kambá Kua），位于巴拉圭港口城市皮拉尔附近。

2 乌瓜德塞达（Hugua de Seda），位于巴拉圭中央省卢克市。

今天是 1 月 6 日，这是至高无上者的日子，她宣称，她按照自己的意愿做出了决定。在没有任何人命令她这么做的情况下，她来到这里，回应那些指控。正如前文所述，她声称她才是犯下这些罪行的唯一罪人。

她此次前来，也是为了将死者送给她的所有东西归还给政府：同样洗熨妥当且带有罗勒与茉莉嫩枝香气的礼服，还有那面镜子，但不包括她为了在被告被处决前去见他而必须花在过路费上的其他钱……（已被删除）……以及最后一个半雷阿尔，这个印第安女人的原话是："昨晚，我用它买了一根蜡烛，放在大人家的走廊里，因为除了蜡烛，他并不接受任何其他礼物。我点燃了我的小蜡烛，无数的蜡烛在地上发光，它们比天上的星星还要多。我刚把我的蜡烛点燃它便消失了，这就是我想要的，因为我并不希望别人注意到这一切。我把我那一个半雷阿尔的蜡烛放在其他蜡烛中间，这是我能向大人表达的最崇高的敬意，为了大人——他永远守护我们所有人，为了他的守护神——圣加斯帕尔国王，也为了纪念他从前的教子和贴身侍从——我的何塞·马里亚·皮拉尔大人，他是我最爱的人……"（结尾难以辨认，已被删除）

所以呢？你就因为这个把他处死了？黑人他想自由地活出你用三十枚金币为他买来的自由，他在你所说的一切邪恶里发现了一切美好，就在下腹部那条线往下的地方。你认为你一直自夸的所谓的"吃水线"就是普遍理性的依据吗？亚当没有肚脐，而你，从前的至高无上者，你已经丢失了你的肚脐。你已经记不起以前的热闹生活了吗？那时，你是个赌徒，你是个弹奏比韦拉琴的好色之徒。黑人他也喜欢和印第安女人奥莱加利亚在河心小岛上鬼混。他在油炸食品、玉米饼、橙子、汗水、恶臭和市场上女人们的愉悦叫声中幸福地飞翔，他捏她们的臀部和胸部，他把他的"长鼻子手"伸进最年轻漂亮的小姑娘的衬裙里，只为吸食女人花粉的酸涩香味。没有这种香味，我们会再次陷入《传道书》之中，我们会再次陷入我的遭遇之中，我们会再次陷入耻辱与悲惨之中。我在你身边变老，当我离开这个世界时，我只有半个屁股和一条光秃秃的尾巴。为了暖和你身患痛风的腿，我失去了我的屁股。二十五年来，我一直在用我的尾巴为你打扫你的绝对权力之家。

黑人皮拉尔是你身边唯一的自由生物。就在第二天，你便收回了为他赎身所花费的三十个金盎司。我下令处决他是因为他的堕落已经无可救药。我明白，老主人，你这个至高无上的老幽灵。你下令处死一个因本性而堕落的人，就因为你无法理解什么是堕落的本性。听我说，苏丹，不要使用教会那些人的诡诈语言。你不要忘恩负义。伟大的琐罗亚斯德曾说，当你吃东西时，即便狗咬了你，你也要和它分享你的食物。你是唯一让我放心将这一戒律付诸实践的家伙。我们几乎可以说，我们在同一个盘子里吃饭。不过，现在我不会吃饭了，你也不会咬人了。难道你死后也站到敌人那边去了吗？并非如此，从前的至高无上者。我太老了，我已经无法背叛我身为狗的本性了。而你，你这个追捕匿名告示作者的人才是他们当中最无可救药的那个人，你自愿被其束缚。你不愿承认这一点，因为这是我——从前的一条狗对你说的话，而你只有在从前才是一个人。作为一条狗，在对你进行观察后，我发现，你并不了解自己天性中的某个部分，过去的恐惧阻止你了解这个部分。听我说，苏丹，不要愤怒，也不要不屑一顾。你很清楚，我的残忍从来就不是因为单纯的爱好。暴行之所以残忍，并非仅仅因为它是暴行。至少，你可以帮我证明我懂得践行正义的伟大原则：预防犯罪，而不是惩罚犯罪。处决一个有罪之人只需要一个行刑队或一个刽子手，阻止人们犯罪却需要很多的智慧。不留情面地严厉是为了无须严厉。如果这样都还有傻子自寻死路的话，那就让他自掘坟墓吧。想要自掘坟墓的人就得躺在坟墓里好好享受。处决黑人就像删除一个下流的词语。这个坏人本身，这个词语本身，原本就无足轻重，删除他不会有任何风险。划掉。擦掉。删除。遗忘。现在，沉默就是我的说话方式。如果他们能理解我的沉默，也许，他们就能反过来打败我。这就是牢不可破的防御系统。那是你的想法，至高无上的腐肉。你只会玩弄辞藻。比如说，一个男人与母亲生下的三个女儿私通，这个男人的儿子又娶了其中一个女孩，所以，当这个男人和这个女孩私通时，他就在和他的妹妹（姐姐）、他的女儿、他的儿媳妇私通，这就导致他的儿子不得不和他的妹妹（姐姐），也就是他的岳母私通……（此页剩余内容已被烧毁）

很快，你就无法大声朗读了。

第一次卒中病发后会发生什么事？通俗地说，第一次中风发作之后，你会怎么样？也许，你会失去使用语言的能力。失去语言能力？咳，失去不好的东西并不是一件坏事。不，你不会失去严格意义上的语言能力，你会失去对语言的记忆。你想说的，应该是记忆吧，这就是我需要帕蒂尼奥的原因。不，我想说的是与语言活动相关的记忆，词语需要依靠语言活动才能进行表达。与语言活动相关的记忆在“咽门地峡”中为自己挖掘圆形墓穴。潜伏于“脑叶岛”上，在颞叶、顶叶、枕叶之间的狼的思维，降落在摩羯宫炎热地区的干旱雨水。这些没入双重黑夜的荒芜火山口甚至连平均七个字的收成的一半都无法产生。到时，你将无法哼唱《罗兰之歌》的任何旋律——当你将望远镜对准昼夜平分时的天空，你总会哼唱《罗兰之歌》。牧羊人西尔维乌斯吹着口哨指使它的狗，你会把月亮藏在腋下，你想保护它不被这些狗伤害。最后，你会把它扔到布洛卡区[1]的下水道里。

1 布洛卡区（Broca），大脑中的一个言语运动中枢，主要功能是产生协调的发音程序、提供语言的语法结构等。该区域受损会导致语言表达能力丧失。

就这些吗，密涅瓦之犬？这还不是全部。也许，末日的影子会在你阴暗的大脑中投射出一个十字架阴影。你感到舌头很沉重，不是吗？你仍然可以活动你的舌头。你可以活动你的舌头、喉部和声带。很快，你将无法说出合适的词句。在你开口前，你已经非常清楚自己要说什么。可是，一说出来，它们就变了样。它们变成了已被肢解的、与之不同的错误词句，那并不是你已经看到并想说出口的词句。接着，一小口气从肺部的洞穴里出来，在舌头的作用下，它被上颚压制——我没有说这口气被牙齿阻断，因为你已经没有牙齿了，它将无法产生任何声音。

目前，这还只是最初的症状。你想说“圆号”，却说出“暴雨”；你想对帕蒂尼奥说“你的瞳孔看到了什么”，却问他“你眼睛上的乳头看到了什么”。欸，你这个老浑蛋！你想说“我的舌头”，从你嘴里出来的却是“我嘴里的那把剪刀”。这并非完全不正确，因为你剪切了句子。你说话时嘴里含着一颗球，你像得了脑血栓和脑出血的病人。你把不合时宜的、奇怪的、错误组合的、意思不正确的词语套在最简单的事物身上。为了创造时间来思考你想说的话，你不停地兜着圈子，但是，只要一说出来，它便会背叛你的原意。你改变句子的结构，你用不定式和副动词说话。你创造没有确切含义的动词，如同鹅卵石一般胡乱堆砌的句子。你遗漏音节和词语，你重复音节和词语，你将它们随意地组合、分离。你自己也不知道这是为什么。你不断中断谈话，你结结巴巴地拖长结尾，这是你乏味的自我产生的回声，一种不由自主的痉挛。你多此一举地清嗓子、吐痰、吊嗓子。你这样做并不会润滑你的喉咙，你只会对它造成更大的伤害。你的喉咙火烧火燎，咽口水成了双重折磨，因为你必须咽口水，因为那就是你的口水。吸收自己的口水提高了你对这种有毒物质的敏感性。

我们来试试吧，比如你来说：sufro de alegría.[1] 来吧，张开嘴巴，说出这个句子。没有什么比这更容易了：orfus ed alergia. 看到了吗？字母发生了颠倒，你发明了一个还没人认识的词语。再来一句，说出那句至高无上的口号，来吧。“不独立，毋宁死！”好吧，很好，你说对了。有了这句话，你就可以不断地重复它，对你来说，这很有好处。重复是语言的基本机制，语言通过重复产生变化。

不管怎样，你正在迅速丧失你对言语活动的记忆。你把你读过、听过的句子都归为自己说的话。你比从前更加暴躁。更糟的是，你的耳朵也开始不中用了。你错误地将单词串联在一起。你听不清楚。你试着用笔去掏耳朵，根本没用，哪怕你用长矛也不行，它们起不到任何作用。你正朝着听不见词语、完全哑巴的状况发展。到时候，连你的上衣领子也听不见你说话了。你不要过于焦躁，这一切才刚刚开始。此外，你的理解能力仍然安然无恙，并将一直保持这样。

可怜的苏丹，显然，在地下待了这么久，你的脑子和名声已经完全坏了！大地已经完全将你吞噬，它只留下了你身上最糟糕的部分——狗的糟粕。你一直忘恩负义，没有良心。无论我过去多么认真地讨好你、满足你的所有愿望，你从未表现出丝毫的快乐或感激之情。很多时候，你只对我一个人表现得怒气冲冲。你厚颜无耻地对我冷嘲热讽。在你年老的时候，你连汤都喝不下去，于是，我亲自把汤喂到你的嘴里，而你对我的感激就是在吃饱喝足后在我身上留下一个咬痕。忘恩负义的东西。当睡意爬上你的丘脑时，只有制造很大的响声才能把你推醒。然后，睡意变得比所有丘脑和下丘脑都要沉重，比所有的推搡和响声都要沉重。从你这只狗死后的态度来看，你朝我发出的那些噪音都是什么意思？

1　意为：“快乐让我痛苦。”

首先，你会忘记名词，然后是形容词，还有感叹词。在你勃然大怒时，在最好的情况下，也许，你还能清晰地说出一些句子，那些你最常使用的句子，比如，你以前常说：我想要，意味着我能够说我不想要。很快，当你试图强迫自己说“不”时，在经过多次尝试之后，你却只能怒不可遏地嘟囔：“我不能说不！”

你将从代词开始失忆。你无法记起，并且，你再也不能结结巴巴地说我 / 他——你知道，这对你来说意味着什么吗？你的痛苦很快就会结束。最终，你甚至会不记得去回忆。

除了耳聋，你还会患上语言失明。丘脑枕[1]将会用它的吸墨粉遮挡你的视觉焦点。你还会完全失去视觉记忆。当这个症状到来时，当然，你能继续看见东西，但是，即便你一步未动，你仍然会感觉自己身处一个完全不同的地方。你将无法从你的记忆中召唤出任何熟悉的事物，那么，那些不熟悉的事物，你又将如何识别呢？

首先，你会突然讲起某种愚蠢的外语，那是某种灭亡的语言，一种被你的“剪刀舌头”剪切成碎片后暂时复活的语言。然后，你会看到陌生的图像。你将继续看到某些物体，不过，你看不到书里的文字和你书写的东西。这并不影响你抄写甚至仿写某种奇怪的文字，尽管你并不理解它们的含义。你会说，我仿佛在闭着眼睛书写，尽管我知道我的眼睛其实睁得很大。对你来说，这将会是一种美妙的经历。最后，如果你觉得十分无聊，你还可以和帕蒂尼奥玩多米诺骨牌或者扑克牌，甚至，你可以想赢他几次就赢他几次。

听我说，苏丹……

---

1 丘脑枕，丘脑后端的膨大。覆盖在中脑上丘的背外侧。其功能之一便是传输、处理并调控视觉信息。

我明白，我明白，你不需要对我说什么，从前的至高无上者。我非常清楚你的一切。你想要书写，那就写吧。你还有一点被我们人类称为时间的东西。你的手会继续书写，直至死亡，甚至是死亡之后，哪怕现在你说：我很清楚应该如何写字，但是，当我抬起右手时，我却不知道该如何书写。这还不简单，不能用右手写字的人就用左手写字，不能用手写字的人就用脚写字。即便是右臂瘫痪，左腿越来越肿胀，你也可以继续书写。你看不到你书写的东西，这没关系。你看不懂你书写的东西，这也没关系。写吧。在页面纵横交错的迷宫中，你要跟上文章的发展脉络，这个迷宫与你百转千回的地下囚牢完全不同。你的话如此含糊不清，仿佛它们便从那些地牢中传来。

听我说，苏丹！……

关于记忆测试，我用一个例子来给你解释。如果你生活在一个发明了视觉再现装置和语言再现装置的时代，那你就不会遇到困难了。那样，也许，你就可以把这些笔记、你记忆中的话语和你从其他作者那里抄来的所有东西都刻印在石英片、磁带以及只有万分之一头发丝厚度的光电管灯丝上，然后，你再把它们留在那里，完全遗忘。当机器碰巧启动时，你会再次听到这些记忆，通过它们的某些特点，你可以认出这就是你的记忆。你可以延续这些记忆，或者，任何其他人都可以这么做，磁带不会中断。然而，这个拥有机器和设备的未来还没有倒退到这个野蛮的国家，这个你又爱又恨的国家，这个你为之活着并将为之死去的国家。

首先，写在“记忆之书”里的内容必须被阅读，也就是说，它必须在记忆中唤起所有与文字对应的声音。当词语从事物中被看到，而且事物也通过词语被理解时，这些声音必须唤起那些词语里没有，但在某个特定的时刻因思维的活动或想象而凝聚在词语身上的意义。你也许会说，Symptomale[1]，症候式阅读。

通过相反的运动，这种二次阅读揭示了文本本身隐藏的内容，这个文本首先被阅读，然后才被书写。在两个文本中，第一个文本的缺失必然意味着第二个文本的存在，因为你现在书写的内容已经被那个可读的文本——也就是它自己看不见的那一面——囊括和预测了。

继续写吧，其他的一切都不重要。总而言之，人类身上具有的惊人的、可怕的、未知的东西至今仍未被写成文字或书籍，它们永远都不会被写入其中。就像乱七八糟的诅咒终将烟消云散一样，至少，只要语言的诅咒不消失，这样的事情便不会发生。所以，写吧，把自己埋葬在文字之中吧。

苏丹，等一等！再等一会儿！……

它又倒下了。它开始慢慢消失，恶作剧般悄悄溜走。地上只剩下光秃秃的头骨，后来，头骨也开始下沉、消失。

我十分疲惫，仅仅因为与一只疯狗的影子进行了长时间的交谈。

1 法语，意为“症候”。

有一个月是一年中最短的一个月，月亮在这个月出错的情况每一百年会出现五次。过去的这个二月没有月亮，接着是八月的暴雨。在我最后一次散步的那天下午，这场暴雨让我从马上跌落。我躺在暴雨中，绝望地挣扎，我想从泥泞中挣脱，不被它吞没。雨点打在我的脸上，这并不像往常从天上掉落的雨。这场倾盆大雨来势汹汹，雨滴坚硬冰冷。大雨像融化的铅珠，滚烫而又刺骨。无数雨滴从四面八方袭来，包裹着烈火和冰霜的豆大雨滴敲打着我，我的骨头嘎吱作响，我想呕吐。在暴雨中，突然被闪电染成白色的黑马[1]再次勇敢地迈开步伐。他骑在马上，斗篷随风飞舞，身姿一如往常地挺拔。他一边背对着我，逐渐走远，一边又倒在泥潭里呕吐。他拖着我，尖叫着发出命令和乞求，他像一只被雨水毒打并击败的狗一样大声哀号。在比最顽固的强硬派更加英勇和无畏地进行斗争后，我设法翻过身，继续在颤沼里赤手空拳地战斗。最后，我终于带着满身的淤泥和满心的绝望站起身来。我拄着一根信手拾来的树枝，在城里游荡了一整夜。我不敢在政府大楼附近徘徊，因为我害怕我的卫兵。我在最荒芜的地方游

1 指至高无上者的坐骑——摩尔，摩尔本身是一匹白花黑马。

走，我盲目地兜着一个又一个圈子，而它们总是把我带回同一条死胡同，同一个十字路口。这位至高无上的乞丐，这位独一无二的伟大乞丐，在四处游荡。他孤身一人，背上背着荒芜的我。在这个陌生的国度，他孤身一人，没有家人，也没有住所。他孤身一人。他生来衰老，他以为他无法再死去了，他注定要在最后一次呼吸前结束他的生命。他孤身一人，年老多病，他没有家人，他甚至连一条可以依靠的狗都没有。够了，该死的！你继续像狗一样哀号吧。如果你只是一个影子，至少，要学着表现得像个人一样。大雨完全停了。巷子里一片黑暗，一片死寂。于是，我对自己说：这条死胡同的唯一出口就是这条胡同。我拄着树枝继续前行，一支巡逻队向我迎面走来：站住！谁在那儿？没有人！我回答道，尽量不发出声音。暗号！他们在枪栓的咔嗒声中呼喊道。祖国！我的声音在那些被大雨和爱国主义浸透的身体中回荡。你住在哪儿？下士坚持问道。我居无定所，我说。你怎么敢在这个时候跑出来呢，老伙计？我在暴雨里迷路了，我的孩子们。你不知道宵禁之后严禁外出吗？是的，是的，我知道。这是我本人下达的命令。他们不明白。他们辱骂我。是的，是的，我的孩子们，我非常清楚宵禁之后严禁外出。但是，我已经听不清钟声了。下士说，这个老头要么疯了，要么就是醉了。让他走吧。你走吧，老伙计，要是你没有家，就随便找个门厅，睡个酒后美觉吧！别再让我们在这里看到你！

我朝着出现在巷子尽头的一抹忽闪的光亮走去。那不是曙光，我认出那是奥雷戈的杂货店，他刚刚正在开门。我犹豫着要不要进去，最后，我做出了决定。这个样子，谁还会认出我？间谍们都是傻子。我打着手势，点了一杯甘蔗酒。啊呀，老兄，你进来的时候就像一只落水狗！大雨让你迷失了方向，是吗，头儿？他试着将谈话进行下去。我把手抬起来，在咽喉处一划而过。是的，老兄，你看起来已经说不出话了！我扔给他一枚卡洛斯四世的夸尔托[1]，硬币掉落在麻袋和板条箱中间的地板上。他撅着屁股，开始跪在地上寻找那枚夸尔托。这该死的破硬币到底钻到哪儿去了！我在这位间谍的辱骂声中离开了，他对那位在特拉法尔加战败的君主破口大骂，如今，这人竟变成了一枚微不足道的硬币。

第二天下午，透过瞄准查科的望远镜，我从奥斯皮塔尔军营的屋顶露台上，看到一团形状奇怪的云正在逼近。这团云夹带着来自岩礁的旋风与寒冷，又是一场暴风雨！想象在我的骨头里敲响警钟。蝗虫！我想到那一年被蝗灾突袭夺去的两季收成。整个国家再次进入战争状态。木铃声、鼓声和喊杀声响彻长空，它们从一条边境线传到另一条边境线。云团在地平线上静止了。看上去，它好像后退了，消失了，它消失在落日的反光之中。眼前的这些东西，让人胡思乱想。这是一种折射现象，谁知道那是什么，谁知道那是怎么回事。当我意识到这一切时，一群随风飘荡的燕子正在疯狂坠落。这些鸟已经瞎了，暴雨的水弹射击让它们眼球爆裂。我之所以得救，还是因为从马上跌落时把双角帽盖在了脸上。这还不够，我还从衣服下面取出了戴在胸前的钢板。我忍受了融化的、冰冷的铅弹的袭击，而燕子们却未能幸免，它们正带着夏天从北方飞来。洪水拦住了它们的去路，它们的计划失败了。屋顶的露台立刻被这些失去眼睛的小鸟覆盖，它们正透过空旷眼窝中的滴滴鲜血凝视我。它们扑扇了一会儿翅膀，便旋转着倒下了。我从这嘎吱作响的骨堆里大步跨过，就像一个人跨过一堆干枯的苜蓿。我推测暴雨已经蔓延到很远的地方，所有来自边境的飞鸟最终都将死在我的脚下。

1　夸尔托（cuarto），西班牙古铜币名。

对教堂匿名告示的调查进展如何？你找到那个笔迹了吗？没有，大人，到目前为止，我们的运气还是太差了。我们在档案室的所有文件里都没有发现任何蛛丝马迹，尽管我们已经仔细地检查了每份文件的每一页内容。不要再找了，它已经不重要了。请您原谅，大人，我只是想补充一句，也许您在档案室的卷宗和文件里找不到那个有罪之人，因为这些文件的大部分签署人要么死了，要么就坐牢了——这两种情况几乎没有什么区别。但是，我不能确定。所以，我下令让那些抄写员重新住进了重兵把守的德维戈监狱。我想，这样我们就可以一石二鸟了，或者，更确切地说，我们在避免两害的道路上又能有所进展了：一方面，我们可以阻止这些卑鄙之徒继续协助匿名告示游击队；另一方面，我们还可以破除德维戈的巫术。我突然想到，唯一的办法就是，像谁说的，再次将囚犯送到那里去，让他们代替那些变成石头消失的人，从而让这座监狱获得新生。大人，今天早上，在来政府大楼的路上，我再次目睹了一件十分奇怪的事情。你这个浑蛋，为了浪费我的时间，延缓对你的判决，你又要开始讲你的另一个谢赫拉莎德[1]式的故事了吗？并非如此，尊敬的大人，愿上帝让我不再用流言蜚语无益地骗取您的耐心！我已经告诉过你，流言蜚语要说 decires，不说 díceres。这个词语源自拉丁语中的 dicere，但是，在我们的语言里，它是倒过来说的。好的，大人，以后我就这么说了。一件绝无仅有、前所未见的事情发生了。把你那令人厌烦的故事一口气讲完吧。我开始了，大人，愿上帝和您能够帮助我。这件事并不简单，我甚至不知道从哪里开始。快开始吧，这样，你至少知道要在哪里结束。

大人，您在暴雨中从马上跌落——距离那邪恶的一天已经过去一个月了，就在大人住在奥斯皮塔尔军营期间，两个男人和一个女人带着一个小孩走进了亚松森。看上去，他们像是来寻求施舍的。在提取他们的口供时，他们就是这么说的。这就奇怪了，因为自从大人掌管最高政府以来，我们国家已经没有乞丐、叫花子和要饭的人了。你们从哪里来？这是我问他们的第一句话。我立马想起大人您常说所有的事物都会回归它们的形象。但是，关于我在那里看到的那个东西或那个人，我却想不起任何熟悉的形象。你们从哪里来？我又问他们，他们身上散发的臭味让我有点头晕。他们不知道或者不想回答这个问题，他们只是摇摇头，像聋哑人一样打着手势。他们是哑巴？他们不是哑巴？他们是聋子？他们不是聋子？我无法确定，于是，我问他们：你们不会碰巧来自德维戈吧？他们一句话也不说。其中一个人，那个随后开口说他是小孩父亲的人，开始用力地在全身乱挠。你们应该知道乞讨会被处以二十五下鞭刑。我们不知道，先生，那个随后开口说他是小孩叔父的人回答道。我们一无所有，那个随后开口说她是小孩姑母的女人颤抖着说道，她指着那个小孩说：除了这个，我们没有别的东西可以用来养活自己了，因为除了饥饿，我们一无所有，而且，我

1 《一千零一夜》中的叙述者。

们已经三天没吃东西了，哪怕是一块可怜的木薯。没人愿意给我们东西，大人，人们害怕我们，他们一看到我们就关上大门，他们从我们身边跑开，他们放狗咬我们，他们向我们扔大大小小的石头，就好像我们身上有圣拉撒路之疾[1]，或者某种更为糟糕、更为致命的疾病。

一开始，我以为他们想蒙骗当局。那个小孩看上去几乎正常，他靠两只十分畸形的脚站立，他的腿弯曲得厉害，不过，他还是像他这个年纪的其他孩子一样走路。他长着白化的头发，他的头发雪白，在阳光下，我们几乎看不见他的头发。看上去，他的眼睛并没有视力，虽说视力并非天生，但是，如果没有眼睛，肯定看不见任何东西。不过，他的眼睛肯定能看见东西，因为当那个"马丘[2]姑母"弯下腰来安抚那个哭泣的小孩时，这个孩子抓住了她的乳房。把他们带走，我向士兵们命令道，让他们待在警卫室里。

那个小孩扑到地上，开始爬行，他用一种非常疲惫、非常苍老的声音抽搭着，那种声音听上去不像是孩子的声音，倒像是一只受惊的鬣蜥或是树林里的任何其他动物发出的声音。我走过去，把我的嚼烟放在他嘴里。他尝了尝便把它吐了出来，他吐出了黑色的浆汁。Nákore![3]他说道。他继续哭着，他的声音越来越大，越来越粗。那位"马丘姑母"跪下来，又给他喂起奶。他多大了？我问。calbal-eté[4]，我们卡纳义古阿苏下一个生日那天，他就满两岁了，那位父亲说道。他刚好出生在三王节那天，他的叔父接着说道。

一个警卫走过来，他想把那个小孩抱起来。他根本抱不动。他比一块五阿罗瓦的石头还重，他一边说，一边试图捡起掉在孩子头上的

---

1 指麻风病。

2 瓜拉尼语，意为"奶妈或女管家"。

3 瓜拉尼语，意为："见鬼去吧！"

4 卡斯蒂利亚语与瓜拉尼语的结合，意为："准确说来。"

帽子。他用尽全力扯着帽子，却还是没能将帽子扯下来。另一个警卫走来，他也没能拿起那顶帽子。这个警卫说，这小孩大约重十阿罗瓦。五个警卫也没能抬起那个小孩，当时，那个小孩正在大喊大哭，他的声音比原先大了两倍。警卫们拉来拽去，最后，他们扯掉了小孩身上的破布。那时，我们才突然看清那个孩子到底是何种生物[1]。在她的奶头下方，她和另一个小男孩连在一起，那个小男孩没有头，屁股上的通道也是闭合的。小男孩身上的其余部分完完整整，只是一只胳膊比另一只短。她的姑母坐在地上说，小孩一出生胳膊便折断了。这两个小孩面对面连在一起，就好像那个小一点的小男孩想要拥抱那个大一点的小女孩。将他们连接在一起的地方只有不到一拃的距离，所以，如果把那个不完整的小孩抬起来，就可以看到另一个孩子的肚脐。没有连在一起的胳膊、大腿和小腿都挂在那个小女孩身上，大约到她腰部的位置。

她的姑母告诉我们，那个没有器官的孩子通过小女孩的器官排泄，因此，他们俩吃住都在一起。后来，我问他们孩子的母亲在哪里，他们回答说他们并不知道。那位父亲只是含糊不清地解释说，在这对连体生物出生那天，他们的母亲就消失了。后来，他在证词里纠正了自己的说法，他说，更确切地说，在我傍晚从地里回来时，这对连体婴已经在那里了，但是，他们的母亲已经不见了。我的妹妹一直在给这两个孩子喂奶，她的奶水一直很充足，我曾带我的弟弟和她去见兰巴雷的一位巫医——那位饲养山猪的帕亚瓜巫师。这位巫医让我们来见我们的卡纳义古阿苏，他说，总有一天，在某个地方，这对违背自然的双生子会成为占卜者，他们能为最高政府进行有利的预测，以维护我国法律及不同地区的统一，所以他们会为最高政府所用。

1　此时，警卫们才发现先前的小孩是个小女孩，在未扒开她的衣服时，他们以为她是一个男孩，故前文在提及这个小孩时都使用了“他”，后文的人称代词则进行了相应的转换。

我依然认为他们只是想摆脱对乞丐们施加的鞭刑。他们很有可能受过匿名告示作者或“黄金二十户”的训练，前来试探我们的耐心。我对他们说，即便你们的谎言是真的，即便这对连体婴的确是世界上最好的占卜者，你们以为我们最高独裁者会愿意乞求这对违背自然的双生儿的预言、奇迹或占卜吗？我告诉他们，大人您反对所有巫术，这是修士对无知民众的残余影响。

那位父亲、那位叔父和那位“奶妈姑母”没再说任何话，他们并没有表现出惊恐或伤心。给他们套上颈手枷，每人各打二十五鞭！我向卫兵们大喊道。那对连体婴停止了抽搭。警卫们带走了那两个男人，那位姑母毫不费力地把那对连体婴抱了起来，她把他们放在马的一边屁股上面，他们俩就这样跟在那些警卫身后。她一边走，一边将女孩头上的帽子取下来，把它还给了那个警卫。我向那位中士命令道，等他们接受完惩罚，颈手枷要一直戴着，让他们一直待在那儿，直到大人康复并对他们做出处罚。

第二天早上，我正在家里喝马黛茶，突然，那个中士出现了，他看上去吓坏了。他结结巴巴地向我讲述了发生的事情，看上去，他仍然处于恐惧之中——这种恐惧被他伪装成勇气，这是一个士兵必须具备的特质，哪怕他已经身亡。恐惧多坏事。您知道发生什么了吗，帕蒂尼奥先生？要是你不像聋哑人那样说话，也许有一天我会知道的，我对他说。发生了什么事，中士？秘书长先生，为了接受惩罚，那两个男人和那个女人被扒光了衣服。这三个人身上没有男性或女性的生殖器官，他们没有任何生殖器官，他们只有三个洞，而且，他们通过这三个洞不停地撒尿。鞭子一接触到他们潮湿的身体就会腐烂，我们只好把鞭子换成用牛皮制作的最坚硬的鞭子，而且，我们更换了五次鞭子。印第安人不愿再鞭打他们，我命人给那三个犯人，还有那对双生子一起戴上了颈手枷。今天一早，他们不见了。关押犯人的牢房里只有一滩尿。颈手枷的圈口是黑色的，已经烧焦，摸上去还是热的。这就是我想告诉大人的事。我希望我能理解这些极其罕见的事情，但是，大人，只有您，只有您才能用您的智慧和才智理解这些已经发生的事情。也许，那些被我们这些无知的人称为怪物的东西——就像德维戈的那些人，在您眼里并不是怪物。也许，这些有血有肉的生物来自一个普通人并不了解的世界，他们是我们这个世界出现之前的某个世界遗失的作品，他们是我们丢失的书籍中记载的事物。有可能，他们和某些没有名字但真实存在的生物有所关联，也许，他们比普通人更加强大。大人，当我说蠢话的时候，您经常对我说，知其过足，然知其足。

为了找到同样的事件来进行比较，我阅读了整本《圣经》。以赛亚告诉我，不论是在这个世界，还是在其他世界，任何作品、任何有价值的书籍都从未遗失。我问先知以西结，为什么他要吃粪便，为什么他要长时间侧卧。他回答我：他希望将他人提升到感知无限的高度上来。我不知道这些话是什么意思。

大人，我知道，这个故事我讲得很糟糕，但是，这并不是为了浪费您的时间，也不是为了掩饰我的想法，您可别这样想。问题是，我不知道如何用其他方式来讲述这个故事。大人，您自己说事实无法讲述，可是，您却可以思考别人的想法，哪怕是像我一样的无知者的想法，就好像这是您自己的想法一样。

我敬重您，至高无上的大人，我对您怀有坚定的敬意。您花费时间和耐心来听我说话，我非常感激您给予的关注。为了更好地听我说话，您甚至闭上了眼睛。我忌妒您的学识，更忌妒您的智慧、学问和阅历。至高无上的您所说的很多话，渺小卑微的我都无法明白，尽管我不用明白就知道它们便是真理本身。您真是太好了，您太善良了，您听我说愚蠢的话、崇拜愚蠢的话，这些话从我嘴里说出来，只是因为我长了一张嘴，我根本不会思考，您却怀着圣人的耐心听我说这些蠢话。

如果要把我真正经历的所有强烈的欢乐或悲伤用语言表达出来，那么，当我听我自己说话时，我会觉得那是另外一个人，一个说话的人。他把他多次听到的事情说出来，为了让他的话滑到嘴巴外面，我的舌头甚至设法从别人嘴里吸取水分。他像鹦鹉一样，把这些话叽叽喳喳地说出来。我知道，我现在说的话很难理解，十分复杂，但是，您耐心地听我说话，这极大地鼓舞了我。我差点觉得我正在忏悔，就像那个失去理智的男人一样，他以为他在梦里暗杀了大人，所以，他用警卫的刺刀自杀了。

一个人一说起话来，总觉得自己是另外一个人，但是，我想做我自己，我想在说话的时候，做自己舌头和思维的主人，我想把我一生的好与坏都告诉您。大人，您常说活着并非活着，活着其实是慢慢死去，我想和您谈谈这个。我想理解恐惧、勇气和驱使一个人在身体没有意识的情况下让事情成为现实的意愿。这种意愿驱使一个人去做那么多他不明白的事，它们就像让人痛心的、疯狂的、扭曲的梦。当我们如此接近属于自己的东西时，我们却做了那么多奇怪的坏事，因为权力，因为命运，谁知道呢，一个人并不知道，他并不知道，他并不知道啊！哪怕他将双脚伸进最冰冷的水里。

人和事物并不是真实的。梦境很少为我们展示清晰理智的图像，它们有两副面孔，它们用相反的方式行事。大人，在您身上，想必也发生过这样的事：如果您梦到清楚可见的东西，那么，当您醒来时，光就不会那么刺眼。不，大人您与众不同，大人您应该总能看清您梦见的东西。您一直叫我白痴、笨蛋，您说得有道理。我是另一种人，我应该就像乌鸦一样，希望所有的一切都是白色的，或者，我就像猫头鹰一样，希望所有的一切都是黑色的。

我非常感激您认真给予我的关注。您在听我说话，您在思考并反复思考我以一种愚蠢但十分恭敬的方式对您说的话。我和您谈论我不理解的事，但是，我知道您能理解。既然我的记忆已经变成一个膨胀的马蜂窝，让我的大脑不知所措，既然我的手似乎更听纸的话，而且，它写字时还有另一只手在推动它，那么，我还要和您谈一谈。这就是严肃的、确切的、真正发生的事。听我说，大人，您心平气和地听我说。您听到的比我正在说的还要多，因为只有大人能看到比一切可见之处更远的地方，只有您能听到别人听不到的声音，只有您才能将事实和预言结合起来。预言已经发生的事情很容易。快乐不会微笑，悲伤不会哭泣，祈祷不会耕耘，赞美不会成熟，这都是您常说的话。很多事物缺少名称。至少，我不知道该给它们取什么名字，所以，它们离我而去。我越来越困惑。发生的事情比看上去更加严重，因为在您不幸摔倒那天发生的事，今天早上再次发生了。就像是一种恶毒的巫术，那些畸形的人又在城里出现了。他们变得更加畸形了，而且，这一次并不像第一次，这次不只是一个家庭。大人，在从家里来政府大楼的路上，我一个人便发现了大约十来群这样的怪物。他们从水沟里出来，他们爬上峭壁，他们从埃尔森提尼拉山上下来。他们看上去自信而坚定，不畏惧任何事和任何人。虽然目前他们在士兵和武器面前还算规矩，但是，谁都不知道他们会在队伍壮大之后犯下什么恶行。根据警卫站和城外预备队的报告，这些人正四处涌现。正如他们突然出现一样，这些人眨眼间便消失了，仿佛大地吞噬了他们，或者，他们藏在山间和峡谷中的杂草从里。大人，现在那些人已经不说话了，确切地说，他们只是通过手势交谈，或者，他们就像葬礼上的苍蝇一样嗡嗡作响……大人，难道您的耐心还没耗尽吗？嗯？大人？您睡着了吗，大人？您把自己包裹在完全的黑暗之中，您看上去甚至已经没有呼吸了。如果您死了怎么办？啊，要是您死了就好了！那么……不，我亲爱的秘书，你不要胡思乱想。希望依靠他人之死来拯救自己的人，注定会自取灭亡，这就是很快会在你身上发生的事情。你一直在跟我谈论那些已经开始入侵这座城市的半人形状的怪物，但是，我告诉你，还有比它们更恶劣的东西，这些东西不需要入侵我们，因为它们早就潜伏在我们中间。和这些东西比起来，那些怪物应该比吃奶的婴儿更加无害，而且，他们更加忠诚、更加可靠、更加负责、更加聪明。我已经命令我的部下开展人口普查，我必须让这些温顺却活跃的怪物参与其中。你昨天交给我的这堆废话是什么？照这些人口数字来看，仅巴拉圭一国的居民就比整个美洲大陆的居民还要多。为了不工作而编造各种各样的废话，他们的懒惰显而易见。总而言之，书写，记录，这很简单，一张纸上可以写上任何东西。为了继续无所事事，我的文官武将们已经将这项工作推卸到他们的司务长身上，于是，这些成天在山林、草丛、村落间追求漂亮姑娘、穆拉托姑娘和印第安姑娘的人躺在吊床里，他们掰着手指头捏造了人口普查数据。只消闻一闻纸张，就能闻到他们内裤的臭味。这些游手好闲之人让人凭空出生，他们让互不相识的父亲和母亲组成家庭，他们给每一个这样的家庭安上一群并不存在的孩子。最少的那对夫妇都有一百多个孩子，单身母亲甚至比那些已婚的、姘居的、做情妇或小妾的母亲还要多产。我在这里找到了一个名叫艾雷娜·切维的女人，这些大胆的司务官竟然在她头上安上了五百六十七个孩子，他们给这些孩子设置了最为奇怪的名字和年龄：最小的孩子还没出生，最大的孩子甚至比这位母亲还要老。难道这些孩子不是从石头缝里蹦出来的吗？这样算来，自我十年前开展最后一次人口普查以来，巴拉圭的人口已经增加了百倍，要是我相信这群浑蛋的话，那么，我就能立即计划并下令征集不少于十万人的新兵了。一支来自这些放荡之人想象彼岸的幽灵军队！他们将裤裆的门襟当成他们最主要的军事装备。

大人，包含一百四十名公立学校教师的首批名单已经送到，在这份名单里，他们的学生回答了他们如何看待我们最高政府的神圣形象这一问题。来吧，不要说愚蠢的奉承话了，读一读前面几份名单。那我开始了，大人。

首都第一学区，27 号学校，《南方第一共和国》。教师何塞·加夫列尔·特列斯，学生莉贝塔·帕特里夏·努涅斯，十二岁："最高独裁者像上帝一样，他有一千岁了。他穿的鞋子有带刺绣装饰的皮质绲边金扣。至高无上者决定我们何时出生，他决定让所有死去的人都上天堂，所以那里聚集的人太多了，上帝已经没有足够的玉米或木薯来给所有乞求他神圣福祉的乞丐们吃了。"特列斯老师的另一位学生维多利亚娜·埃莫西利亚，八岁，天生失明，她说："最高政府已经很老了，它比上帝还老，这是我们老师唐何塞·加夫列尔小声告诉我们的。"够了，别再说特列斯老师的学生了。在手握教鞭和戒尺的老师里，特列斯和金塔纳是待遇最高的人。他们不教授国家教义，反而用已经废除的教义来滥竽充数。他们不教识字课本和规章手册，反而用无知无用的反爱国主义故事带坏他们的学生。如果我没记错的话，在找到更为合适的教师之前，特列斯和金塔纳只是暂时履行他们的职责，不是吗？是的，大人，自 1812 年 3 月 11 日第一洪达政府任命他们以来，他们便一直担任临时职位。下令监视这两个好为人师之徒，他们竟然私自给"黄金二十户"的孩子们偷开小灶。遵命，大人。

5 号学校，《独立的巴拉圭人》。教师胡安·佩德罗·埃斯卡拉达，学生普鲁登西奥·萨拉萨尔·伊·埃斯皮诺萨，八岁："最高政府有一百零六岁了。它帮助我们做好人，它辛勤劳动，让牧草、鲜花和植物生长。有时候，它会洗澡，于是天上就会下雨。但是，我不知道到底是上帝还是魔鬼，或者，有可能是他们俩一起让我们地里长出杂草和亚沃拉伊[1]。”嗯……好吧！作为残余的最高法院法官，尽管这个来自布宜诺斯艾利斯的好为人师之徒留在了这里，但这个学生的进步已经很大了。

下列作文同样来自 5 号学校。

学生赫努阿莉亚·阿尔德雷特，六岁："最高政府就像在锅外沸腾的水，就算火熄灭了，它也会一直沸腾，它让我们不缺少食物。"

学生阿曼多·雷卡尔德，九岁："他骑马走过，他没有看我们，但是，他看到了我们所有人，而且没有人看到他。"哈！很明显，这个男孩是唐安东尼奥·雷卡尔德的孙子。

学生胡安·德·梅纳·伊·蒙波斯，十一岁："最高独裁者为我们带来了革命。现在，他统治我们，因为他想统治我们，而且，他将永远统治我们。"

学生彼得罗妮塔·卡里西莫，七岁："妈妈说他是个坏人，每天下午，他都要出门散步，因为他骑的马在爷爷家门口的一块松软的石板上绊了一跤，他就下令把爷爷关进了监狱。他让爷爷戴上沉重的脚镣，他让爷爷去了大地深处，所以，我们再也无法见到爷爷何塞了。"大人，我要撕掉这个小女孩的作文吗？不，没事，孩子们眼中的真相无法被撕碎，也无法被扭曲。

学生莱奥维希尔多·乌鲁纳加，七岁："至高无上者是恐惧的主人。爸爸说，他从不睡觉。他夜以继日地写作，他用相反的方式来爱我们。爸爸还说他是一堵无人能跨越的大墙。妈妈说，他是一只毛茸茸的蜘蛛，他总在政府大楼里织网。妈妈说，没人能从他的网里逃脱。当我做坏事的时候，妈妈就对我说'卡纳义会把一只毛茸茸的脚伸进窗户，他会把你带走！'"传令召见这个孩子的父母，把这个孩子带来，让他来

1　瓜拉尼语，意为"灌木丛"。

见我。欺骗孩子是不对的。这只毛茸茸的蜘蛛死去后，他们还会在学校里欺骗他——如果学校还在的话，他们会说，为了看看这只蜘蛛是否真的死了，他们只好把一根长竿从窗户里伸进去戳它。好的，大人。

1号学校，《无祖国，毋宁死》。土著教师贝南西奥·托乌维，学生弗朗西斯科·索拉诺·洛佩斯，十三岁："我想请最高政府将永久独裁者的佩剑交给我保管，我要用它保卫祖国。"这个孩子拥有桀骜不驯的灵魂。把我的佩剑送给他。大人，请允许我提醒您，这个孩子是唐卡洛斯·安东尼奥·洛佩斯的儿子，就是那个……我记得他，我记得他，帕蒂尼奥。卡洛斯·安东尼奥·洛佩斯和印第安人贝南西奥·托乌维是圣卡洛斯学校的最后两个学生，在革命开始前不久，我曾测试过他们，他们以最高成绩通过了考试。你也会记得唐卡洛斯·安东尼奥·洛佩斯，这位未来的巴拉圭总统。在这颗明星升入祖国的天空大放异彩之前，你吊床上的绳子将会在你的脖子上打结。继续读吧。

特殊学校，"孤女与弃女之家"。学生特莱斯福娜·阿尔马达，十七岁："最高政府应当立即召开民主普选。同时，它应当解散由贪污腐败的将官们领导的寄生军队，并将其转变为能够和所有人民一起推动革命的民兵……"啊哈！这个姑娘的主意不错，一点也不错！说到"孤女与弃女之家"，尊敬的大人，我要冒昧地告诉您，那个地方正在发生非常奇怪的事情。帕蒂尼奥，你是想告诉我，那些我们从未见过并已开始入侵这个城市——或许是整个国家——的怪物也开始在那里出现了吗？还没到那个地步，大人，但是，事实上，可以确定的是，那是一个人能够想到的最放荡堕落的地方。没人知道那些形形色色的姑娘和女人在做什么，也没人知道她们何时睡觉。晚上，"孤女与弃女之家"是妓院。到了白天，它又成了军营。这些有着各种肤色、年龄和出身的女子组成了一个军营，那里有白人、帕尔多人、黑人和印第安人。天亮之前，她们就去了郊外。也许，她们正忙着进行战斗训练。从天亮到天黑，一整天都能听到遥远的枪声。我已经派了探子前去查看。他们回来了，却什么也没有看到。其中一个人被藤蔓紧紧地绑在一棵树上，他的胸前挂着一张辱骂人的标语牌。捆绑他的 ysipó-macho[1]用砍刀都砍不下来，为了把他救出来，我们只好烧掉这根藤蔓。他在真相室里接受了长时间的审问，他不能，他不知道或者并不想告诉我们任何信息，最后，在遭受五百次鞭打后，他咽气了。今天上午，我亲自搜查了那个地方，我到的时候，那里已经人去楼空。除了房子看上去已经被遗弃许久之外，她们并未留下任何痕迹，大人。考虑到这些情况，我冒昧请您下达命令，请您告诉我，我应该怎么做。关于“孤女与弃女之家”，暂时什么都不要做，我忠诚的前任抄写员。拿起你的笔，把我要口授给你的东西写下来。紧紧握住你的笔，用尽所有力气握紧它。当它带着我最后的心愿在纸上书写时，我要听到它发出的每一声悲鸣。

通知

我，共和国最高独裁者，命令：

所有代表、卫戍指挥官、军区指挥官、代理法官、行政人员、财政总管、贸易税吏以及市镇首领必须前往政府大楼参加我在永久通令中宣布的机密会议。

本次会议将于9月20日，下周日12点开始。所有人员务必出席，不论有何种极端原因，对于缺席人员，一概不予原谅及赦免。

现在，我要向你口述与你本人有关的特别邀请：

1 瓜拉尼语与卡斯蒂利亚语的结合，意为“藤蔓”。

我，至高无上的永久独裁者，命令：

在当事人出示这份由其本人亲手书写的逮捕令后，卫戍指挥官必须立即着手抓捕机要文书波利卡波·帕蒂尼奥，必须将其收押，完全与外界隔绝。

因涉嫌参与一项篡夺政府的阴谋计划，作为卑鄙的国家叛徒，罪犯波利卡波·帕蒂尼奥将被处以绞刑，他的尸体将被埋在郊外牧场，不得安插纪念性质的十字架或标志。

其余三名指挥官与卫戍指挥官共同负责执行此项最高命令。在执行此项命令后，应立即亲自向命令签署人汇报情况，此外，四位指挥官必须承受可能由失职或收受贿赂带来的隐瞒、包庇或共犯之处罚。

把文件交给我，我要马上签字。新的暴雨，最后一次暴雨，在剧烈的运动中从脸盆里喷涌而出。被判有罪之人已经立正，他已经消失，这个穆拉托人的“尸身”已经溶解在积水里。积水淹没了地板，它们在缝隙里形成了小溪，原有的恶臭突然在体积和臭味上增强到原来的两倍。然而，他巨大扁平的双脚还在原地。他的脚跟并拢，两只分开的大脚趾顶着满是角质的脑袋，在恳求和恐惧中不停地发抖，唯独湿淋淋的双脚在黑暗中闪闪发光。那是一双浸泡在汗水中的大脚，它们变得如此肿胀，这位肥胖的机要文书一定是把自己完全塞进去了，他想在里面越陷越深，他想把自己埋在里面，但是，地板的木头比铁还坚硬，在他试图潜逃和消失时，这些木板产生了反作用。在这个巨大的肿块身上，他的消失变得愈发明显，这个巨大的肿块属于那个人形怪物，而这个人形怪物现在已经变成两只正在出汗的脚。这两只脚的指甲眨着眼睛，它们透过指甲向外凝视。两只像军人一样立正的脚不断哀求，随着被处绞刑之人的缓慢摇晃，它们开始摆动起来。来吧，过来吧！还是说，你想死两次吗？把文件递给我。在两只脚后跟的掩护下，机要文书怯懦地从藏身处探出头来，他巨大的身体开始慢慢出现在脚尖上。他既害怕又恐惧，随着他巨大的身体逐渐恢复到原来的体积，其跟骨处的囊袋开始慢慢松弛，其表里不一的模样也开始逐渐放松。这个背信弃义的骗子最终被翎笔从上到下劈成了两半。我签了字。字签好了，给这些公文撒上吸墨粉。把那份与你有关的命令放在一个信封里，用火漆封缄。大人，火漆用完了。没关系，从前的你已经用身上的清漆为它封缄了。他突然脱光衣服，用一份政令遮住身体前面，另一份政令遮住身体后面。一声濒临死亡的叹息从他的胸口最深处传来，他的右手变成了一根黑色笔杆，用力打在他的脸上。事到如今，这个可怜的家伙还想通过唤起我的同情心来收买我？难道他要像游艺会上的杂技演员一样在钢丝上表演最后一跳吗？突然，他用那只变成钢笔的手刺穿喉结，插入咽喉，于是，钢笔从他脑袋背面的后颈处伸出来，一个小男孩出现在笔尖上，他一边唱歌，一边像中邪一样不停跳跃。从前的帕蒂尼奥用微弱的声音恳求我：最尊敬的大人，我谦卑地接受您将要施加在我身上的公正刑罚，因为我行走在一条充满欺骗和耻辱的极为邪恶的道路上，这条道路被那些针对您的最邪恶的忘恩负义之举所玷污，为此，我的良心一直无法安宁，但是，我要更加谦卑地鼓起勇气恳求大人，不要让我的坟墓失去那最神圣的十字架——那是所有虔诚的基督徒最为珍视的标志。大人，我不介意被埋在郊外最荒芜的牧场上，我不介意坟墓上的十字架由最低劣的木头甚至有毒的木头做成。大人，我不介意他们用长衫装饰我的坟墓或是在我的坟墓旁放上各种颜色的小石子。啊，大人，但是十字架啊，十字架啊！这个骗子呻吟着，脸上露出神秘的表情。仁慈的大人，没有十字架的帮助和保护，那些和我还有旧账未了的魂灵会来找我报仇啊！大人，我请求您，我恳求您满足我最大的愿望！……听上去，你以为自己已经被绞死并埋葬了，而且，你就想在这里为自己守灵。大人，我……你的叹息闻上去有打嗝的味道。你认为你是一位虔诚的基督徒吗？大人，我不是圣徒崇拜者，但是，我对十字架的信仰再简单不过了。它一直是我的救赎，大人。而你却是这一百年来最狡猾的骗子，对你来说，十字架又有什么意义呢？De modo que Nequáquam![1] 不能安置十字架，也不能安置其他标志！你已经错误地出生，那你便要错误地死去。我不会和我从前的骡子激烈搏斗，我会像赶走前任秘书一样把它赶出去。死驴尾巴上撒大麦。[2] 去寻找你最后的茅房吧，快滚，不要再立正了，因为我会听到四个脚后跟撞击的声音。这个愚蠢的畜生误解了我的话，他四脚站立，小声发出了驴叫，然后，他在飞溅的泥土中离开了。从前的波利卡波·帕蒂尼奥！他突然停下来。听您吩咐，大人！放大镜，记住放大镜！什么放大镜，大人？把放大镜放在太阳底下。啊，是的，大人！这个穆拉托人站起来，难过地打着响鼻。快点，快点！打开窗户，把放大镜安装在我事先命你放在窗框上的那个圆环上。好的，大人，我现在就把它放上去。他兴奋地调整铁环里的镜片。这是孩子们的游戏。Expende Dictatorem nostrum Populo sibi comiso et exercitu suo! * 我瘦削的骨头会产生多少阿罗瓦骨灰？至少一百阿罗瓦吧，大人！Exoriare aliquis nostris es ossibus ultor! ** 我嘟囔着。这时，我看到天顶的阳光落在镜片上，它们

*这是尤维纳利斯[3]（《讽刺诗》，第十首，第 147 行）的诗句“Expende Hannibalen”——把汉尼拔放在天平上：你会发现那位伟大的首领有多少磅骨灰？——与 1816 年 6 月 1 日大会为在俗及在职高级神职人员规定的日常祷告的结合。这次大会选举至高无上者为共和国永久独裁者，这一

1 夹杂着拉丁语的西班牙语，意为：“所以，永远不行！”

2 意指一个人想挽救已经无可挽回的局面或情况。

3 尤维纳利斯（Juvenal），古罗马讽刺诗人。

日常祷告取代了先前祷告时采用的简短祷告——De Regem。（编者附注）

**希望能从我的枯骨里生出一个复仇者！（维吉尔，《埃涅阿斯纪》，第625行）

在放大镜的双凸镜面上形成了一块正在熔化的实心金锭。好，很好，宇宙用它宝贵的天赋继续为我提供帮助，对我来说，这还远远不够。把你从前的那张桌子放在那个燃烧的金锭下面，就是那张放着所有东西，桌腿上绑着所有死魂的桌子。用一堆文件在那张桌上堆成篝火的形状。稍微移一移那张桌子，让太阳的光束刚好与纸堆的顶点相连。在那里，在那里。当第一缕轻烟飘到他脸上时，这个前任机要文书停止了微笑。他像狗一样望着我，眼中满含泪水。给那七个时钟上上发条。如今，没有任何时钟会给你时间了。把那只打两次点的自鸣钟放在我能够到的地方。拿上你的脸盆，走吧。如果我们今生不会再见，那就永别吧。

我的记忆不爱做梦。从前，即便我睡着了，它也会清醒地工作——如果我能够偶尔睡着的话，不过，这是极不可能发生的事情。现在，我的记忆甚至可以在非睡眠状态下工作。这种忘却的记忆，让我想起我正在消失的诸多权力。我在烟雾缭绕的房间写作，这是真相室，这是正义之屋，这是自愿招供的房间，这是死后的忏悔室。我的作品就是我的记忆，那里有我的清白与罪过，我的是非与对错。可怜的同胞们，你们没有读懂我！那么，你的借贷账目如何呢，你这个倾听自己沉默的“反听诉官”？在我背后修改这些笔记的人问道。当我的力量从“绝对权力”减弱为“绝对无力”之时，他有时会控制我的手。最后的清算是什么，你这个永远执行不信任策略的管理者？那只手在烟雾中偷偷潜入我的秘密，它在里面翻找，它将稻草与谷粒分离。谷粒很少，也许，只有一粒——很小的一粒。它像钻石一样，在放置徽章的黑色长垫上散发耀眼的光芒。稻草很多，剩下的几乎全是稻草，它们注定要在火中燃烧。那只铁腕逼迫我的手。我的手总是留心一切，它会按照另一只手的指示进行书写。你无法忍受怀疑，你也无法从怀疑中脱身。你被监禁在你的凹面镜里，你已经看到，并将继续看到一个在无限循环中不停重复的时代，还有那片土地，你躺在那片土地上，你在排练你的“首次-最终的-末次”长眠。你看到雨林、沼泽、云朵和身旁的物体，还有你的民族，它那幽灵般的身影像沙漠中的黄沙一样四处飞散。你冷漠地赌上了你的激情，的确如此。不过，你在偶然的牌桌上拿它做了赌注。啊，你这个糟糕的赌徒！当你小心地看管账簿上的每一分钱时，你对“绝对”的痴迷已经使你生锈，它已经一点一点地将你腐蚀，而你并未意识到这一点。你已经轻易满足。你把那条极其肿胀的腿放在陨石上，你被关在那里，你和那块陨石一同被监禁。你感到它的心跳和呼吸比你的更有活力。你在这块陨石上感受到宇宙的自然脉搏。这块陨石随时都能重返轨道，这些宇宙之犬不会染上狂犬病，而你却已无法动弹，只有这只手还在遵照惯性书写。这是一种毫无意义的习惯遗留下来的退化行为。现在，你只差掉进坟墓了，掉进那面“镜子陷阱”的最深处。这面魔镜的外壳比金星的大气层还要厚重，它能够进行奇特的折射，所有穿透这个外壳的光线都将沿着一条永远比你的思维更加锐利的弧线……我在模仿我自己吗？不，因为把自己泡在墨水里并用符号来表达自己非我所愿。但是，是的！这个声音模仿了我曾经记录在年鉴里的想法，我竟然完全把它们给忘了！那是我在 1804 年 12 月 13 日写下的灵魂天文学笔记！凹面镜的图像和光线在无限的循环中重复显示那只张望的眼睛，直到它消失在它的多重映像之中。在这个完美的镜子大厅，没人知道什么是真实的物体，所以，真实在这里并不存在，这里只有真实的画像。我并未在我的炼金实验室里制造出点金石，我得到了某种更好的东西。我发现了完全笔直的光线，它能够避开所有可能的折射。我制作了一面棱镜，它可以将一种思想分解成光谱中的七原色。然后，每一种颜色再被分解成另外七种颜色，直到一束白光和一束黑光同时出现。在那里，那些认为所有事物中只存在对立的人，只会看到一团模糊的颜色。我的老师拉朗德[1]没能得知我的这一发现，就在1804年12月13日这一天，教皇曾对他说，像他这么伟大的天文学家不可能是无神论者。要是这位罗马教皇来到巴拉圭，他会如何评价我呢？我一直为他保留着牧师的职位。当这位教皇陛下沐浴在金星稠密的大气层中，当他在我的凹面镜里看到上帝的光谱从棱镜里出现时，他会说什么呢？他也会把我称为“不信神的神学家”吗？

在确定方式之后，我的思想就成了一面棱镜和一个“镜子陷阱”，它甚至能映照出最微小的灰尘颗粒，它让太空的书页闪闪发光。我一遍又一遍地对自己说：曾经，我写作，口述，抄写，我全心全意地投入墨水和纸张的工作之中。突然，一切画上句号，这种放纵突然结束。在这个句号里，绝对的东西开始倒过来采取历史的形式。最初，我以为我是在普遍理性的支配下，在自我主权的统治下，在“绝对权力”的指令下阅读和创作。现在，我问自己：抄写员是谁？当然不是那个不可信任的人。那时，我命他脱掉鞋子，这样，聚集在他脚上的血液就会在祖国——这双短靴的热气中扩散至大脑。血液上升了，他那被脂肪堵塞且缺乏灰质的大脑中的电池被稍稍激活。血液上升至大脑，不过，热气也跟着上来了。那时，我们正处于永久独裁统治初期。对这个不可信任的人来说，地板的凉意已经不够了。他改进了这个发明，他拿来装有冷水的脸盆。四分之一个世纪以来，他一直把脚放在那盆

1　指法国天文学家约瑟夫·热罗姆·勒弗朗索瓦·德·拉朗德（Joseph Jérôme Lefrançois de Lalande，1732—1807）。

水里，盆里的水最终变得比墨汁还要浓稠。他并不知道，他成功地反驳了赫拉克利特，他并没有故意这么做。抄写员那双水陆两栖的脚浸泡在永远静止的水里，这样的永远像极了永恒。把那盆肮脏的臭水倒掉，帕蒂尼奥，把水换了。大人，如果您允许的话，我想暂时让它待在脸盆里，它已经适应了我脚的形状，如果换水的话，我不知道会发生什么。有可能，它会让我们生锈，或者，谁知道呢。也许吧，愿上帝保佑我们！新的水可能会溶解我的脚，甚至整个身体。我怎么知道呢！我非常害怕河水，甚至是雨水。我害怕前者，因为它会流动；我害怕后者，则因为它像马尿或奶牛的尿一样直往下掉。我的桑丘·潘沙的理由并非全无道理。智慧的所罗门王不是说时间会吞噬生锈的铁和犹疑的人吗？还有什么比《天主经》更加永恒不变吗？可是《天主经》却在人们嘴里不停地移动。上帝的思维比一万两千个圣灵还要敏捷，哪怕每一个圣灵都有十二件羽毛斗篷，每一件斗篷都带着十二股风，每一股风都有十二种制胜能力，每一种制胜能力都有一万两千次永生。格劳秀斯[1]和普芬多夫[2]们也提出了同样的看法。他们说，他们的条款在基督时代就已经在使用了。您竟然反驳他们！您的反驳证据在哪儿？他们认为，基督所做的就是把它们当作黄金、没药和熏香捡起来串在一起。啊，烟雾越来越浓，咳嗽正在消耗大脑的机能！现在，打喷嚏的人竟然是我了！以前，我会在夜里跪在抄写员的脸盆前，我会对着白色蜡烛俯身凝望那面圆形黑镜。我会双手合十，以祈祷姿势等待。有时，在某个时刻，等到我筋疲力尽的时候——这种情况并非总是发生——我会在沥青表面看到像云一样的模糊图像慢慢地从一条地平线滑翔到另一条地平线。那么，我的机要文书的双脚是否与他那

1　格劳秀斯（Hugo Grocio，1583—1645），荷兰法学家，世界近代国际法学的奠基人。

2　普芬多夫（Samuel von Pufendorf，1632—1694），德国法学家，古典自然法学派代表人物之一。

记忆非凡却蠢笨无知的头脑刚好相反？它们是不是会思考呢？这种水陆两栖的脚掌在思考某种秘密的东西。有时，我还会听到声音，这种声音就像圣体华盖身后的一支游行队伍在街上行走时发出的声音。想到抄写员，就让我想到了亚里士多德，亚里士多德认为柏拉图说的话飘浮不定，也因此认为柏拉图的话充满活力。这让我想到了安提法奈斯[1]，安提法奈斯认为柏拉图对孩子们说的话会因空气寒冷而凝结，所以，要等到这些话变老，它们才能被理解，到那时，孩子们也变老了，所以，他们明白的东西与那些话一开始所说的内容完全不同。但是，抄写员的双脚，它们在想什么？它们在说什么？它们的话也像柏拉图的话一样充满活力吗？要是它们说了什么，却并未使用卡斯蒂利亚语、瓜拉尼语、拉丁语或是其他任何现存或灭绝的语言呢？这些图像不过是一些非常洁白的云朵，它们带有未知动物的形状，就像寓言集，动物寓言集。有时，云层被一个淹没在水中的微小太阳的反光渲染，它们变成了遮住独眼人眼睛的那抹蓝色，它们变成了白内障薄膜的乳白色，或是发情的美洲豹身上的赭色和黄色。仅此而已。脸盆里的帕特莫斯岛[2]上没有任何启示，但是，我们必须谨慎行事，一个人永远不会知道，一只虱子可以骑在皮屑上飞翔。有时候，最深刻的启示会采取最粗鲁、最意想不到的方式。彼特罗纽斯[3]认为，所有世界以等边三角形的形式相互连接，而真理的居所就在它们的中心，那里栖息着所有的语言、范例、理念，以及所有过去和未来的事物的形象。

在地狱般的夏日，即使是在最酷热的夜晚，脸盆也依旧固执地保持沉默。在烛光、月光和最大功率的路灯的照耀下，那盆沉重的水依

1　安提法奈斯（Antífanes），公元前 4 世纪的古希腊喜剧诗人。

2　指拔摩岛（Patmos），又译帕特莫斯岛，爱琴海上属于希腊的一个小岛，因圣约翰在此创作《约翰福音》与《启示录》而闻名。

3　彼特罗纽斯（Petronio），古罗马诗人、作家。

然平静地沉睡，它没有做梦，它只是沉沉地睡着。正是在冬季刚刚开始结冰的时候，那些云层和声响才开始出现。我尝试了各种各样的试剂，包括酸、盐，还有从荞麦或三角麦，以及从石松和许多其他开胃香精中提取的物质。这些植物的花粉高度易燃，它们最多只能让一些细长的气泡勃起，当这些气泡无声地爆裂时，这个穆拉托人鸡眼的恶臭便会喷到我脸上。我用乙炔喷枪工作了一整个晚上，我想看看我能否解冻那些保存在云层与声响中的语言和图像。喷枪的火焰变得更白了，它甚至变成了刺眼的白骨色；而那盆水，则变得更黑了，它甚至开始沸腾并散发出一股硫黄蒸气。喷枪爆炸了，喷枪碎片像手榴弹碎片一样嵌在墙上。第二天早上，我极为小心并密切地观察了我的抄写员的行为。在我口述间隙，他有时会抬起一只脚，在桌下抓脚，这时，水便滴下来，不停地穿透我的耐心之石。我感觉它们就像一滴滴熔化的铅液，落在我患有痛风的腿上最敏感的区域，夜里一直持续发作的头痛使这些区域的病情愈发严重了。怎么了，帕蒂尼奥？你为何要抓脚？没什么，大人，只是这水好像有点烫，所以，我突发了轻微的皮疹或麻疹，或者，我也不知道这是什么。抱歉，大人，我要去把水换了。不！现在，是我在恳求他了，我几乎大喊起来。不要换水！遵命，大人。等水稍微温和一点，我就舒服了。当一个人放松四肢睡午觉时，他的脚会在吊床的微风中感到无比凉爽。我想把抄写员的脚正在思考的秘密保存在这盆水里，这个穆拉托人简直狡猾至极，他预见了最后一种可能，他故意弄翻了脸盆！被踩到的就让它过去吧[1]，他离开的时候似乎这么说道。

火舌在四处愉快地迸发，它与我的心情完美契合。Pabulum ignis![2]

---

1 影射西班牙语中的一句俗语：“过去的事情就让它过去吧。”（Lo pasado, pasado está.）此处，作者将其改换为“Lo pisado, pasado”。

2 拉丁语，意为：“火的食物！”

欢迎你，火的力量！进来吧，朋友。你可以施展你的能力，像男人一样奋力工作吧。很快，你便会消灭所有的一切，所有的一切！嗯！你将会复仇，渺小的人物向伟大的人物复仇，黑暗向光明复仇。不要分散你的力量，集中注意力。不要被某些人散布的谣言分散注意力，这些谣言说男人不过是因热量而膨胀的女人，或者，女人是隐藏的男人，因为她们的身体里有男性的元素。请允许我用你来称呼你。在你的火焰和陨石之间，我把我的结局托付给你，正如我在水与火之间建立我的开端一样。我并非在两块木头的摩擦中诞生，我也并非在一个男人和一个女人的摩擦中诞生：正如我的"《圣经》注释家"坎特罗所说，他们扮作长有两个脊背的野兽，愉快地摩擦他们的脂肪。我不会让你消化不良，但是，你也无法将我完全消化，总会留下某块让你难以下咽的东西，你会把它吐出来。普林尼[1]跳进埃特纳[2]，火山喷出的蒸气将他吐了出来，这股蒸气保留了他的外形、他嘲弄的微笑，甚至是他左眼的抽搐——他那只独眼总是不停地眨眼。醉酒的恩培多克勒[3]跳进了同一座火山，与其说他想自杀，不如说他想蒙蔽他的同胞：如果找不到尸体的任何踪迹，他就能让他们相信他已经升上了天堂。为了揭露这两个自负的骗子制造的骗局，伏尔甘[4]原封不动地吐出了前者的蒸气与后者的青铜凉鞋。

我不会在共和国广场的篝火中燃烧，我要在我自己的房间，在由

1 这里指老普林尼。在历史上，他死于维苏威火山大爆发。

2 埃特纳（Etna），意大利西西里岛东岸的一座活火山。埃特纳火山的名字在意大利语中意为"我燃烧了"。

3 恩培多克勒（Empédocles），古希腊哲学家、政治家、诗人。据说他最终投入埃特纳火山，自杀身亡。对此，一直存在多种说法。有人说，他曾宣称自己有朝一日会升天成神，为了让人相信他的预言，他自杀身亡，以免人们找到他的尸骨。也有人说，他对自己的预言深信不疑，但预言迟迟未能应验，他便绝望地跳入埃特纳火山。还有人说，整个故事均为虚构，恩培多克勒是在考察埃特纳火山时不幸罹难。据说，火山还将他的青铜凉鞋喷了出来。

4 伏尔甘（Vulcano），罗马神话中的火神。

我下令点燃的文件火堆中燃烧。希望你能明白我的意思，我不会一头栽进你的火焰里，我会扑向由我的人民形成的埃特纳火山。有一天，这座喷发的火山口只会吐出我的名字，灼热的熔岩会带着我的记忆四处扩散。他们把我的遗体埋葬在恩卡纳西翁教堂的主祭坛旁边，然后，是与圣器室相对的万人坑，再然后，是一个面条盒子里——这样做毫无意义。这些地方连我的一个鞋扣、一块骨头碎片都吐不出来。没有人夺走我的生命，生命由我自己赋予。我这样做并不是模仿耶稣。根据那位忧郁的教长所言，上帝之子在各各他自杀了，他这样做是为了拯救人类，不过，这并不重要。也许，那些自称“上帝子民”的人过去、现在、未来都不值得任何神明为他们自杀，这也许还顺带证明了上帝这一观念可悲地来自人类自身。一个最最最原始的上帝的上帝的上帝，即便他能够在第三天复活，即便他是一位在“三个既相同又不同的人”身上存在的三位一体的神，他也不是上帝。如果他真的是上帝，他必须一刻不停地存在，他必须无法死去，哪怕只是一瞬间。而且，当苦胆与醋的时刻来临时[1]，这位上帝之子还曾在橄榄园里犹豫不决。上帝啊，求你让这杯离开我，等等，等等……胆小鬼！怯懦的上帝之子！或许，在《启示录》可怕的蘑菇云下，在世界毁灭的大火堆里，为了拯救所谓的应当被拯救的人类，救世主并没有献出最后一滴救赎之血。不过，我们不要迷失在无神论的假设里。

当一个人就是那散发着死亡气味的水井，那喷发着热烟的火炉，那喷吐着令人窒息的湿气的矿井时，难道不可以说我们是在用自身的蒸气自杀吗？我做了什么才孕育出这些从我身上散发出来的蒸气？我的左手继续记录着，因为我的右手已经倒在我身边死去了。我的左手在书写，它匍匐在这本书上，它在书写，它在记录。在他人之手和他

1 相传在基督的时代，在被钉上十字架前，行刑者会向受刑之人提供苦胆调醋，以减少其痛苦。此处影射耶稣受钉十字架之刑。

人思想的控制下，我口述着内心被禁止的想法。但是，那是我的手，那也是我的思想。如果应当有人对这些文字感到不满，那么，那个人就是我，因为无论何时何地，他们都拿这些文字来迫害我。不过，尽管文字遭到滥用，我们还是必须热爱文字，就像我们必须热爱我们的祖国一样，不论我们在这个国家遭受了多少不公，哪怕我们可能为它丢失性命——因为一个人怎么活着，他就会怎么死去。我从其他人那里，东拼西凑地拿来了那些句子，它们能够更好地表达我的想法，这并不是为了把它们储存在我的记忆里，因为我并不具备这种能力。如此一来，这些文字和想法便能契合我的心意，仿佛在我写下它们之前，它们便已属于我。西塞罗[1]（《论占卜》第二卷，58 页）说，不管这有多么荒谬，任何东西都不可能被说出来，除非它已经在某个地方被某人说出并记录下来。“如果他没有说那句话，我就是第一个说这句话的人”，这样的事情并不存在。有人说了什么，因为另一个人已经这么说过，或者另一个人很久之后也会这么说，即便他不知道已经有人这么说过。唯一属于我们的是文字背后无法被诉说的内容，它甚至比我们自己更加深入我们的内心。那些假装谦虚的人是最恶劣的人。当苏格拉底说出他那句著名的谎言时，他虚伪地低下了头：我知我无知。如果这位亚里士多德学派的人物什么都不知道的话，他怎么知道他什么都不知道呢？所以，他理应受到毒芹[2]的惩罚。那些声称自己撒谎却说出真话的人，毫无疑问就是在撒谎；而那些声称自己撒谎又真正撒了谎的人，却在说大实话。这是诡辩之术，政治家的话术。把对永垂不朽的渴望寄托于文字之上是一种可悲的荣耀，文字正是所有易逝之物的象征，忧郁的教长[3]这样布道。接着，他又自相矛盾地说道：

1 西塞罗（Cicerón），古罗马政治家、哲学家、法学家、雄辩家。

2 传说苏格拉底为了自己的信仰，喝下毒芹汁，从容赴死。

3 指乔纳森·斯威夫特，他毕业于为教会培养忠实子弟的都柏林圣三一学院，（接下页）

全人类属于同一个作家，他们属于同一本书。一个人去世并不意味着那一章从这本书里消失了，这意味着它已被翻译成一种更好的语言。这本书的每一章都这样翻译。为了“那座伟大的图书馆”，上帝之手（这个曾经谈论上帝自杀的人说道，真有意思！）会将我们所有分散的书页再次装订在一起，在那里，每本书都会带着末页上最后的文字与最终的沉默，长眠于另一本书之侧。喜欢囤积一切的节俭的富兰克林同志在他的墓志铭中抄袭了教长的思想，布拉斯同志则抄袭了“那位山居隐士”[1]，他也在假装谦虚：当我写作时，我的思想有时会逃离我。这让我想到我的软弱，我经常忘记它。正如被遗忘的思想一样，它也对我有所启发，因为我往往只了解我的无能。从我很小的时候开始，当我阅读一本书时，我会钻进这本书里，所以，当我合上它时，我还在继续阅读它（就像蟑螂或毛毡夜蛾幼虫一样，嗯？）。因此，我觉得那些想法一直都在我身上。没人能够想到未曾想到的东西，我们只会想起已经想到或做过的事情。没有记忆的人便抄写，这就是他的记忆方式，而我便是如此。当一个想法离开我时，我想要把它写下来，我只会写下它离开了我。苍蝇不一样，你们好好看看它们的种族力量和它们“蜂拥而上”的爱国主义。它们赢得战斗，它们阻止我们的灵魂行动，它们吞噬我们的身体，还在我们的尸体里孵化那些让它们得以永存的卵，即便每一只苍蝇都只能活上寥寥几天。啊，苍蝇！我已经摆脱了它们！火和烟已经使我免于遭受它们的侵袭，火和烟已经阻止了它们的掠夺性迁徙！当它们到达时，它们只会在这场骨灰晚宴上发现某个被烧焦的餐桌同伴，而这场骨灰晚宴是我未能为我的叛徒使者

（接上页注 3）后来他也曾多次担任牧师。

1　指法国思想家、作家蒙田（Michel de Montaigne，1533—1592），蒙田在三十七岁那年继承了其父在乡下的领地，一头扎进高高的藏书室里，过起了隐居生活。帕斯卡尔曾受到蒙田的极大启发。

中的一千零一个犹大们准备的“最后的晚餐”。

火，为何你迟迟无法完成你的工作？嗯？你这个懒惰之人！你怎么了？难道从某个年龄开始，不育和阳痿也影响到你了吗？难道现在你比我更加衰老吗？还是说，你也在我这肮脏的洞穴里窒息了？这句话会是我从某个地方摘抄的吗？即便是这样，我也毫不介意。帕蒂尼奥，这位唯灵论者，也许会安慰我：大人，谁能向您证明那位“古老的先生”不是您本人呢？事实已经证明，灵魂会从一具躯体转移到另一具躯体，而且，不管时间如何变化，灵魂都将始终如一！这个骗子很有可能将他的幽魂转变为不断轮回的迁徙者。

现在，我不知道我为何还在关心时钟的行走。在这座城市的死寂中，那只自动报时的时钟正在敲响丧钟。这是唯一的声音。丧钟为活人而鸣，也为死人而鸣。我不想死，但是，死去对我来说已经不再重要，我读到西塞罗抄写的一句埃庇卡摩斯[1]的格言。希波的奥古斯丁说：所以为恶的，是死后的将来情形（《上帝之城》第一卷，第十一章）。是的，同志。发现自己在等待生命的终结比一劳永逸地死去更为残忍，尤其是在我亲自口述了对自己的判决，并亲自为自己选择死亡之时。多少囚徒亲自在这片土地上为自己挖掘了坟墓！另一些囚徒则在被枪决时亲自向行刑队下达了开火的命令。我看到他们坚定地，几乎可以说是愉快地走向死亡。还有一些人，在如此漫长的时间过去之后，仍然戴着脚镣，躺在地上或是他们的吊床上。在午睡时分——对他们来说，此时仍然有无法穿透的黑暗——他们躲开了刺眼的阳光，甜蜜地沉睡。他们在睡梦中用自身的重量为自己挖掘坟墓，他们甚至比我最消瘦的白色美洲鹫还要轻。我看到这些乌鸦在漫长的等待中梳理它们带癣的翅膀，清除身上的跳蚤。反光里出现了两个黑点。黑暗中，囚

1　埃庇卡摩斯（Epicharmus），古希腊喜剧诗人、哲学家，酷爱格言与哲学辩论。

徒们在吊床里来回摇晃。在永恒的摆动中，他们几乎纹丝不动。他们的脚镣发出刺耳的响声，这种响声用某种母亲般的声音为我唱响了催眠曲，而我，则完全静止不动。作为一次确定的死亡的受益人，我用这个例子教会他们受苦。从正午开始，我就横躺在床上，我的头垂向地面。帕蒂尼奥和指挥官们的倒影怯生生地出现在窗框中。现在，这位前任机要文书的手里握的不是笔，而是一根长长的竹竿。他开始翻动我的身体，他这么做并不是为了让它复活，而是为了确认它已经死去。在竹竿的推动下，我感觉自己在冥河的水面上漂浮，不过，我也感觉自己在另一条耀眼的生命之河上漂流——那是荣耀之河，那是真正的河流。在我的敌人自以为已用枷锁禁锢的种族之河中，我的身体逐渐肿胀、生长、变大。

到最后，依然是对河流与自由通行永远的、痛苦的迷恋！（胡里奥·塞萨尔，见前引）

我的尸体将这些枷锁逐一打破，它疏浚了河道，拓宽了河岸。现在，谁还能够阻挡我？那只死者的手抓住了竹竿顶端，吓得半死的前任抄写员松开了竹竿，我们一起描画了最后的符号。

正如至高无上者预测的那样，波利卡波·帕蒂尼奥曾经短暂地逃脱审判。1840年9月20日，至高无上者去世，后来，在一次内廷阴谋中，一个由军事指挥官组成的洪达接管了无头政府。死者手下的另一位“元帅”——中士罗穆阿尔多·杜雷（饼干制造商）领导的军营起义最终推翻了此次阴谋。前任机要文书波利卡波·帕蒂尼奥，这位国务秘书兼倒台的洪达政府的幕后掌权者，在牢房里用吊床的绳子自缢而亡。（编者附注）

1840年8月24日，圣巴托洛缪日，在那位邪恶男仆的启示下，独裁者在死前放火烧毁了所有重要的通信记录和死刑判决，至高无上者并未想到这一元素竟是如此贪婪，大火最终点燃了他的床。因烟雾而感到窒息的独裁者绝望地呼叫仆人和卫兵前来救他。在大火中，他们打开门窗，将床垫、被褥、衣服和着火的文件扔到了街上。啊，这是下个月即将到来的那场大火的明显预兆，这场大火将永远焚烧他的灵魂！与此同时，唯一可以肯定的是，在这个时候，那些得以克服自身恐惧的行人第一次看到了阴森的政府大楼内部。一些人甚至停下脚步，查看那些烧焦的绒布碎片，这是一种巴拉圭没有的布料，至高无上者的床单便由这种布料制成。

对天主教徒来说，8月24日是魔鬼独自出门的日子，许多人将这个情况与至高无上者的斗篷颜色联系在一起，因此，他们推测他的末日很快就会到来。（曼努埃尔·佩德罗·德·培尼亚，《信件》）

火昏昏欲睡，它不太清楚要从哪里开始攻击。它在文件上噼啪作响，这些文件逐渐烧焦，它们逐渐化为轻烟，化为灰烬。大火在各个角落燃起一道道火花，它不敢来到我的身边，也许，它无法跨越床铺周围的泥潭。我曾由水与火构成，而现在它们却密谋要把我置于最终的孤独之中。我孤身一人，在一个只有白痴的陌生国度。我孤身一人，没有来处，也没有去处。我被永远囚禁。我独自一人，孤立无援，毫无防备。我注定要不停地流浪。我选择的所有避难所都接连将我驱逐。我无法进入坟墓……得了吧，事情没那么糟！死亡可不会让你陷入自我同情之中，自我同情从未在你的生命里留下痕迹。死去的人非常虚弱，但是，处于死亡中的活死人，比死人还要强壮三倍。

我同意，这场 ad astra per aspera[1] 的斗争已经把我变成拥有两个灵魂的混血人。我的一个灵魂是“寒冷的灵魂”，它在对岸——那个时间

1 拉丁语，意为“历经艰辛走向繁星”，有“循此苦旅，以达天际”之意。

停滞并开始倒流的地方——观望。我的另一个灵魂是“温暖的灵魂”，它仍然在我的内心守望。作为一个绝对怀疑的支持者，我依然能够将我白天的右腿——这只早已因过于肿胀而无法支撑我的腿——靠在夜晚的左腿上行走。我的左腿还能承受，它在承载我的重量。我要站起来一会儿，我应当让火烧得更旺。是**他**从**我**身上冒出来，用反冲力再次让我翻转。**他**拍了拍手，火势立刻恢复，大火带着比先前更大的能量再次欢快起舞，熊熊燃烧的火焰给房间带来了一种曙光。**他**又拍了拍手，他的拍手声听上去就像炮声。龙骑兵、轻骑兵、榴弹兵带着成桶的水和装满沙子的手推车蜂拥而至，所有的士兵带上了他们所有的装备。当我下令把何塞·托马斯·伊萨西放在用火药堆成的篝火中烧死时，那场带有黄色熔岩的大火曾经蔓延到我的房间。现在，火在真正的水与沙形成的水龙卷中再次熄灭。洪水般的泥浆从门、窗、天窗、圆窗，以及天花板的裂缝中涌入我的房间。豆大的雨点从缝隙中滴下来。一滴滴熔化的铅液，滚烫而冰冷。比固体还要坚硬的倾盆大雨，让我的骨头嘎吱作响。泥浆般的暴雨四处喷射，它们打湿、燃烧、穿透、弄脏、冻结并溶解在我的巢穴中遇到的一切，它们将它变成了一个泛滥的污水池，这个污水池里漂浮着黏稠的冰块和燃烧的小岛。在这个污水池里，**他**站立着，他带着一如既往的风度，还有他自第一天起便拥有的至高无上的权力。他一只手放在身后，另一只手塞在长礼服的翻领里。接连不断的风雨没有触碰他。我让保存在舌头下面的最后的动脉瘤爆炸，我朝他吐出了一句带血的脏话，我想激怒他：即使他们把我们埋在地球上相对的两端，我们还是会被同一条狗找到！我没有认出自己的声音：这股来自肺部的气流启动了整个发声器官。声带、喉管、肺泡、心室、颚、舌头、牙齿、嘴唇，它们已经无法在我体内形成被我们称为声音的转瞬即逝的声响。我已经很久没有大喊了！我用思想的声音想起了这个词。这真是世界上最困难的事！我的手在黑暗中滑过脸庞，我不认识这张脸。我在一盏灯上看到两个光点：一个是黑色的，另一个是白色的。我看到一个有着两副面孔的男人：他的一张面孔已死，另一张却还活着。**他**失去了兴趣，他假装漠不关心。他打开门，朝门厅走去。他走到外面，我看到他的身影出现在过道里，那个身影带着黑白光线形成的光环，在黑暗中发出磷光。我听到他向卫兵首领下达口令：**无祖国，毋宁死！**他的声音填满了整个夜晚，那是我应当听到的最后的口号，这个口令被缝在同胞们命运的衬里之中。大地因这声呼喊而震动，呼喊声从一个哨兵的嘴里传到另一个哨兵的嘴里，它们传遍了黑夜的所有角落。**我**终于成了**他——我-他-至高无上者**，古老的、不朽的至高无上者。我只需要吞下我的旧皮肤，他变换外形，我也变换外形。他沉默了，我也沉默了。现在，只有沉默坐在我身旁，只有它坐在我身上，耐心、安静地听我说话。只有手还在不停地书写，这个具有自我生命力的动物晃动着，不停地后退。在强烈的抽搐渴望的驱使下，在随之而来的震动中，它不停地书写、书写。最后的手段，从海难中逃生的最后一只老鼠。[1]在登上绝对权力的舞台后，至高无上之人亲手为自己建造了绞刑架，他被自己亲手编织的绳子吊死。Deus ex machina.[2]这位至高无上的小丑主演的喜剧、讽刺剧、草台戏终于圆满落幕。在那个小小的舞台上，只有那只手还在书写。那是一只梦见自己正在书写的手。它梦见自己醒着，因为只有醒着，这只沉睡的手才能讲述自己的梦。这只“遭遇海难的老鼠手”写道：在秋日傍晚，失明的鸟儿于太阳落山之际坠落，我感到自己与

1 “最后的手段”影射“王者的最后手段”，这段铭文曾被法国国王路易十四下令刻在法国的大炮上；“从海难中逃生的最后一只老鼠”则影射其深信当船只遭遇海难之时，老鼠将从船只中逃离。

2 拉丁语，意为“机械降神”或“扭转乾坤之力量”。这一说法原本指在古希腊戏剧中，当剧情陷入胶着，情节出现困境时，利用机关让扮演神或具有超自然神力的人物出现在舞台上，以解剧情之围或制造出人意料的剧情大逆转。

它们一同坠落。它们爆裂的双眼用鲜血将我浸湿。它们保留着我在暴雨中坠落的形象。那些鸟儿疯了！那些鸟儿就是**我**！注意！它们在等我！如果我没有带上正义的行囊，我就永远无法认出它们……

永远……

　　永远……

　　　　永远……

　　　　　　永远……

永远无法认出它们!!!

他正在返回。我看到他的影子正在变大，我听到他的脚步声在回响。让人奇怪的是一个影子竟然迈着如此沉重的步伐。他拄着铁头拐杖，穿着铁皮高筒皮靴，迈着军人的步伐踏上楼梯。楼板嘎吱作响。他在最后的台阶上停下脚步。那是最坚固的台阶，那是恒常之梯、权力之梯、统治之梯。他挺直的身影散发出光环，明亮的红色光环环绕着他黑暗的轮廓。他继续前进，突然，他被一根柱子遮住了，然后，他再次出现。**他**就在那儿。他把斗篷的前身翻到肩上，走进内室，整个内室便淹没在一片红色的磷光之中。一把佩剑的影子投射在墙上：他的食指指尖指向我，并穿透了我的身体。**他**笑了。两百零七年以来[1]，他在不经意的转瞬间观察我。他，目光如炬；**我**，正在装死。他锁上门，他把五阿罗瓦重的门闩塞进卡槽。我听到他迈着和我一样的步伐来回走动，我听到他正在执行同样的操作——插上门闩，视察并不厌其烦地检查政府大楼剩余的十三个下属部门：他经过密室从军械库来到总仓库。我知道，他并没有放弃在最高要塞——这个巴比伦式的平行六面体庞然大物中搜查，他没有放过其中的任何缝隙。在前厅、

1　这是自 1766 年（至高无上者出生那一年）到 1973 年（巴斯托斯完成本书撰写那一年）之间相距的时间。

卧室和我所躺的内室里，傍晚才熄灭的大火的浓烟慢慢地旋转聚集。为什么这座破旧的大房子不会在如此潮湿的环境里彻底倒塌呢？我气愤地这样想着，我想起那些早晨，在做完弥撒后，我常常跑去看他们挖掘地基。我藏在红土堆之间，在侍童兜帽披肩的掩饰下，我把几大车盐倒在那些大坑里，我用它代替了原本应当由工人们往里倾倒的小石子。我一边做我的工作，一边仔细地观看他们完成他们的工作。但愿第一场雨能够让盐融化并使你倒塌，该死的大房子！看到这座四角锥形的可恶房子慢慢变大，我的思维这样大喊道。彻底倒塌吧！我精心准备的盐一定比花岗岩碎石、山上的砂石和耻辱之石更加坚固。我湿润身体中的盐分完全能够安然无恙地抵抗第三次洪水的泛滥。

尽管有蒸气，第一只肉蝇还是钻进了密闭的禁闭室。也许，它是从主祭坛的某条缝隙或裂缝中钻进来的。肉蝇被死亡的魅力吸引，某种气味预示着这些体形微小的苍蝇正在靠近。一旦生命结束，其他种类的苍蝇便会赶来。迁徙者接踵而至，腐败的气息在尸体上安营扎寨，变得愈发明显，从这一刻起，第一批苍蝇便会赶来：学名为叉叶绿蝇的绿色苍蝇，被称为肉蓝蝇的蓝色苍蝇和胸部带有黑白条纹、被称作麻蝇的大苍蝇，第一批入侵的迁徙者开始崭露头角。第一批响应美味信号的苍蝇移民能够在尸体上产生多达七代甚至八代幼虫，这些幼虫会在大约六个月的时间里聚集繁殖，麻蝇幼虫的体重每天能增加两百倍。此时，尸体的皮肤会呈现出一种近似粉红色的黄色，尸体腹部会呈现出浅绿色，背部则会呈现出暗绿色——至少，如果这一切不是在完全黑暗中发生的话，它们的颜色就是如此。接下来就是“亲尸榴弹兵中队”了——在奶酪中生产蠕虫的干酪蝇。接着，螺旋锥蝇、尖尾蝇、黑蝇、蚤蝇便会赶来。它们会形成蛹，它们的蛹就像火腿上的面包屑或是我以前非常喜欢品尝的菜豆汤。然后，分解的性质发生变化，一种新的发酵过程会产生脂肪酸，也就是我们俗称的尸蜡。这种发酵比之前的发酵更加复杂、更加活跃，也更富有活力。这个阶段属于皮蠹和毛虫，前者会产下长有长毛的幼虫，后者则会蜕变成被称为缟螟或北冕座的美丽飞蛾。某些物质会结晶，然后，它们会在最终的尘埃中像箔片或金属碎片一样闪闪发光。移民队伍越来越多，赶来参加这个黑暗的美味分解过程的是那些有着钻石般闪亮双眼的贪婪的食蚜蝇，以及九种埋葬虫[1]，在这部葬礼史诗中，它们是演奏里拉琴的面包师。由圆形“水瓶座”和钩形“水瓶座”组成的骑兵中队开启了干燥与干尸化过程。“水瓶座”（事实上，它们叫作蜱螨，尽管我还是更喜欢将它们称为“水瓶座”）之后便是疥螨。它们啃咬、锯断并碾碎干硬的组织、韧带，以及已经转变成树脂类物质的肌腱、茧子、角质、头发和指甲。正如人们普遍且正确认为的那样，在尸体上，这些东西已经停止生长。我的脚指甲不会再继续生长，而我不自然的秃头也已经无可救药。最终，三年之后，最后一位伟大的移民——一只比政府大楼还大的巨大黑色鞘翅目昆虫，它被叫作黑粉虫——到达并下达全体解散的命令。一切都已结束，生命的最后痕迹——恶臭——已经消失。一切都已溶解消逝，连哀悼都已经结束。黑粉虫具有奇妙的特质：它们无所不在，却又无影无踪。它们出现，它们消失，它们可以同时身处不同的地方。它们用带有数百万个球面的眼睛凝望我，而我却看不到它们。它们吞噬了我的形象，而我却看不清它们那包裹在带有猩红色衬里的黑色斗篷里的形象……（接下来的十页粘在一起，已经硬化）

（此页开头已被烧毁）……现在，你已经无法行动了。你说，你不想目睹你亲自为祖国准备的灾难，你会在那之前死去，你在自己身

1 埋葬虫（又名食尸虫）在发现尸体后，会振动翅膀，发出特殊的声音召唤同伴；此外，埋葬虫有掩埋尸体的习惯，它们会在掩埋的尸体上产卵，以便孵化后的幼虫能直接以掩埋的尸体为食。

上看到的终有一死的那个部分将会死去。你将不可避免地看到那些不会死去的东西，因为，荒诞的阿尔基洛科斯[1]/最为疯狂的疯子，最糟糕的是，无论死人身上堆积了多少泥土，无论他们再怎么被人遗忘，他们总是要处处受苦。你曾以为，在你的帮助之下诞生的祖国以及靠你的头颅武装起来的革命，自你开始，也自你结束。你的高傲曾让你说出你是一次可怕的分娩与混合原则的产物。你谎称你拥有绝对的权力，你迷惑了自己，也迷惑了他人。你浪费了你的油[2]，你这个冒充政治家的年老的前任神学家！你以为你赌上了你的绝对激情：要么拥有一切，要么一无所有。Oleum perdiste![3] 你不再信仰上帝，可你也并不相信那些拥有真正革命色彩的人民。一场独一无二的革命让一位真正的领导者与革命的奋斗目标合二为一，而不是让他将革命作为其绝对正直形象的藏身之地——如今，蠕虫正在此人身上水平进食。当革命的火焰已然在你身上熄灭时，你用大话和看上去合理的伟大教条继续欺骗你的同胞，你采用了最下流的卑鄙手段，以及疾病和衰老这种最邪恶奸诈的诡计。你有着病态的野心、骄傲、怯懦和恐惧，你把自己封闭起来，你将国家面临的不可避免的孤立处境变成了个人的堡垒和藏身之所。你让自己被那些打着你的名号发迹的卑鄙之徒围绕，却与赋予你主权和领导权的人民保持距离，得以饱腹的他们在对你的恐惧与尊敬中接受了你的保护和教育，因为在你的内心深处，你也惧怕他们，但是，你并不尊敬他们。对人民群众来说，你变成了一个巨大的黑暗谜团，你变成了人民的伟大主人，你要求他们用顺从来交换饱腹和空洞的头脑。这是一个身处十字路口的时代的无知。你比任何人都清楚，只要城市和城市特权阶级控制着所有人民，革命便只是革命自

1 阿尔基洛科斯（Arquíloco），古希腊抒情诗人。

2 拉丁语中的表达方式，意为："你浪费了时间。"

3 拉丁语，意思同上。

身的讽刺画。在我们共和国目前所处的时代，每一次真正的革命运动都完全公开地以主权作为一个真正的整体开始行动。一个世纪前，当人民的权力遭到首都贵族背叛时，公社革命失败了。你想避免这样的情况。你停在了半路，你没有培养真正的革命领袖，你培养的是一场被你的影子控制的追随者瘟疫。你误解了人民的意愿，所以，你滥用了你的权力，你的年迈昏聩在你的独裁意志真空中旋转。不，渺小的木乃伊，真正的革命不会吞噬自己的孩子，它只会吞噬它的私生子——那些不能将革命进行到底的人。如果有必要的话，它甚至可以超越革命的极限。绝对的人会将自己的想法进行到底，他们不会为此发抖。这一点，你早已清楚。你将你的想法抄写在这些没有目的地也没有收信人的文件上。你犹豫了。你也被判了刑，与其他人相比，你将受到更加严重的处罚。对你来说，已经没有救赎的可能。遗忘会将其他人吞噬，而你，从前的至高无上者，你是那个必须交代一切并分文不差地付出代价的人……（接下来的内容已经板结，无法辨认）

……午夜时分，你会下到地牢。你会穿过成排的吊床，它们一个接一个地挂在另一个上面，二十年的黑暗、痛苦和汗水早已使它们腐烂。那里的人不会认出你，他们甚至看不见你。他们既看不到你，也听不到你说话。要是你还能发出声音，你可能还想辱骂他们，像往常一样制造许多噪音，报复这些胆敢无视你的幽灵。听我说，你们这些该死的懦夫！你会想要咒骂他们，你会最后一次重复你已咀嚼了几千次的那句话。好在，最棒的是已经没人能听见你说话了。你在绝对的寂静中声嘶力竭地喊叫，但是，这根本毫无作用。你会穿过成排的囚犯，你会盯着每个人带有眼屎和白内障的双眼，而他们不会眨眼。你怎么知道他们是不是在做梦？你怎么知道他们是不是梦见你是个奇怪的动物，一个没有名字的怪物？梦，一个梦，这是一个人和一只野兽身上最隐秘的东西。对他们来说，你将仅仅成为遗忘的形式，你将成为一个空白和这种黑暗之中的一种黑暗。最后，你会躺在一张无人的吊床上。那是最后一张吊床，那是位于成排吊床最底部的吊床，在比这些瘦削的骨架还要沉重百倍的镣铐的晃动下，这些吊床轻轻摇摆。由于霉烂和老化，这张吊床会把你扔到地上。没有人会笑，坟墓里寂静无声。你将躺在恶臭的尸体中，在那里度过整个夜晚。你闭上眼睛，双手交叉放在胸前。这些可怜人的汗水、粪便和尿液会从一张吊床流到另一张吊床上，它们会淌到你身上。带有坟墓烂泥的污水会像雨点般袭来，它们会压扁你，将你压得越来越低。它们会用那些倒立的柱子瞄准静止的你——在你至高无上的无力身躯之上，钟乳石正在生长。当蜱螨、食蚜蝇、肉蝇、麻蝇，所有其他迁徙的幼虫、毛虫，微型啮齿动物和食尸疥螨消灭你那受人尊敬的“非人”的遗骸时，你也会突然产生一种极大的进食欲望，一种可怕的食欲。这种欲望十分可怕，即便吞下整个世界和整个宇宙，你的饥饿仍然不会减轻。你会想起那枚你没吃到的鸡蛋，那是你为最后一次早餐准备的鸡蛋，你让人将它埋在温热的草木灰里。你会做出超人的努力，试图从压在你身上的黑暗的庞然大物下站起身来。可是，你无法做到。你的最后几根头发将会掉落，幼虫会继续在你的尸体上悠闲地进食。它们会用它们长长的毛发编织出一顶假发，遮盖你的秃顶，让你裸露的头骨不致受寒。就在它们伴着赞祷声啃噬你时，在因潮湿而加重的卡他性失语中，失声的你会乞求它们为你拿来你的鸡蛋，那枚受精的鸡蛋，那枚被遗忘在草木灰里的鸡蛋，那枚已经被那些比你狡猾也没那么健忘的人吃了或者扔进垃圾桶的鸡蛋。事情就是这样。怎么样，至高无上的死者？如果我们就这样丢下你，让你遭受永远饥饿的惩罚，你永远想吃一枚鸡蛋，因为你当初不知道……（剩下的内容粘在一起，难以辨认，剩余的文章已无处寻找，这本书上被虫啃噬的字迹已经七零八落）。

附录

1. 至高无上者的遗骸

1961年1月31日，一份官方通知召集国内历史学家参加一次秘密会议，目的是“开始采取措施，找回最高独裁者的遗体，并将这些圣物收归为国家遗产”。这份通知还向全体公民发出邀请，敦促他们共同参与这项爱国运动，以重新夺回这位共和国创始人的墓地及其遗骸。由于匿名亵渎者和永久独裁者的敌人抛撒了他的遗骸，因此他的遗骸已经消失。

这份通知的回声传到了这个国家最偏远的地区。正如在关乎国家存亡的其他关键时刻一样，所有巴拉圭公民都站了起来，他们异口同声地响应了此次号召。

在众人一致的肯定声中，唯一的不和之音便是巴拉圭专家、编年史作家和历史作家们所说的“啊，真是意外！”。一种突然出现的不确定性仿佛为国家历史编纂者的良心蒙上了阴影——问题在于哪一个头骨才是至高无上者唯一的、真正的头骨。大家的意见产生了分歧，历史学家相互反驳，他们激烈而高声地展开了争论。似乎是为了实现至高无上者的另一个预言，这场倡导全民团结的运动竟然变成了一场小型内战萌发的温床。幸运的是，这是一场不流血的内战，因为这场内战终究只是“纸上谈兵”。

以下简短摘要出自国内最著名的历史学家就这一问题发表的声明（按照声明发表的先后顺序排列）：

贝尼尼奥·里克尔梅·加西亚[1]（1961年2月23日）：

“基于我所掌握的资料，请允许我亲自向阁下说明，我认为有充分的理由做出以下推论——现存于布宜诺斯艾利斯国家历史博物馆及我国戈多伊博物馆的遗骸均发掘于某座坟墓，而这座坟墓，毫无疑问，正是这位著名领袖的坟墓。

“此前提到的有关这些遗骸真实性的争论将有可能受到质疑，通过公正、专业的鉴定，我们可以否定或证明这些遗骸的真实性，我非常恭敬地向阁下建议，下列机构能够为遗骸真实性评估提供鉴定：

华盛顿特区美国国家博物馆史密森学会

美国耶鲁大学人类学系

美国马萨诸塞州剑桥市哈佛大学皮博迪考古学与人类学博物馆

“以上机构处理相关问题的能力和公正性毋庸置疑。关于共和国政府在开始采取相关措施时应当保持的必要的谨慎态度，出于可以理解的原因——目前暂不适宜对这些原因做出解释，我认为，无论我冒昧推荐的科学中心得出何种结论，我们都有必要避免过分谨慎，我们甚至要避免达到一种极端，即不采取一种不容置疑的示范性姿态。”（随附的一份报告追溯了现存于布宜诺斯艾利斯国家历史博物馆的遗骸的命运，这份报告批评了费利克斯·福斯蒂诺·奥乌特斯博士[2]就上述遗

1 贝尼尼奥·里克尔梅·加西亚（Benigno Riquelme García，1921—1977），巴拉圭历史学家。

2 费利克斯·福斯蒂诺·奥乌特斯（Félix Faustino Outes，1878—1939），阿根廷人类学家、考古学家和语言学家。

骸发表的专业意见，讽刺性地否定并推翻了后者的结论。）

赫苏斯·布兰科·桑切斯[1]（1961年3月14日）：

“首先，我必须让阁下知道，最高政府决定纪念我们的民族独立领袖，这让我感到特别高兴，我认为这非常值得称赞。正因如此，从我国政府准备采取这些措施的那一刻起，以绝对严谨的态度实施这些措施便显得至关重要，最为重要的是，我们要采取一切必要的方法，以避免令人不快的意外，巴拉圭国家政府不能冒险置身于这样的意外之中。

“阁下深知，如果这些遗骸位于我国，那么要实现我们追求的美好目标并没有多大问题，因为归根结底，最为重要的是，这些东西具有的象征意义始终非同凡响。然而，鉴于这些遗骸必须从布宜诺斯艾利斯运来，在那里，我们的独立领袖曾经遭到强烈反对，尤其是一股强大而固执的舆论势力一直对其本人，尤其是对其作为统治者的工作，感到十分不满，由于这些原因，这件事情变得十分微妙，它值得我们认真开展客观的研究。在这种情况下，我认为，目前上述舆论势力已在阿根廷达到新的高潮，因此，我们必须预见到这样一种可能：存放在布宜诺斯艾利斯国家历史博物馆的遗骸可能并不是真的。如果该假设成立，毫无疑问，我们将陷入一场奸诈的宣传运动之中，这项运动甚至有可能让我们落入荒谬的境地。

“无人能够质疑这份文件的真实性（此处指一份看上去很有可能证明这些遗骸真实性的文件）。在我看来，它并不能构成一份确凿无疑的证据，因为任何一个长时间把这些遗骸放在‘某个面条盒子’里，然后将它们送给某个外国人的家伙，都在大声对我们说，这些遗骸无

1　赫苏斯·布兰科·桑切斯（Jesús Blanco Sánchez，1908—1970），巴拉圭历史学家。

法引起他的任何兴趣，而且，它们从未在他身上激发任何爱国之情。”

曼努埃尔·培尼亚·比利亚米尔[1]（1961年3月24日）：

“为了向阁下提供所需的信息并遵循严格的科学研究标准，我们必须回答两个问题，这两个问题虽然相互关联，却对应问题的不同方面。首先，布宜诺斯艾利斯国家历史博物馆里的现存遗骸是否真的属于永久独裁者？其次，目前关于这一问题的历史调查结果是否允许最高政府采取正式措施，以确保对方归还这些遗骸？

“在回答第一个问题时，我必须说，我不能断然肯定或否定这些遗骸的真实性。在给出任何答案之前，我们必须对洛伊萨加[2]先生在古老的恩卡纳西翁教堂挖掘遗骸时所遵循的程序进行检查。事实上，在洛伊萨加先生寄给阿根廷历史学家——埃斯塔尼斯劳·塞瓦略斯[3]的信中，我们能找到洛伊萨加先生本人的相关说明。在一本题为《巴拉圭永久独裁者之死与其遗体发掘》的专著中，巴拉圭历史学家里卡多·拉富恩特·马查因在没有做出较大改动与进一步研究的情况下复制了这一说明。这份说明将贝奇神父和胡安·西尔瓦诺·戈多伊[4]先生列为这一事件的目击证人。当时，后者还从同一个坟墓中取出了另一个头骨，这个头骨被保存在以他的名字命名的亚松森博物馆[5]里。

“洛伊萨加先生在进行上述发掘时所采取的方式让我们得出了以

1　曼努埃尔·培尼亚·比利亚米尔（Manuel Peña Villamil, 1916—2010），巴拉圭历史学家、作家。

2　指卡洛斯·洛伊萨加（Carlos Loizaga，1810—1894），巴拉圭军人、政治家。

3　指埃斯塔尼斯劳·赛维罗·塞瓦略斯（Estanislao Severo Zeballos，1854—1923），阿根廷律师、政治家、历史学家。他曾三度担任该国外交部部长，并被视为当时最杰出的知识分子和政治家之一。

4　胡安·西尔瓦诺·戈多伊（Juan Silvano Godoi，1850—1926），巴拉圭知识分子。

5　即位于亚松森的戈多伊博物馆。

下观察结果：a. 他的行为并非受到严肃公正的历史调查精神引导，而是出于政治激情的推动；b. 他没有得到任何合适的专业检测的支持，以排除在挖掘过程中出现错误的可能。”（接着是他的其他思考，在这些思考结论中，他对依据巴拉圭医生佩德罗·培尼亚博士在《新闻报》〔亚松森，I，II-1898〕上发表的一份报告以及阿根廷医生费利克斯·福斯蒂诺·奥乌特斯于1925年发表的著名的颅相学研究报告——这是各个博物馆争论的关键文件，它发表在《历史调查研究所学报》〔布宜诺斯艾利斯文学与哲学系，第4册，第1页及其后〕上——而得出的头骨真实性提出了质疑。）

胡里奥·塞萨尔·查韦斯（1961年3月28日）：

“1841年年中，巴拉圭的政治气氛动荡不安，一场关于至高无上者生活和工作的激烈争论开始了。宣传册与匿名告示到处扩散，散文与诗歌也四处流传。至高无上者的反对者和支持者积极动员。前者声称至高无上者不配在教堂中长眠，他们公开宣称要夺取他的遗体，以便将其抛入粪堆。我们可以在此提醒读者，不久之后的某天清晨，教堂门上出现了一份匿名文章，据说，这是至高无上者从地狱寄来的文章，他在文章中乞求他们将他从那个神圣的地方移走，以减轻他的罪恶。另一方面，曾经遭受至高无上者残酷迫害的许多家族——其中包括马查因家族——并没有掩饰他们计划对其遗体进行报复的打算。不过，他的支持者们也没有坐以待毙。他们组织了持续不断的民众示威活动，参与者们列队走向他们领袖的坟墓。整个1841年，紧张局势一直在加剧，而且这种紧张气氛似乎在9月20日达到了顶峰，那是最高独裁者逝世一周年纪念日。迸发的激情眼看就要挑起内战，气氛持续激化，甚至已经威胁到国家和平——为应对并解决严重的国际问题、经济问题和社会问题而必须维持的国家和平。就在那时，执政官们决定积极行动起来：他们下令拆除埋葬独裁者遗体的陵墓，并将其埋葬在‘无人知晓的地方’。根据阿尔弗雷德·德默塞[1]的描述(《弗朗西亚博士，巴拉圭的独裁，1856》)，‘他被埋葬在恩卡纳西翁教堂，为了让他的众多支持者对他进行供奉和参拜，一根花岗岩石柱为他标出了最后的安息之地。据说，在那个哀悼日[2]的周年纪念日结束后不久，他的陵墓便消失了。流言四起，有传言说这位著名博士的遗体已被转移到教堂公墓。这一虚构之言部分为真，然而，最高执政政府——这个受到政治启发而采取上述行为的神秘肇事者——否认了一切无谓的亵渎。如今，至高无上者长眠于这些人的怜悯之心为他选择的地方，不过，他的坟墓却不断给他的继任者带来麻烦’。

“北美‘水巫’号战舰在执行探险任务和研究任务时曾经抵达巴拉圭，战舰指挥官托马斯·杰弗森·佩奇在谈到这一问题时曾说，‘巴拉圭的教堂维护得很好，但很明显，与其他教堂相比，其中一个教堂显得较为冷清。善良的巴拉圭人民鲜少提及此事，因为一个可怕的圣迹进入了这个教堂的神圣地界。一个宁静的清晨，这个教堂像往常一样对前来祈祷的人打开大门——这位暴君的陵墓已经四分五裂，他的遗骸永远消失了。没有人知道他的遗骸是如何消失的，也没有人询问它们到底去了何处。人们只是小声嘀咕，魔鬼已经拿回属于他的东西——肉体和灵魂’。(《拉普拉塔，阿根廷邦联与巴拉圭》，伦敦，1859 年)

“埃斯塔尼斯劳·赛维罗·塞瓦略斯博士捐赠给布宜诺斯艾利斯国家历史博物馆的遗骸真的是巴拉圭永久独裁者的遗骸吗？多年来，这些遗骸一直在上述博物馆展出。目前，它们与其他毫无价值的物品

1　阿尔弗雷德·德默塞（Alfred Demercy，1815—1891），法国医生、探险家。

2　即至高无上者逝世当天。

一同躺在该机构的地下室里。

“目前，我们只知道两种观点，这两种观点均持否定态度，而且，它们都非常具有参考价值（这里指前面已经提到的研究）。奥乌特斯是一位杰出的科学家，作为一名研究者，他在好奇心的驱使下研究了那些所谓的遗骸。在对这些遗骸进行检查后，他声称，‘首先，从颅骨的形态特征及解剖学特征来看，它应当属于一位女性，其年龄最多四十岁，而且，sensu lato[1]，很有可能，此人并不是欧洲人。遗骸的脑颅与面颅之间并不存在任何关联。除了后者提供的特征外，任何基于这两个部件的重建工作都是徒劳，因为每个部件都有多余的额骨。这一点可以初步证明它们分别属于两个不同的个体。最后，遗骸中的颌骨属于一个孩子，他去世时依然保留着完整的乳牙’。

“于是，奥乌特斯得出了以下结论，首先，遗骸的头骨属于一位女性，其年龄最多四十岁，而且，她并不是欧洲人，她是黑人或印第安人；其次，面颅属于一位成年人，而非老年人；最后，颌骨属于一位不到六岁的儿童。”

2. 至高无上者遗骸的迁移

拉蒙·安东尼奥·拉莫斯[2]（1961 年 4 月 6 日）：

“弗朗西斯科·威斯纳·德·摩根斯特恩曾应弗朗西斯科·索拉诺·洛佩斯元帅所托，撰写过一本关于最高独裁者的书，他指出，独裁者去世几个月后，教堂司事在某天清晨惊讶地发现，安葬他的陵墓

---

1 拉丁语，意为：“宽泛说来。”

2 拉蒙·安东尼奥·拉莫斯（Ramón Antonio Ramos，1907—1984），巴拉圭历史学家、记者。

竟然被人打开了。没人知道这起事件的肇事者到底是谁，不过，这些人留下了一串足迹，这串足迹消失在巴拉圭河河岸，我们有充足的理由认为他的遗骸已经被扔进河里，因为在上述河岸发现的遗骸残迹证实了这一说法。当时，在亚松森流传着许多说法，其中一个版本传言，在耶格罗斯的最后一次阴谋被发现后，独裁者曾下令枪决 M 家族的成员，为了替这些人报仇，M 家族花钱，命人移走了独裁者的遗骸，将其投入河中。另一个版本宣称，某个家族让人从墓穴中取出了遗体，他们焚烧了他的遗体，并将他的骨灰随风抛撒。最后一个版本则表示，另一个家族与一位牧师达成协议，他们将他的遗体移走并藏到了另外一个地方。”（编者评注：如果我们接受威斯纳的说法，根据这些传言，至高无上者的遗体消失了，它们进入了水里、火里、空气里或土壤里，那么，我们便面临这样一个事实，也就是说，他的遗体因为仇恨或复仇而遭受了亵渎，不过，它们从未发生迁移。）

尽管如此，我们还是继续来聆听拉莫斯博士的陈述吧：

“不过，威斯纳·德·摩根斯特恩给出了另一种说法，这种说法与我们将要看到的这个证据有关。卡洛斯·洛伊萨加是 1869 年成立于亚松森的三人执政委员会的成员之一，他曾与科特吉普男爵[1]商定了巴拉圭与巴西的和平条约（这里指 1870 年——战争结束前一年——被占领军掌管的巴拉圭傀儡政府），他曾在一封写给埃斯塔尼斯劳·塞瓦略斯博士的信中表示，他本人（前任三人执政官成员之一洛伊萨加）曾在恩卡纳西翁教区神父——贝奇神父的陪同下挖出了‘这位暴君的遗骸’。他还补充说，这些遗骸先前曾被放在恩卡纳西翁教堂主祭坛旁边的石棺里，后来的主教——神父唐胡安·格雷戈里奥·乌尔维塔在唐卡洛斯·安东尼奥·洛佩斯时代的某个晚上把它们移走了，

1 科特吉普男爵（Barón de Cotegipe），即若昂·毛里西奥·万德莱（João Maurício Vanderlei，1815—1889），巴西法官、政治家。

1841 年，他把这些遗骸埋在了圣器室后面。

“在卡洛斯 · 洛伊萨加的信中，他说贝奇神父与他一起焚烧了‘这位暴君的遗骸’。但是，里卡多 · 拉富恩特 · 马查因声称，胡安 · 西尔瓦诺 · 戈多伊也参与了这起事件。他表示，‘尽管他们极为谨慎，高等法院秘书胡安 · 西尔瓦诺 · 戈多伊最终还是获悉了这一计划，尽管他并未受到邀请，不过，他还是决定参与其中。在约定的那天晚上，戈多伊躲在教堂的一根石柱后面，等待洛伊萨加先生到来。他披着斗篷，戴着一顶宽边帽，从石柱后面飞出来迎接洛伊萨加，他就像一只巨大的人形蝙蝠。他这样出现，让洛伊萨加先生十分意外，考虑到当时的地点、情况与此人的意图，或者，有可能洛伊萨加先生认为他的目的无可指摘，在惊恐平复后，洛伊萨加先生便毫无异议地同意让公务员戈多伊加入他和工人们的队列，开始工作。他们掀开墓碑，用锄头翻动泥土后，人的遗骸很快开始出现。据猜测，最高独裁者的遗骸应当位于最上方。洛伊萨加先生命人将最高独裁者的遗骸捡起来，放入一个专门带去的面条小盒。不过，在泥土与瓦砾中出现了另一个头骨，戈多伊先生弯腰将它捡起来，他把这个头骨放在斗篷下面带走了。有人说，前任三人执政官成员之一——洛伊萨加先生眼看着戈多伊越走越远，有那么一瞬间，他曾在心里怀疑这两个头骨之中到底哪一个才是最高独裁者真正的头骨。尽管如此，他还是十分确定地表示被他捡起来放入面条盒子的遗骸才是至高无上者的遗骸，于是，他命人将这个盒子放在他家的阁楼里，直到他想好如何处理盒子里的东西为止’。”（戈多伊先生将那晚带走的头骨保存在他的私人博物馆里，那是一座值得一位文艺复兴时期的人驻足参观的博物馆。因此，其他学者评论道，有关这些遗骸的故事便在这位暴君的两个头骨形成的岔道上可疑地缢死了。）

拉莫斯博士继续陈述：“现在，我们来看看被洛伊萨加捡到的那个头骨去了哪里。1876 年，在亚松森的‘巴拉那’号阿根廷炮艇上担任医生的奥诺里奥·莱吉萨蒙[1]博士获悉‘永久独裁者的遗骸在卡洛斯·洛伊萨加手里’。这个消息通过后者的家人传到了他的耳朵里。莱吉萨蒙想‘亲眼看看并检查这些珍贵的遗骸’。一开始，洛伊萨加并不愿意，不过，后来他满足了这位阿根廷医生的愿望(这位阿根廷医生曾经为他诊治过一种严重的疾病，并最终将他治愈)。莱吉萨蒙博士本人提供了以下说法，‘在交给我看时，这些遗骸被放在一个面条盒子里。我非常失望地发现，我面前竟然是一堆用锤子砸碎的不成形的骨头。由于我了解病人的性情以及他对独裁者的长期仇恨，所以，我不难推测出那些锤击背后的动机。这个头骨只有上部保存完好，至于衣服，我只找到一只鞋的鞋底，与这只鞋对应的脚很小，很有可能，那是一个年幼的小孩的脚。我免去了洛伊萨加先生需要支付的费用，我最终说服他，让他允许我带走这个可能属于巴拉圭至高无上者的头骨’。

“后来，”拉莫斯博士总结道，“莱吉萨蒙博士将这个头骨还算完整的部分赠送给埃斯塔尼斯劳·塞瓦略斯博士，而后者又将其捐赠给布宜诺斯艾利斯国家历史博物馆。根据最新消息，目前这具头骨已经不再像先前一样公开展出。根据上述简短说明——它们并未力求透彻地论述这一事件，我们无法肯定保存在布宜诺斯艾利斯国家历史博物馆的头骨就是最高独裁者的头骨，没有任何事实可以支持这种说法。”

马尔科·安东尼奥·拉科尼奇[2](1961年4月21日)：

“在亚松森被三国同盟攻陷后，(巴拉圭)军团[3]接管了这座被洗

1 奥诺里奥·莱吉萨蒙(Honorio Leguizamón，1848—1921)，阿根廷医生、教育家。

2 马尔科·安东尼奥·拉科尼奇(Marco Antonio Laconich, 1902—1983)，巴拉圭历史学家、政治家、记者。

3 特指三国同盟战争时期背叛巴拉圭的巴拉圭人在布宜诺斯艾利斯组建的军队。

劫一空的俘虏城市。他们开始像疯狂的狼群一样[sic]在死人的圣地里挖掘，他们要在至高无上者的遗骸身上发泄长达半个世纪的仇恨。1870年，洛伊萨加成为三人执政委员会的成员之一，这是同盟国在亚松森设立的巴拉圭临时政府。洛伊萨加是军团首领，我们丝毫不怀疑他就是亵渎神圣遗骸的始作俑者，在回答塞瓦略斯博士的问题时，他似乎曾对此感到十分自豪。此外，当时，他拥有特权，他可以犯下这一罪行而免受任何惩罚。不过，如果他认为自己找到了独裁者的坟墓，并带着这种信念与世长辞，那么，可以说，他的愿望最终落空了。我们有充分的理由推测，洛伊萨加偶然发现了某座公墓，然后，他在夜深人静的时候，从里面挖出了一些人类遗骸，后来，他将这些遗骸长时间保存在家中某个面条盒子里。根据奥乌特斯博士对奥诺里奥·莱吉萨蒙博士带走的某些骨头得出的分析结果，我们可以得出结论，那是一个公墓。

"谁知道，由于命运的讽刺——要知道我们的主有时乐于挫败人类的怨恨，在那些被洛伊萨加保存在面条盒子里的骨头中，有一些可能并不属于他心爱的亲人……因为独裁者——我想——他死的时候可能并没有乳牙呢！

"'剩余的骨架，'洛伊萨加说，'被我带到了一个开放的墓地。'这个孤独的掘墓人的行动总是缺乏目击者。如果剩余的骨架与被重建的头骨相似，那么，我们完全有理由去设想，例如，它由五根长骨（股骨）、三根脊骨、五十根肋骨等组成。于是，独裁者便成了一种奇特的骨骼现象。

"不管怎样，最让人奇怪的是，洛伊萨加和戈多伊竟然在夜色的包裹下带着独裁者的两个头骨离开了教堂，仿佛后者长着两个头。他们每个人都深信自己带走的头骨就是至高无上者真正的头骨。"

（编者附注：据其家中一位年老的女奴透露，洛伊萨加还将一个装有他祖母骨灰的骨灰盒放在同一个橱柜里。这个提供消息的女奴已经一百多岁了，不过，她的智力依旧健全，她告诉我，有一天晚上，她错把那些骨灰放进了晚饭喝的汤里。这位如今已获自由的女奴还向我透露，由于她的主人并未意识到她犯下的错误，她便用院子里的沙子重新填满了那个骨灰盒，以免有人发现她的严重失误。她再三恳求我不要揭发她，也不要“无缘无故地将这些愚蠢的事写在纸上”。由于这位女奴因疏忽而做出的错事远远没有洛伊萨加对至高无上者遗骸犯下的亵渎与盗窃之罪严重，所以，我不仅没有犯下不忠之罪，相反，我认为我有责任将前任三人执政官成员之一的前任女奴的故事公之于众。）

拉科尼奇博士继续陈述：

“1906 年 6 月 23 日，奥诺里奥·莱吉萨蒙博士给《国家报》负责人写了一封信，在我看来，这封信至关重要。在这封信中，时任阿根廷‘巴拉那’号炮艇医生的莱吉萨蒙博士描述了他在 1876 年从洛伊萨加手中获得这些遗骸的情形，后来，他将这些遗骸交给了塞瓦略斯博士，而后者最终于 1890 年 7 月将它们捐给了布宜诺斯艾利斯国家历史博物馆。

“‘起初，’莱吉萨蒙博士写道，‘我遭到了断然拒绝，不过，在洛伊萨加先生确信我有最可靠的消息之后——因为他的家人证实是他们把消息传给了我，他便只好屈服于我的要求，向我坦白了全部真相。他的宗教精神驱使他挖出了那些遗骸，因为这些遗骸亵渎了埋葬它们的土地。这些遗骸是放在一个面条盒子里交给我的——然后，他又说了这些话，我们最好记住这些话——*我非常失望地发现那只是一堆不成形的骨头碎片*……’

“在发现这一令人失望的情况后，莱吉萨蒙博士问自己，‘这具骨架的碎裂会不会由某个受害者的报复性泄怒行为造成？当时我不敢问它’。

“根据字里行间的信息，这封信不免让人猜疑，洛伊萨加曾用木槌将这些骨头敲碎，从而向独裁者报仇。莱吉萨蒙博士在附言里进一步提出了这种怀疑，他说，瓜拉尼人有一个古老的传统，他们会把敌人的骨头挖出来敲碎，他们会用这种方式报复他们的敌人。

“坦白说，我们认为瓜拉尼人的这种习俗是莱吉萨蒙博士根据自身需要量身定做的一个发现。与敌人的骨头相比，瓜拉尼人对敌人的肉更感兴趣——如果敌人十分诱人的话，他们会毫不犹豫地吃掉对方。如果不是这样，那就让汉斯·斯达登[1]来反驳我们吧……

“那堆不成形的骨头碎片似乎印证了关于公墓的假设，这刚好与奥乌特斯博士在其提交的专家意见中所描述的一堆杂乱无章的骨头相吻合——一个女人的颅骨，一个成年男性的面颅与一个孩子的颌骨。然而……

“莱吉萨蒙博士在信中证实，在这个面条盒子装的衣服里，他只找到‘一只鞋的鞋底，与这只鞋对应的脚很小’。众所周知，最高独裁者的手脚都很小，对此，他本人曾感到十分自豪，因为他认为这是血统优良的证明，但是，‘手脚很小’这种说法让人想到了小孩子。

“因此，在我看来，为了庆祝这些遗骸回归而组织全国性的悼念活动并不可取，这些现存于布宜诺斯艾利斯国家历史博物馆的遗骸，其真实性十分可疑，十分具有争议性。在这种情况下，”拉科尼奇博士总结道，“这个与巴拉圭军团士兵[2]洛伊萨加的面条盒子有关的谎言背景将不可避免地在怀念这位杰出开国元勋的纪念活动上投下阴影。”

---

1 汉斯·斯达登（Hans Staden，约 1525—约 1576），德国探险家。他曾于 16 世纪中叶前往南美洲，后来他被巴西的土图皮南巴人（Tupinambá）俘虏。不过，他最终设法生存下来并安全返回了欧洲。他曾在著作《真实历史：巴西食人族囚禁记述》中声称，囚禁他的原住民实施了食人行为。

2 “巴拉圭军团士兵”是对洛伊萨加的讽刺，讽刺他一直为阿根廷政府效力。

编者尾注

这部文集中的内容是从两万多份已经公开和从未公开的卷宗，以及同等数量的书籍、小册子、期刊、信件，还有图书馆、私人档案馆和官方档案馆隐藏的，通过本人查阅、收集、调查而得来的各类证明材料中挑选出来的——或者，更为坦白地说，这部文集中的内容是从这些材料中偷拿出来的。此外，还得加上从各类口头传说中收集的说法，以及用磁带录音机收录的采访内容：这些采访长达一万五千个小时，采访内容混乱模糊，采访的对象有所谓的公务员后代，有至高无上者所谓的近亲和远亲——他一向吹嘘自己没有任何亲人，有他的追随者、吹捧者，以及那些身份同样模糊可疑的诽谤者。

读者应当已经注意到，该文本与普通文本刚好相反，它先被阅读，然后才被写出。它没有讲述和书写新的内容，它只是忠实地记录他人之所说，他人之所写。因此，在这部文集中，从书名到这份尾注，没有一页、一句话、一个词不是通过这种方式写就。“所有不属于当代的历史都应当遭到质疑。”曾经的至高无上者喜欢这么说，“我们无须知道这些虚构的历史如何诞生，我们可以看出，这样的历史并不属于书写它们的那个时代。一本面向人民、由个人书写的书和一本由人民书写的书大不相同。毫无疑问，一本由人民书写的书与口述它的人民一样古老。”

于是，这位编者/模仿者再次模仿这位独裁者(这些独裁者/口述者[1]正好履行这一职能：他们可以代替作家、历史学家、艺术家、思想家等人)，他借用一位当代作家的话[2]宣称，这些笔记中包含的历史/故事可以简化为这样一个事实——应当讲述的历史/故事并未被讲述。于是，通过书面语言的宿命，这些文字中的人物和事实赢得了一种权利：它们成了一种具有自主意识的虚构存在，而它们服务的对象则是那些同样具有自主意识的虚构读者。

1　文字游戏，“dictador”一词兼有独裁者与口述者（El que dicta）之意。

2　此处影射奥地利作家罗伯特·穆齐尔（Robert Musil，1880—1942）所言：“这部小说的故事由这样一个事实构成——应当在这部小说中讲述的故事并未被讲述。”

图书在版编目（CIP）数据

至上者 /（巴拉圭）奥古斯托·罗亚·巴斯托斯著；梁倩译. -- 北京：外语教学与研究出版社，2024.5
ISBN 978-7-5213-4977-1

Ⅰ. ①至… Ⅱ. ①奥… ②梁… Ⅲ. ①长篇小说－巴拉圭－现代 Ⅳ. ①I781.45

中国国家版本馆 CIP 数据核字（2023）第 242707 号

至上者

ZHISHANGZHE

出 版 人　王　芳
策划编辑　曹雪峰
项目统筹　张　颖
项目编辑　黄雅思
特约编辑　陈雅君　赵行健
责任编辑　李　鑫
责任校对　陈　宇
装帧设计　CINCEL at 山川制本
出版发行　外语教学与研究出版社
社　　址　北京市西三环北路 19 号（100089）
网　　址　https://www.fltrp.com
印　　刷　山东临沂新华印刷物流集团有限责任公司
开　　本　880×1230　1/32
印　　张　19
字　　数　522 千字
版　　次　2024 年 5 月第 1 版
印　　次　2024 年 5 月第 1 次印刷
书　　号　ISBN 978-7-5213-4977-1
定　　价　98.00 元

如有图书采购需求，图书内容或印刷装订等问题，侵权、盗版书籍等线索，请拨打以下电话或关注官方服务号：
客服电话：400 898 7008
官方服务号：微信搜索并关注公众号“外研社官方服务号”
外研社购书网址：https://fltrp.tmall.com

物料号：349770001

记载人类文明
沟通世界文化
www.fltrp.com

Copyrigh © AUGUSTO ROA BASTOS, © 1974 and Heirs of Augusto Roa Bastos.

本书中文简体字版权 © 2024 上海雅众文化传播有限公司